CB069724

NEVE DE PRIMAVERA

Yukio Mishima

NEVE DE PRIMAVERA

Tradução do japonês e notas
Fernando Garcia

Estação Liberdade

Título original: *Haru no yuki* (春の雪)
© Herdeiros de Yukio Mishima, 1969
© Editora Estação Liberdade, 2024, para esta tradução
Todos os direitos reservados.

PREPARAÇÃO Fábio Bonillo
REVISÃO Nair Hitomi Kayo
EDITOR ASSISTENTE Luis Campagnoli
COMPOSIÇÃO Marcelle Marinho
IMAGEM DE CAPA Ito Jakuchu (1716-1800), *Flores de ameixeira brancas e a lua*, 1755. Pergaminho suspenso, tinta e pigmento sobre seda, 140,7 x 79,4 cm. Metropolitam Museum of Art, Coleção Mary Griggs Burke.
SUPERVISÃO EDITORIAL Letícia Howes
EDIÇÃO DE ARTE Miguel Simon
EDITOR Angel Bojadsen

O sinete na contracapa reproduz a assinatura de Yukio Mishima.

CIP-BRASIL. CATALOGAÇÃO NA PUBLICAÇÃO
SINDICATO NACIONAL DOS EDITORES DE LIVROS, RJ

M659n

    Mishima, Yukio, 1925-1970
        Neve de primavera / Yukio Mishima ; tradução e notas Fernando Garcia. São Paulo : Estação Liberdade, 2024.
        400 p. ; 23 cm.

    Tradução de: Haru no yuki
    ISBN 978-65-86068-93-1

    1. Romance japonês. I. Garcia, Fernando. II. Título. III. Série.

24-92845   CDD: 895.63
                              CDU: 82-31(52)

Gabriela Faray Ferreira Lopes - Bibliotecária - CRB-7/6643
17/07/2024   22/07/2024

Nenhuma parte da obra pode ser reproduzida, adaptada, multiplicada ou divulgada de nenhuma forma (em particular por meios de reprografia ou processos digitais) sem autorização expressa da editora, e em virtude da legislação em vigor.

Esta publicação segue as normas do Acordo Ortográfico da Língua Portuguesa, Decreto nº 6.583, de 29 de setembro de 2008.

EDITORA ESTAÇÃO LIBERDADE LTDA.
Rua Dona Elisa, 116 | Barra Funda
01155-030 São Paulo – SP | Tel.: (11) 3660 3180
www.estacaoliberdade.com.br

I

Quando falaram na escola a respeito da Guerra Russo-Japonesa, Kiyoaki Matsugae experimentou perguntar a seu amigo mais próximo, Shigekuni Honda, se ele se recordava bem daquela época; porém, a memória de Shigekuni também era difusa, e ele se lembrava apenas vagamente do momento em que fora levado até o portão para ver a procissão luminosa. Como ambos já contavam onze anos de idade quando a guerra acabara, Kiyoaki pensou que seria natural terem uma recordação um pouco mais nítida. Mas os colegas do mesmo ano escolar que falavam de modo presunçoso sobre aquela época na verdade não faziam mais que adornar as lembranças que acreditavam ter com as conversas que haviam entreouvido dos adultos.

Na família Matsugae, dois tios de Kiyoaki perderam a vida em batalha naquela época. Embora a avó dele continuasse a receber uma pensão pela morte de ex-combatentes graças aos dois filhos, ela mantinha o dinheiro como uma oferenda em um altar da família, sem nunca o utilizar.

Talvez fosse também por causa disso que, na coleção de fotografias da Guerra Russo-Japonesa que havia na casa, a que mais se gravara no coração de Kiyoaki fora uma de 26 de junho de 1904, intitulada "Serviços memoriais aos mortos em combate próximo a Telissu".

Essa fotografia, de cor sépia, era de todo diferente dos tantos outros retratos de guerra que havia. Sua composição era quase fantástica de tão pitoresca: os milhares de soldados pareciam, sem dúvida, ter sido habilmente colocados ali como personagens em uma pintura, concentrando todos os efeitos da imagem no único e alto pilar de madeira crua que servia de marcador tumular.

O pano de fundo era formado por enevoadas montanhas de linhas suaves. Se no lado esquerdo os montes espraiavam seus vastos pés enquanto ganhavam altitude pouco a pouco, já no lado direito, à distância, sumiam juntamente com um pequeno e esparso arvoredo rumo ao horizonte empoeirado em tons ocres; conforme se avançava à direita, notava-se o incremento gradual de altura não no contorno dos montes, mas nas fileiras de árvores que deixavam ver entre os seus vãos um céu amarelo.

No primeiro plano havia ao todo seis árvores de grande porte erguendo-se com um espaçamento agradável entre si, cada qual mantendo seu equilíbrio. Ele não saberia dizer de que espécie eram, mas via que, de sua alta estatura, elas deixavam tremular tragicamente a folhagem de sua copa ao vento.

A extensão do campo emitia um brilho frouxo mais além, enquanto, à frente, prostravam-se gramíneas malcuidadas.

Precisamente ao centro da imagem era possível ver, apequenados, o marcador tumular de madeira crua e o altar com um pano branco revirado pelo vento, além das flores que haviam sido postas sobre ele.

Tudo o mais eram tropas, milhares de tropas. Todas aquelas no primeiro plano, sem exceção, mostravam as costas enquanto davam a ver o alvo tecido branco de cobertura que pendia de seus quepes militares e o cordão de couro que traziam suspenso diagonalmente nos ombros, sem formar filas organizadas, mas antes dispersas, aglomeradas aqui e ali, fitando o solo. Apenas uns poucos soldados no canto esquerdo, ainda no plano frontal, dirigiam para cá os rostos ofuscados pela escuridão, como personagens em uma pintura renascentista. Ainda à esquerda, mais ao longe, um sem-número de soldados que descrevia um semicírculo gigantesco até os confins daquele campo, em quantidade tão incalculável que naturalmente não se podia distinguir cada indivíduo, continuava a se aglomerar por entre as árvores à distância.

Tanto os soldados à frente quanto ao fundo eram acossados por um fantástico brilho frouxo e sóbrio, que iluminava palidamente a silhueta de perneiras e botas, bem como o contorno dos ombros e das nucas cabisbaixas. Era devido a isso que transbordava, por toda a imagem, uma aura de indescritível e profunda dor.

Tudo na cena se voltava para o pequeno altar branco, as flores e o túmulo ao centro, dedicando a eles o seu coração tal como ondas prementes. Daquele grupo que se espraiava até os confins do campo, um único sentimento que não podia ser expresso em palavras cingia cada vez mais a gigantesca roda, pesada como o ferro…

Sobretudo por se tratar de uma foto antiga, de cor sépia, ele sentia que a tristeza que ela causava era quase infinita.

Kiyoaki tinha dezoito anos de idade. No entanto, se seu coração delicado era acometido por pensamentos assim tristes e sombrios, não se podia afirmar que era por alguma influência da casa onde ele nascera e fora criado. Enfrentava grande dificuldade até mesmo para encontrar alguém naquela ampla mansão construída em terreno elevado em Shibuya que compartilhasse da mesma mentalidade que a dele. Sua família descendia de samurais, e se seu pai, o marquês, não tivesse enviado o filho herdeiro ainda pequeno para ser criado em uma casa da aristocracia[1] por sentir vergonha de sua linhagem considerada vulgar até o recente fim do xogunato, imagina-se que Kiyoaki talvez não houvesse se transformado em um adolescente de tais sensibilidades.

A propriedade do marquês Matsugae ocupava um enorme terreno na periferia de Shibuya. Telhas de diversas construções competiam por espaço no lote de quase quarenta e seis hectares.

Embora a casa principal fosse uma construção japonesa, a um canto do jardim havia um esplêndido prédio ocidental projetado por um arquiteto britânico, fazendo da casa Matsugae uma das únicas quatro mansões no Japão, a começar pela do general Ooyama[2], onde diziam ser possível entrar sem tirar os sapatos.

O centro do jardim era tomado por um grande lago, o qual tinha como pano de fundo uma montanha coberta de bordos. O lago era grande o bastante para passeios de barco e tinha uma ilha central; nele desabrochavam nenúfares e se colhiam brasênias. Tanto o salão de recepção da casa principal quanto o salão de banquetes do prédio ocidental estavam voltados para esse lago.

Chegava a duas centenas o número de lanternas dispostas por toda parte ao longo das margens e da ilha, encontrando-se ainda nesta última três estátuas de ferro fundido de grous japoneses: uma cabisbaixa e as outras duas mirando o firmamento.

---

1. Em japonês, *kugyo* ou *kuge*. Este termo designava os nobres que serviam diretamente à corte e possuíam ao menos a terceira classe imperial. Contudo, nesta obra ele é utilizado para designar a nobreza de tradição, já existente antes do novo sistema nobiliárquico adotado no Japão entre 1869 e 1947, quando títulos de nobreza foram conferidos a diversas famílias influentes do xogunato. Nesta tradução, empregou-se a palavra "aristocracia" para se referir aos nobres associados à corte, e simplesmente "nobreza" para se referir aos demais.

2. Referência a Iwao Ooyama (1842-1916), um dos fundadores do Exército Imperial Japonês.

Do topo da montanha de bordos despontava a crista de uma cachoeira, que contornava a encosta descendo em múltiplos veios, passava por debaixo da ponte de pedras, caía dentro do poço à sombra de pedras vermelhas de Sado e unia-se às águas do lago para ir banhar as raízes de íris-ayame, plantas que, na estação certa, dão flores muito belas. No lago também era possível pescar carpas e, em épocas frias, outras espécies do gênero do peixe-dourado. Duas vezes por ano o marquês dava permissão para que estudantes do ensino primário fizessem uma excursão até o local.

O que Kiyoaki mais temia na época de sua infância, graças às intimidações da criadagem, eram as tartarugas-de-carapaça-mole-chinesas. Cem dessas tartarugas haviam sido enviadas de presente a seu avô quando este se adoentara, como votos de recuperação, e se proliferaram depois de soltas no lago; caso um só dedo fosse sugado por qualquer uma delas, nunca mais seria possível recuperá-lo, contavam as histórias das criadas.

Havia ainda diversas salas de chá, bem como um grande salão de bilhar.

Atrás da casa principal ficava o bosque de ciprestes plantado por seu avô, em cuja área se podia colher inhame com frequência. Enquanto uma das trilhas que passavam pelo bosque dava para o portão dos fundos, outra seguia por uma colina de cume achatado e levava até o santuário chamado por todos na casa de "Meritório Santuário", em um trecho coberto por vasto gramado. Ali estavam depositadas as cinzas de seu avô e de seus dois tios. A escadaria, as lanternas e o torii[3], todos de pedra, seguiam os moldes de outros santuários; no entanto, embora aos pés de tais escadarias seja comum ver estátuas de komainu[4] em ambos os lados, ali se encontrava um par de balas de canhão da Guerra Russo-Japonesa, as duas pintadas de branco.

Uma área mais abaixo do santuário principal, à frente de um esplêndido caramanchão de glicínias, era dedicada à deusa Inari.

Como o dia de falecimento de seu avô era no final de maio, à época em que todos da casa se reuniam ali para relembrá-lo no aniversário de sua morte as glicínias estavam sempre em plena flor, e as mulheres se agrupavam abaixo do caramanchão para fugir dos raios de sol. Desse modo, a sombra

---

3. Portal xintoísta.
4. Criaturas míticas semelhantes a leões, cujas estátuas são colocadas à entrada de santuários, por exemplo, para espantar o mal.

violeta das flores pendia tal qual uma refinada sombra fúnebre sobre seus rostos alvos, maquiados nesse dia com mais dedicação que de costume.

As mulheres…

Na verdade, morava naquela propriedade uma quantidade considerável de mulheres.

É desnecessário dizer que a mais eminente de todas era a avó, que habitava um retiro bastante afastado da casa principal, servida por um séquito de oito criadas. Fizesse chuva ou sol, depois de se arrumar, sua mãe tinha por costume sair toda manhã com duas serviçais para ir perguntar à sogra como estava de humores.

A cada vez a senhora olhava para a nora de alto e baixo e espremia os olhos afetuosamente:

— Esse penteado não combina mesmo com você. Amanhã experimente um estilo ocidental. Com certeza vai lhe cair melhor.

E, se na manhã seguinte sua mãe aparecesse com um penteado ocidental, a sogra diria:

— Tsujiko, minha filha, já que você é uma beldade à antiga, o estilo ocidental não combina mesmo com você. Pensando melhor, amanhã experimente um marumage.

Por causa de conversas assim que, até onde Kiyoaki sabia, o penteado de sua mãe estava sempre sofrendo mudanças.

A presença do cabeleireiro e de seus aprendizes na propriedade era algo constante, mas, embora ele se encarregasse do penteado das mais de quarenta criadas e, obviamente, também do da dona da casa, só uma vez demonstrou interesse por um cabelo masculino: quando Kiyoaki estava no primeiro ano do ginasial na escola Gakushuin e fora designado pajem na festa de Ano-Novo da corte imperial.

— Por mais que na escola a cabeça raspada seja regra, não é de bom-tom usar esse corte com o traje de cerimônia que o senhorzinho vai vestir hoje.

— Ué, mas eles vão me xingar se eu deixar o cabelo crescer.

— Não se preocupe. Deixe-me arrumar um pouco a forma do seu penteado. Sei que o senhorzinho estará usando chapéu, de qualquer modo, mas, quando o tirar, desse jeito vai parecer especialmente mais garboso que os outros jovens.

Contudo, a cabeça de Kiyoaki, então com treze anos de idade, estava raspada a ponto de se mostrar pálida e refrescante. Causou-lhe dor a risca criada com um pente pelo cabeleireiro e ardeu-lhe a pele o óleo para cabelo; por mais que o profissional quisesse se vangloriar de suas habilidades, a cabeça do garoto refletida no espelho não exibia nenhum sinal de melhoria.

Não obstante, naquela festa Kiyoaki foi louvado como um rapaz de rara beleza.

O grande imperador Meiji havia visitado sua casa uma única vez; na ocasião, para entretê-lo, estendeu-se uma cortina centrada em uma grande árvore de ginkgo no jardim para realizar um torneio de sumô, espetáculo privado ao qual o imperador assistiu da sacada no segundo andar do prédio ocidental. Naquele dia, Kiyoaki recebera permissão para conhecer o imperador e tivera sua cabeça acariciada por ele, motivo pelo qual imaginava que, embora já se houvessem passado quatro anos desde então até a comemoração de Ano-Novo na qual seria o caudatário, talvez o imperador ainda recordasse o seu rosto — foi o que o garoto também contou ao cabeleireiro.

— Ah, é mesmo, então a cabeça do senhorzinho já foi abençoada com um afago da Sua Majestade Imperial, não foi? — disse o cabeleireiro, recuando sobre o tatame e unindo as mãos como que em prece, voltado com seriedade para a nuca de Kiyoaki, na qual ainda havia resquícios de imaturidade.

A indumentária de um pajem consistia em um calção que chegava até abaixo dos joelhos e um casaco feitos do mesmo veludo azul, com quatro pares de grandes pompons brancos dos dois lados do peito, além de pompons junto à abertura de cada manga e do calção, brancos e roliços como os demais. Os jovens traziam uma espada presa na cintura, e os pés, metidos em meias brancas, calçavam sapatos com fechos de botão preto esmaltado. No centro do largo colarinho de renda branca ostentavam uma gravata de seda da mesma cor e, pendendo às costas por um cordão de seda, um grande chapéu napoleônico, adornado com penachos. Dentre os jovens das famílias da nobreza, vinte e poucos daqueles com as melhores notas eram escolhidos para se revezar durante os três dias de festividades no Ano-Novo, com quatro garotos segurando a cauda das vestes da imperatriz e dois outros, a das princesas. Kiyoaki segurou uma vez a cauda da imperatriz e uma vez a da princesa de Kasuga.

Quando foi sua vez de segurar a cauda da imperatriz, após avançar em silêncio até a sala da audiência por um corredor recendendo ao almíscar do incenso queimado pelos camareiros imperiais, ele aguardou às costas da soberana, que recebia os convidados antes do início da comemoração.

Embora a imperatriz fosse pessoa de elevado refinamento e inigualável argúcia, à época já havia acumulado certa vida, encontrando-se à margem da idade sexagenária. Em comparação, a princesa de Kasuga era uma mulher casadoura que contava mais ou menos trinta anos e, fosse pela beleza, pelo refinamento ou pela compleição imponente, sua figura era tal qual uma flor em pleno desabrochar.

Mesmo nos dias atuais, o que sempre vinha aos olhos da memória de Kiyoaki, mais que a veste de tendências inteiramente comedidas da imperatriz, era a veste da princesa de Kasuga e suas incontáveis pérolas a salpicar a grande peliça branca, da qual sobressaía um padrão de manchas pretas. A cauda da veste da imperatriz possuía quatro alças para ser segurada e a da dama, duas; como Kiyoaki e os outros pajens haviam repetido o treino diversas vezes, não encontraram dificuldade em caminhar a passo firme enquanto as seguravam.

Os cabelos da princesa, escuros como ébano e reluzindo em seu negror como a plumagem de um corvo banhado pela chuva, estavam repuxados no alto e, atrás, via-se que deixavam seus resquícios se fundir pouco a pouco na alvura da nuca opulenta, estendendo-se até os ombros reluzentes em sua *robe décolletée*. Como a dama mantinha a postura aprumada, caminhando resoluta em linha reta, não ocorria de as vibrações do corpo serem transmitidas à cauda do traje; ainda assim, aos olhos de Kiyoaki, aquele branco resplandecente da cauda cuja extremidade ia se alargando, acompanhado pelo som da orquestra, dava a impressão de ora se elevar, ora se precipitar, tal como a capa de neve que em dado momento se mostra sobre um pico, mas que logo se oculta atrás de nuvens incertas, e isso permitiu que ele descobrisse, pela primeira vez desde seu nascimento, o cerne da estonteante graciosidade da beleza feminina.

A princesa de Kasuga havia impregnado copiosamente de perfume francês até mesmo a cauda do traje, cuja fragrância sobrepujava o odor antiquado do almíscar. Kiyoaki tropeçou de leve no meio do corredor, o que fez com que puxasse a cauda com força para um lado, ainda que por um átimo. A princesa voltou discretamente a cabeça e, ao jovem que havia incorrido na gafe, dirigiu um sorriso silencioso significando que não tinha nenhuma intenção de admoestá-lo.

Mas ela não se voltara para trás de uma maneira evidente que permitisse discernir seu movimento. Com a postura ainda ereta, apenas inclinou tenuamente uma das faces e estampou nela um sorriso fugaz. Naquele momento, os fios de cabelo junto às têmporas fluíram suaves sobre um lado da branca face empertigada, um sorriso se acendeu no canto de seu olho amendoado como o centro escuro de uma chama lampejante, e o contorno do nariz bem delineado sobrelevou-se mais além, cândido e casual... O resplendor momentâneo do rosto da dama a partir desse ângulo limitado, que não se poderia sequer ser chamado de perfil, proporcionou a mesma sensação que se tem ao vislumbrar o arco-íris que surge ao se olhar diagonalmente através da face de um límpido cristal.

Bem, o pai do garoto, o marquês Matsugae, ao ver o próprio filho naquela festa — a figura formal do próprio filho trajado com o galante uniforme —, encheu-se de alegria porque algo com o que ele vinha sonhando por longa data se tornara realidade. Fora justamente isso que conseguira aplacar a sensação de ser um impostor, sensação que continuava a ocupar seu coração mesmo depois de ele já haver ganhado distinção suficiente para receber o imperador em casa. Na imagem do filho, o marquês viu uma profunda e absoluta amizade entre a corte imperial e a nova nobreza[5], ou ainda uma união do aristocrático com o militar.

O marquês, a princípio, alegrou-se com as palavras de lisonja que as pessoas proferiam sobre seu filho durante a comemoração, mas acabou por se sentir inseguro. Aos treze anos de idade, Kiyoaki era demasiadamente belo. Comparada à dos outros pajens, e sem qualquer parcialidade, a beleza do garoto sobressaía. Suas faces alvas pareciam carregar um leve tom avermelhado devido ao rubor; as sobrancelhas se destacavam; os olhos, abertos com toda a sua energia devido à tensão ainda pueril, eram delineados por longos cílios e emitiam uma luz negra quase cintilante.

Instigado pelas palavras alheias, o marquês despertou pela primeira vez para a sobeja beleza de seu herdeiro, ao rosto formoso que chegava a

---

5. Referência às famílias que receberam títulos de nobreza por reconhecimento de mérito após o fim do xogunato, incluindo famílias da classe militar.

causar uma sensação de efemeridade. E assim a insegurança brotou em seu coração. Entretanto, como se tratava de uma pessoa extremamente otimista, a insegurança limitou-se a essa única ocasião, sendo de pronto varrida para fora de seu peito.

Tal insegurança manchava, pelo contrário, o peito de Iinuma, um rapaz de dezessete anos que se mudara para a mansão um ano antes de Kiyoaki servir como pajem.

Iinuma havia sido aceito na casa dos Matsugae mediante recomendação da escola ginasial de sua cidade natal, em Kagoshima, a fim de continuar os estudos e servir de ajudante a Kiyoaki. Carregava consigo a responsabilidade dos louvores que o descreviam como um jovem de desempenhos acadêmico e físico excelentes. Naquela região, o falecido pai do marquês era considerado um deus magnânimo, e Iinuma só era capaz de imaginar a vida na mansão da família através dos traços desse antepassado, que lhe foram transmitidos em histórias contadas no lar ou na escola. Contudo, ao longo do ano em que morou na casa, todas as demonstrações de prodigalidade excessiva da família traíram a imagem que o rapaz trazia na mente, ferindo seu coração singelo.

Embora fosse capaz de fechar os olhos a outras coisas, ao menos Kiyoaki, a quem estava incumbido de ajudar, ele não conseguia ignorar. Fosse sua beleza, sua fragilidade, seu modo de sentir, de pensar ou de se interessar por algo, nada no garoto agradava a Iinuma. A atitude do marquês e da marquesa quanto à educação do filho também não deixava de surpreender o ajudante.

"Eu, por exemplo, mesmo que me tornasse fidalgo, jamais educaria um filho meu desse jeito. O que será que o marquês pensa das lições que recebeu do seu falecido pai?"

Embora o marquês realizasse com devoção a cerimônia do aniversário da morte de seu progenitor, em geral eram raras as vezes em que o mencionava. Iinuma costumava sonhar em algum dia ouvir o marquês falar com mais frequência das memórias que tinha do pai, demonstrando em tais ocasiões um mínimo de sentimento saudoso e afável em relação a ele, mas, ao longo do primeiro ano que morou ali, inclusive esse seu desejo desapareceu.

Na noite em que Kiyoaki regressou a casa depois de terminado seu trabalho como pajem, seus pais lhe deram um banquete celebratório, ainda que em caráter privado. A face do jovem de treze anos ruborizou com as bebidas que lhe foram servidas meio que à força, meio que por brincadeira, e, quando chegou a hora de se apressar para dormir, Iinuma o ajudou a ir até o quarto.

O garoto afundou o corpo no colchão de seda, inclinou a cabeça contra o travesseiro e exalou um hálito quente. Na pele da região que ia dos cabelos curtos até a base de suas orelhas coradas, tão especialmente delgada que permitia imaginar o vidro quebradiço que constituía o interior de seu corpo, afloravam veias azuis palpitantes. Seus lábios se mostravam vermelhos mesmo na penumbra, e o som da exalação soava como a canção de um jovem que parecia nunca ter conhecido um pouco sequer as tribulações do sofrimento, mas que agora simulava, com ironia, esse mesmo sofrimento.

Seus cílios longos, suas pálpebras como um ágil e delgado ser aquático que se movia continuamente... Diante de tal rosto, Iinuma sabia que não poderia contar com promessas de lealdade e sentimentos profundos daquele jovem galante que, naquela noite, havia cumprido uma gloriosa incumbência.

Outra vez arregalados, os olhos de Kiyoaki miravam o teto, umedecidos. Ao ser fitado por esses olhos úmidos, ainda que tudo estivesse em desacordo com sua vontade, Iinuma não podia fazer nada senão confiar na própria lealdade. Como Kiyoaki parecia sentir calor, fazendo menção de cruzar por trás da cabeça os braços nus, lisos e ligeiramente corados, Iinuma fez-lhe o favor de erguer a gola do kaimaki[6] e assim falou:

— Vai se resfriar, viu? É melhor dormir de uma vez.

— Iinuma, hoje eu fiz uma coisa errada. Se você prometer não dizer nada para meu pai ou para minha mãe, eu posso contar para você.

— O que foi?

— Hoje, quando estava segurando a cauda do traje da princesa, acabei tropeçando um pouco. Mas ela sorriu e me perdoou, viu?

A frivolidade de tais palavras, a ausência do sentido de responsabilidade, o êxtase que pairava sobre aqueles olhos úmidos — Iinuma repudiou-os todos.

---

6. Espécie de coberta com mangas, que pode ser vestida como um pijama em noites frias.

II

Havendo passado por tais experiências, era natural que Kiyoaki, agora com dezoito anos, fosse cada vez mais seduzido pelo desejo de se isolar do ambiente em que se encontrava.

E não era apenas do lar que ele vinha se isolando. Visto que a morte do xogum Nogi[7], diretor da escola Gakushuin que cometera suicídio por lealdade ao imperador, fora incutida na cabeça dos estudantes como um incidente de máxima nobreza, a sua tradição didática, que talvez não tivesse se mostrado de forma tão exagerada caso ele houvesse simplesmente falecido por alguma doença, vinha sendo forçada mais e mais sobre os alunos, e Kiyoaki, que odiava o comportamento militar, passou a odiar também a escola, devido à atmosfera banal e viril que lá abundava.

Em se tratando de amigos, tinha intimidade apenas com Shigekuni Honda, do mesmo ano escolar que ele. Embora obviamente fossem muitos os que queriam se tornar amigos de Kiyoaki, ele não apreciava a juventude vulgar dos colegas de classe, evitando a pieguice rude daqueles que se exaltavam ao entoar o hino da escola, mas deixando-se atrair apenas pela personalidade intelectual, comedida e tranquila de Honda, rara em alguém de sua idade.

Não obstante, Honda e Kiyoaki não eram similares nem na aparência, nem no temperamento.

Honda parecia ter uma idade mais avançada, com um semblante demasiado banal, parecendo antes afetar certa importância, e, embora tivesse interesse pelo estudo das leis, em geral não mostrava aos demais a aguçada intuitividade que carregava dentro de si. Além disso, embora não houvesse um fragmento sequer de volúpia naquilo que deixava escapar à superfície, vez ou outra causava nas pessoas a sensação de que era possível ouvir de seu âmago o som de lenha estalando em chama ardente. Isso se constatava quando Honda fazia uma expressão apertando os olhos um

---

7. O conde Maresuke Nogi (1849-1912), general do Exército Imperial Japonês conhecido respeitosamente como xogum, serviu como diretor da Gakushuin de 1907 a 1912, quando cometeu suicídio ritual para acompanhar a morte do imperador Meiji.

tanto míopes, franzindo as sobrancelhas e abrindo ligeiramente os lábios, os quais de outro modo mantinha sempre cerrados com força.

Quem sabe Honda e Kiyoaki fossem como uma flor e uma folha: oriundas da mesma planta e da mesma raiz, porém se revelando de maneiras inteiramente distintas. Quem sabe ainda Kiyoaki expusesse de modo indefeso a sua natureza, abrigando em sua vulnerável forma desnuda a volúpia que ainda não lhe servia de motivação para o comportamento, enquanto a deixava gotejar pelos olhos e pelo nariz tal como um cachorrinho que fora banhado por uma chuva de início de primavera. Honda, pelo contrário, detectara ainda cedo na vida o perigo aí contido e optara por evitar a chuva clara em demasia, encolhendo-se sob o beiral do telhado.

Entretanto, todos podiam ver que os dois eram amigos íntimos, os quais, não contentes em apenas se encontrar todos os dias na escola, aos domingos sempre visitavam a casa um do outro e passavam o dia juntos. É óbvio que, como a casa de Kiyoaki era muitas vezes mais ampla, dotada ainda de muitos lugares para passeio, eram mais numerosas as vezes em que era Honda a prestar uma visita.

Em outubro de 1912, primeiro ano da era Taisho, em certo domingo quando as folhagens de outono começaram a ganhar beleza, Honda, que fora até o quarto de Kiyoaki para passarem o tempo, sugeriu que fossem andar de barco no lago.

Em outros anos era comum que viessem muitos visitantes nessa estação a fim de apreciar as folhagens coloridas; porém, como a família Matsugae não podia deixar de evitar contatos sociais mais extravagantes após o falecimento do imperador no verão recente, o jardim parecia mais imerso em silêncio que de costume.

— Se é assim, já que cabem três naquele barco, vamos chamar Iinuma para remar para nós.

— Imagine, não precisa chamar ninguém para remar, não. Eu mesmo remo — respondeu Honda, enquanto lhe vinha à memória aquele jovem de feições carrancudas e olhos sombrios que, mostrando-se ao mesmo tempo insistente e cortês, havia pouco fizera questão de conduzi-lo calado do vestíbulo até o quarto em que agora se encontrava, não obstante o fato de Honda conhecer muito bem o caminho.

— Você o odeia, não é, Honda? — disse Kiyoaki, com um sorriso.

— Não é que eu o odeie, mas nunca consigo saber o que ele está pensando.

— Como ele já mora aqui há seis anos, para mim ele é igual ao ar. Eu não acho que a gente se entenda muito bem. Em compensação, além de ser devotado a mim, ele é leal, estudioso e rigoroso, viu?

O quarto de Kiyoaki estava situado em uma parte afastada do segundo andar da casa principal. Na verdade, era um quarto de tatames, mas fora guarnecido com tapete e móveis do além-mar para lhe conferir um quê de ocidental. Honda estava sentado sobre a janela saliente, de onde torceu o corpo para observar a paisagem completa formada pela montanha de bordos, pelo lago e pela ilha central. A água se mostrava plácida com o sol da tarde. A pequena enseada onde o barco estava atado se encontrava logo abaixo.

Em seguida, contemplou mais uma vez a aparência indolente do amigo. Kiyoaki não tomava iniciativa para nada, por vezes mantendo o aspecto de quem está insatisfeito, mas enfim se divertindo à própria maneira. Por consequência, era Honda quem precisava vir com a proposta sempre que fossem fazer algo, para depois arrastar o amigo junto.

— Dá para ver o barco daqui, não? — perguntou Kiyoaki.

— Dá, sim — voltou-se Honda, incrédulo…

O que será que Kiyoaki quis dizer naquela ocasião?

Se fosse necessário forçar uma explicação, o que ele pretendia dizer era que não se interessava por coisa alguma.

Ele já se sentia como um pequeno espinho venenoso cravado no dedo robusto de todo um clã. Afinal, ele acabara aprendendo o que era a elegância. Diferentemente do que acontece com as famílias da velha aristocracia, que já estão inoculadas contra a elegância, quando uma família de militares provincianos, que ainda era singela, pobre e varonil até cinquenta anos atrás, obtém glória em um curto intervalo de tempo, e um vestígio de elegância tenta se infiltrar pela primeira vez em seu lar acompanhando o nascimento de um herdeiro, decerto não tardam a surgir sinais de uma ruína acelerada, o que era pressentido por Kiyoaki tal como uma formiga que antecipa o dilúvio.

Ele era um espinho de elegância. Além disso, o próprio Kiyoaki bem sabia que seu coração, que abominava a rudeza e estimava o refinamento, era na verdade algo vão, assim como uma erva sem raízes. Mas ele não corroía porque queria corroer. Não agredia porque queria agredir. Mesmo não havendo dúvidas de que seu veneno era de fato nocivo a todo o clã, tratava-se de um veneno inteiramente fútil, e essa futilidade, por assim dizer, era o próprio sentido de ele haver nascido — assim pensava o belo rapaz.

O sentimento de que sua razão de ser era uma espécie de veneno sofisticado estava firmemente ligado à arrogância dos dezoito anos. Ele estava determinado a jamais sujar, a jamais criar nenhuma bolha em suas belas mãos brancas. A viver como uma bandeira, apenas para o vento. A única verdade que ele tinha para si era o viver apenas em prol de uma "emoção" incessante, sem sentido, que ressuscitava quando se acreditava já haver morrido, que se intensificava quando se acreditava já haver arrefecido, sem direção nem consequência...

Dessa forma, ele agora não possuía interesse em coisa alguma. Barco? Para o seu pai, aquele era um pequeno barco pintado de azul e branco, de formato requintado e que fora importado do estrangeiro. Para o seu pai ele era cultura, cultura materializada na forma de um objeto.

E o que era para ele próprio? Um barco...?

Honda, por outro lado, com sua inerente capacidade intuitiva, compreendia bem o silêncio no qual Kiyoaki caía de súbito em tais ocasiões. Apesar de ter a mesma idade que o amigo, era um jovem mais adulto, um jovem que estava decidido a se tornar pelo menos uma pessoa "útil". Ele já havia escolhido a sua função em definitivo. Sempre dava atenção a Kiyoaki de maneira um tanto desinteressada e rude, sabendo que, contanto que se tratasse de uma rudeza fingida como a sua, ela seria bem recebida pelo amigo. Chegava a ser espantoso o modo como o estômago dos sentimentos de Kiyoaki aceitava rações artificiais. Inclusive de amizade.

— Eu acho bom você começar a fazer logo algum exercício. Você nem lê tanto assim para ficar com essa cara de cansaço, como se já tivesse devorado dez mil tomos — disse Honda, sem papas na língua.

Kiyoaki se manteve calado, sorrindo. Com efeito, livros ele não lia. Seus sonhos, no entanto, eram incessantes. E os sonhos de cada noite eram tão incontáveis que sequer dez mil tomos dariam conta, motivo pelo qual ele estava de fato cansado de ler.

Na noite anterior, por exemplo, ele vira em sonho seu próprio caixão de madeira crua. Estava disposto bem no centro de um quarto vazio com janela ampla. Além da janela havia a escuridão de antes do alvorecer, com o canto dos passarinhos a envolvê-la por completo. Uma jovem, que trazia soltos os compridos cabelos negros, apoiava-se prostrada contra o caixão e impava com os ombros finos e esbeltos. Ele pensou que gostaria de ver o rosto da mulher, mas podia apenas distinguir infimamente a região alva e algo desalentada da bela testa com cabelo em um bico lembrando o monte Fuji.[8] E, cobrindo metade daquele caixão de madeira crua, havia uma larga pele salpicada com pintas de leopardo, cujas bordas eram enfeitadas por um sem-número de pérolas. Em um conjunto destas se via contido o primeiro brilho opaco da alvorada. No quarto, em vez de incenso, vagava o odor de um perfume ocidental que lembrava o de uma fruta passada.

Quanto a Kiyoaki, ele observava a cena do alto, flutuando no ar, mas tinha a certeza de que era seu o cadáver que se encontrava deitado no caixão. Mesmo tendo essa certeza, queria a todo custo confirmar o fato com os próprios olhos. Entretanto, sua existência apenas descansava as asas de modo efêmero em pleno ar, tal como um mosquito pela manhã, não lhe sendo jamais possível bisbilhotar o interior do caixão lacrado com pregos.

Enquanto essa sua inquietação se acumulava ainda de maneira incessante, ele despertou. Em seguida, registrou o sonho da noite recém-terminada no diário de sonhos que mantinha em segredo.

Enfim, os dois desceram até o barco e soltaram a amarra. Observando o lago em toda a sua extensão, encontraram metade da superfície ardendo com o reflexo colorido da montanha de bordos.

O balanço desregrado do barco fez Kiyoaki recordar a sensação mais íntima que ele possuía em relação à instabilidade deste mundo. Naquele instante, foi como se o interior de seu coração se refletisse vividamente

---

8. Também conhecido como "bico de viúva" no Ocidente, é considerado um sinal de beleza no Japão.

e com grande movimento nas amuradas da embarcação, pintadas com imaculada tinta branca. Isso serviu para deixá-lo animado.

Honda cravou o remo nas rochas da orla e empurrou o barco para a vasta extensão de água. O líquido escarlate se partiu, enquanto as suaves ondulações aumentaram ainda mais a distração de Kiyoaki. O sombrio rumor da água era como uma voz gutural saída das profundezas do peito. Ele sentiu que essa determinada hora da tarde desse determinado dia do outono de seus dezoito anos escapava de modo definitivo para nunca mais voltar.

— Que tal ir até a ilha central?
— Não tem graça ir até lá. Não tem nada nela, viu?
— Ora, não diga isso, vamos só dar uma olhada.

Um ar agradável e jovial, condizente com sua idade, transpareceu na voz espirituosa que saiu do peito de Honda enquanto ele remava. O som longínquo da cascata que vinha da ilha central lhe chegava aos ouvidos, e Kiyoaki fixou os olhos sobre o lago, de interior indistinto devido ao reflexo rubro e à estagnação da água. Ele sabia que ali dentro nadavam carpas e, por entre as sombras das rochas ao fundo da água, espreitavam tartarugas. O temor de quando ele era criança ressuscitou vagamente em seu coração, para logo desparecer.

O sol brilhava formoso, caindo sobre suas jovens nucas de cabelo cortado rente. Era um domingo próspero, rotineiro, tranquilo. Não obstante, Kiyoaki teve a impressão de escutar o som do gotejar do "tempo" que ia caindo, pingo a pingo, de um pequeno buraco aberto no fundo da bolsa de couro cheia de água que é este mundo.

Os dois chegaram à ilha central, lá havia apenas um bordo entre os pinheiros, e subiram a escadaria de pedra até o gramado circular no topo, onde estavam dispostos os três grous de ferro. Eles primeiro sentaram aos pés das duas aves que chilreavam para o firmamento e então se deitaram, contemplando o céu tão límpido do fim de outono. A grama que espetava as costas dos quimonos de ambos causava em Kiyoaki uma dor cruel, mas, em Honda, a sensação que se estendia por seu dorso era o mais doce e refrescante sofrimento, o qual ele não tinha alternativa senão suportar. Assim, ao canto dos olhos de cada um, a curvatura suave dos pescoços esticados dos grous de ferro, expostos às intempéries do tempo e manchados de branco pelas fezes dos passarinhos, parecia se mover conforme se deslocavam também as nuvens.

— Que dia incrível, hein? Dias incríveis como este, assim, sem nenhum incômodo, talvez sejam poucos na vida.

Assim pensou Honda ao se ver dominado por certo pressentimento, e assim mesmo deu voz ao pensamento.

— Você está querendo dizer que isto é felicidade? — perguntou Kiyoaki.

— Não me lembro de ter dito nada do tipo.

— Se for assim, tudo bem, mas eu tenho tanto medo que não posso falar do mesmo jeito que você. Falar algo tão ousado.

— Com certeza você é bastante ambicioso. Os ambiciosos, com frequência, têm a aparência triste. O que mais você quer além disso?

— Algo definitivo. Que ainda não sei o que é — respondeu contrariado o jovem de extrema beleza, para quem não existia nada de indefinido.

Embora ele não se importasse com tamanha intimidade, vez ou outra seu coração egoísta sentia que a apurada capacidade de análise de Honda e seu comportamento de "rapaz útil", o caráter confiante do seu modo de falar, eram um incômodo.

Kiyoaki, de repente, mudou de posição no solo e, com a relva agora estendida sob o abdome, ergueu o pescoço para observar à distância, além do lago, o jardim em frente ao grande salão da casa principal. Chegando ao lago, as alpondras por entre a areia branca formavam uma enseada especialmente intricada, com vários níveis de pontes de pedra. Foi nesse lugar que ele identificou um grupo de mulheres.

III

Kiyoaki cutucou o ombro do amigo para lhe chamar a atenção para aquele local. Honda também voltou o pescoço e, por entre o gramado, levou os olhos até o grupo que se encontrava além das águas. Assim se mantiveram os dois, espiando como jovens franco-atiradores.

Aquele era o grupo que acompanhava a mãe de Kiyoaki quando ela tinha vontade de sair para uma caminhada, comumente formado apenas por suas criadas; nesse dia, contudo, estavam nele incluídas as silhuetas de duas visitantes, uma jovem e outra já de idade, que andavam logo atrás da marquesa.

Embora os quimonos de sua mãe, das criadas e da anciã fossem sóbrios, apenas o da jovem visitante, de um pálido azul-claro e contendo algum bordado, fazia o brilho de sua seda reluzir friamente como a cor do céu ao raiar do dia, tanto sobre a areia branca quanto sobre a beira da água.

Daquela direção também vieram correndo pelo céu de outono risos de preocupação com o caminho irregular de pedras que tinham diante delas, demasiado puros e contendo uma espécie de artificialidade. Embora Kiyoaki odiasse esse riso afetado das mulheres da mansão, ele sabia que o mesmo som fazia brilhar os olhos de Honda tal como os de um pássaro que ouvira o canto das fêmeas. Os caules da relva, que já começava a secar naquele fim de outono, dobraram-se frágeis sob o peito dos dois.

Kiyoaki acreditava que ao menos aquela moça de quimono azul-claro não daria risadas assim. Como as criadas começaram a puxar sua ama e as visitas pelas mãos com movimentos exagerados, a fim de percorrem o difícil caminho das pontes de pedra — um caminho estreito escolhido deliberadamente por elas para ir das margens da água até a montanha de bordos —, a silhueta do grupo acabou ocultada aos olhos dos dois pelo gramado.

— Tem mesmo muitas mulheres na sua casa, hein? Na minha, parece que só há homens — disse Honda como pretexto para seu entusiasmo, e levantou-se para se aproximar da sombra dos pinheiros no lado oeste e observar o modo como as mulheres prosseguiam apreensivas em seu trajeto. Uma vez que a montanha de bordos deixava espraiar a oeste um vale estreito, quatro dos nove níveis da cachoeira se encontravam na direção do poente, sendo levados até o poço que estava aos pés das pedras vermelhas de Sado. No local em que as mulheres iam atravessando pelas alpondras em frente ao poço da cachoeira, já que os bordos se mostravam especialmente coloridos, o arvoredo ocultava até mesmo a espuma branca que era borrifada pela pequena queda do nono nível, tingindo de vermelho-escuro as águas daquele ponto. Kiyoaki, contemplando a nuca branca da pessoa de quimono azul-claro, que ficara voltada para cima enquanto ela atravessava as pedras com a ajuda de uma criada, lembrou-se da inesquecível nuca branca e opulenta da princesa de Kasuga.

Ao atravessar o poço, por um bom trecho o caminho estreito passava a contornar a margem da água em um plano horizontal, e a orla nesse ponto era a que estava mais próxima da ilha central. Até ali Kiyoaki as vinha acompanhando ardentemente com os olhos, mas, ao reconhecer no perfil da mulher de quimono azul-claro o perfil de Satoko, decepcionou-se. Por que será que, até aquele momento, não havia percebido tratar-se de Satoko? Por que estivera tomado pela crença de que seria uma bela mulher desconhecida?

Uma vez estragada sua fantasia, ele já não tinha necessidade de se manter escondido. Levantou-se espanando as sementes de grama do hakama[9] e, expondo a contento sua figura por entre os ramos mais baixos do pinheiro, chamou:

— Ei!

Diante da repentina jovialidade de Kiyoaki, Honda se espantou e também ergueu o corpo. Se não conhecesse a predisposição do amigo para se fazer jovial quando desiludido, Honda certamente teria pensado que perdera a dianteira.

— Quem é?

— Ora, é só a Satoko. Já mostrei uma foto dela para você, não lembra?

Kiyoaki deixou transparecer até mesmo em seu tom de voz o quanto desdenhava aquele nome. Sem dúvida, a Satoko que estava naquela margem era uma bela mulher. Mas o jovem teimava em fingir não perceber sua beleza. Isso porque sabia muito bem que ela tinha afeição por ele.

---

9. Peça do vestuário tradicional japonês semelhante a uma calça bastante folgada utilizada por cima do quimono.

Decerto Kiyoaki não possuía nenhum outro amigo que, como Honda, fosse capaz de inferir, havia muito tempo, sua tendência para desdenhar das pessoas que o amavam; aliás, não apenas desdenhar, como tratar com frieza. Honda conjecturava que essa espécie de orgulho era um sentimento que vinha crescendo furtivo como mofo no fundo de seu coração, desde seus treze anos, quando Kiyoaki tomou conhecimento dos elogios que as pessoas faziam à sua beleza. Era uma flor de mofo branco-prateada, que parecia capaz de soar como um sino ao ser tocada.

Na prática, talvez fosse justamente nisso que se originava o perigoso fascínio que Kiyoaki exercia sobre ele na qualidade de amigo. Não eram poucos os colegas de classe que fracassavam ao tentar travar amizade com Kiyoaki, por fim logrando apenas ser escarnecidos por ele. Honda fora o único a obter êxito no experimento de saber conduzir-se bem diante do frio veneno lançado pelo rapaz. Era possível que fosse um mal-entendido de sua parte, mas o ódio que Honda sentia de Iinuma, aquele ajudante de olhos sombrios, talvez se devesse ao fato de ele conseguir identificar sobretudo naquele rosto os resquícios de tão familiar fracasso.

Mesmo nunca havendo se encontrado com Satoko, Honda conhecia bem o nome por causa das histórias de Kiyoaki.

A família de Satoko Ayakura era um dos 28 clãs de urin[10], tendo sua origem em Yorisuke Nanba, conhecido como o inventor do kemari[11] do clã Fuji, e separando-se da linhagem de Yoritsune Nanba na 27ª geração, quando o então patriarca tornou-se camareiro da Agência da Casa Imperial e mudou-se para Tóquio. Embora morasse em uma antiga residência de samurais em Asabu, por ser conhecido como o líder de uma família de poetas e jogadores de kemari, viu seu herdeiro agraciado com a quinta

---

10. Uma das antigas classes de nobreza atribuídas às famílias que serviam à corte, cujos membros ocupavam postos de major-general ou tenente-general na Guarda Imperial e, uma vez ingressando no Conselho de Estado, podiam chegar a tornar-se conselheiros de segundo ou até primeiro escalão.

11. Esporte tradicional japonês praticado no Japão desde o século VII semelhante a uma competição de embaixadinhas, no qual os participantes devem manter uma bola de couro no ar pelo maior tempo possível sem utilizar as mãos ou os braços.

classe imperial subalterna de grau inferior[12] antes mesmo de prender os cabelos[13], podendo então avançar até mesmo ao posto de conselheiro de primeiro escalão.

Enlevado pela elegância que faltava a sua própria linhagem, o marquês Matsugae, desejando conferir ao menos à próxima geração da sua família um requinte similar ao da alta nobreza, obteve permissão de seu pai para enviar Kiyoaki ainda pequeno a fim de ser criado pela família Ayakura. Lá Kiyoaki foi permeado pela tradição da nobre família e, até alcançar a idade escolar, foi tratado com muitos mimos por Satoko, dois anos mais velha que ele e sua única irmã e amiga. O conde Ayakura, de uma personalidade deveras amável e possuidor de um incorrigível sotaque de Kyoto, ensinou poesia japonesa e caligrafia ao jovem Kiyoaki. Ainda nos dias atuais a família Ayakura se divertia nas longas noites de outono com um tabuleiro de sugoroku[14] ao estilo da época em que o imperador ainda não havia perdido o poder[15], sendo concedidos ao vencedor prêmios tais como doces de farinha e açúcar belissimamente esculpidos, com os quais a imperatriz lhes contemplava.

Como exemplo da educação sobre refinamento dada pelo conde que continuava ainda hoje, podia-se citar em especial o fato de que ele vinha fazendo Kiyoaki acompanhá-lo desde os quinze anos de idade ao Utakai Hajime[16] da Agência Imperial de Poesia, onde trabalhava como parecerista de poemas. Embora, a princípio, Kiyoaki sentisse se tratar de uma obrigação, à medida que foi crescendo e antes que se desse conta ele passou a

---

12. O sistema de classes imperiais japonês é dividido em dez classes, cada qual com uma posição superior e subalterna, com algumas sendo subdividas ainda em um grau inferior e um grau superior. O título aqui descrito é considerado o mínimo necessário para ser considerado parte da nobreza, e era normalmente concedido aos primogênitos de nobres após sua cerimônia de maioridade.
13. Alusão a um dos rituais da antiga cerimônia de maioridade, geralmente realizada para garotos entre onze e dezesseis anos de idade.
14. Tradicional jogo de tabuleiro com duas versões distintas: *ban-sugoroku*, semelhante ao gamão (a versão aqui referida), e *e-sugoroku*, cujo objetivo é apenas avançar casas conforme o número obtido nos dados.
15. Ou seja, antes do fim do século XII, quando teve início um longo período de governo militar no Japão.
16. Recital de poesia clássica no formato *tanka* (cinco versos de 5-7-5-7-7 sílabas), organizado pelo imperador ao início de cada ano.

aguardar em seu íntimo pela participação naquele vestígio de requinte ao início do ano.

Satoko agora estava com vinte anos de idade. Desde sua figura roçando faces com Kiyoaki quando ainda eram crianças, até quando participou recentemente da cerimônia no Meritório Santuário no final de maio, era possível percorrer em minúcias as pegadas do crescimento de Satoko a partir do álbum de fotos do rapaz. Apesar de aos vinte anos já ter passado do auge da idade núbil, Satoko ainda não havia se casado.

— Então aquela é a Satoko? E quem é a senhora vestindo o sobretudo cinzento, recebendo a atenção de todo mundo?

— Sim, aquela... Ah, é mesmo, é uma tia-avó da Satoko, abadessa de um templo budista tradicional. Eu só não tinha percebido porque ela está usando um capuz estranho.

Tratava-se de uma visitante bastante incomum, pois sem dúvida era a primeira vez que aquela senhora vinha até a mansão. A mãe de Kiyoaki não se daria tanto trabalho caso se tratasse apenas de Satoko, portanto a ideia de mostrar o jardim lhe ocorrera sem dúvida como forma de demonstrar hospitalidade à abadessa do templo Gesshuji. Era isso mesmo. Decerto Satoko havia trazido a anciã até a residência Matsugae para lhe mostrar as folhagens coloridas de outono, entretendo-a em uma de suas raras visitas à capital.

Embora a abadessa houvesse mimado Kiyoaki sobremaneira quando este ainda estava confiado à família Ayakura, os eventos daquela época haviam desaparecido por completo da memória do rapaz. Tudo o que ele recordava era certa vez em que fora chamado à casa dos Ayakura a fim de ver a abadessa, em outra de suas visitas à capital. Ainda assim, ele se lembrava bem daquele rosto alvo, gentil e refinado, bem como de seu modo solene de falar, a despeito da brandura.

Todas que estavam ali à margem se levantaram juntas ao ouvir a voz de Kiyoaki. Foi possível distinguir com clareza a maneira como elas se espantaram com a figura dos dois jovens que surgiram de súbito, como uma dupla de piratas ao lado dos grous de ferro da ilha central, da relva alta.

Como sua mãe retirou um pequeno leque de dentro da cinta do quimono para apontar para a abadessa, assinalando que lhe prestasse respeito, Kiyoaki fez uma profunda reverência do alto da ilha central, sendo imitado por Honda e enfim reverenciado em retribuição pela senhora. Quando sua mãe abriu o leque para fazer um gesto a fim de que viessem até elas, e o metal do objeto brilhou em um vermelho vivo com o reflexo das folhagens, Kiyoaki soube que seria obrigado a instar o amigo para que avançassem logo de barco até a margem oposta.

— A Satoko nunca deixa escapar uma oportunidade de vir até esta casa. Ainda por cima, as oportunidades não são nada artificiais. A tia-avó dela está sendo usada como um belo sacrifício.

Kiyoaki assim falou, em tom de reprimenda, enquanto ajudava Honda a soltar a amarra às pressas. Naquele momento, Honda se perguntou se essas não seriam palavras de pretexto usadas por Kiyoaki para disfarçar sua vontade de ir tão afobado desse modo à margem oposta, embora dissesse que era apenas para saudar a abadessa. A forma como os dedos brancos e delicados de Kiyoaki se lançaram dolorosos sobre a amarra áspera, como que impacientes com os gestos disciplinados do amigo, foi suficiente para despertar nele essa dúvida.

Conforme Honda começou a remar com as costas voltadas para a margem oposta, os olhos de Kiyoaki, que pareciam enrubescidos ao receber o reflexo da superfície vermelha da água, evitaram nervosamente os do amigo e se dirigiram apenas à orla, permitindo conjecturar se ele não queria porventura impedir, devido à vaidade existente entre homens que chegam à idade adulta, que Honda soubesse como a parte mais débil de seu coração reagia em relação àquela moça que o conhecia muito bem desde a infância, e que exercia sobre ele demasiado controle emocional. Àquela época, era possível que Satoko houvesse visto em seu corpo até mesmo o pequeno botão branco de lírio-de-agosto.

— Nossa, o Honda realmente rema muito bem.

O esforço feito por Honda para remar até a beira foi reconhecido pela mãe de Kiyoaki. Era uma senhora de rosto oval e sobrancelhas em forma de V invertido, levemente soturnas, e seu rosto continuava tristonho; mesmo quando sorridente, não exibia necessariamente um temperamento sensível. Era uma pessoa realista, mas por vezes indiferente, que, havendo cultivado a si mesma para acostumar-se com o otimismo rústico e a devassidão do marido, jamais seria capaz de penetrar os delicados vincos do coração de Kiyoaki.

Quanto a Satoko, ela não desviou os olhos de nenhum dos ínfimos movimentos feitos por Kiyoaki ao se levantar do barco. Devido ao modo como seus olhos determinados e vivazes podiam parecer revigorantes e indulgentes de acordo com seu modo de dirigi-los a alguém, não era de estranhar que Kiyoaki sempre se retraísse, lendo no olhar dela algo julgador.

— Hoje temos uma visita distinta, portanto estou ansiosa por ouvir suas conversas gratificantes. Eu a trouxe até aqui pensando em lhe mostrar a montanha de bordos, mas tomamos um susto com aquele seu chamado grosseiro. O que estavam fazendo na ilha central?

— Estávamos só olhando o céu, sem fazer nada.

Kiyoaki ofereceu à pergunta da mãe uma resposta propositalmente enigmática.

— Se estavam olhando o céu, é porque havia alguma coisa nele, não?

Sua mãe não tinha vergonha de sua mentalidade incapaz de compreender aquilo que não se pode enxergar com os olhos, o que Kiyoaki pensava ser o único ponto forte que ela possuía. Não obstante, parecia-lhe também cômico o modo como ela demonstrava uma admirável deferência ao se dispor a ouvir sermões budistas.

Respeitando sua condição de convidada, a abadessa vinha exibindo um sorriso comedido ante tal diálogo entre mãe e filho.

Já Satoko fitava intensamente o forte brilho negro dos fios de cabelo soltos que caíam sobre as faces radiantes do rosto de Kiyoaki, que fazia questão de não se voltar para vê-la.

Desse modo, eles foram apreciando as folhagens do outono conforme subiam juntos pela trilha montesa, divertindo-se ao tentar adivinhar o nome dos passarinhos que cantavam uns para os outros nos ramos das árvores. Por mais que afrouxassem o passo, os dois jovens acabaram por tomar a dianteira naturalmente, separando-se do grupo de mulheres centrado na abadessa.

— Você acha isso?

Quando Honda agarrou a oportunidade para mencionar pela primeira vez o nome de Satoko e elogiar sua beleza, Kiyoaki respondeu demonstrando uma frieza nervosa, embora ciente de que, se Honda porventura houvesse dito que Satoko era feia, logo o seu orgulho se feriria. Independentemente de ele próprio ter ou não interesse nela, estava claro que Kiyoaki pensava que qualquer mulher relacionada a ele precisava ser bela.

No momento em que a companhia toda enfim chegou aos pés da crista da cachoeira e pôde admirar de cima da ponte o primeiro nível da grande queda, quando a mãe de Kiyoaki aguardava em seu âmago ouvir as primeiras palavras de enaltecimento da abadessa, foi seu filho quem fez a desditosa descoberta que tornaria aquele dia especialmente inesquecível.

— O que será aquilo? O que será que está fazendo a água se partir daquele jeito na crista da cachoeira?

Sua mãe também se deu conta daquilo e, cobrindo com o leque aberto os raios de sol que se infiltravam por entre as árvores, olhou para o alto. Não era possível que a água se repartisse daquele jeito desgracioso, bem no centro da cachoeira — sobretudo porque haviam feito esforços para dispor as rochas naquele lugar de maneira a criar uma queda com formato elegante. Era verdade que existia ali uma rocha protuberante, mas ela não seria capaz de perturbar tanto o aspecto da queda.

— O que poderia ser? Parece haver algo preso ali… — a mãe dirigiu seu sentimento de confusão à abadessa.

Embora a anciã houvesse logo identificado o objeto, ateve-se apenas a sorrir em silêncio. A obrigação de dizer com toda a sinceridade o que haviam visto ali cabia a Kiyoaki. Não obstante, ele titubeava, temendo que tal descoberta fosse estragar o prazer geral. Mas ele sabia que, àquela altura, todos já haviam reconhecido o que era aquilo.

— Não é um cachorro preto? Com a cabeça pendendo para baixo? — declarou Satoko, com muita franqueza. Criou-se um rebuliço, como se todos houvessem se dado conta do fato pela primeira vez.

Kiyoaki teve seu orgulho ferido. Fazendo-se valer de uma coragem à primeira vista pouco feminina, ao apontar para o infausto cadáver do cachorro, Satoko demonstrou incluir inequivocamente em sua franqueza uma palpável elegância, fosse pela sua voz inerentemente doce e firme, fosse pela pertinência do seu nível de vivacidade, conscienciosa da leveza ou gravidade de cada situação. Em particular, por ser essa uma elegância fresca e viva, tal como uma fruta dentro de um recipiente de vidro, Kiyoaki teve vergonha do próprio titubeio e se apequenou diante da capacidade pedagógica de Satoko.

Sua mãe ordenou de imediato às criadas que fossem buscar o jardineiro que havia negligenciado suas funções, ao mesmo tempo que pediu perdão à abadessa pela cena indecorosa; esta, porém, com seu coração benevolente, fez uma sugestão intrigante:

— O fato de ele ter aparecido assim aos meus olhos deve ter sido alguma obra do destino. Vamos logo sepultá-lo e erguer um túmulo de terra. Vou rezar por sua alma.

É provável que o cachorro, já ferido ou adoentado, houvesse tentado beber água na nascente do rio e tombado, o corpo morto pelo afogamento sendo carregado pelas águas até a crista da cachoeira, onde fora barrado pelas rochas. Embora Honda tivesse ficado comovido com a coragem de Satoko, ao mesmo tempo a resplandescência do céu sobre a crista da cachoeira, por onde vagavam nuvens indistintas, bem como a carcaça do cachorro inteiramente negro que pendia sobre o ar, banhada pela espuma límpida da água, com seu pelo molhado a reluzir, a alvura das presas e o rubro-negro da cavidade bucal aberta — tudo aquilo lhe causou a impressão de estar saltando à frente dos seus olhos.

Passar da apreciação de folhagens para o funeral de um cachorro pareceu uma reviravolta até divertida a todos os presentes, inclusive às criadas, que exibiam comportamento vivaz enquanto dissimulavam seu frenesi. O grupo descansou sob o caramanchão do outro lado da ponte, construído à semelhança de uma casa de chá para se poder apreciar a cachoeira, e esperaram até que o jardineiro, que viera correndo e não poupara palavras em seu pedido de perdão, subisse o perigoso aclive para trazer abraçado consigo o corpo molhado do cachorro preto e enfim enterrá-lo em uma cova aberta em local apropriado.

— Vou apanhar umas flores. Primo Kiyo, você não quer me ajudar? — disse Satoko, já impedindo de antemão que as criadas oferecessem ajuda.

— E que flores se oferece para um cachorro? — disse Kiyoaki, a contragosto, provocando o riso de todos.

Nesse momento a abadessa já havia despido o sobretudo, revelando as vestes religiosas roxas cobertas por uma pequena sobrepeliz. Todos sentiram como se sua respeitável existência purificasse de imediato o infortúnio, dissolvendo dentro da grande luz celeste os mais diminutos acontecimentos sombrios.

— Que cachorro afortunado, por receber as preces da Vossa Reverência. Com certeza ele renascerá como um ser humano na próxima encarnação — disse a mãe de Kiyoaki, já rindo.

Enquanto isso, Satoko dirigiu-se antes de Kiyoaki para a trilha na montanha, onde, com ligeireza, descobriu e apanhou gencianas ainda em florescência. Aos olhos de Kiyoaki, não se revelaram nada mais que crisântemos silvestres murchados.

Como ela se agachasse despreocupada para apanhar as flores, a barra do quimono azul-claro de Satoko indicou uma farta opulência de quadris que não condizia com seu corpo esguio. Kiyoaki sentiu repúdio pela leve turvação de sua cabeça solitária e transparente, como aquela causada pelo desprender da areia no fundo da água revolvida.

Após terminar de apanhar várias gencianas, Satoko ergueu-se de súbito e parou no caminho de Kiyoaki, que a vinha seguindo enquanto olhava na direção contrária. Desse modo, o nariz harmonioso e os olhos grandes e formosos de Satoko, os quais ele até então não havia mirado de propósito, pairaram vagos como uma ilusão para Kiyoaki, a uma distância demasiado próxima.

— Se eu desaparecesse de repente, primo Kiyo, o que você faria? — falou Satoko rapidamente, com a voz contida.

IV

Satoko costumava usar, desde antigamente, uma maneira de falar com o intuito de espantar os demais.

Não ocorria de ela ser conscientemente teatral, mas o fato era que não demonstrava no rosto um traço sequer que indicasse se tratar de uma travessura e que tranquilizasse o interlocutor desde o princípio: falava antes com grande seriedade e pesar, como se fizesse a mais importante das revelações.

Embora já estivesse acostumado a isso, nem Kiyoaki foi capaz de conter enfim a seguinte pergunta:

— Desaparecer, por quê?

Essa réplica repleta de insegurança, ainda que fingindo indiferença, era precisamente o que Satoko desejava ouvir.

— O motivo eu não digo.

Dessa forma Satoko gotejou um pingo de tinta nanquim na água transparente que havia no copo do coração de Kiyoaki. Ele não tivera tempo para se defender.

Kiyoaki fitou Satoko com olhar penetrante. Era sempre assim. Era isso que se convertia na semente de seu ódio por Satoko. Essa insegurança de caráter incerto que ela lhe conferia de repente, sem sobreaviso. Dentro de seu coração, a gota de tinta se espalhou irrefreável e a olhos vistos, ao passo que toda a água ia se manchando de um tom cinzento.

Os olhos arregalados e carregados de melancolia de Satoko tremulavam de prazer.

Quando retornaram, todos se espantaram com o quanto Kiyoaki estava mal-humorado. Isso decerto se tornaria motivo de fofoca para as muitas mulheres da residência Matsugae.

O coração egoísta de Kiyoaki tinha, ao mesmo tempo, a fantástica tendência de propagar a insegurança que corroía a si mesmo.

Caso se tratasse de um coração apaixonado, quão próprias da juventude seriam sua pertinácia e durabilidade! Mas não era o seu caso. Era possível que Satoko houvesse semeado para ele as sementes de flores sombrias e repletas de espinhos, ciente de que ele antes preferiria se lançar sobre as sombrias que sobre uma formosa flor. Kiyoaki já havia perdido por completo o entusiasmo por qualquer coisa que não fosse regar tais sementes, fazer crescerem seus brotos e enfim esperar que eles se proliferassem por todo o seu interior. Ele cultivava, absorto, a insegurança, sem desviar a atenção.

Fora-lhe conferido um alvo de "interesse". Depois disso ele se tornou, por largo tempo e desejo próprio, um prisioneiro do mau humor, zangado com Satoko por lhe haver concedido esse enigma e essa indefinição, e zangado com sua própria falta de resolução por não ter insistido naquele momento e resolvido o enigma no ato.

Era verdade que, quando Honda e ele estavam ambos descansando sobre o gramado na ilha central, ele dissera desejar "algo definitivo". Kiyoaki não sabia bem o que seria, mas, no instante em que esteve prestes a ter nas mãos esse "algo definitivo" de brilho reluzente, as mangas azul-claras de Satoko vieram incomodá-lo e empurrá-lo de novo para dentro do pântano da indefinição — era assim que Kiyoaki estava predisposto a pensar. Embora a luz desse algo definitivo talvez estivesse, na verdade, apenas lampejando de um local distante e longe do seu alcance, ele queria pensar a todo custo que fora obstruído por Satoko quando lhe faltava somente um passo.

O que mais o irritava era o fato de que todos os caminhos para dissipar a insegurança e o enigma estavam bloqueados por seu próprio orgulho. Por exemplo, caso tentasse perguntar sobre isso a alguém, a pergunta não poderia deixar de ser formulada como "o que significa isso de a Satoko desaparecer?", tendo como resultado apenas levantar suspeitas sobre a intensidade de seu interesse pela moça.

"O que fazer? Como vou convencer as pessoas de que isso não tem nada a ver com meu interesse pela Satoko, sendo só uma demonstração da minha própria insegurança?"

Por mais que pensasse nisso inúmeras vezes, o raciocínio de Kiyoaki não deixava de andar em círculos.

Em ocasiões assim, até mesmo a escola, em geral odiada por ele, tornava-se um local de relaxamento. Apesar de ele sempre passar o intervalo do almoço com Honda, já andava um pouco entediado dos assuntos do amigo. Afinal, desde aquele dia, quando Honda ouvira os sermões budistas da abadessa do templo Gesshuji junto com todos os demais no salão de recepção da casa principal, seu coração ficara tomado somente por isso. E, não obstante Kiyoaki ter escutado as histórias daquele dia sem prestar muita atenção, Honda agora vinha despejar as interpretações que ele mesmo fazia, à sua própria moda, de cada minúcia dos sermões.

Era interessante como, em um coração de tendências sonhadoras tal qual o de Kiyoaki, os sermões não projetavam sequer uma minúscula sombra de influência, quando em contrapartida exercem poderosa força sobre uma cabeça racional como a de Honda.

O Gesshuji era um templo budista localizado na periferia de Nara, pertencente à escola Hosso, na qual eram raros os monastérios femininos, e Honda decerto se deixara fascinar pelos ensinamentos embasados na lógica; também era verdade que os sermões da abadessa citavam anedotas fáceis de entender e propositalmente banais, com o intuito de guiar as pessoas apenas à primeira porta de acesso do conceito de "Mente-Apenas" da seita.

— A abadessa disse que o cadáver do cachorro pendendo do alto da cachoeira a fez pensar neste sermão — contou Honda. — Não há dúvida de que isso foi fruto da gentil consideração da sua família. Aquele dialeto antigo de Kyoto dela, misturado ao modo de falar antigo das mulheres da corte e que deixava ver de relance uma infinidade de expressões sutis mesmo no seu rosto inexpressivo, assim como um kicho[17] balançado de leve pelo vento, acentuava bastante a impressão causada pelo sermão, não é?

"A história da abadessa foi sobre um homem chamado Gangyo, da época em que o mundo ainda pertencia à dinastia Tang. Enquanto peregrinava por montanhas renomadas seguindo rotas de templos budistas, o sol acabou se pondo e ele dormiu a céu aberto entre montes de terra. Ao abrir os olhos durante a noite, como tinha a garganta muito seca, estendeu a mão em concha para beber a água do buraco que havia ao lado. Ele nunca tinha experimentado uma água tão límpida, gelada e doce. Voltou a dormir e, quando abriu os olhos pela manhã, a luz da alvorada começou a iluminar o local onde estivera a água que ele bebera na noite anterior. Ele jamais poderia ter imaginado que aquela

---

17. Espécie de cortina portátil de seda utilizada como divisória em cômodos.

fosse a água acumulada dentro de um crânio; Gangyo forçou o vômito e pôs para fora o que tinha bebido. Mas nessa hora ele foi iluminado pela seguinte verdade: quando nasce a mente, geram-se então fenômenos diversos; quando é destruída a mente, extingue-se a dualidade semântica do crânio.

"Mas o que achei interessante foi que, depois da iluminação, Gangyo poderia ter bebido a mesma água de novo, agora a achando sinceramente límpida e deliciosa. Com a castidade também é assim, não é? Você não acha? Por mais que a parceira seja uma mulher da vida, um jovem casto ainda seria capaz de experimentar uma paixão casta. Mas, depois de saber que a mulher era uma grande devassa, e depois de saber então que a própria imagem casta que ele trazia na mente era o que vinha pintando o mundo conforme ele queria, será que ele ainda seria capaz de experimentar uma paixão imaculada mais uma vez com a mesma mulher? E você não acha que seria incrível se ele conseguisse? Não acharia incrível se fosse possível interligar, com tamanha solidez, a essência da própria mente com a essência do mundo? Isso não seria o mesmo que obter a chave para os segredos do universo?"

Por dizer essas palavras, era evidente que Honda ainda não tinha experiência com mulheres, e, apesar de para Kiyoaki ser impossível refutar o bizarro argumento devido a sua própria inexperiência, de alguma forma a mente deste jovem egoísta diferia da mente do amigo, pois ele, sim, sentia já possuir desde seu nascimento a decifração do mundo. Ele não sabia de onde advinha essa convicção. Sua disposição sonhadora, sua personalidade arrogante ao extremo, ainda que facilmente permeada por insegurança, além de sua predestinada formosura, permitiam pressentir um único grumo de pedra preciosa encravado nos recônditos de suas carnes macias. Embora não causasse nem dor, nem inflamação, graças à luz cristalina que às vezes era emitida do fundo de suas carnes, talvez ele possuísse um orgulho similar ao de um enfermo por sua doença.

Se Kiyoaki não tinha interesse na história do Gesshuji e tampouco soubesse muito a respeito dele, Honda, em contrapartida, havia ido à biblioteca para pesquisar a respeito, mesmo não tendo qualquer ligação com o lugar.

Tratava-se de um templo relativamente novo, construído por volta do início do século XVIII. Diziam que a filha de Higashiyama, o 113º imperador do Japão, enquanto se dedicava ao culto da deusa Kannon no templo Kiyomizudera por lamentar com saudade o pai que falecera ainda jovem, tomou interesse pela teoria do "Mente-Apenas" pregada pelo monge ancião do templo Jojuin e foi se convertendo cada vez mais à doutrina da seita Hosso. Esse fato levou a princesa a evitar os templos já existentes da família imperial quando decidiu raspar o cabelo e a estabelecer um novo local para sua ascese, o que deu origem ao templo Gesshuji de atualmente. Embora sua característica como monastério feminino da seita Hosso perdure até os dias de hoje, a linhagem de abadessas provenientes da família imperial havia cessado na geração anterior, de modo que a tia-avó de Satoko, apesar de também herdar o sangue da corte, tornara-se a primeira abadessa a ser apenas uma vassala...

De repente, Honda indagou:

— Matsugae! Não tem algo errado com você nos últimos tempos? Você não presta atenção em nada do que eu digo.

— É impressão sua.

Pego de surpresa, Kiyoaki deu uma resposta vaga. Ele observou o amigo com seus olhos belos e vivazes. Embora não tivesse vergonha de ter sua altivez reconhecida pelo amigo, tinha medo de que fosse reconhecida a sua preocupação.

Ciente de que Honda invadiria sem-cerimônias o interior de seu coração caso o abrisse agora para ele, Kiyoaki, que não permitiria tal comportamento a qualquer pessoa que fosse, acabaria perdendo o único amigo que tinha.

Entretanto, o próprio Honda logo compreendeu o que se passava no coração de Kiyoaki. Compreendeu que, se quisesse continuar sendo amigo dele, precisava poupar os descuidos da amizade. Que não deveria fazer algo como colocar uma mão desprevenida naquela parede recém-pintada, deixando ali a marca de sua palma. Que, dependendo do caso, deveria fingir não ver nem mesmo a agonia de morte do amigo. Sobretudo se essa fosse uma agonia especial, daquelas cujo ocultamento pudesse lhe conferir elegância.

Em momentos como esse, os olhos de Kiyoaki transbordavam uma espécie de súplica fervorosa, mas Honda até gostava disso. De sua mirada desejando que o amigo detivesse tudo em uma orla bela e indefinida... Era somente em meio a esse estado frio e prestes a estourar, nesse deplorável confronto que colocava a amizade dos dois na mesa de negociação, que Kiyoaki se tornava então o suplicante e Honda, um espectador estético. Essa era a situação que os dois de fato desejavam tacitamente, a essência daquilo que as outras pessoas denominavam ser a amizade entre os dois.

V

Cerca de dez dias depois, o marquês e patriarca da família por acaso voltara mais cedo para casa e, em rara ocasião, jantou a três em companhia da esposa e do filho. Como ele gostava da cozinha do Ocidente, fez com que o esplêndido jantar fosse servido na pequena sala de refeições do prédio ocidental, e desceu ele mesmo à adega no subsolo para escolher um vinho. O marquês levou Kiyoaki consigo para lhe ensinar em minúcias sobre as marcas de vinho que permaneciam em repouso preenchendo toda a adega, explicando com um ar assaz contente qual deles combinava com qual comida, ou que este vinho aqui só deveria ser usado quando viesse alguém da família imperial e em nenhuma outra ocasião. O pai de Kiyoaki nunca parecia tão contente quanto nas ocasiões em que conferia ao filho tal conhecimento desnecessário.

Enquanto bebiam antes da refeição, a mãe contou orgulhosa sobre como havia ido a Yokohama dois dias antes para fazer compras, utilizando um coche de um só cavalo e levando consigo um jovem criado.

— Fiquei estarrecida, pois mesmo em Yokohama eles ainda acham incomum a roupa ocidental. Aquelas crianças imundas vêm correndo atrás da carruagem gritando "ovelha, ovelha".[18]

O pai de Kiyoaki insinuou que gostaria de levar o filho para ver a cerimônia de lançamento do navio de guerra *Hiei*, mas falou antecipando naturalmente sua recusa.

Depois disso Kiyoaki pôde perceber como o pai e a mãe se esforçavam para encontrar algum assunto em comum; sabe-se lá por qual motivo, acabaram falando sobre a celebração de "Otachimachi"[19] de três anos atrás, quando o filho chegara aos quinze de idade.

---

18. Em japonês, *rashamen*. O termo também foi utilizado a partir da segunda metade do século XIX para designar pejorativamente as prostitutas que ofereciam seus serviços apenas a ocidentais ou ainda as mulheres que mantinham relações extraconjugais com ocidentais. A origem mais provável da acepção se deve ao fato de que, na época, existiam rumores de que os marinheiros do Ocidente costumavam ter relações sexuais com animais domésticos, como cachorros e ovelhas.

19. Literalmente "esperar em pé", referência à apreciação da lua no dia 17 do oitavo mês do antigo calendário lunar japonês (correspondente hoje ao segundo dia após a lua cheia de

Tratava-se de um antigo costume em que colocavam uma bacia cheia de água no jardim para refletir o luar da décima sétima noite do oitavo mês do calendário lunar, fazendo uma oferenda aos deuses. Contudo, diziam que uma pessoa teria má sorte para toda a vida caso essa noite estivesse nublada no verão de seus quinze anos.

Por meio da conversa dos pais, o cenário daquela noite retornou vívido também ao coração de Kiyoaki.

Com o orvalho contumaz, no centro do gramado prenhe do ciciar dos insetos estava posta uma bacia nova transbordando de água, enquanto ele se encontrava de pé entre os pais, vestindo um hakama com o brasão da família. Era como se a superfície redonda da água, delimitada pela bacia, abraçasse e unificasse a paisagem rica em desníveis formada pelas árvores ao redor do jardim — cujas luzes haviam sido apagadas de propósito —, pelas telhas da construção mais além e pela montanha de bordos. Era na borda da clara bacia feita de cipreste que este mundo terminava e um mundo distinto começava. Justamente por estar em jogo a boa ou má sorte da celebração de seus quinze anos, Kiyoaki imaginou que aquela era a forma de sua própria alma, colocada nua sobre a relva orvalhada. Seu lado interno se expandia a partir da borda da bacia para dentro, enquanto seu lado externo, da borda para fora…

Como não havia ninguém pronunciando nenhuma palavra, o som dos insetos espalhados por todo o jardim nunca lhe havia chegado tão ruidoso aos ouvidos. Seus olhos estavam dedicados somente ao interior da bacia. A princípio, a água estava escura, enclausurada por nuvens com jeito de algas. As algas aos poucos foram vergadas pelo vento, mas, assim que imaginou ver a luz despontando tênue para se espargir, ela logo voltou a sumir.

Quanto tempo será que ele havia aguardado? Enfim, de súbito, rompeu-se a escuridão indefinida que parecia ter se coagulado na água da bacia, e uma lua cheia clara e pequena foi alojar-se sem erro ali no centro. As pessoas soltaram gritos celebratórios e sua mãe, aliviada por enfim ser capaz de mover o leque para espantar os mosquitos da barra do quimono, disse:

— Que bom. Este menino terá boa sorte.

Em seguida, ela recebeu os parabéns que toda e cada pessoa foi lhe oferecer.

---

setembro). A origem do nome deve-se ao fato de que, embora a lua nasça mais tarde que no dia da cheia, ainda é possível esperar em pé sem se cansar para vê-la.

Kiyoaki, no entanto, temia erguer o rosto na direção da imagem original da lua que pendia no céu. Ele via a lua apenas como uma concha dourada, submersa nas profundezas mais distantes daquele seu lado interior em forma de círculo de água. Por fim, seu interior individual conseguiu, dessa forma, capturar um corpo celeste. A rede de apanhar insetos que era a sua alma havia capturado uma borboleta cintilando dourada.

Contudo, se a malha da rede de sua alma fosse grande demais, será que a borboleta, uma vez capturada, não voltaria a sair logo voando? Mesmo aos quinze anos, ele já receava a perda. E esse coração que receava perder algo tão logo o conquistava era o que constituía a peculiaridade do caráter do rapaz. Uma vez havendo conquistado a lua, como seria grande para ele o medo caso tivesse, agora, de passar a morar em um mundo desprovido dela! Ainda que ele, por exemplo, odiasse essa mesma lua...

Bastaria desaparecer uma única carta do baralho para ser infligida sobre a ordem deste mundo uma rachadura irreparável. O que Kiyoaki temia, em particular, era que uma pequena perda em alguma parte dessa ordem, semelhante à falta de uma pequena engrenagem do relógio, acabasse por envolver a totalidade dessa ordem em uma névoa estática. Até que ponto a busca pela carta perdida iria exaurir nossas forças, para ao fim transformar não apenas a carta, mas o próprio baralho, em assunto de grande emergência global, assim como o conflito por uma coroa real? Suas emoções tendiam a se mover sempre assim, sem existir para ele nenhum método de resistência.

Enquanto recordava o Otachimachi daquela décima sétima noite no ano de seu décimo quinto aniversário, Kiyoaki ficou estupefato ao perceber que em algum momento havia passado a pensar em Satoko.

Nesse instante, por sorte, o mordomo fez ouvir o frufru um tanto frio de seu hakama de delicada seda de Sendai e anunciou que os preparativos para a refeição estavam prontos. Os três adentraram a sala de refeições e sentaram cada um de frente a um dos belos pratos ornamentais decorados com brasões, encomendados do Reino Unido.

Desde pequeno Kiyoaki fora incutido com os ensinamentos extenuantes de seu pai sobre as maneiras à mesa e, uma vez que sua mãe ainda não estava aclimatada à culinária ocidental e que nos modos do pai restava todavia o excesso de quem havia recém-retornado do estrangeiro, era o rapaz quem se comportava de forma mais natural e sem fugir às regras.

— Tenho que dizer, não há mesmo o que fazer com essa Satoko. Disseram que esta manhã ela enviou um mensageiro com uma recusa. E a gente por um momento imaginou que seu coração já estava decidido.

— Aquela moça já está com vinte anos, não? Se continuar agindo com tanto capricho, vai acabar sobrando para titia. Nossa preocupação tampouco está servindo para alguma coisa. — disse o pai.

Kiyoaki aguçou os ouvidos. Seu pai continuou, sem lhe fazer caso:

— Qual será o motivo? Talvez ela pense que haja um desnível nas posições sociais, mas, por mais que os Ayakura sejam uma família de tradição, agora que já estão em tamanho declínio, e em se tratando de um rapaz brilhante e de futuro auspicioso do Ministério do Interior, ela não deveria aceitar de bom grado?

— Eu também penso assim. Já estou farta de tentar ajudar.

— Mas também cabe a nós pensar em como reestabelecer aquela família, pois precisamos ser gratos a eles por terem acolhido Kiyoaki. Basta levarmos uma proposta que eles não possam recusar de jeito nenhum.

— E existe alguma proposta assim tão propícia?

O rosto de Kiyoaki iluminou-se ao escutar a conversa. Com isso, o enigma havia se resolvido por completo.

As palavras de Satoko, ao perguntar sobre o repentino desaparecimento, eram apenas uma referência à proposta de casamento que ela recebera. E naquele dia, por acaso, talvez seu estado de espírito a tivesse deixado inclinada a aceitar a proposta, fazendo com que quisesse sondar Kiyoaki sugerindo-lhe tal cenário. E se dez dias mais tarde ela recusara formalmente a oferta, como dizia sua mãe agora, para Kiyoaki era clara também a razão. *Era porque Satoko o amava.*

Com isso seu mundo voltou a resplandecer, sua insegurança se dissipou e ele se tornou um copo cheio de água cristalina. Ele enfim estava de volta para relaxar no pequeno e pacífico jardim, ao qual, por esses dez dias, não conseguira regressar por mais que tentasse.

Kiyoaki sentiu uma rara e ampla felicidade, que, ele não tinha dúvidas, estava embasada na redescoberta de sua própria lucidez. Um sentimento de felicidade lúcido e indescritível... de que a carta que fora ocultada de propósito retornara à sua mão, completando novamente o baralho... e, ainda, de que o baralho, mais uma vez, voltara a ser nada mais que um baralho.

Pelo menos por esse único instante ele teve sucesso em enxotar para longe as suas "emoções".

O marquês e a marquesa, que não eram astutos o suficiente para perceber a sensação de felicidade repentina do filho, apenas fitavam o rosto um do outro de lados opostos da mesa. O marido olhava aquele rosto tristonho de sobrancelhas caídas; a esposa, o rosto viril e rosado dele, sob cuja tez a indolência corria rápida e dolorosa, não obstante ser apenas o dinamismo que sempre lhe caíra bem.

Quando a conversa de seus pais parecia a olhos alheios estar assim animada, Kiyoaki sentia como se eles estivessem, como sempre, realizando alguma cerimônia. Essa conversa era uma rama de árvore sagrada oferecida com reverência ao desenrolar do ritual, dádiva para qual fora selecionada com esmero uma sakaki[20] de folhas lustrosas.

Cenas iguais a essa, Kiyoaki já havia presenciado um sem-número de vezes desde seus tempos de menino. Não chegavam a nenhuma crise incandescente. Tampouco experimentavam uma maré alta de emoções. De qualquer modo, sua mãe sabia muito bem o que vinha depois disso, assim como o marquês sabia muito bem que a esposa sabia. Embora fosse uma queda para dentro do mesmo poço da mesma cachoeira de todas as vezes, antes de caírem, esses detritos seguiam deslizando de mãos dadas pela superfície lisa da água que refletia as nuvens e o céu azul, com o semblante de quem nada pressentia.

Como esperado, o marquês sequer terminou seu café após o jantar e convidou:

— E então, Kiyoaki, vamos jogar uma partida de bilhar?

A marquesa disse então:

— Muito bem, então já vou me retirar.

O coração feliz de Kiyoaki, nesse dia, não se machucou nem um pouco ante aquela espécie de embuste. A mãe se retirou para a casa principal, enquanto pai e filho entraram na sala de bilhar.

Essa era uma sala famosa não apenas pelas paredes de chapas de madeira de carvalho que replicavam um estilo britânico, mas também pelo retrato do patriarca anterior da família e pela grande pintura a óleo de uma batalha

---

20. Espécie de árvore considerada sagrada no Japão.

naval na Guerra Russo-Japonesa. O grande retrato do avô de Kiyoaki, de 1,6 x 1,3 metro, fora pintado por um discípulo do retratista inglês Sir John Millais quando em visita ao Japão — o mesmo Millais que pintara o retrato de Gladstone[21] — e, mesmo se tratando de uma composição simples que apenas realçava a figura do avô trajando o uniforme imperial em meio à ligeira escuridão do segundo plano, o artista fundia com habilidade em sua técnica, a qual fora aplicada com um equilíbrio perfeito entre a idealização e o realismo rigoroso, tanto as feições tenazes adequadas a alguém respeitado pela sociedade como um benemérito vassalo da Restauração Meiji quanto o carisma expressado, por exemplo, pela verruga na bochecha que era tão conhecida pela família. Quando chegava de Kagoshima alguma nova criada provinciana, ela sem falta era levada até a frente desse quadro a fim de reverenciá-lo. Poucas horas antes do falecimento do avô, o retrato havia caído de repente no chão com um eco tenebroso, embora não houvesse entrado ninguém naquela sala e tampouco estivesse gasto o cordão que pendurava a moldura.

Na sala de bilhar se encontravam enfileiradas três mesas de jogo feitas com placas de mármore italiano, mas ninguém na casa jogava o bilhar francês de três bolas introduzido na época da Primeira Guerra Sino-Japonesa: pai e filho jogavam uma versão com quatro bolas. O mordomo, que já havia disposto os dois pares de bolas vermelhas e brancas a uma distância adequada sobre os dois lados da mesa, entregou um taco ao marquês e outro ao filho. Kiyoaki fitou o alto da mesa enquanto aplicava à ponta do taco o giz de cinza vulcânica fabricado na Itália.

As bolas vermelhas e brancas de marfim se mantinham tranquilas sobre o pano verde de algodão, expondo de relance uma ponta de sua sombra redonda como uma concha cujo molusco lança o pé para fora. Kiyoaki não tinha nenhum interesse por essas bolas. Era como se, em alguma cidade que ele nunca vira, em plena luz do dia e sem sinal de outras pessoas, as bolas fossem objetos inanimados, estranhos e sem sentido que aparecessem de repente sobre a rua, diante de seus olhos.

---

21. William Ewart Gladstone (1809-1898), político britânico que ocupou o cargo de primeiro-ministro por doze anos, ao longo de quatro mandatos.

O marquês, como sempre, tinha medo desse olhar desinteressado de seu belo filho. Mesmo em uma noite como aquela, quando Kiyoaki se encontrava em seu estado mais faceiro, assim estavam seus olhos.

— Imagino que você já esteja sabendo que, em breve, dois príncipes do Sião devem vir ao Japão como estudantes de intercâmbio na Gakushuin — seu pai mencionou o primeiro assunto que lhe veio à memória.

— Não.

— Eles devem ter a mesma idade que você, então já pedi ao Ministério das Relações Exteriores que façam planos para que eles possam permanecer alguns dias em nossa casa. Parece que aquele país ultimamente está tomando medidas bastante progressistas, como a abolição da escravatura e a criação de ferrovias, então você precisa manter isso em mente ao confraternizar com eles.

Ao lançar os olhos sobre as costas do pai, que inclinava o corpo na direção da bola branca e deslizava o taco entre os dedos com a falsa pujança de um leopardo excessivamente gordo, Kiyoaki deixou vir à tona um pequeno sorriso que lhe brotara de repente. Em seu íntimo, ele imaginou um leve contato entre sua sensação de felicidade e o país tropical desconhecido, análogo ao beijo fugaz entre as bolas de marfim vermelhas e brancas. Ao fazê-lo, a abstração semelhante a um cristal que condensava sua sensação de felicidade recebeu o inconcebível reflexo verde e fulgurante da selva tropical, causando a impressão de se colorir de súbito e com vividez.

Como o marquês era um forte oponente, Kiyoaki nunca fora páreo para ele. Ao terminarem de executar cada um as cinco primeiras tacadas, o pai se afastou da mesa de bilhar e disse exatamente o que Kiyoaki já antecipava.

— Agora vou dar uma caminhada; e você, o que vai fazer?

Kiyoaki continuou calado. Seu pai então disse algo inesperado.

— Ou será que não pode me acompanhar até o portão? Como fazia quando era criança.

Kiyoaki, surpreso, dirigiu ao pai as pupilas que brilhavam negras. O marquês havia obtido êxito em espantar o filho.

A amante de seu pai morava em uma das casas de aluguel que ficavam do lado de fora do portão. Duas das casas eram habitadas por ocidentais, cujas crianças entravam livremente na propriedade da família para brincar, uma vez que o muro do jardim de todas as casas continha uma porta dos fundos voltada para a mansão; apenas na casa da amante, contudo, a porta dos fundos estava trancada a chave, com o cadeado já enferrujado.

Do vestíbulo da mansão até o portão principal havia quase novecentos metros, distância que Kiyoaki percorria com frequência nos tempos de infância, levado pela mão por seu pai quando este ia à casa da amante, para então separar-se dele em frente à entrada e ser enviado de volta a casa na companhia de um criado.

Posto que seu pai nunca deixava de usar a carruagem quando saía para algum compromisso, seu destino ao sair a pé já era sabido. Mesmo em seu coração de criança, Kiyoaki sentia um desconforto ao ser levado assim na companhia do pai, e irritava-se com a própria impotência por intuir que de certa maneira tinha a obrigação de fazer seu pai dar meia-volta a todo custo, inclusive em prol de sua mãe, porém era incapaz de fazê-lo. É claro que sua mãe, sempre que isso acontecia, detestava ver o filho servir de companhia para as "caminhadas" do pai, mas este saía de propósito de mãos dadas com o menino. Kiyoaki deduzia que o desejo implícito de seu pai era forçá-lo a trair a própria mãe.

Uma caminhada em uma noite fria de novembro era, sem dúvida, algo estranho.

O marquês deu ordens ao mordomo para que o ajudasse a vestir o sobretudo. Kiyoaki também saiu da sala de bilhar e pôs o sobretudo duplo com botões de ouro da escola. Sabendo que deveria seguir o amo dez passos atrás em sua "caminhada", o mordomo o aguardou enquanto erguia nas mãos um presente embrulhado em lenço de seda roxo.

A lua estava clara, e o vento uivava por entre os ramos das árvores. Ainda que o pai não fizesse nenhum caso da figura fantasmagórica do mordomo Yamada, que os seguia, Kiyoaki olhou para trás, desassossegado, ao menos uma vez. Sem sequer colocar uma capa *inverness* contra aquele ar gélido, mas apenas usando seu costumeiro hakama com o brasão da família e erguendo o embrulho do lenço de seda roxo com as luvas brancas, Yamada ia com o passo fraquejante devido às pernas um pouco débeis. Seus óculos pareciam geada, brilhando ao luar. Kiyoaki não podia imaginar quantas molas de emoções enferrujadas estariam comprimidas dentro do corpo daquele homem, que passava o dia inteiro sem quase nunca pronunciar palavra. No entanto, mais que o marquês sempre jovial e humano, era antes o filho frio e desinteressado que tinha muito maior propensão para reconhecer a existência de emoções no interior de outras pessoas.

O canto das corujas e o sussurro dos galhos transmitiram aos lóbulos das orelhas de Kiyoaki, corados pelo pouco álcool que havia consumido, o mesmo farfalhar das árvores com suas trágicas folhagens esvoaçando ao vento naquela fotografia dos "Serviços memoriais aos mortos em combate próximo a Telissu". Enquanto o pai sonhava, sob o ar gélido, com o sorriso das carnes rosáceas, orvalhadas e cálidas que o aguardavam no recôndito da noite, tudo o que o filho fazia era associar pensamentos sobre os mortos.

Caminhando enquanto fazia saltar pedrinhas com a ponta de seu bastão, o embriagado marquês disse de súbito:

— Você parece não sair para se divertir muito, mas com a sua idade, eu, por exemplo, já tinha várias mulheres. Que tal assim? Da próxima vez, eu levo você comigo, e então nós chamamos um monte de gueixas. De vez em quando é bom se soltar. Se preferir, pode trazer com você algum amigo de confiança lá da escola.

— Não quero.

Kiyoaki respondeu desse modo por impulso, com o corpo trêmulo. Ele se quedou imóvel, como se as pernas estivessem pregadas. Era fantástico o modo como um único comentário de seu pai havia partido a sua sensação de felicidade em migalhas tal qual um vaso de vidro derrubado no chão.

— O que foi?

— Vou me retirar, com a sua licença. Boa noite.

Kiyoaki girou nos calcanhares e voltou a passo ligeiro para o vestíbulo da casa principal, cuja luz, que vazava por entre o bosque, se achava muito mais distante que a chama tênue acesa à entrada do prédio ocidental.

Aquela noite, Kiyoaki passou em claro. Mas pensamentos sobre seu pai ou sua mãe não lhe ocuparam a mente nem um pouco sequer.

Ele pensou unicamente em sua vingança contra Satoko.

"Aquela mulher me fez cair em uma armadilha sem graça e me deixou sofrendo daquele jeito ao longo de dez dias. O objetivo dela era um só: consistia apenas em causar uma comoção no meu peito e me fazer sofrer.

Não posso deixar de me vingar dela. No entanto, não consigo imaginar causar sofrimento a alguém por um método de má índole como o ardil que ela utilizou. O que seria bom? A melhor coisa seria fazer ela pensar que eu vejo as mulheres com uma vulgaridade extrema, assim como o meu pai. Seja em pessoa ou por carta, será que eu não conseguiria dizer a ela alguma coisa profana, que a fizesse receber um choque tremendo? Eu sempre saio perdendo por ser covarde e não conseguir expressar tão abertamente para os outros o que trago no fundo do coração. Acho que dizer apenas que não tenho interesse nela não é o bastante. Até agora, isso só deixou espaço para ela fazer uma variedade de conjecturas. Eu tenho que manchar a honra dela! Isso é importante. Eu preciso insultá-la de maneira a não permitir que ela se erga de novo! Isso é importante. Imagino que só então ela vai se arrepender por me ter feito sofrer."

Não obstante pensar assim, nas considerações indecisas de Kiyoaki não surgiu nenhum plano concreto.

A cama do seu quarto era circundada por um biombo de dupla face e seis folhas com poemas de Kanzan, aos pés do qual havia uma prateleira ornamental de pau-rosa com uma arara esculpida em gema azul parada sobre um poleiro. Ele nunca tivera interesse por Rodin ou Cézanne, que agora eram a nova moda, sendo antes uma pessoa passiva em relação a tais gostos. Sem conseguir pregar os olhos, manteve-os fixos sobre a arara até que se espantou com um estranho fenômeno ao ver que o pássaro, cujos delicados entalhes das asas lhe saltaram à vista, abrigava uma luz vítrea por trás daquele seu azul como que esfumaçado, e parecia ter começado a derreter, deixando para trás apenas uma vaga silhueta. O que ele veio a saber então foi que a luz do luar que entrava pelo vão das cortinas estava, por acaso, incidindo apenas sobre a arara de joia. Ele abriu as cortinas com violência. A lua estava no centro do céu, e sua luz veio se espalhar por toda a superfície do leito.

A lua chegava a parecer frívola em seu esplendor. Ele recordou aquele brilho frio da seda do quimono que Satoko vestia, e reconheceu vividamente na lua os grandes e belos olhos da moça, os quais vira demasiado de perto. O vento já havia cessado.

Não era apenas por culpa da calefação que o corpo de Kiyoaki estava quente como o fogo; imaginando que até as orelhas chiavam devido ao calor, livrou-se do cobertor e abriu o peito do pijama. Ainda assim, o fogo que vinha ardendo no corpo como que disparava labaredas por todas as partes de sua pele, dando-lhe a impressão de que não se acalmaria a não ser que ele se deixasse banhar pela luz fria do luar; ele terminou por despir metade do pijama, quedando-se meio nu, voltou para a lua o dorso já esgotado por tantas ponderações e deitou o rosto sobre o travesseiro. Suas têmporas latejavam.

Dessa maneira, Kiyoaki expunha ao clarão da lua as costas nuas, suaves e de incomparável alvura. Mesmo sobre aquelas carnes maviosas o luar desenhava certa quantidade de minúsculos desníveis, indicando impregnar não a pele de uma mulher, mas a severidade bastante tênue da pele de um jovem não de todo maduro.

Em particular na região lateral esquerda do abdome, precisamente onde a lua iluminava com mais intensidade, o movimento sutil das carnes a indicar a palpitação do peito fazia sobressair a brancura quase ofuscante da pele. Ali havia pequenas e discretas verrugas. Aquelas três verrugas extremamente diminutas pareciam ter perdido o brilho ao se banhar com o luar, tal como a constelação chinesa das Três Estrelas.

VI

Em 1910, o governo do reino do Sião fora transmitido de Rama V para Rama VI, e um dos príncipes que veio estudar no Japão era irmão mais jovem do rei atual e filho do anterior. Ele possuía o título de Praong Chao e se chamava Pattanadid, mas, em inglês, todos costumavam referir-se a ele como *His Highness Prince Pattanadid*.

O príncipe que veio junto com Pattanadid tinha a mesma idade, dezoito anos, mas era neto de Rama IV, e mantinha com o primo uma relação extremamente amigável. Seu nome era Kridsada e possuía o título de Mom Chao, e, embora o príncipe Pattanadid o chamasse carinhosamente de Kri, o príncipe Kridsada, por outro lado, sem se esquecer de prestar o devido respeito a um príncipe de descendência direta, chamava o outro de Chao Pi.

Ambos eram fiéis devotos do budismo, embora seus trajes e costumes do cotidiano seguissem o estilo britânico e eles falassem belamente o inglês. O novo rei planejou uma viagem de estudos ao Japão receando que os jovens príncipes se ocidentalizassem demais, e, embora estes não tivessem feito objeção, sua única tristeza seria a separação de Chao Pi e a irmã mais nova de Kri.

A paixão dos dois jovens era uma flor que trazia sorrisos a todos na corte. Tinham uma relação tão íntima que o casamento entre ambos já estava prometido para quando Chao Pi regressasse de viagem, não havia nenhuma insegurança quanto ao futuro. Mesmo assim, a tristeza exibida pelo príncipe Pattanadid quando içaram as velas chegou a parecer estranha ao temperamento de alguém daquele país, onde não se exprimiam emoções tão fortes.

A viagem de barco e a consolação do primo curaram em parte a tristeza do jovem príncipe pela separação.

Quando Kiyoaki recebeu os príncipes em sua casa, a fisionomia jovial e a tez levemente escura dos dois causou antes uma impressão deveras animada. Mesmo que os príncipes pudessem visitar a escola quando bem entendessem até as férias de inverno e começar a frequentar as aulas após a virada do ano, estava decidido que só seriam admitidos oficialmente na mesma série a partir do novo período escolar na primavera, quando enfim raiasse o dia em que já houvessem dominado o idioma japonês e se acostumado ao ambiente do novo país.

Os dois quartos de hóspedes contíguos no segundo andar do prédio ocidental foram designados como os quartos de dormir dos príncipes. Isso porque, no prédio ocidental, estava instalada a calefação a vapor importada de Chicago. Embora Kiyoaki e os hóspedes houvessem ficado sob tensão até a hora da ceia, quando toda a família Matsugae se reunira, depois da refeição, ao ficarem para trás apenas os jovens, as cerimônias foram logo abandonadas e os príncipes de pronto mostraram a Kiyoaki fotos de belas paisagens e dos templos fulgurantes de ouro de Bangkok.

Apesar de terem a mesma idade, enquanto em Kridsada restava certo jeito caprichoso de criança, Kiyoaki descobriu no príncipe Pattanadid uma disposição sonhadora comum à sua própria, o que o deixou feliz.

Em uma das fotografias mostradas por eles estava o panorama completo do templo onde está guardada uma estátua gigantesca de Buda deitado, conhecido pelo nome de Wat Pho, o qual parecia estar logo diante dos olhos, uma vez que a imagem recebera manualmente uma elaborada coloração. Tendo como fundo o intenso céu azul tropical onde camadas de nuvens se elevavam às alturas e entremeado pelas fartas folhagens drapejantes dos coqueiros, o templo dourado, branco e vermelho-cinábrio de incomparável beleza possuía uma estrutura que chegava a fazer palpitar o coração. Os portões vermelhos delineados em ouro da entrada eram protegidos pelas estátuas douradas de dois dos Doze Generais Celestiais[22]; os espigões e os telhados — estes envoltos pelos relevos vermelhos e dourados dos delicados cachos de ouro que apareciam suspensos conforme a vista se aproximava das partes mais altas das paredes e colunatas brancas —, convergiam ao centro nos três níveis radiantes de um pagode a perfurar o resplandecente céu azul.

Os príncipes ficaram contentes, pois Kiyoaki deixara transparecer no rosto um sincero encanto com respeito a tamanha beleza. Então Pattanadid, com seus olhos amendoados assaz penetrantes, incongruentes com o rosto redondo e bastante terno, manteve o olhar distante para dizer:

---

22. Divindades que protegem Bhaisajyaguru, conhecido como o Buda da medicina.

— Como tenho predileção por este templo, inclusive durante a viagem de barco até o Japão sonhei várias vezes com ele. Suas telhas douradas vinham à tona de dentro do mar noturno, até que o templo inteiro começava a emergir pouco a pouco; mas, como o barco continuava avançando, quando eu enfim podia ver todo o panorama do templo, já estava sempre afastado demais. O templo cintilava sob o lampejo das estrelas, visto que era banhado pelas águas enquanto aflorava, e se assemelhava ao nascer da lua nova sobre o mar distante. Eu unia as mãos em prece observando a cena do convés e, pela fantasia do sonho, mesmo apesar de tanta distância, eu podia ver flutuar em detalhes diante de meus olhos cada um dos minúsculos relevos dourados e vermelhos.

"Eu falava sobre isso ao Kri, contando que o templo parecia estar seguindo a gente até o Japão, mas veja só: ele zombava de mim e ria, dizendo que a lembrança que me perseguia na verdade era outra. Eu me zangava a cada vez, mas agora já começo a concordar um pouco com ele.

"Afinal, todas as coisas sagradas são constituídas pelos mesmos elementos dos sonhos e das memórias; são o milagre do surgimento, em frente aos nossos olhos, daquilo que está distante no tempo ou no espaço. Além disso, têm em comum a qualidade de não poderem ser tocados com as mãos. Ao nos afastar um passo da coisa que antes podíamos tocar com as mãos, ela logo se torna sagrada, se torna um milagre, se torna uma beleza impossível. Ainda que todas as coisas sejam dotadas de santidade, acabam maculadas porque nós as tocamos com os dedos. Os seres humanos são uma existência curiosa, não? Pois poluímos tudo o que podemos tocar com os dedos, mas possuímos ainda dentro de nós mesmos a disposição para nos tornarmos sagrados."

— O que Chao Pi está dizendo é algo complicado, mas, na verdade, não passa de um discurso sobre a namorada que ele deixou para trás. Que tal mostrar uma foto dela para o Kiyoaki? — o príncipe Kridsada entrecortou a conversa.

O príncipe Pattanadid dava sinais de ter as faces coradas; porém, devido à sua tez levemente escura, não havia como dizer ao certo. Notando a hesitação do hóspede, Kiyoaki não quis pressioná-lo.

— Você sonha com frequência? Pergunto porque eu tenho um diário de sonhos.

— Se ao menos eu soubesse ler japonês, gostaria muito de lê-lo — disse Chao Pi, com os olhos brilhando.

Vendo que sua obsessão pelos sonhos, algo que não tinha coragem de revelar nem mesmo para amigos íntimos, pudera ser comunicada com facilidade ao coração de seu interlocutor através da língua inglesa, Kiyoaki sentiu um afeto ainda maior por Chao Pi.

No entanto, quando Kiyoaki tentou ler no movimento irrequieto dos olhos um tanto travessos de Kridsada qual seria o motivo para a conversa ter estagnado daquele ponto em diante, ocorreu-lhe que foi por ele não haver insistido que lhe mostrassem a fotografia. Era possível que Chao Pi estivesse antecipando tal insistência em seu coração.

— Por favor, mostre-me a foto do sonho que vem seguindo você.

Ao que Kiyoaki disse isso envaidecido, o príncipe Kridsada voltou a se intrometer com um gracejo:

— Qual? A foto do sonho ou da namorada?

Ainda mais importuno, ele esticou o pescoço e começou a apontar para a fotografia que fora apresentada, fazendo questão de oferecer seus comentários:

— A princesa Chantrapa é minha irmã mais nova. "Chantrapa" significa "luz da lua", sabia? Se bem que normalmente a chamamos de Ying Chan (Princesa Chan).

Observando a foto, Kiyoaki se decepcionou um pouco por constatar que ela era uma moça inesperadamente normal. Trajava uma roupa ocidental de renda branca, trazendo um laço branco à cabeça e um colar de pérolas no pescoço, com uma expressão que, sem dúvida, não permitiria que ninguém achasse suspeito caso dissessem se tratar da fotografia de uma das estudantes da Gakushuin. Embora o cabelo ondulado que pendia sobre os ombros lhe conferisse certo requinte, fosse nas sobrancelhas ligeiramente impetuosas, nos olhos um tanto arregalados de espanto ou nos lábios voltados de leve para cima, ressequidos como uma flor na estação de estiagem e calor, em tudo transbordava a inocência de quem ainda não havia se dado conta da própria beleza. É óbvio que isso em si é uma espécie de beleza. No entanto, ela estava por demais carregada com a autonomia ingênua de um passarinho que ainda sequer sonha em se ver voando.

"Perto dela, Satoko é cem, não, mil vezes mais mulher", Kiyoaki as comparou por instinto. "Não seria devido à feminilidade excessiva de Satoko que eu tendo a guiar meus sentimentos na direção do ódio? Além disso, comparada a esta moça, Satoko é também muito mais bonita. E ela *está ciente* da própria beleza. Ela está ciente de tudo. Infelizmente, até da minha ingenuidade."

Talvez por temer que sua amada fosse usurpada pelos olhos de Kiyoaki, o qual fitava inerte a fotografia, Chao Pi estendeu de súbito os delicados dedos cor de âmbar e fez menção de reaver o retrato. Parando o olhar sobre a luz verde que brilhava naqueles dedos, Kiyoaki pela primeira vez se deu conta do deslumbrante anel que Chao Pi usava.

Era um anel enorme, cuja esmeralda de verde profundo e corte quadrado, a qual se diria ter ao menos vinte e três quilates, estava circundada por um par de rostos meio humanos, meio bestiais das divindades guardiãs Yasuka[23], gravados em ouro com detalhes minuciosos ao extremo — um artigo tão notável que o fato de Kiyoaki não o ter percebido até agora demonstrava muito bem a falta de interesse do rapaz por outras pessoas.

— É a pedra do meu dia de nascimento, já que sou de maio. Ying Chan me deu como presente de despedida — o príncipe Pattanadid forneceu uma explicação que continha também algum constrangimento.

— Se usar algo tão extravagante assim na Gakushuin, talvez eles lhe deem um sermão e o arranquem de você, viu? — Kiyoaki o atemorizou.

O príncipe começou a perguntar no idioma de seu próprio país, com seriedade, onde deveria manter o anel escondido, mas se desculpou em seguida pela indelicadeza de falar em língua estrangeira e repetiu o conteúdo da pergunta em inglês. Kiyoaki disse que poderiam pedir a seu pai que lhes indicasse um bom cofre de banco. Agora que os príncipes já estavam desembaraçados da reserva inicial, Kridsada exibiu então uma pequena fotografia de sua própria namorada, para em seguida importunar Kiyoaki dizendo que gostaria de ver também um retrato da amada dele.

---

23. Muito provavelmente uma grafia atípica de *yaksha*, divindades guardiãs do budismo e outras religiões indianas que no Japão são conhecidas como *yasha*. As divindades são especialmente populares na Tailândia, onde são conhecidas simplesmente como *yak*. (Os Doze Generais Celestiais mencionados anteriormente são exemplos de *yaksha*.)

A vaidade da juventude, tomando as rédeas por um átimo, levou Kiyoaki a falar assim:

— No Japão, nós não temos esse costume de trocar fotos um do outro, mas podem deixar que, em breve, eu a apresento a vocês.

Ele não teve coragem de lhes mostrar uma das fotografias de Satoko que fora colada em seu próprio álbum dos tempos de infância.

Kiyoaki então percebeu: apesar de ao longo de tantos anos ter recebido elogios por ser um rapaz distinto, sendo sempre banhado pela admiração das pessoas, uma vez que passara todos os seus dezoito anos de vida naquela mansão enfadonha, ele acabou por não possuir nenhuma amiga mulher além de Satoko.

Satoko era para ele uma amiga e ao mesmo tempo uma adversária, não uma boneca solidificada pelo mel de sentimentos doces, como aquelas a que os príncipes aludiam. Kiyoaki sentiu raiva de si mesmo e de todos que o cercavam. Teve a impressão de que inclusive aquelas palavras do seu pai embriagado, ditas com inegável ar de benevolência durante sua "caminhada", continham uma risadinha de escárnio em relação ao filho solitário e sonhador.

Tudo o que ele agora rechaçava devido a seu amor-próprio feria, pelo contrário, esse mesmo amor-próprio. A tez levemente escura dos sadios príncipes do país do sul, aquelas pupilas que se diria brandirem uma lâmina sensorial a perfurar o alvo com precisão, bem como aqueles delicados e compridos dedos cor de âmbar que pareciam exímios acariciadores apesar de jovens, todos esses elementos, agregados, pareciam dizer a Kiyoaki:

— Ué? Com essa idade, e você ainda não tem nem uma namorada?

Kiyoaki, sem conseguir conter a si mesmo, porém lutando com todas as forças para preservar uma fria elegância, acabou dizendo assim:

— Podem deixar que, em breve, eu a apresento.

E como ele faria agora para se gabar da beleza dela para esses novos amigos de um país estrangeiro?

Ao término de uma longa hesitação, Kiyoaki havia enfim escrito no dia anterior uma alucinada carta de insulto endereçada a Satoko. Cada frase e cada letra do texto, o qual ele sentiu ter composto com esmero após inúmeras revisões, ainda permanecia gravado no fundo de seu cérebro.

"… Ver-me obrigado a escrever uma carta como esta em resposta a sua ameaça é uma lástima mesmo para mim" — era com tal preâmbulo que começava a carta. "Você me entregou em mãos um enigma desprezível, dissimulando tratar-se de um enigma aterrador, sem fornecer para ele chave nenhuma, e assim fez minhas mãos paralisarem, tornando-se completamente negras. É-me impossível não manifestar dúvida sobre qual teria sido sua motivação emocional para fazer algo assim. Sua maneira de agir foi desprovida de qualquer gentileza, e tampouco evidenciou qualquer fragmento de amizade ou, obviamente, de afeto. Pois, a meu ver, cheguei a uma suposição bastante precisa a respeito da motivação profunda, e desconhecida por você mesma, que a levou a essa atitude diabólica, porém me abstenho de mencioná-la aqui por razões de decoro.

"Contudo, imagino ser possível afirmar agora que todos os seus esforços e projetos se provaram infrutíferos. Encontrando-me em um estado de espírito deveras dissaboroso (graças, indiretamente, a sua pessoa), acabei por transpor um dos limiares da vida humana. Aceitei por acaso um dos convites de meu pai e fui me entreter nas ruas onde se sobe nos salgueiros para arrancar flores[24], e lá trilhei o caminho que todo homem deve um dia trilhar. Para dizê-lo sem rodeios, passei uma noite com uma gueixa recomendada por meu pai. Em suma, estou me referindo àquela conhecida distração permitida moralmente aos homens pela sociedade.

"Por felicidade, essa noite me transformou por completo. Mudou meu conceito sobre as mulheres, pois aprendi como me comportar de modo a namoriscá-las enquanto as menosprezo como animalejos dotados de carnes obscenas. Não somente penso ser essa uma lição fenomenal dada pela sociedade, como pude ainda discernir vividamente dentro de meu corpo, querendo ou não, que sou mesmo filho de meu pai, apesar de até então não haver simpatizado com a visão que ele tinha das mulheres.

"Havendo lido até aqui, você talvez esteja até feliz pelo meu avanço, graças a um pensamento antiquado à moda daquela era Meiji que já findou

---

24. Alegoria ainda utilizada à época no Japão para referir-se de modo discreto à relação sexual com prostitutas, uma vez que zonas de meretrício em tempos remotos costumavam ser arborizadas com salgueiros.

para nunca mais retornar. E então talvez se regozije, imaginando que meu desprezo carnal para com uma mulher profissional[25] tenha enfim elevado meu respeito para com as moças amadoras.

"Mas não! Absolutamente não. Eu, naquela noite (sem deixar o avanço de ser um avanço), segui adiante rompendo tudo o que existe, e acabei correndo para um campo selvagem inalcançável por qualquer pessoa. Lá não existe a menor distinção entre gueixas e damas, profissionais e amadoras, mulheres sem educação e aquelas da Sociedade das Meias Azuis.[26] Toda e qualquer mulher, sem exceção, não passa de um 'animalejo dotado de carnes obscenas' e mentiroso. À parte disso, tudo mais não passa de maquiagem. Tudo são roupas. Ainda que me seja difícil dizer isto, quero deixar claro que agora eu só posso pensar em você, também, como sendo claramente *one of them*. Por favor, pense que aquele 'Primo Kiyo' que você conhecia desde criança, comportado, inocente, maleável, meigo, fácil de tomar por brinquedo, acabou morrendo para toda a eternidade…"

Os dois príncipes pareceram achar algo suspeito em Kiyoaki quando este lhes deu boa-noite e se retirou da sala apesar de a noite não estar ainda tão avançada. Não obstante, é evidente que Kiyoaki, como um cavalheiro, retirou-se obsequiosamente apenas depois de averiguar com profunda atenção se não havia problemas quanto às roupas de cama dos hóspedes e de perguntar se os dois não desejavam mais isso ou aquilo, enquanto à primeira vista mantinha o comedimento com um sorriso.

"Por que nestas horas eu não tenho nenhum amigo para me ajudar?", pensou ele enquanto corria impetuoso pelo longo corredor que ligava o prédio ocidental à casa principal.

---

25. Em japonês, *kuroto* (profissional, especialista), termo também utilizado para se referir a mulheres que trabalham na indústria do entretenimento adulto (desde gueixas e prostitutas até atendentes em bares, por exemplo). O termo é usado em contraste com *shiroto* (amadora), que designa as demais mulheres.
26. Em japonês, Seitosha, grupo feminista e literário japonês liderado por Raicho Hiratsuka (1886-1971), pensadora que lutou pela emancipação feminina. O nome do grupo é uma alusão ao movimento social feminista ocorrido na Inglaterra em meados do século xviii.

O nome de Honda lhe veio à cabeça diversas vezes durante o trajeto, mas a ideia exigente que tinha da amizade empurrou-o para longe. As janelas do corredor soavam com o vento noturno, enquanto a fileira de chamas foscas continuava até perder de vista. Temendo que alguém o avistasse correndo com a respiração arquejante daquela maneira e o julgasse por isso, Kiyoaki parou a um canto do corredor enquanto ainda ofegava. Apoiou o cotovelo sobre a moldura da janela, gravada com um padrão contínuo de cruzes gamadas, e fingiu observar o jardim enquanto reunia todas as forças para organizar os pensamentos. Como a realidade é diferente dos sonhos, formada por um material desprovido de plasticidade! Em vez dessa emoção que vagava disforme, o que ele precisava era adquirir um pensamento habilmente condensado, tal qual uma pílula negra que logo surtiria efeito. Sentindo sobremaneira a própria impotência, ele tremeu com o frio do corredor, exacerbado por ter saído havia pouco do cômodo provido de calefação.

Ele colou o rosto no vidro ressoante das janelas e espiou o jardim. Na noite sem lua, a montanha de bordos e a ilha central se aglomeravam em uma única massa negra, permitindo ver ligeiramente a água do lago sendo desalinhada pelo vento apenas na área alcançada pelas chamas foscas do corredor. Ele teve a impressão de que ali estavam as tartarugas, observando com o pescoço esticado em sua direção, e sentiu calafrios.

Voltando à casa principal, deparou-se com o ajudante Iinuma ao fazer menção de subir o primeiro degrau das escadas que levavam a seu quarto e evidenciou no rosto um dissabor que não poderia exprimir em palavras.

— Então os hóspedes já foram dormir?

— Sim.

— E o senhorzinho também vai dormir?

— Eu agora tenho que estudar.

Já com vinte e três anos de idade, Iinuma era estudante do último ano da universidade noturna, e parecia estar voltando agora do campus, pois abraçava vários livros em uma das mãos. Ele havia enfim ganhado as feições melancólicas de quem atinge o auge da juventude, e possuía um físico grande e sombrio como um armário, que era temido por Kiyoaki.

De volta ao próprio quarto, sem ao menos acender o aquecedor, ele continuou irrequieto, ora a se levantar, ora a sentar, apagando os pensamentos que iam surgindo um após o outro em sua cabeça para logo em seguida ressuscitá-los.

"De qualquer maneira, preciso ter pressa. Será que já é tarde? De algum jeito eu preciso apresentar aos príncipes, dentro de alguns dias, a pessoa a quem destinei aquela carta como se fosse uma namorada com quem tenho relação íntima. Preciso fazê-lo, ainda por cima, de uma forma que pareça a mais normal possível aos olhos da sociedade."

Sobre a cadeira encontrava-se abandonado o jornal vespertino, com as folhas ainda espalhadas, que ele não tivera tempo de ler. Ao experimentar abrir uma das páginas a esmo, Kiyoaki viu o anúncio de uma peça de kabuki no Teatro Imperial que causou um lampejo em seu coração.

"É isso! Vou levar os príncipes ao Teatro Imperial. Além disso, a carta que eu mandei ontem não pode ter chegado tão rápido. Talvez ainda haja esperança. Meus pais não iriam permitir que eu fosse com Satoko a uma peça, mas basta fingir que nos encontramos lá por acaso."

Ele saltou quarto afora e desceu correndo as escadas, disparou até o lado do vestíbulo principal e, antes de entrar na saleta do telefone, desviou o olhar para o quarto do ajudante junto ao vestíbulo, de onde escoava uma luz. Aparentemente, Iinuma estava estudando.

Kiyoaki agarrou o bocal e informou o número à telefonista. O peito batia acelerado; o tédio já havia sido eliminado.

— É da residência Ayakura? Satoko se encontra? — disse ele, se dirigindo à anciã que atendeu o telefone, cuja voz ele ainda recordava.

Desde a longínqua noite de Asabu, a voz extremamente respeitosa porém mal-humorada da velha respondeu:

— É o senhorzinho da residência Matsugae? Peço que me perdoe, mas já é muito tarde.

— Ela está dormindo?

— Não... Bem, acho que dormindo ainda não está.

Como Kiyoaki insistisse, Satoko enfim atendeu. A alegria na voz dela deixou o rapaz contente.

— O que houve, a uma hora destas, primo Kiyo?

— É que, na verdade, eu enviei uma carta para você ontem. Por causa disso eu queria lhe fazer um pedido: quando a carta chegar, não a abra de jeito nenhum, por favor. Prometa que vai logo jogá-la ao fogo.

— Não sei do que você está falando…

Kiyoaki afobou-se ao pressentir que, mesmo naquele tom à primeira vista tranquilo, Satoko já havia começado a agir daquela sua maneira que tornava tudo indistinto. Não obstante, em meio àquela noite de inverno, a voz de Satoko se fazia ouvir como um damasco de junho, adequadamente pesada, cálida e madura.

— Estou dizendo que você precisa prometer, sem nenhum porém. Quando minha carta chegar, não a abra de jeito nenhum, mas a jogue logo ao fogo.

— Certo.

— Você promete?

— Prometo.

— Eu também tenho mais um pedido…

— Esta noite você está cheio de pedidos, não é mesmo, primo Kiyo?

— Compre ingressos para o Teatro Imperial depois de amanhã e vá assistir à peça; pode ser na companhia daquela senhora.

— Puxa…

A voz de Satoko se cortou. Kiyoaki receou que ela fosse recusar, mas logo se deu conta de seu equívoco. Ele deduziu que a atual situação financeira da família Ayakura não lhes permitia agir com tanta liberdade, mesmo quando se tratava de uma mera despesa de cerca de dois ienes e cinquenta centavos por pessoa.

— Perdoe a imposição; pode deixar que eu mando os ingressos para você. Como as pessoas podem espalhar boatos se nos virem sentados lado a lado, vou reservar os assentos um pouco separados. É que eu vou assistir à peça na condição de anfitrião dos príncipes do Sião.

— Nossa, que gentileza a sua. Tadeshina também vai se agradar, com certeza. Aceito com muito prazer — Satoko expressou seu contentamento de modo franco.

VII

Honda recebeu na escola o convite de Kiyoaki para ir ao Teatro Imperial no dia seguinte e, embora houvesse pressentido que seria um evento um tanto cerimonioso quando escutou que iriam na companhia dos dois príncipes do Sião, aceitou com prazer. Kiyoaki, obviamente, não revelou ao amigo que esperava obter sucesso em se encontrar *por acaso* com Satoko.

Depois de regressar a casa, Honda contou aos pais sobre o convite durante a janta. Apesar de seu pai não acreditar na existência de peças agradáveis, por outro lado, refletiu que não deveria restringir a liberdade do filho agora que ele já tinha dezoito anos.

O pai de Honda era um juiz da Suprema Corte e sua expressão estava sempre carregada com um ar conscencioso. A família morava em uma mansão em Hongo, a qual contava com uma sala ocidental ao estilo Meiji, além de muitas outras dependências. Na mansão também estavam acolhidos vários estudantes que ajudavam na casa em troca de um teto. Os livros abarrotavam a biblioteca e o escritório, com as letras douradas das encadernações de couro a se enfileirar até mesmo nos corredores.

A mãe também era uma senhora de poucos predicados, membro da diretoria da Associação das Mulheres Patrióticas que desaprovava a intimidade especial que seu filho possuía com o do marquês Matsugae, um homem que não demonstrava a mínima solicitude quanto às atividades da referida associação.

Com exceção desse detalhe, no entanto, Shigekuni Honda era para ela um filho exemplar, fosse pelas notas na escola, pelo modo como estudava em casa, pela boa saúde ou pelo comportamento bem-educado de todos os dias. Ela se vangloriava dos frutos da educação do filho, tanto na intimidade da casa quanto perante outras pessoas.

Dos objetos que havia na casa, inclusive os móveis e utensílios mais triviais, todos seguiam os padrões da época. Não seria nem preciso mencionar o bonsai de pinheiro no vestíbulo, o tsuitate[27] contendo apenas o ideograma

---

27. Divisória portátil de folha única, comumente ilustrada com pinturas.

和[28], o conjunto de artigos para fumo na sala de visitas e a toalha de mesa com borlas, por exemplo, mas eram indescritivelmente típicos inclusive a caixa para guardar arroz na cozinha, o porta-toalhas no banheiro, a bandeja para canetas no escritório e a diversidade de pesos de papel.

Até mesmo os assuntos dentro de casa eram assim. Na casa dos amigos, sempre havia um ou dois idosos que diziam algo interessante, alvoroçando toda a família ao afirmar que surgiram duas luas na janela para depois dizer que uma delas havia retornado à forma de cão-guaxinim e fugido. Embora tais amigos ainda tivessem o temperamento tanto para dizer quanto para escutar algo assim com toda a seriedade, na família Honda, onde os olhos severos do dono da casa recaíam sobre tudo, proibiam-se tais histórias de gente inculta, inclusive à mais velha das criadas. Depois de permanecer na Alemanha por longo tempo a fim de estudar direito, o chefe da família já adotava o raciocínio alemão.

Shigekuni Honda comparava com frequência o próprio lar e o do marquês Matsugae, achando graça em alguns pontos. Apesar de na casa do amigo levarem um estilo de vida ocidental e possuírem uma quantidade incontável de artigos importados, os costumes da família eram inesperadamente antiquados, ao passo que, na sua casa, o estilo de vida em si era japonês, mas a mentalidade possuía uma boa quantidade de elementos ocidentais. Inclusive o modo como seu pai tratava os estudantes ali alojados diferia por completo do tratamento dispensado pela família Matsugae.

Naquela noite, ao terminar os preparativos para a próxima aula de francês, seu segundo idioma de estudo, Honda leu trechos de diversos comentários sobre conjuntos de leis em inglês e francês que ele havia encomendado da livraria Maruzen, a fim de absorver de antemão os conhecimentos que um dia teria de estudar na universidade, bem como de satisfazer sua predisposição para se interessar pelo cerne de todas as coisas.

Desde que ouvira o sermão da abadessa do Gesshuji, começara a abraçar um vago sentimento de insatisfação com o pensamento jusnaturalista europeu que anteriormente lhe atraía o coração. O começo com Sócrates e o profundo controle exercido sobre o direito romano através de Aristóteles,

---

28. Ideograma com sentidos diversos, dentre os quais, paz, harmonia, amenidade e Japão.

depois sistematizado de forma detalhada pelo cristianismo na Idade Média e a tamanha popularidade atingida na era iluminista a ponto de esta ser conhecida como a era do direito natural — não existe pensamento provido de uma força tão imortal quanto este, que renasceu a cada onda de ideias produzida ao longo das eras por dois mil anos, em cada ocasião com uma nova roupagem. É possível que esteja preservado nele a tradição mais antiga do culto europeu à razão. Entretanto, quanto maior a tenacidade da ideologia, menos Honda conseguia evitar refletir sobre os dois mil anos durante os quais essa luminosa força apolínea do humanismo continuou sendo ameaçada pelas forças da escuridão.

Não, não eram apenas as forças da escuridão. Ele cogitou que a luz humanista era ameaçada também por um fulgor ainda mais ofuscante, mas continuou a eliminar incessante e escrupulosamente essas ideologias com uma luminosidade superior à sua. Será que um fulgor mais intenso, que contivesse em si até mesmo a escuridão, não pôde enfim ser aceito pelo mundo da ordem legal?

No entanto, isso não queria dizer que Honda se sentia atraído pela Escola Histórica do Direito romântica do século XIX, tampouco pelo pensamento de escolas do direito etnológico. Embora o Japão da era Meiji até pedisse por uma jurisprudência nacionalista nascida do historicismo como essa, ele, pelo contrário, voltava o interesse para a verdade universal que havia de existir nas bases do direito, por isso mesmo seu coração também fora atraído pelo pensamento jusnaturalista que não gozava atualmente de popularidade. Não obstante, por desejar nos últimos tempos conhecer também os limites subsumidos pela universalidade no direito, ele imaginava se o próprio direito não seria destruído caso ultrapassasse o pensamento jusnaturalista restringido pela visão humana desde a Grécia Antiga e fincasse o pé em uma verdade universal ainda mais abrangente (pressupondo que algo assim existisse), e se deleitava em deixar seus devaneios correrem soltos e sem reservas por tais territórios.

Essas eram considerações perigosas, assaz típicas da juventude. No entanto, ao se enfadar com o mundo do direito romano, o qual se mantinha imóvel às costas do direito positivo moderno que ele vinha estudando, a projetar uma sombra nítida tal como uma estrutura geométrica que flutua nos céus sobre a terra iluminada, era natural que ele tivesse vontade de fugir da opressão do direito estrangeiro adotado com tanta lealdade pelo Japão da era Meiji e por vezes voltar os olhos para outra ordem legal, vasta e antiga, na Ásia.

Por sorte, podia-se afirmar que a tradução francesa do *Código de Manu* feita por L.-Deslongchamps que havia chegado da Maruzen continha passagens que respondiam muito bem às dúvidas de Honda.

O *Código de Manu* é a base central do antigo direito indiano, possivelmente compilado no período compreendido entre 200 a.C. e 200 d.C., mas que ainda hoje preserva sua vitalidade como lei entre os praticantes do hinduísmo, e cujos doze capítulos e 2.684 dísticos formam um único grande sistema abrangente de religião, costumes, moral e legislação. Começando com uma explicação sobre a origem do universo e incluindo até provisões sobre cotas hereditárias e o crime do roubo, o mundo de caos asiático nele descrito exibe um contraste deveras significativo com o sistema do direito natural da Idade Média cristã, tão dependente da metódica correspondência entre o macrocosmo e o microcosmo.

Entretanto, à mesma maneira que a *actio* no direito romano se ergue como um pensamento de oposição ao conceito moderno de direitos — para o qual não existem direitos onde não existe tampouco a reparação pela violação —, o *Código de Manu*, em sequência às provisões relativas ao comportamento na corte do imponente rei e dos brâmanes, limita disposições sobre processos legais a dezoito itens, entre os quais o não pagamento de dívidas.

Honda continuou a leitura encantado pela peculiaridade das esplêndidas imagens evocadas por esse código, inclusive ao descrever as leis em geral insípidas sobre processos legais — equiparando a distinção entre o certo e o errado feita pelo rei ao julgar a veracidade de um acontecimento ao modo como "um caçador chega ao ninho da corça ferido seguindo as gotas de sangue" — ou ao listar as responsabilidades do monarca, pronunciando que ele deve verter sua graça sobre o reino "assim como Indra faz precipitar o fértil aguaceiro da estação chuvosa em abril", até que chegou às curiosas passagens do último capítulo, as quais não soube dizer se eram leis ou declarações. Embora os imperativos categóricos no direito ocidental se baseassem, via de regra, no raciocínio humano, o *Código de Manu* expunha ideias sobre princípios universais inconcebíveis pelo raciocínio, isto é, sobre *rin'ne*[29], de uma forma por demais natural, por demais espontânea, por demais desembaraçada.

"A ação, que nasce da mente, da linguagem e do corpo, é algo que produz resultados bons tanto quanto ruins."

"O *manas* (a mente), que neste mundo está relacionado ao corpo, divide-se em três espécies: excelente, mediano e inferior."

"O homem obtém na mente o resultado de ações mentais, na linguagem o resultado de ações verbais e no corpo o resultado de ações corporais."

"Por consequência de ações corporais falhas, na próxima vida o homem se tornará vegetação; por consequência de ações verbais falhas, na próxima vida o homem se tornará pássaro ou fera; por consequência de ações mentais falhas, na próxima vida o homem nascerá em casta inferior."

"Aquele que em relação a todos os seres mantém autocontrole sobre os três aspectos — mente, linguagem e corpo — e que subjuga completamente a fúria e a paixão obterá sucesso, isto é, o salvamento supremo."

"O homem, tendo reconhecido precisamente através de seu intelecto o corolário da alma individual, que se baseia em méritos e deméritos, deve sempre dedicar seu coração à aquisição de méritos."

Apesar de nesses trechos, novamente em analogia ao direito natural, leis e boas ações constituíssem termos sinônimos, a diferença residia no embasamento na ressurreição cármica, algo difícil de ser compreendido pelo intelecto. De certo ponto de vista, como esse método não recorria ao raciocínio humano, mas era uma espécie de ameaça punitiva, talvez fosse possível dizer tratar-se de um princípio legal que depositava menos fé na natureza humana que o princípio básico do direito romano.

Embora Honda não sentisse vontade de investigar ainda mais essa questão e submergir nas profundezas da escuridão do pensamento antigo, na condição de estudante de direito, situado do lado daqueles que estabelecem as leis, ele não conseguia de jeito nenhum se desvencilhar do ceticismo e de certo remorso em relação ao direito positivo atual, mas descobria no sacro raciocínio do direito natural e nas ideias fundamentais do *Código de*

---

29. Tradução japonesa do sânscrito *samsara*, conceito presente em muitas religiões indianas, entre elas o hinduísmo e o budismo, que expressa o caráter cíclico do universo, sendo usado também para descrever o fluxo contínuo de renascimentos experimentado por todos os seres vivos, segundo tais religiões.

Manu uma paisagem vasta — tal como o firmamento límpido e azul do meio-dia ou o céu noturno tomado por estrelas cintilantes —, a qual vez ou outra era necessária à complexa moldura negra e à imagem de dupla exposição do direito natural que ele tinha em frente aos olhos.

O direito era uma disciplina verdadeiramente curiosa! Era ao mesmo tempo uma fina malha, capaz de pescar sem exceção até as ações mais triviais do dia a dia, e o trabalho do mais ganancioso pescador imaginável, que desde antigamente vinha jogando uma rede imensa inclusive sobre os movimentos do sol e do céu estrelado.

Tendo perdido a noção do tempo por mergulhar na leitura, ele temeu chegar ao evento do dia seguinte, para o qual fora convidado por Kiyoaki, com o rosto mal-humorado de quem não dormira o bastante.

Ao pensar naquele seu amigo formoso e enigmático, ele não podia deixar de estremecer estimando o modo como ele próprio despendia sua juventude de modo tão mundano. Também recordou vagamente a pilhéria de outro amigo da escola ao contar sobre a vez que fora a uma casa de chá em Gion e se divertira jogando rúgbi em uma sala de tatames com diversas aprendizes de gueixa, amarrotando uma almofada para fazer as vezes de bola.

Em seguida, recordou um episódio ocorrido na última primavera, insignificante aos olhos da sociedade, porém um enorme acontecimento para a família Honda, a qual se estarreceu inteira. Os serviços budistas em memória aos dez anos de falecimento de sua avó tinham sido realizados no templo onde seus familiares vinham sendo sepultados havia gerações, em Nippori, e os parentes que compareceram ao evento prestaram em seguida uma visita à residência Honda, que representava todo o clã.

Uma garota chamada Fusako, prima de segundo grau de Shigekuni, dentre todos os visitantes era a mais jovem, a mais bela e a mais alegre. Em meio à atmosfera sombria da casa dos Honda, chegaram a estranhar o modo como essa jovem deixava escapar sonoras risadas.

Por mais que se tratasse de um serviço memorial, uma vez que as lembranças da falecida já estavam distantes, não cessavam as conversas entre os parentes reunidos depois de tanto tempo, cada qual querendo falar mais a respeito dos rebentos que haviam chegado como novos membros da casa do que de assuntos budistas.

As mais de trinta pessoas passeavam de um quarto a outro da casa dos Honda estupefatos ao averiguar como tudo o que havia em cada cômodo eram livros e mais livros. Alguns comentaram que gostariam de ver a sala de estudos de Shigekuni e, subindo até lá, vasculharam ao redor da escrivaninha do rapaz. Shigekuni não saberia dizer quem foi o primeiro a sair, mas não tardou para que fossem todos embora do local, um após o outro, deixando apenas ele e Fusako para trás.

Os dois estavam sentados no sofá com capa de couro colocado junto à parede. Shigekuni estava com o uniforme da Gakushuin, enquanto Fusako vestia um furisode[30] violeta. Os dois ficaram sem jeito com a ausência dos demais, tanto que inclusive as risadas sonoras e animadas de Fusako tinham cessado.

Shigekuni pensou em entreter a garota mostrando-lhe um álbum de fotografias ou algo do gênero, mas ele infelizmente não possuía nada assim. Além disso, Fusako parecia ter ficado de mau humor de repente. Até então, Shigekuni não apreciava sua compleição um tanto saudável demais, o modo como ela estava sempre rindo com espalhafato, o seu tom como que de deboche para com ele, apesar de ser um ano mais nova, ou o seu comportamento de quem nunca se aquieta. Embora em Fusako existisse a beleza quente e pesada de uma dália no verão, ele pensava que nunca tomaria uma mulher assim como sua esposa.

— Cansei. Primo Shige, você não se cansa?

Mal terminara de ouvir essas palavras, a cinta da garota, à altura do peito, desfez-se com a rapidez de uma parede que desmorona; em seguida, foi lançado sobre as pernas de Shigekuni o peso de elevada fragrância de Fusako, que ali ocultou o rosto.

Confuso, ele baixou o olhar para o fardo pesado e maleável que se jogara entre seus joelhos e suas coxas. Sentiu ter permanecido desse jeito por tempo considerável. Afinal, tinha a impressão de não possuir em si a força necessária para mudar a situação. E Fusako, depois de apoiar o rosto contra as coxas da calça de sarja azul-marinho do primo, tampouco aparentava fazer menção de voltar a se mover.

---

30. Estilo de quimono com mangas mais compridas, comumente usado por moças solteiras em ocasiões formais.

Foi nesse momento que o fusuma[31] se abriu e entraram de repente sua mãe, seu tio e sua tia. O rosto da mãe mudou de cor, enquanto o peito de Shigekuni soltou um guincho. Já Fusako voltou as pupilas morosamente para aquela direção e então ergueu a cabeça com languidez.

— É que me cansei e estou com dor de cabeça.

— Ai, então temos que fazer alguma coisa. Quer que lhe dê um remédio? — falou a fervorosa diretora da Associação das Mulheres Patrióticas, com a inflexão de uma enfermeira benevolente.

— Não, não é tão forte para precisar de remédio.

Esse episódio se tornou o assunto de toda a parentela e, ainda que por sorte não houvesse chegado aos ouvidos do pai, Shigekuni foi admoestado severamente pela mãe, enquanto Fusako ficou impedida em absoluto de visitar outra vez a casa dos Honda.

No entanto, Shigekuni Honda continuava a se lembrar sempre daquele momento quente e pesado que transcorrera sobre seus joelhos.

Por mais que os pesos do corpo, do quimono e da cinta de Fusako estivessem todos pendendo sobre ele, ele recordava como se houvesse sido comprimido apenas por sua bela e complicada cabeça. O pescoço envolto pelo farto cabelo feminino se recostava contra o joelho de Shigekuni tal como um queimador de incenso, o qual se fazia sentir ardendo sem trégua através de sua calça de sarja azul-marinho. O que seria aquele calor, aquela quentura similar a um incêndio distante? Por intermédio dessa chama contida dentro de uma cerâmica, Fusako relatava uma intimidade de descomedimento inefável. Ainda assim, o peso de sua cabeça era como um fardo cruel, reprovador.

E os olhos de Fusako?

Posto que ela escondia o rosto diagonalmente, ele foi capaz de ver os olhos da garota, bem abertos, estáticos sobre seus joelhos como gotas negras úmidas, pequenas e vulneráveis. Eles eram extremamente leves, como borboletas pousadas ali por um instante. O pestanejar dos longos cílios era o bater de suas asas. As pupilas seriam as fantásticas pintas de suas membranas...

---

31. Porta corrediça de papel fosco, tradicional na arquitetura japonesa.

Olhos tão desprovidos de sinceridade, tão indiferentes apesar de tão próximos, tão prestes a alçar voo a qualquer minuto, inseguros, flutuantes, que se moviam incessantes do desequilíbrio ao equilíbrio, do alívio à concentração, como o ar preso no nível de um carpinteiro — olhos como esses Shigekuni jamais havia visto.

Não se tratava de flerte, de modo algum. Ele não podia deixar de interpretar que, muito mais do que quando ela ria e conversava até momentos antes, seu olhar se tornara solitário, projetando com exatidão quase sem sentido a inconstância errante de seu fulgor interno. Muito menos seriam flerte a doçura e a fragrância quase incômodas que dali se desprendiam.

Assim sendo, o que poderia ter dominado todas as frações daquele momento cuja duração beirava o infinito?

VIII

Da metade de novembro até 10 de dezembro, a maior atração do Teatro Imperial não eram as populares peças encenadas por mulheres, mas sim as de Baiko ou de Koshiro, as quais Kiyoaki julgara mais apropriadas para espectadores estrangeiros, ainda que ele, na verdade, não conhecesse particularmente bem o kabuki. Ele não se lembrava de alguma vez ter ouvido o nome das atrações do programa, *Hiragana Seisuiki* e *Renjishi*.

Assim, embora Honda estivesse lá na qualidade de convidado de Kiyoaki, era ele quem estava pronto para fornecer explicações aos príncipes do Sião, pois se prestara a pesquisar sobre as peças na biblioteca durante o intervalo de almoço na escola.

Desde o princípio, assistir a peças de um país diferente não passava de uma curiosidade para os príncipes. Nesse dia, uma vez terminada a escola, Kiyoaki voltou logo para casa acompanhado por Honda. Depois de ser apresentado aos príncipes, ele lhes contou abreviadamente em inglês a sinopse das peças a que iriam assistir durante a noite, embora os dois não demonstrassem escutar com muita atenção.

Kiyoaki sentiu ao mesmo tempo uma espécie de remorso e compadecimento ante a lealdade e seriedade do amigo. As peças em si não representavam um objetivo espetacular para ninguém naquela noite. Se Kiyoaki levava a mente oca, todavia, era devido à insegurança ao imaginar se não existiria uma possibilidade remota de que Satoko houvesse quebrado a promessa e lido a carta.

O mordomo anunciou que a carruagem já estava à disposição. Os cavalos exalavam fumaça branca pelas narinas, soltando relinchos sob o céu noturno e invernal. No frio, o odor dos cavalos era mais rarefeito e o som de suas ferraduras pateando o solo, congelado, mais manifesto; a energia potencial comprimida de forma tão severa nos cavalos durante essa estação deixava Kiyoaki contente. Embora os cavalos se tornassem nítidas bestas ao se precipitarem céleres em busca de folhas jovens, já ao atravessarem galopando pela nevasca eles se assemelhavam à neve, com o vento setentrional transformando-os na própria respiração turbilhonante do inverno.

Kiyoaki gostava da carruagem. Sobretudo quando carregava alguma insegurança no coração, pois o balanço do veículo servia para desregrar aquele ritmo preciso e insistente peculiar às aflições, além de que lhe agradava experimentar a elegância de dentro do carro ao mesmo tempo que a força bestial logo à frente, sentida no rabo que meneava sobre as nádegas do cavalo, próximas de si e mais desnudas que o próprio animal, bem como na crina que se movia colérica e na saliva que corria em um fio reluzente e espumante com o ranger dos dentes.

Kiyoaki e Honda trajavam o uniforme escolar e um sobretudo simples, enquanto os príncipes se viam friorentos com exagerados sobretudos de gola de peles.

— Nós somos fracos para o frio — disse o príncipe Pattanadid, com olhar compenetrado. — Um parente que foi estudar na Suíça já tinha me advertido que aquele país é muito frio, mas eu não imaginava que o Japão também fosse assim.

— Mas vocês logo se acostumam, viu? — consolou-o Honda, que já havia conquistado maior intimidade com eles.

Em meio às ruas por onde a multidão andava trajando suas capas *inverness*, tremulavam bandeiras anunciando precoces liquidações de final de ano, levando os príncipes a perguntar se seriam para algum tipo de festival.

A expressão nos olhos dos príncipes já havia se manchado, nesses menos de dois dias, com uma saudade da terra natal como que pintada em um índigo sombrio. Mesmo o alegre e tão irrequieto Kridsada agora demonstrava certo refinamento. É evidente que não exibiram nenhum sinal de desconsideração que pudesse estragar a hospitalidade oferecida por Kiyoaki; no entanto, o anfitrião manteve o constante sentimento de que as almas dos visitantes haviam se separado dos respectivos corpos e agora iam flutuando para o meio do Oceano Pacífico. Mas isso, pelo contrário, lhe agradava. Afinal, corações que encerram tudo na existência do corpo físico, sem andar à deriva, eram por ele considerados desditosos.

Em meio ao crepúsculo prematuro de inverno junto ao fosso de Hibiya, os três andares de tijolos brancos do Palácio Imperial começaram a se aproximar cintilantes.

Quando o grupo chegou, as cortinas já estavam abertas para a obra recente que abriria o programa, mas Kiyoaki ainda pôde reconhecer a figura de Satoko sentada ao lado da velha Tadeshina, duas ou três fileiras atrás e na diagonal de seu próprio assento, e trocou com ela um olhar fugaz de saudação. O fato de Satoko ter comparecido, bem como o sorriso que ela estampou no rosto por um instante, deram a Kiyoaki a impressão de que fora perdoado de tudo.

A primeira peça, em que generais do período Kamakura andavam para lá e para cá em cena, pareceu aos olhos de Kiyoaki ter sido encenada entre névoas, graças à felicidade do rapaz. Livre da insegurança, sua autoestima enxergava no palco apenas o reflexo do brilho próprio.

"Esta noite Satoko está ainda mais bela que de costume. Ela não negligenciou a maquiagem para sair. Veio exatamente com a aparência pela qual eu ansiava."

Enquanto repetia isso várias vezes em seu coração, pensou em como era perfeita a situação atual, pois ele não podia se voltar para a direção de Satoko e, ainda assim, podia o tempo todo sentir a beleza dela às suas costas! Tudo corria de acordo com a providência existencial, de modo tranquilo, fecundo, afável.

O que Kiyoaki requisitava naquela noite era somente a beleza de Satoko, algo que até então não havia ocorrido. Refletindo a respeito, ele jamais pensara em Satoko apenas como uma mulher bonita. Mesmo nunca tendo experimentado alguma atitude ofensiva explícita por parte dela, Kiyoaki sempre a imaginara como um tecido de seda com alfinetes, um brocado ocultando um revestimento mal-acabado e, ainda por cima, uma mulher que continuava a amá-lo sem se importar com o que ele próprio sentisse por ela. A fim de não permitir que por alguma fresta entrasse a luz perfurante e repreensiva do sol matinal que sobe egocêntrico e refulgente, a qual jamais se estira dentro do peito como um sujeito passivo, ele vinha mantendo firmemente fechadas as persianas de seu coração.

Chegaram ao intervalo. Tudo prosseguia naturalmente. A princípio Kiyoaki sussurrou a Honda que Satoko havia comparecido por acaso, mas, quando este lançou os olhos de relance para trás, ficou claro que já não acreditava na casualidade. Kiyoaki até se tranquilizou ao constatar o olhar do amigo. Seus olhos comunicaram com perícia o tipo de amizade que Kiyoaki julgava ideal, ou seja, aquela que não exige sinceridade em demasia.

As pessoas saíram animadas ao corredor. Passaram por debaixo do candelabro e se reuniram em frente à janela que permitia ver diretamente, no lado oposto, o fosso e o muro de pedra. Parecendo ser outra pessoa, Kiyoaki apresentou Satoko aos príncipes com as orelhas coradas de euforia. É evidente que ele poderia tê-lo feito com contenção de maneiras, porém, por questão de cortesia, demonstrou imitar aquele mesmo estado de paixão pueril dos príncipes ao falarem de suas namoradas.

Ele não tinha dúvidas de que sua capacidade para replicar a emoção alheia, como se fosse propriedade sua, devia-se à liberdade vasta e aliviada que seu coração experimentava no momento. Seu estado emocional natural era de melancolia, mas, quanto mais ele se afastasse dessa emoção, mais lhe era possível tornar-se livre dessa maneira. E o motivo para tanto era que ele *não amava Satoko nem um pouco sequer*.

Recuada atrás da sombra de um pilar, a velha Tadeshina indicava, no modo de esconder o colo cerrando com firmeza sua gola falsa com bordados de flores de ameixeira, a resolução de não abrir francamente seu coração para estrangeiros. Kiyoaki ficou satisfeito, pois, graças a isso, ela não se aproximou para lhe agradecer em voz alta pelo convite.

Os príncipes, que logo se tornavam entusiasmados na presença de uma bela mulher, ao mesmo tempo perceberam a espécie de humor peculiar em que se encontrava Kiyoaki ao lhes apresentar Satoko. Sem imaginar nem mesmo em sonho que essa era especificamente uma réplica de sua própria paixão espontânea, Chao Pi viu pela primeira vez em Kiyoaki uma jovialidade sincera e natural, sentindo-se mais próximo dele.

Honda ficou comovido pela maneira como Satoko, mesmo sem falar nada de qualquer idioma estrangeiro, preservou diante dos príncipes uma atitude dotada de refinamento, sem se prostrar ou tampouco se envaidecer. Cercada pelos quatro rapazes e belamente vestida com um sanmaigasane[32] ao estilo de Kyoto, ela exibia a figura vistosa e dotada de imponência de uma flor colocada em um vaso.

Os príncipes faziam perguntas em inglês a Satoko em sucessão, as quais Kiyoaki traduzia; entretanto, como os sorrisos que Satoko lhe dirigia a

---

32. Quimono de mangas mais curtas vestido em três camadas.

cada momento buscando sua aprovação desempenhavam sua função com excelência, Kiyoaki voltou a se sentir inseguro.

"Será que ela não leu mesmo aquela carta?"

Não, caso a houvesse lido, jamais poderia se comportar do modo como se comportava agora. Primeiramente, sequer teria vindo até ali. Era certo que a carta ainda não tinha chegado quando ele telefonara, mas não havia como garantir que ela não a leu depois de ser entregue. Kiyoaki irritava-se pela sua total falta de coragem em se forçar a lhe fazer a pergunta, por mais que soubesse que a resposta que ouviria já estava decidida — "Não a li".

Ele começou a observá-la disfarçadamente, imaginando se, comparada àquela voz alegre que o atendera na noite de dois dias atrás, não haveria nenhuma mudança perceptível na voz de agora ou na fisionomia de Satoko. Mais uma vez havia começado a escorrer areia em seu coração.

O perfil de Satoko, com o nariz bem formado como um pintinho feito de marfim, mas não tão proeminente a ponto de aparentar frieza, ora brilhava, ora se obscurecia conforme transitavam para lá e para cá as suas olhadelas de soslaio bastante relaxadas.

Em geral considerado vulgar, no caso de Satoko o olhar de soslaio era ligeiramente tardio, como se a extremidade de suas palavras primeiro fluísse para o sorriso, cuja extremidade fluía então para os olhos; o olhar era, portanto, contido atrás do curso de sua expressão como um todo, conferindo alegria a quem o visse.

Seus lábios assaz delgados também ocultavam dentro de si uma formosa saliência, enquanto os dentes, surgidos a cada risada e abrigando os vestígios da luz do candelabro, eram escondidos com presteza por um conjunto de dedos finos e flexíveis para impedir que reluzisse o límpido interior orvalhado de sua boca.

Quando as orelhas de Satoko se avermelharam após as traduções que Kiyoaki fez dos elogios hiperbólicos dos príncipes, ele não soube discernir se os lóbulos de carnes revigorantes com a forma de pingos de chuva, os quais se revelavam com sutileza por debaixo dos cabelos, haviam por acaso enrubescido devido à vexação, ou se assim já estavam devido ao *rouge* ali aplicado.

O que nada poderia ocultar, todavia, era certa intensidade que havia no brilho das pupilas da moça. Elas abrigavam uma força fantástica e penetrante que ainda agora causavam temor a Kiyoaki. Eram o caroço que existia naquele fruto.

Soou o sino indicando o abrir das cortinas para *Hiragana Seisuiki*. Todos retornaram aos seus assentos.

— Essa é a mulher mais bonita de todas as que eu já vi no Japão. Como você deve ser feliz! — disse Chao Pi, baixando a voz enquanto entravam lado a lado no corredor. Nesse momento, a expressão de melancolia nos olhos de Kiyoaki havia sido curada.

IX

Iinuma, o estudante que estava alojado na residência Matsugae, deu-se conta de como observava sem solução o modo como vinham se definhando as aspirações e se arrefecendo a raiva dos dias de sua adolescência, ao longo dos mais de seis anos que servira na casa, e como ele ora carregava consigo outro tipo de cólera fria, diferente dessa raiva de antigamente. Por mais que fosse inegável que a mudança fora causada pelos novos costumes da família Matsugae, a verdadeira fonte do veneno se encontrava no rapaz de ainda dezoito anos, Kiyoaki.

Com o ano novo se aproximando, Kiyoaki também estava mais próximo de chegar aos dezenove. Se o marquês conseguisse fazer com que o filho se graduasse com boas notas na Gakushuin e, no outono de seus vinte e um anos, enfim ingressasse na Faculdade de Direito da Universidade Imperial de Tóquio, poderia também dispensar os serviços de Iinuma. No entanto, era curioso ver sua falta de preocupação quanto ao desempenho escolar de Kiyoaki.

Na condição atual, o ingresso do rapaz na Faculdade de Direito da Universidade Imperial de Tóquio era duvidoso. A única alternativa seria ir para as universidades imperiais de Kyoto ou de Tohoku, onde, apenas para os filhos da nobreza, existia a possibilidade de ingresso sem prestar vestibular. As notas de Kiyoaki sempre pairavam na média necessária. Ele não dedicava esforços aos estudos, o que contudo não significava que ele era devoto dos esportes. Caso Kiyoaki conseguisse obter notas exemplares, os elogios poderiam chegar também a Iinuma, que seria talvez enaltecido por seus conterrâneos; não obstante, mesmo Iinuma já havia esquecido de se impacientar como fazia a princípio. Como quer que a coisa se desenrolasse, já era sabido que Kiyoaki, no futuro, poderia se tornar ao menos um membro da Câmara dos Pares.

Embora na escola esse mesmo Kiyoaki fosse amigo próximo de Honda, um dos melhores alunos da escola, Honda não exercia nenhuma influência benéfica sobre o amigo a despeito da intimidade, atuando antes como um adulador do rapaz e perpetrando uma relação de lisonjarias, o que era irritante para Iinuma.

Era evidente que a essa emoção se mesclava também a inveja. Apesar de Honda, na condição de amigo de escola, estar em uma posição que lhe permitia reconhecer Kiyoaki assim como ele era, para Iinuma a própria existência do garoto era a zombeteira evidência de seu fracasso, pressionada contra suas fuças durante todas as horas do dia.

A formosura de Kiyoaki, sua elegância, a irresolução de sua personalidade, sua falta de simplicidade, sua negligência de esforços, sua predisposição devaneadora, sua beleza de forma, sua juventude graciosa, sua pele frágil, seus longos cílios de sonhador, tudo isso traía belamente e de maneira inigualável os antigos planos de Iinuma. Ele sentia que a existência do jovem senhorzinho era uma risada de escárnio que irrompia sem cessar.

Quando esse ranger de dentes pela frustração e essa dor pelo fracasso continuam por muito tempo, as pessoas são levadas a um sentimento parecido com uma espécie de veneração. Por isso ele se irritava sobremaneira caso lhe dissessem algo sobre Kiyoaki com ares de acusação. E, por meio de um instinto irracional que ele próprio não entendia, estava ciente da solidão irredimível do jovem patrão.

Não havia dúvidas de que, se Kiyoaki passou a evitar por um nada a presença de Iinuma, era por ter descoberto que este, com excessiva constância, trazia dentro dele tamanha avidez.

Dentre a numerosa criadagem da família Matsugae, Iinuma era a única pessoa a ter os olhos repletos com uma avidez assim patente e indecorosa.

— Se me permitem perguntar, aquele ajudante de vocês não seria um socialista?

Quando certo visitante fizera essa pergunta ao ver os olhos de Iinuma, o marquês e a marquesa soltaram uma risada alta. Isso porque sabiam muito bem da criação do rapaz, de seu comportamento nos últimos tempos e do modo como nunca deixava de ir ao Meritório Santuário prestar respeito todos os dias.

Tendo-lhe sido negada a possibilidade de diálogo, o rapaz tinha por hábito peregrinar todas as manhãs ao Meritório Santuário, sem falta, para conversar mentalmente com o venerável antepassado que ele acabara não podendo conhecer em vida.

Embora antigamente ele apenas desabafasse sua raiva aparente, conforme foi envelhecendo passou a confessar uma insatisfação colossal, cujos limites ele próprio não conhecia, uma insatisfação capaz de cobrir o mundo inteiro.

Nesta manhã, também, ele se levantou mais cedo que os demais, lavou o rosto, enxaguou a boca e se dirigiu ao Meritório Santuário vestindo um quimono azul-marinho com padrões brancos e um hakama de Kokura.

Passou em frente ao quarto das criadas nos fundos da casa principal e seguiu pelo caminho em meio ao bosque de ciprestes. Ao que os dentes de magnólia de seus geta[33] esmagaram as agulhas de gelo que intumesciam o solo, revelou-se uma seção virginal em que brilhava a geada. Com o sol matinal de inverno se estendendo como gaze de seda por entre os vãos das folhas dos ciprestes, algumas de um verde seco, outras já velhas e marrons, Iinuma sentiu que seu interior era purificado pela brancura do hálito que exalava. O canto dos passarinhos caía incansável sobre ele do esparso céu azul da manhã. Em meio ao frio cortante, que vinha bater com um estalido contra a pele exposta logo acima do peito, havia algo que agitava sobremaneira o seu coração e o entristecia com o pensamento: "Por que o senhorzinho não vem junto comigo?"

Era em parte por erro próprio que Iinuma não fora capaz de ensinar nem uma única vez a Kiyoaki sobre uma emoção viril e revigorante como essa, bem como era em parte culpa sua nunca ter sido capaz de possuir a força necessária para arrastar o garoto consigo em suas caminhadas matinais. Ao longo de seis anos, não existia um "bom hábito" sequer que ele houvesse ensinado a Kiyoaki.

Uma vez subindo ao alto da colina de topo plano, o bosque terminava e dava lugar ao amplo gramado seco com um acesso de cascalho ao centro, ao fim do qual se viam bem-dispostos e banhados pelo sol matinal o pequeno altar do Meritório Santuário, as lanternas de pedra, o torii de granito e o par de balas de canhão à esquerda e à direita dos pés da escadaria de pedra. De manhã cedo, aquela área transbordava um ar de lhanura que diferia por completo do odor suntuoso que circulava pela casa principal e pelo prédio ocidental da residência Matsugae. Ele tinha a sensação de haver entrado em uma caixa nova de madeira crua. Aquilo que Iinuma havia aprendido ser belo e bom quando criança, naquela mansão, podia ser encontrado somente nas cercanias da morte.

---

33. Tamanco japonês que pode possuir placas de madeira (dentes) anexadas à base para aumentar a elevação desde o solo.

Quando subiu a escadaria de pedra e parou de pé em frente ao santuário, viu um passarinho a perturbar a luz das folhas de sakaki, ora exibindo, ora ocultando seu peito negro-avermelhado. Soltando um canto como se batesse blocos de ki[34], a ave alçou voo em frente aos seus olhos. Parecia ser um papa-moscas.

"Grande Ancestral", Iinuma começou a lhe falar à mesma maneira de sempre, enquanto mantinha as mãos unidas em prece. "Por que será que o tempo teve que passar e as coisas tiveram que acabar como agora? Por que será que minha força, juventude, ambição e simplicidade esmoreceram e o mundo se tornou assim deplorável? O senhor matou, teve a própria vida ameaçada, superou todos os desafios para construir um novo Japão, foi alçado a um status digno do herói responsável por esta construção, adquiriu toda a autoridade possível e, no fim, atingiu o desfecho de sua grande vida. Como será possível que ressuscite uma época como essa em que o senhor vivia? Até onde irá esta época indolente e deplorável? Ou será que ela está apenas começando? As pessoas não pensam em nada além de dinheiro e mulheres. Os homens acabaram se esquecendo do caminho que devem seguir. A época de deuses e heróis nobres e eminentes ruiu junto com o falecimento do imperador Meiji. Será que uma época como aquela, em que a energia dos jovens podia ser usufruída em sua totalidade, não vai nunca retornar?

"Nesta época em que se abrem por toda parte estabelecimentos chamados de cafés[35] para atrair clientes, em que se deturpam os bons costumes entre rapazes e garotas estudantes dentro dos trens, a ponto de criarem vagões exclusivos para mulheres, as pessoas já perderam a paixão para darem tudo de si e se lançarem a algo de corpo inteiro. Apenas fazem farfalhar os nervos que se assemelham às extremidades das folhas, apenas movem as pontas dos dedos delgados como os de uma dama.

"Por que será? Por que será que surgiu um mundo como este? Um mundo em que se mancha tudo que é puro? O seu neto, a quem eu agora sirvo,

---

34. Instrumento musical simples japonês também conhecido como *hyoshigi*, que consiste em dois blocos de madeira atados por uma corda e batidos um contra o outro.
35. À época da obra, os cafés eram estabelecimentos de reputação duvidosa destinados a homens adultos, nos quais se comercializava bebidas alcóolicas ocidentais e em que as garçonetes mantinham uma relação mais íntima com clientes, entretendo-os com conversas, por exemplo — a prostituição, contudo, a princípio não era praticada.

tornou-se de fato uma criança desta época débil, e minhas forças já não bastam. Será então que eu devo morrer para terminar de cumprir minhas responsabilidades? Ou será que o senhor, através de seu profundo e santificado desejo, está trabalhando para que as coisas corram desta maneira?"

No entanto, o peito másculo e coberto de pelos de Iinuma, que vinha realizando esse diálogo dentro de seu coração com tanto fervor a ponto de se esquecer do frio, despontou para fora da gola do quimono e o entristeceu, por fazê-lo constatar que não lhe fora concedido um corpo que correspondesse ao seu coração límpido. Em contrapartida, a alguém possuidor de um corpo puro, alvo e gracioso como Kiyoaki, faltava um coração simples, masculino e fortificante.

Conforme o corpo de Iinuma se acalorava com preces assim veementes, às vezes ele sentia, de súbito, dentro do hakama inflado pela brisa gélida da manhã, um prorromper na região da virilha. Ele então pegava a vassoura que ficava sob as tábuas do assoalho do santuário e varria o local desvairadamente.

X

Pouco depois da virada do ano, Iinuma foi ao quarto de Kiyoaki porque o chamavam, e encontrou ali a velha Tadeshina, criada de Satoko.

Satoko já havia ido felicitá-los pelo ano novo, então hoje Tadeshina viera sozinha para expressar as próprias felicitações e lhes entregar namabu[36] de Kyoto, aproveitando para se esgueirar dentro do quarto de Kiyoaki. Iinuma já a conhecia de vista, todavia essa foi a primeira vez em que estiveram frente a frente de maneira formal. E não compreendeu o motivo para ter sido convidado à sua presença.

As celebrações de Ano-Novo da família Matsugae eram magníficas: dezenas de dignitários de Kagoshima lhes prestavam uma visita no início de cada ano após terem ido à mansão do antigo senhor do domínio feudal, os quais eram servidos, sob o teto de caixotões pintado de preto do salão de recepção, com pratos típicos de Ano-Novo preparados pelo restaurante Hoshigaoka. Eram famosas também as iguarias oferecidas após as refeições, como sorvete ou melão, que raramente podiam ser degustadas nas regiões provincianas. Não obstante, devido à discrição pelo falecimento do imperador, nesse ano apenas um ínfimo grupo de três pessoas fora à capital. A elas se juntara também o diretor da escola de ensino fundamental onde estudara Iinuma, que já contava com as graças da família Matsugae desde a geração anterior. "Iinuma está mostrando muito bom desempenho" — a cada vez que Iinuma recebia um copo de saquê do marquês, era praxe que este o agraciasse com tais palavras em frente ao diretor da escola. Nesse ano também foi feito o mesmo, mas, apesar de a resposta de agradecimento do diretor também ter sido igual à corriqueira, oferecida tal qual um carimbo, nesse ano em particular, talvez também devido ao número reduzido de pessoas, a formalidade lhe pareceu oca, insubstancial, frívola.

É evidente que Iinuma jamais havia se apresentado ao grupo de felicitadoras que vinham visitar sobretudo a marquesa. Do mesmo modo, era

---

36. Também chamado de *namafu*, massa feita pela mistura de glúten e farinha, usado como ingrediente sólido em sopas e cozidos, por exemplo.

excepcional que alguma visitante de início de ano do sexo oposto, anciã ou não, visitasse a sala de estudos do senhorzinho.

Por mais que sentasse com dignidade na cadeira, vestindo um quimono com brasão negro e apenas a bainha decorada, Tadeshina já estava embriagada pelo uísque que Kiyoaki vinha lhe oferecendo e, por debaixo das mechas brancas aprumadas com firmeza sobre a cabeça, a testa alva coberta com uma espessa camada de requintada maquiagem exibia a cor da inebriação tal como flores rubras de ameixeira sob a neve.

A conversa entre os dois por acaso havia mencionado o duque Saionji, assunto ao qual voltaram imediatamente depois que Tadeshina devolveu a Kiyoaki os olhos que tinha pousado sobre Iinuma.

— Dizem que o duque Saionji já apreciava o saquê e o tabaco desde os cinco anos de idade. Se nas famílias de militares dão aos filhos uma educação severa, nas famílias da aristocracia, como o senhorzinho já sabe, desde pequenos os pais não lhes dizem nada. Uma razão para isso é que as crianças já recebem a quinta classe imperial desde o nascimento, ou seja, é como se estivessem tomando conta de um vassalo da Sua Majestade Imperial, portanto não são severos com os próprios filhos por deferência. Em contrapartida, essas famílias mantêm a boca fechada sobre tudo o que diz respeito ao imperador, sem jamais proferir nenhum boato sobre ele à maneira que se faz, sem reservas, entre as famílias de daimiôs. Por causa disso, a nossa senhorinha também respeita o imperador do fundo do coração. Mas é claro que esse respeito não se estende aos imperadores alheios.

Tadeshina foi sarcástica quanto à acolhida dos príncipes do Sião, e acrescentou então às pressas:

— É claro que, graças a isso, eu pude presenciar um *teatro* como não via há muito tempo; acho que até vou conseguir viver mais por causa dessa alegria.

Kiyoaki deixou Tadeshina falar à vontade. Ele se dera o trabalho de chamar a velha até seus aposentos porque queria solucionar a dúvida que se enraizara em seu coração desde outro dia, e com efeito já tinha lhe perguntado às pressas, depois de lhe oferecer a bebida, se Satoko havia mesmo atirado ao fogo a carta que ele enviara, sem abrir o envelope. A resposta de Tadeshina fora mais direta do que ele pudera esperar.

— Ah, aquela carta? Eu ouvi a história da senhorinha assim que o telefonema terminou. Então no dia seguinte, quando ela chegou, eu mesma a atirei no fogo sem abrir. Se é disso que o senhorzinho fala, pode ficar sossegado.

Ouvindo isso, Kiyoaki teve a sensação de sair correndo instantaneamente do escuro caminho de um bosque cerrado para um campo aberto, e começou a esboçar diversos projetos deliciosos em frente aos olhos. Embora o fato de Satoko não ter lido a carta servisse apenas para restaurar tudo à mesma situação de antes, para ele era como se uma nova paisagem se abrisse diante de si.

Foi Satoko quem deu o primeiro passo decisivo. Ela sempre vinha felicitá-los pelo ano novo no dia em que os filhos de toda a parentela se reuniam na residência Matsugae, quando o marquês se comportava como o pai dos jovens hóspedes, que iam dos dois ou três anos de idade até os vinte; apenas nesse dia ele falava com intimidade ou dava conselhos a qualquer criança que fosse. Juntando-se às crianças que queriam ver os cavalos, Satoko foi até o estábulo com Kiyoaki servindo de guia.

No estábulo decorado com shimenawa[37], os quatro cavalos ora inseriam a cabeça na manjedoura para logo erguê-la de supetão, ora recuavam para patear o lambril da parede, tentando fazer borbotar impetuosamente de seu dorso acetinado a energia do novo ano. As crianças ficaram contentes ao ouvir do cavalariço o nome de cada um dos animais, e se divertiram jogando na direção de seus molares amarelentos os rakugan já meio quebrados que haviam trazido com firmeza na mão. Fitadas pelos olhos inquietos e injetados dos cavalos, as crianças sentiram ainda a felicidade de estarem sendo tratadas como adultos.

Como Satoko estava perto da escura sombra de verde perene da árvore-de-mochi, receando a saliva que escorria em fios da boca dos cavalos, Kiyoaki confiou as crianças ao cavalariço e foi até ela. A expressão nos olhos da moça preservava a inebriação do saquê cerimonial de Ano-Novo. Por conseguinte, Kiyoaki imaginou que pudesse ser por causa da embriaguez que ela tinha dito as palavras que se seguiram, abafadas em meio aos gritos

---

37. Corda de cânhamo ou palha de arroz trançada, usada no xintoísmo para rituais de purificação ou para indicar locais sagrados.

de alegria das crianças. Ela prendeu sem demora seus olhos licenciosos sobre a figura de Kiyoaki ao se aproximar, dizendo-lhe com fluidez:

— Eu me diverti muito naquele dia. Obrigada por ter me apresentado como se fosse praticamente sua noiva. Imagino que os príncipes devem ter se espantado ao ver que sou mais velha que você, mas, graças àquele único instante, eu cheguei a sentir que já não me importaria em morrer. Você tem a capacidade de me deixar tão feliz daquele jeito, e mesmo assim nunca faz proveito dela, não é mesmo? Não posso imaginar um Ano-Novo mais feliz que este. Este ano com certeza vai trazer algo de bom.

Kiyoaki estava perplexo, sem saber com que palavras lhe retribuir. Enfim respondeu com a voz enrouquecida:

— Como você pode dizer algo assim?

— Ora, primo Kiyo, quando se está feliz, as palavras vêm saltando por si sós, assim como as pombas dentro de uma kusudama[38] alçando voo na cerimônia de lançamento de um barco, viu? Você, também, logo vai entender.

Depois de tão calorosa confissão, Satoko mais uma vez falou a frase que Kiyoaki mais odiava. "Você, também, logo vai entender." O que era essa conjectura orgulhosa? Essa convicção de quem quer se mostrar mais adulta que ele?

Tendo ouvido essas palavras havia alguns dias, somadas hoje à resposta clara de Tadeshina, o coração de Kiyoaki se desanuviou de ponta a ponta, repleto de bons presságios para o ano que começava, esquecendo os estranhos sonhos escuros das noites recentes e tendendo à esperança e aos sonhos do dia claro. Devido a isso, buscando expressar um comportamento generoso que de hábito não lhe condizia, ele passou a querer levar alegria a quem quer que fosse, eliminando também a sombra e a aflição alheias. Embora exercer graça e caridade às pessoas exija a proficiência de quem opera uma máquina intricada, em tais ocasiões Kiyoaki se tornava mais imprudente do que qualquer um.

Mas ele não havia chamado Iinuma a seu quarto somente pela benevolência de querer eliminar as sombras que afligiam o ajudante e ver seu rosto alegre.

---

38. Bolas comemorativas semelhantes a uma pichorra, cujo conteúdo é expelido quando são estouradas durante alguma celebração. Podem conter confetes ou até mesmo pombas, como mencionado aqui por Satoko.

A leve embriaguez auxiliou a imprudência de Kiyoaki. Além disso, sua licenciosidade também era indulgenciada pela presença da velha Tadeshina, a qual, se por um lado se mostrava extremamente respeitosa como um poço de cortesia e reverência, por outro possuía um refinamento que incrustava coágulos de sensualidade em cada uma de suas rugas, assim como a cafetina de um velho prostíbulo operando há milhares de anos.

— Veja só a senhora, nos estudos o Iinuma já me ensinou tudo o que era possível — Kiyoaki disse intencionalmente à velha. — Mas também muitas coisas ele não me ensina e, na verdade, parece que há muitas coisas que tampouco ele sabe. É por isso que eu preciso que sirva de professora para o Iinuma a partir de agora.

— O que está dizendo, senhorzinho? — respondeu Tadeshina com polidez. — Ele já é estudante universitário e, para uma pessoa como eu, que nunca foi à escola, isso é…

— Ouça bem, por isso estou dizendo que, quanto aos estudos, não existe nada para ensinar a ele.

— Não é bonito fazer troça com uma pessoa de idade.

A conversa continuou a ignorar Iinuma. Como não lhe oferecessem uma cadeira, ele continuava parado em pé. Seus olhos observavam o lago do lado de fora da janela. Era um dia nublado. Os patos se aglomeravam perto da ilha central. O verde dos pinheiros no topo da colina parecia gélido, e a ilha parecia vestir uma capa de palha pelo modo como estava coberta pela relva seca.

Ao enfim ser convidado pelo patrão, Iinuma sentou-se mal acomodado em uma pequena cadeira, perguntando-se se Kiyoaki de fato não tinha se dado conta dele até então. Não, não havia dúvidas de que ele apenas agira daquele modo para ostentar a própria autoridade em frente a Tadeshina. E Iinuma não apreciava essa nova mudança no coração de Kiyoaki.

— Pois então, Iinuma, a senhora Tadeshina esteve há pouco conversando com as criadas, e por acaso acabou ouvindo um rumor…

— Ah, senhorzinho, isso não é… — Tadeshina agitou exageradamente os braços para tentar impedi-lo, mas não foi rápida o bastante.

— Dizem que você tem um objetivo diferente quando vai todas as manhãs peregrinar até o Meritório Santuário.

— Que objetivo seria esse? — Iinuma exibiu rápido o nervosismo no rosto, tremendo os punhos que pousara sobre os joelhos.

— Por favor, não diga mais nada, senhorzinho — a velha confiou o corpo ao encosto da cadeira como uma boneca de porcelana derrubada. Fez tal gesto para expressar o abalo que sentia no fundo do coração, apesar de seus olhos de pálpebras duplas demasiado evidentes se entreabrirem aguçados e de haver certo regozijo misturado à flacidez na boca de dentadura mal ajustada.

— Como o caminho até o Meritório Santuário passa pelos fundos da casa principal, é natural cruzar a janela gradeada do quarto das criadas. Quem diria, então você veio se encontrando todas as manhãs ali com Mine, até que, anteontem, enfim entregou uma carta para ela através dessa mesma janela, é?

Iinuma levantou-se sem escutar as palavras de Kiyoaki até o fim. Sua briga para conter as emoções transpareceu no rosto pálido, no qual todos os músculos mais diminutos pareciam emitir chiados. Kiyoaki contemplou com deleite o modo como o rosto de Iinuma, sempre semelhante a uma sombra, agora parecia prestes a estourar, repleto de fogos de artifício escuros. Com plena ciência de que o outro sofria, Kiyoaki decidiu pensar naquele rosto feio como um rosto de felicidade.

— A partir de hoje… Eu me demito.

Pronunciando isso, Iinuma fez menção de sair às pressas do cômodo. A agilidade dos movimentos de Tadeshina, que saltou com o corpo para impedi-lo, fez Kiyoaki arregalar os olhos. A velha dissimulada, por um átimo, demonstrou a mobilidade de um leopardo.

— O senhor não pode sair daqui. Se fizer isso, o que vai ser de mim? Se descobrirem que um criado de outra casa se demitiu porque fiz um comentário desnecessário, eu também vou ter que ir embora da residência Ayakura, onde trabalho há quarenta anos. O senhor precisa ter um pouco de piedade comigo e pensar com calma nas consequências. O senhor entende, não é? Os jovens causam problema porque são muito determinados, mas, bem, o que fazer, se esse é também o seu lado bom?

Tadeshina, agarrada à manga de Iinuma, conseguiu fazer uma súplica bastante clara e sucinta, na forma de uma tranquila reprimenda de pessoa de idade.

Essa era uma maneira de fazer as coisas que ela já praticara várias dezenas de vezes ao longo da vida, e a velha sabia muito bem que era em ocasiões assim que a consideravam a pessoa mais necessária do mundo. A autoconfiança daqueles que amparam a ordem do mundo por trás das cortinas, com cara de quem nada sabe, nasce da sabedoria plena de como eventos podem ocorrer de forma fantástica — como quando um quimono que não deveria de modo algum se descosturar acaba se desfazendo justo durante uma cerimônia importante, ou quando o rascunho de um discurso celebratório do qual ninguém haveria de se esquecer acaba desaparecendo. Para ela, situações assim, que não deveriam acontecer de jeito nenhum, eram antes situações corriqueiras, e era em suas lépidas mãos de remendeira que ela apostava sua inesperada serventia. Para essa mulher vivida, não existia nada no mundo que fosse completamente seguro. Isso porque, mesmo no céu azul sem nuvens à vista, a investida de uma andorinha inesperada pode criar um rasgão inoportuno na roupa de alguém.

E o trabalho de remendeira de Tadeshina era realizado com mãos não só ágeis, mas firmes — em suma, com perfeição.

Mais tarde Iinuma viria a pensar, ocasionalmente, em como a hesitação de um único segundo é capaz de alterar por completo o restante da vida de uma pessoa. Não havia dúvida de que esse único segundo era a dobra muito bem demarcada de uma folha de papel branco; a hesitação envolve a pessoa por toda a eternidade e, com o anverso do papel se transformando então em verso, ela fica impossibilitada de escapar outra vez para onde antes se encontrava.

Ao ter sido agarrado por Tadeshina à porta da sala de estudos de Kiyoaki, Iinuma experimentou absorto essa espécie de hesitação momentânea. E esse foi o fim para ele. Em seu coração ainda jovem, a dúvida que ele carregava, imaginando se Mine havia rido de sua carta enquanto a mostrava para todo mundo, ou se a carta acabara caindo por acidente em mãos alheias e causado problemas à garota, percorreu-o de maneira cortante como a barbatana de um peixe atravessando os vãos entre as ondas.

Kiyoaki olhou para Iinuma depois de este retornar à pequena cadeira e sentiu sobre ele sua primeira vitória, insignificante demais para ser motivo de orgulho. Já havia desistido de comunicar a Iinuma sua benevolência. Já lhe bastava agir conforme seu próprio senso de felicidade. Nesse momento, Kiyoaki sentiu a liberdade de poder comportar-se como um verdadeiro adulto, com verdadeira elegância.

— Não mencionei isto com qualquer intenção de magoá-lo, tampouco de debochar de você. Será que não imagina o que Tadeshina e eu estamos planejando aqui, os dois, pelo seu bem? De jeito nenhum eu vou contar isso para o meu pai. Vou me esforçar para que ele nunca fique sabendo disso, viu? Imagino que, daqui em diante, Tadeshina vai compartilhar com você muito da sabedoria que ela possui. Hein, Tadeshina, não é mesmo? Entre as nossas criadas, Mine é a mais encantadora de todas, e apenas esse ponto pode se mostrar um pouco problemático. Mas, quanto a isso, pode deixar comigo.

Sem deixar de ouvir uma única palavra do que Kiyoaki dizia, Iinuma apenas fez brilhar os olhos enquanto mantinha um silêncio tenaz, tal qual um espião encurralado. Caso quisesse investigar a fundo tais palavras, em cada fragmento poderia encontrar uma infinidade de pontos onde a insegurança parecia prestes a borbotar. Mas ele estava tentando somente gravar essas palavras em seu coração, assim como eram ditas, sem fazer menção de investigá-las.

Para Iinuma, o rosto daquele rapaz mais novo do que ele, que continuava a falar com uma prodigalidade atípica, nunca havia parecido tão próprio de um patrão quanto agora. É verdade que esse era o resultado que Iinuma esperava de sua educação, mas nunca poderia imaginar que seu desejo seria realizado por meio de um acontecimento tão insólito, tão patético.

Iinuma estranhou que a sensação de ser aniquilado daquele modo por Kiyoaki era igual à de ser aniquilado por sua própria lascívia interior. Após a hesitação momentânea de havia pouco, ele teve a impressão de que o prazer do qual ele se envergonhava desde muito tempo antes fora conectado de repente a sua sinceridade e sua fidelidade imparciais. Com certeza existia nisso uma armadilha, uma artimanha. No entanto, do fundo da vergonha e humilhação quase insuportáveis, abriu-se infalivelmente um pequeno portão de ouro puro.

Com a voz que fazia recordar a raiz branca de uma cebolinha, Tadeshina se manifestou desta forma:

— Tudo é exatamente como o senhorzinho está dizendo. Apesar da juventude, possui uma forma de pensar realmente sólida.

As orelhas de Iinuma escutavam sem o mínimo estranhamento uma opinião de todo contrária à dele próprio.

— Mas, em troca… — Kiyoaki começou a dizer. — Iinuma, daqui em diante você vai ter que unir forças com Tadeshina para me ajudar, sem fazer objeções. Desse jeito eu ajudo você com seu romance. Nós precisamos todos manter uma relação amigável.

XI

Diário de sonhos de Kiyoaki.

"Apesar de recentemente serem poucas as ocasiões em que encontro os príncipes estrangeiros, não sei por que fui justo agora sonhar com o Sião. E foi um sonho em que eu havia viajado até lá…

"Eu me achava sentado em uma esplêndida cadeira no centro de uma sala, sem poder me mexer. Dentro do sonho, eu estava sempre com dor de cabeça. Isso porque me haviam dado uma coroa de ouro repleta de joias engastadas. Nas vigas entrelaçadas do teto estava empoleirada uma miríade de pavões apinhados uns contra os outros, os quais volta e meia derrubavam as fezes brancas sobre a minha coroa.

"Do lado de fora, os raios de sol estavam escaldantes. O jardim abandonado, onde só crescia grama, banhava-se em silêncio no sol intenso. De sons, havia apenas as asas das moscas em seu bater tênue, as duras solas das patas dos pavões trocando às vezes de direção e os bicos a alisarem as penas. O jardim abandonado estava cercado por um alto muro de pedra, que continha entretanto uma ampla janela, a partir da qual era possível ver apenas os troncos de alguns coqueiros e o amontoado branco e ofuscante de imóveis cúmulos-nimbos.

"Ao baixar os olhos, eu podia ver o anel de esmeralda que estava enfiado em meu dedo. Aparentemente, o anel que Chao Pi usava se transferira em algum momento para mim, pois era idêntico o desenho do par de rostos dourados e misteriosos das divindades guardiãs Yasuka que circundavam a pedra.

"Eu me quedei observando algo que brilhava como uma agulha de gelo dentro da esmeralda, a qual recebia o reflexo da luz do sol vinda da rua, sem saber dizer se seria uma pinta branca ou uma rachadura, até que me dei conta de que pairava ali o pequeno e adorável rosto de uma mulher.

"Voltei-me para trás imaginando que seria o reflexo do rosto de uma mulher parada atrás de mim, mas não havia ninguém. O pequeno rosto feminino dentro da esmeralda se moveu quase um nada e, ainda que parecesse sério havia pouco, estava agora transbordando de um sorriso evidente.

"Depois de agitar o braço afobadamente, devido ao comichão causado pelas moscas que se enxameavam sobre as costas da minha mão, fiz menção de espiar mais uma vez a pedra no anel. Nesse momento, o rosto da mulher já havia desaparecido.

"Em meio ao pesar e à tristeza indescritíveis de não ter sido capaz de confirmar de quem se tratava, despertei."

Kiyoaki jamais acrescentava uma interpretação própria ao diário de sonhos no qual vinha fazendo tais registros. Evocava ao máximo de suas habilidades as memórias mais minuciosas, retratando-as tal como apareciam: sonhos alegres como sonhos alegres, sonhos agourentos como sonhos agourentos.

Não reconhecendo nos sonhos um significado de qualquer relevância, talvez nesse seu modo de pensar, enfatizando apenas os sonhos em si, espreitasse uma espécie de insegurança em relação à sua própria existência. Os sonhos eram muitas vezes mais consistentes se comparados à indefinição das emoções dele quando desperto e, embora não houvesse nenhum fator que permitisse decidir se as emoções eram "reais" ou não, ao menos os sonhos, sim, eram "realidade". E, se as emoções não possuíam forma, já os sonhos eram dotados tanto de forma quanto de cor.

Ao escrever no diário de sonhos, Kiyoaki nem sempre encerrava em seu humor a insatisfação com o mundo real, que não marchava a seu bel-prazer. Nos últimos tempos, o mundo real havia começado a tomar continuamente a forma que ele desejava.

Uma vez subjugado, Iinuma se tornara confidente de Kiyoaki, e de quando em quando entrava em contato com Tadeshina a fim de arranjarem encontros entre o patrão e Satoko. Kiyoaki ponderou se sua personalidade, que lhe permitia sentir-se pleno apenas por ter um confidente, na verdade não necessitava de amigos, e acabou se distanciando naturalmente de Honda. Não obstante este ter se sentido solitário, como pensasse que a sensibilidade quanto ao fato de não ser necessitado era uma parte importante da amizade, destinou aos estudos todas as horas que de costume passaria ao léu com Kiyoaki. Leu tudo o que pôde encontrar de livros sobre legislação em inglês, alemão e francês, bem como literatura e filosofia, e se comoveu com o *Sartor Resartus* de Carlyle, ainda que sem se aproximar de Kanzo Uchimura.[39]

---

39. Kanzo Uchimura (1861-1930), escritor e evangelista cristão fundador do Movimento Sem Igrejas, seita que questiona a necessidade da Igreja e cerimônias como o batismo ou a

Certa manhã de neve, quando Kiyoaki se preparava a fim de sair para a escola, Iinuma entrou na sala de estudos dele olhando acanhado pelos arredores. Essa nova subserviência de Iinuma acabara dissipando a pressão constante que seu físico e sua fisionomia abatidos exerciam sobre Kiyoaki.

Iinuma viera anunciar um telefonema de Tadeshina. Segundo a velha, Satoko, deliciada pelo tempo daquela manhã, queria saber se Kiyoaki não poderia faltar à escola para ir buscá-la, pois lhe agradaria sair de riquixá para ver a neve.

Desde que nascera, Kiyoaki nunca tinha ouvido um pedido tão egoísta de quem quer que fosse. Ele se manteve pasmo na frente de Iinuma, com os preparativos para ir à escola já terminados e sua pasta pendendo da mão.

— Que tipo de pedido é esse? Foi mesmo Satoko quem pensou em algo assim?

— Sim. Como foi a senhora Tadeshina quem disse, não há erro.

Foi intrigante o modo como Iinuma recuperava um pouco de sua autoridade quando era enfático daquele jeito, pronto para mesclar na cor dos olhos uma censura de caráter moral caso Kiyoaki ousasse enfrentá-lo.

Kiyoaki voltou os olhos de relance para a paisagem nevada do jardim às suas costas. Mais que o orgulho ferido pelos métodos irrecusáveis de Satoko, ele sentia o frescor de quem teve o abscesso do orgulho removido instantaneamente de dentro de si, por meio de um bisturi magistral. Ter a própria vontade ignorada com uma velocidade que chegava a ser imperceptível era uma espécie de prazer vivo. "Já estou disposto a começar a agir conforme a vontade de Satoko" — enquanto pensava isso, com um único olhar guardou no coração o cair meticuloso da neve que não seria suficiente para se acumular e, no entanto, havia começado a salpicar a ilha central e a montanha de bordos.

— Bem, então ligue para a escola e diga que hoje vou me ausentar por causa de um resfriado. Cuide para que meu pai ou minha mãe não saibam, de jeito nenhum. Depois vá até a praça de coches, contrate dois homens de confiança e peça que preparem um riquixá com assento para dois, para ser puxado por ambos. Até a praça de coches, eu vou caminhando.

---

eucaristia. Uchimura era grande apreciador das obras de Thomas Carlyle (1795-1881), cujos pensamentos também refletia.

— Em meio a esta neve?

Iinuma viu como as faces do jovem patrão haviam corado, inundadas por uma maré de rubor. Sobretudo por elas estarem à sombra, de costas para a janela onde a neve caía incansavelmente, era libidinosa a maneira como o escarlate se mesclava à penumbra.

Não importando o objetivo da saída, Iinuma se espantou com o próprio contentamento ao ver o patrão partir com uma chama alojada nos olhos, embora aquele garoto que ele ajudara a criar com as próprias mãos não houvesse crescido com uma personalidade heroica. Nessa direção que ele antigamente menosprezava, na direção à qual Kiyoaki avançava, em meio à indolência, era possível que existisse alguma honradez latente ainda por descobrir.

XII

A morada dos Ayakura era uma antiga residência de samurais guarnecida de um nagayamon[40] com duas guaritas de grades salientes à esquerda e à direita, mas, devido à falta de empregados na família, não havia indícios de que alguém habitasse essas dependências. Não se poderia dizer que cada seção do telhado estava envolta pela neve: esta parecia ser antes erguida pelas telhas, suave e fielmente à sua imagem.

Embora ele tivesse avistado junto ao postigo do portão a silhueta escura de uma pessoa com o guarda-chuva empertigado que parecia ser Tadeshina, ela desapareceu afobada quando o riquixá se aproximou e, por momentos, apenas a neve que caía dentro da propriedade se refletiu nos olhos de Kiyoaki, o qual ordenara que o puxador parasse ali em frente.

A figura de Satoko, quando passou cabisbaixa pelo postigo, unindo as mangas do sobretudo roxo ao colo, fez brotar em Kiyoaki uma sensação irracional e tão magnífica que lhe oprimia o peito, como se daquele pequeno recinto fosse trazida para a neve lá fora um volumoso fardo violeta.

Era verdade que Satoko subira no riquixá auxiliada por Tadeshina e pelo puxador, montando no veículo como se levitasse o corpo; entretanto, ao levantar a lona da capota para recebê-la, Kiyoaki sentiu como se aquela moça — que trazia um sorriso no rosto alvo e cintilante, e flocos de neve na gola do quimono e nos cabelos, acompanhados pela neve que voava para o interior — fosse algo que se erguera de dentro de um sonho monótono e agora vinha assaltá-lo repentinamente. O balanço do riquixá ao receber desequilibrado o peso de Satoko talvez houvesse intensificado essa sensação fugaz.

Ela era como um acúmulo roxo que viera desabando em sua direção, cujas roupas incensadas fizeram Kiyoaki imaginar que, por um segundo, a neve esvoaçando ao redor das faces gélidas da moça havia exalado uma fragrância. Devido ao ímpeto na hora de subir, a face de Satoko aproximou-se

---

40. Estrutura de antigas mansões samurais que consistia em um portão ladeado por pequenos condomínios horizontais, usados como dependências de empregados.

demais da de Kiyoaki, e ele percebeu o retesamento momentâneo do pescoço dela quando, afobada, corrigiu a postura. Era uma rigidez similar à do pescoço alvo de uma ave aquática.

— O que foi isso…? O que foi isso, de repente? — disse Kiyoaki, com a voz de quem havia sido dominado pelo adversário.

— Um parente de Kyoto está em estado crítico de saúde, portanto papai e mamãe partiram ontem à noite no trem noturno. Eu fiquei sozinha aqui e quis me encontrar com você a qualquer custo; gastei a noite inteira ontem pensando nisso, até que esta manhã começou a nevar, veja só. Com este tempo, fiquei com vontade de sair a dois com você na neve, a qualquer custo, e por isso fiz um pedido egoísta assim, pela primeira vez na vida. Espero que possa me perdoar — disse ela, com a respiração ofegante e um tom de voz pueril que lhe era incomum.

O riquixá já se movia com os gritos dos puxadores, um postado à frente e outro atrás. Pela pequena janela de vigia da lona era possível ver apenas o padrão tingido pela neve amarelada, de modo que, dentro do veículo, a tênue escuridão oscilava incessante.

Os joelhos de ambos estavam cobertos pela manta xadrez de um verde profundo, fabricada na Escócia, que Kiyoaki trouxera. Com exceção das memórias já esquecidas dos tempos de infância, aquela era a primeira vez que os dois traziam os corpos tão próximos um do outro e, no entanto, Kiyoaki atentava exclusivamente ao modo como o vão deixado pela lona repleta de um frouxo brilho cinzento ora se expandia, ora se contraía, sempre convidando a neve a entrar — a qual ia então parar na manta verde para logo se converter em gotas de água —, ou ao modo como a neve que atingia a lona ressoava de forma exagerada, fiel ao som da neve que se escuta enquanto se está à sombra das grandes folhas de uma bananeira.

— Para qualquer lugar está bom. Enquanto puder andar, siga por onde for — respondeu Kiyoaki quando o puxador lhe perguntou sobre o destino, sabendo que Satoko era da mesma opinião. Os dois enrijeceram então a postura que mantinham desde que o cabo do veículo fora erguido, levemente recostada contra o assento; nem bem estavam ainda de mãos dadas.

As tocadelas dos joelhos por baixo da manta, todavia, eram difíceis de evitar, e comunicavam um brilho semelhante a uma chama pontual debaixo da neve. No fundo do cérebro de Kiyoaki, mais uma vez se agitava uma dúvida insistente. "Será que Satoko não leu mesmo aquela carta? Não, se Tadeshina afirmou tão categoricamente, não há erro. Quer dizer então que ela está me provocando na condição de homem que ainda desconhece as mulheres? Como devo fazer para resistir a esta humilhação? Rezei tanto para que a carta não chegasse aos olhos de Satoko, e agora tenho a impressão de que seria melhor ela tê-la visto. Pois, dessa forma, este encontro secreto insano em uma manhã de neve claramente significaria a autêntica provocação que uma mulher faz a um homem já conhecedor do sexo oposto. E assim eu também saberia o que fazer... Apesar de que, mesmo que fosse esse o caso, porventura não me seria impossível dissimular o fato de que na verdade ainda não conheço as mulheres...?"

Com o balanço da escuridão negra, pequena e quadrada a fazer os pensamentos dele voarem para lá e para cá, mesmo que tentasse manter os olhos desviados de Satoko, não havia nada onde pudesse cravar a vista além da neve que dominava o pequeno celuloide amarelado da janelinha. Ele, por fim, enfiou a mão debaixo da manta. Ali, carregada da malícia de quem aguarda dentro de um ninho aquecido, o esperava a mão de Satoko.

Um floco de neve entrou voando e veio pousar na sobrancelha de Kiyoaki. Quando Satoko constatou isso dizendo um "Puxa!", ele voltou-lhe o rosto por reflexo e então se deu conta da frieza que suas próprias pálpebras comunicavam. Satoko fechou os olhos de repente. Kiyoaki encarou esse seu rosto de olhos fechados. Apenas os lábios pintados de vermelho com batom de Kyoto exibiam um brilho escuro, enquanto o rosto oscilava seus contornos de forma desalinhada, como uma flor que oscila após receber um piparote.

O peito de Kiyoaki batia com uma palpitação violenta. Ele sentiu na pele a constrição do colarinho alto do uniforme escolar que lhe cingia o pescoço. Não existia nada tão difícil de compreender quanto o rosto alvo e de olhos fechados de Satoko.

Aos dedos que ele agarrava por debaixo da manta foi adicionada uma força sutil, minúscula. Não havia dúvida de que Kiyoaki teria se sentido ferido mais uma vez caso achasse que aquilo era um sinal para ele; convidado pela frouxidão daquela força, no entanto, ele abriu os lábios naturalmente, e foi capaz de pousá-los sobre os de Satoko.

O balanço do riquixá, no instante seguinte, fez menção de separar os lábios uma vez unidos. Foi então que a boca do rapaz assumiu de modo espontâneo uma postura resolvida a resistir a qualquer vibração, tendo como eixo os lábios que ora tocavam. Ao redor do eixo dos lábios tocados, Kiyoaki sentiu abrir-se pouco a pouco um leque extremamente grande, fragrante e invisível.

Embora naquele momento Kiyoaki tivesse experimentado o que significava esquecer-se de si mesmo, nem por isso se esquecera também da própria beleza. De um ponto onde as belezas dele e de Satoko pudessem ser observadas de modo imparcial e equivalente, sem dúvida nesse momento elas pareceriam fundir-se como se fossem mercúrio. Ele compreendeu que aquilo que oferecia resistência, que se irritava, que se mostrava rabugento, era um temperamento sem relação com a beleza, e que essa fé cega denominada de indivíduo isolado era uma doença não da carne, mas que tendia a se alojar apenas no espírito.

Ao que a insegurança dentro do coração de Kiyoaki foi removida sem deixar vestígios e o lugar onde se encontrava a felicidade pôde ser confirmado com clareza, o beijo foi assumindo ainda mais a forma de uma firme resolução. Por conseguinte, os lábios de Satoko enfim se afrouxaram. Devido ao temor de que seu corpo inteiro se derretesse para dentro daquela cavidade de mel cálido, Kiyoaki teve vontade de tocar com os dedos algo dotado de forma. Abraçou aquele ombro feminino com a mão retirada de debaixo da manta e amparou-lhe o queixo. Nesse momento, a sensação do osso frágil e delicado do queixo da mulher se comunicou com os dedos de Kiyoaki, permitindo-lhe mais uma vez confirmar a forma individual de outro corpo, que existia externamente ao seu; desta vez, entretanto, isso serviu antes para elevar a fusão dos lábios.

Satoko estava chorando. As lágrimas foram transmitidas inclusive às faces de Kiyoaki, que assim se deu conta. Ele sentiu orgulho. Contudo, nesse seu orgulho não havia uma partícula sequer daquela satisfação benevolente de quando ele quis fazer algo por alguém; Satoko, do mesmo modo, já não mostrava em parte alguma aquela sua atitude julgadora e de pessoa mais adulta. Conforme os dedos de Kiyoaki passavam pelos lóbulos da orelha dela, ou por seu colo, ele se comovia com cada uma das novas maciezes que tocava. Então isso eram carícias, aprendeu ele. Eram o amarrar da sensualidade, semelhante a uma névoa que tende a saltar para fora do corpo, ao confiá-la a algo dotado de forma. Já então, ele não pensava em nada além da própria alegria. Essa era a maior autorrenúncia da qual ele era capaz.

O momento em que termina o beijo: similar a quando se desperta a contragosto, repleto daquela relutância melancólica de quem ainda tem sono mas não consegue resistir ao sol matinal que atravessa a pele delgada das pálpebras. É precisamente nesse instante que a delícia do sono atinge seu ápice.

Pois bem, ao separarem os lábios, restou em seguida uma quietude agourenta, como se um pássaro que estivera cantando graciosamente até então se calasse de repente. Não podendo mais olharem um para o rosto do outro, quedaram-se tesos. Contudo, foram em grande parte resgatados desse silêncio graças ao balanço do riquixá. Ele passava a sensação de que estavam ocupados com outra coisa.

Kiyoaki baixou os olhos. Assim como um camundongo que examina os arredores por pressentir o perigo nos arbustos verdes, as pontas dos dedos dos tabi[41] brancos que vestiam os pés de Satoko espiavam tímidas por debaixo da manta. E, sobre as pontas dos dedos, havia uma modesta quantidade de neve.

Como suas faces estivessem quentes demais, Kiyoaki, parecendo uma criança, levou a mão às de Satoko e contentou-se ao perceber que estavam igualmente quentes. Apenas nelas se encontrava o verão.

— Vou abrir a capota.

Satoko fez que sim com a cabeça.

Kiyoaki abriu bem os braços e removeu a lona da parte frontal. A superfície quadrada e repleta de neve diante dos olhos, tal qual um fusuma branco que começa a tombar, veio abaixo sem fazer som algum.

Os puxadores pressentiram o que acontecia e pararam onde estavam.

— Não parem. Continuem! — gritou Kiyoaki. Tendo recebido esse grito claro e jovial pelas costas, os puxadores levantaram-se novamente.

— Continuem! Podem andar sem parar.

---

41. Meias do vestuário tradicional japonês, com separação apenas entre o dedo maior e os demais dedos.

O riquixá deu a partida junto com os gritos dos puxadores.

— As pessoas vão nos ver — disse Satoko, com os olhos úmidos pendendo para o piso do riquixá.

— Não me importo.

Kiyoaki se espantou com a reverberação resoluta encerrada na própria voz. Ele já sabia. Queria encarar o mundo de frente.

O céu lá no alto era como um precipício onde os flocos de neve brigavam entre si. O rosto dos dois era atingido diretamente pela neve e, se eles abrissem a boca, ela entraria também ali dentro. Como seria bom se acabassem enterrados assim pela neve.

— Agora, a neve aqui... — disse Satoko, com a voz de quem estava sonhando.

Ela parecia ter pretendido dizer que um floco lhe escorrera do pescoço para o seio. Mas o cair da neve não se perturbava em absoluto, dotado de uma solenidade cerimonial, e Kiyoaki sentiu que, junto com as faces que se esfriavam, gradualmente se enregelava também o seu coração.

Justo nesse momento o riquixá começou a percorrer um local de onde era possível avistar, a partir de um terreno baldio adjacente a um barranco e situado no alto da ladeira em Kasumi-cho, área de muitas mansões, todo o espaço aberto junto ao quartel do terceiro regimento de Asabu. Apesar de não haver a silhueta de um único soldado no quartel coberto de branco, Kiyoaki de súbito viu ali a encarnação dos "Serviços memoriais aos mortos em combate próximo a Telissu", de sua já conhecida coleção de fotografias da Guerra Russo-Japonesa.

Milhares de soldados se aglomeravam lá, cabisbaixos enquanto cercavam à distância o altar com o pano branco revirado pelo vento e o marcador tumular de madeira crua. Diferentemente da fotografia, a neve se acumulava nos ombros de cada soldado, e as abas de cada quepe também estavam tingidas de branco. Na verdade, esses seriam todos soldados já falecidos — foi o que pensou Kiyoaki no instante em que viu a miragem. Os milhares de soldados que lá se aglomeravam não haviam se reunido somente para honrar a morte dos companheiros de guerra, mas estavam cabisbaixos também pela morte deles próprios...

A fantasia desapareceu de pronto, e a paisagem que então se refletiu através da neve revelou, primeiro, os flocos que pesavam instáveis sobre a vívida cor trigueira das novas cordas do yukitsuri[42] colocado no grande pinheiro sobre um alto monte de terra, e, em seguida, as janelas de vidro fosco cerradas com firmeza na construção de dois andares, às quais se mesclava tenuemente a iluminação acesa durante o dia.

— Feche aqui — pediu Satoko.

Ao baixar a cortina da capota, retornou a leve e familiar escuridão. Não retornou, entretanto, a mesma enlevação de antes.

"Como será que ela recebeu o meu beijo?", Kiyoaki mais uma vez começou a ser tomado pela sua cisma característica. "Será que não achou presunçoso, infantil, impróprio? É verdade que, naquele momento, eu não pensei em nada além da minha própria alegria."

— Vamos voltar? — As palavras ditas então por Satoko acompanharam com perfeição a métrica dos pensamentos de Kiyoaki.

"Mais uma vez ela está tentando me arrastar à força com o seu egoísmo", ele parou para pensar, deixando escapar a fugaz oportunidade de fazer uma objeção. Caso dissesse que não queria voltar, os dados do jogo estariam em suas mãos. Mas aqueles dados pesados, que ele não estava acostumado a segurar, dados de um marfim que poderia lhe congelar as pontas dos dedos só de roçar sua mão, ainda não lhe pertenciam.

---

42. Suporte de cordas colocado ao redor de árvores no inverno como forma de proteção contra o peso da neve acumulada.

XIII

Kiyoaki voltou para casa pretextando ter saído mais cedo da escola por sentir indícios de um resfriado, o que causou comoção exagerada na família, fazendo com que sua mãe viesse vê-lo em seu quarto para lhe tomar a temperatura à força; nesse mesmo momento, Iinuma veio anunciar que chegara um telefonema de Honda.

Kiyoaki penou para impedir que a mãe atendesse em seu lugar. Dizendo querer ir ele mesmo a qualquer custo, o rapaz saiu com as costas envoltas em uma colcha de casimira.

Honda havia pedido para usar o telefone da divisão de assuntos acadêmicos da escola. A voz de Kiyoaki expressava o cúmulo do mau humor.

— É que aconteceram algumas coisas, então eu disse a todos que fui até a escola, mas acabei saindo mais cedo. O fato de que eu não estive na escola desde manhã é segredo, viu? Há, o resfriado? — Kiyoaki continuou com uma voz contida e sombria, atento à porta de vidro da saleta do telefone. — O resfriado não é grande coisa. Amanhã já vou poder ir à escola, então explicarei melhor… A propósito, quem é que telefona preocupado só porque alguém faltou às aulas por um dia? Que exagero.

Ao encerrar a chamada, Honda sentiu uma raiva que chegou a lhe inquietar o coração, visto que seu ato de bondade recebera retribuição tão desumana. Ele nunca havia sentido antes uma raiva como essa em relação a Kiyoaki. Mais que a voz fria e mal-humorada, ou mais que o tratamento indelicado em si, o que feriu Honda foi o fato de as palavras do outro transbordarem de remorso por se ver obrigado a confiar um segredo ao amigo. Ele não se lembrava de, até então, alguma vez ter insistido que Kiyoaki lhe confiasse algum segredo.

Depois de recobrar a calma, Honda refletiu: "Pensando bem, não é mesmo do meu feitio telefonar para perguntar pela saúde dele só porque faltou um dia". Não era possível dizer, porém, que essa preocupação impaciente com a saúde do outro advinha apenas da rigorosidade de sua camaradagem. Se Honda atravessara correndo o pátio nevado da escola no horário do intervalo a fim de pedir que o deixassem usar o telefone da divisão de assuntos acadêmicos, foi porque lhe acometera uma ideia agourenta e inexplicável.

Desde o início da manhã, a carteira de Kiyoaki estivera vazia. Isso causara verdadeiro pavor em Honda, por constatar diante dos olhos algo que vinha temendo havia tempos. Como Kiyoaki sempre sentasse junto à janela, o verniz aplicado sobre a carteira velha e cheia de arranhões refletia por inteiro o brilho da neve lá fora, assemelhando-a a um pequeno caixão[43] coberto por um pano branco de luto…

Mesmo depois de voltar para casa, o coração de Honda continuava deprimido. Foi então que ele recebeu um telefonema de Iinuma, dizendo que Kiyoaki queria pedir desculpas pelo ocorrido de havia pouco, e perguntar se Honda não poderia ir até lá para uma visita noturna, pois mandaria um riquixá para buscá-lo. A voz pesada e monótona de Iinuma deixou Honda ainda mais desgostoso. Ele recusou curtamente, acrescentando que, quando o amigo pudesse ir de novo à escola, conversariam lá sem nenhuma pressa.

Kiyoaki, depois de ouvir a resposta trazida por Iinuma, ficou aflito como se houvesse enfim contraído uma doença. Ele então chamou Iinuma tarde da noite até seu quarto, ainda que não tivesse nenhum assunto a tratar, e surpreendeu-o com as seguintes palavras:

— É tudo culpa de Satoko. Já vejo que é verdade, uma mulher estraga mesmo a amizade entre dois homens. Se ela não tivesse feito aquele pedido egoísta pela manhã, Honda não teria se irritado desse jeito.

A neve cessou durante a noite, e o dia seguinte foi de céu radiante. Kiyoaki desvencilhou-se da família, que queria impedi-lo de sair, e foi para a escola. Chegou lá mais cedo que Honda, pensando que queria ser ele a dar bom-dia primeiro ao amigo.

Contudo, agora que a noite havia terminado e ele entrara em contato com uma manhã assim resplandecente, a felicidade incontrolável ressuscitou no fundo do coração de Kiyoaki e acabou por transformá-lo de novo em outra pessoa. Quando Honda entrou e respondeu o sorriso dirigido por Kiyoaki com um sorriso indiferente, como se não houvesse ocorrido nada, este mudou de ideia e desistiu de confessar todos os acontecimentos da manhã anterior.

---

43. Em japonês, *zakan*, caixão em que o cadáver é colocado sentado, de uso comum no Japão até o final do século XIX.

Honda, embora tivesse respondido com um sorriso, não fez questão de abrir a boca ou de fazer nada mais, apenas guardou a pasta na própria carteira, aproximou-se da janela para observar a paisagem do céu limpo depois do dia de neve, olhou de relance o relógio de pulso, talvez para confirmar que ainda faltavam mais de trinta minutos para começar a aula, e, sem mais, deu as costas ao amigo e saiu da sala. Kiyoaki seguiu-o com naturalidade.

Ao lado do prédio das salas do ensino médio, uma construção de madeira de dois andares, havia um pequeno jardim com um caramanchão ao centro e canteiros de flores dispostos geometricamente, cujo perímetro dava para um barranco contendo um acesso ao bosque que, lá embaixo, circundava o charco conhecido como Tanque de Lavar Sangue.[44] Kiyoaki pensou que de modo algum Honda desceria até o charco. Decerto seria uma dificuldade caminhar pela trilha do declive agora que a neve começara a derreter. Conforme imaginado, Honda parou em pé próximo ao caramanchão, espanou a neve que se havia acumulado sobre o banco e sentou. Kiyoaki caminhou por entre o jardim de flores envolvido pela neve e se aproximou do amigo.

— Por que veio atrás de mim? — Honda olhou para ele com os olhos apertados, como se estivesse ofuscado.

— Desculpe-me por ontem — Kiyoaki pediu perdão com fluidez.

— Tudo bem. Você estava se fingindo de doente, é?

— É.

Kiyoaki espanou a neve ao lado de Honda, tal como este havia feito, e sentou.

Observar seu interlocutor como se estivesse ofuscado pela luz, revestindo a superfície das emoções com uma chapa de metal para disfarçá-las, foi útil para eliminar de imediato o embaraço entre os dois. No momento em que Kiyoaki sentou, desapareceu o charco que se deixava ver por entre os ramos nevados enquanto ele estivera de pé. Tanto do beiral do prédio da escola quanto do telhado do caramanchão, ou ainda das árvores ao redor, faziam-se ouvir em uníssono os pingos de neve derretida que gotejavam

---

44. Em japonês, Chiarai-no-Ike, nome usado antigamente pelos estudantes da escola devido a certa lenda urbana, segundo a qual Taketsune Horibe (1670-1703), um dos 47 ronins, teria lavado ali o sangue de sua espada.

cristalinos. A neve que cobria em níveis irregulares o jardim de flores circundante, colapsando devido à superfície já congelada, refletia um padrão de luz elaborado, semelhante a um grosseiro corte transversal de granito.

Honda ponderou que Kiyoaki sem dúvida revelaria algum segredo de seu coração, porém não conseguia admitir que estava aguardando por isso. Parte dele desejava que o amigo não lhe contasse nada. Era difícil aguentar que ele o agraciasse com um segredo como se o estivesse agraciando com alguma dádiva. Por isso, ele próprio abriu a boca primeiro e, de propósito, começou um circunlóquio.

— Sabe, nos últimos tempos tenho pensado nessa coisa de individualidade. Eu penso em mim, pelo menos, como uma pessoa única e diferente das outras desta época, desta sociedade, desta escola; e é desse jeito mesmo que eu quero pensar. Você também é assim, não é?

— Isso é verdade. — Em momentos como esse Kiyoaki respondia com uma voz desinteressada, relutante, na qual vagava ainda mais a doçura que lhe era exclusiva.

— Mas como será daqui a cem anos? Só nos restará ser observados enquanto inseridos na corrente de pensamentos de uma época específica. A diferença entre os estilos de cada época na história da arte prova isso sem clemência. Quando se vive dentro do estilo de uma época específica, ninguém consegue ver as coisas por outro viés que não o desse estilo.

— Mas será que na época atual existe um estilo?

— Você vai afirmar que o estilo Meiji está começando a morrer e que isso é tudo, não é? Só que, para as pessoas que vivem dentro de um estilo, é sempre impossível reconhecê-lo. Por isso estou dizendo: nós também estamos, sem dúvida, inseridos em algum estilo. Assim como um peixe-dourado que não sabe que está vivendo dentro do aquário. Você vive só no mundo das emoções. Outras pessoas diriam que você é diferente, e você mesmo acha que está vivendo de um jeito fiel à sua individualidade, não é mesmo? Apesar disso, não existe uma única coisa que possa provar a sua individualidade. Um testemunho de alguém da mesma época que a sua não seria válido. Quem sabe esse seu próprio mundo das emoções esteja expondo a forma mais pura do estilo da nossa época… Entretanto, tampouco existe uma única coisa que possa provar isso.

— Então o que poderia servir de prova?

— O tempo. Só o tempo. A passagem do tempo vai generalizar você e eu, vai extrair com crueldade as características comuns da época em que vivemos sem nos darmos conta. E então seremos considerados farinha do mesmo saco, pois vão dizer: "Os jovens do ano de 1912 pensavam desta forma. Vestiam estas roupas. Falavam deste jeito". Você odeia o pessoal do clube de kendô, não é? Está sempre cheio de vontade de menosprezá--los, não é?

— É. — Enquanto sentia o desconforto causado pelo frio que vinha se infiltrando gradualmente através da calça, Kiyoaki parou os olhos sobre o cintilar sedutor das folhas de uma árvore de camélia pouco depois de ter deixado cair no solo a neve que as cobria. — Sim, eu odeio aquela gente. Eu os menosprezo.

Honda já não se espantava com essa recepção indiferente de Kiyoaki. E continuou com o que dizia:

— Pois então tente imaginar que, em algumas décadas, você vai ser considerado farinha do mesmo saco que esse pessoal que você mais menospreza. O jeito desleixado de pensar daquela gente, o espírito sentimental, a mente pequena que faz com que debochem dos outros com uma expressão como "rato de biblioteca", as punições contra os estudantes de séries inferiores, o louvor quase desvairado pelo xogum Nogi, a sensibilidade para experimentar uma alegria indescritível ao varrer os arredores da sakaki plantada pessoalmente pelo imperador Meiji…[45] Vão tratar tudo aquilo e a sua vida de emoções como uma só massa aglomerada.

"Ainda por cima, a verdade universal da época em que nós vivemos agora será capturada com facilidade. Como se a água que agora está sendo agitada sossegasse, deixando pairar então na superfície o arco-íris visível criado pelo azeite. É isso mesmo: a verdade da nossa época vai ser extraída com facilidade depois que morrermos, e vai poder ser entendida claramente aos olhos de qualquer um. E então essa tal 'verdade', depois de cem anos, começará a ser vista como um pensamento errôneo, e nós seremos generalizados como pessoas de dado pensamento errôneo, de dada época.

---

45. Não parece haver registros de que a árvore sagrada que existe na escola tenha sido de fato plantada pelo imperador. A própria Gakushuin a designa como "a árvore apreciada pelo imperador em sua visita à escola", sugerindo que Mishima pode ter se equivocado quanto a sua origem.

"O que você acha que vai servir de padrão para essa visão geral? O pensamento dos gênios da época? O pensamento das pessoas ilustres? Errado. O padrão que mais tarde vai definir esta época são os pontos em comum entre nós e o clube de kendô, dos quais ainda não estamos cientes, ou seja, as nossas crenças mais genéricas, mais banais. Uma 'época' é sempre generalizada ao redor da fé em alguma deusa da loucura."

Kiyoaki não compreendeu aonde Honda queria chegar. Entretanto, conforme ia ouvindo, dentro de seu coração também começou a se mover pouco a pouco o broto de uma ideia.

Já era possível avistar a cabeça de alguns estudantes pelas janelas do segundo andar do prédio de aulas. O vidro das janelas fechadas nas outras salas refletia ofuscante o sol matinal, projetando o azul do céu. A escola ao amanhecer: Kiyoaki comparou-a à manhã nevada do dia anterior e sentiu que o haviam tirado de um balanço escuro e sensorial para fazê-lo sentar a contragosto nesse pátio iluminado, branco e racional.

— É isso que é a História, não é mesmo? — Enquanto se remoía por ter um tom muito mais pueril do que Honda no tocante a argumentos, Kiyoaki tentou dialogar com as considerações do amigo. — Sendo assim, quer dizer que, independentemente do que pensarmos, desejarmos ou sentirmos, a História não vai mudar de rumo um bocado sequer, não é?

— Isso mesmo. Os ocidentais têm a tendência de pensar que a vontade de Napoleão mudou o rumo da História. Do mesmo modo que se pode pensar que pessoas como o seu avô foram os responsáveis pela restauração Meiji. Mas será mesmo assim? Será que a História alguma vez mudou de rumo conforme a vontade dos seres humanos? Quando olho para você, sempre acabo pensando dessa forma. Você não é nem uma pessoa ilustre, nem um gênio, não é verdade? Mas tem uma peculiaridade incrível. Em você existe a ausência completa de algo como vontade. Então, ao pensar na relação entre você e a História, sempre sinto um interesse excepcional.

— Você está sendo sarcástico?

— Não, não é sarcasmo. Eu penso em algo como "intervenção histórica completamente involuntária". Por exemplo, se considerarmos que eu tenho vontade…

— Isso você tem, com certeza.

— Podemos considerar que o que eu tenho também é uma vontade de mudar a História. Vou passar toda a minha vida me esforçando para vergar a História de acordo com a minha vontade, gastando todas as minhas energias e os meus recursos. Também vou tentar merecer e conquistar o maior status social e autoridade possíveis. Mesmo assim, não existem garantias de que a História vai se ramificar do jeito que eu quero.

"Quem sabe depois de cem, duzentos ou trezentos anos a História assuma de repente, *e de modo completamente independente de mim*, uma forma de total acordo com meus sonhos, meus ideais, minha vontade. Quem sabe ela assuma um aspecto tal como o que eu tinha sonhado cem, duzentos anos antes. Como se me olhasse altiva, fria, sorridente, com uma formosura que meus olhos julgariam ser o cúmulo da beleza, debochando da minha vontade.

"E as pessoas diriam apenas: 'Assim é a História', não é mesmo?"

— Não é só uma questão de oportunidade? Não quer dizer apenas que, naquele momento, a hora certa terá chegado? Nem é necessário um século; volta e meia acontecem coisas assim em trinta, cinquenta anos. Além disso, quando a História enfim assumir essa forma, talvez a sua vontade já tenha morrido, mas apenas para se tornar um fio invisível e oculto que contribuiu para essa consumação. Caso você nunca tivesse nascido neste mundo, talvez a História não assumisse essa forma nem se esperássemos dezenas de milhares de anos.

Foi graças a Honda que Kiyoaki experimentou pela primeira vez uma exaltação pouco familiar, que o fez sentir como se seu corpo estivesse se aquecendo tenuemente em meio à floresta gelada da linguagem das abstrações. Apesar de isso ser para ele um prazer sem dúvida relutante, ao passar os olhos pelo território branco tomado pelo som do gotejar da água radiante e pelas sombras alongadas das árvores secas se projetando sobre o nevado jardim de flores, Kiyoaki divertiu-se com o julgamento sentenciado pelo amigo que, similar à brancura daquela neve, mesmo pressentindo a sensação de felicidade cálida e sensual da memória que Kiyoaki trazia do dia anterior, fazia o favor de ignorá-la. Nesse momento, uma camada de neve quase do tamanho de um tatame caiu do telhado do prédio da escola como uma avalanche, dando a ver a vibrante cor preta das telhas de cerâmica.

— E então, daqui a cem anos — prosseguiu Honda —, por mais que a História tome a forma que eu quero, você ainda chamaria isso de algum tipo de "consumação"?

— Existe alguma dúvida de que isso seria consumação?

— Consumação do quê, então?

— Da sua vontade.

— Deixe de piadas. Nesse dia eu já vou estar morto. Eu falei agora há pouco, está lembrado? Isso seria algo completamente independente de mim.

— Se é assim, você não acha que seria a consumação da vontade da História?

— E existe vontade para a História? Personificar a História é sempre uma coisa perigosa. O que eu penso é que ela não possui vontade, e que ela tampouco teria qualquer relação com a minha. É por isso mesmo que um resultado como esse, que não nasceu de vontade alguma, não poderia ser chamado de "consumação". Como prova disso, as supostas consumações da História começam a desmoronar no instante seguinte.

"A História sempre desmorona. E o faz para preparar seu próximo e fútil cristal. Parece que a formação e o desmoronamento da História não podem escapar de ter o mesmo significado.

"Eu sei muito bem disso. Sei e entretanto, ao contrário de você, não consigo deixar de ser uma pessoa dotada de vontade. Digo vontade, mas quem sabe isso seja apenas parte da personalidade que me foi imposta. Ninguém pode dizer ao certo. No entanto, parece-me possível dizer que a vontade humana é, em sua essência, uma 'vontade de tentar intervir na História'. Veja que eu não estou chamando isso de uma 'vontade de intervir na História'. O intervir da vontade na História é algo praticamente irrealizável, por isso não passa de uma 'vontade de tentar'. E esse é também o destino que cabe a todo tipo de vontade. Embora a vontade, é claro, jamais reconheça a existência de qualquer destino.

"Todavia, a longo prazo, a vontade de todo e qualquer ser humano se vê frustrada. Observar as coisas não andarem de acordo com o próprio desejo é a característica imutável da humanidade. O que pensam os ocidentais em momentos como esse? 'A minha vontade é absoluta e o fracasso, uma casualidade.' A casualidade é a expurgação de todas as leis de causa e efeito, a única não teleoformidade que o livre-arbítrio é capaz de admitir.

"Por isso, veja só, sem reconhecer a 'casualidade', a filosofia ocidental sobre a vontade não poderia existir. A casualidade é o último refúgio da vontade, o resultado de uma aposta… Sem isso, os ocidentais não conseguem explicar o modo como a vontade se dobra e fracassa sucessivas vezes. Essa casualidade, essa aposta em si é que constitui a essência dos deuses ocidentais, é o que eu penso. Se o último refúgio da filosofia sobre a vontade é um deus que representa a casualidade, ao mesmo tempo somente um deus assim seria capaz de motivar a vontade humana.

"No entanto, o que aconteceria se negássemos por completo essa coisa chamada casualidade? E se, em qualquer vitória e em qualquer derrota, pensássemos que não existe nenhum espaço para que a casualidade opere? Feito isso, desaparece o refúgio de todo e qualquer livre-arbítrio. Onde não existe a casualidade, a vontade perde o pilar que suporta seu próprio corpo.

"Basta pensar em uma situação como a seguinte.

"Imagine uma praça à luz do dia, onde um sujeito chamado Vontade está parado sozinho. Não apenas finge estar parado em pé graças às próprias forças, como ele mesmo acredita nessa ilusão. Nessa praça gigantesca onde o sol derrama seus raios, sem árvores ou gramado, a única coisa que ele possui é a própria sombra.

"Nesse momento, de algum lugar do céu, no qual não se vê uma só nuvem, surge uma voz trovejante.

"'A casualidade morreu. Não existe nada chamado casualidade. Daqui em diante, Vontade, você perderá para todo o sempre a sua capacidade de se autojustificar'.

"Ao mesmo tempo que ouve essa voz, o corpo de Vontade começa a declinar, a se decompor. As carnes caem de podres, deixando os ossos à mostra, até começar a fluir um líquido seroso transparente, e até mesmo os ossos se pulverizam de tão fracos. Vontade mantém ambos os pés cravados na terra, contudo esse esforço não tem serventia alguma.

"É precisamente nessa hora que o céu se rompe emitindo um som assustador, tomado por uma luz branca, e desse rasgo se pode espiar então o rosto do *deus da inevitabilidade*…

"Para mim, só é possível imaginar o rosto do deus da inevitabilidade dessa forma, abominável, assustador só de olhar. Com certeza isso é uma fraqueza da minha personalidade volitiva. Todavia, caso não exista nenhuma casualidade, a vontade também perde seu significado; a História passa a ser uma mera ferrugem surgida na grande corrente das leis de causa e efeito que ora se mostra, ora se oculta; aquilo que intervém na História passa a ser um efeito da ausência de vontade, semelhante a uma única partícula graciosa, cintilante, eternamente imutável; e decerto é somente aí que poderá residir o sentido da existência humana.

"É impossível que você saiba disso. Não tem como você acreditar em uma filosofia como essa. Você só acredita vagamente na própria beleza, nas suas emoções que mudam com facilidade, na sua individualidade e na sua personalidade, ou melhor, na sua falta de personalidade. Não é assim?"

Ainda que Kiyoaki não tivesse conseguido fornecer uma resposta, não pensou em absoluto que estava sendo insultado. E então sorriu, sem alternativa.

— Para mim, esse é o maior mistério de todos — Honda deixou escapar um suspiro sincero, de aspecto quase cômico; entretanto, Kiyoaki observou o suspiro se tornar uma fumaça branca de hálito e vagar em meio ao sol matinal como se isso fosse uma manifestação de formato difuso do interesse que o amigo tinha por ele. Em seus pensamentos, Kiyoaki reforçou ainda mais a sensação de felicidade que trazia dentro de si.

Nesse instante soou o sino para o começo das aulas, e os dois jovens se levantaram. Uma bola feita com a neve acumulada no beiral foi arremessada da janela do segundo andar contra os pés dos dois, soltando um borrifo cintilante ao cair.

XIV

A chave da biblioteca havia sido confiada a Kiyoaki por seu pai.

O cômodo, situado a um canto da casa principal voltado para o norte, era o espaço da residência Matsugae que menos recebia atenção. Embora o marquês fosse uma dessas pessoas que jamais lia, lá estavam guardados o acervo de livros chineses que herdara de seu pai, os livros ocidentais que ele mesmo encomendara da Maruzen para colecionar e satisfazer sua vaidade intelectual, bem como um grande número de livros recebidos como presente, de modo que, quando Kiyoaki ingressou no ensino médio, ele confiou pomposamente a chave ao filho como se lhe entregasse um imenso tesouro de sabedoria. Somente Kiyoaki estava habilitado a entrar e sair da biblioteca quando bem entendesse. Nela havia também muitos livros que não condiziam com a imagem de seu pai, como uma série de literatura clássica ou uma coleção completa de literatura infantil. Quando da publicação da série de livros, pediu-se ao marquês que fornecesse uma foto sua em traje imperial com uma breve nota de recomendação, e lhe enviaram todos os volumes em troca da permissão de gravar sobre eles, em letras douradas, "Recomendações Literárias do Marquês Matsugae".

Todavia, Kiyoaki tampouco era um bom guardião para a biblioteca. Isso porque, em vez de ler, ele preferia devanear.

Para Iinuma, que estava incumbido de tomar a chave emprestada de Kiyoaki uma vez por mês para realizar a faxina, aquele era o cômodo mais sagrado da mansão, somente pela abundância de livros chineses estimados pelo falecido avô. Ele chamava a biblioteca de "cofre literário", nome que, cada vez que trazia aos lábios, mostrava-se carregado com o sentimento de respeito que ele nutria.

Na noite do dia em que conseguira fazer as pazes com Honda, Kiyoaki chamou Iinuma até seu quarto quando este estava prestes a sair para as aulas noturnas e lhe entregou a chave, calado. Uma vez que a data da faxina de cada mês estava preestabelecida, e que a faxina deveria ser realizada enquanto ainda havia sol, Iinuma olhou intrigado a chave que lhe fora entregue no fim de um dia imprevisto. Sobre a palma de sua mão grosseira e áspera, a chave se via pousada negra como uma libélula da qual foram extirpadas as asas.

Iinuma voltaria a trazer esse momento de volta à memória diversas vezes nos anos vindouros.

Quão cruel era o aspecto daquela chave tombada sobre sua própria palma, desnuda e com asas arrancadas!

Ele pensou no significado disso por longo tempo. Mas não compreendeu. Quando enfim ouviu a explicação de Kiyoaki, seu peito estremeceu de raiva. Mais do que raiva por Kiyoaki, era uma raiva contra si mesmo, por se deixar levar pelos acontecimentos.

— Ontem de manhã você me ajudou a faltar à escola. Hoje é a minha vez de ajudar você a fazer o mesmo. Primeiro saia da casa fingindo que vai para as aulas noturnas. Depois vá até os fundos, entre na casa pela porta ao lado da biblioteca, abra-a com essa chave e espere lá dentro. Só que não é para acender as luzes, de jeito nenhum. É mais seguro que você tranque a porta por dentro.

"Tadeshina já ensinou a Mine muito bem sobre a deixa. Como sinal, a velha disse que ligaria para ela perguntando 'quando vai estar pronto o *sachet* de Satoko'. Como Mine é habilidosa para confeccionar bolsas e para outros trabalhos manuais, todos estão sempre pedindo algo para ela, e se supõe que Satoko também lhe pediu que fizesse um *sachet* em brocado de ouro; portanto, um telefonema de confirmação como esse não pareceria nem um pouco estranho.

"O combinado é que, quando receber a ligação, Mine vai esperar a hora que você costuma sair para a universidade e então baterá de leve na porta da biblioteca para encontrá-lo. Como esta hora depois do jantar é bastante tumultuada, ninguém vai perceber se Mine desaparecer por trinta, quarenta minutos.

"Tadeshina é da opinião de que organizar encontros secretos entre você e Mine fora da casa é mais perigoso e mais difícil. Como as criadas precisam preparar diversos pretextos para uma saída, pareceria mais suspeito.

"Eu tomei a liberdade de decidir que ela tinha razão antes mesmo de consultar você, então esta noite Mine já recebeu o telefonema como sinal de Tadeshina. Você precisa ir sem falta até a biblioteca. Se não o fizer, a pobre Mine vai ficar desolada."

Tendo ouvido até esse ponto, Iinuma, encurralado, esteve prestes a deixar cair a chave da mão que tremia sem parar.

O interior da biblioteca estava extremamente frio. Como só havia cortinas de canequim penduradas nas janelas, o brilho da iluminação externa no jardim dos fundos chegava indistinto até ali, embora a luz não fosse suficiente para divisar os títulos dos livros. O cheiro de mofo velava o ambiente, causando a impressão de se estar agachado à beira de uma valeta com água estagnada no inverno.

Iinuma já sabia de cor, todavia, qual livro estava em qual prateleira. Embora as *Palestras sobre os Quatro Livros* com encadernação no estilo japonês — as quais o falecido marquês lera com tanta frequência a ponto de caírem suas folhas — já terem todas perdido as luvas, ali se encontravam dispostos também *Feizi Han*, *Um testamento de sossego e servilismo* e o *Resumo de dezoito registros históricos*; foi ali ainda que certa vez, ao abrir uma página ao acaso enquanto limpava a biblioteca, ele encontrara a *Composição sobre um homem de virtude*, de Kaya-no-Toyotoshi. Ele também conhecia a localização da *Seleção de poesias célebres do Japão e da China* em versão tipografada.[46] Se a *Composição sobre um homem de virtude* conseguiu confortar seu coração durante a faxina, foi devido a versos como estes:

---

46. *Palestras sobre os Quatro Livros* (*Yonsho Kogi*): conjunto de palestras de Chiso Naito (1827--1903), historiador japonês, a respeito dos "Quatro Livros" chineses, obras consideradas a base do pensamento confucionista.
Feizi Han: obra que leva o mesmo nome de seu autor, Feizi Han (280 a.C.-233 a.C.), filósofo e político chinês da escola do Legalismo, contendo dissertações sobre a filosofia legalista.
Um testamento de sossego e servilismo (*Seiken Igen*): obra de Keisai Asami (1652-1712), filósofo confucionista japonês, sobre o comportamento de servidores fiéis à monarquia na China. A obra é considerada a principal influência para o pensamento de lealdade ao imperador no Japão. O título é baseado em uma passagem do *Livro de documentos* (*Shujing*), um dos cinco clássicos da literatura chinesa, atribuído a Confúcio, no qual consta: "Sossega-te e naturalmente serás servil aos reis passados".
Resumo de dezoito registros históricos (*Shiba Shi Lue*): livro didático sobre a história da China publicado pela primeira vez no século XIV, de autoria do erudito Xianzhi Ceng (?-?).
Composição sobre um homem de virtude (*Koshigin*): poema escrito no estilo clássico chinês por Kaya-no-Toyotoshi (751-815), poeta e sinólogo japonês.

Bastar-te-ia uma única sala para varrer?
As Nove Províncias sequer bastam para caminhar.
Uma mônita à récua das andorinhas e pardais:
O curso de gansos e cisnes, como o lograrias saber?[47]

Iinuma sabia. Sabia que Kiyoaki, ciente do louvor de Iinuma pelo "cofre literário", escolhera de propósito esse local para o encontro secreto... Sim, era isso mesmo. Enquanto Kiyoaki falava de seu plano atencioso momentos antes, havia em seu tom uma fria embriaguez que logo o denunciava. O êxito de fazer com que Iinuma maculasse por si só, com as próprias mãos, o seu local sagrado: era isso que Kiyoaki desejava. Pensando bem, era com essa força que, desde os tempos de sua formosa infância, o patrão vinha ameaçando Iinuma sem nunca precisar usar palavras. O prazer da blasfêmia. O prazer sentido quando Iinuma era obrigado ele próprio a macular aquilo que mais estimava, tal como o prazer de pressionar um bloco de carne crua contra uma nusa[48] branca. O prazer antigamente perpetrado de propósito por Susanoo-no-Mikoto...[49] Embora a força de Kiyoaki houvesse se consolidado infinitamente depois da rendição de Iinuma, o que este tinha ainda mais dificuldade de entender agora era por que seus próprios prazeres pareciam cada vez mais sobrecarregados com o peso de um pecado imundo, ao passo que todos os prazeres do patrão se mostravam

---

Seleção de poesias célebres do Japão e da China (*Wakan Meishi Sen*): embora existam diversas obras com nome similar, possivelmente Mishima esteja se referindo a uma seleção compilada por Baiko Okumura (?-?) e publicada em 1912, mesmo ano dos acontecimentos desta obra, sugerindo ser esta uma adição recente ao acervo da família Matsugae.

47. *Nove Províncias*: referência às divisões da China durante as dinastias Xia e Shang (aproximadamente 2070 a.C.-1046 a.C.). "Província" também é usado para significar a China como um todo.
Gansos e cisnes: seguindo a tradição chinesa, aves pequenas e grandes são usadas como metáfora para pessoas de pequenas e grandes ideias e ambições.

48. Cetro de madeira decorado com duas longas tiras de papel cortadas em zigue-zague, utilizado em rituais xintoístas.

49. Divindade da mitologia japonesa conhecida por ter cometido diversos atos de violência contra sua irmã Amaterasu, a deusa-sol, tal como defecar em seu palácio, esfolar um cavalo celestial e matar uma de suas fiadeiras.

limpos e belos, inclusive aos olhos do mundo. Pensar dessa forma acabou revelando seu corpo como algo vulgar aos próprios olhos.

Ouvia-se o som dos ratos corricando pelo teto da biblioteca, de onde escoavam também chiados como que reprimidos. Na ocasião da limpeza do mês anterior, ele havia colocado no teto uma grande quantidade de ouriços-de-castanha a fim de afugentar os ratos, porém isso não parecia ter surtido nenhum efeito… Por acaso, Iinuma recordou aquilo que menos desejava recordar, e sentiu o corpo estremecer.

A cada vez que ele olhava para o rosto de Mine, havia uma visão que lhe anuviava os olhos por mais que tentasse espantá-la, como se fosse uma mancha. Mesmo agora, quando faltavam instantes para que o corpo quente de Mine viesse se aproximando em meio à escuridão, a ideia se interpunha sem falta em seu caminho. Não obstante ele estar a par da situação desde antigamente, e mesmo sendo provável que Kiyoaki também já o soubesse, Iinuma jamais comentara algo assim com o rapaz, algo que não deveria ser colocado em palavras. Esse segredo, sobretudo por não ser guardado com verdadeiro rigor na mansão, era-lhe quase insuportável. A agonia que corria sempre no fundo de seu cérebro, semelhante a uma ninhada de ratos imundos… Mine já havia sido tocada pelo marquês. E continuava a sê-lo, vez ou outra… Iinuma imaginou os olhos dos ratos injetados de sangue, bem como sua miséria esmagadora.

Fazia um frio extremo. Apesar de ele conseguir fazer suas peregrinações matinais ao Meritório Santuário com o peito estufado daquele jeito, agora a friagem se infiltrava por suas costas, besuntava sua pele como um unguento e fazia o seu corpo estremecer. Sem dúvida Mine demorava porque estaria aguardando a ocasião certa para escapulir sem chamar a atenção.

Enquanto esperava, Iinuma teve o peito devastado pelo desejo agudo e a mente atiçada pelos diversos pensamentos abomináveis, pelo frio, pela miséria, pelo cheiro de mofo, por tudo. Ele teve a sensação de que tais coisas invadiam o seu hakama de Kokura e seguiam fluindo vagarosos, como os detritos de uma sarjeta. "É assim o meu prazer!", pensou ele. Um homem de vinte e quatro anos, um homem nessa idade com a qual condizem todos os elogios, todas as ações resplandecentes…

Como bateram de leve à porta, ele se levantou de repente e esbarrou o corpo com violência contra a estante de livros. Abriu a fechadura. Mine enviesou o corpo e deslizou para dentro. Ele chaveou a porta com a mão que tinha às costas e, com a outra, agarrou um dos ombros da criada e a empurrou bruscamente até o fundo da biblioteca.

Por algum motivo, nesse momento pairou no fundo da cabeça de Iinuma a cor da neve suja que restara no jardim e fora varrida contra o lambril externo da biblioteca, a qual ele avistou quando dera a volta pelos fundos da casa. E, embora não soubesse dizer por quê, pensou que gostaria de violar Mine justamente naquele canto formado pela neve e pela parede.

Iinuma tornou-se cruel devido à fantasia e, mesmo enquanto sua compaixão por Mine se intensificava, foi tratando-a de forma cada vez mais brutal, até perceber que levava oculto em sua atitude um sentimento de vingança contra Kiyoaki que fez dele um desgraçado incomparável. Ainda que Mine o estivesse deixando fazer o que bem entendesse, uma vez que não podia levantar a voz e tampouco tinham muito tempo, essa singela rendição pareceu a Iinuma a compreensão plena e afável de uma pessoa semelhante a ele, o que lhe feriu o coração.

No entanto, a afabilidade de Mine não necessariamente advinha daí. Poder-se-ia dizer que Mine era uma moça relativamente alegre e licenciosa. A apreensão no silêncio de Iinuma, as pontas de seus dedos afobados e rígidos, tudo isso era sentido por Mine apenas como uma sinceridade desajeitada. Nem em sonho ela imaginava estar sendo alvo de compaixão.

Sob a bainha do quimono virada para cima, Mine experimentou uma friagem, como se fosse tocada de repente pelo gélido aço da escuridão. Seus olhos se voltaram para o alto, observando o modo como se inclinavam sobre ela, por todas as direções em meio ao sutil negrume, as estantes onde se amontoavam as intensas letras douradas nas encadernações em couro e as luvas de livros empilhadas. Ela precisava se apressar. Precisava se esconder às pressas nessa estreita lacuna de tempo que lhe fora cuidadosamente preparada sem que ninguém a consultasse. Por mais desconfortável que estivesse, a existência de Mine se encaixava com precisão nessa lacuna, e ela sabia que lhe bastava apenas enterrar seu corpo ali, rápida e dócil. Para seu corpo miúdo, bem formado, coberto por uma pele clara e delicada, certamente seria preciso não mais que um túmulo de pequenez correspondente.

Não seria exagero dizer que Mine gostava de Iinuma. Ao ser procurada por alguém, ela conseguia saber sem exceção todos os méritos de quem a procurava. Além disso, desde antigamente ela nunca tomara parte nas piadinhas ridicularizantes e desdenhosas que as outras criadas faziam sobre Iinuma. A hombridade do rapaz, subjugada através de longos anos, era sentida com franqueza pela feminilidade de Mine.

Ela teve a impressão de algo como a animação de um radiante dia festivo haver passado subitamente em frente aos seus olhos. Dentro do breu, o intenso fulgor de uma lâmpada de acetileno com seu odor característico, acompanhado pelo cintilar de balões, cata-ventos e doces de todas as cores, surgiu e logo desapareceu.

Ela abriu os olhos na escuridão.

— Por que você abre os olhos tanto assim? — disse Iinuma, com voz irritada.

Uma ninhada de ratos correu outra vez pelo telhado. Apesar de ligeiros e minúsculos, o som de seus passos continha certo ritmo de trote enquanto desembestavam emaranhados de um canto a outro da escuridão monumental de um vasto campo.

XV

Já que era praxe, na residência Matsugae, que toda a correspondência passasse uma vez pelas mãos do mordomo Yamada, que as dispunha com formosura sobre uma bandeja com vários brasões espalhados em maki-e[50] para então andar pela casa distribuindo-as ele próprio ao amo e seus familiares, Satoko, ciente do costume, por precaução combinara que Tadeshina serviria de mensageira e entregaria seus recados em mãos a Iinuma.

Mesmo ocupado nessa época com os preparativos para os exames finais de graduação, Iinuma recebeu Tadeshina quando esta veio visitá-lo, e em seguida concluiu sua missão com êxito, passando às mãos de Kiyoaki a seguinte carta de amor:

Eu mantive a manhã nevada fixa em minha lembrança, tanto que, mesmo no dia resplandecente que se seguiu, dentro do meu peito continuou a cair a neve da felicidade. Primo Kiyo, cada um dos flocos que cai me leva até sua imagem, o que me faz desejar viver em um país onde continue a nevar 365 dias por ano.

Se estivéssemos na corte do período Heian, seria este o momento de você me agraciar com um poema para que eu então lhe enviasse uma resposta; no entanto, fico espantada de ver que, dos poemas japoneses que aprendi desde criança, em um momento como este não encontro um só que possa expressar o meu coração. Será porque me falta talento?

Não vá pensar que toda a minha alegria se resume ao contentamento por você ter dado ouvidos a um pedido egoísta como aquele. Isso significaria que você pensa em mim como uma mulher que se diverte fazendo você agir ao meu bel-prazer — a coisa que mais me afligiria.

O que me deixou mais contente foi a gentileza do seu coração. A gentileza do coração que compreendeu o sentimento desesperado oculto no fundo do

---

50. Técnica japonesa de decoração de utensílios laqueados que consiste em salpicar pó de ouro ou outros metais para criar imagens sobre a laca.

meu pedido egoísta, mas me levou para passear na neve sem dizer nenhuma palavra, e realizou o sonho mais vergonhoso que estava velado em meu coração.

Primo Kiyo, ao lembrar aquele momento, tenho a sensação de que ainda agora meu corpo começa a tremer de vergonha e de contentamento. Enquanto no Japão o espírito da neve é representado por uma mulher, nos contos de fadas do Ocidente dizem que ele é um homem jovem e bonito; assim, eu imaginei que a sua silhueta galante trajando o uniforme escolar era aquela do espírito da neve que me levava para longe, e senti que me dissolver para dentro de sua beleza era como a felicidade de me dissolver em meio à neve e morrer congelada.

A carta, que continuava sem pausas até a última linha, que dizia "Por favor, não se esqueça de queimar esta carta", continha aqui e ali trechos que espantaram Kiyoaki devido ao modo como ela exprimia uma sensualidade transbordante enquanto utilizava palavras de culminante elegância.

Embora ao terminar o texto Kiyoaki houvesse pensado ser uma carta capaz de extasiar quem a lesse, passado algum tempo ele teve a impressão de que ela servia como um livro didático da escola de elegância seguida por Satoko. Imaginou que ela estava lhe ensinando que a verdadeira elegância não teme nenhuma obscenidade.

Após um acontecimento como aquele da manhã em que saíram para apreciar a neve, se agora estava garantido que os dois gostavam um do outro, não seria natural fazerem todo o esforço para se encontrarem todos os dias, ainda que por um intervalo de poucos minutos?

Não obstante, o coração de Kiyoaki não demonstrava essa tendência. Sua maneira de viver dedicada apenas às emoções, tal como uma bandeira que tremula ao vento, curiosamente demonstrava uma tendência para aborrecer o curso natural das coisas. Isso porque, como consequências naturais lhe causavam a sensação de serem naturalmente impelidas — afugentando assim as emoções, avessas a serem impelidas por qualquer coisa —, em seguida seria sua própria liberdade instintiva o que passaria a correr o risco de ser agrilhoada.

Se Kiyoaki ora evitava encontrar Satoko por algum tempo, não seria por questão de comedimento, muito menos porque possuísse total entendimento sobre as leis do amor, como um perito nos assuntos da paixão. Na prática, agia assim em nome de sua desengonçada elegância, sua elegância imatura que beirava a vaidade. Invejando a liberdade quase obscena da elegância de Satoko, sentia ainda certo complexo de inferioridade.

Assim como a água que retorna ao canal com que está habituada, o coração de Kiyoaki havia outra vez começado a amar o sofrimento. Seu hábito de sonhador, assaz egoísta e ao mesmo tempo rigoroso, antes se irritava com a ausência de circunstâncias que o impedissem de se encontrar com ela independentemente de qualquer desejo, e odiava o auxílio inoportuno prestado por Tadeshina e Iinuma. O trabalho dos dois era inimigo da pureza das emoções de Kiyoaki. Percebendo que a agonia diante de sua capacidade imaginativa e a dor que lhe roía o corpo só poderiam estar ambas sendo confeccionadas por sua própria castidade, Kiyoaki teve o orgulho ferido. A agonia da paixão deveria ser um tecido multicolorido, e entretanto ele, em seu pequeno ateliê de tecelagem caseiro, possuía somente um fio branco, monocromático.

"Até onde eles pretendem me arrastar? Justo neste momento em que minha paixão está começando a se concretizar?"

Entretanto, ao determinar todas as emoções como "paixão", ele não podia deixar de ficar novamente mal-humorado.

Inclusive aquele beijo, cuja memória seria capaz de extasiar e ensoberbecer os jovens normais, para alguém já muito acostumado com a soberba tornou-se um incidente que cada dia mais lhe feria o coração.

Naquele instante, de fato, brilhara nele um prazer semelhante a uma pedra preciosa. Apenas aquele instante, sem dúvida, ficara engastado no recôndito de suas lembranças. No centro de arredores difusos, em que havia apenas a invariabilidade da neve cinzenta, em meio a uma emoção ardorosa e indefinida que não se sabia onde começava e onde terminava, encontrava-se com efeito uma pedra preciosa distinta e de um vermelho vivo.

O modo como a lembrança do prazer e a ferida no coração se contradiziam cada vez mais o deixava desnorteado. E então, por fim, o conflito serenou, deixando apenas a memória já familiar, que lhe enegrecia o coração. Em suma, ele trataria inclusive aquele beijo como uma das memórias humilhantes e enigmáticas que Satoko lhe dera.

Com a intenção de redigir a resposta mais fria da qual fosse capaz, rasgou e reescreveu diversas vezes os papéis de carta. Quando enfim acreditou ter completado uma obra-prima das cartas de amor glaciais e repousou então o pincel, deu-se conta de que havia empregado inconscientemente o estilo de um homem já calejado em suas experiências com mulheres, como se pressupondo a existência de uma futura carta acusatória. Uma vez que uma mentira aparente como aquela feria ele próprio, voltou a reescrever com franqueza, exprimindo a alegria de um homem que experimentara o beijo pela primeira vez desde que nascera. O resultado foi uma carta ardente e pueril. Ele fechou os olhos, inseriu a carta no envelope, pôs para fora a ponta de sua língua luzidia, da cor das flores de cerejeira, e lambeu a cola. Tinha sabor de um medicamento líquido, ralo e adocicado.

XVI

A mansão dos Matsugae sempre fora célebre pelas folhagens de outono, porém as flores de cerejeira ali também possuíam um esplendor próprio, havendo inclusive muitas cerejeiras misturadas aos pinheiros nas fileiras de árvores que existiam ao longo dos quase novecentos metros até o portão principal. Sobretudo para quem observava a paisagem da sacada do segundo andar do prédio ocidental, era possível contemplar com uma só mirada não apenas as cerejeiras das fileiras de árvores, mas também aquelas poucas que acompanhavam o grande ginkgo do jardim frontal, aquelas que circundavam a colina gramada onde no passado Kiyoaki festejara seu Otachimachi e os escassos exemplares na montanha de bordos, para além do lago, sem perder nenhuma de vista. Muitas são as pessoas que diriam haver mais elegância em uma cena assim do que em um jardim soterrado por cerejeiras em todos os cantos.

Apesar do costume de realizar três grandes eventos na residência Matsugae da primavera até o verão — o Hinamatsuri[51] em março, a apreciação das flores em abril e a celebração no Meritório Santuário em maio —, nessa primavera, em que ainda não havia completado um ano do falecimento do antigo imperador, decidiu-se realizar os eventos de março e abril em caráter bastante privado, o que causou uma decepção nada trivial entre as mulheres da casa. Isso porque era corriqueiro circularem pela criadagem, desde o inverno, rumores incessantes a respeito dos artistas que seriam chamados naquele ano para oferecer entretenimento durante o Hinamatsuri e a apreciação das flores, o que servia para instigar mais e mais nos corações o anseio pela nova estação. A anulação dos eventos, portanto, era equivalente à anulação da primavera em si.

O Hinamatsuri ao estilo de Kagoshima — conhecido inclusive no além-mar através dos comentários dos ocidentais que no passado foram chamados a participar — era tão célebre a ponto de os estrangeiros que vinham ao Japão nessa estação rogarem por um convite por intermédio de sua rede de contatos.

---

51. Festival das Bonecas, também conhecido como o Dia das Meninas, que é celebrado em 3 de março e é assim chamado devido ao costume de dispor em um altar, dividido em degraus e coberto por um tapete vermelho, uma decoração com bonecas representando a corte imperial.

As faces de marfim das Dairibina[52] mostravam-se ainda mais geladas quando tomadas pelo frio da primavera ainda jovem, mesmo sendo iluminadas pelas velas e refletindo o tapete vermelho. A gola do ikan-sokutai e do juni-hitoe[53] se via mais aberta, permitindo espiar o lume branco que parecia cortar caminho até a delgada nuca das bonecas. Costumavam revestir o grande salão de cem tatames com o tapete vermelho do altar, pendurar no teto de caixotões um número incontável de grandes globos com enfeites bordados e colar oshi-e[54] na forma de bonecas por todos os arredores, representando artes e costumes clássicos japoneses. Uma anciã renomada na produção de oshi-e, chamada Tsuru, vinha a Tóquio todos os anos a partir do início de fevereiro para se dedicar de corpo e alma a criar as gravuras, sempre a dizer o maneirismo que repetia em qualquer ocasião: "É como diz vossa mercê."

Se o esplendor de um Hinamatsuri como esse lhes fora subtraído, esperava-se que em contrapartida a apreciação das flores fosse muito mais encantadora do que anunciado a princípio, ainda que não publicamente, é claro. Isso porque o príncipe de Toin havia, em caráter extraoficial, anunciado seu comparecimento.

Com uma predileção pela exuberância, o marquês já trazia o espírito desalentado pela discrição que ora precisava mostrar à sociedade, motivo pelo qual recebeu o anúncio do príncipe com alegria. O fato de uma personagem como essa, primo do grande imperador, fazer-lhe uma visita a despeito do luto serviria como justificativa suficiente para a festa do marquês.

O príncipe Haruhisa de Toin, dois anos antes, havia por acaso comparecido como representante da família imperial à cerimônia de coroação de Rama VI, possuindo uma conexão profunda com a família real do Sião, que levou o marquês a convidar também os príncipes Pattanadid e Kridsada.

O marquês tinha se aproximado do príncipe em Paris, durante os Jogos Olímpicos de Verão de 1900, onde lhe serviu como guia nas diversões

---

52. Bonecas que representam o imperador e a imperatriz no altar de decoração do Dia das Meninas, sendo colocadas no degrau mais elevado.
53. Nome das roupas vestidas pelas bonecas representando o imperador e a imperatriz, respectivamente. A primeira se caracteriza pela longa cauda e coroa, enquanto a segunda pela grande quantidade de camadas de quimono.
54. Técnica de artesanato japonês que consiste em cortar formas diversas em papel grosso e cobri-las com algodão e tecido colorido, para utilizá-las como adesivos decorativos.

noturnas. Mesmo depois de já haverem retornado ao Japão, o príncipe de Toin ainda se entretinha ao fazer comentários que apenas os dois podiam entender, como: "Matsugae, aquele estabelecimento com a fonte de champanhe foi muito divertido".

O dia de apreciação das flores ficou combinado para 6 de abril e, desde que transcorrera a data do Hinamatsuri, a vida das pessoas na residência Matsugae vinha ganhando cor com os diversos preparativos.

Kiyoaki passou as férias de primavera em vão, sem demonstrar entusiasmo sequer pela viagem que os pais lhe haviam recomendado. Mesmo que não estivesse se encontrando com Satoko com tanta frequência, não lhe apetecia afastar-se, nem por um breve intervalo, da Tóquio por ela habitada.

Ele recebeu a primavera, que chegava vagarosa e deixou até retornar o frio do inverno, com uma sensação assustadora e repleta de presságios. Sofrendo com o fastio de estar em casa, foi algumas vezes até o retiro da avó, lugar que normalmente não visitava.

Os motivos para ele não visitar o retiro com mais frequência eram o mau hábito de sua avó de continuar a tratá-lo sempre como um bebê, além da tendência a falar mal de sua mãe em qualquer oportunidade. A avó era uma senhora de rosto sisudo, ombros masculinos, de aparência sólida como uma rocha, que jamais saíra à rua desde a morte do marido, e, apesar de comer somente uma ínfima porção de comida, como se vivesse apenas para aguardar ansiosamente a morte, esse estilo de vida a deixara, pelo contrário, mais e mais saudável.

Ao receber alguma visita de sua terra natal, a avó falava sem escrúpulos com o dialeto de Kagoshima, cujas palavras soavam aos ouvidos de Kiyoaki e de sua mãe como um dialeto de Tóquio desengonçado, com jeito de letras de fôrma, com uma virilidade exacerbada pela falta de nasalização ao pronunciar a sílaba "ga".[55] Ao ouvir a avó falar assim com quem quer que estivesse presente, fazendo questão de preservar tal sotaque, Kiyoaki sentia que ela estava discretamente criticando a leviandade da nasalização ao estilo de Tóquio que ele enunciava sem dificuldades.

---

55. A nasalização do "g", tornando-o semelhante ao "nh" no português, é uma característica do dialeto de Tóquio que não se encontra no dialeto de Kagoshima.

— Então o príncipe de Toin vai comparecer à apreciação das flores, é? — A avó, sentada ao kotatsu[56], recebeu Kiyoaki já com essa saudação.

— É o que estão dizendo.

— Eu já decidi, não vou mesmo participar. A sua mãe também veio me convidar, mas para mim é mais fácil ficar aqui, como se já não existisse.

Depois disso a avó, consternada porque Kiyoaki passava os dias à toa, sugeriu que ele experimentasse o judô ou o gekiken[57], acrescentando um comentário ferino ao dizer que a sorte da família Matsugae havia começado a degringolar quando puseram abaixo o dojô que costumava existir para construir em seu lugar o prédio ocidental. Em seu íntimo, essa era uma opinião com a qual Kiyoaki concordava. Afinal, ele gostava da palavra "degringolar".

— Se os seus tios ainda estivessem vivos, nem o seu pai seria capaz de fazer algo tão arbitrário. Eu, em geral, penso que isso de convidar parentes da família imperial e ficar gastando dinheiro desse jeito não passa de pura ostentação, viu? Quando penso nos meus filhos que morreram na guerra, sem nunca desfrutar de nenhum luxo, não consigo encontrar vontade para me juntar ao seu pai e ao resto dessa gente para me divertir descontraída. Como você vê, nem mesmo a pensão pela morte de ex-combatentes eu uso; deixo-a como oferenda daquele jeito, ali no altar da família. Quando penso que o imperador me agracia com esse dinheiro como compensação pelo sangue precioso que meus filhos derramaram, não me dá nem um pouco de vontade de usá-lo.

Embora a avó gostasse de fazer sermões moralistas desse tipo, qualquer coisa que ela vestia ou comia, e inclusive sua mesada para despesas adicionais e suas criadas, era providenciada pelo marquês, sem uma única exceção. Kiyoaki volta e meia se perguntava se ela não estaria apenas evitando andar com pessoas de costumes ocidentais por ter vergonha de seu próprio caráter provinciano.

Mesmo assim, era apenas quando se encontrava com a avó que ele podia se abraçar à alegria de, escapando de si mesmo e do ambiente de total

---

56. Mesa baixa, usada enquanto se está sentado no chão, que possui um aquecedor embutido para uso no inverno.

57. Arte de combate de espadas de caráter mais teatral que marcial, com enfoque em apresentações para o público.

falsidade que o cercava, entrar em contato com o sangue singelo e varonil que ainda vivia tão perto dele. Essa era uma alegria um tanto cínica.

Essa era a impressão causada pelas mãos grandes e rústicas da avó, bem como pela fisionomia que parecia ter sido pintada com contornos grossos, de uma só pincelada, e ainda pela linha severa de seus lábios. É evidente que ela não falava apenas de assuntos austeros, tanto que cutucou o joelho do neto por baixo do kotatsu para zombar dele:

— Quando você vem, eu não sei o que fazer com o tumulto das criadas. Aos meus olhos você ainda é só um pirralho com o nariz escorrendo, mas será que as criadas não veem você de um jeito diferente?

Ele observou a foto obscura de seus dois tios em uniforme militar, pendurada junto ao nageshi.[58] Teve a impressão de não existir uma única coisa em comum entre ele e os uniformes militares. Não obstante a foto ser de uma guerra que acontecera havia apenas oito anos, a distância que existia entre ele e a imagem se fazia umbrosa. Ele nascera para derramar o sangue das emoções, e decerto jamais derramaria o sangue da carne — era o que pensava Kiyoaki com um coração insolente e misturado a uma leve insegurança.

Como o sol brilhasse em cheio sobre a superfície do shoji[59] cerrado, a tepidez da sala de estar de seis tatames fazia com que ele se sentisse dentro de um grande casulo formado pelo papel branco e semitransparente das portas, banhando-se com os raios que conseguiam entrar. A avó começou a cochilar de repente, e, no silêncio do quarto iluminado, Kiyoaki ouviu despontar o som do relógio de parede a marcar as horas. A avó, em seu dormitar leve e cabisbaixo, sob a linha do penteado kirikami de viúva salpicado com o pó negro para tingir as mechas grisalhas, deixava despontar a fronte lustrosa e polpuda, a qual lhe pareceu ainda manter vestígios do bronzeado obtido por ela sessenta anos antes, em seus tempos de moça, na baía de Kagoshima.

---

58. Na arquitetura tradicional japonesa, viga de madeira encaixada entre dois pilares para conectá-los horizontalmente. Embora antigamente fosse usada para suporte, tornou-se obsoleta com as novas técnicas e passou a ser usada apenas como decoração.

59. Porta ou janela corrediça de papel translúcido, usada em paredes externas ou como divisória para permitir uma tênue passagem de luz.

Afrontado pela ideia do movimento das marés, da passagem de longos períodos de tempo e pela constatação de que um dia ele, também, envelheceria, Kiyoaki sentiu uma súbita dificuldade de respirar. Ele jamais pensara desejar a sabedoria da terceira idade. Como poderia fazer para morrer ainda jovem, e da maneira menos dolorosa possível? Uma morte refinada, tal como um quimono de seda exuberante, despido e jogado de maneira relaxada sobre a mesa, que acaba deslizando para o solo negro sem que ninguém perceba.

Pela primeira vez, pensar na morte o instigou, dando-lhe uma vontade súbita de se encontrar com Satoko, ainda que apenas para olhá-la de relance.

Ele ligou para Tadeshina e saiu com grande pressa para ver Satoko. A sensação de que ela de fato continuava lá, viva, jovem, bela, assim como ele também ainda vivia, pareceria a ele uma estranha boa sorte que, por pouco, ainda poderia ser salva a tempo.

Ele se encontrou com Satoko dentro de um pequeno santuário próximo à mansão de Asabu, onde se supunha que a moça fora dar uma caminhada — uma ideia de Tadeshina. Satoko primeiro agradeceu o convite para a apreciação das flores. Ela parecia acreditar ter sido convidada por instrução de Kiyoaki. Como sempre desprovido de franqueza, o rapaz fingiu saber desde antes o fato que estava ouvindo agora pela primeira vez, e aceitou vagamente o agradecimento.

XVII

Ao cabo de muita ponderação, o marquês Matsugae reduziu ao máximo a lista de convidados para a apreciação das flores e decidiu restringir o evento apenas ao número de pessoas que serviriam de companhia ao príncipe de Toin e sua esposa durante o banquete noturno: os dois príncipes do Sião, o barão e a baronesa Shinkawa, com quem mantinham uma relação familiar e recebiam com frequência em sua casa, bem como Satoko e seus pais, o conde e a condessa Ayakura. O presidente do conglomerado empresarial Shinkawa era a cópia exata de um homem britânico; contudo, sua esposa, a baronesa, decerto acrescentaria um brilho diferente ao evento, pois nos últimos tempos ganhara intimidade com Raicho Hiratsuka e se tornara patrona das "novas mulheres".

O príncipe de Toin e sua esposa dariam as graças de sua presença às três da tarde e, após repousarem em uma sala da casa principal, seriam conduzidos ao jardim, onde gueixas com o figurino da "Dança de Apreciação das Flores da Era Genroku" entreteriam os convidados até as cinco da tarde como se em uma festa a céu aberto, encerrando com uma apresentação de teodori.[60] À hora do poente, o marquês os levaria até o prédio ocidental, serviria aperitivos e, após o banquete, como segunda atração traria um projecionista contratado especialmente para esse dia, o qual exibiria um filme recém-chegado do Ocidente, concluindo assim o evento. Esse foi o plano ao qual chegaram o marquês e o mordomo Yamada, ao cabo de muita deliberação.

O marquês atormentou-se até conseguir escolher um filme para o programa. Sem dúvida eram de boa qualidade os filmes da companhia francesa Pathé, estimados pela atuação da célebre atriz da Comédie-Française, Gabrielle Robinne; entretanto, ele achou que poderiam fazer esmorecer o júbilo da apreciação das flores. Desde o 1º de março daquele ano, o Denkikan, em Asakusa, havia se tornado um cinema exclusivo para filmes

---

60. Dança realizada com as mãos livres, sem apetrechos como leques ou sombrinhas.

ocidentais, e atraíra popularidade com a exibição de *Satana*[61]; porém, não haveria nenhuma graça em mostrar aos convidados uma obra que poderia ser vista em um lugar como aquele. Ainda assim, tampouco agradaria à princesa e às demais mulheres algum filme alemão. Para não correr riscos, por fim decidiu que faria bem em adquirir cinco ou seis rolos da britânica Hepworth, com dramas baseados nas obras de Dickens. Não obstante serem filmes um pouco desanimados, pareceu ao marquês que poderiam ser apreciados por qualquer pessoa, pois eram de gosto requintado, destinados ao público geral, e continham legendas em inglês.

O que fariam se chovesse? Como a paisagem das cerejeiras desde o grande salão da casa principal não era opulenta, primeiro apreciariam as flores a partir do segundo andar do prédio ocidental, de onde observariam também o teodori das gueixas, e em seguida deveriam passar aos aperitivos e ao banquete.

Os preparativos começaram com a montagem de um palco provisório à margem do lago, em um ponto que podia ser observado do alto da colina gramada. Se o tempo estivesse limpo, o príncipe passearia por toda parte em busca das cerejeiras, portanto, a quantidade costumeira de tecido usado para estender cortinas vermelhas e brancas não seria nem de longe suficiente para cobrir todo o percurso. Além de serem requisitadas muitas mãos também para enfeitar o interior do prédio ocidental com ramos de cerejeira colocados aqui e ali, ou muitas cabeças para imaginar diversas maneiras de evocar os campos primaveris através da decoração da mesa de jantar, quando enfim chegou a véspera do evento, a azáfama do cabeleireiro e seus aprendizes era tanta que não poderia ser expressa em palavras.

Felizmente, o dia esperado apresentou tempo bom; os raios solares, porém, não fulguraram com muito brilho. O sol se escondia a intervalos, ainda que logo voltasse a se revelar; durante a manhã, o ar esteve fresco um tanto em demasia.

Um quarto da casa principal que geralmente não era utilizado foi escolhido como vestiário para as gueixas, motivo pelo qual foram carregados até ali todos os toucadores que puderam encontrar. Com o interesse despertado,

---

61. Filme do diretor italiano Luigi Maggi (1867-1946), lançado em 1912. No Japão recebeu o título *Shitsurakuen no Satan* (Satanás do Paraíso Perdido).

Kiyoaki foi até o quarto para bisbilhotar e foi de pronto enxotado pela chefe das criadas. Para receber as mulheres que em breve o utilizariam, o quarto de doze tatames foi varrido por inteiro, dividido por um cerco de biombos, munido com almofadas espalhadas pelo chão para que sentassem, e agora emitia a luz fria que escapava pela borda das capas de proteção dos espelhos, tingidas à moda Yuzen, que haviam sido enroladas para cima. O quarto ainda não emanava nada do odor de cosméticos, mas o pensamento de que, em cerca de meia hora, ele de repente se tornaria um local extravasando com coquetes vozes femininas, onde as mulheres despiriam e vestiriam seus quimonos como se estivessem na própria casa, servia antes para expandir a volúpia do pressentimento. Mais que o palco provisório, o qual exibia no jardim a madeira nova de sua construção, era esse espaço que se mostrava como um estábulo de volúpia, com uma fragrância ainda mais acentuada.

Como os príncipes do Sião não tinham nenhuma noção da passagem do tempo, Kiyoaki lhes dissera que viessem logo depois de terminarem o almoço. Assim sendo, os dois chegaram por volta da uma e meia. Ainda espantado porque os príncipes vieram com o uniforme escolar[62] da Gakushuin, Kiyoaki primeiramente os conduziu até sua sala de estudos.

— Sua namorada, a bela moça daquela vez, vai vir? — disse o príncipe Kridsada, em voz bastante alta, em inglês, tão logo entraram no cômodo.

O recatado Pattanadid repreendeu a falta de decoro do primo e pediu perdão a Kiyoaki, em um japonês titubeante.

Kiyoaki disse que ela de fato viria, mas pediu que evitassem abordar o assunto, por favor, uma vez que estariam na presença do príncipe de Toin e de seus pais. Os príncipes se entreolharam, aparentando um espanto tardio ao ouvir que a relação entre Kiyoaki e Satoko ainda não havia se tornado pública.

Transcorrido aquele período em que se mostraram tão desolados pela saudade da terra natal, os príncipes agora já pareciam estar bastante acostumados com o Japão. Por terem comparecido trajando o uniforme escolar, inclusive, Kiyoaki teve a sensação de estar diante de dois autênticos colegas

---

62. O uniforme escolar é tratado como traje formal para estudantes no Japão, podendo ser utilizado em ocasiões solenes. Kiyoaki se espantou porque não esperava que os estrangeiros já conhecessem o costume.

de classe. Kridsada imitou com habilidade o jeito de falar do diretor da Gakushuin e causou riso em Chao Pi e Kiyoaki.

Chao Pi, observando de pé junto à janela o cenário sempre cambiante do jardim, onde as cortinas vermelhas e brancas balançavam ao vento, disse com um ar desconsolado:

— Será que daqui em diante vai começar mesmo a esquentar?

A voz do príncipe estava ansiosa por um verão escaldante.

Convidado por esse tom, Kiyoaki levantou-se da cadeira. Foi então que Chao Pi soltou um grito límpido, típico de adolescente, fazendo com que seu primo também saltasse espantado do assento.

— É aquela pessoa. Aquela pessoa bonita que nos deixa sem palavras — Chao Pi recorreu novamente ao inglês para o comentário repentino.

Foi possível avistar a inconfundível figura de Satoko em seu furisode, vindo junto com seus pais até a casa principal pelo caminho à beira do lago. O traje era um belo quimono da cor das cerejeiras, sendo possível espiar de longe sua barra decorada, que parecia estar guarnecida com padrões da relva jovem e das cavalinhas nos campos primaveris. Sob a sombra dos cabelos lustrosos de Satoko, que apontava com o dedo na direção da ilha central, também se avistava vagamente a claridade de suas faces brancas.

Embora na ilha central não houvesse cortinas vermelhas e brancas, já na montanha de bordos, ainda longe de começar a verdejar, aquelas que foram estendidas ao longo do caminho de passeio ora se exibiam, ora se escondiam, derrubando sobre as águas do lago uma sombra semelhante a confeitos alvirrubros.

Kiyoaki teve a ilusão de ouvir o som doce e decidido da voz de Satoko, mas seria algo impossível por causa da janela fechada.

Um jovem japonês e dois jovens do Sião se alinhavam um ao lado do outro em frente a uma única janela, cada qual com o nariz colado ao vidro. Kiyoaki achou aquilo curioso. Teve a impressão de que, ao estar na companhia dos príncipes, e talvez porque repercutissem também nele as emoções tropicais dos dois, porventura se tornava mais fácil para ele acreditar no próprio fervor e expressá-lo de forma mais desimpedida.

Ele agora era capaz de dizer a si mesmo, sem hesitar. Dizer que estava apaixonado por aquela mulher; e enlouquecidamente apaixonado.

Quando o rosto de Satoko, que ainda dava a volta pelo lago, voltou-se resplandecente na direção da casa principal, embora fosse impossível afirmar que ela fitava a janela, Kiyoaki sentiu que o desalento que lhe restara no coração quando, em seus tempos de infância, a princesa de Kasuga não lhe revelara por completo o perfil do rosto, estivesse sendo enfim remediado seis anos mais tarde, e que ele agora estava diante do mais cobiçado de todos os momentos.

Era como se o belo corte transversal da substância cristalina formada pelo tempo tivesse seu ângulo alterado e, seis anos no futuro, exibisse vívido aos seus olhos a máxima luminescência. Sob os raios de sol da primavera, com frequência anuviados, a cada momento que Satoko fazia tremeluzir um sorriso, sua bela mão se erguia rápida e branca em um arco para ocultar a boca. Seu corpo esguio vibrava ressoante como um instrumento de cordas.

XVIII

O barão e a baronesa Shinkawa eram uma combinação formidável de alheamento e frenesi. Ele não prestava a menor atenção ao que a esposa dizia, enquanto esta continuava a falar sem fazer caso da reação dos demais.

Quer estivessem em casa ou em frente a alguém, comportavam-se do mesmo modo. O barão, sempre de aparência alheada, embora vez ou outra oferecesse a respeito de alguém um parecer cáustico e com ares de epigrama, jamais discorria sobre isso por muito tempo. Ao passo que a baronesa, mesmo que despendesse dez milhões de palavras, não era capaz de esboçar um retrato vívido de nenhuma pessoa sobre quem estivesse discursando.

Eles foram os compradores do segundo Rolls-Royce a ser vendido no Japão, mas tinham orgulho desse segundo lugar e achavam isso extremamente entusiasmante. Em casa, o barão costumava vestir um smoking de seda após o jantar e relaxar enquanto deixava que as conversas desprovidas de qualquer limite da esposa entrassem por um ouvido e saíssem pelo outro.

A baronesa convidava Raicho Hiratsuka e suas simpatizantes para encontros mensais em sua casa, os quais ela batizara de "Encontros do Fogo dos Céus", em referência ao famoso poema de Sanonochigami-no-Otome[63]; porém, uma vez que sempre chovia quando se reuniam, os jornais escarneciam chamando-os de "Encontros de Dias de Chuva". Ignorante de qualquer ideologia, a baronesa observava empolgada o despertar intelectual daquelas mulheres como se fossem galinhas que aprenderam a botar ovos com uma forma de contundente originalidade — um ovo triangular, por exemplo.

Os dois estavam em parte contentes por serem convidados ao evento de apreciação das flores na mansão do marquês Matsugae, mas em parte incomodados. Incomodados porque já sabiam, antes mesmo de ir, que seria um evento maçante; contentes porque poderiam realizar sua silenciosa demonstração de força ao autêntico estilo ocidental. Essa família de

---

63. Sanonochigami-no-Otome (?-?), dama da corte do período Nara e esposa do poeta Nakatomi-no-Yakamori. No poema referido, escrito quando o marido foi exilado por volta do ano 740, ela deseja que o "fogo dos céus" incendeie o longo caminho que ele deve percorrer até o local do exílio, lamentando sua partida.

abastados mercadores tinha uma contínua relação de ajuda mútua com os governos dos antigos domínios feudais de Satsuma e Choshu, e, desde a geração anterior, o menosprezo velado em relação a pessoas do interior formava o cerne de sua nova e imbatível elegância.

— Matsugae convidou o príncipe mais uma vez; será que pretende recebê-lo com uma banda? Afinal, essa gente trata a vinda do príncipe como se fosse uma peça de teatro — disse o barão.

— Nós sempre temos que esconder as novas ideologias, não é? — respondeu a esposa. — Mas não é empolgante esconder as novas ideologias e agir como se não soubéssemos de nada? Não é divertido nos infiltrar despercebidos no meio dessas pessoas antiquadas? É um espetáculo interessante ver como o marquês Matsugae às vezes mostra uma deferência estúpida pelo príncipe de Toin, enquanto em outras, estranhamente, o trata como se fossem amigos. Que roupa ocidental vamos usar? Não podemos sair durante o dia com uma roupa de gala para a noite, então talvez um traje japonês com a barra decorada seja a pedida certa. Que tal falarmos com a Kitaide em Kyoto para que tinjam com toda a pressa do mundo uma barra decorada com chamas e flores de cerejeira à noite? Mas, não sei por que razão, quimonos de barras decoradas não combinam mesmo comigo. Agora, se sou a única a achar que não combinam comigo, quando na verdade combinam sim, ou se as outras pessoas também são da mesma opinião de que de fato não combinam, disso eu não faço ideia, de jeito nenhum. E você, o que acha?…

No dia do evento, como houvesse um recado da família Matsugae pedindo que chegassem antes da hora marcada para a vinda do príncipe, o casal Shinkawa se apresentou de propósito cinco ou seis minutos mais tarde; contudo, é evidente que ainda assim havia tempo suficiente até a chegada do príncipe, o que levou o barão, zangado por essa maneira provinciana de organizar as coisas, a comentar com sarcasmo imediato:

— Ué, será que algum cavalo da carruagem do príncipe teve um derrame cerebral no caminho para cá?

Contudo, qualquer que fosse o sarcasmo proferido, suas observações nunca entravam nos ouvidos alheios, uma vez que o barão as sussurrava inexpressivamente entre dentes, à maneira inglesa.

Com o anúncio de que a carruagem do príncipe já havia passado pelo distante portão da residência Matsugae, o marquês e as demais pessoas da casa se alinharam junto ao vestíbulo da casa principal, formando uma fila para recebê-lo. Quando a carruagem entrou fazendo saltitar o cascalho do trajeto destinado à entrada dos veículos, oculta pelos pinheiros que ali se erguiam, Kiyoaki viu o modo como os cavalos ergueram o pescoço e fremiram as narinas, eriçando as crinas acinzentadas tal qual uma onda que busca abater seu ímpeto excessivo alteando uma crista branca. Nesse momento, o brasão de ouro no ventre da carruagem, levemente tingido pela lama de primavera, aquietou-se enquanto fazia tremeluzir seu redemoinho dourado.

Por baixo do chapéu-coco preto do príncipe de Toin se podia espiar um esplêndido bigode meio grisalho. A princesa seguiu os passos desse bigode e, andando pelos panos brancos que haviam sido preparados para que pudessem entrar no grande salão sem descalçar os sapatos, subiu o degrau de entrada. Embora houvessem trocado um leve aceno de cabeça, evidentemente, era sabido que as saudações mais elaboradas estavam reservadas para o salão.

Kiyoaki fixou os olhos nas pontas dos sapatos negros da princesa que caminhava na frente dele, os quais se revezavam para surgir na bainha de *dentelle* branca de sua roupa, assim como ramos de sargaço que ora se revelam, ora se ocultam por entre a espuma deixada pelos resquícios de uma onda que se estende na areia — um movimento tão elegante que ele teve escrúpulos em erguer o olhar e encontrar ali apenas um rosto já com muitos anos acumulados.

No salão, o marquês apresentou ao príncipe os convidados para o dia, embora o rosto de Satoko fosse o único que este via pela primeira vez.

— Não posso acreditar que você esteve escondendo de mim uma beldade como essa — o príncipe fez uma reprimenda ao conde Ayakura.

Nesse instante, Kiyoaki, que estava logo ao lado, sentiu correr pela espinha um leve calafrio que ele não saberia explicar. Foi a impressão de que Satoko, aos olhos de todos os presentes, havia sido chutada para o alto como uma exuberante bola de kemari.

Como os dois príncipes do Sião haviam sido convidados prontamente à casa do príncipe de Toin assim que chegaram ao Japão devido aos laços profundos que este possuía com o outro país, logo começaram a conversar, e este lhes indagou se os colegas de escola na Gakushuin eram simpáticos ou não. Chao Pi deixou transparecer um sorriso e respondeu com verdadeira cortesia:

— Não sinto falta de nada, pois todos me ajudam sempre com muita presteza, como se já fôssemos amigos há dez anos.

Não obstante, Kiyoaki sabia que eles ainda quase não haviam ido à escola e que não possuíam nenhum amigo digno do nome além de ele próprio, portanto tais palavras lhe soaram estranhas.

O coração do barão Shinkawa parecia ser feito de prata, pois, apesar do trabalho de havê-lo lustrado para sair de casa, assim que aparecia em frente às pessoas nublava-se de imediato com a oxidação causada pelo tédio. Escutar uma recepção desse tipo já bastava para começar a oxidar...

Mesmo quando enfim seguiram o imperador em procissão até o jardim para ver as flores guiados pelo marquês, os convidados, como é praxe entre os japoneses, não se mesclaram com muita facilidade, já que as mulheres tendem naturalmente a caminhar acompanhando os maridos. O barão, que já havia caído em um estado de alheamento a ponto de sobressair aos olhos dos demais, apenas observava, esperando que as pessoas que andavam à frente e atrás se afastassem um pouco para dizer à baronesa:

— Dizem que o marquês ganhou hábitos ocidentais depois de viajar por países estrangeiros e desistiu de manter a esposa e a amante sob o mesmo teto, transferindo esta para uma casa de aluguel do lado de fora do portão; contudo, como parece haver menos de novecentos metros até a entrada, isso quer dizer que ele só tem uns novecentos metros de ocidental. O provérbio "cinquenta passos, cem passos"[64] com certeza foi criado para uma situação assim.

— Ora essa, se é para seguir uma nova ideologia, é preciso segui-la à risca. Independentemente do que a sociedade diga, ele precisa seguir os costumes europeus assim como sua casa, e levar a esposa junto consigo sem falta quando sair, nem que o chamem a alguma ocasião por apenas um momento durante a noite. Veja só aquilo. Ai, que lindas estão aquelas duas ou três cerejeiras e aquelas cortinas vermelhas e brancas na montanha mais ao longe, refletidas no lago! E como se refletiria o meu quimono de barra decorada? Já que ele é o mais elaborado entre as roupas de todos os convidados de hoje, e está tingido com este padrão novo e arrojado, sem

---

64. Expressão baseada em uma fábula do filósofo chinês Mêncio (370 a.C.-289 a.C.), na qual uma pessoa que fugiu cinquenta passos durante uma batalha chama de covarde outra que fugira cem. A expressão é usada para comparar dois elementos que são essencialmente iguais, apesar de exibirem pequenas diferenças.

dúvida quem observasse o meu reflexo caindo sobre as águas lá da margem oposta o acharia uma lindeza. Nossa, que incômodo eu não poder estar ao mesmo tempo na margem daqui e na margem de lá. Hein, você não acha?

O barão Shinkawa sentia que essa tortura de formidável sofisticação, representada pelo sistema monogâmico (afinal, isso era algo que ele decidira começar por escolha própria), era como um suplício ocasionado por uma ideologia cem anos à frente dos tempos, e alegrava-se em suportá-la. Embora não fosse de um temperamento que buscasse emoções fortes na vida, ele achava algo empolgante e de estilo ocidental deixar uma janela para que tais emoções sobreviessem, por mais insuportável que fosse o sofrimento.

No espaço para a festa ao ar livre no topo da colina, as gueixas de Yanagibashi receberam em conjunto os convidados, fantasiadas com os figurinos da "Dança de Apreciação das Flores da Era Genroku", que incluíam samurais ao estilo tanzen[65], mulheres de modos cavalheirescos, arruaceiros, músicos cegos, carpinteiros, vendedoras de flores, vendedores de beni-e[66], prostitutos homossexuais, filhas de mercadores, campesinas e mestres de haicai. O príncipe de Toin deixou escapar um sorriso com ar de satisfação ao marquês Matsugae, que estava ao seu lado, enquanto os príncipes do Sião deram palmadinhas nos ombros de Kiyoaki para expressar sua alegria.

Como o pai de Kiyoaki estava concentrado em atender ao príncipe e, sua mãe, à princesa, ele foi deixado para trás com os dois amigos do Sião. Todavia, visto que as gueixas insistiam em se apinhar ao seu redor, ele se esforçou para dar maior destaque aos dois príncipes que não dominavam o japonês, sem encontrar sossego para voltar o olhar a Satoko.

— Senhorzinho, venha se divertir um pouco conosco. Hoje o meu amor platônico ficou mais intenso de repente. Abandonar-me deste jeito seria uma atrocidade, viu? — disse a gueixa de mais idade que se fantasiava de mestre de haicai.

A maquiagem vermelha aplicada à base dos olhos das gueixas jovens, inclusive daquelas com trajes masculinos, parecia fazer inclusive as suas

---

65. Estilo que se popularizou entre jovens samurais arruaceiros na Edo do século XVII, caracterizado por quimonos compridos, de padrão listrado e com espesso forro de algodão.

66. *Ukiyo-e* coloridos com pigmentos diversos. Os vendedores ambulantes aqui referidos, em particular, especializavam-se na venda de retratos de prostitutas e atores famosos.

expressões sorridentes tremeluzirem com embriaguez, e causava em Kiyoaki a sensação de que seu corpo se enregelava como que ao cair da noite, mas rodeado de um biombo de dupla face e seis folhas — feito de sedas, brocados e semblantes cobertos de pó de arroz — que não deixava passar sequer um sopro do vento noturno.

Como riam rumorosas essas mulheres, com um ar divertido, imersas por completo em um banho com a tepidez perfeitamente adequada de suas próprias carnes! A maneira com a qual levantavam o dedo ao gesticular, com a qual acenavam com a cabeça parando o movimento sempre no mesmo ponto, como se possuíssem a dobradiça de um ourives engastada em seu colo branco e macio; a expressão delas ao evadirem as chacotas alheias, mantendo na boca um sorriso perene, enquanto cinzelavam no canto dos olhos uma ira momentânea e jocosa; o jeito de se portarem ao escutar a conversa dos convidados, de repente fazendo um rosto sério; o alheamento fugaz e de ar desconsolado ao levar a mão por um instante ao cabelo... Dentre essa variedade de trejeitos, o que Kiyoaki mais comparava, sem perceber, era a diferença que existia entre os olhares de soslaio frequentes das gueixas e aquele olhar de soslaio característico de Satoko.

Embora o olhar daquelas mulheres fosse jovial e um tanto descontraído, ele se destacava independente, odioso como um insetinho alado impertinente que não para de voar pelos arredores. Não estava de modo algum envolvido por aquele elegante movimento rítmico contido no olhar da moça.

Ele avistou ao longe o perfil de Satoko conversando sobre algo com o príncipe de Toin. Refletindo a luz do poente ainda tênue, em seu rosto afluía a graça inescrutável ocasionada pela distância, à maneira de um cristal, do som de uma harpa ou das ondulações de uma montanha igualmente longínquos, e, tão somente por ter como pano de fundo o céu que se mostrava por entre as árvores com um acréscimo gradual de cores crepusculares, ora dispunha de uma silhueta nítida como o Fuji ao ocaso.

O barão Shinkawa e o conde Ayakura entabulavam uma conversa de escassas palavras, ambos agindo como se sequer entrasse em seus olhos a imagem das gueixas que lhes serviam logo ao lado. Sobre o gramado ao qual se misturavam as pétalas de cerejeira caídas, o conde Ayakura trazia um dos sujos pedaços de flor grudado à ponta do sapato esmaltado que refletia o céu do anoitecer; o barão fixou os olhos ali ao notar que o tamanho do calçado era pequeno como o de uma mulher. Pensando bem, até a mão com a qual o conde segurava o copo era branca e diminuta como as mãos de uma boneca.

O barão sentiu inveja do sangue decadente do outro. Sentiu ainda que, graças ao estado de alheamento tão natural e sorridente do conde e a seu próprio estado de alheamento à moda britânica, seria possível travar uma conversa irrealizável para outras pessoas.

— Dentre os animais, parecem dizer que os roedores são os mais adoráveis — disse o conde, de repente.

— Sim, os roedores… — respondeu o barão, sem que lhe viesse à mente conceito algum.

— Como os coelhos, marmotas, esquilos…

— E você os cria?

— Não, criar, não crio. Pois deixam um mau cheiro na casa.

— Não os cria mesmo sendo adoráveis?

— Em primeiro lugar, não servem para fazer poesia. Veja que temos uma regra na família: se não serve para poesia, não serve para a casa.

— É mesmo?

— Criar, não crio; mas as pessoas acham criaturas pequenas, dóceis e de pelo macio mais adoráveis que qualquer outra coisa.

— Isso é verdade.

— Tudo o que é adorável, por algum motivo, parece ter um cheiro contundente.

— Imagino que se possa dizer isso.

— Shinkawa, ouvi dizer que você esteve por longo tempo em Londres…?

— Em Londres, à hora do chá, dão a volta na mesa perguntando a cada um: *"Milk first? Tea first?"* Apesar de o resultado ser o mesmo quando se mistura os dois, lá, para cada pessoa, decidir se primeiro se serve o leite ou primeiro se serve o chá é uma questão mais importante e urgente que a própria política do país…

— Essa é uma história muito interessante.

Sem dar oportunidades às gueixas de intercalarem algum comentário, e embora tivessem vindo para apreciar as flores, os dois aparentavam não dedicar um mínimo de atenção às cerejeiras ou algo similar.

A marquesa fazia companhia à princesa, e, como esta era uma apreciadora de naga-uta[67], que com frequência tocava o shamisen[68], a velha gueixa que era considerada a melhor acompanhante musical de Yanagibashi se mantinha escutando ao lado, enquanto consentia com tudo o que era dito. A princesa teve o interesse bastante avivado quando a marquesa contou como certa vez haviam realizado um concerto de piano, shamisen e koto[69] tocando "O verde dos pinheiros" na celebração do noivado de alguns parentes, afirmando que desejava muito ter estado presente na ocasião.

Era sempre da boca do marquês que eclodiam as gargalhadas. Uma vez que o príncipe ria escudando o bigode belamente tratado, suas risadas não eram tão altas. Quando a velha gueixa fantasiada de músico cego cochichou ao ouvido do marquês, ele chamou os convidados com um vozeirão:

— Atenção, a partir de agora começará o espetáculo, a dança de apreciação das flores. Por favor, venham todos até a frente do palco...

Esse anúncio era originalmente uma das funções atribuídas ao mordomo Yamada. Vendo seu encargo ser usurpado de repente pelo amo, Yamada deu um piscar de olhos sombrio do fundo de seus óculos. Era essa a sua expressão peculiar, da qual ninguém sabia, ao ter que tolerar uma situação imprevista.

Se ele jamais tocava em nada que pertencesse ao seu amo, tampouco seu amo deveria tocar em nada que pertencesse a ele. No outono do ano passado ocorrera algo similar. As crianças estrangeiras das casas de aluguel estavam brincando e apanhando bolotas dentro do terreno da mansão. Elas fizeram menção de dividir aquilo que haviam colhido também com as crianças de Yamada, quando as viram chegar, mas a ação foi recusada com veemência por estas. Elas já haviam recebido advertências severas de que não deveriam tocar em nada que fosse do dono da mansão. Mais tarde, os pais estrangeiros foram até Yamada para protestar, pois entenderam mal o ocorrido, porém o mordomo, ciente do que acontecera, voltou-se para as próprias crianças, cada qual com um rosto que aparentava uma solenidade

---

67. Estilo de canção acompanhada por *shamisen* e ocasionalmente por outros instrumentos, que se desenvolveu a princípio como música de acompanhamento para peças de *kabuki*.
68. Instrumento musical japonês semelhante a um alaúde com três cordas.
69. Instrumento musical japonês semelhante a uma grande cítara.

circunspecta e com uma forma estranhamente reverenciosa nos lábios, e as elogiou muito.

Ao se lembrar desse evento durante um instante, Yamada levantou-se contrariado e atônito, quase a tropeçar no hakama, enfiou-se no meio dos convidados com uma ferocidade quase entristecedora e começou a guiá-los atarantado na direção do palco.

Nesse exato momento, atrás do palco, à margem do lago e envolto pelas cortinas vermelhas e brancas, dois blocos de ki[70] ecoaram como se fossem despedaçar a atmosfera e fazer esvoaçar serragem nova.

---

70. Vide nota 34. O instrumento é comumente utilizado para anunciar o início de um espetáculo teatral.

XIX

Kiyoaki e Satoko só obtiveram uma oportunidade de ficar a sós por um breve momento, depois de concluída a exibição da dança de apreciação das flores, quando enfim o sol se pôs e os convidados foram conduzidos ao prédio ocidental. Os convidados e as gueixas voltaram a se mesclar, aqueles agora elogiando o espetáculo proporcionado por estas, e a embriaguez voltou a crescer, enquanto faltava ainda algum tempo para que as luzes fossem acesas — essa era uma hora que permitia sentir a inquietação indistinta e tumultuosa do júbilo.

Kiyoaki fez um sinal de longe com os olhos, sabendo que Satoko o obedeceria astuta e o seguiria, tomando a devida distância. No ponto onde o caminho se dividia em dois — um que levava até o outro lado do lago e outro que levava até o portão —, havia um vão entre as cortinas vermelhas e brancas, justo onde se erguia uma enorme cerejeira que obstruía a visão dos demais.

Kiyoaki ocultou o corpo ali primeiro, para lá das cortinas; quando Satoko estava quase chegando, no entanto, ela acabou sendo agarrada pelas damas de companhia da princesa que vinham subindo do lago, talvez voltando de um passeio pela montanha de bordos. Já impossibilitado de sair do esconderijo, a Kiyoaki só restava aguardar sozinho ao pé da árvore até que Satoko encontrasse uma oportunidade para pedir licença.

Foi quando se quedou solitário dessa forma que ele pela primeira vez ergueu atento os olhos na direção das cerejeiras.

As flores desabrochavam densamente nos ramos pretos e singelos, tal como conchas brancas vicejando sem deixar vãos sobre um recife. Quando o vento do anoitecer vinha inflar as cortinas, primeiro atingia os ramos mais baixos e, conforme as flores iam realizando um elástico balanço que aparentava sussurrar-lhe algo, passava então aos ramos mais altos e espraiados, que oscilavam juntamente com suas pétalas em um meneio generoso e magnânimo.

As flores se mostravam brancas, enquanto apenas os botões em cacho eram de um vermelho tênue. Mesmo a alvura das flores, no entanto, quando observada com atenção, continha um tom rubro-castanho nas formas estreladas de seus núcleos, as quais pareciam firmemente pregadas uma a uma, assim como as costuras no centro de um botão de camisa.

As nuvens e o azul do céu que anoitecia violavam um o espaço do outro, tornando-se ambos rarefeitos. Com as flores se entremesclando, a silhueta com a qual demarcavam o firmamento era indistinta e parecia confundir-se com a cor celeste. Por fim, o preto dos troncos e galhos se mostrava cada vez mais berrante e espesso.

A cada minuto, a cada segundo aprofundava-se essa proximidade excessiva entre o céu do anoitecer e as cerejeiras. Enquanto observava tal cena, o coração de Kiyoaki fechou-se devido à insegurança.

Pensou ser o vento que novamente intumescia as cortinas, mas era Satoko que viera deslizando o corpo contra o pano destas. Kiyoaki agarrou-lhe as mãos. Estavam frias, expostas ao vento do fim de tarde.

Satoko recusou quando ele fez menção de beijá-la, aflita devido aos olhares alheios, porém, como ela ao mesmo tempo tentou defender seu quimono contra os líquenes que pareciam ter sido salpicados como farinha por toda a superfície do tronco da árvore, acabou sendo abraçada pelo rapaz.

— Escute, se fizermos algo assim, não vai acabar bem. Primo Kiyo, solte-me, por favor — disse Satoko em voz baixa, em um tom que evidenciava uma atitude ainda mais apreensiva quanto aos arredores, fazendo Kiyoaki ressentir-se da insuficiência da própria descompostura.

Ele queria obter uma garantia de que os dois, naquele momento embaixo da árvore de cerejeira, se encontravam no apogeu da felicidade. Embora fosse verdade que sua inquietação havia sido exacerbada também pelo vento inseguro do anoitecer, queria confirmar que Satoko e ele próprio estavam inseridos em um instante de enlevo supremo, além do qual não poderiam desejar nada mais no mundo. Caso Satoko exibisse um pouco sequer a aparência de quem não estava extasiada, isso não se realizaria. Kiyoaki era como um marido de ciúme desmedido, que critica a esposa quando esta diz não ter tido o mesmo sonho que ele.

A beleza de Satoko enquanto resistia dentro de seus braços, com os olhos cerrados, era incomparável. Seu rosto, cuja forma era concebida apenas por linhas delgadas e graciosas, apesar de bem definido, emanava uma licenciosidade indistinta. Ela erguia infimamente um dos cantos dos lábios e, embora

Kiyoaki tivesse se afobado para confirmar em meio ao lusco-fusco se isso era porque ela soluçava ou porque sorria, dentro em pouco até a sombra de suas narinas já se fazia sentir como um rápido prenúncio da escuridão noturna. Ele viu uma das orelhas semioculta entre os cabelos de Satoko. Apesar do vago rubor em seu lóbulo, a forma assaz elaborada da orelha a assemelhava a um pequeno nicho na superfície de um coral, em cujo recôndito se acomodava uma minúscula imagem de Buda em meio a um sonho. Existia algo de misterioso no interior daquela orelha, da qual a escuridão do anoitecer já havia reclamado posse profunda. Será que era o coração de Satoko o que havia ali no fundo? Ou seu coração estaria, em vez disso, escondido atrás dos dentes que cintilavam umedecidos entre a delgada comissura dos lábios?

Kiyoaki afligiu-se imaginando o que deveria fazer para chegar ao âmago de Satoko. Como que tentando evitar que seu rosto continuasse a ser observado, foi ela própria quem o aproximou de súbito do rosto de Kiyoaki e concedeu o beijo. Na ponta dos dedos da mão com a qual a cingia, ele sentiu o calor de seus quadris, análogo ao calor de uma estufa em que apodrecem as flores, e imaginou como seria bom se enterrasse o nariz ali, se inalasse aquele odor e morresse então asfixiado. Satoko não pronunciou palavra, mas Kiyoaki observava em minúcias como a sua própria fantasia estava prestes a atingir a simetria da beleza perfeita.

Os lábios de Satoko se separaram dos seus, mas, como o grande penteado dela se manteve enterrado imóvel no peito de seu uniforme, ele foi imerso no odor de óleo para cabelo que exalava; ao observar mais além as distantes cerejeiras de tom prateado, sentiu que possuíam a mesma fragrância desditosa. As flores longínquas, densamente sobrepostas em frente à luz que restava no céu noturno e reunindo-se comprimidas como fios de lã eriçados, armazenavam sob o abismo de seu branco farináceo, próximo do cinza-prateado, um vermelho sutil e agourento similar a uma maquiagem fúnebre.

Kiyoaki compreendeu de repente que as faces de Satoko estavam umedecidas pelas lágrimas. Seu desafortunado coração perscrutador começou sem demora a tentar adivinhar se seriam lágrimas de felicidade ou infelicidade, mas ela de pronto afastou o rosto de seu peito e, sem ao menos fazer menção de enxugá-lo, em um átimo lhe disse com um olhar penetrante e completamente mudado, desprovido de qualquer migalha de afeto:

— Criança! Uma criança! Primo Kiyo, é isso que você é. Você não entende nada. Não faz questão de tentar entender nada. Eu deveria ter ensinado muito mais a você, sem fazer cerimônias. Você pode até se achar algo fenomenal, mas ainda é só um bebê, ouviu bem? Eu deveria mesmo ter dado mais atenção a você, tê-lo ensinado. Mas, agora, já é tarde…

Ao terminar de falar, Satoko virou o corpo e fugiu para o outro lado das cortinas, deixando para trás um jovem sozinho e de coração partido.

O que teria acontecido? Perfilaram-se cuidadosamente em sua fala apenas as palavras que causavam nele as feridas mais profundas, flechas disparadas contra seu ponto mais fraco, condensando as toxinas mais eficazes contra ele — por assim dizer, a fina flor da linguagem capaz de magoá-lo. Kiyoaki precisava primeiro se dar conta do extraordinário grau de aperfeiçoamento desse veneno; precisava primeiro pensar na razão de ter merecido um cristal tão imaculado de perversidade.

Contudo, plantado ali em pé com a raiva a lhe arder enquanto o peito acelerava o palpitar, suas mãos tremiam e seus olhos quase lacrimejavam de desgosto; ele não conseguia pensar em uma única coisa além de suas emoções. Voltar a mostrar o rosto aos convidados e permanecer então com a fisionomia plácida até que o evento terminasse a altas horas da noite, para ele, parecia agora o trabalho mais hercúleo do mundo.

XX

O banquete foi conduzido com desembaraço, e terminou sem nenhuma falta que saltasse à vista. O despreocupado marquês ficou satisfeito e, obviamente, não duvidou de que os convidados também estiveram satisfeitos. Para ele, era em momentos como esse que mais fulguravam os méritos da marquesa. Eles se faziam notar em diálogos como o seguinte:

— O príncipe e a princesa estavam de excelente humor do início ao fim, não é mesmo? Será que foram embora contentes?

— Querido, não é preciso nem perguntar. Eles disseram que foi a primeira vez que passaram um dia tão divertido desde o falecimento do último imperador.

— Essa é uma maneira bastante imprudente de falar, mas entendo bem o sentimento. De qualquer modo, com um evento demasiado longo, da tarde até noite alta, será que os convidados não se cansaram?

— De modo algum. Afinal, você planejou um programa tão detalhado, com uma sequência tão fluida, que várias diversões diferentes continuaram uma após a outra. Não acho que alguém tenha tido tempo para se cansar.

— Mas será que ninguém dormiu durante o filme?

— Imagine. Todos estavam assistindo entusiasmados, com os olhos bem abertos.

— Seja como for, Satoko é mesmo uma moça sensível. É verdade que o filme era de mover o coração, mas ela era a única que estava chorando.

Satoko chorou sem reservas durante a projeção, mas o marquês notou suas lágrimas pela primeira vez apenas quando se acenderam as luzes.

Kiyoaki percorreu exausto o caminho até o próprio quarto. Seria impossível dormir, todavia, pois tinha os olhos bem despertos. Abriu a janela. Teve a impressão de que as cabeças negro-azuladas das tartarugas olhavam juntas em sua direção, da superfície escura do lago…

Ele terminou por tocar a sineta e chamar Iinuma. Tendo se graduado na universidade noturna, o ajudante sempre estava em casa durante a noite.

Iinuma, ao entrar no quarto de Kiyoaki, encontrou o rosto do "senhorzinho" devastado pela raiva e pela irritação, tão intensas que se notavam à primeira vista.

Nos últimos tempos, Iinuma vinha se tornando mais capaz de ler o rosto das pessoas. Isso era algo que, no passado, escapava às suas habilidades. Sobretudo a expressão de Kiyoaki, com quem mantinha contato diário, ele havia passado agora a compreender com clareza, como se identificasse a mescla dos delicados fragmentos de vidro multicoloridos ao espiar um caleidoscópio.

Em virtude disso, uma mudança germinou também no coração e nas predileções de Iinuma. Antes, ele odiava o rosto desgastado pela aflição e melancolia do jovem patrão, era como uma manifestação do espírito débil deste, mas agora já o via até dotado de refinamento.

Com efeito, a formosura melancólica do semblante de Kiyoaki não combinava com a felicidade ou a alegria, sendo antes apenas a tristeza ou a raiva capazes de elevar sua graça. E, quando ele se exaltava irritado, aparecia aí, em sobreposição, uma espécie de dependência com ares de desamparo. Nesses momentos, a alvura contumaz de suas faces assumia um tom ainda mais pálido, seus belos olhos se injetavam de sangue e as sobrancelhas de linhas fluídas se contorciam, e manifestava-se nele a ânsia de uma alma vacilante que perdera seu centro de gravidade, essa ânsia de se agarrar a algo, e a dependência se difundia do interior de seu desalento tal como uma canção que se difunde por uma terra desolada.

Visto que Kiyoaki permanecia calado, Iinuma acomodou-se na cadeira que ultimamente já vinha começando a usar mesmo sem ser convidado e apanhou para ler o cardápio do festim daquela noite, abandonado sobre a mesa pelo jovem patrão. Ele sabia se tratar de uma ementa que jamais teria a oportunidade de degustar, mesmo que continuasse a morar por muitas décadas na residência Matsugae.

*

Banquete do Encontro de Apreciação das Cerejeiras, 6 de abril de 1913

- *Sopa: Caldo de tartaruga-de-carapaça-mole-chinesa suprema com guarnição*
- *Sopa: Caldo de frango desfiado*
- *Peixe: Truta cozida em vinho branco com molho à base de leite*
- *Carne vermelha: Acém bovino cozido ao vapor com champignons*

- *Carne branca: Codorna assada no vapor com recheio de champignons*
- *Carne vermelha: Carré de ovelha grelhada com acompanhamento de aipo*
- *Carne branca: Iguaria gelatinada de* foie gras, *servida fria*
- *Manjar licoroso:* sorbet alcoolisé *com pedaços de abacaxi*
- *Carne branca: Galinha shamo recheada com champignons cozida ao vapor*
- *Salada ocidental servida em cesto de papel*
- *Salada: Aspargos e vagens, ambos ao queijo*
- *Sobremesa:* Bavarois *com creme de leite*
- *Sobremesa: Sorvete de duas variedades e* petits fours

Fitando Iinuma enquanto este continuava a ler o cardápio indefinidamente, os olhos de Kiyoaki não se aquietavam, mas ora demonstravam desprezo, ora abundavam em súplica. Iinuma estava esperando que ele falasse primeiro, e essa sua cerimônia insensível era enervante. Como seria mais fácil falar, caso o ajudante esquecesse a distinção entre amo e criado e viesse tocar seu ombro para perguntar o que houve, como se fosse um irmão mais velho!

Kiyoaki não percebeu que o homem que estava ali sentado não era o mesmo Iinuma de antes. Ele não sabia que, enquanto o homem de antigamente apenas suprimia de forma inepta a própria paixão violenta, o de agora o encarava munido de um sentimento dócil e gentil, buscando tatear com mãos pouco habituadas o domínio das emoções pormenorizadas, com as quais sempre fora incompetente.

— Imagino que você não entenda como eu me sinto — Kiyoaki até que enfim abriu a boca —, mas eu sofri uma humilhação terrível por parte de Satoko. Ela se dirigiu a mim com um tom de quem praticamente não me considera um adulto, faltou apenas dizer que todas as minhas ações até agora foram o comportamento de uma criança tola. Aliás, foi isso mesmo que ela disse. Eu fiquei decepcionado com aquela mulher, pois ela veio me agredir escolhendo justo as palavras que mais detesto. Isso quer dizer que naquela manhã de neve, quando fiz tudo conforme ela queria, eu só estava sendo usado de brinquedo… Será que você não tem nenhuma pista sobre esta situação? Por exemplo, alguma conversa que ouviu Tadeshina comentar de passagem, ou algo do gênero…?

Iinuma pensou por algum tempo antes de responder.

— Pois é, não me lembro de nada em especial.

A duração pouco natural dessa sua ponderação enroscou-se aos nervos sensibilizados de Kiyoaki como plantas trepadeiras.

— É mentira. Você sabe de algo.

— Não, não sei de nada.

Em meio à altercação, Iinuma acabaria proferindo algo que, até aquele momento, nunca se imaginara dizendo. Mesmo sendo capaz de ler os efeitos causados por algum evento no coração alheio, ele tinha os sentidos entorpecidos quando se tratava de prever reações, e não pôde inferir a força do golpe de machado que suas palavras desfeririam contra o coração de Kiyoaki:

— Bem, foi algo que eu ouvi de Mine, mas ela me disse que era um segredo que só contou para mim, e que eu não podia contar para mais ninguém, de jeito nenhum. No entanto, como tem relação com o senhorzinho, talvez seja melhor eu falar.

"Na reunião de família durante o Ano-Novo, a senhorinha da família Ayakura veio até aqui, não foi? Todos os anos nesse mesmo dia, o senhor marquês sempre conversa de forma muito amigável com os filhos de todos os parentes, e também os ajuda dando conselhos. Foi então que ele perguntou para a senhorinha, em parte por brincadeira: 'Será que você não tem alguma pergunta para mim?'. Então ela respondeu, também gracejando: 'Sim, eu quero consultá-lo sobre algo muito importante. Titio, eu gostaria de ouvir sobre a sua política de educação'.

"Eu quero deixar avisado, por precaução, que quem contou esta história toda a Mine foi o senhor marquês, enquanto os dois... bem, perdoe-me dizer... ele contou a história rindo, enquanto os dois compartilhavam o mesmo leito (essas últimas palavras, Iinuma as proferiu carregadas de um pesar indescritível).

"Pois bem, quando o senhor marquês teve o interesse despertado e indagou: 'E o que será que você quer dizer com 'política de educação'?', parece que a senhorinha acabou se deixando levar pela conversa e perguntou sem titubear algo que, em outra situação, seria bastante difícil de colocar em palavras: 'Eu ouvi do primo Kiyo que o senhor o levou até o mundo das flores e dos salgueiros como forma de educação prática, e ele estava orgulhoso dizendo que lá aprendeu a se divertir, que já tinha se transformado em um homem adulto, mas, titio, o senhor pratica mesmo um estilo de educação tão imoral quanto esse?'

"Sua Excelência riu bastante alto e respondeu: 'Rá, rá! Essa é uma pergunta implacável. Parece até que a Organização pela Reforma Moral[71] acabou de invadir a interpelação na Câmara dos Pares. Bem, mesmo que as coisas fossem do modo como diz Kiyoaki, eu teria cá meus meios de me justificar; mas a verdade é que essa tal educação foi rechaçada por ele próprio. Não nego que o convidei; no entanto, como ele é daquele jeito dele, um pivete tolo, cheio de escrúpulos, que nunca cresce e não se parece em nada comigo, ele recusou com um monossílabo e foi embora zangado. É engraçado como ele, ainda assim, tenta se pavonear diante de você com uma história convencida e mentirosa como essa. Seja como for, por mais próximos que vocês dois sejam, eu não me lembro de ter criado um filho para se atrever a falar de bordéis em frente a uma dama. Vou chamá-lo agora mesmo para lhe passar um sermão. Se fizer isso, quem sabe ele também não se entusiasme e fique com vontade de experimentar o sabor das diversões das casas de chá'.

"Contudo, como a senhorinha não economizou palavras para convencer o senhor marquês a desistir de fazer algo tão imprudente, ele acabou prometendo fingir nunca ter ouvido a história. Ele estava impedido de falar do assunto a quem quer que fosse por causa da promessa, mas, no fim, acabou mencionando em segredo para Mine, rindo com muito prazer enquanto falava, e a proibiu de abrir a boca para outra pessoa.

"Acontece que, como Mine é mulher, não poderia continuar calada assim, para sempre. Mas ela contou isso só para mim, e eu também a forcei a fechar a boca dali em diante, uma vez que é a honra do senhorzinho que está em jogo; eu disse a ela com bastante rispidez que cortaria a nossa relação se ela espalhasse essa história por aí. Mine se sentiu pressionada pela seriedade repentina na minha atitude, então acho que ela jamais voltará a falar no assunto."

A palidez no rosto de Kiyoaki foi aumentando conforme ele escutava, ainda que agora a silhueta de todos os fenômenos incertos houvesse tomado forma nítida, como se os objetos contra os quais ele vinha batendo a cabeça

---

71. No original, Kyofukai, como é conhecida a Organização das Mulheres Cristãs do Japão, fundada em 1886.

por toda parte em meio a uma espessa neblina se revelassem, após o tempo clarear, uma patente fileira de pilares brancos.

Em primeiro lugar, apesar de haver negado o fato com tanta ênfase, Satoko na verdade havia lido a carta de Kiyoaki.

Era evidente que a carta causara nela certa insegurança; todavia, uma vez tendo confirmado a situação com o marquês durante a reunião de parentes de início de ano, ouvindo da boca dele que era tudo mentira, ela se embriagara com o "Ano-Novo feliz", segundo suas palavras. Com isso, tornou-se flagrante o motivo de Satoko ter feito aquela declaração repentina em frente ao estábulo, tomada pela paixão.

E então havia sido por isso mesmo que ela o convidara a um passeio na neve atrevido como aquele, tão segura de si!

Ainda que isso não bastasse para solucionar as lágrimas e a reprimenda indelicada de Satoko no dia de hoje, o que estava claro agora era que ela mentira para ele do início ao fim, e do início ao fim desdenhara Kiyoaki secretamente em seu coração. Qualquer que fosse a justificativa que ela tentasse fornecer agora, ninguém poderia negar ao menos o fato de que fora com um deleite desumano como esse que ela se aproximara dele.

"Se por um lado Satoko me repreendeu dizendo que sou uma criança, por outro, não resta mais espaço para dúvidas: ela mesma queria me manter preso à infância por toda a eternidade. Quanta artimanha! Apesar de vez ou outra demonstrar um ar feminino de carência, nunca se esquecera de carregar o desdém no coração; enquanto se portava com reverência, na verdade estava me entretendo como a um bebê."

Devido ao excesso de raiva, Kiyoaki esqueceu que o estopim do incidente fora a carta mentirosa, que tudo havia ocorrido por culpa da mentira que ele mesmo inventara.

Em seu pensamento, ele conectava qualquer detalhe somente ao abuso de confiança de Satoko. Ela havia ferido seu orgulho, a coisa mais importante para um homem no angustiante limiar entre a adolescência e a idade adulta. Embora fosse algo enfadonho, que pareceria desprezível aos olhos de um homem-feito (o que era bem comunicado pelas risadas de seu pai), não existe nada mais delicado e vulnerável que o amor-próprio de um rapaz que esteja envolvido no dito enfado em certo período da vida. Quer Satoko estivesse ciente disso, quer não, ela havia cometido uma transgressão por métodos que evidenciavam uma escassez insuperável de respeito. Kiyoaki teve a impressão de que até começava a adoecer pelo excesso de constrangimento.

Iinuma, enquanto atentava com um quê de condolência para a tez pálida e o silêncio ininterrupto de Kiyoaki, ainda não havia se dado conta do ferimento por ele infligido.

Ele não sabia que essa fora a sua vez de causar uma chaga profunda, ainda que sem qualquer intenção de vingança, ao belo adolescente que o viera lesando de forma contínua por longos anos. Não obstante, nunca existira outro instante até então em que Iinuma achou ser tão amável esse adolescente cabisbaixo.

Com um sentimento tão doce que era capaz de oprimir o peito, ele pensou em ajudá-lo a se levantar, carregá-lo até a cama e, caso visse que derramava lágrimas, acompanhar seu choro em compadecimento. Contudo, quando o rosto de Kiyoaki enfim se ergueu, estava completamente seco; não continha sequer vestígios de lágrimas. Seu olhar frio e perfurante logo desmantelou a ilusão de Iinuma.

— Entendi. Pode ir embora. Eu também já vou dormir.

Kiyoaki se levantou da cadeira e empurrou Iinuma na direção da porta.

XXI

Tadeshina telefonou diversas vezes no dia seguinte, mas Kiyoaki não foi até o aparelho para atendê-la.

A velha então chamou Iinuma para lhe pedir que não deixasse de entregar a mensagem, avisando que a senhorinha tinha um assunto a ser discutido a qualquer custo diretamente com o senhorzinho, mas o ajudante não aceitou a incumbência, já que havia recebido ordens expressas de Kiyoaki. Após um sem-número de ligações, embora a própria Satoko tivesse ido ao telefone para pedir o favor a Iinuma, este voltou a recusar com veemência.

O aparelho continuou a tocar com insistência nos dias seguintes, o que chegou a levantar boatos entre a criadagem. Kiyoaki continuou a resistir. Até que Tadeshina, finalmente, veio lhe fazer uma visita.

Iinuma foi recebê-la no mal iluminado vestíbulo reservado apenas às pessoas da casa, sentou-se no degrau que dá entrada à casa enquanto ajustava o desalinho de seu hakama de Kokura, mostrando que não a convidaria para entrar, sob hipótese alguma.

— O senhorzinho não pode vê-la porque saiu.

— Não acredito que tenha saído. Se você vai tentar me impedir assim, desse jeito, então quero que chamem o senhor Yamada.

— Mesmo que Yamada venha, não vai fazer diferença. O senhorzinho não vai vê-la de jeito nenhum.

— Pois que assim seja. Eu mesma me levanto e vou lá em pessoa para encontrá-lo.

— O quarto está trancado a chave, então não tem como você entrar. Você está livre para andar pela mansão, mas imagino que veio até aqui para tratar de assuntos privados, então só espero que não se importe caso seja descoberta por Yamada, cause uma comoção entre as pessoas da casa e faça com que o assunto acabe chegando aos ouvidos do marquês.

Tadeshina, calada, observou com ódio o rosto de Iinuma, no qual mesmo em meio à penumbra se notavam as irregularidades causadas pelas espinhas. Aos olhos dele, a velha parecia uma personagem saída de um chirimen-e[72], a encobrir as rugas das faces envelhecidas com uma espessa camada de pó de arroz enquanto tinha por pano de fundo o brilho das pontas das folhas do pinheiro-branco no acesso para veículos onde pairava o radiante sol primaveril. E, dentro daquelas suas pálpebras duplas de vincos profundos e pesarosas, seus olhos exibiam uma raiva escarpada.

— Muito bem. Por mais que sejam ordens do senhorzinho, se você fala com tanta convicção assim, é porque também deve estar preparado para as consequências. Até agora eu vinha fazendo vários planos desejando o seu melhor, mas pode considerar que a partir de hoje está tudo terminado. Portanto, mande minhas saudações ao senhorzinho, que passe muito bem.

Passados quatro ou cinco dias, chegou uma grossa carta de Satoko.

Fosse como de costume, a carta deveria evitar Yamada e ser passada das mãos de Tadeshina às de Iinuma, para ser entregue então a Kiyoaki; desta vez, no entanto, ela chegou carregada com todas as pompas sobre a bandeja com vários brasões espalhados em maki-e erguida pelo mordomo.

Kiyoaki fez questão de chamar Iinuma até seu quarto, mostrar-lhe o envelope ainda lacrado, fazer com que abrisse a janela e, em frente aos seus olhos, alimentá-la ao fogo dentro do braseiro.

Tal como se presenciasse algum tipo de crime sofisticado, Iinuma observou as mãos alvas de Kiyoaki revolverem o interior do receptáculo de madeira de palóvnia à maneira de um pequeno animal minucioso, evitando as chamas que faziam fagulhar pequenas labaredas ao mesmo tempo que atiçava o fogo que principiava a se apagar, comprimido pelo peso do espesso volume de papéis. Poderiam queimá-la mais habilmente se Iinuma também ajudasse, entretanto ele não o quis fazer temendo ser rechaçado. Kiyoaki o havia chamado ali apenas na qualidade de testemunha.

Incapaz de evitar a fumaça ardente, uma lágrima solitária gotejou de um olho de Kiyoaki. Apesar de no passado Iinuma desejar dar ao amo uma educação rigorosa e obter sua compreensão com base nas lágrimas, a formosa gota que ora escorria pela face alumbrada pelo fogo, ali em frente a seus olhos, não fora ocasionada por força sua. Por que será que ele era

---

72. Estilo de *ukiyo-e* em que é adicionada uma textura rugosa à pintura depois de pronta, conferindo uma aparência de tecido crepe.

sempre forçado, a toda hora e em todo lugar, a ter que sentir sua própria impotência em frente a outras pessoas?

Após cerca de uma semana, em um dia no qual o marquês voltou mais cedo para casa, pela primeira vez em longo tempo Kiyoaki somou-se aos pais para jantarem reunidos na sala japonesa da casa principal.

— Falta pouco. Você também, no ano que vem, deve subir à quinta classe imperial. Quando isso acontecer, vou fazer o pessoal da casa chamá-lo de senhor Quinto — disse o marquês, bem-humorado.

Não obstante Kiyoaki amaldiçoar em seu coração a maioridade que se acercava no ano seguinte, teve dúvidas se essa sua mentalidade de todo cansada e de todo amofinada com o desenvolvimento humano, já aos dezenove anos, não teria sido envenenada pela distante influência de Satoko. Aquela impaciência dos tempos de criança, quando contava nos dedos os dias que faltavam para o aniversário[73] e não podia suportar a ansiedade causada pelo desejo de se tornar adulto, já havia desaparecido de Kiyoaki. Ele ouviu as palavras do pai com uma sensação indiferente.

A refeição, sem escapar à praxe de quando comiam a três, prosseguiu enquanto cada qual cumpria as mesmas funções que já vinham predeterminadas: a mãe, de tristonhas sobrancelhas inclinadas, com o seu tratamento sereno e atenta a tudo; o marquês, de rosto rubicundo, com o seu bom humor propositalmente fora dos padrões. Seus pais trocaram olhares de modo tão sutil que quase não se poderia dizer estarem fazendo algum sinal um ao outro, porém Kiyoaki foi rápido para notar e surpreender-se com o gesto, porque imaginava não existir nada mais suspeito no mundo do que algum tipo de acordo tácito entre aquele casal. Como ele primeiro olhou para o rosto da mãe, ela hesitou apenas um pouco, e apenas um pouco embaralhadas soaram as palavras que começou a dizer:

— Escute... é algo meio difícil de perguntar; digo, não é nada tão extraordinário a ponto de ser difícil de perguntar, mas achei melhor conferir o que você pensa.

— O que é?

---

[73]. No original, "Ano-Novo". À época dos acontecimentos da obra, ainda era utilizada a maneira tradicional de calcular a idade no Japão, em que os anos de idade eram incrementados na virada do ano, e não na data do nascimento.

— Na verdade, Satoko recebeu outra proposta de casamento. Esta agora é uma proposta bastante delicada, então, se avançarem o assunto um pouco que seja, depois não vão poder mudar de ideia e recusar tão fácil. Neste momento ainda é incerto o que pensa Satoko, como sempre é o caso; no entanto, desta vez eu não acho que as coisas vão andar à maneira de até então, ou seja, ela não vai poder recusar terminantemente mesmo que queira. Afinal, os pais dela também parecem estar entusiasmados… Bem, trazendo a conversa até você, mesmo que você seja amigo de infância da Satoko, imagino que não faça nenhuma objeção quanto ao casamento dela, não é mesmo? Eu queria ouvir a sua opinião sincera: se tiver alguma objeção, acho que seria bom você falar exatamente o que pensa diante do seu pai.

Sem repousar os pauzinhos para comer, tampouco evidenciando alguma expressão no rosto, Kiyoaki respondeu no ato:

— Não faço objeção nenhuma. Ora, não é um assunto sem qualquer relação comigo?

Depois de um silêncio ínfimo, o marquês falou com um tom que demonstrava que seu bom humor não tinha sido perturbado nem um pouco sequer:

— Bem, se for agora, ainda é possível voltar atrás. Por isso mesmo, e digo hipoteticamente, se existe algum mínimo de receio nos seus sentimentos, pode falar.

— Não tenho receio nenhum.

— Veja bem, por isso estou falando hipoteticamente. Se não tem, está bem assim. Como nós também temos uma obrigação de longa data para com a família dela, precisamos fazer tudo o que estiver ao nosso alcance, oferecer o máximo de ajuda possível e despender todos os recursos para garantir que a proposta, desta vez, vá adiante… Seja como for, no mês que vem já temos a cerimônia no Meritório Santuário, mas, se as discussões seguirem neste ritmo, Satoko vai estar ocupada e talvez não possa vir este ano.

— Então não seria melhor nem a convidar, desde o princípio?

— Agora fiquei surpreso. Não sabia que vocês tinham uma relação de cão e gato.

O marquês riu largamente e, aproveitando o ensejo criado pela risada, acabou encerrando de vez o assunto.

Para seus pais, no fim das contas, Kiyoaki era como um ser enigmático, que os fazia se perder no caminho a cada vez que tentavam seguir os rastros das emoções dele, demasiado distantes das próprias emoções, motivo pelo qual já haviam inclusive desistido de fazer tais buscas. Atualmente, o marquês e a marquesa chegavam até a sentir um pouco de rancor pela educação dada pela família Ayakura, a quem haviam confiado seu filho.

Então o sentido da elegância ao estilo dos mangas-longas[74], com a qual eles sonhavam antigamente, resumir-se-ia apenas a essa incompreensibilidade de quem não é capaz de tomar decisões definidas? Embora fosse algo bonito quando visto de longe, ao constatar os frutos dessa educação no filho, sentiam que lhes haviam apenas empurrado um enigma. Enquanto os trajes que revestiam os corações do casal, por mais variadas que fossem as ideias dos dois, eram de uma monocromia vívida ao estilo dos países do sul, no coração de Kiyoaki o castanho-avermelhado se fundia ao carmesim, o carmesim ao verde do bambu-sasa, lembrando a coloração das várias camadas de roupa vestidas por uma cortesã dos tempos idos, em que era impossível distinguir qual cor era de qual tecido; isso bastava para logo cansar o marquês caso alguma vez ele se desse o trabalho de tentar perscrutar o filho. Ele se cansava inclusive de ficar apenas observando aquele semblante gracioso que nunca se interessava por nada, um semblante frio e incapaz de comunicar qualquer ideia. Por mais que vasculhasse as lembranças de seus tempos de adolescente, o marquês não encontrava nenhuma recordação de ter sido assolado por um coração tão instável, indefinido e que, mesmo quando parecia prestes a levantar alguma pequena onda, na verdade se mantinha diáfano até o seu leito.

Após um intervalo, o marquês disse assim:

— Mudando de assunto, estou pensando que em breve precisarei dar umas férias permanentes a Iinuma.

— Por quê?

Kiyoaki pela primeira vez exibiu no rosto um espanto vibrante.

---

74. Expressão utilizada à época do xogunato para se referir jocosamente à aristocracia e aos estudiosos, contrastando-os com os samurais, que utilizavam roupas com cordões nas mangas para mantê-las erguidas quando necessário e facilitar o movimento.

— Acho que é uma boa ocasião, visto que já contamos com os serviços dele por tão longo tempo, e que no ano seguinte você já vai se tornar um adulto e ele também já se graduou na universidade; porém, o motivo mais imediato é certo boato um tanto desagradável que existe sobre ele.

— Que boato?

— Ele cometeu um ato descabido dentro de nossa casa. Falando sem rodeios, ele tem mantido uma relação secreta com a criada Mine. Antigamente, isso seria caso para execução.

Era magnífica a serenidade da marquesa ao ouvir essa história. No tocante a essa questão, ela esteve de acordo com o marido em todos os pontos possíveis. Kiyoaki fez uma nova pergunta:

— De quem o senhor ouviu esse boato?

— Não importa.

Na mesma hora Kiyoaki recordou o rosto de Tadeshina.

— Se fosse como antigamente, ele seria executado; mas na sociedade atual não podemos chegar a tanto. Ademais, é um rapaz que nos veio recomendado pela província, e nossa relação com o diretor da escola de lá é tão boa que ele vem todos os anos para nos cumprimentar à época do Ano-Novo. A fim de não comprometer o futuro do próprio rapaz, o melhor será fazer com que saia da casa de maneira pacífica. Não apenas isso, mas eu estou pensando em tomar providências que unam a honradez à compaixão. Vou dar dispensa também a Mine, de modo que, se os dois tiverem vontade, estarão livres para se casar; e penso em ajudar Iinuma a arranjar um novo emprego. De qualquer modo, como o objetivo principal é apenas fazer com que ele saia da casa, o melhor será fazê-lo de uma forma que não crie ressentimentos. Afinal, não podemos negar que ele cuidou de você por muitos anos, e quanto a esse ponto nunca cometeu nenhum deslize.

— Você é mesmo tão misericordioso. Dedicando-se tanto assim pelo rapaz... — disse a marquesa.

Kiyoaki encontrou-se com Iinuma naquela noite, mas não lhe disse nada.

Foi depois de recostar a cabeça no travesseiro e ruminar pensamentos diversos que pôde perceber: ele agora estava completamente sozinho. De amigos tinha apenas Honda, porém não havia revelado a ele toda a série de acontecimentos até então.

Kiyoaki sonhou. E pensou, dentro do sonho, que essa seria uma experiência bastante difícil de registrar em seu diário. Pois era uma visão a tal ponto convoluta, a tal ponto meândrica...

Apareceram diversas personagens. Imaginou ter surgido o espaço aberto e nevado ao lado do quartel do terceiro regimento, e logo viu que Honda servia ali como oficial militar. Imaginou então um bando de pavões aterrissando sobre a neve, e logo viu os príncipes do Sião parados cada qual a um lado de Satoko, colocando sobre sua cabeça uma coroa de ouro da qual pendiam decorações budistas na forma de cordões de joias. Viu Iinuma e Tadeshina discutindo verbalmente, mas logo os dois se engalfinharam e desceram rolando até as entranhas de um vale de profundidade imensurável. Em seguida Mine chegou dentro de uma carruagem, sendo recebida com reverência pelo marquês e pela marquesa. Mal terminou de presenciar essa cena quando ele próprio apareceu então em uma jangada oscilante, à deriva em um grande oceano de confins desconhecidos.

Ainda sonhando, Kiyoaki ponderou: por ter se enleado nos sonhos com profundidade excessiva, estes acabaram transbordando para os domínios da realidade e causando uma inundação onírica.

XXII

O terceiro filho do príncipe de Toin, Harunori, apesar de ser ainda um rapaz de vinte e cinco anos recém-promovido ao posto de capitão na cavalaria da Guarda Imperial, era o descendente mais promissor aos olhos do pai, por seu temperamento íntegro e dotado de grande sabedoria. Graças sobretudo a esse seu caráter, nunca dera ouvidos às opiniões alheias quanto à escolha de uma consorte, e deixou passar os anos sem encontrar alguém que lhe agradasse, embora houvesse recebido diversas propostas. Sabendo que o príncipe e a princesa estavam assaz preocupados com o filho, o marquês Matsugae tomou proveito da ocasião e, ao convidá-los para o banquete de apreciação das flores, apresentou-lhes Satoko Ayakura casualmente. O casal ficou bastante satisfeito e comunicou com discrição o seu desejo de que lhe enviassem uma fotografia da moça, motivo pelo qual a família Ayakura os agraciou prontamente com um retrato de Satoko em traje formal. Harunori, ao recebê-lo, apenas o fitou compenetrado, sem proferir nenhuma de suas palavras cáusticas de sempre. Assim sendo, a delicada questão da idade de Satoko, que já contava vinte e um anos, sequer chegou a entrar em pauta.

A restauração da decadente família Ayakura era algo que o marquês almejava havia muito tempo, como agradecimento por terem tomado conta de seu filho no passado. Um atalho para tanto seria ligá-los por matrimônio, senão com um príncipe de descendência direta, ao menos com algum príncipe de sangue imperial, proeza que não seria nem um pouco fantástica para um clã da estirpe dos Ayakura, com suas nobres raízes em um dos clãs de urin. Eles careciam apenas dos recursos para prover tudo o que se fazia necessário no caso de uma união assim, como cobrir os gastos mais que exorbitantes com cosméticos, os presentes que teriam de continuar a enviar perpetuamente aos familiares do genro nas festas de Finados e de Ano-Novo, ou ainda outras despesas do gênero — só de pensar nisso ficavam atordoados. A família Matsugae estava disposta a auxiliá-los com todos esses custos, sem exceções.

Satoko observava friamente o modo como os preparativos eram conduzidos com afobação ao seu redor. Em abril, foram deveras escassos os dias de céu claro. A primavera foi minguando cada vez mais sob o firmamento negro, dando lugar ao verão. Ao contemplar o amplo jardim mal cuidado da janela baixa de seu quarto — um cômodo de construção singela, uma vez que nas residências de samurais a imponência era reservada apenas ao grande portão —, ela percebeu que as flores das árvores de camélia já haviam caído, e que ora germinavam novos rebentos em meio a suas folhagens pretas e retesadas, assim como despontavam também brotos levemente avermelhados nas extremidades dos ramos nervosos, espinhentos e intricados das romãzeiras. Os brotos se viam em riste, razão pela qual o jardim inteiro parecia tentar se estirar pondo-se na ponta dos pés. Desse modo, o jardim havia ganhado um pouco mais de estatura.

Tadeshina se preocupou em bom grau com a nova e visível tendência de Satoko para cair em silêncio, e com a abundância de ocasiões em que ela agora afundava em reflexões; por outro lado, a moça também passou a sempre dar ouvidos ao que diziam os pais e a acatá-los docilmente em qualquer assunto com a fluidez de um curso de água, deixando de criar resistência como fazia antes, em vez disso aceitando tudo com um sorriso débil. Por trás dessa cortina de amabilidade que com tudo consentia, Satoko ocultava uma vasta apatia similar ao céu nublado dos últimos tempos.

Certo dia após a entrada de maio, Satoko recebeu um chamado para a hora do chá na segunda mansão do príncipe de Toin. Não obstante já ser a época de, em anos corriqueiros, serem entregues as orientações para a cerimônia no Meritório Santuário da residência Matsugae, nesse ano, em vez de chegar essa que era a correspondência mais antecipada por Satoko, quem apareceu foi o secretário do príncipe carregando consigo o referido convite, o qual entregou casualmente ao administrador da residência e logo partiu.

Episódios como esse, que aparentavam ser acontecimentos muito naturais, vinham sendo orquestrados com extrema minúcia por trás das cortinas. Os pais de Satoko, mesmo sem dizer muito, eram dois dos conspiradores que buscavam enclausurá-la, traçando secretamente complexos encantamentos ao redor do chão que ela pisava.

É evidente que o conde e a condessa também foram convidados para o chá na residência do príncipe, porém, como seria descomedido utilizarem uma carruagem enviada pelos anfitriões para buscá-los, ficou decidido que os Matsugae lhes emprestariam a sua. A segunda mansão do príncipe fora erguida em 1907 na periferia de Yokohama; portanto, se não fosse para um evento como esse, uma jornada de carruagem até lá poderia mesmo ser vista como um divertido passeio pelas montanhas com a família inteira reunida, algo raro.

O dia da viagem foi abençoado com um tempo resplandecente como não se via há tempos, e o conde e a condessa se alegraram por ver nisso um sinal auspicioso. Aos lados da rua, onde o vento soprava forte vindo do sul, tremulavam birutas representando carpas[75] até onde alcançava a vista. Bastava chegar a cinco o número de peixes — correspondente ao número de crianças na casa —, com grandes carpas pretas misturadas a carpas vermelhas menores, para estes criarem uma cena incômoda e perderem a magnanimidade de sua forma ao tremular; não obstante, certa casa nas proximidades das montanhas chegava a exibir dez dessas flâmulas, as quais o conde contou da janela da carruagem hasteando seu dedo alvo.

— Que pessoa abastada, não é mesmo? — disse o conde, com uma risada contida. Isso causou em Satoko a sensação de ter ouvido uma piada grosseira, extremamente destoante de seu pai.

Com uma erupção espetacular de folhas jovens e verdejantes, nas montanhas sobejavam milhares de variedades de verde, desde aqueles mais próximos ao amarelo até outros mais pretejados, um cenário em meio ao qual se destacava em particular a sombra oferecida pelas jovens folhas dos bordos, que deixavam a luz se infiltrar para criar uma terra de tom dourado e purpúreo.

— Veja, um pouco de poeira… — a mãe fixou os olhos por acaso nas faces de Satoko, mas, quando fez menção de esfregar o local com o lenço, esta recuou o corpo de supetão e fez com que a poeira aderida a seu rosto também desaparecesse imediatamente. Foi então que sua mãe descobriu: tratava-se da sujeira que havia em uma parte da janela de vidro, que bloqueava os raios de sol e projetava um brasão umbroso sobre suas faces.

Não achando graça no equívoco da mãe, Satoko se ateve a mostrar um riso silencioso. Ela detestava que seu rosto estivesse recebendo atenção particularizada somente naquele dia, sendo examinado como uma prenda de seda fina.

---

75. Hasteadas a partir de algumas semanas antes do Dia dos Meninos, celebrado a 5 de maio.

O interior da carruagem estava quente como um fogareiro, pois mantinham as janelas cerradas por abominarem a possibilidade de que o penteado dela se descompusesse. A vibração sem trégua, as montanhas verdejantes refletidas nos arrozais alagados antes da época de plantio que continuavam a rodear a estrada… Satoko já não sabia o que ela mesma esperava do futuro. Se por um lado estava tomada pela perigosa exasperação de estar se lançando para um lugar de onde não poderia fugir, por outro ainda aguardava algo. Se fosse agora, ainda teria tempo. Ainda teria tempo. Ao mesmo tempo que concentrava seus desejos na chegada de uma carta de anistia no momento derradeiro, amaldiçoava também toda espécie de esperança.

A segunda mansão do príncipe de Toin situava-se no topo de um alto penhasco que se erguia sobre o mar, e o prédio ocidental com exterior em estilo de palácio contava com uma escadaria de mármore. Quando a família foi recebida pelo administrador da casa e desceu da carruagem, lançaram os olhos na direção do porto onde flutuavam navios diversos e soltaram suspiros de emoção.

O chá foi servido na ampla galeria voltada para o sul, que permitia ver o mar em toda a sua extensão. Na galeria exuberavam muitas plantas tropicais, e sua entrada era protegida por um par de gigantescas presas de elefante na forma de quarto crescente, ofertadas pela família real do Sião.

O príncipe e a princesa receberam ali os convidados, oferecendo-lhes cadeiras de modo descontraído. O chá à inglesa foi trazido em uma bandeja de prata com o brasão de crisântemo; delgados bocados de sanduíches, doces ocidentais e biscoitos se alinhavam sobre a *tea table*.

Após mencionar que tinha se divertido no recente encontro de apreciação das flores, a princesa seguiu falando de majongue e naga-uta. Exaltando a filha que se mantinha em silêncio, o conde disse:

— Temos uma completa criança dentro de casa, por isso ainda não lhe apresentamos o majongue.

— Ora, ora, pois eu, quando tenho tempo, jogo majongue por um dia inteiro, viu? — respondeu a princesa, com uma risada.

Satoko já não foi capaz de dizer que se divertia jogando com as doze peças pretas e brancas do velho sugoroku da família.

Hoje se via o príncipe mais relaxado, pois não trajava terno. E, acompanhado pelo conde à beira da janela, expunha sua sabedoria sobre os barcos do porto como se explicasse a uma criança: aquele era um cargueiro britânico com um formato chamado de *flush deck*; aquele outro, um cargueiro francês no formato *shelter deck*.

Uma única mirada sobre a atmosfera do ambiente permitia ver que o príncipe e a princesa encontravam dificuldades para escolher um assunto. Seria ótimo se tivessem ao menos um interesse em comum, fosse em esportes, bebidas ou algo mais, no entanto o conde se limitava a ouvir as conversas com um sorriso passivo — tanto que, mesmo aos olhos de Satoko, a elegância que aprendera de seu pai nunca havia parecido tão infrutífera como hoje. Embora o conde tivesse vez ou outra por hábito contar piadas cheias de caráter, com inocência fingida, desconectadas por inteiro do assunto em pauta, hoje as estava claramente reprimindo.

Transcorrido algum tempo, o príncipe olhou para o relógio e disse, como se lembrando de súbito:

— Hoje, por felicidade, Harunori conseguiu um dia de folga do Exército e deve vir para casa; mas peço que não reparem nos seus modos, pois, apesar de ser meu filho, é extremamente grosseiro. Mas isso são aparências, em seu íntimo ele é muito amável.

Instantes depois dessa advertência, ouviu-se um murmúrio vindo do vestíbulo que comunicou o que parecia ser a chegada do filho à mansão.

Harunori, fazendo soar a espada embainhada e as botas do Exército, exibiu na galeria sua figura varonil em uniforme militar e saudou o pai com uma continência. Embora nesse único instante Satoko tivesse sentido uma imponência vazia e indescritível, ela entendeu muito bem que o capitão se comportava, sempre que podia, da maneira que seu pai desejava, pois era visível que o príncipe tinha predileção por essa sua postura valorosa. Uma das razões para essa predileção era que os irmãos mais velhos do capitão possuíam uma natureza frágil, de pouca saúde, e desde antigamente eram motivo de desilusão para o pai.

A conduta de Harunori certamente continha também uma tentativa de ocultar seu embaraço por se encontrar pela primeira vez com a bela Satoko. Inclusive no instante da saudação, e até mesmo nos momentos que se seguiram, o jovem nobre quase não olhou diretamente para o rosto dela.

Era possível notar que o príncipe observava com olhos apequenados de contentamento o modo como seu filho, um homem de esplêndida compleição apesar da estatura não muito elevada como a do pai, assumia para tudo uma postura enérgica, pomposa, determinada, com uma imponência que não condizia com sua juventude. Isso porque corriam soltos os boatos de que o próprio príncipe, não obstante sua presença esplêndida e grandiosa, em seu íntimo era desprovido de uma determinação muito forte.

Pois bem, o passatempo de Harunori era colecionar discos de música ocidental, tópico sobre o qual aparentava ter lá suas opiniões particulares.

— Por que não a deixa escutar um?

Porque sua mãe fez a sugestão, ele respondeu que "sim" e saiu caminhando na direção da sala que continha a vitrola. Ainda que de forma inconsciente, Satoko acompanhou-lhe a figura com os olhos e, quando ele cruzou a divisa da galeria e do cômodo ao lado com um grande passo, viu a luz branca da janela deslizar vívida sobre o cano bem lustrado de sua bota de couro negro e imaginou que o céu azul lá fora abrigava em si um liso e azulado estilhaço de porcelana. Satoko cerrou os olhos levemente e aguardou até que a música começasse. Ao fazê-lo, a insegurança da espera encobriu de negro o interior de seu coração, e até o som delicado do átimo em que a agulha cai sobre a superfície de vinil reverberou como um trovão em seus ouvidos.

Entre ela e o príncipe-filho, depois disso, foram trocadas não mais que duas ou três conversas irrelevantes, até que a família deixou a residência à hora do poente. Uma semana mais tarde, o administrador da residência do príncipe fez uma visita para discutir por longo tempo com o conde. Como resultado, ficou decidido que realizariam oficialmente os trâmites para consultar a opinião da Agência do Pariato, através do documento que foi mostrado em confidência também a Satoko. Seu conteúdo era o seguinte:

Ato: União matrimonial entre o príncipe-filho Harunori e a senhorita Satoko, filha primogênita do conde Korebumi Ayakura, nobre do terceiro grau de mérito e da segunda classe imperial subalterna.
Viemos expressar nesta ocasião nosso reverente desejo de consultar acerca do ato supraindicado e rogamos, outrossim, que este seja transmitido à Sua Majestade Imperial com intuito de ouvir seu egrégio juízo.

12 de maio de 1913
Administrador da Residência do Príncipe de Toin, Saburo Yamauchi
À Vossa Excelência Ministro da Casa Imperial

Três dias mais tarde foi recebida a seguinte notificação do Ministro da Casa Imperial:

Notificação ao secretário de uma das casas de sangue imperial.

Ato: União matrimonial entre o príncipe-filho Harunori e a senhorita Satoko, filha primogênita do conde Korebumi Ayakura, nobre do terceiro grau de mérito e da segunda classe imperial subalterna.
Comunico por meio desta que sua consulta a respeito do supraindicado foi transmitida à Sua Majestade Imperial com intuito de ouvir seu egrégio juízo. A Sua Majestade Imperial expressa tenção de conceder o beneplácito.

15 de maio de 1913
Ministro da Casa Imperial
Ao Senhor Administrador da Residência do Príncipe de Toin

Deste modo, com o egrégio juízo já confirmado, poderiam enviar o pedido para obter a sanção do imperador quando quisessem.

XXIII

Kiyoaki tornou-se estudante do último ano do ensino médio na Gakushuin. Como no outono do ano seguinte deveriam avançar para a universidade, havia aqueles que começaram a estudar para o vestibular já com um ano e meio de antecedência. Honda não era um dos que se comportavam dessa forma, algo que era apreciado por Kiyoaki.

O sistema de dormitórios obrigatórios ressuscitado pelo xogum Nogi era seguido à risca somente nas aparências, pois, como permitia que pessoas com enfermidades frequentassem a escola de suas casas, alunos como Honda e Kiyoaki, mesmo não utilizando os dormitórios por princípios familiares, possuíam atestados médicos verossímeis de justificativa. O nome da falsa patologia de Honda era valvulopatia e da de Kiyoaki, bronquite crônica. Com frequência os dois zombavam entre si das doenças fictícias: Honda fingia a dificuldade respiratória de um paciente cardíaco, e Kiyoaki manifestava uma tosse seca.

Embora em geral não lhes fosse necessário tentar conferir veracidade ao embuste, já que não havia uma única pessoa que acreditasse em suas doenças, a exceção eram os instrutores de Educação Marcial, dentre os quais havia oficiais subalternos sobreviventes da Guerra Russo-Japonesa que os desmereciam como enfermos. Na ocasião das instruções durante as práticas de aula, por exemplo, faziam provocações indiretas perguntando como um bando de inválidos que sequer eram capazes de morar nos dormitórios da escola poderiam servir à pátria na hora da necessidade.

Já os príncipes do Sião haviam ingressado nos dormitórios, e assim Kiyoaki, compadecido da situação, visitava seus quartos com frequência para lhes levar presentes. Os príncipes se tornaram bastante próximos dele, deixando escapar sucessivas queixas e denunciando sua falta de liberdade para agir. Os estudantes joviais porém desalmados do dormitório não eram necessariamente bons amigos para eles.

Honda saudou Kiyoaki com casualidade, a despeito de este ter regressado às aulas voando tal qual um passarinho desavergonhado, mesmo depois de negligenciar por longo tempo a amizade dos dois. Kiyoaki aparentava ter esquecido por completo e de imediato o próprio fato de que havia esquecido o amigo até então. Honda, apesar de achar suspeita a mudança abrupta de personalidade de Kiyoaki no novo semestre, com a jovialidade e a alegria de certo modo ocas que havia adquirido, obviamente não indagou nada a respeito — e o outro tampouco lhe contou algo.

Ir à escola sem abrir o coração sequer para o amigo, supunha Kiyoaki, era a única maneira perspicaz de agir. Graças a isso, ele estava livre da preocupação de se ver refletido inclusive aos olhos de Honda como uma criança tola que fora manipulada por uma mulher; essa segurança, ele estava ciente, era a razão que o deixava livre e satisfeito quando se via diante do amigo, como agora. Além disso, o sentimento de não querer desiludir ao menos Honda — de querer parecer uma pessoa livre e desimpedida somente perante ele — era imaginado por Kiyoaki como a prova suprema de sua amizade, mais que suficiente para compensar ainda mais demonstrações de frieza.

Kiyoaki estava até espantado com o próprio júbilo. Depois daquele dia, seus pais, com completa indiferença, o fizeram ouvir sobre o andamento do diálogo entre as famílias do príncipe e dos Ayakura, contando-lhe de maneira cômica que até uma moça indomável como Satoko, uma vez comparecendo ao encontro formal para a proposta de matrimônio, como era de imaginar, retesou-se e não conseguiu dizer nada. Kiyoaki jamais seria capaz de ler nesse episódio a tristeza de Satoko.

Embora o proprietário de uma imaginação pobre extraia as provisões para seu julgamento de modo franco a partir de fenômenos reais, em contrapartida, quanto mais rica a imaginação de uma pessoa, mais ela apresenta uma tendência para erigir prontamente um castelo imaginário e nele se enclausurar, fechando todas as janelas que encontra — e este era o caso de Kiyoaki.

— Então agora falta apenas receberem a sanção imperial, não é mesmo? — a voz de sua mãe permaneceu em seus ouvidos. "Sanção": existia nessa palavra um eco que replicava fielmente o som vindo do portão ao fundo de um corredor amplo, longo e escuro, o som que produzia o pequeno, porém resistente, cadeado de ouro que havia ali ao se trancar por conta própria, como se estivesse rangendo os dentes.

Kiyoaki observou até mesmo com fascínio a sua placidez ao escutar essa história de seus pais. Tomando conhecimento desse seu lado imperturbável pela raiva e pela tristeza, achou isso animador. "Eu sou uma pessoa muito, muito mais difícil de magoar do que eu mesmo pensava."

Mesmo que antigamente ele sentisse a falta de refinamento nas emoções de seus pais como algo distante de si, nesse dia experimentou satisfação ao se ver colocado de maneira inconfundível como parte da mesma linhagem. Ele não pertencia a um clã de pessoas facilmente magoáveis, mas sim a um clã de pessoas que magoavam as outras!

A ideia de que dia após dia a existência de Satoko se tornaria mais distante, até que ela enfim desaparecesse para um lugar já inalcançável às suas mãos, causava nele um êxtase inefável. Tal como se observasse a chama de uma lanterna para as almas famintas que, deitando sua sombra sobre as águas, vai se distanciando levada pela maré noturna, ele devotava suas preces ao máximo afastamento da moça, pois era em seu máximo afastamento que ele adquiriria a corroboração de suas próprias forças.

Agora não existia uma única pessoa no vasto mundo que pudesse testemunhar sobre os sentimentos de Kiyoaki. Isso tornava muito fácil para ele mentir sobre o que sentia. "Eu entendo muito bem os sentimentos do senhorzinho. Pode confiar em mim" — os olhos daquele seu "confidente", que lhe comunicavam isso sem trégua, também já haviam sido eliminados de sua presença. Mais que se alegrar por ter se livrado daquela grande mentirosa que era Tadeshina, ele se alegrava por ter conseguido se livrar da lealdade de Iinuma, tão íntima que já chegava a lhe roçar a pele. Todos os seus incômodos haviam assim se extinguido.

Kiyoaki, na tentativa de proteger seu coração frio se convencendo de que Iinuma havia apenas colhido os frutos que ele mesmo plantara ao ser alvo do banimento misericordioso do marquês, ficou contente porque, graças a Tadeshina, não precisou quebrar a promessa que fizera de "não falar sobre aquele assunto com seu pai de jeito nenhum". Foi tudo uma dádiva desse seu coração cristalino, frio, translúcido e anguloso.

Quando Iinuma estava saindo da casa… foi até o quarto de Kiyoaki para se despedir e chorou. Mesmo nessas lágrimas, Kiyoaki interpretou uma variedade de sentidos. Ao imaginar que Iinuma estava enfatizando tão somente sua lealdade para com ele, achou-as desagradáveis.

Desde sempre Iinuma costumava chorar sem dizer nada. E, em seu silêncio, estava tentando comunicar algo a Kiyoaki. O vínculo de sete anos entre os dois tivera seu início na primavera de emoções e memórias difusas dos doze anos de Kiyoaki, de modo que, para este, por mais que tentasse retroceder ao passado em suas recordações, sempre parecia encontrar Iinuma nelas. Quase sempre Iinuma era uma sombra projetada ao lado pela adolescência de Kiyoaki, uma sombra com o azul-marinho profundo de um tecido de kongasuri[76] imundo. Quanto mais Kiyoaki fingia indiferença em relação à contínua insatisfação, à contínua raiva e à contínua desaprovação de Iinuma, mais elas se inclinavam pesadas sobre o coração do senhorzinho. Por outro lado, graças a esses sentimentos ocultos nos olhos sombrios e depressivos do ajudante, o próprio Kiyoaki conseguira escapar da insatisfação, da raiva e da desaprovação tão inescapáveis durante a adolescência. Era inegável que aquilo que Iinuma buscava ardia somente em seu próprio âmago; portanto, talvez até tivesse sido uma decorrência natural que, quanto mais ele desejasse que Kiyoaki fosse de um jeito ou de outro, mais o garoto se distanciasse do ideal almejado.

Quando Kiyoaki transformara Iinuma em seu confidente e acabara invalidando assim a força que o outro exercia sobre ele, talvez estivesse dando o primeiro passo mental rumo à separação desse dia. O jovem patrão e seu ajudante não deveriam ter compreendido um ao outro dessa forma.

Com o coração melancólico, Kiyoaki observou os pelos do peito de Iinuma, que chorava cabisbaixo ainda em pé, revelarem-se sutis pela gola do quimono de kongasuri e saltarem desregrados enquanto recebiam a luz do sol da tarde. Sua lealdade intrometida era resguardada por essas suas carnes maciças, pesadas, irritantes. O próprio físico dele estava pleno de repreensões contra Kiyoaki, e inclusive o brilho irregular de suas faces sujas de espinhas, contendo uma luminescência desavergonhada como o belo reluzir de uma poça de lama, acusava a existência de Mine, que nele acreditara e com ele deixaria a casa. Quanta insolência! O senhorzinho fora traído por uma mulher e abandonado à solidão, enquanto o ajudante confiara cegamente em outra e agora sairia triunfante daquele lugar. Além disso, irritava Kiyoaki esse ar de que Iinuma acreditava, sem sombra de dúvidas, que a despedida desse dia fora um acontecimento de todo causado como consequência direta de sua lealdade.

---

76. Tecido azul-marinho com padrões brancos, produzidos por tingimento de resistência aplicado de modo diferente aos fios da trama e da urdidura.

Entretanto, Kiyoaki, mantendo o comportamento aristocrático, manifestou uma gélida simpatia.

— Então, logo depois de partir, você e Mine vão juntar os trapos?

— Sim, com a graça da Sua Excelência, é o que pretendemos fazer.

— Avise-me quando isso acontecer. Pois mandarei um presente de minha parte.

— Muito obrigado.

— Depois de decidir onde vai ficar, mande uma carta informando o endereço, e algum dia, quem sabe, eu os incomode com uma visita.

— Nada me deixaria mais feliz que uma visita do senhorzinho. Ainda assim, imagino que vai ser uma moradia suja e pequena, então seria impossível recebê-lo adequadamente.

— Com isso não precisa se preocupar, viu?

— Entendi. Se o senhorzinho diz…

Dito isso, Iinuma voltou a chorar. Em seguida retirou do peito do quimono um grosseiro papel reciclado e assoou o nariz.

Toda e cada palavra que saía da boca de Kiyoaki fluía desimpedida, refletindo com precisão o que ele imaginava que deveria ser dito em ocasiões como essa, indicando vividamente como os vocábulos despidos de qualquer emoção eram capazes de comover ainda mais as pessoas. Apesar de Kiyoaki, que supostamente vivia apenas pelas emoções, ter aprendido por necessidade sobre a ciência política do coração, isso era algo que, ditado por essa mesma necessidade, deveria aplicar-se também a ele próprio. Ele vestia uma armadura de emoções, e agora aprendera a lustrá-la.

Sem aflições nem incômodos, libertado de toda espécie de insegurança, o rapaz de dezenove anos sentia-se uma pessoa de fria onipotência. Algo nitidamente havia terminado. Depois da partida de Iinuma, ele contemplou da janela aberta a formosa sombra que a montanha de bordos, envolta em folhas jovens, lançava sobre o lago.

O vicejar das folhagens da zelcova à beira da janela era tão denso que, caso não esticasse bastante o pescoço para fora, seria impossível ver o ponto onde o nono nível da cachoeira se precipitava para dentro de seu poço. Muitos trechos próximos à orla do lago estavam encobertos pelas folhas verde-claras das brasênias, e, mesmo que ainda não se pudesse encontrar as flores amarelas dos nenúfares, por entre os vãos da ponte de pedra em frente ao grande salão, disposta como que em zigue-zague, a plena florescência violeta e branca das íris emergia de dentro do viço das folhas semelhantes a espadas, de um verde cortante.

Um único besouro-cai-cai que estava parado no quadro da janela vinha lentamente se arrastando para dentro do quarto, e Kiyoaki deteve os olhos sobre ele. Com duas intensas listras de um vermelho arroxeado a percorrerem a carapaça oval que brilhava verde e dourada, o besouro vinha movendo frouxamente as antenas, trazendo as patas semelhantes a serras delgadas pouco a pouco mais à frente e preservando com uma austeridade quase cômica o cintilar plácido que concentrava no corpo inteiro em meio ao fluxo interminável do tempo. Enquanto o observava, o coração de Kiyoaki se viu capturado dentro do besouro. Esse movimento sem sentido nenhum do inseto, que aproximava de Kiyoaki a sua figura resplendorosa a passos ínfimos, pareceu ao rapaz uma lição de como usar o tempo com beleza e resplendor, esse tempo que vai mudando impiedosamente o plano da realidade a cada instante. Como seria sua própria armadura de emoções? Emitiria uma cintilação de beleza natural como a desse inseto encarapuçado, e possuiria ainda uma força austera capaz de se opor a todo o mundo exterior?

Nesse momento Kiyoaki abraçou-se à sensação de que praticamente tudo o que havia, incluindo o vicejar das árvores ao redor, o céu azul, as nuvens e as telhas de cada construção, estava ali para servir ao besouro, pois ele constituía o centro do mundo, o cerne de todas as coisas.

A atmosfera do Meritório Santuário desse ano continha algo de diferente.

Em primeiro lugar, no caso dessa cerimônia, quem com antecedência se dedicava com afinco à limpeza e preparava sozinho os altares e cadeiras era Iinuma, que já não estava. Essas funções recaíram sobre os ombros de Yamada, que não gostou de ter sido forçado a herdar um trabalho que até então não estivera sob sua alçada e que, além do mais, era incumbência de alguém muito menos experiente que ele.

Em segundo lugar, Satoko não fora convidada. Ainda que isso significasse apenas que um dos parentes convidados à cerimônia havia faltado — e Satoko sequer era uma parente de verdade —, não havia uma única convidada que pudesse substituir sua beleza.

Os deuses tampouco pareciam ter recebido as mudanças com bom humor, pois durante o evento os céus pretejaram por toda a sua extensão e chegaram a ribombar trovões. As mulheres ouviram as preces do sacerdote xintoísta com o coração inquieto, temerosas pela chuva, mas, à altura em que as miko[77] vestindo hakama da cor do cinábrio vieram servir todas as taças com saquê sagrado, por sorte o céu já havia clareado. Junto com isso, uma abundância de raios de sol veio até a gola das mulheres cabisbaixas para manchar de suor as nucas cobertas pelo espesso pó de arroz, similares a um poço de água branca. O caramanchão de glicínias projetou nessa hora a sombra profunda de seus cachos, uma dádiva recebida pelos participantes da última fileira.

Se Iinuma estivesse ali, decerto teria se enraivecido com a atmosfera da cerimônia na qual, a cada ano, arrefecia a deferência e o luto pelo patriarca da geração anterior. Em particular após o falecimento do imperador Meiji, ele fora enxotado para o fundo das cortinas da era passada, tornando-se uma divindade remota, sem qualquer relação com o mundo atual. Embora houvesse entre os presentes algumas pessoas idosas, a começar pela viúva do antigo patriarca e avó de Kiyoaki, as lágrimas de pesar daqueles de mais idade também já tinham secado havia muito tempo.

Mesmo as conversas privadas das mulheres durante o extenso ritual elevavam seu tom a cada ano, e o marquês não fazia questão de repreendê-las. O próprio marquês agora sentia que a cerimônia era um fardo, e desejava transformá-la em algo mais descontraído e menos fastidioso, por um pouco que fosse. Durante todo o tempo ele manteve os olhos sobre uma miko de feições ryukyuanas[78], tornadas ainda mais vívidas por sua espessa maquiagem, e mesmo durante os ritos ele teve a concentração roubada pela forma como aquelas pupilas negras e intensas abrigavam seu reflexo no saquê sagrado dos recipientes de cerâmica. Imediatamente após o término do evento, ele foi até um primo beberrão que era vice-almirante da Marinha e pareceu contar-lhe uma piada um tanto indecorosa a respeito

---

77. Na prática moderna do xintoísmo (e já à época da história), mulheres que auxiliam os sacerdotes realizando trabalhos diversos em santuários e rituais. Não é necessária nenhuma formação especial para ocupar o cargo. (O *hakama* vermelho-cinábrio mencionado faz parte da vestimenta tradicional.)

78. Minoria étnica que habita o arquipélago de Ryukyu na parte sul do Japão.

da miko, pois o militar soltou uma gargalhada estrondosa que atraiu a atenção dos demais.

Ciente de que seu rosto tristonho de sobrancelhas inclinadas combinava muito bem com a cerimônia, a marquesa não alterou em absoluto sua expressão.

Quanto a Kiyoaki, este absorveu de forma aguçada a densa atmosfera emanada pelas mulheres de toda a família, que, embora trocassem cochichos e perdessem pouco a pouco as reservas, ainda assim se reuniam ao redor da sombra das ondas de glicínias ao fim de maio; essas mulheres — de algumas das quais sequer sabia o nome, como era o caso das criadas —, sem evidenciar nenhuma expressão, sem evidenciar tampouco tristeza, reuniam-se ali apenas por se reunir, para em breve voltarem a se dispersar; essas mulheres de rostos brancos e difusos como a lua à luz do dia, apesar de estarem repletos de uma insatisfação fantástica, pesada e estagnante. Essa atmosfera era o nítido odor feminino, e nela se enquadrava também Satoko. Era algo de todo impossível de exorcizar, nem se se utilizasse um ramo sagrado de sakaki, carregado de folhas lisas de verde intenso e guarnecido com uma imaculada nusa de papel branco.

XIV

A segurança da perda consolava Kiyoaki.

Seu coração sempre operava dessa forma: muito mais que o temor da perda, era-lhe preferível saber que havia perdido de fato.

Ele perdera Satoko. Estava bem assim. Dentro de algum tempo, aplacou-se até mesmo aquela sua raiva tão intensa. Suas emoções foram poupadas de modo esplêndido: se ele estivera alegre e animado como se houvesse sido acesa uma chama dentro dele, e se a vela que antes derretia em cera quente tivera sua chama apagada com um sopro, deixando seu corpo isolado em meio às trevas, em compensação ele se encontrava agora em um estado similar ao de quem já não teme que algo venha lhe roer o corpo. Pela primeira vez aprendeu que a solidão é uma trégua.

A estação entrava na época das chuvas. Assim como um paciente em convalescença que negligencia temerário a própria saúde, fez questão de se agarrar às memórias de Satoko a fim de testar se seu coração já não era movido por elas. Buscou o álbum de recordações para contemplar as fotografias do passado e, vendo a imagem dos dois nos tempos de infância, um ao lado do outro sob a árvore de sófora da residência Ayakura, cada qual com um avental branco pendendo do peito, sentiu-se satisfeito com seu eu criança, que já tinha a estatura mais alta que Satoko. O conde, um exímio calígrafo, costumava ensinar-lhes com fervor a antiga caligrafia em estilo japonês que tinha sua nascente na escola Hosshoji de Tadamichi-no-Fujiwara.[79] Certa vez, buscando entreter as duas crianças já cansadas dos estudos de escrita, fez com que se revezassem para copiar sobre um rolo de papel cada uma das composições de *Cem poemas de cem poetas*[80], exercício do qual ainda restavam no álbum alguns vestígios. Quando Kiyoaki

---

79. Fujiwara-no-Tadamichi (1097-1164), poeta e membro da aristocracia no período Heian que serviu de principal conselheiro para quatro gerações de imperadores.
80. Em japonês, *Ogura Hyakunin Isshu*, antologia compilada pelo poeta Fujiwara-no-Teika (1162-1241) contendo cem poemas, cada um escrito por um poeta diferente.

escreveu o poema de Shigeyuki Minamoto[81] — "Sob o vento lancinante/ É somente ela que rebenta/ Em seu bater/ A onda contra a rocha/ Ah, esta época de cismar!"[82] —, Satoko preencheu o espaço logo ao lado com o de Yoshinobu Oonakatomi[83] — "No portão, a chama acesa/ Pelo guarda de vigília/ À noite sempre arde/ De dia sempre extinta/ Tão afim à minha cisma".[84] Com um olhar se notava que a escrita de Kiyoaki era bastante infantil, enquanto as pinceladas de Satoko dificilmente seriam interpretadas como as de uma criança, pois eram descontraídas e caprichosas. Se por longos anos os dedos de Kiyoaki raras vezes tocaram esse rolo de papel, era porque nele descobria a distância quase deplorável que havia entre a maturidade dela, sempre um passo à frente, e a sua própria imaturidade. Todavia, observando agora com a mente aberta, ele podia sentir que a infantilidade daquela sua escrita, à moda de quem rabisca com pregos, continha a agitação digna de um garotinho, a qual formava um excelente contraste com a elegância de fluidez ininterrupta de Satoko. E não era só isso. Ao trazer à memória a cena de quando colocara a ponta do pincel, molhada com uma abundância de tinta, sobre o belo papel de caligrafia adornado com jovens pinheiros e pó de ouro, emergiu contundente o panorama inteiro daquela ocasião. Naquela época, Satoko usava um corte chanel comprido, preto e volumoso. Quando se debruçava para escrever no rolo, devido ao excesso de entusiasmo, caía-lhe dos ombros feito avalanche uma miríade de fios negros, aos quais ela não dava atenção, pois continuava com os dedos delgados e pequenos enrodilhados com firmeza no pincel. Entretanto, o adorável perfil compenetrado que se deixava espiar por entre a fresta formada pelos cabelos, os astutos incisivos brilhando pequeninos

---

81. Minamoto-no-Shigeyuki (?-1003?), poeta e nobre conhecido como um dos Trinta e Seis Poetas Imortais (grupo de compositores de poesia japonesa selecionados como os mais ilustres do período Heian).
82. Na interpretação mais aceita do poema, o autor estaria comparando a rocha à mulher amada, que se mantém impassível a suas investidas românticas. Este é o poema de número 48 na referida antologia.
83. Oonakatomi-no-Yoshinobu (921-991), poeta e nobre também selecionado como um dos Trinta e Seis Poetas Imortais.
84. Na interpretação mais aceita do poema, o autor estaria comparando a aflição de uma paixão platônica à chama de vigília, que arde em pensamentos durante toda a noite e o deixa exausto pelo amanhecer.

enquanto mordiam sem piedade o lábio inferior, o contorno do nariz já claramente bem delineado, apesar da pouca idade — Kiyoaki não se cansava de observá-los. Havia ainda o odor sombrio e entristecido da tinta; o som farfalhante do pincel a correr pelo rolo, como aquele do vento passando por baixo das folhas de bambu-sasa; a curiosa nomenclatura da pedra para moer tinta, com seu mar e sua colina[85], um mar cujo leito se aprofunda subitamente a partir da orla onde não bate onda alguma — um mar de noite eterna em que as lâminas de ouro contidas na tinta, dispersas após se soltarem, assemelhavam-se ao luar derramado sobre as águas…

"Eu já até consigo refletir sobre o passado deste jeito saudoso e inocente", pensou Kiyoaki, com um quê de orgulho.

Nem mesmo em seus sonhos Satoko apareceu. Mal pensava ter avistado uma silhueta com ares de Satoko, e a mulher em suas visões logo dava as costas e ia embora. Repetidas vezes surgia nos sonhos um local semelhante ao centro de uma cidade em plena luz do dia, no qual não se podia ver nem sombra de quem quer que fosse.

Na escola, Kiyoaki recebeu um pedido de Pattanadid. O príncipe queria que ele lhe trouxesse o anel mantido sob seus cuidados.

Não se poderia dizer que a reputação dos dois príncipes do Sião na escola era muito boa. Acima de tudo, uma vez que o japonês de ambos ainda era rudimentar, não havia como evitar que tivessem dificuldades nos estudos; porém, como as piadas amigáveis dos companheiros não eram compreendidas em absoluto, os demais perdiam a paciência e por fim se afastavam cerimoniosos. Aos alunos mais grosseiros, mesmo o sorriso constante dos dois príncipes era percebido como algo cabalístico.

Diziam que a ideia de colocar os príncipes no dormitório escolar fora do próprio ministro das Relações Exteriores; contudo, Kiyoaki ouvira rumores de que o diretor dos aposentos trazia o coração angustiado por não saber como tratar melhor os ilustres convidados. Portando-se como

---

85. Alguns modelos de pedras para moer tinta contêm uma seção côncava (mar), usada para armazenar a tinta líquida já moída, e uma seção plana (colina) para realizar a moedura.

se fossem vice-príncipes[86], ofereceu-lhes um quarto especial, no qual pôs também camas de primeira qualidade, e empenhou todas as forças para que mantivessem uma relação amistosa com os demais inquilinos. No entanto, os dois nobres se encerraram cada vez mais em seus próprios castelos com o passar dos dias, muitas vezes faltando às reuniões matinais e à hora da ginástica, o que somente serviu para aprofundar o distanciamento dos outros estudantes.

Muitas eram as razões que provocaram essa situação. Não apenas o período de menos de meio ano desde a chegada dos príncipes havia sido insuficiente para que se acostumassem às aulas em japonês, como tampouco eles haviam se dedicado muito aos estudos durante esse tempo. Inclusive nas aulas de inglês, que deveriam ser as mais propícias para que eles pudessem brilhar, as traduções para o japonês de textos em inglês, e vice-versa, serviam apenas para deixá-los confusos.

Pois bem, como o anel confiado pelo príncipe Pattanadid ao marquês Matsugae estava armazenado no cofre particular que este possuía no Banco Itsui, Kiyoaki precisou dar-se o trabalho de tomar emprestado o carimbo do pai para ir até lá recuperá-lo. Sob a paisagem do poente, voltou outra vez à escola para prestar uma visita aos príncipes em seu quarto.

O dia inteiro havia sido de um mormaço deprimente, que trazia ao pensamento o céu nas temporadas de chuvas mais secas que de costume; era um dia melancólico que bem esboçava a impaciência dos príncipes, cujo almejado verão resplandecente parecia estar muito próximo de chegar, embora ainda estivesse fora do seu alcance. O prédio de madeira e de andar único do dormitório estava soterrado no fundo das sombras projetadas pelas árvores.

Na direção do campo desportivo ainda ecoavam os gritos do treino de rúgbi. Kiyoaki odiava os berros idealistas expelidos por aquelas gargantas jovens. Aquela amizade grosseira deles, seu novo Humanismo, seus gracejos e trocadilhos incessantes, a idolatria insaciável em relação ao gênio de Rodin ou à perfeição de Cézanne... Tudo isso não passava de um novo grito desportivo, semelhante ao velho grito do kendô. Eles tinham sempre

---

86. No original, *jun-miya*, título inexistente também em japonês, utilizado aqui para ilustrar a confusão do diretor do dormitório e indicar que ele relutava em considerá-los do mesmo status que os príncipes japoneses (*miya*).

a garganta inflamada de sangue, exalavam em sua juventude o cheiro de folhas de uma árvore-de-guarda-sol-chinês, traziam elevado na cabeça o invisível chapéu eboshi[87] da vanglória.

Ao pensar como deveria ser dissaboroso o transcorrer dos dias para os dois príncipes, que se viam espremidos entre essas duas correntes marítimas do velho e do novo sem conseguir sequer se comunicar, Kiyoaki, agora com o coração mais aberto por estar livre da antiga cisma, não pôde reprimir seu compadecimento. E assim, parado em frente à porta um tanto velha onde estava afixada a placa com o nome dos dois príncipes, ao fundo de um corredor escuro e rudimentar a despeito da superioridade especial do quarto, ele bateu de leve à porta.

Os príncipes o receberam demonstrando um ar de que estavam prestes a se agarrar a ele em súplica. Dentre os dois, embora Kiyoaki preferisse a personalidade sóbria e de tendências sonhadoras do príncipe Pattanadid — isto é, Chao Pi —, nos últimos tempos inclusive o príncipe Kridsada, antes frívolo e irrequieto, tornara-se mais propenso à circunspecção, sendo muitas as vezes em que ambos se encerravam a sós no quarto para conversar às escondidas em sua língua materna.

No quarto, além das camas, escrivaninhas e guarda-roupas para trajes ocidentais, não havia nada com aparência de decoração. Na própria construção sobejava a predileção do xogum Nogi pelos quartéis. Das tábuas do lambril para cima, havia somente a parede branca, no alto da qual fora acomodada em uma pequena prateleira uma imagem de Buda em ouro, decerto usada pelos príncipes para as preces ao raiar e cair do dia — o único objeto ali a emitir um brilho distinto, ainda que as cortinas de canequim manchadas pela chuva estivessem amarradas aos lados da janela.

Nos rostos de bronzeado intenso e conspícuo dos príncipes destacavam-se apenas os risonhos dentes brancos em meio à escuridão do anoitecer. Os dois convidaram Kiyoaki a sentar na beira da cama e, sem demora, instaram pelo anel.

---

87. Antigo chapéu de cone bastante alto utilizado sobretudo por nobres no Japão da era Heian (794-1185), que mais tarde se popularizou como acessório de vestimenta formal entre os homens da Idade Média. Ele é mencionado aqui não como um artigo de fato usado pelos estudantes da época, mas como uma metáfora para o ar pomposo dos jovens.

O anel com a esmeralda de verde intenso, protegida pelo par de rostos meio bestiais das divindades guardiãs Yasuka, emitia um resplendor que pouco condizia com aquele quarto.

Assim que Chao Pi recebeu seu pertence deu um grito de alegria, e experimentou colocá-lo em seu dedo moreno e flexível — aquele dedo que parecia ter sido criado para carícias, extravasando uma elasticidade meticulosa apesar de sua delicadeza, tal como um filete de luar tropical que vem encravar profundamente suas unhas no piso de parquê através do estreito vão da porta.

— Agora Ying Chan finalmente retornou ao meu dedo — Chao Pi extravasou um suspiro melancólico.

Kridsada, em vez de zombar dele como antigamente, abriu uma gaveta no guarda-roupas e retirou a fotografia da própria irmã, mantida oculta entre diversas camisas.

— Nesta escola eles riem de quem enfeita a escrivaninha com uma foto, mesmo que seja da própria irmã. É por isso que nós mantemos a foto de Ying Chan assim, escondida em segurança — disse Kridsada, com uma voz às raias do choro.

Enfim abrindo seu coração, Chao Pi revelou que já fazia dois meses desde que as cartas de Ying Chan haviam cessado; tudo permanecia um mistério mesmo após perguntarem à legação diplomática, e tampouco a Kridsada, irmão mais velho da princesa, havia chegado qualquer notícia a respeito de seu bem-estar. Como era natural que notificassem por telegrama ou qualquer outro meio caso houvesse alguma alteração no estado de sua doença, a única mudança que ocultariam mesmo do irmão — e Chao Pi tinha dificuldades em suportar essa ideia — seria algum casamento político que estivesse sendo organizado às pressas dentro da corte do Sião.

De coração angustiado ao pensar nisso, Chao Pi passou apenas a antecipar uma carta a cada dia seguinte e a imaginar como ela seria desditosa caso chegasse, sem se dedicar aos estudos. Como um porto seguro para seu coração em circunstâncias como essas, a única solução que o príncipe pôde conceber foi reaver o anel de despedida de sua amada e concentrar todos os pensamentos em sua esmeralda de verde intenso, da cor da manhã em uma floresta densa.

Chao Pi, como se agora houvesse esquecido até mesmo a existência de Kiyoaki, esticou o dedo ornado pela esmeralda ao lado da fotografia de Ying Chan, que fora disposta sobre a escrivaninha, e pareceu invocar o instante em que as duas entidades separadas pelo tempo e espaço se tornariam uma só.

Kridsada acendeu a luz do teto. Feito isso, a esmeralda no dedo de Chao Pi refletiu-se no vidro da moldura do retrato, engastando uma forma verde, quadrada e escura precisamente sobre o lado esquerdo do peito das vestes de renda da princesa.

— O que acham? Como fica? — Chao Pi falou em inglês com o tom de quem vê um sonho. — Não parece que ela tem um coração verde de fogo? Talvez uma serpente esguia que transita de galho em galho na floresta densa, com sua forma que lembra as vinhas das árvores, também seja dona de um coração como esse, de um verde frio, com rachaduras tão infinitesimais. Talvez ela tenha antecipado que, em algum momento, eu leria no seu gentil presente de despedida uma alegria como essa.

— Isso não pode ser, Chao Pi — Kridsada fez oposição cerrada.

— Não se irrite, Kri. Porque eu não tenho a intenção de ridicularizar a sua irmã. Eu só estou falando como é fantástica a existência de alguém como uma namorada.

"Você não sente que, enquanto o retrato não consegue fazer nada além de reter a imagem dela na época em que foi capturado, a joia de despedida, no entanto, reflete com fidelidade o coração dela neste exato momento? Nas minhas recordações, a fotografia e a joia, a imagem e o coração dela estavam dissociados, mas agora, desta forma, voltaram a se unificar.

"Uma vez que nós somos tolos o bastante para pensar na figura e no coração da pessoa amada de forma separada mesmo quando podemos vê-la diante dos olhos, também é possível que agora eu esteja vendo Ying Chan condensada em um único cristal ainda mais do que quando estávamos juntos, apesar de afastado de sua existência real. Se estar separados é doloroso, estar juntos pode sê-lo da mesma maneira; e, se estar juntos é uma alegria, não existe lógica que impeça essa mesma alegria quando separados.

"Não é mesmo, Matsugae? Eu quero investigar onde está o segredo para amar através do tempo e espaço, como se por um passe de mágica. Como nem sempre ocorre estarmos amando a existência real de uma pessoa mesmo quando a temos em frente, e como a formosa figura dessa pessoa pode ser percebida como uma formalidade imprescindível à sua existência real, é possível que nos confundamos duplamente caso nos distanciemos no tempo e no espaço; em compensação, é possível também se aproximar em dobro da existência real…"

Ele não sabia até onde se aprofundariam as conjecturas filosóficas do príncipe, mas não foi com ouvidos negligentes que Kiyoaki o escutou. Essas palavras lhe trouxeram à mente memórias diversas. Apesar de ele próprio acreditar ter "se aproximado em dobro da existência real" de Satoko, e de reconhecer com convicção que aquilo que ele amara não fora essa existência, que provas teria disso? Não seria bastante possível que ele houvesse sido apenas "duplamente confundido"? E que aquilo que ele amava era mesmo a existência real dela…? Kiyoaki sacudiu o pescoço ligeiramente, de forma meio involuntária. De súbito recordou-se mais uma vez de quando o rosto de uma bela e misteriosa mulher aparecera dentro da esmeralda no anel de Chao Pi em algum de seus sonhos passados. Quem teria sido aquela mulher? Satoko? Ying Chan, com quem nunca havia se encontrado? Ou ainda…?

— Seja como for, quando será que chega o verão? — Kridsada contemplou com ar pesaroso a noite que envolvia o matagal do outro lado da janela. Além da densa vegetação viam-se as luzes dos demais blocos do dormitório de estudantes, e, a julgar pelo burburinho indistinto dos arredores, seria a hora de o refeitório abrir as portas para o jantar. Fez-se audível também a voz dos estudantes que iam pelo caminho entre as plantas, um deles a recitar algum poema. Ouviu-se então a risada de um colega perante a declamação desleixada e desprovida de seriedade. Os príncipes franziram o cenho, como quem teme os monstros e assombrações que surgem em companhia da escuridão noturna…

A devolução do anel por Kiyoaki terminaria por ocasionar também um dissaboroso incidente.

Alguns dias mais tarde, ele recebeu um telefonema de Tadeshina. Uma das criadas foi avisá-lo, mas Kiyoaki não atendeu.

No dia seguinte veio outra ligação. Kiyoaki tampouco respondeu.

Esse acontecimento lhe causou um pequeno anseio no peito; porém, havendo imposto uma regra ao próprio coração, ele nem chegou a pensar em Satoko, mantendo-se fixado somente na ira em relação à insolência de

Tadeshina. Ao imaginar que aquela velha mentirosa estava intencionando enganá-lo mais uma vez, sem demonstrar nenhuma vergonha, ele se concentrou apenas na raiva que sentia e, com isso, logrou aplacar esplendidamente a exígua insegurança gerada por não haver atendido ao telefone.

Três dias se passaram. Era iniciada a estação de chuvas, e a precipitação continuou de manhã até a noite. Quando Kiyoaki regressou da escola, Yamada veio cerimonioso com sua bandeja para lhe entregar uma carta; o rapaz, vendo o verso do envelope, espantou-se ao reconhecer ali o nome de Tadeshina inscrito com ostentação. Pelo tato, ele pôde deduzir que dentro do envelope bastante volumoso, meticulosamente lacrado e de interior forrado — a fim de ocultar seu conteúdo — havia ainda mais um envelope simples. Temeroso de que não poderia conter a vontade de abrir o lacre uma vez que fosse deixado a sós, Kiyoaki fez questão de rasgar a grossa correspondência em mil pedaços ainda em frente a Yamada, ordenando em seguida que este jogasse fora os restos. Temeu então que, caso os descartasse na lata de lixo que havia dentro de seu quarto, seria acometido pela vontade de reunir novamente os fragmentos rasgados. Yamada sentiu os olhos se contraírem em espasmos de assombro no fundo dos óculos, mas não disse nada.

Mais alguns dias se passaram. Kiyoaki irritou-se pelo modo como, nesse ínterim, a carta rasgada incidiu cada vez mais pesada sobre seu coração. Ainda estaria bem se lhe acometesse apenas a raiva de ter o peito alvoroçado por uma correspondência que já não deveria ter nenhuma relação com sua pessoa; porém, foi difícil suportar a cisma quando se deu conta de que, mesclado à raiva, havia um arrependimento por não ter aberto com determinação o lacre do envelope naquele dia. Ainda que seu ato de rasgar e desfazer-se da carta houvesse sido obra de uma intensa força de vontade, conforme foi passando o tempo, reconsiderou se não teria sido um simples ato de covardia.

Quando rasgara o branco e discreto envelope forrado, ele sentira nos dedos uma resistência tenaz, como se o papel houvesse sido produzido com flexíveis e robustos fios de cânhamo. Mas a resistência não se devia a fio nenhum. Em seu âmago espreitava algo que lhe dizia ser impossível rasgar o papel sem utilizar uma intensa força de vontade. Seria um medo de quê?

Ele não estava disposto a ser importunado por Satoko outra vez. Incomodava-o ter a vida envolvida pela névoa de insegurança e elevada fragrância daquela moça. Sobretudo agora, quando finalmente havia conseguido reaver seu nítido eu… De qualquer modo, quando rasgara a volumosa carta, ele sentira que estava esfolando a própria pele de Satoko, embaciada de branco.

Em pleno meio-dia de um sábado de calor excessivo, durante uma trégua na época chuvosa, ao voltar da escola Kiyoaki encontrou uma balbúrdia em frente ao vestíbulo da casa principal, onde a carruagem da família fazia os preparativos para sair enquanto as criadas carregavam para dentro dela um grande volume de objetos que pareciam ser presentes, cobertos por lenços roxos de seda. A cada tanto, o cavalo abanava as orelhas e deixava escorrer uma saliva luzidia de seus molares sujos, ao passo que a forte luz do sol exibia em alto-relevo as saliências venosas por baixo da densa pelagem de seu pescoço preto e de aparência besuntada.

— Estou de volta — fazendo menção de entrar no vestíbulo, Kiyoaki dirigiu-se à mãe que vinha de saída, trajando um quimono formal de três camadas com o brasão da família.

— Ora, que bom que voltou. Estou indo agora à casa dos Ayakura para felicitá-los.

— Felicitá-los por quê?

Sua mãe odiava que as criadas se inteirassem sobre circunstâncias importantes, portanto puxou Kiyoaki para o canto escuro do vestíbulo, onde estava o bengaleiro, e reprimiu a voz para falar:

— Esta manhã eles enfim receberam a sanção do imperador. Não quer ir junto para felicitá-los?

Antes que ele respondesse se ia ou se ficava, a marquesa viu um clarão de sombrio contentamento passar diante dos olhos do filho ao ouvir tais palavras. Não obstante, ela não tinha tempo para investigar o sentido por trás disso, tamanha era a sua pressa.

As palavras que ela disse ao voltar os olhos depois de cruzar a soleira da entrada, sem mudar a expressão das sobrancelhas tristonhas, indicaram que ela não havia assimilado nada daquele instante.

— Uma ocasião de júbilo é sempre uma ocasião de júbilo. Por mais que vocês estejam brigados, em um momento como este você poderia felicitá-la com franqueza.

— Mande meus parabéns. Eu não vou.

Parado em frente ao vestíbulo, Kiyoaki viu afastar-se a carruagem que levava sua mãe. As ferraduras do cavalo fizeram o cascalho saltitar com um som de chuva ao golpearem o chão, e o brasão dourado da família Matsugae afastou-se com um brilho trêmulo e vibrante por entre os pinheiros-brancos do acesso para veículos. Às costas de Kiyoaki, o alívio nos ombros da criadagem após a saída de sua ama se fez sentir imoderado e unânime como uma avalanche silenciosa. Ele se voltou para olhar o vácuo deixado na espaçosa mansão pela ausência dos donos. Com os olhos voltados para baixo, as criadas permaneciam aguardando estanques que ele entrasse na casa. Kiyoaki teve a sensação de haver tomado posse certeira da semente de um grande pensamento, o qual seria capaz de preencher de imediato aquele amplo vazio. Sem olhar para os rostos das criadas, entrou na casa a passos largos e apressou-se pelo corredor a fim de se trancafiar o mais rápido possível no próprio quarto.

Mesmo nesse curto espaço seu coração se inflamou, e, acompanhado pelo palpitar elevado e fantástico de seu peito, ele fitava os caracteres daquela venerável e cintilante palavra: "sanção". Enfim haviam recebido a sanção. Os telefonemas frequentes e a carta grossa de Tadeshina, então, sem dúvida foram como um último debater-se antes da chegada da sanção, uma manifestação do seu frenesi pelo desejo de, antes disso, obter o perdão de Kiyoaki e saldar a dívida que trazia no coração.

Pelo restante do dia, Kiyoaki confiou sua existência à imaginação que alçava voo. Nada do mundo externo entrava em sua visão, pois o espelho límpido e tranquilo que existira até então se pulverizou em estilhaços e, soprado pelo vento febril, seu coração continuou a se alvoroçar. Em um arrebatamento violento como esse, não havia sequer uma partícula daquela sombra de depressão que vinha sempre acompanhando suas mais diminutas paixões. Se tivesse que descrever uma emoção similar à de agora, não lhe ocorreria nenhum exemplo mais análogo que o regozijo. Todavia, talvez não exista entre as emoções humanas nenhuma tão arrepiante quanto um regozijo assim violento e sem motivos.

A saber, o que proporcionou tal regozijo a Kiyoaki foi a noção da impossibilidade. A impossibilidade plena. O fio que havia entre ele e Satoko, assim como a corda de um koto partida por lâmina afiada, fora cortado pela faca da sanção acompanhado pelo grito borbotante da corda sucumbida.[88] A situação com a qual ele sonhava em segredo enquanto se repetiam suas hesitações, aquela pela qual ele ansiou discretamente por longo tempo, desde seus dias de infância, era precisamente essa. A beleza inigualável, altaneira e repudiadora que ele vira na nuca da princesa, aquela branca capa de neve por ele reverenciada quando servira de pajem, sem dúvida tivera sua nascente nesse sonho, e já profetizava a realização do desejo à maneira de agora. A impossibilidade plena. Essa, sim, era a situação que o próprio Kiyoaki atraíra para si através de sua lealdade obstinada a essas suas emoções de tortuosidade exacerbada.

Contudo, o que seria esse regozijo? Ele não conseguia desviar os olhos da figura sombria, perigosa e assustadora do contentamento.

Para ele, a única verdade existente era o viver apenas para as "emoções", desprovidas de direção ou desfecho... Se um modo de vida como esse havia acabado por conduzi-lo até a beira do abismo negro e espiralado desse regozijo, agora decerto não lhe restava nada a fazer senão lançar o corpo lá dentro.

Ele buscou mais uma vez contemplar as poesias dos *Cem poemas de cem poetas*, que ele e Satoko haviam escrito em revezamento na infância durante a prática de caligrafia, e aproximou o nariz do rolo imaginando se não haveria permanecido ali a fragrância das roupas perfumadas com incenso de Satoko, de catorze anos no passado. Ao fazê-lo, daquele aroma remoto que ele não saberia dizer se vinha do mofo foi ressuscitada uma porção pungente da terra natal de suas emoções, sobremaneira impotente e, ao mesmo tempo, desoprimida. As pétalas de crisântemo dos doces moldados de farinha e açúcar ofertados pela imperatriz — com os quais ele fora premiado depois de vencer no jogo de sugoroku —, que se dissolviam em uma cor carmesim ainda mais intensa assim que eram mordiscadas por seus dentes miúdos, ou o sabor dos crisântemos brancos[89] de aparência fria, com sua forma angulosa, como que cinzelada, que desmoronava em

---

88. Mishima utiliza a palavra *dangen*, que significa a corda partida de um instrumento musical. Contudo, poeticamente a palavra também pode ser usada para descrever a morte da mulher amada, sugerindo aqui a perda irrecuperável de Satoko.

89. Vermelho e branco são cores consideradas festivas, o que explica o porquê de os doces moldados em forma de crisântemo terem sido fabricados especificamente nessas duas variedades.

um barro adocicado ao tocar a sua língua… Aqueles quartos escuros; o tsuitate trazido de Kyoto, com a vegetação outonal nele ilustrada, de estilo palaciano; a noite plácida; o pequeno bocejo à sombra dos cabelos negros de Satoko… A elegância solitária que permeava tudo isso veio-lhe vívida de volta à memória.

E assim Kiyoaki sentiu seu corpo aninhar-se pouco a pouco dentro de uma ideia para a qual ele hesitava até mesmo dirigir os olhos.

XXV

… Algo como o alto eco de uma corneta veio crescendo no peito de Kiyoaki.

"Eu estou apaixonado por Satoko."

Uma emoção como essa, que não continha um único indício duvidoso de onde quer que a olhasse, foi a primeira vez que Kiyoaki experimentara desde o nascimento.

"Elegância é o violar de uma proibição; ou melhor, da mais elevada das proibições", pensou ele. Essa ideia lhe ensinou a verdadeira carnalidade, que por um longo período lhe havia sido barrada. Pensando bem, não havia dúvida de que sua carnalidade meramente vacilante vinha sempre buscando em segredo o robusto pilar de uma ideia como essa. Quanto trabalho ele tivera para descobrir o papel que lhe era de fato adequado!

"Agora sim estou apaixonado por Satoko."

E, para que fosse provada a correção e a indubitabilidade dessa emoção, bastou apenas saber que sua realização se tornara absolutamente impossível.

Irrequieto, ele se levantou da cadeira e logo voltou a sentar. O corpo que ele sentia sempre transbordar de insegurança e depressão agora lhe parecia prestes a rebentar de jovialidade. Aquilo, aquela sua noção de ser uma pessoa devastada pela tristeza e pela sensibilidade aguçada, fora tudo uma ilusão.

Ele escancarou a janela, contemplou o lago onde brilhava o sol e, respirando fundo, absorveu o cheiro das folhas jovens de zelcova que estavam logo à frente de seu nariz. A formação nebulosa que pairava convoluta a um lado da montanha de bordos possuía já uma corpulência cheia de luz, com aspecto de nuvens de verão.

As faces de Kiyoaki estavam incendiadas; seus olhos, cintilantes. Ele havia se tornado uma nova pessoa. Independentemente de qualquer coisa, ele agora tinha dezenove anos.

XXVI

... Passou as horas em um devaneio apaixonado, apenas aguardando o retorno da mãe. Era ruim que ela estivesse na residência Ayakura. Enfim, não aguentando esperar pelo regresso, despiu o uniforme escolar e colocou um quimono de satsuma-gasuri[90] com forro interno e hakama. Chamou uma das criadas e ordenou que aprontassem um riquixá.

Ele dispensou o veículo de propósito na quadra seis de Aoyama, subiu no bonde elétrico que havia acabado de ser inaugurado, conectando a quadra seis a Roppongi, e andou até o fim da linha.

Na esquina que dobrava para a ladeira Torii[91] restavam ainda três das grandes zelcovas que davam o nome a Roppongi[92], debaixo das quais se via em letras garrafais a antiga placa com o texto "Ponto de riquixás", inalterada mesmo após a inauguração da linha de bonde, com estacas cravadas no solo e os puxadores a esperar clientes, com seus grandes chapéus de palha em forma de sombrinha, seus happi[93] azul-marinho e seus momohiki.[94]

Ele chamou um dos homens e deu-lhe de antemão uma gorjeta generosa, apressando-o para que fosse à residência Ayakura — tão próxima dali que se diria ser maior a distância entre o nariz e os olhos.

Uma carruagem de fabricação britânica, como a da família Matsugae, não conseguia entrar pelo nagayamon dos Ayakura. Por conseguinte, se ela

---

90. Tecido tingido por resistência semelhante ao *kongasuri*, porém de qualidade superior e renomado pela durabilidade de sua tintura.
91. Embora *torii* seja o nome dos portais xintoístas, é incerto se a ladeira aqui referida recebeu esse nome porque antigamente havia ali tais portais (à época dos acontecimentos da obra, já não existiam) ou porque uma família de sobrenome Torii antigamente possuía terras naquela área.
92. Roppongi, área no distrito de Minato, em Tóquio, literalmente significa "seis árvores". A origem real do nome é incerta, existindo teorias diversas.
93. Casaco leve de mangas compridas utilizado antigamente por trabalhadores manuais em geral, e sobretudo como uniforme em festivais nos dias atuais. Geralmente eram estampados com um brasão familiar quando usado por empregados domésticos, ou da associação/empresa de origem nos demais casos.
94. Calça justa utilizada antigamente por trabalhadores manuais, atada com tiras nos quadris e nos tornozelos.

ainda aguardasse em frente ao portão e este permanecesse aberto à esquerda e à direita, seria prova de que sua mãe ainda estava ali. Se não houvesse carruagem e o portão estivesse fechado, seria sinal de que sua mãe já havia partido.

Quando o puxador passou pelo portão, encontrou-o firmemente cerrado; as marcas de rodas no chão em frente eram quatro: tanto as de ida quanto as de regresso.

Kiyoaki fez o riquixá retornar até a ladeira Torii e permaneceu dentro dele enquanto ordenou ao puxador que fosse sozinho chamar Tadeshina. O veículo lhe serviu de esconderijo enquanto aguardava.

Tadeshina demorou a sair. Pelo vão da lona do riquixá Kiyoaki observou o sol de verão pender gradualmente para o oeste enquanto banhava radiante as extremidades das árvores de folhas jovens, tal como o sumo copioso de alguma fruta. Viu ainda o modo como a viçosa copa de um castanheiro-da-índia gigantesco, despontando por cima do elevado muro de tijolos vermelhos nos limites da ladeira Torii, engrinaldava-se com uma profusão de flores alvas de sutil gradação vermelha, como se houvesse se tornado um ninho de pássaros brancos. Ele invocou de volta ao coração a vista daquela manhã de neve e foi invadido por um enternecimento indescritível. No entanto, não seria frutífero insistir em se encontrar com Satoko nesse momento, nesse lugar. Como ele agora possuía uma paixão nítida, já não tinha necessidade de agir conforme mandavam suas emoções.

Tadeshina saiu pelo portão dos empregados seguindo o puxador de riquixá e, ao identificar o rosto de Kiyoaki quando este ergueu a lona da capota, quedou-se desnorteada e inerte no mesmo lugar.

Kiyoaki puxou-a pela mão e forçou-a a entrar no veículo.

— Tenho um assunto para tratar com você. Vamos para um lugar onde não chamemos muita atenção.

— Mas, senhorzinho… Uma conversa assim súbita, sem nenhum aviso… A senhora sua mãe acabou de ir embora agora há pouco… E estou ocupada com os preparativos para a celebração íntima que vamos fazer hoje à noite.

— Não quero saber, fale logo com o puxador.

Como Kiyoaki não lhe soltasse a mão, Tadeshina disse sem alternativas:

— Por favor, vá até Kasumi-cho. Ali, perto do número 3, fazendo a volta até o portão principal do terceiro regimento, você vai encontrar uma descida. O lugar fica embaixo dessa ladeira.

O puxador começou a correr, e Tadeshina, enquanto recompunha nervosamente os cabelos desgrenhados, continuou a olhar fixo adiante. Era a primeira vez que Kiyoaki aproximava tanto assim o corpo dessa anciã coberta com uma espessa camada de pó de arroz, mas, embora a houvesse achado repudiante, foi também a primeira vez que a achou uma mulher extremamente miúda — quase tão miúda quanto uma anã.

No balanço do riquixá, Tadeshina foi repetindo diversas vezes um balbuciar indefinido, ruidoso como as ondas do mar:

— Agora já é tarde... Já é tarde demais...

Ou resmungava ainda:

— Como pôde não ter dado uma única resposta...? Antes de chegar a este ponto, como não...?

Visto que Kiyoaki se manteve calado, sem oferecer resposta, Tadeshina enfim forneceu uma explicação sobre o seu destino antes de chegarem lá.

— Um parente distante meu tem uma pensão para militares ali. É um lugar sujo, mas o cômodo anexo está sempre vazio, então imaginei que ali poderia ouvir o que você tem a dizer sem nenhuma preocupação.

No dia seguinte — um domingo —, a vizinhança de Roppongi mudaria por completo e se tornaria um animado bairro de soldados, soterrada pelos uniformes militares de cor cáqui caminhando junto com os familiares que vinham para vê-los; porém no sábado, enquanto ainda houvesse sol, não encontrariam nada disso. Ao experimentar acompanhar de olhos cerrados o caminho pelo qual o riquixá dava voltas, Kiyoaki tinha a impressão de que, naquela manhã de neve, de fato havia passado por aquele lugar, e ainda por aquele outro acolá. No momento que divagava haver também descido por aquela mesma ladeira, Tadeshina fez parar o veículo.

Apesar de não ter portão nem vestíbulo, a construção ao pé da ladeira possuía um jardim de considerável amplitude, rodeado por uma cerca de tábuas, e agora exibia em frente aos olhos de Kiyoaki o seu prédio principal de dois andares. Ainda do outro lado da cerca, Tadeshina deu uma espiadela na direção do segundo andar. A parte superior do edifício rústico parecia desocupada, e as portas de vidro junto à varanda estavam todas fechadas. As seis portas contínuas, que possuíam a parte inferior revestida de madeira e gelosia hexagonal, lembrando um casco de tartaruga, não deixavam ver o interior do lugar mesmo sendo feitas com vidro transparente, pois a qualidade inferior deste apenas refletia distorcido em toda sua face o céu do fim da tarde. A figura dos carpinteiros que trabalhavam no telhado da casa do outro lado da rua se espelhava deformada como silhuetas humanas submersas. O reflexo distorcido do ocaso, da mesma maneira, era aquoso e carregado de melancolia como a superfície do mar ao pôr do sol.

— Quando os soldados estão aqui de regresso, fica um tanto ruidoso. Se bem que, obviamente, quem aluga os quartos aqui são só os oficiais, nunca os praças. — Enquanto falava, Tadeshina abriu a porta que não possuía o revestimento na metade inferior, com um gradeado denso formado por nove ripas, ao lado da qual se via afixada uma tábua com o nome Kishimo-ko[95], e pediu que a atendessem.

Apareceu um homem alto de cabelos brancos, recém-entrado na terceira idade, que disse com uma voz um pouco esganiçada:

— Ah, é você, Tadeshina? Venha, entre.

— O cômodo anexo está vago?

— Sim, sim.

Os três passaram pelo corredor aos fundos e entraram no cômodo anexo, de quatro tatames e meio.

— É que vamos nos retirar logo, logo. Além disso, estando com um senhorzinho bonito como este, não sei o que as pessoas diriam. — Assim que sentou, Tadeshina perdeu a decência e atropelou de repente as palavras, sem dirigi-las nem ao dono do lugar nem a Kiyoaki.

O quarto se via estupidamente bem arrumado, guarnecido inclusive com um estreito rolo de caligrafia próprio para uma cerimônia de chá, que adornava a alcova baixa de meio tatame, e com um genjibusuma.[96] Comparado à pensão de construção barata usada pelos militares vindos de fora, causava uma impressão distinta.

— Qual seria o assunto? — disse Tadeshina tão logo o homem se retirou.

---

95. O sufixo *ko* indica um grupo religioso formado por fiéis que organizam peregrinações ou doações periódicas a certo templo budista ou santuário xintoísta. *Kishimo* é o nome japonês da divindade budista Hariti, deusa protetora das crianças e do parto seguro. Portanto, o nome na placa sugere que o grupo ao qual o dono da pensão pertence está associado ao Kishimonjin, em Zoshigata, Tóquio, um dos templos dedicados à deusa.

96. Tipo de *fusuma* em que uma seção da porta corrediça é cortada e preenchida com o mesmo papel translúcido utilizado no *shoji*, criando uma espécie de janela fosca.

Como Kiyoaki se manteve calado, ela voltou a perguntar, sem esconder a irritação:

— O que teria para tratar comigo? Justo em um dia como hoje, ainda por cima.

— Foi precisamente por ser um dia como hoje que eu vim. Quero que você arranje um encontro entre mim e Satoko.

— O que está dizendo, senhorzinho? Já é tarde... Sério, o que está dizendo a uma altura destas? A partir de hoje, tudo o que acontecer dependerá apenas da vontade do imperador. Por isso mesmo fiz tantas ligações daquela maneira, até lhe enviei uma carta; mas, apesar de não me ter dado uma só resposta naquela ocasião, agora, justo em um dia como hoje, vem me dizer o quê? Por favor, até para piadas existe limite.

— Pois isso é tudo culpa sua — disse Kiyoaki, esforçando-se por demonstrar dignidade enquanto observava as têmporas de Tadeshina com as veias a pulsarem estridentes, envolvidas pela densa camada de pó de arroz.

Ele atacou-a sem trégua pelo fato de ela ter mentido tão desavergonhadamente quando, na verdade, havia deixado Satoko ler sua carta, ou ainda por fazer com que ele perdesse Iinuma, seu confidente, devido a observações desnecessárias; ao cabo da reprimenda, Tadeshina lhe pediu perdão, prostrada com as mãos no piso, a verter lágrimas que ele não saberia afirmar serem sinceras ou não.

O pó de arroz ao redor dos olhos descamou quando ela os enxugou com um kaishi[97] que sacou do peito do quimono, permitindo espreitar nas maçãs do rosto, vermelhas pela fricção, as rugas que revelavam sua velhice; porém, elas antes sugeriam certa volúpia, pois lembravam um delgado guardanapo repleto de vincos depois de se haver esfregado com ele o batom dos lábios. Com os olhos inchados pelo choro ainda voltados para os céus, Tadeshina falou assim:

— Eu fiz algo muito feio, mesmo. Eu sei que não tenho como me redimir, não importa o quanto peça perdão. No entanto, mais que me desculpar com o senhorzinho, eu acho que preciso me desculpar com a senhorinha. Se os sentimentos do senhorzinho não foram transmitidos a ela de maneira franca, foi por fracasso desta velha. Os serviços que prestei imaginando

---

97. Espessas folhas de papel dobradas em dois, comumente carregadas em maço na abertura do peito do quimono e usadas para tomar notas, escrever poesia ou ainda como guardanapo. São bastante usadas na cerimônia do chá, por exemplo.

ajudá-los acabaram todos gerando o resultado contrário. Procure refletir, por favor. O quanto você acha que a senhorinha se afligiu ao ler uma carta como aquela sua? E com quanta coragem ela se esforçou para não deixar nem uma gota dessa aflição transparecer na presença do senhorzinho? O quanto ela se tranquilizou depois de ter perguntado a respeito do conteúdo, resoluta, diretamente à Sua Excelência na reunião de família do Ano-Novo, por sugestão minha? Depois disso, ela passou a pensar noite e dia somente no senhorzinho, até que enfim se resolveu, naquela manhã de neve, a fazer algo tão vexatório como um convite partindo de uma moça; mais tarde ela andou por algum tempo como a pessoa mais feliz do mundo, chegando a chamar o nome do senhorzinho em sonho. E, quando ela veio a saber que tinha recebido uma proposta de casamento da família do príncipe por intermédio do marquês, confiou na determinação do senhorzinho e apostou somente nela todo o seu destino, mas ainda assim você viu tudo transcorrer calado. A aflição e a dor da senhorinha depois disso é impossível de expressar, seja em palavras ou de qualquer outra forma. Quando estava perto de receber a sanção imperial, ela disse que queria fazer o seu último desejo chegar aos seus ouvidos, sem escutar a nada que eu dissesse para tentar impedi-la, e foi por isso que ela escreveu aquela carta e a enviou no meu nome. Com o seu último desejo também frustrado, e justo neste dia de hoje, a partir do qual ela já pensa em desistir de tudo, vir até mim para dizer algo desse jeito é mesmo lastimável. Como o próprio senhorzinho sabe, desde pequena ela foi educada para reverenciar o imperador, portanto, neste momento derradeiro, não imagino que o seu coração vá mudar... Já é tarde para tudo. Se a sua raiva não quer amainar, pode agarrar esta velha que está à sua frente e golpeá-la, chutá-la, fazer o que for preciso para aliviar a angústia... Mas já não existe nada que eu possa fazer. É muito tarde.

Enquanto ouvia essa história, o coração de Kiyoaki foi rasgado por uma alegria semelhante a uma lâmina afiada; porém, ao mesmo tempo, ele teve a sensação de que não existia nela nenhum elemento desconhecido, e que apenas lhe contavam mais uma vez coisas que ele já estava cansado de saber, tanto que lhe permeavam claramente o fundo do coração.

Germinou nele uma astuta reflexão que ele sequer poderia ter imaginado até então, fazendo-o sentir que estava equipado com a força necessária para criar uma saída desse mundo que forçaram de forma tão cuidadosa contra ele. Os seus olhos jovens brilharam. "Se antes ela leu a carta que eu pedi para rasgar, desta vez, pelo contrário, é isso mesmo: eu só preciso tirar proveito daquela carta que fiz em pedacinhos."

Calado e estático, Kiyoaki fitou a anciã coberta de pequenas partículas de pó de arroz. Tadeshina ainda mantinha o kaishi sobre o canto avermelhado de um dos olhos. Naquele quarto do qual o crepúsculo se aproximava, seus ombros encolhidos sugeriam a fragilidade da vida, como se pudessem se esfacelar de súbito caso fossem agarrados com o ímpeto de uma águia que se lança sobre a presa, deixando para trás somente o soar oco de seus ossos.

— Ainda não é tarde, não.

— Sim, é tarde.

— Tarde, não é. O que você acha que vai acontecer se eu mostrar para o príncipe aquela última carta de Satoko? Uma carta que talvez tenha sido escrita depois de receberem a sanção?

A ausência de cor sanguínea no rosto erguido por Tadeshina ao ouvir essas palavras foi notável.

Seguiu-se um longo silêncio. Sobre a janela incidiu certa claridade, oriunda da iluminação acesa por alguém que regressava ao seu quarto no segundo andar do prédio principal da pensão. Foi possível vislumbrar parte de uma calça militar de cor cáqui. Do outro lado da cerca, de onde veio flutuando o som da corneta do vendedor ambulante de tofu, o lusco-fusco crescente fazia sentir na pele, como o toque cálido de uma flanela, aquele verão em meio à época de chuvas.

Tadeshina balbuciava algo repetidamente. Foi possível ouvir algo como "foi por isso que eu tentei impedi-la, por isso mesmo disse que não o fizesse". Decerto estava dizendo que advertira Satoko para que não escrevesse a carta.

Existia uma chance cada vez maior de um admirável sucesso no fato de Kiyoaki continuar indefinidamente em silêncio. Era como se uma fera invisível viesse de pouco em pouco erguendo sua cabeça.

— Pois está bem — disse Tadeshina. — Vou fazer com que vocês se encontrem apenas uma vez. Em troca, imagino que você poderia nos devolver a carta?

— Sem problemas. Mas apenas trazê-la até mim não basta. Você precisa se retirar e nos deixar realmente a sós. A carta, eu entrego depois disso — disse Kiyoaki.

XXVII

Três dias se passaram.

A chuva continuava a cair. No regresso da escola, Kiyoaki foi à pensão em Kasumi-cho ocultando o uniforme sob a capa de chuva. Havia chegado um aviso de que esse era o único momento em que Satoko poderia sair, pois o conde e a condessa estavam ausentes.

Vendo que Kiyoaki não despia a capa de chuva mesmo depois de ser conduzido ao cômodo anexo — receoso de que seu uniforme escolar fosse visto —, o estalajadeiro lhe disse enquanto servia o chá:

— Uma vez estando aqui, pode ficar tranquilo. Não é preciso ter nenhum escrúpulo frente a uma pessoa como eu, que já se isolou do mundo. Então, fique à vontade, por favor.

O velho saiu. Kiyoaki notou que na janela, a qual da outra vez permitira ver o segundo andar da casa principal, estava pendurada uma cortina de palha de modo a evitar o olhar alheio. Como a janela fora mantida completamente fechada para que não entrasse a chuva, estava bastante quente e abafado. Sem ter o que fazer, experimentou abrir a caixinha que havia sobre a mesa e viu que a laca vermelha na parte de dentro da tampa transpirava profusamente.

A atmosfera da chegada de Satoko foi perceptível pelo som do roçar de roupas no outro lado do genjibusuma, bem como pelas conversas sussurrantes cujo conteúdo não se podia discernir.

Abrindo a porta, Tadeshina fez uma reverência tocando três dedos[98] no piso. Os olhos esbranquiçados que ela ergueu de relance conduziram Satoko em silêncio para dentro do quarto e, dentro da úmida escuridão vespertina no vão do fusuma que começou a fechar, brilharam para logo desaparecer, tal como uma lula.

---

98. O fato de ela não ter tocado o tatame com as palmas das mãos inteiras indica que foi uma reverência abreviada, menos formal.

Não havia dúvidas: Satoko estava mesmo ali, sentada em frente aos olhos de Kiyoaki. Cobria o rosto com o lenço, cabisbaixa. Como mantinha o corpo contorcido, com uma mão sobre o tatame, a alvura da linha dos cabelos à nuca que pendia para o chão pairava como um pequeno lago no cume de uma montanha.

Kiyoaki estava sentado defronte dela, calado enquanto sentia como se o som da chuva batendo no telhado lhe envolvesse o corpo diretamente. Ele quase não conseguia acreditar que essa hora enfim havia chegado.

Ele, Kiyoaki, havia conseguido acuar Satoko na situação atual, em que ela se via incapaz de enunciar uma única palavra. A Satoko de agora, que não possuía mais a liberdade para deixar escapar seus comentários com feitio de admoestação de mulher mais velha, e a quem restava somente chorar em silêncio, representava para ele a imagem mais desejável dessa moça.

E ela não era apenas uma peça de caça exuberante, trajando um quimono que chamariam de "glicínia branca" segundo as antigas combinações de cores em camadas de roupa, mas também sobejava a beleza ímpar daquilo que é proibido, da impossibilidade absoluta, da recusa plena. Era assim mesmo que Satoko deveria existir! E quem traíra com constância uma forma como essa, sempre ameaçando Kiyoaki, fora ela própria. Pois que a vissem agora. Não obstante ser capaz de se tornar um tabu assim tão belo e sagrado quando disposta a tanto, ela, por arbítrio próprio, vinha sempre subestimando seu interlocutor enquanto o alentava, continuando a representar o papel de uma irmã mais velha de mentira.

Se Kiyoaki rejeitava obstinado a iniciação nos prazeres das mulheres da vida, sem dúvida era porque desde antes já conseguia ver dentro de Satoko — precisamente como quem observa o crescimento de uma pupa de tênue coloração azul olhando-a através do casulo —, e conseguia também pressentir o cerne mais sagrado da existência dela. Era somente a isso que ele precisava ligar a sua castidade, e decerto seria somente nesse momento que se romperia seu mundo indistinto, encerrado na tristeza, para deixar que se avultasse uma aurora indefectível como jamais vista por alguém.

A elegância que nos tempos de criança fora cultivada dentro dele pelo conde Ayakura, naquele momento, tornou-se um único cordão de seda assaz flexível e ao mesmo tempo brutal, com o qual ele assassinaria estrangulada a própria castidade. Sua castidade e, ao mesmo tempo, a santidade de Satoko. Esse, sim, era o verdadeiro modo de utilizar esse cordão de seda luzidio, cuja aplicação permanecera um mistério por longo tempo.

Não havia como se enganar: ele estava apaixonado. Por isso deslizou os joelhos para a frente e colocou a mão sobre o ombro de Satoko. O ombro resistiu com tenacidade. Como ele amou essa reação de repúdio! Esse repúdio descomunal, cerimonioso, tão magnífico que sua magnitude poderia ser equiparada àquela do mundo em que vivemos. Esse repúdio que o afrontava com o peso da sanção imperial, o peso que comprimia o ombro repleto de uma delicada lascívia. Esse, sim, era um repúdio milagroso capaz de transmitir calor à sua mão, incinerando o seu peito até as cinzas. Nos traçados precisos do seu penteado hisashigami, o vislumbre do fragrante brilho de ébano que chegava até as raízes dos cabelos causou nele a sensação de estar perdido dentro de uma floresta em noite de luar.

Kiyoaki aproximou o rosto da face úmida que escapava para fora do lenço. Embora a face houvesse resistido muda, balançando de um lado para outro, como o seu modo de oscilar fosse demasiado apático, foi possível entender que a resistência vinha de um lugar muito mais distante que o coração dela.

Kiyoaki afastou o lenço para tentar beijá-la, porém os lábios que na manhã de neve tanto buscaram os seus agora demonstravam uma resistência tenaz, ao cabo da qual ela desviou a cabeça e pressionou os lábios com força contra a gola do próprio quimono, à imagem de um passarinho que dorme, mantendo-se imóvel.

O som da chuva se tornou mais rigoroso. Enquanto abraçava o corpo da mulher, Kiyoaki estimou com os olhos a sua solidez. A sobreposição esmerada de ambos os lados da gola falsa bordada com cardos de verão deixava ver a pele em um diminuto monte invertido, cerrando-se com a justeza dos portões de um santuário e realçando o brilho do broche de ouro no centro da cinta rígida e fria, cingido à altura do peito como se fosse o rebite de um ornamento para ocultar pregos. Do vão na costura debaixo do braço[99] ou da abertura das mangas, no entanto, ele pôde sentir se desprender a quente brisa da carne. A brisa vinha soprar o rosto de Kiyoaki.

---

99. Em japonês, *yatsukuchi*, seção do quimono de mulheres e crianças abaixo da axila cuja costura é deixada aberta para facilitar o ajuste da roupa.

Ele removeu a mão das costas de Satoko e agarrou seu queixo com firmeza. O queixo se acomodou entre os dedos do rapaz como um pequeno peão de marfim. Ainda umedecidas pelas lágrimas, suas formosas narinas pulsavam como as asas de um pássaro. Enfim, com insistência, Kiyoaki conseguiu colocar seus lábios sobre os dela.

A intensidade do fogo dentro de Satoko cresceu de repente como se a porta de uma fornalha tivesse sido aberta, e a fantástica labareda que se ergueu libertou suas mãos para empurrarem o queixo de Kiyoaki. Suas mãos tentavam fazer recuar o rosto do rapaz; já seus lábios não se afastavam da boca daquele que era empurrado. Os lábios úmidos da mulher se moviam para um lado e para outro com os resquícios da resistência, e os de Kiyoaki se embriagaram com sua magnífica suavidade. Dessa forma, tal como um torrão de açúcar submerso em chá preto, acabou por se derreter o mundo de sua solidez. Aí teve princípio uma fusão e doçura de limites imponderáveis.

Kiyoaki não fazia ideia de como se afrouxava a cinta de uma mulher. O teimoso e elaborado nó em forma de tambor resistia aos seus dedos. Quando tentou soltá-lo à revelia, as mãos de Satoko se dirigiram até o dorso para resistir com força ao movimento, ao mesmo tempo que ofereciam uma ajuda imperceptível. Os dedos de ambos se entrelaçaram intricados ao redor da cinta e, quando enfim se soltou o suporte que a fixava, a peça do vestuário saltou de supetão para a frente, emitindo um canto débil. Nesse momento, a cinta pareceu antes ter começado a se mover por força própria. Esse foi o complexo estopim de uma rebeldia incontrolável, a bem dizer um motim cometido pelo quimono como um todo, pois os numerosos cordões atados por toda parte ora se apertavam, ora se afrouxavam enquanto Kiyoaki se afobava para desoprimir o busto de Satoko. Ele então viu aquele pequeno e alvo monte invertido, protegido sob a gola da moça, dominar o cenário em frente aos seus olhos ao expandir uma brancura aromada.

Satoko não exprimiu nenhum pensamento em palavras; não disse que não deveriam. Nesse ponto se tornou difícil discernir se seu silêncio era de repúdio ou incitamento. Era infinita a sua instigação, e infinita a sua recusa. Existia algo, todavia, que fazia Kiyoaki sentir que não era apenas a sua força sozinha que lutava contra essa impossibilidade, contra essa santidade.

O que poderia ser? Kiyoaki viu nitidamente a sombra da licenciosidade desregrar-se no rosto de olhos cerrados de Satoko, conforme este enrubescia pouco a pouco. À palma da mão com que Kiyoaki sustentava suas costas foi se adicionando uma pressão assaz tênue, repleta de pudor, até que ela, como se já incapaz de resistir, tombou voltada para cima.

Kiyoaki abriu a barra do quimono de Satoko e afastou para os lados a anarquia da cauda de cinco cores da fênix voando sobre nuvens com padrões de hexágonos e suásticas interligadas na barra da roupa de baixo, tingida à moda Yuzen, enquanto espiava suas coxas longínquas envoltas em múltiplas camadas. Não obstante, Kiyoaki sentiu que ainda estava muito, muito distante. Existiam ainda muitas camadas de nuvens que ele precisava apartar. Ele podia pressentir um cerne que, com a respiração inerte em algum ponto afastado e profundo, sustentava ardilosamente as complexidades que vinham se assomando a ele uma após a outra.

Quando o corpo de Kiyoaki enfim se aproximou das coxas de Satoko, as quais principiavam a se exibir como um filete da aurora branca, as mãos da mulher desceram suaves para ampará-lo. A benção provou-se malfazeja, e tudo cessou sem que ele tocasse ou mal tocasse sequer um filete daquela aurora.

Os dois se deitaram no tatame e voltaram os olhos para o teto, onde havia ressuscitado o som violento da chuva. O palpitar no peito de ambos não sossegava tão facilmente, mas Kiyoaki, cujo cansaço não é preciso mencionar, encontrava-se enlevado por não querer reconhecer sequer que algo havia chegado ao fim. Contudo, se tornou claro também que entre os dois pairava um arrependimento semelhante a uma sombra, acumulando-se no quarto que anoitecia pouco a pouco. Ele pensou ter ouvido a tosse sutil de uma pessoa de idade além do genjibusuma e, embora houvesse começado a levantar o corpo outra vez, Satoko puxou seu ombro de leve para impedi-lo.

Por fim Satoko, sem dizer palavra, superou tal arrependimento. Kiyoaki então pela primeira vez experimentou alegria ao agir conforme convidado por ela. Depois do que havia se passado, ele seria capaz de lhe perdoar qualquer coisa.

A juventude de Kiyoaki ressuscitou prontamente de uma morte sofrida, desta vez tomando carona no trenó da suave aceitação de Satoko. Ele teve uma revelação, compreendendo enfim que, quando se é guiado por uma mulher, as difíceis veredas podem desaparecer com facilidade, abrindo espaço para o espraiar de uma harmoniosa paisagem. Pelo excesso de calor, Kiyoaki já havia despido o que vestia. Assim foi possível sentir com precisão a indubitabilidade da carne, tal como a velocidade de um barco de limpeza que avança contra a resistência da água e das algas que busca extrair. Kiyoaki sequer suspeitou da ausência de qualquer sofrimento no rosto de Satoko, ou de seu sorriso de todo imperceptível, que parecia emitir uma frouxa luz. Havia desaparecido do coração dele toda e qualquer dúvida.

Depois do ato, Kiyoaki abraçou junto de si a figura ainda desalinhada de Satoko e, ao aproximar suas faces das dela, sentiu-lhe as lágrimas serem transmitidas a ele.

Acreditou serem lágrimas choradas pelo excesso de felicidade; porém, ao mesmo tempo, não existia nada que comunicasse de modo tão sereno o sabor do pecado irremediável que os dois haviam acabado de cometer como as lágrimas que corriam pelas faces de ambos unidas. Ainda assim, a ideia desse pecado fazia borbotar a coragem no peito de Kiyoaki.

As primeiras palavras ditas por Satoko, apanhando a camiseta de Kiyoaki, foram para insistir que se vestisse:

— Não vá pegar um resfriado. Tome.

Ao fazer menção de agarrar a camiseta com agressividade, Satoko ofereceu uma leve resistência, pressionou a roupa contra o próprio rosto e respirou fundo antes de devolvê-la. A camiseta branca agora estava ligeiramente umedecida com lágrimas femininas.

Ele vestiu o uniforme e terminou de se arrumar. Nesse instante, espantou-se com uma batida de palmas de Satoko. Após um longo intervalo insinuante, abriu-se o *genjibusuma* e despontou o rosto de Tadeshina.

— A senhorinha me chamou?

Satoko consentiu com a cabeça e indicou com os olhos a cinta do quimono que estava desfeita ao seu redor. Depois de fechar a porta, Tadeshina aproximou-se deslizando de joelhos, ainda sentada sobre o tatame, sem sequer dirigir os olhos para Kiyoaki, e ajudou Satoko a se vestir e cingir a cinta. Em seguida trouxe um pequeno toucador portátil de um canto do quarto e arrumou-lhe o penteado. Kiyoaki sentiu, nesse meio-tempo, que poderia morrer devido à falta de algo que fazer. Acendeu-se a luz do quarto e, durante o longo tempo despendido naquela espécie de ritual entre as duas mulheres, ele já havia se tornado uma pessoa desnecessária.

Terminaram os preparativos. Satoko mirava o chão, formosa.

— Senhorzinho, precisamos desocupar este lugar já — disse Tadeshina no lugar da moça. — Com isso, a promessa foi cumprida. De hoje em diante, por favor, não volte a pensar na senhorinha. Eu também agradeceria se pudesse devolver a carta, como havia prometido.

Kiyoaki sentou no chão com os pés juntos e as pernas abertas e calou-se, sem oferecer resposta.

— Fizemos um acordo. Onde está a dita carta? — Tadeshina voltou a indagar.

Kiyoaki, calado, fitava o modo como Satoko sentava com graciosa compostura, sem deixar desregrar-se uma mecha de cabelo sequer, como se não houvesse acontecido nada. Ela ergueu os olhos abruptamente. Seu olhar cruzou com o de Kiyoaki. Nesse átimo, com o trespassar de uma luz límpida e violenta, Kiyoaki compreendeu a resolução de Satoko.

— Não vou devolver a carta. Porque quero voltar a me encontrar deste jeito — disse Kiyoaki, ganhando coragem naquele mesmo segundo.

— Ora, senhorzinho — a fúria efervescia nas palavras de Tadeshina. — O que acha que vai acontecer se continuar com essas birras de criança...? Não vê que o resultado vai ser medonho? Eu não sou a única que vai cair em desgraça, viu?

A voz de Satoko ao refrear Tadeshina foi diáfana como se vinda de outro mundo, a ponto de causar calafrios até mesmo em Kiyoaki:

— Pode deixar, Tadeshina. Até o primo Kiyo devolver aquela carta de bom grado, não temos alternativa senão continuar a encontrá-lo deste jeito. Não existe outro caminho de salvação para você ou para mim. Se é que você pensa mesmo em me salvar.

XXVIII

Visto que era algo raro Kiyoaki avisar que o visitaria para terem uma longa conversa, Honda pediu à mãe que preparasse um jantar especial e resolveu, naquela noite, descansar dos estudos para as provas. Apenas a vinda de Kiyoaki à sua casa singela e desinteressante bastava para gerar certa atmosfera de festividade.

Não obstante o calor pegajoso durante o dia, com o sol sempre envolto por nuvens a incandescer como platina, sequer à noite houve trégua, pois continuou o mesmo mormaço. Os dois jovens conversavam com as mangas dos quimonos sem forro arregaçadas.

Honda carregava certo pressentimento desde antes da chegada do amigo; no entanto, ao vê-lo começar sua história enquanto sentavam lado a lado no sofá com capa de couro colocado junto à parede, pôde sentir que o Kiyoaki de agora era uma pessoa completamente diferente daquela de antes.

Foi a primeira vez que Honda viu seus olhos brilharem com tanta franqueza. Embora agora fossem sem dúvida os olhos de um jovem rapaz, permanecia em Honda alguma ponta de saudade daquele olhar abatido e carregado de melancolia do amigo de outrora.

De qualquer modo, o fato de Kiyoaki vir para lhe revelar na íntegra um segredo assim tão grave deixou Honda muito feliz. Era precisamente isso que, sem ter forçado o outro uma vez sequer, ele desejava havia muito tempo.

Pensado bem, se Kiyoaki tinha escondido o segredo até mesmo do amigo na época em que a história ainda podia ser classificada como um mero problema sentimental, mas enfim o revelou com eloquência quando se transformou em uma questão realmente grave — um caso de honra e de pecado —, do ponto de vista de quem escuta tal revelação, não poderia existir outra alegria igual a essa: a alegria de ter depositada em si uma confiança tão insuperável.

Talvez fosse impressão de Honda, mas, a seus olhos, Kiyoaki mostrava haver evoluído sobremaneira, e nele já rareavam os traços daquele garoto bonito e irresoluto. Quem estava ali a lhe fazer o relato era um moço enamorado e passional, de cujas palavras e gestos haviam sido eliminadas por completo a relutância e a incerteza.

Com as faces ruborizadas e os dentes brancos a brilhar, Kiyoaki continuava falando com uma voz vibrante — ainda que às vezes desistisse de alguma frase devido à vergonha — e abrigava em seu cenho uma galhardia superior à de sempre, tornando-se o retrato impecável de um jovem apaixonado. Se assim era de fato, então talvez o que menos condizia com ele fosse a reflexão sobre o que havia feito.

Foi apenas lógico que isso houvesse feito Honda expelir palavras incoerentes como estas, tão logo terminou de escutar tudo:

— Ouvindo essa sua história, não sei por quê, me veio à mente uma coisa inusitada. Não sei quando foi, mas certa vez, depois que você me consultou para saber se eu ainda recordava a Guerra Russo-Japonesa e fomos à sua casa, você me mostrou uma coletânea de fotografias da guerra. Eu me lembro de você ter dito que a sua imagem favorita ali era uma intitulada "Serviços memoriais aos mortos em combate próximo a Telissu", uma foto fantástica, que mais parecia o palco de uma peça sem protagonistas muito bem dirigida. Naquele momento eu pensei que esse era um comentário curioso para alguém como você, que odeia os broncos desportistas da escola. E no entanto, agora, enquanto eu ouvia a sua conversa, essa linda história de amor, por algum motivo, e aquela vista do campo envolto pela poeira me vieram à cabeça como uma imagem em sobreposição. Não sei bem dizer por quê.

Honda espantou-se consigo mesmo pois, enquanto enunciava palavras dotadas de uma ambiguidade fora de seu usual, como se trazidas à tona pelo fervor, observava Kiyoaki com um quê de admiração pelo modo como este transcendera normas e violara o proibido. Sobretudo porque o próprio Honda, em tempos remotos, já havia decidido em seu coração tornar-se uma pessoa inserida nos conformes da lei.

Nesse momento, duas criadas vieram trazer as bandejas com o jantar de ambos. Foram carregadas até ali por consideração da mãe, a fim de que os amigos pudessem aproveitar a refeição a sós, sem reservas. Cada bandeja acompanhava também uma garrafa de saquê, e Honda serviu o amigo enquanto dizia algo banal:

— Minha velha estava preocupada se a comida da nossa casa seria do agrado de alguém acostumado ao luxo como você.

Kiyoaki pareceu deliciar-se com os pratos, o que deixou Honda contente. Assim, por algum tempo, deu-se lugar ao prazer saudável da refeição silenciosa entre dois rapazes.

Enquanto aproveitava a plena quietude da refeição, Honda ponderou por que a confissão de amor de Kiyoaki, alguém da mesma idade que ele, trouxera apenas felicidade ao seu coração, sem gerar inveja ou ciúme. Essa sensação de felicidade banhou-lhe o peito assim como o lago na época de chuvas que, antes que alguém perceba, acaba alagando o jardim à sua margem.

— Então o que você pretende fazer daqui em diante? — quis saber Honda.

— Não pretendo fazer nada. Eu posso demorar para começar algo, mas, quando começo, não sou homem de desistir tão fácil.

Esta era uma espécie de resposta que não se esperaria nem em sonhos do Kiyoaki de antes, suficiente para arregalar os olhos de Honda.

—— Se é assim, você tem intenção de se casar com Satoko?

— Isso não tem como. Já receberam a sanção imperial.

— E você não pensa em se casar mesmo que seja contra o imperador? Por exemplo, vocês dois podem fugir para algum país estrangeiro e se casarem lá.

— Você não entende nada… — No cenho de Kiyoaki, que preferiu interromper o que ia dizer, pairou pela primeira vez nessa noite a mesma melancolia ambígua de antigamente.

Embora Honda tivesse feito questão de realizar um interrogatório desses porque talvez quisesses mesmo obter tal resultado, bastou vê-lo de fato para ter uma ligeira sombra de insegurança projetada sobre sua sensação de felicidade.

Ao imaginar o que Kiyoaki poderia estar desejando do futuro, no mesmo momento que contemplava aquele seu perfil composto com esmero por linhas seletas e bastante sutis, tão belo como se fabricado artesanalmente, Honda sentiu um calafrio.

Kiyoaki levou consigo os morangos da sobremesa e mudou de assento, indo apoiar o cotovelo na escrivaninha de estudos de Honda, sempre organizada com diligência, enquanto movia a cadeira giratória de forma ligeira e despropositada para a esquerda e para a direita. Por ter o cotovelo como ponto de apoio, o rosto e o peito um tanto expostos mudavam o ângulo de forma irregular, e o modo como a mão direita usava o palito de dente para enfiar um a um os morangos na boca indicava o relaxamento deseducado de quem havia por um momento escapado da severa disciplina do lar. Ele espanou sem afobação o açúcar que caíra dos morangos sobre a brancura exposta de seu peito, e riu com a fruta ainda na boca quando Honda lhe disse:

— Ei, vai atrair formigas.

A relativa embriaguez agora tornava vermelhas as delgadas pálpebras de Kiyoaki, sempre demasiado brancas. No instante seguinte, ao que a cadeira girou em excesso por acidente, seu corpo se contorceu ligeiramente, deixando para trás o antebraço alvo e com um tênue rubor. Foi como se o jovem se visse atacado de surpresa por alguma dor indistinta, da qual ele ainda não estava ciente. Os olhos que brilhavam debaixo das suaves sobrancelhas de Kiyoaki com certeza estavam repletos de sonhos, porém Honda podia sentir vividamente que esse brilho não estava de maneira alguma voltado para o futuro.

Honda sentiu uma vontade sem precedentes de dirigir uma exasperação cruel a seu interlocutor, incapaz de conter as ações que o fariam destruir mais e mais, com as próprias mãos, a sensação de felicidade de havia pouco.

— Então, o que você pretende fazer? Tentou pensar alguma vez na conclusão dessa história?

Kiyoaki levantou os olhos e concentrou-os sobre o amigo. Olhos com tanto brilho, mas ao mesmo tempo tão sombrios, Honda jamais havia visto até agora.

— Por que eu tenho que pensar em algo assim?

— Pois as pessoas ao redor de vocês dois vão todas seguir firmes em frente, de pouco em pouco, buscando uma conclusão. Por acaso você acha que somente vocês vão poder ficar flutuando inertes em pleno ar, como um casal de libélulas?

— Isso eu sei. — Foi tudo que Kiyoaki disse antes de selar a boca e lançar os olhos para alguma direção qualquer, observando as diminutas sombras que, junto com o cair da noite, vinham infiltrar-se tal como paixões diversas, antes que alguém as pudesse perceber, e reclinar-se às escondidas mesmo nesse escritório simples e com ares de pertencer a um estudante — como, por exemplo, as pequenas escurezas que espreitavam sob a estante de livros ou ao lado da lata de lixo. A linha suave e fluída das sobrancelhas negras de Kiyoaki bem parecia distender essas sombras em dois arcos, ajeitando-as em uma forma de fluente graciosidade. Sobrancelhas que cingiam paixões, apesar de delas nascerem. Protegendo os olhos inseguros que tendiam a se tornar sombrios, elas os acompanhavam fielmente para onde quer que se voltassem, pelo que era possível sentir que se dedicavam apenas a servi-los, como seguidoras primorosas e de boa postura.

Honda teve vontade de expressar em um só pensamento doloroso a ideia que vinha brotando em um canto de sua mente desde momentos antes.

— Eu disse uma coisa estranha há pouco, não foi? Aquela história de que, ao ouvir falar de você e Satoko, me lembrei da fotografia da Guerra Russo-Japonesa.

"Eu estava pensando no porquê disso e, forçando uma explicação, acho que é o seguinte.

"Aquela época gloriosa de guerra terminou junto com o imperador Meiji. As histórias antigas do conflito ficaram reduzidas aos relatos de façanhas pelos sobreviventes que eram instrutores de Educação Marcial, ou às crônicas orgulhosas à beira do fogareiro nas cidades do interior. Já não são muitas as ocasiões em que os jovens vão para o campo de batalha para morrer em combate.

"Ainda assim, depois que terminou a guerra das ações, começou em seu lugar a idade da guerra das emoções. Uma guerra invisível como essa não pode ser percebida pela gente de sentidos dormentes, e imagino que sequer acreditariam existir algo do tipo. Mas essa guerra com certeza já começou, assim como os jovens especialmente escolhidos para participar nela já começaram a lutar. Você com certeza é um deles.

"Do mesmo jeito que na guerra das ações, como esperado, imagino que os jovens também vão continuar a morrer em combate na guerra das emoções. Esse possivelmente é o destino da nossa era, da qual você é o representante... E o que acontece agora é que você cimentou sua resignação à morte em combate nessa nova guerra. Não é mesmo?"

Kiyoaki esboçou apenas o vislumbre de um sorriso, mas não respondeu. De imediato, entrou perdido pela janela um vento carregado de umidade, a prenunciar a chuva, e passou deixando uma pincelada de frescor nas testas cobertas por uma rala camada de suor. Honda cogitou que, se Kiyoaki não respondera, foi porque se tratava de algo evidente que sequer necessitava de réplica — ou então porque não foi capaz de formular uma resposta apropriada devido ao caráter excessivamente pomposo da narrativa, embora o que lhe fora dito viesse ao encontro de seu coração.

XXIX

Três dias mais tarde, como por acaso fossem canceladas algumas aulas na escola, Honda saiu no meio da manhã e partiu com um dos estudantes alojados em sua casa para assistir a uma audiência no tribunal regional. Nesse dia choveu desde a manhã.

Embora o seu pai, um juiz da Suprema Corte, fosse uma pessoa austera mesmo dentro do lar, já agora, achando o filho digno de crédito por ter completado seus dezenove anos e por se esforçar no estudo das leis antes mesmo de ingressar na universidade, experimentava um fortalecimento do desejo de confiar o futuro a seu próprio herdeiro. Até então o cargo de juiz costumava ser vitalício, mas em abril passado fora realizada uma reforma completa na Lei da Organização de Tribunais, que fez com que mais de duzentos juízes recebessem ordens para renunciar ou sofrer suspensão por tempo indeterminado. O juiz Honda havia encaminhado sua própria demissão, devido a um senso de obrigação e condolência para com os velhos amigos afetados por essa infelicidade — todavia, não teve seu pedido contemplado.

Isso serviu, no entanto, como ocasião para operar uma mudança em seus sentimentos, e veio adicionar à sua atitude em relação ao filho algo de magnânimo e liberal, similar à ternura de um superior pelo subalterno que no futuro lhe sucederá. Essa era uma emoção nova, jamais vista até então em seu pai, a qual Shigekuni retribuiu empenhando-se ainda mais nos estudos.

O fato de o pai passar a permitir que ele assistisse a audiências no tribunal antes mesmo de atingir a maioridade representava uma das faces dessa nova mudança. É evidente que não o deixava assistir a suas próprias audiências, mas permitia ao menos que entrasse e saísse de qualquer tribunal, fossem de causas cíveis ou de causas criminais, na companhia do estudante de direito que se alojava em sua casa.

Fazer Shigekuni estudar o lado prático da lei através do contato real com os tribunais japoneses, deixando de desfrutar do direito apenas pelos livros, era tão somente um motivo de fachada, pois não havia dúvidas de que o pai pensava em fazer a sensibilidade ainda tenra do filho de dezenove anos colidir com a exposição do verdadeiro aspecto do ser humano — tão difícil de ser encarado de frente — realizada nos exames de fatos e provas dos casos penais, a fim de testar aquilo que o rapaz com certeza obteria da experiência.

Essa era uma educação perigosa. Ainda assim, se comparado ao perigo de jovens assimilarem — através de costumes indolentes e de artes pomposas como a música e a dança — somente coisas agradáveis ao paladar, que recorram à sua sensibilidade tenra e imatura, desse jeito, ao menos, certamente existiriam efeitos pedagógicos ao fazer com que ele sentisse de forma tangível os olhos da ordem legal vigiando severos em uma só direção, além de certamente existirem vantagens do ponto de vista da educação técnica ao fazer com que ele estivesse presente nessa cozinha onde as paixões amorfas, ardentes e impuras do ser humano vão sendo preparadas para consumo, ao alcance da mão e a olhos vistos, pela fria estrutura jurídica.

Enquanto se apressava para o juizado de pequenas causas da 8ª Vara Criminal, viu algo que iluminava parcamente o corredor escuro do fórum e compreendeu ser a chuva que banhava o verde do desmazelado jardim interno; sentiu que um prédio como aquele, que parecia modelar o coração dos réus com tanta fidelidade, estava por demais carregado com uma aura lúgubre para ser capaz de representar a razão.

Com seu desânimo de espírito persistindo mesmo depois de ter se acomodado em uma das cadeiras da plateia, Honda observou desgostoso o modo como o ávido estudante que o arrastara às pressas até ali parecia um professor que esquecera a existência do próprio filho: mantendo os olhos fixos sobre a compilação de casos jurídicos que trouxera na mão, em seguida começou a observar os assentos desocupados do juiz, da procuradoria, das testemunhas e da defesa, umedecidos pelo clima chuvoso, como um retrato do vazio em seu coração.

Tão jovem, e não fazia nada senão observar! Era como se isso fosse, com efeito, sua sina desde o nascimento.

Antes, Shigekuni era de uma personalidade mais lúcida, confiante de que era um moço promissor; todavia, depois de ouvir aquela confissão de Kiyoaki, ocorreu nele uma mudança curiosa. Aliás, mais que uma mudança, foi uma reviravolta impossível sucedida entre dois amigos íntimos. Não obstante eles haverem defendido por um extenso período a personalidade um do outro, sem fazerem menção de exercer qualquer influência mútua, três dias antes Kiyoaki, tal como um paciente que se cura somente depois de transmitir sua doença por completo para alguém, viera de forma inesperada para inocular no coração do amigo os patógenos da introspecção e logo ir embora. E, agora que esses patógenos haviam rapidamente se proliferado, já se diria até que a introspecção era uma disposição de caráter mais adequada a Honda que a Kiyoaki.

Os sintomas surgiram primeiro como uma insegurança misteriosa.

"O que será que Kiyoaki vai fazer daqui em diante? Será que me basta ficar apenas observando alheado o decorrer de tudo, como seu amigo?"

Enquanto esperava pelo início da sessão à uma e meia, seu coração já havia se afastado do julgamento que estava por presenciar, seguindo obstinado o caminho por onde ia essa insegurança.

"Não seria melhor eu advertir meu amigo e fazer com que ele desista da ideia?

"Até agora eu vim acreditando que minha amizade consistia apenas em cuidar para que fosse preservada a sua elegância, ignorando inclusive a sua agonia de morte, mas, agora que ele me revelou tudo daquela maneira, eu não deveria na verdade exercer o direito convencional de um amigo intrometido e tentar resgatá-lo do perigo que assoma logo à frente dos olhos? Por mais que Kiyoaki venha a se ressentir como resultado disso, e mesmo que ele declare o fim de nossa relação, eu não teria por que me arrepender. Ele provavelmente compreenderia dez, vinte anos mais tarde, mas, mesmo que não me desse razão por toda a vida, não estaria bem assim?

"É certo que Kiyoaki está avançando precipitadamente rumo a uma tragédia. Mesmo que seja algo bonito, por acaso eu poderia permitir que ele sacrifique sua vida em nome da beleza do vulto de um pássaro que cruza por um instante pela janela?

"É isso. Daqui para a frente, preciso fechar os olhos e me lançar a uma amizade tola, corriqueira, jogando um balde de água fria sobre as paixões perigosas dele por mais que ele reclame, e empregar todas as minhas forças para impedir que ele cumpra o seu destino."

Ao pensar assim, a cabeça de Honda começou a ferver intensamente, tornando-se insuportável para ele ter de aguardar imóvel nesse lugar pelo julgamento que não tinha qualquer relação consigo próprio. Teve o desejo ardente de sair correndo dali no mesmo instante, ir até a casa de Kiyoaki e não medir palavras para fazê-lo mudar de ideia. Desse modo, a irritação por não poder agir como queria se tornou uma nova insegurança a lhe queimar o coração.

Quando se deu conta, os assentos da plateia já estavam cheios, e ele enfim compreendeu a razão de o estudante ter vindo tão cedo a fim de garantir um lugar. Havia tanto aqueles que pareciam estudantes de direito quanto homens e mulheres de meia-idade de aparência desinteressante, além dos repórteres com braçadeiras que ora se levantavam, ora sentavam ocupadamente. Olhando para essas pessoas que fingiam solenidade apesar de ter sido levadas até ali por uma curiosidade vulgar — para essa cambada que cultivava bigodes largos, que usava o leque de maneira insinuante, que mantinha a unha do dedo mínimo mais comprida e matava o tempo limpando com ela os ouvidos, a extrair a cera com aspecto de enxofre —, Honda até que enfim teve seus olhos abertos para a asquerosidade das pessoas seguras de que "não tinham com o que se preocupar, pois jamais cometeriam um crime". Ele precisava se esforçar ao menos para que nenhum fragmento seu se assemelhasse a essa cambada. Cada uma das pessoas nos assentos da plateia era iluminada de forma monotônica pela luz que caía como cinzas brancas da janela fechada devido à chuva, destacando-se somente o brilho na aba negra do chapéu do secretário do tribunal.

As pessoas se alvoroçaram: o réu havia chegado. Vestia o uniforme azul da prisão, e foi acompanhado pelo secretário até se acomodar no assento devido. Obstruído pelo público que brigava entre si para tentar ver o rosto do réu, Honda não fez mais que entrever um pouco de sua bochecha branca e um tanto roliça, bem como a covinha gravada nela com nitidez. Depois disso, pôde apenas espiar a parte de trás de seu cabelo atado em um coque estreito e elevado — pelo que entendeu tratar-se de uma prisioneira —, bem como os ombros carnudos e arredondados nos quais não se sentia nenhuma rigidez nervosa, ainda que tivessem uma tendência a se encolher.

O advogado também já havia chegado, bastando agora aguardar a vinda do juiz e do procurador.

— Veja, é aquela lá. Senhorzinho, nem dá para imaginar que aquela mulher cometeu um assassinato. Nossa, é mesmo verdade quando dizem que não se pode julgar um livro pela capa — o ajudante cochichou ao pé do ouvido de Shigekuni.

Conforme a praxe, o julgamento começou com o juiz presidente perguntando à ré seu nome, endereço, idade e status social. O local caiu em silêncio profundo, permitindo imaginar que se escutava até mesmo o som do pincel do escrivão que trabalhava azafamado.

— Tomi Masuda; cidadã comum; quadra 2-5 da área de Hama-cho, bairro de Nihonbashi, cidade de Tóquio. — A ré se levantou e respondeu sem hesitação; porém, como sua voz soou extremamente baixa e difícil de captar, o público projetou unânime o corpo para a frente e levou as mãos em concha aos ouvidos, pois todos temiam não ser capazes de escutar a importante interrogação que viria a seguir.

Embora houvesse falado com presteza até ali, na hora de dizer a idade a ré titubeou um pouco — não se saberia dizer se intencionalmente ou não —, até que foi urgida por seu advogado e respondeu com uma voz ligeiramente alta, como se enfim despertasse:

— Tenho trinta e um anos.

Nesse momento, quando fitou o advogado que estava atrás dela, foi possível vislumbrar também os fios de cabelo soltos que se espalhavam por seu rosto, bem como o canto dos olhos opulentos e de aparência refrescante.

O corpo daquela mulher de pequenas proporções que estava ali, aos olhos do público, era visto como um bicho-da-seda semitransparente, tecedor de um fio de complexa e inimaginável maldade. Até mesmo o mais ínfimo movimento de seu corpo os fazia imaginar as gotas de suor que umedeciam as axilas de seu uniforme de presidiária, os mamilos que cintilavam nos seios devido à palpitação irregular, a aparência das nádegas fartas, um tanto frias, insensíveis a tudo. De tais lugares, o corpo dela expelia incontáveis fios malévolos, tentando enfim se encerrar em um casulo de maldade. A correspondência assim, tão minuciosa, tão esplêndida que existe entre o corpo e o pecado... É precisamente isso que buscam as pessoas da sociedade, e, ao serem expostas uma única vez a esse sonho fervoroso, todas as coisas que normalmente amam ou que lhes instigam o desejo se tornam a causa e o efeito da maldade, com a figura magricela da mulher magricela, ou a figura rechonchuda da mulher rechonchuda, tornando-se ela própria a forma do mal. Inclusive o suor que imaginam manchar a superfície de seus seios... Dessa maneira, o público se encontrava imerso na alegria de ir consentindo um a um com os males identificados no corpo da mulher, a qual servia de veículo para essa força de imaginação inofensiva.

Honda resistiu escrupulosamente para que seus próprios devaneios não se emaranhassem a essa imaginação do público — cujos vestígios podiam ser sentidos mesmo em um jovem como ele — e concentrou-se em acompanhar o modo como o depoimento da ré em resposta à interrogação do juiz avançou rumo ao cerne do caso.

Embora a explicação da mulher fosse repetitiva, e por um nada se invertesse a ordem daquilo que dizia, o que se podia logo entender desse caso de assassinato era que ela havia sido vítima do movimento automático de uma série de fortes emoções, que a conduzira alucinada ao desfecho trágico.

— A partir de quando a acusada começou a conviver com o senhor Matsukichi Hijikata?

— Hã... Ano passado, eu nunca me esqueço, foi no dia 5 de junho.

Escaparam-se alguns risos entre o público devido a esse "eu nunca me esqueço", e o secretário do tribunal ordenou que fizessem silêncio.

Tomi Masuda, que trabalhava como atendente em um restaurante, ganhara intimidade com o cozinheiro Matsukichi Hijikata e passara a tomar conta deste, um homem viúvo cuja esposa falecera recentemente. Não obstante os dois haverem se casado no ano anterior, desde o princípio Hijikata nunca tivera tal intenção, de modo que sua devassidão cresceu cada vez mais depois que passaram a morar juntos, tanto que, a partir do final do ano, ele passou a gastar boas quantias de dinheiro com a criada de um certo restaurante Kishimoto, situado na mesma área de Hama-cho. Embora a criada Hide tivesse apenas vinte anos de idade, era uma exímia manipuladora que às vezes fazia Matsukichi dormir fora de casa, motivo que na última primavera levou Tomi a chamá-la até a rua e rogar que lhe devolvesse seu homem. Como Hide torceu-lhe o nariz na ocasião, Tomi, sem saber mais o que poderia fazer, acabou matando-a.

Por mais que essa fosse uma desavença criada por um triângulo amoroso, algo tão corriqueiro nas ruas de qualquer cidade e que não apresentava nenhuma peculiaridade, com a investigação a pente-fino durante o exame de fatos e provas começaram a surgir muitas pequenas verdades que seriam de todo impossíveis de suplementar com a imaginação.

A mulher era mãe solteira de uma criança de oito anos que, embora antes desses eventos estivesse confiada aos cuidados de alguns parentes no interior, fora chamada por Tomi a Tóquio a fim de cursar ali o ensino obrigatório — algo que serviu de ensejo também para solidificar sua vontade de formar uma família com Matsukichi. Mesmo sendo mãe de uma criança, Tomi não pudera resistir a ser arrastada na direção de um assassinato, ainda que a contragosto.

Por fim, começou o depoimento sobre a noite do crime.

— Não, o bom teria sido se Hide não estivesse lá naquele dia. Desse jeito, quem sabe tudo teria acabado sem chegar ao que chegou. Quando fui até o Kishimoto para chamá-la, se ela ao menos estivesse resfriada e dormindo, teria sido muito melhor.

"Quanto à faca de sashimi que eu usei como arma do crime, bem, Matsukichi é um homem que honra a profissão, tanto que ele tem várias facas que são só dele e que são mesmo muito boas de usar, mas ele nunca deixa nem mulher, nem criança tocar nelas, dizendo 'Esta é a minha espada de samurai' ou coisas assim, então ele mesmo a afiava e cuidava muito bem dela. Quando comecei a ficar com ciúmes por causa de Hide, ele deve ter pensado que era algo perigoso de se ter por perto. Por isso acabou guardando a faca em algum lugar.

"Como me dá nos nervos quando pensam em mim desse jeito, às vezes eu o ameaçava de brincadeira, dizendo: 'Mesmo que não seja com a faca de sashimi, tem muitas outras lâminas que eu posso usar, viu?', mas, quando Matsukichi voltou a dormir fora de casa depois de passado um bom tempo, certo dia eu estava fazendo a faxina dos armários e apareceu o tal embrulho com a faca, de onde eu menos esperava. Levei um susto quando vi que a faca estava quase inteira enferrujada. Só de ver a ferrugem já pude entender o quanto o Matsukichi estava apaixonado por Hide, e acabei tendo calafrios em todo o corpo, ainda com a faca na mão. Mas, como nesse momento meu filho voltou da escola, meu humor se acalmou e eu fiquei com vontade de agir como uma boa esposa, pensando que, se eu levasse até o afiador a faca de sashimi que Matsukichi adorava mais que tudo no mundo, quem sabe ele não ficaria contente. Enrolei a faca em uma trouxa e me preparei para sair de casa, mas então meu filho me perguntou: 'Mamãe, aonde você vai?', e, quando expliquei que só estava saindo um pouquinho para resolver um assunto, que ele fosse um bom menino e cuidasse da casa, ele disse: 'Não precisa mais vir, não. Eu vou voltar pra escola do interior, mesmo'. Achei estranho ele dizer aquilo e, quando tentei interrogá-lo sobre isso, descobri que aparentemente o filho do vizinho vinha debochando dele, dizendo que a sua mãe fora abandonada pelo pai porque era muito chata, com certeza um boato que tinha saído da boca dos pais e que a criança estava só reproduzindo. Acho que meu filho já queria mais os pais de criação lá no interior que uma mãe que era motivo de chacota dos outros. De repente, eu soltei fogo pelos olhos, dei uma surra no meu filho e saí voando de casa, com ele ainda chorando…"

Segundo seu depoimento, nessa hora Hide nem passava pela sua cabeça, pois Tomi saíra correndo apenas com a ideia fixa de ir afiar a faca e aplacar seu humor.

O afiador estava ocupado com encomendas anteriores, portanto Tomi permaneceu cerca de uma hora dentro da loja para apressá-lo. Ao sair do local com a faca enfim afiada, entretanto, já havia perdido a vontade de voltar para casa e caminhou cambaleante na direção do restaurante Kishimoto.

No Kishimoto, apesar de a dona haver acabado de admoestar Hide — que tinha o costume de faltar ao trabalho sem aviso para sair e se divertir e, justamente nesse dia, tinha voltado no início da tarde —, a situação havia por ora se acalmado porque a criada pedira desculpas chorando, conforme Matsukichi lhe havia convencido a fazer em tais ocasiões. Foi então que Tomi fez sua visita, dizendo que tinha um assunto para tratar do lado de fora; Hide saiu com uma descontração até inusitada.

Já vestindo suas esmeradas roupas de trabalho, Hide veio arrastando letárgica seus geta imitando o caminhar das gueixas de alta classe[100] e falou de modo vulgar:

---

100. Em japonês, *oiran*, gueixas de status bastante elevado. O modo de caminhar aqui referido, *hachimonji*, consiste em formar um arco com os pés a cada passo, mantendo as pontas voltadas para dentro. Em Tóquio, especificamente, era popular a variante *soto-hachimonji*, em que se dirige a ponta do pé para fora ao traçar o arco, para depois voltá-la novamente para dentro.

— Acabei de fazer uma promessa para a chefa, viu? Eu disse que, de hoje em diante, chega de homem.

A alegria transbordou no coração de Tomi, porém Hide, sorrindo travessa, de imediato disse as seguintes palavras, como que para reverter a afirmação anterior:

— Mas será que eu aguento mais de três dias?

Tomi lutou a fim de conter a si mesma e convidou Hide para um restaurante de sushi às margens do rio em Hama-cho — onde lhe pagou uma bebida e com muito esforço tentou puxar conversa agindo como uma irmã mais velha —, contudo a criada conservou a mudez e o sorriso zombeteiro, e, inclusive quando Tomi foi levada por certo nível de embriaguez a lhe baixar a cabeça em uma súplica teatral, demonstrou explícito desinteresse. Transcorrida uma hora, a rua ficou escura. Hide disse que já iria embora, pois não queria ser advertida mais uma vez pela dona do restaurante, e se levantou.

Depois disso, por que motivo as duas foram se embrenhar na escuridão de um terreno baldio às margens do rio em Hama-cho, tampouco Tomi lembrava ao certo. Enquanto tentava impedir à força que Hide fosse embora, é possível que suas pernas a houvessem levado naturalmente naquela direção. De qualquer modo, não foi por possuir intenção assassina desde o princípio que Tomi a conduziu até ali.

Depois de discutirem com mais duas ou três trocas de palavras, Hide riu tanto que foi possível ver seus dentes brancos mesmo sob o lusco-fusco que restava apenas na superfície do rio:

— Pode falar o quanto quiser, mas não tem jeito! Aposto que é por ser assim tão chata que Matsu odeia você.

Essa foi a frase decisiva, disse Tomi em seu depoimento, explicando assim o que sentiu naquela ocasião:

— ... Quando ouvi isso, o sangue me subiu à cabeça e, bem, como dizer, me senti igual a um bebê no escuro quando quer alguma coisa ou está triste, e que, como não tem palavras para reclamar, só consegue chorar como se pegasse fogo, e fica agitando as mãozinhas e os pezinhos como um louco, porque a minha mão, que também se agitava tanto que eu nem podia me reconhecer, sem que eu percebesse já tinha desembrulhado a trouxa e agarrado a faca, e o corpo de Hide, no meio da escuridão, acabou se esbarrando contra essa minha mão que segurava a faca tremendo, sim, não existe outra maneira de descrever o que aconteceu.

Com essas palavras, todo o público — incluindo Honda — teve a visão nítida de um triste bebê agitando as mãos e os pés na escuridão.

Depois de Tomi Masuda contar sua história até aí, cobriu o rosto com ambas as mãos e começou a soluçar; o sacudir dos ombros do uniforme de presidiária, visto por trás, foi observado antes como digno de pena, graças à sua parca corpulência. A atmosfera dos assentos destinados ao público foi se alterando gradualmente para algo diferente daquela manifesta curiosidade do começo.

As janelas — esbranquiçadas pela chuva que continuava a cair — vertiam para dentro do local uma luz soturna, ao centro da qual estava Tomi Masuda, que parecia ser a única representante de todas as emoções dos seres humanos vivos que respiram, se entristecem e soltam gemidos. Só a ela, por assim dizer, fora conferido o direito a essas emoções. Se até pouco tempo antes as pessoas estavam olhando apenas para o corpo suado e um pouco rechonchudo daquela mulher na casa dos trinta, agora prendiam a respiração e dilatavam as pupilas para ver o modo como uma forte emoção havia perfurado a pele de um ser humano e se movia à maneira de um camarão servido ainda vivo no prato.

Ela estava sendo observada por todos os lados. O pecado que fora cometido longe do olhar alheio agora tomava emprestado o corpo da mulher para, dessa forma, exibir sua figura bem em frente aos olhos de todos, revelando[101] suas especificidades com muito mais clareza do que boas intenções ou virtudes. Mesmo as atrizes de palco, que exibem de si apenas aquilo que querem exibir, não serviriam de comparação ao modo como Tomi Masuda era observada à exaustão. Por assim dizer, era o mesmo que ter o mundo inteiro como adversário — um mundo de pessoas que observam. O advogado que estava ao lado dela parecia cadavérico demais para poder ajudá-la. A miúda Tomi, mesmo sem os pentes e palitos que adornam os cabelos femininos, sem qualquer tipo de joias, sem um quimono luxuoso

---

101. Em japonês, *kaiken*, termo budista da seita Tiantai. No contexto religioso, o termo é usado para designar a revelação de que o Sutra do Lótus é o ensinamento máximo de Buda, teoria defendida por esta seita.

capaz de atrair a atenção alheia, mas mostrando-se apenas como uma criminosa, conseguiu ser feminina o bastante.

— Se o sistema de júri tivesse se difundido no Japão, baixa-se a guarda em um caso como este e poderia até acabar em absolvição — o estudante sussurrou ao ouvido de Shigekuni mais uma vez.

Shigekuni estava pensando: uma vez que se começa por um único momento a agir seguindo as leis da paixão humana, não existe ninguém capaz de deter tal ação. Essa era uma teoria que jamais seria aceita pelo direito moderno, que tem como premissas a razão e a consciência humana.

Por outro lado, Shigekuni pensava assim: o julgamento ao qual ele começara a assistir imaginando não ter relação consigo mesmo, agora, era verdade, havia deixado de ser algo desconexo; em contrapartida, serviu como uma pista para que ele descobrisse a si mesmo como alguém que jamais entraria em contato direto com essa paixão vermelha como lava vulcânica que Tomi Masuda havia expelido em frente aos seus olhos.

Porque parte das nuvens se dissipara, o céu ficou mais claro apesar de ainda chuvoso e, por um breve momento, transformou a precipitação contínua em uma chuva com sol.[102] A luz, fazendo brilhar as gotas no vidro da janela todas ao mesmo tempo, incidia como uma ilusão.

Honda desejou que sua razão fosse sempre como essa luz, mas ele já não era capaz de se desvencilhar da disposição de espírito sempre propensa a ser atraída pela quente escuridão. No entanto, essa quente escuridão era para ele um mero fascínio. Nada mais que isso, um fascínio. Kiyoaki também: era um fascínio. E esse fascínio que lhe sacudia a vida desde as profundezas estava, na verdade, ligado não à vida em si, mas ao destino.

Honda pensou que, por algum tempo, deveria se abster de advertir Kiyoaki e apenas observar.

---

102. Em japonês, *kitsune-ame* (chuva de raposa), em referência à lenda de que raposas, animais traiçoeiros e criadores de ilusões no folclore do Japão, supostamente realizam seu casamento em dias assim.

XXX

Quase chegavam as férias de verão na Gakushuin quando ocorreu um incidente.

O anel de esmeralda do príncipe Pattanadid desapareceu. A questão se agravou porque Kridsada criou tumulto ao afirmar que se tratava de roubo, uma imprudência pela qual o primo o repreendera, pedindo que mantivesse o assunto somente entre os mais íntimos — embora nesse ponto concordasse com ele, pois no fundo do coração também acreditava que o anel fora roubado.

A escola demonstrou a reação mais pertinente em relação ao tumulto causado por Kridsada. Afirmaram que, na Gakushuin, não existia a possibilidade de roubo.

O rebuliço foi suficiente para acentuar ainda mais a saudade que os príncipes sentiam da terra natal, fazendo com que enfim desejassem regressar a seu país; entretanto, o que de fato fez com que eles e a escola se antagonizassem foi o seguinte acontecimento.

Enquanto o diretor do dormitório escutava com atenção a história dos príncipes, percebeu que os testemunhos eram um pouco discrepantes. Embora houvessem se apercebido do desaparecimento quando voltaram ao quarto depois de fazer uma caminhada de fim de tarde pelo terreno da escola, regressar ao dormitório e ir jantar, Kridsada dizia ter visto o primo sair para o passeio com o anel no dedo e deixá-lo no quarto quando foram ao refeitório — e que, portanto, o roubo havia ocorrido durante a refeição —, ao passo que para Pattanadid, a própria vítima, os acontecimentos eram tão difusos que ele precisou pensar e repensá-los, afirmando enfim que sem dúvida levava o anel no dedo durante a caminhada, mas não sabia se de fato o havia deixado no quarto na hora do jantar.

Esse era um ponto bastante importante para poder inferir se havia sido um caso de roubo ou de perda. Portanto, o diretor os indagou sobre o trajeto do passeio, e conseguiu confirmar que, como naquele dia o pôr do sol estava muito bonito, eles haviam passado pela cerca do Mirante Imperial, um local de entrada proibida, e se deitado ali por algum tempo sobre a grama.

Quando o diretor confirmou essa informação, era uma tarde de mormaço em que a chuva ora caía, ora cessava. Ele logo decidiu instigar os príncipes, dizendo que ele também os acompanharia para que, juntos, os três vasculhassem cada canto do lugar.

O Mirante Imperial era uma pequena elevação plana e rodeada por um gramado, situado a um canto do pátio de treinamento de artes marciais, e fora preservada como lembrança da ocasião em que o imperador Meiji assistira ali à prática dos estudantes. Era considerado um dos locais sagrados da escola, perdendo em importância apenas para o Altar da Sakaki, construído em homenagem à árvore de sakaki plantada pelas mãos do próprio imperador.

Acompanhados pelo diretor, os dois príncipes desta vez ultrapassaram oficialmente a cerca para subir ao Mirante Imperial, porém, com a relva molhada pela chuva fina, não foi fácil procurar por todas as partes daquele terreno elevado de quase duzentos metros quadrados.

Como acharam que não seria suficiente se restringir ao lugar em que estiveram conversando deitados, ficou decidido que os três dividiriam esforços procurando minuciosamente cada qual em um canto diferente; assim, enquanto tinham as costas fustigadas pela chuva que se intensificara, mais uma vez foram varrendo a grama, folha por folha.

Kridsada pôs-se ao trabalho no gabinete ao ar livre que lhe fora designado enquanto murmurejava queixas, demonstrando em suas maneiras um quê de resistência; Pattanadid, entretanto, por se tratar afinal de seu próprio anel, mostrou-se dócil e lançou os olhos compenetrado ao redor, começando pelo aclive em um dos vértices do terreno.

Inspecionar a relva uma folha por vez, com tanta meticulosidade, foi uma experiência inédita para o príncipe. A minúcia deveu-se também ao fato de que, embora se fiasse no lampejo dourado de Yasuka, o verde da esmeralda seria bastante fácil de confundir com a cor daquela grama.

A chuva escorria pelo colarinho alto do uniforme e se infiltrava até mesmo nas costas, deixando o príncipe saudoso das gotas tépidas da estação de chuvas de seu país natal. O verde pálido das raízes das folhas fazia imaginar incidir ali a luz do sol, mas as nuvens não haviam se dissipado: eram as pequenas flores brancas de ervas daninhas por entre a grama molhada que, mesmo cabisbaixas por causa da chuva, preservavam ainda um brilho seco em suas pétalas farinhentas. Em certas ocasiões, ele avistava uma sombra através da folha de alguma erva daninha mais alta em forma de serra e — apesar de saber que o anel não poderia estar se escondendo dessa maneira —, se experimentava então virar a folha do avesso, descobria, por exemplo, que ela abrigava um pequeno besouro a fugir da chuva.

Por aproximar demais os olhos da relva, as folhas passaram a se mostrar cada vez mais gigantescas, remetendo à opulência das densas florestas de seu país natal na estação chuvosa. Aqueles cúmulos resplandecentes se espalharam de imediato por entre a grama, com o céu azul profundo de um lado, porém encoberto pela escuridão no lado oposto, sugerindo o violento tonitruar dos trovões.

O que o príncipe buscava extasiado dessa forma não era mais o anel de esmeralda. Ele agora buscava em vão a memória perdida do rosto de Ying Chan, que não se deixava capturar de jeito nenhum, enquanto continuava a ser ludibriado por cada uma das folhas de grama. Sentiu vontade de chorar.

Nesse momento, os estudantes do grêmio desportivo iam passando pelo local trazendo os suéteres pendurados no ombro da roupa de treino e os guarda-chuvas abertos, mas estacaram o passo ao observar a cena.

Os rumores sobre o desaparecimento do anel já haviam se espalhado. Não obstante, eram extremamente poucos aqueles dispostos a demonstrar amabilidade ou compaixão quanto à busca ardorosa, quanto à perda ou quanto ao próprio anel de um rapaz que pensavam ter hábitos frouxos. Ao compreenderem ser esse mesmo anel que o príncipe agora procurava em meio à chuva, voltado para o chão, e movidos também pelo ódio a Kridsada — que havia espalhado o rumor sobre o roubo —, os estudantes dispararam em uníssono contra eles palavras de escárnio carregadas de veneno.

No entanto, ainda não havia entrado em seus campos de visão a silhueta do diretor do dormitório. Espantados ao ver o rosto do senhor que nesse instante se levantou, eles viraram as costas calados e debandaram assim que este lhes pediu que viessem todos ajudar.

Os três já se aproximavam uns dos outros em seu avanço rumo ao centro do terreno, sentindo que as esperanças começavam a se dissipar. Foi então que a chuva se afastou e deixou o sol lançar seus raios tímidos. Os feixes inclinados da tarde já avançada fizeram cintilar a relva molhada, que contorcia de forma complexa a luz que trespassava as pontas das folhas.

O príncipe Pattanadid avistou, tombada em uma dessas sombras formadas pela grama, a inconfundível luz verde da esmeralda a abrigar sua mescla de diferentes tons. Contudo, ao que o príncipe apartou a grama com as mãos molhadas, colubreava ali uma parca luz dispersa pela terra — apenas o brilho dourado das raízes, sem a forma do anel.

Kiyoaki ouviu mais tarde a história da busca infrutífera. Embora o diretor do dormitório houvesse, à sua maneira, agido de boa-fé, era inegável que ele causara nos príncipes um sentimento de humilhação desnecessário. Como esperado, isso os motivou a fazer as malas, sair do dormitório e ir se hospedar no Hotel Imperial, revelando então a Kiyoaki que pretendiam regressar em breve ao Sião.

O marquês Matsugae ficou consternado ao ouvir do filho essa história. Caso observasse de braços cruzados os príncipes retornarem a seu país, por certo estaria permitindo que se criasse uma ferida irremediável no coração dos jovens, para quem as lembranças do Japão restariam por toda a vida como algo abominável. O marquês tentou solucionar a animosidade entre a escola e os príncipes, mas estes se comportaram com teimosia, de modo que não existia no momento nenhuma perspectiva de sucesso para uma mediação como essa. Ele então esperou algum tempo e chegou a outro plano: antes de tudo, deveria impedir o retorno dos príncipes, e depois pensar em um método de lhes amolecer o coração.

Por sorte, aproximavam-se as férias de verão.

Mediante consulta a Kiyoaki, o marquês decidiu que convidaria os príncipes para a casa de praia da família Matsugae quando começassem as férias, e enviaria o filho para lhes fazer companhia.

XXXI

Kiyoaki obteve permissão do pai para também convidar Honda; portanto, no primeiro dia de verão, os quatro jovens, entre eles os príncipes, partiram de Tóquio em uma locomotiva.

Sempre que seu pai ia até a casa de praia em Kamakura, por costume era recebido à saída do trem pelo prefeito, pelo chefe da delegacia de polícia e por grande número de outras pessoas, além de ser comum carregarem areia branca da orla para cobrir o caminho que levava da estação de Kamakura até sua casa em Hase; entretanto, como o marquês comunicara de antemão à cidade que não fossem de modo algum receber os rapazes, pois deveriam tratá-los como estudantes apesar de seu status de príncipes, os quatro tomariam riquixás na estação e poderiam chegar à casa de forma mais descontraída.

No ponto onde terminaram de subir o desvio no caminho envolto pelas folhas verdes, despontou o grande portão de pedras da propriedade. Gravados no pilar do portão se viam os caracteres "Vila em Zhongnan", pois a casa fora batizada com o título do poema de Makitsu O.[103]

Essa Vila em Zhongnan japonesa ocupava toda a extensão de um vale de mais de três mil e trezentos hectares. A casa de telhado de palha construída pelo antigo patriarca da família se perdera em um incêndio alguns anos antes, mas o marquês atual erguera de imediato em seu lugar uma mansão com doze quartos de hóspedes combinando os estilos oriental e ocidental, e reconstruiu em sua totalidade o jardim que se estendia para o sul desde o terraço, transformando-o em um jardim à moda do Ocidente.

A partir desse terraço voltado para o sul se via logo em frente, à distância, a grande ilha de Ooshima e seu vulcão, cuja erupção de chamas se tornava uma lanterna longínqua no céu noturno. Era possível ir até a praia de Yuigahama caminhando cinco, seis minutos ao longo do jardim. Às vezes o marquês se

---

103. Pronúncia japonesa do nome de Wei Wang (699-759), um dos poetas chineses mais reverenciados durante a dinastia Tang. O poema aqui referido (em japonês: "Shunan Betsugyo"; em chinês: "Zhongnan Bieye") descreve a beleza da paisagem e de seu estado de espírito no retiro singelo que construiu para si nas montanhas Zhongnan.

divertia imensamente usando uma luneta no terraço para observar a esposa tomando banho de mar lá embaixo. No entanto, como a paisagem da lavoura que se interpunha entre a propriedade e o oceano era bastante desarmoniosa, bloqueou-a plantando uma floresta artificial de pinheiros ao redor da borda sul do jardim, a qual ligaria a vista deste diretamente ao mar uma vez que atingisse o apogeu de seu esplêndido crescimento — decerto fazendo com que se perdesse, em contrapartida, a distração proporcionada pela luneta.

Sequer existia algo que pudesse se comparar à majestade desse panorama em um dia de verão. Visto que o vale se abria em forma de leque, as áreas de Inamuragasaki à direita e a de Iijima à esquerda podiam ser contempladas como se fossem de fato uma continuação direta da cumeeira das montanhas a leste e oeste do jardim, e tudo o que a vista alcançava, inclusive o céu e a terra, bem como o mar cercado pelos dois cabos, conferia a sensação de existir dentro dos confins da vila Matsugae. Invadiam as terras apenas o vulto das nuvens que se espraiavam a seu bel-prazer, as raras sombras dos pássaros e as pequenas silhuetas de barcos que viajavam em alto-mar.

Por conseguinte, na estação estival, quando as nuvens parecem adquirir uma aura hercúlea, imaginar-se-ia presenciar ali uma dança turbulenta encenada por elas, que tinham no recôndito das montanhas em forma de leque os assentos para sua plateia e, na vasta superfície do mar, o seu palco. No passado já havia ocorrido de Kiyoaki permanecer fitando por um dia inteiro as alterações sutis nas nuvens sobre o mar, daquele mesmo terraço onde o marquês fizera questão de assentar a dura madeira de teca em um padrão xadrez depois de repreender o arquiteto — que não consentia em utilizar parquê para um ambiente externo — e vencê-lo ao perguntar: "Por acaso o convés dos navios também não é de madeira?"

Isso havia transcorrido no verão do ano anterior.

Uma luz lúgubre atingia até as reentrâncias mais profundas dos cúmulos-nimbos, estagnados em alto-mar como leite coalhado. Essa luz desenterrava as partes mais carregadas de sombras e as exibia com robustez exacerbada. Ainda assim, nos vales entre nuvens, onde a luz se detinha langorosa, parecia cair em modorra um tempo distinto, várias vezes mais pachorrento que o tempo cá embaixo. Nas partes em que uma das faces das arrojadas nuvens era tingida pela luz, pelo contrário, parecia transcorrer um tempo muito mais trágico e veloz. Qualquer uma dessas representava uma região de ausência absoluta de pessoas. Por isso mesmo, lá tanto a modorra quanto a tragédia eram ambas travessuras da mesma qualidade.

Se ele concentrasse o olhar, não mudavam de forma um pouco sequer; se transferisse os olhos por um só instante para outro lugar, a forma era logo outra. A crina varonil de uma nuvem, antes que ele pudesse perceber, se desgrenhou como os cabelos de quem acaba de despertar. Enquanto a fitou, ela se manteve imóvel, ainda desgrenhada, como que indiferente a ele.

O que a descomporia? Como se experimentasse um relaxamento mental, uma forma branca e sólida como aquela, tão inflada pela luz que a preenchia, no momento seguinte acabava se afogando nas emoções mais frouxas e tolas. Além do mais, isso representava para ela uma libertação. Por vezes acontecia de Kiyoaki observar as nuvens esfarrapadas enfim se aglomerarem, vindo invadir o jardim como uma estranha tropa de sombras. Nesses momentos, encobriam-se primeiro a areia da praia e a plantação; depois, o extremo sul do terreno até as áreas mais próximas; e, conforme ia se encobrindo em um rompante a inclinação do terreno — onde se encontravam bordos, sakaki, plantas do chá, falsas-árvores-da-vida, dafnes, dodan, mokkoku, pinheiros, buxos, pinheiros-de-buda e outras árvores densamente plantadas e podadas à imagem do jardim ornamental da Vila Imperial Shugakuin —, que até havia pouco reluzia com o mosaico de cores criado pela intensa luz do sol sobre as pontas das folhas, encobria-se até mesmo o canto das cigarras, como que em luto.

Era belo em particular o brilho do entardecer. Toda e cada nuvem que se avistava dali, ao chegar a hora do crepúsculo, parecia captar com antecedência se a cor com que em breve deveria se tingir seria vermelha, púrpura, laranja-amarelada ou verde-claro. Antes de se colorirem, as nuvens sempre se empalideciam devido ao nervosismo…

— Que jardim incrível, não é mesmo? Eu nem imaginei que o verão japonês pudesse ser tão bonito — disse Chao Pi, os olhos brilhando.

Não havia nada tão adequado a esse lugar quanto a pele morena dos dois príncipes que se encontravam em pé no terraço. Hoje estava claro que o coração deles resplandecia.

Apesar de Kiyoaki e Honda sentirem que a luz do sol era bastante intensa, os príncipes a sentiam branda e oportuna. Eles não se fartavam de estar sob os raios de sol.

— Depois de tomarmos um banho e descansarmos um pouco, eu mostro o jardim para vocês — disse Kiyoaki.

— Por que é preciso descansar um pouco? Nós quatro não somos todos jovens e saudáveis? — perguntou Kridsada.

Para os dois príncipes, a mais necessária de todas as coisas — mais que Ying Chan, o anel de esmeralda, os amigos ou a escola — talvez fosse o "verão", refletiu Kiyoaki. O verão aparentava suprir qualquer escassez, mitigar qualquer angústia, compensar qualquer infelicidade que eles sentissem.

Enquanto pensava saudoso no verão escaldante do Sião que ele sequer conhecia, Kiyoaki também sentiu a si próprio se inebriar com a estação que se alastrava com ímpeto ao redor deles. O canto das cigarras envolvia o jardim, e o gélido intelecto evaporava de sua fronte como suor frio.

Os quatro se reuniram diretamente ao redor do relógio de sol no centro do amplo gramado, bastante mais abaixo do terraço.

1796 Passing Shades

Essas eram as letras gravadas no antigo relógio de sol, que mantinha seu ponteiro de bronze com arabescos de folhagens, de formato similar a uma ilha com o pescoço alongado, fixo entre o noroeste e o nordeste, no local marcado pelo doze romano; a sombra do ponteiro, porém, já se aproximava das três horas.

Honda, enquanto tateava com o dedo a região junto ao S na face do relógio, fez menção de perguntar aos príncipes em que sentido exatamente ficava o Sião, mas se conteve por temer estimular sem necessidade o anseio pela terra natal. Em seguida, sem se dar conta, voltou as costas para o sol e cobriu o relógio com a própria sombra, acabando por apagar aquela das três horas.

— Sim, é isso. É só fazer assim mesmo — disse Chao Pi ao descobrir o que acontecera. — Se você ficar desse jeito o dia inteiro, vai conseguir apagar o tempo. Já decidi: depois que voltar para o meu país, vou mandar construírem um relógio de sol no jardim e, quando houver algum dia espetacular e feliz, vou pedir a um criado que o cubra o dia inteiro com sua própria sombra, para interromper a passagem do tempo.

— Seu criado vai acabar morrendo de insolação, não vai? — Honda conduziu mais uma vez a intensa luz do sol até a face do relógio, dizendo isso enquanto ressuscitava a sombra das três horas.

— Não, os criados do nosso país não sofrem, ainda que passem o dia todo debaixo do sol. Apesar de a força do sol ser umas três vezes maior que aqui — falou Kridsada.

Kiyoaki imaginou que aquela pele morena e luzidia sem dúvida ocultava dentro do corpo um breu fresco e escuro. Portanto, os dois príncipes provavelmente repousavam sob a sombra de sua própria árvore individual.

Visto que Kiyoaki deixara escapar aos príncipes um comentário sobre como era divertido passear pelo caminho na montanha que havia aos fundos, Honda viu-se em maus lençóis, sendo obrigado a seguir todos na trilha montanhosa antes mesmo que encontrasse folga para conter o suor. Ele contemplou estarrecido o ímpeto com que Kiyoaki se dispôs a tomar a dianteira, não obstante sua antiga falta de entusiasmo para fazer qualquer coisa que fosse.

Contudo, ao galgarem até o ponto inicial da cumeeira, onde a sombra dos pinheiros inflava o espaço a contento com a brisa marítima e a faixa traçada pela praia de Yuigahama parecia cintilar, o suor da escalada foi eliminado de imediato.

Os quatro rapazes recobraram o vigor de seus tempos de criança e, com Kiyoaki na liderança, avançaram pela estreita passagem na cumeeira, cuja metade se via invadida pelos bambus-sasas e samambaias. Em algum ponto Kiyoaki interrompeu o movimento das pernas, que esmagavam as folhas secas caídas no ano anterior, para apontar a noroeste e gritar assim:

— Vejam. Só dá para avistar daqui.

Os jovens, parados em pé, admiraram através dos espaços entre as árvores o vilarejo formado ao redor de um templo, que se estendia pelo vale abaixo de seus olhos com uma disposição bastante desordenada de casas, e descobriram a figura do Grande Buda[104] que de lá se erguia ao firmamento.

As dobras das vestes no dorso arredondado de Buda se viam em poucos detalhes logo em frente, ao passo que de seu rosto se podia espreitar apenas o perfil e, de seu peito, um ínfimo relance além da graciosa linha formada

---

104. Refere-se ao Grande Buda de Kamakura, no templo Kotoku-in, uma estátua de bronze de Amitaba com 13,35 metros de altura.

pela manga que fluía suave do ombro também arredondado; o brilho do sol fazia cintilar a curvatura dos ombros de bronze, porém, e era límpida a luz que incidia espalmada sobre o largo torso no lado distante. O sol já cadente colocava em minucioso relevo cada um dos pequenos cachos de seu cabelo crespo de bronze. O lóbulo alongado que pendia ao lado bem se assemelhava a uma curiosa e comprida fruta seca pendendo de uma árvore tropical.

Honda e Kiyoaki se espantaram com o comportamento dos príncipes, que se prostraram de joelhos no chão assim que contemplaram a estátua. Sem qualquer zelo pelas calças de linho branco com vincos em linha reta, os dois príncipes fincaram os joelhos no acúmulo de folhas de bambu molhadas e uniram as mãos em prece àquela imagem de Buda a céu aberto, que se banhava longínqua com o sol estival.

Kiyoaki e Honda trocaram um indiscreto relance de olhares. Uma fé daquela já se encontrava distante de ambos e, por mais que procurassem, não a encontrariam em nenhuma parte de suas vidas diárias. Apesar de, é evidente, não possuírem sentimentos que os levassem a escarnecer essa nobre veneração, tiveram a impressão de que as pessoas que eles até então consideravam seus iguais, como amigos de escola, haviam inadvertidamente alçado voo para um mundo apartado, um mundo de ideias e de fé.

XXXII

Depois do passeio pela montanha nos fundos da casa e de caminharem por todos os lados do jardim, os quatro enfim sossegaram o coração e repousaram na sala japonesa pela qual soprava a brisa do mar, onde abriram as garrafas de limonada que haviam se enregelado com a água de poço trazida de Yokohama. Com isso o cansaço foi curado de pronto, e, instigados pela inquietação de querer ir até o mar antes de o sol se pôr, cada qual fez seus preparativos. Kiyoaki e Honda, ao estilo da Gakushuin, cingiram uma tanga vermelha, jogaram por cima do corpo uma roupa de banho de algodão branco costurada em ponto-cruz, transparente nas costas e nas laterais, colocaram um chapéu de palha e esperaram pela demorada arrumação dos príncipes. Quando estes apareceram depois de algum tempo, exibiam as carnes de brilho trigueiro dos ombros, que despontavam para fora da roupa de banho de listras horizontais e fabricação britânica.

Apesar da amizade de tão longa data, Kiyoaki nunca havia convidado Honda para a casa de praia durante o verão. Ele o havia chamado somente uma vez para apanharem bolotas no outono; por conseguinte, a última vez que Honda vira Kiyoaki entrar no mar fora nos tempos de infância, na praia de banho da Gakushuin em Katase, em uma época na qual os dois sequer compartilhavam uma intimidade tão especial quanto a de agora.

Os quatro desceram correndo em linha reta pelo jardim, atravessaram o bosque de pinheiros ainda jovens na divisa deste, continuaram pela extensa plantação e chegaram à areia.

Os príncipes caíram no chão de tantas risadas quando viram Kiyoaki e Honda se aquecerem devotadamente antes de entrar na água. Essa risada continha, a bem dizer, uma leve vingança pelo fato de os dois haverem ficado somente observando de longe o Buda, sem se prostrarem; aos olhos dos príncipes, com certeza parecia risível uma obediência religiosa moderna como essa, dedicada apenas a si próprio.

No entanto, essa mesma risada era ainda um símbolo da descontração atual dos príncipes, pois havia muito tempo desde que Kiyoaki vira tão radiante a fisionomia dos amigos de além-mar. Depois de brincarem a contento dentro da água, Kiyoaki já havia esquecido sua obrigação de atender às necessidades dos convidados na qualidade de anfitrião; como os príncipes vinham conversando em seu próprio idioma, e Kiyoaki e Honda em japonês, os dois pares se deitaram na areia afastados um do outro.

Envolvido por nuvens rarefeitas, o sol poente já havia perdido a intensidade das horas anteriores, mas, para a pele especialmente branca de Kiyoaki, esse era seu estado mais conveniente. Ele confiou à areia o corpo molhado e coberto apenas pela tanga vermelha, deitando-se relaxado, voltado para cima, e fechou os olhos.

Honda, à sua esquerda, encarava o mar sentado de pés juntos e pernas abertas sobre a areia. O mar estava especialmente manso, mas a vista das ondas fascinou seu coração.

Só era possível imaginar que seus olhos estavam à mesma altura do mar; portanto, era curioso o modo como, ainda assim, este parecia terminar logo ali em frente, e que a partir dali começava a terra.

Honda, enquanto transferia um punhado de areia seca de uma palma para a outra, apanhando alheado novos grãos quando a areia escorria toda e deixava sua mão vazia, teve os olhos e o coração roubados pelo mar.

O mar terminava logo ali. Um mar tão abrangente, de força tão transbordante, terminava logo em frente aos seus olhos. Seja no tempo, seja no espaço, não existe nada que pareça tão misterioso como estar parado em uma fronteira. A ideia de colocar o corpo em uma fronteira tão descomunal como essa entre o mar e a terra, portanto, acaso não provocaria a sensação de se estar presenciando um momento histórico gigantesco, da passagem de uma era para outra? E assim, a era atual em que Honda e Kiyoaki viviam também não seria mais que uma única linha de recuo da maré, uma única linha de beira-mar, uma única fronteira.

… O mar terminava logo ali em frente aos olhos.

Ao olhar para o fim das ondas, compreendia que elas terminavam ali tragicamente ao cabo de um esforço muito longo, infindável. Ali terminava um único desígnio de grandiosidade extrema, de proporções pan-oceânicas, que percorria o mundo inteiro.

… Entretanto, ainda que assim fosse, que fracasso mais harmonioso, que fracasso mais terno! Os pequenos adereços dos últimos resquícios de onda perdiam de imediato o desalinho de suas emoções, fundiam-se ao espelho de areia plano e molhado e, no momento em que se tornavam apenas espuma fugaz, seu corpo já havia retrocedido quase por completo ao interior do mar.

As ondas dos quatro ou cinco níveis que havia, contando a partir daquelas brancas que vinham se desfazendo desde o mar bastante alto, continuavam sempre sincronizadas a desempenhar cada uma o seu respectivo papel — arroubo, ápice, destruição, harmonia e retrocesso.

As ondas que mostravam seu suave ventre cor de oliva e então se despedaçavam eram turbulentas e bramantes; todavia, seu bramido gradualmente se transformava em um mero grito, e o grito, ao final, terminava em um sussurro. Os grandes e alvos cavalos galopantes se apequenavam, em pouco tempo desapareciam os corpos equinos daquela fileira varonil e, por último, eram apenas as pisoteantes ferraduras brancas que restavam à beira-mar.

Duas ondas já quebradas que invadiam o espaço uma da outra, assumindo a forma de um leque aberto com desleixo à esquerda e à direita, em algum momento acabaram se derretendo dentro do espelho da areia; entretanto, mesmo então, seus reflexos nesse espelho continuavam a se mover entusiasmados. Mais próximo dali era refletido o ebulir das ondas brancas a se erguer na ponta dos pés, em uma aguçada forma vertical que se assemelhava a cintilantes agulhas de gelo.

Dentre as ondas que se apinhavam em várias camadas vindo mais e mais para cá, para além daquelas que retrocediam, não existia uma única que voltasse seu suave dorso branco. Todas almejavam unânimes chegar até aqui, e unânimes rangiam os dentes para fazê-lo. Mesmo assim, ao remeter o olhar para o fundo, muito mais para o fundo, inclusive as ondas que até então se viam poderosas à beira-mar começavam a parecer, na verdade, somente o fim de uma expansão rarefeita e esmorecida. Pouco a pouco, na direção do oceano profundo, as águas se tornavam encorpadas, os elementos diluídos da linha de beira-mar se concentravam, cada vez mais comprimidos até chegar ao denso verde do horizonte, onde o azul infinitamente espessado pela fervura atingia a forma de um único e rígido cristal. Embora o mar dissimulasse distância e expansão, era esse cristal que representava sua verdadeira essência. Esse algo coagulado em azul, nos confins da repetição de ondas ralas e alvoroçadas, esse sim era o mar.

Ao divagar até esse ponto, cansaram-se tanto os olhos quanto o coração de Honda, e ele transferiu as vistas para a silhueta deitada de Kiyoaki, que desde momentos antes ele vinha pensando ter de fato caído no sono.

Seu físico alvo, belo e flexível lograva um contraste vívido com a tanga vermelha que lhe servia como única peça de roupa, enquanto o reluzir da areia já seca e dos minúsculos fragmentos de conchas ressaltava a região onde o ventre branco, que respirava ligeiramente, se interligava à borda superior do tecido. Como Kiyoaki por acaso erguera o braço esquerdo para apoiá-lo atrás da cabeça, Honda notou abaixo de sua axila, em um ponto mais afastado do botão de cerejeira ao qual se assemelhava seu mamilo esquerdo, ou seja, em uma parte do corpo em geral escondida pelo membro superior, o modo como se aglomeravam três verrugas extremamente pequenas.

Marcas corporais são algo curioso: essas verrugas que ele descobrira pela primeira vez depois de uma longa relação foram interpretadas por ele como um segredo que o amigo acabara revelando sem querer, motivo pelo qual hesitou olhar para elas. Ao fechar os olhos, os três sinais pairavam por trás de suas pálpebras como nítidos vultos de pássaros distantes, no céu de um entardecer que lançava uma luz branca ainda mais forte. Teve a impressão de que o bater de asas em breve se aproximou, traçando a forma de três pássaros a assomar sobre sua cabeça.

Outra vez abriu os olhos e encontrou Kiyoaki a expelir a respiração adormecida por suas narinas bem delineadas, fazendo brilhar os dentes úmidos e imaculados por entre o delgado vão dos lábios entreabertos. Os olhos de Honda se dirigiram de novo para as verrugas junto às costelas. Desta vez, elas se mostraram como grãos de areia incrustados nas carnes brancas de Kiyoaki.

Com efeito, com a praia de areia seca terminando logo em frente aos olhos de Honda, embora o areal próximo à beira-mar se retesasse negro, cobrindo-se aqui e ali com padrões tingidos por grãos brancos, nele se gravavam em relevo os leves vestígios das ondas: seixos, conchas, folhas secas e itens análogos engastados com justeza como se estivessem fossilizados, dentre os quais inclusive as pedras mais minúsculas se desdobravam em leque na direção do mar, formando os rastros da água que recuara.

E não eram apenas seixos, conchas e folhas secas. Uma vez que estavam encastoados de igual maneira sargaços, pequenos pedaços de madeira, restos de palha e até cascas de tangerinas, todos trazidos pelo mar, era plausível que mesmo na carne branca e rígida das costelas de Kiyoaki se incrustassem ínfimos grãos de areia pretos.

Porque a ideia lhe parecesse bastante lastimável, Honda permaneceu cogitando se não haveria alguma técnica para remover os sinais sem despertar Kiyoaki, mas, conforme continuou a fitar compenetrado, graças ao movimento saudável dessas diminutas partículas quando acompanhavam a respiração do peito, começou a pensá-las como uma parte nem um pouco inorgânica da carne de Kiyoaki — ou seja, nada mais do que verrugas.

Conjecturou que elas de algum modo traíam a elegância do corpo do amigo.

Porventura sentindo o olhar fixo demasiado intenso sobre sua pele, Kiyoaki abriu os olhos de repente e levantou a nuca como que para seguir o rosto de Honda, desorientado após a troca de olhares, dizendo então:

— Pode me ajudar?

— Claro.

— A razão oficial de eu ter vindo para Kamakura é cuidar dos príncipes, mas, na verdade, quero apenas criar o boato de que não estou em Tóquio. Compreende?

— Eu pensei que seria mesmo isso.

— Vou deixar você aqui com eles e ir até Tóquio escondido de vez em quando, como você imagina. Não consigo ficar três dias sem ver aquela pessoa. Enquanto eu estiver ausente, vai ter que usar a cabeça para enganar os príncipes de algum jeito, e inventar uma boa desculpa se por acaso chegar um telefonema de Tóquio ou algo parecido. Esta noite, também, vou subir no vagão de terceira classe da última locomotiva até Tóquio, para voltar amanhã de manhã. Conto com você.

— Pode deixar.

Depois que Honda consentiu com vigor, Kiyoaki estendeu contente a mão e buscou apertar a dele. Disse ainda:

— O seu velho também vai ao funeral de Estado do príncipe de Arisugawa, não?

— É, parece que sim.

— Ele faleceu em boa hora. Pelo que ouvi ontem, graças a isso, parece que a cerimônia de celebração do noivado da família Toin vai ser adiada para bem mais tarde.

Devido às palavras do amigo, Honda sentiu novamente na pele o perigo da paixão de Kiyoaki, uma paixão conectada a assuntos de Estado.

Nesse momento, os príncipes vieram correndo atrapalhar a conversa dos dois, enovelando-se alegres entre si, e Kridsada disse ofegante em um japonês pueril:

— Sabe de que eu falei com Chao Pi agora? A gente falou de renascer!

XXXIII

Os rapazes japoneses se entreolharam por instinto ao ouvir uma afirmação como aquela, contudo o frívolo Kridsada nunca tivera placidez para ler algo na fisionomia de um interlocutor. Em comparação, Chao Pi, que viera acumulando diversos sofrimentos naquele país estranho no último meio ano, embora não possuísse as faces brancas o bastante para que pudessem enrubescer, deixava transparecer que estava hesitante em continuar falando no assunto. Em seguida, talvez por ter achado que assim soaria mais civilizado, começou a contar a história com um inglês desimpedido.

— Não, o que acontece é que, agora há pouco, eu estava conversando com Kridsada sobre as histórias do Jataka[105] que nossa ama de leite nos contava às vezes quando éramos crianças. Visto que até Buda, enquanto bodisatva, reencarnou diversas vezes em sucessão no passado (como um cisne de ouro, como codorna, como macaco ou como o rei das corças), nós nos divertimos tentando adivinhar qual teria sido a nossa vida anterior. Mas fiquei injuriado quando Kri disse que ele foi um corço e eu, um macaco, por isso afirmei que o corço fui eu, pois o macaco era ele; assim, começamos a brigar por isso. E vocês, o que acham que nós fomos?

Apoiar qualquer um dos dois seria uma falta de respeito, portanto Kiyoaki e Honda se ativeram a um sorriso, não oferecendo resposta. Então, a fim de mudar de assunto, Kiyoaki pediu que lhes contassem alguma das histórias do Jataka, pois ele e Honda eram completamente ignorantes a respeito delas.

— Bem, se é assim, que tal a história do cisne de ouro? — disse Chao Pi. — Esta é uma história a respeito da segunda reencarnação de Buda quando era bodisatva. Como vocês sabem, bodisatva é a forma assumida por um asceta em sua jornada antes de atingir a iluminação futura e, antigamente, o próprio Buda surgiu neste mundo como um. Em sua jornada, todo asceta deve buscar a Suprema Iluminação, ter compaixão por todos os seres e praticar cada uma das perfeições; diz-se que Buda, enquanto bodisatva, realizou sua jornada ao longo de reencarnações como diversos seres vivos.

---

105. Conjunto de diversas histórias de origem indiana que falam sobre as vidas passadas de Buda.

"Há muito tempo, um bodisatva nascido em uma casa de brâmanes desposou uma mulher da mesma casta social e, depois de conceber com ela três filhas, deixou este mundo e teve sua família adotada por outras pessoas.

"O bodisatva falecido renasceu em seguida no ventre de um cisne fêmea dourado, dotado com a sabedoria para recordar sua vida anterior. Após algum tempo, o cisne bodisatva cresceu, assumindo uma forma tão bela como poucas no mundo, coberto por uma plumagem de ouro. Quando essa ave se movia pela água, o seu vulto resplandecia como a luz do luar. Caso ela voasse por entre as árvores, as folhagens das copas se desbastavam em cestos de ouro. Se às vezes descansava em um galho, era como se nascesse um fruto dourado imprevisto, fora de época.

"O cisne compreendeu que tinha sido um homem na vida passada, e soube que a esposa e as filhas deixadas para trás foram adotadas por outra casa, onde a custo conseguiam subsistir por meio de trabalhos avulsos. Então ele pensou:

"'Cada uma das minhas penas, se forem trabalhadas com o martelo, podem ser vendidas como lâminas de ouro. De agora em diante, vou dar uma pena de cada vez à pobre e lastimosa companheira que deixei no mundo dos homens.'

"Em um dia qualquer, o cisne espiou pela janela a vida miserável da esposa e das filhas e foi assolado pelo sentimento de compaixão. Em contrapartida, a mulher e as crianças se espantaram com a figura reluzente da ave parada no quadro de sua janela e lhe perguntaram assim:

"'Nossa, que cisne dourado mais bonito! De onde você veio voando?'

"'Eu sou aquele que foi seu marido, aquele que foi seu pai. Depois de morrer, renasci no ventre de um cisne fêmea de ouro e, já que vim até aqui para vê-las, agora vou aliviar a vida sofrida que estão levando.'

"O cisne deu a elas uma de suas penas e saiu voando.

"Como ele continuou a vir vez ou outra para presentear uma de suas penas, a vida delas se preencheu com notável fartura.

"Certo dia a mãe disse para as filhas:

"'Não há como ler o coração dos animais selvagens. Então não sabemos quando o cisne que é pai de vocês vai deixar de vir. Na próxima vez que ele aparecer, vamos arrancar logo todas as penas, sem deixar nenhuma.'

"'Ai, que crueldade, mamãe', foi o que as filhas pranteraram em protesto, mas, como a ganância da mãe era profunda, em um dia que o cisne chegou voando ela o chamou para perto de si, apanhou-o com ambas as mãos e acabou arrancando cada uma de suas penas. No entanto, o curioso foi que, assim que ela as arrancou, as penas que antes eram tão douradas foram se tornando brancas como as de um grou. A mulher agarrou o cisne que no passado fora seu marido, agora incapaz de voar, e o colocou dentro de um jarro, dando-lhe de comer enquanto desejava somente que as penas de ouro crescessem mais uma vez. Contudo, as novas penas que nasceram eram todas brancas. Quando recuperou a plumagem completa, o cisne levantou voo, até se confundir como um ponto brilhando branco entre as nuvens, e nunca mais voltou.

"… Essa é uma das histórias do Jataka que nós ouvimos da nossa ama de leite."

Honda e Kiyoaki se espantaram pelo modo como a narrativa era, em grande parte, similar aos contos de fadas que lhes haviam narrado no passado, mas a conversa logo se transformou em um debate sobre a crença na reencarnação.

Kiyoaki e Honda jamais haviam se envolvido em uma discussão como essa até então, portanto não puderam evitar certo desorientamento. Aquele se voltou de relance para este, erguendo-lhe olhos inquisitivos. O fato de o egoísta Kiyoaki demonstrar sempre um ar desamparado ao entrar em debates abstratos servia antes para instigar Honda, espetando de leve o seu coração como um pontapé desferido com uma espora de prata.

— Se existe algo como nascer de novo — Honda continuou a conversa um tanto afobado —, até seria bom se se possuísse conhecimento da vida anterior, como o cisne da história de agora; no entanto, se não for assim, a mentalidade que foi interrompida, ou a ideologia que foi perdida, não deixam qualquer vestígio na vida seguinte, ou seja: começam à parte uma nova mentalidade, e uma ideologia sem relação… Desse jeito, se dispusermos cada um dos indivíduos reencarnados em fila sobre a linha do tempo, eles só podem assumir o mesmo sentido que os indivíduos de uma mesma época dispersos no espaço… Pois bem, isso não acaba anulando o sentido de algo como a reencarnação? E se você pensa na reencarnação como a continuidade de uma só ideologia, eu lhe pergunto: por acaso poderia existir alguma ideologia que reúna dessa maneira diversas outras desconexas? Como de fato não possuímos nenhuma recordação da vida anterior, já se vê que falar de reencarnação é similar ao esforço fútil de tentar provar algo para o qual é impossível existirem provas. Afinal, para prová-la, é preciso partir de um ponto de vista ideológico que compare e que contraste a vida anterior e a atual observando as duas em pé de igualdade; acontece, contudo, que as ideologias humanas sempre tomam partido ou do passado, ou do presente, ou do futuro, não havendo como uma pessoa escapar da casa da 'própria ideologia', situada no centro do curso da História. No budismo, o Caminho do Meio parece ser uma resposta, mas é duvidoso dizer que o Caminho do Meio é de fato uma ideologia orgânica capaz de ser possuída por seres humanos.

"Retrocedendo um passo, se pensarmos em todas as ideologias carregadas pelas pessoas como falácias individuais, faz-se necessário o ponto de vista de um terceiro, que possa distinguir as falácias passadas da falácia presente de uma única vida que reencarnou através das gerações; mas então apenas o ponto de vista desse terceiro seria capaz de provar o renascimento, ao passo que, para o próprio indivíduo renascido, isso permaneceria um eterno enigma. Além do mais, uma vez que o ponto de vista desse terceiro provavelmente seria o ponto de vista de quem já atingiu a iluminação, isso significa que a ideia de reencarnação só poderia ser captada por alguém que já tenha escapado ao ciclo de reencarnações; portanto, mesmo que essa pessoa compreenda enfim tal ideia, naquele instante essa mesma reencarnação deixa de existir, não é mesmo?

"Nós estamos vivos, porém possuímos morte em abundância. Nos velórios, nos cemitérios, nos buquês de flores murchas, nas memórias dos defuntos, na morte daqueles próximos a nós, logo em frente aos nossos olhos, e na pressuposição da nossa própria morte.

"Se é assim, talvez os mortos também possuam vida em abundância e diversidade. Nas pessoas que uma após a outra morrem nas cidades, nas escolas, nas chaminés de fábricas deste nosso mundo, um mundo observado a partir da terra dos mortos, e que lá nascem uma após a outra.

"Será que, contrário ao modo como nós vemos a morte pelo lado da vida, o renascer não passaria apenas de uma forma de expressar a vida quando observada pelo lado dos mortos? Isso não seria somente uma forma diferente de observar as coisas?"

— Se é assim, por que a ideologia e a mentalidade de alguém conseguem ser transferidas para outras pessoas mesmo após a morte? — protestou Chao Pi, com tranquilidade.

Devido à impaciência própria dos rapazes inteligentes, Honda asseverou com um tom um pouco desdenhoso:

— Essa questão e a do renascimento são diferentes.

— Diferentes por quê? — falou Chao Pi, com suavidade. — Você mesmo reconhece que uma mesma ideologia pode ser herdada por indivíduos diferentes, distantes no tempo, não é? Sendo assim, não seria nada fantástico se um mesmo indivíduo continuasse a ser herdado cada vez por ideologias diferentes, também distantes no tempo.

— Um gato e um ser humano são um mesmo indivíduo? Na história de há pouco você falou em seres humanos, cisnes, codornas, corças.

— Sob a ideia de renascimento, sim, são chamados de um mesmo indivíduo. Mesmo que a carne não continue, contanto que continue o pensamento iludido, não existe empecilho em pensar neles como um mesmo indivíduo. Talvez seja melhor não falar de indivíduos, mas chamá-los de "fluxos de uma única vida".

"Eu perdi aquele meu anel de esmeralda, tão cheio de memórias. Como o anel não é um ser vivo, não vai renascer. Mas eu pergunto, o que é a perda? Para mim, ela é como o fundamento primeiro para o surgimento. Algum dia aquele anel, tal como uma estrela de cor verde, certamente vai aparecer de novo em alguma parte do céu noturno."

Chegando a esse ponto, o príncipe pareceu ter desviado subitamente da questão, capturado pela angústia.

— Mas talvez aquele anel fosse algum ser vivo que mudou de forma às escondidas, não é mesmo, Chao Pi? — Kridsada reagiu com inocência. — E então, quem sabe ele não tenha fugido para algum lugar com as próprias pernas?

— Se é assim, até aquele anel, a esta altura, pode já ter renascido como uma pessoa tão bela quanto Ying Chan — Chao Pi se enclausurou de imediato dentro das recordações de seu próprio amor. — Mesmo nas cartas de outras pessoas me dizem que ela está bem. Então por que é só da própria Ying Chan que não chega nenhuma carta? Alguém está tentando me manter consolado.

Honda, por outro lado, não prestou atenção a essas palavras e especulou a respeito do curioso paradoxo dito havia pouco por Chao Pi. Certamente seria válido pensar nos seres humanos não como indivíduos, mas como fluxos de uma única vida. Nesse caso, conforme afirmou o príncipe, uma única ideologia ser herdada por "fluxos de vida" distintos e um único "fluxo de vida" ser herdado por ideologias distintas acabam se tornando a mesma coisa. Isso porque a vida e a ideologia acabam se tornando equivalentes. Em seguida, se expandíssemos uma filosofia que vê equivalência entre vida e ideologia, então isso que as pessoas chamam de "*rin'ne*" — a cadeia da grande maré vital que unifica os incontáveis fluxos de vida — poderia ser tratado também como uma só ideologia…

Durante o tempo em que Honda se aprofundava em tais pensamentos, Kiyoaki vinha juntado a areia que se via cada vez mais próxima dos tons da noite e, junto com Kridsada, construía absorto um templo de areia. Era difícil, no entanto, dar forma às torres em agulha e às telhas ornamentais do estilo do Sião. Kridsada derrubava com destreza gotas de água mescladas com areia, acumulando-as nas agulhas de delicadeza extremada, e extraía compenetrado do telhado de areia úmida a forma dobrada das telhas ornamentais, como quem extrai dedos negros e flexíveis de dentro de uma manga feminina. Não obstante, o dedo negro de areia, que por um instante se esticara para o céu e se dobrara em um espasmo, foi se desfazendo quebradiço à medida que secava, e acabou por ruir.

Honda e Chao Pi cessaram o debate e transferiram os olhos para o passatempo infantil na areia ao qual os dois amigos se dedicavam brincalhões e com ar atarefado. O templo budista na areia carecia de iluminação. A fachada e as janelas espichadas que eles gravaram fiel e esmeradamente já haviam sido aplainadas pela escuridão do anoitecer; o local de culto converteu-se em uma massa negra da qual se via apenas o contorno, personagem difuso em um teatro de sombras que tinha por pano de fundo o branco de uma luz adversa à ideia de desaparecer deste mundo — tal como o branco dos olhos no leito de morte —, uma luz reunida infimamente e apenas ali pelas ondas rebentadas.

Antes que se dessem conta, acima das cabeças dos quatro já estava o céu estrelado. A Via Láctea pendia nítida no zênite do firmamento, e Honda, mesmo sendo poucos os nomes de estrelas que conhecia, logo divisou Altair e Vega[106], bem como o Cruzeiro do Norte da constelação do Cisne, com suas gigantescas asas abertas a lhes servir de alcoviteiro.

O ribombar das ondas, muito mais alto que quando na presença do sol; o modo como o mar e a areia da praia se fundiram em uma única escuridão, apesar de terem ficado tão distantes durante o dia; a maneira como, no céu, as estrelas não cessavam de aumentar em número, apinhando-se como se tentando sobrepujar umas às outras... Os quatro jovens sentiram que estarem envoltos por coisas assim era análogo a se encontrarem no interior de algum instrumento musical, como um koto gigantesco e invisível.

Era certamente um koto! E eles eram quatro grãos de areia carregados para dentro de sua caixa de ressonância, um mundo de escuridão ilimitada, apesar de, no lado de fora, haver um mundo onde brilhava a luz; ali se esticavam cada uma das treze cordas, do rastilho à pestana, e, caso viessem então dedos de uma alvura *sui generis* para roçá-las, a música do remoto movimento das estrelas faria estrondear o koto e sacudir os quatro grãos de areia em seu leito.

O mar noturno se cobria com uma brisa. A fragrância da maresia e o odor que lançavam as algas trazidas pelas ondas preenchiam com emoções um tanto trêmulas o corpo dos jovens, seminus e relegados ao frescor do ar. Mas quando a umidade da brisa marítima se enrodilhou em suas peles, pelo contrário, subiu jorrando por eles uma espécie de chama.

— Vamos voltar — disse Kiyoaki, de repente.

Era claro que ele havia dito isso com o intuito de instigar os convidados à janta. Todavia, Honda sabia que ele estava preocupado unicamente com o horário do último trem.

---

106. Em japonês, "o vaqueiro e a tecelã", como são conhecidas as duas estrelas, em referência a uma lenda chinesa que conta como os dois personagens foram banidos para lados opostos da Via Láctea devido ao amor proibido entre eles. É devido também a essa lenda que o Cruzeiro do Norte, aparecendo entre as duas estrelas, é descrito aqui como um "alcoviteiro".

XXXIV

Kiyoaki mal deixava algum intervalo entre suas idas furtivas a Tóquio e, quando vinha de regresso, revelava somente a Honda as minúcias do que acontecera lá, anunciando-lhe também que o adiamento da cerimônia de celebração do noivado da família Toin havia sido confirmado. Entretanto isso não significava, obviamente, que o casamento de Satoko havia esbarrado em algum obstáculo. Ela era convidada com frequência à casa da família do noivo, e o príncipe de Toin já a tratava com intimidade.

Nem por isso Kiyoaki estava satisfeito com a situação. Ele começou a pensar que, da próxima vez, gostaria de chamar Satoko para que fosse de alguma maneira até a Vila em Zhongnan passar uma noite com ele, e tentou pedir emprestada a sabedoria de Honda para executar o arriscado plano. No entanto, bastava pensar nisso para ver que se acumulavam obstáculos maçantes.

Foi porventura no sono perturbado de uma noite bastante quente e úmida que Kiyoaki teve, durante um momento de leve dormitar, um sonho como jamais tivera até então. Na pouca profundidade de um sonho como esse, além de as águas serem tépidas, a diversidade de detritos à deriva trazidos do alto-mar se amontoa de uma forma indistinguível dos resíduos em terra, espetando os pés de quem atravessa ali a pé.

Por algum motivo desconhecido, Kiyoaki estava em pé sobre o caminho no meio de um campo, vestindo um quimono e um hakama brancos de algodão que normalmente nunca usava e portando uma arma de caça. O campo um tanto ondulado não era muito extenso, permitindo ver os telhados de algumas casas mais além e uma bicicleta a cruzar o caminho em seu centro, mas estava dominado por uma estranha luz sorumbática. Não era possível precisar se vinha do céu ou do chão essa luz cujo brilho era tão desprovido de forças quanto o derradeiro raio de sol antes do ocaso. A grama que cobria as ondulações do solo também emitia uma claridade verde de seu interior, assim como a própria bicicleta que se afastava exibia uma vaga luminescência prateada; esse era o cenário. Ao olhar por acaso para seus pés, descobriu que tanto as tiras brancas e grossas de seus geta quanto as veias no dorso dos pés se mostravam salientes e radiantes, detalhadas de um modo bizarro.

Nesse momento a luz se encobriu e, quando uma revoada de pássaros se aproximou do alto de sua cabeça junto com seus cantos abundantes, Kiyoaki puxou o gatilho da arma apontada para o céu. Não foi com frieza que ele disparou. Seu corpo se encheu com algo semelhante a uma raiva e tristeza indescritíveis, que o levou a disparar não tanto contra os pássaros, mas mirando os gigantescos olhos azuis do vasto céu.

Em seguida, os pássaros alvejados vieram caindo todos de uma só vez, em um redemoinho de gritos e de sangue que conectou a terra e o firmamento. Isto é, os inumeráveis pássaros, enquanto gritavam e gotejavam sangue, aglomeraram-se em um único pilar espesso e caíram em uma quantidade sem limites sobre um mesmo ponto — uma queda que, acompanhada pelo som e pela cor do sangue, continuava sem fim como um redemoinho, do mesmo modo como parece interminável a água de uma cachoeira.

O redemoinho então se solidificou a olhos vistos, tornando-se uma árvore colossal que chegava aos céus. Por ser uma árvore nascida do endurecimento de inúmeros cadáveres de pássaros, seu tronco tinha uma estranha cor castanho-avermelhada, e não possuía galhos nem folhas. No entanto, ao sossegarem os pássaros na forma da imensa árvore, cessaram também seus gritos e, nos arredores, mais uma vez transbordou a mesma luz sorumbática de antes, enquanto pelo caminho no meio do campo veio se aproximando uma nova bicicleta prateada, montada por ninguém.

Ele sentiu orgulho por ter sido ele próprio a eliminar aquilo que cobria a luz do sol.

Nesse momento foi possível avistar um grupo com as mesmas roupas brancas que ele, vindo à distância pelo caminho no meio do campo. Eles avançaram em austero silêncio, parando em pé dois ou três metros à sua frente. Ao observá-los, percebeu que cada um carregava na mão uma oferenda de ramo de sakaki com folhas lustrosas.

Com o intuito de purificar o corpo de Kiyoaki, eles agitaram as oferendas em frente ao rapaz, produzindo um som que reverberou distinto.

No rosto de um deles Kiyoaki identificou nitidamente as feições do ajudante Iinuma e se espantou. E esse Iinuma recém-descoberto abriu a boca para dizer a Kiyoaki o seguinte:

— Você é um deus malevolente. Disso não há dúvida.

Perante tais palavras dirigidas a si, Kiyoaki voltou os olhos para o próprio corpo. Em algum momento havia sido pendurado em seu pescoço um colar com uma magatama[107] de opaca cor lilás ou rosa-arroxeada, cuja sensação fria ao toque se alastrou ao longo da pele de seu torso. Notou, além disso, que seu peito era similar a uma rocha plana e maciça.

Voltando o olhar para a direção à qual as pessoas vestidas de branco atraíram sua atenção, viu que na imensa árvore criada pela coagulação dos cadáveres de pássaros agora vicejavam folhas de coloração vívida, e que mesmo os ramos mais baixos estavam cobertos com um verde radiante.

Foi então que Kiyoaki despertou.

Como esse foi um sonho bastante incomum, abriu o diário de sonhos no qual já não escrevia havia um bom tempo e começou a anotá-lo com o máximo de detalhes que conseguiu; contudo, mesmo após acordar, restava-lhe ainda no corpo o calor da ação e coragem intensas. Teve a impressão de haver recém-regressado de uma batalha.

Para levar Satoko na calada da noite até Kamakura e mandá-la de volta a Tóquio antes do alvor do dia, não poderia contar com uma carruagem. Tampouco com a locomotiva. De riquixá, seria irrealizável. Ele precisava de um automóvel a qualquer custo.

Mas não poderia ser o automóvel de nenhuma família da vizinhança. Tampouco algum da vizinhança de Satoko. Precisava ser um automóvel dirigido por um motorista que não conhecesse nem o rosto dela nem a situação.

Por mais amplo que fosse o interior da Vila em Zhongnan, também deveria tomar cuidado para que os príncipes não se deparassem com ela. Ele não sabia se os príncipes estavam cientes do noivado de Satoko ou não, contudo era inquestionável que, caso identificassem seu rosto, isso se tornaria a semente de muito incômodo.

---

107. Pedra curva com a forma semelhante a uma vírgula, com um orifício para permitir seu uso como pingente ou miçanga. Embora seja provável que as pedras tenham sido utilizadas sobretudo como ornamento no Japão pré-histórico, durante o período Kofun (300-538), quando foram produzidas mais profusamente, adquiriram um status de amuleto que até hoje perdura.

Para se safar de tantas complicações, Honda precisava entrar em ação, encenando um papel com o qual não estava habituado. Fez a promessa de que seria ele a trazer e a levar embora a mulher, em prol do amigo.

O que veio à cabeça de Honda foi o nome de um amigo do mesmo ano escolar, filho primogênito da família do abastado comerciante Itsui e único amigo que dispunha de um automóvel para usar à vontade; portanto, Honda foi especialmente a Tóquio com o objetivo de visitar a residência Itsui em Kojimachi, e lá solicitou que lhe emprestassem o Ford por uma noite, com motorista incluso.

O moço galhofeiro, que na escola sempre andava à beira da reprovação, ficou boquiaberto quando o íntegro prodígio de grande renome na escola veio fazer um pedido como esse. Em seguida, sem desperdiçar a oportunidade e demonstrando a contento sua presunção sobejante, disse que não seria impossível o empréstimo, contanto que o outro lhe revelasse muito bem o motivo.

Embora isso destoasse inclusive do comportamento do Honda dos últimos tempos, ele sentiu alegria ao conseguir declarar falsidades com tanta desenvoltura ao parvo que tinha em frente. Era interessante a fisionomia de seu interlocutor, crédulo de que suas palavras tropeçavam não por causa da mentira, mas devido ao sentimento obcecado e à vergonha. Não obstante ser mais difícil convencer as pessoas quanto mais se usa da razão, a paixão, mesmo quando falsa, é capaz de convencer com muita facilidade — algo que Honda observou com uma espécie de alegria dissaborosa. Decerto era essa também a imagem de Honda quando vista pelos olhos de Kiyoaki.

— Mudei minha opinião sobre você. Não imaginei que você tinha um lado assim. Mas você ainda está escondendo um segredo. Não faria mal nenhum você me contar ao menos o nome dela.

— Fusako — Honda acabou falando por impulso o nome da prima de segundo grau com quem já não se encontrava havia muito tempo.

— Então Matsugae vai emprestar o teto por uma noite, e eu vou providenciar o automóvel? Em troca, conto com a sua ajuda na próxima prova, viu? — Itsui baixou a cabeça em uma reverência meio sincera. Seus olhos brilhavam com o sentimento de amizade. Sob diversos sentidos, ele havia se equiparado à inteligência de Honda.

— Os seres humanos são mesmo todos iguais, hein? — Sua voz, ao ver confirmada a perspectiva que tinha sobre a vida, estava carregada de alívio.

Essa era a meta de Honda desde o princípio. Com isso, graças a Kiyoaki ele deveria poder conquistar a fama de romântico, algo que qualquer rapaz de dezenove anos almeja obter. Em suma, aquela era uma transação sem prejuízos para nenhuma das três partes: Kiyoaki, Honda ou Itsui.

O Ford que Itsui possuía era o modelo mais recente, de 1912, um carro que já não causava choro aos motoristas, visto que, graças à invenção do motor de arranque, não era mais preciso descer do veículo a cada vez que se quisesse dar a partida. Apesar de ser apenas um modelo T normal com transmissão de duas velocidades, as portas demarcadas por finas linhas vermelho-cinábrio sobre a pintura preta da lataria e a capota de lona, que cobria apenas os assentos traseiros, lhe conferiam um aspecto de carruagem. Para falar com o motorista, levava-se a boca até um tubo acústico, que transmitia a voz à corneta ao pé de seu ouvido. Fora fabricado para aguentar longas viagens, pois no teto havia não apenas um pneu de estepe como também um bagageiro.

Mori, o motorista, costumava ser o antigo cocheiro da carruagem da família Itsui. Ele aprendera a dirigir com o motorista privado do pai do patrão e, quando foi à polícia obter sua habilitação, manteve seu mestre aguardando pomposo em frente à porta da delegacia; ao se deparar com uma questão que não entendia na prova teórica, ia até a entrada para lhe perguntar e depois voltava para dentro a fim de continuar escrevendo as respostas.

Acordou-se que Honda iria buscar o carro na casa de Itsui tarde da noite e, para que Satoko não fosse descoberta, o estacionaria na já conhecida pensão para militares e esperaria ali até que ela viesse sorrateiramente com Tadeshina em um riquixá. Também era do desejo de Kiyoaki que Tadeshina não viesse, no entanto ela não o poderia fazer mesmo querendo, caso fosse cumprir seu importante papel de ajudar a fingir que Satoko estava dormindo no quarto durante toda a sua ausência. Enquanto fazia advertências infindáveis evidenciando sua preocupação, Tadeshina enfim confiou Satoko a Honda.

— O motorista vai chamá-la de Fusako o tempo inteiro, certo? — Honda cochichou ao ouvido de Satoko.

O Ford deu a partida fazendo retumbar uma explosão pela quietude profunda do bairro residencial no meio da noite.

Honda se espantou com a atitude determinada de Satoko, como se nada a preocupasse. Sua determinação parecia ainda mais acentuada pelas roupas ocidentais brancas que estava trajando.

Honda experimentou um sabor curioso nesse passeio de carro pela noite alta junto com a mulher de seu amigo. Ele estava sentado com o corpo junto ao dela apenas como uma encarnação da amizade, sob a capota daquele carro em que oscilava intenso o aroma do perfume feminino no meio de uma madrugada de verão.

Ela era a "mulher de outro". Além disso, Satoko era tão mulher que chegava a ser uma afronta. Nessa confiança depositada nele por Kiyoaki, Honda sentiu renascer com uma vividez sem precedentes o frio veneno do amigo, que sempre servira de curioso elo entre os dois. A confiança e o menosprezo, tal como a mão e uma delgada luva de couro, foram combinadas e aderidas com muita justeza uma à outra. Mas isso era algo que Honda podia perdoar, em nome da beleza de Kiyoaki.

Assim, embora ele só pudesse acreditar na própria nobreza para se esquivar desse menosprezo, Honda era capaz de acreditar não do modo como faziam os moços cegos e antiquados, mas através do intelecto. Não era de maneira alguma como Iinuma, que pensava em si mesmo como um homem feio. Caso se achasse feio, só lhe restaria… só lhe restaria tornar-se um vassalo de Kiyoaki.

É evidente que Satoko, mesmo tendo os cabelos desarrumados pelo vento fresco criado pelo automóvel em sua corrida, em nenhum momento perdeu a compostura. Entre os dois, o nome de Kiyoaki tornou-se naturalmente um tabu, enquanto o nome de Fusako converteu-se em um pequeno e fictício símbolo de intimidade.

O caminho de volta foi de todo diferente.

— Ah, esqueci de dizer ao primo Kiyo — falou Satoko algum tempo depois de o automóvel ter começado a andar. Mas não era possível dar meia-volta. Caso não se apressasse em linha reta até Tóquio, seria impensável chegar à própria casa antes da aurora tão prematura do verão.

— Eu dou o recado para você — disse Honda.

— Certo… — titubeou Satoko. Enfim prosseguiu, como se houvesse tomado uma decisão em seu íntimo: — Bem, então diga o seguinte a ele, por favor. Há pouco tempo Tadeshina se encontrou com Yamada, da residência Matsugae, e acabou descobrindo a mentira que o primo Kiyo contou. Digo, ela acabou descobrindo que a carta que ele fingia possuir, na verdade, já tinha sido rasgada há muito tempo em frente aos olhos de Yamada… Mas não precisa se preocupar com Tadeshina. Ela já se resignou e está de olhos cerrados para tudo… Diga ao menos isto para o primo Kiyo.

Honda repetiu as palavras assim como as ouvira, para memorizá-las, e aceitou o conteúdo do misterioso recado sem perguntar absolutamente nada.

Talvez porque um comportamento cortês como esse de Honda houvesse lhe tocado o coração, Satoko mudou por completo a atitude do caminho de ida e fez-se eloquente.

— Para chegar a fazer isto, você se dedica bastante para ajudar um bom amigo, não é, Honda? O primo Kiyo deveria se achar a pessoa mais feliz do mundo por ter alguém como você. Entre nós, mulheres, não existe algo como uma amizade verdadeira, sabia?

Apesar de ainda existirem vestígios da chama da licenciosidade nos olhos de Satoko, seus cabelos estavam arrumados sem um único fio fora do lugar.

Como Honda se mantivesse calado, ela enfim voltou a cabeça para baixo e conferiu um tom sorumbático à voz:

— Mas você certamente deve pensar que eu sou uma mulher indecorosa, não é?

— Não diga uma coisa dessas — Honda, sem pensar, a refutou com um timbre forte. Isso porque as palavras ditas por Satoko adivinharam de forma esplêndida o cenário que pairava por acaso na mente dele, ainda que não com a intenção de desprezá-la.

Honda cumpriu fielmente a sua função de atravessar a noite em claro para buscar e levar Satoko, orgulhoso pelo fato de não ter sentido a menor perturbação no peito, tanto quando chegou a Kamakura e a entregou nas mãos de Kiyoaki como quando a recebeu de novo das mãos dele para que regressassem. Ora, nenhuma perturbação seria permissível. Ele próprio, através daquela ação, não estava por acaso se envolvendo em um sério perigo?

Contudo, quando com os olhos acompanhou Kiyoaki correr na direção do mar puxando Satoko pela mão, ao longo das sombras das árvores do jardim enluarado, Honda soube que era definitivamente um pecado colaborar com eles dessa forma — um pecado que, além disso, ele observava voar para longe enquanto lhe mostrava a formosa silhueta de suas costas.

— É verdade. Não posso dizer algo assim. Afinal, eu mesma não me acho nem um pouco indecorosa.

"Por que será? Apesar de o primo Kiyo e eu estarmos cometendo um pecado assombroso, eu não sinto nem um pouco a sujidade desse ato, mas só imagino que meu corpo está se purificando. Há pouco, quando eu estava vendo o bosque de pinheiros na praia, tive a impressão de que aquele era um bosque que eu jamais voltaria a ver na vida; que o vento que uivava entre os pinheiros era um vento que eu jamais voltaria a escutar na vida. Cada ínfimo segundo me parece límpido, e não tenho um só arrependimento."

Enquanto falava, Satoko pensava afobada em como poderia fazer com que Honda compreendesse como os encontros secretos entre ela e Kiyoaki, imaginados a cada vez como uma última reunião, haviam atingido um patamar vertiginoso e assustador em especial naquela noite, em que os dois se viram cercados pela natureza quiescente — um sentimento a cuja vontade de deixar registrado ela não conseguia resistir, mesmo que para tanto tivesse de cometer alguma imprudência. Essa dificuldade suprema se assemelhava àquela de descrever para alguém a morte, o brilho de uma gema, a beleza do pôr do sol.

Kiyoaki e Satoko, evitando a luz demasiado ostensiva do luar, vagaram aqui e ali pela praia. Embora não houvesse vestígios de gente na praia durante a madrugada, a sombra negra lançada sobre a areia por um barco pesqueiro, com sua proa elevada às alturas, deu a eles uma sensação de segurança devido aos arredores ofuscantes. Banhadas pelo luar, as tábuas do barco se assemelhavam a ossos brancos. Ao estenderem uma mão para cima, esta parecia tornar-se translúcida com a luz da lua.

Por causa do frescor da brisa marítima, os dois logo encostaram as peles à sombra do barco. Ele odiou o branco cintilante das roupas ocidentais que Satoko tão raro vestia e, esquecendo que branca era também a própria pele, desejou despi-la da alvura o quanto antes para esconderem logo os corpos na escuridão.

Mesmo não havendo ninguém a observá-los, o luar que se conturbava infinitesimal sobre as águas era como centenas de milhares de olhos. Satoko contemplou as nuvens que pendiam no céu, e em seguida as estrelas que se penduravam às suas extremidades, pestanejando incertas. Satoko sentiu os pequenos e rígidos mamilos de Kiyoaki roçarem contra os seus, provocando e sendo provocados, até que seus próprios mamilos pareceram ser espremidos para dentro da abastança de seus seios. Havia nisso uma doçura a um passo de distância da consciência, como a carícia travessa de um animalzinho de estimação, ainda mais carinhosa que o toque de um beijo. Essa sensação de intimidade inimaginável que ocorria apenas na periferia, apenas nas extremidades da carne, fez Satoko pensar de olhos cerrados no brilho das estrelas penduradas nas extremidades das nuvens.

Daí até aquela alegria semelhante ao mar profundo, bastava seguir um caminho em linha reta. Satoko, buscando apenas se derreter escuridão adentro, pensou que aquele breu não passava da sombra forçada a fazer companhia ao barco pesqueiro e foi acometida pelo medo. Não era a sombra de uma rocha ou de um prédio sólidos, mas a mera sombra temporária de um barco que, depois de algum tempo, decerto iria embora para dentro do mar. A existência do barco em terra não era uma realidade, e sua sombra impassível era similar a uma ilusão. Ela receou que aquele barco pesqueiro bastante antigo e volumoso começasse a deslizar pela areia, sem fazer som algum, e fugir para o mar. Para perseguir a sombra do barco, a fim de permanecer para sempre à sua sombra, tornar-se mar era uma necessidade. E foi então que Satoko, submersa em um pesado extravasamento, tornou-se mar.

Tudo aquilo que cercava os dois — o céu enluarado, o cintilar do oceano, o vento cruzando por sobre a areia, o sussurro do bosque de pinheiros mais além... tudo lhes fazia uma promessa de extinção. Logo do outro lado da delgada fatia do tempo se aglomerava contra eles um gigantesco não. O sussurro do bosque de pinheiros acaso não seria esse som? Satoko sentia que estavam circundados por coisas que jamais os perdoariam, mas os vigiavam e protegiam. Assim como a gota de óleo que, derrubada sobre a água de uma bacia, não pode deixar de ser por ela protegida. Entretanto, essa água era negra, vasta e muda, e a gota de óleo perfumado flutuava em um território isolado de tudo.

Ah, que não mais envolvente! Tinham dificuldade de discernir se esse não era a própria noite, ou ainda a aurora que se aproximava. Sabiam apenas que ele vinha se apinhar logo perto deles, e que ainda não havia começado a violentá-los.

Os dois soergueram os corpos, esticaram a custo o pescoço de dentro da escuridão e viram de frente a lua que ia começando a afundar. Aquela lua circular, sentiu Satoko, era uma rútila insígnia do pecado dos dois que fora cravejada no céu.

Não havia sombra de gente em parte alguma. Os dois se levantaram para retirar do fundo do navio as roupas que haviam escondido. Então fitaram as partes escuras um do outro, como resquícios da escuridão de ébano, sob os ventres branquejados pela lua. Mesmo que por um intervalo assaz breve, fitaram com seriedade compenetrada.

Ao terminar de vestir o que tinha de vestir, Kiyoaki sentou na borda do barco e disse enquanto balançava as pernas:

— Se nossa relação fosse legítima, não faríamos algo tão ousado, não acha?

— Como você é terrível. É isso que você tinha em mente, primo Kiyo? — Satoko demonstrou um ar rancoroso. Nos gracejos profusos de ambos havia, no entanto, um inexprimível sabor de areia. Afinal, eram aguardados logo ao lado pela desesperança. Satoko, que permanecia agachada na escuridão da sombra do barco, viu sobre sua cabeça o dorso dos pés de Kiyoaki, a reluzirem brancos ao luar enquanto pendiam da borda acima, e deu um beijo na ponta de seus dedos.

— Talvez eu não devesse ter dito isso. Acontece que não tenho ninguém que me escute além de você, Honda. Eu sei que o que estou fazendo é algo assustador. Mas não tente me impedir. Porque já estou ciente de que isso um dia vai chegar a uma conclusão... Até lá, desejo continuar deste jeito, adiando tudo por mais um dia. Não existe outra maneira.

— Você está resignada, não é? — sem pensar nem se dar conta, Honda conferiu a suas palavras certa desolação.

— Sim, estou resignada.

— Eu acredito que Matsugae também está.

— É por isso mesmo que ele não deveria incomodar você dessa forma.

Surgia em Honda uma curiosa espécie de arroubo por desejar compreender aquela mulher. Era algo como uma sutil vingança, mas, se ela tinha a intenção de tratar Honda como um "amigo bastante compreensivo", ele também deveria ter o direito de compreendê-la como quisesse — nem por compaixão, nem por empatia.

No entanto, que espécie de trabalho seria tentar compreender aquela mulher transbordante de amor, aquela mulher que estava logo ao seu lado, porém cujo coração era imputado a um local muito mais distante…? De dentro de Honda, o hábito de escrutínio lógico, característico dele, despontou.

A agilidade de Satoko para defender o próprio corpo, evitando que as rótulas dos dois chegassem a se tocar ainda que o balanço do veículo fizesse seu joelho se aproximar diversas vezes do de Honda, irritou levemente o coração do rapaz, como se ele estivesse vendo algo vertiginoso como a rotação de um esquilo a girar uma pequena roda. Refletiu que, ao menos diante de Kiyoaki, ela jamais demonstraria tal atitude desorientadora.

— Há pouco você afirmou estar resignada, não é mesmo? — disse Honda, sem olhar para o rosto de Satoko. — De que maneira isso e o sentimento de que "um dia vai chegar a uma conclusão" estão conectados? Depois que chegar ao fim, já não vai ser tarde para resignação? Ou, de outro modo, o fim não deveria decorrer de sua resignação? Sim, já sei. Esta pergunta que estou fazendo é cruel.

— É uma boa pergunta — Satoko reagiu tranquilamente.

Honda fixou o olhar por impulso sobre o perfil do rosto dela, mas não encontrou em suas belas e bem formadas linhas nenhum sinal de perturbação. Como nesse momento Satoko fechou os olhos por acaso, a iluminação ligeiramente opaca do teto aprofundou a sombra de seus cílios, os quais já se mostravam longos mesmo sob a luz normal, ao passo que, à janela, o denso vicejar das árvores antes do raiar do dia faziam-nas se atritar entre si como nuvens negras a se enovelarem.

O motorista Mori lhes mostrava sempre as costas leais, pois se devotava somente à direção. Entre eles e o assento da frente estavam fechadas as espessas janelas corrediças, de modo que não existia preocupação de que a conversa dos dois fosse escutada, contanto que não levassem a boca até o tubo acústico.

— Você está querendo dizer que algum dia, se eu quiser, posso eu mesma terminar tudo, não é? É justo que você diga isso, na condição de amigo íntimo do primo Kiyo. Se eu não conseguir terminar isto em vida, quem sabe na morte…

Se porventura Satoko estivesse aguardando que Honda a impedisse afobado de falar desse jeito, ele manteve um silêncio obstinado e aguardou as próximas palavras dela.

— … Algum dia, chegará a hora. E esse dia não está tão distante. Posso até prometer se você quiser: nessa hora, eu não pretendo demonstrar arrependimento. Uma vez tendo experimentado deste jeito a preciosidade da vida, não tenho intenção de continuar a cobiçá-la para sempre. Se qualquer sonho tem seu fim, se não existe nada que seja eterno, não seria tolice eu pensar que tenho esse direito? Eu sou diferente daquelas "novas mulheres"… Mas, se é que existe a eternidade, então ela é apenas o momento de agora… Algum dia certamente você também vai entender o que estou dizendo.

Honda teve a impressão de entender o porquê de Kiyoaki tanto temer Satoko no passado.

— Há pouco você disse que não é certo me causar este tipo de incômodo, não é? Qual foi o significado dessas palavras?

— É porque você é uma pessoa que percorre de modo admirável o caminho da retidão. Não se deve fazer você criar relação com coisas como esta. O primo Kiyo agiu errado desde o princípio.

— Pois não quero que você pense em mim como algum defensor da justiça. De fato, pode ser que não exista família mais conservadora do que a minha; todavia eu, nesta noite, já acabei como cúmplice de um pecado.

— Você não pode dizer uma coisa dessas — Satoko o interrompeu com ímpeto, como se zangada. — O pecado é só meu e do primo Kiyo.

Embora essas palavras aparentassem ser ditas em defesa de Honda, fulgurou nelas o orgulho frio de quem não desejava deixar se aproximar um estranho, permitindo ao rapaz entender que Satoko estava convencida de que esse pecado era como um pequeno palácio de cristal habitado só por ela e Kiyoaki. Esse era um palácio de cristal tão pequeno que cabia na palma da mão, pequeno demais para que pudesse entrar nele qualquer pessoa, por mais que quisesse. Exceto por eles dois, que conseguiam habitá-lo por um breve período ao transformar seus corpos. E de fora, a imagem dos dois enquanto moravam ali podia ser avistada vívida, clara e em minúcias.

Como Satoko se inclinou de súbito para a frente, Honda estendeu a mão para sustentar seu corpo e acabou lhe tocando os cabelos.

— Perdão. Mesmo tomando tanto cuidado, acho que ainda resta areia dentro dos sapatos. Não é Tadeshina que está encarregada dos meus calçados; portanto, se eu os retirasse em casa sem ter me dado conta, seriam aterradoras as intrigas feitas pela criada que descobrisse e achasse suspeita a areia.

Honda não sabia o que um homem deve fazer enquanto uma mulher está arrumando seus sapatos, então voltou compenetrado o rosto para a janela e fez questão de não olhar na direção de Satoko.

O carro já havia entrado na zona urbana de Tóquio quando o céu se converteu em um luminoso azul-violeta. A muralha de nuvens da alvorada se arrastava sobre os telhados da cidade. Enquanto ansiava por que o veículo chegasse ao destino o mais cedo possível, pesava em Honda o clarear dessa noite fantástica, que nunca voltaria a experimentar na vida. Fez-se ouvir às suas costas um som assaz sutil, tanto que ele pensou ser apenas um devaneio seu — possivelmente a areia do sapato que Satoko despejara no chão. Ele o escutou como o som de uma ampulheta de elevado esplendor.

XXXV

Os príncipes do Sião aparentavam estar satisfeitos com todos os detalhes de seu cotidiano na Vila em Zhongnan.

Certo fim de tarde, os quatro levaram cadeiras de junco até o gramado do jardim para aproveitar a hora de frescor da brisa noturna que antecedia o jantar. Os dois príncipes estavam conversando em sua língua materna; Kiyoaki, absorto em pensamentos; Honda, com um livro aberto sobre os joelhos.

— Tomem, eu trouxe umas dobras — Kridsada falou em japonês e andou distribuindo Westminsters com filtro de folha de ouro. Os príncipes aprenderam bastante rápido sobre as "dobras", gíria da Gakushuin para os cigarros. Apesar de proibidos na escola, apenas no caso dos estudantes do segundo grau se fazia vista grossa, contanto que não os fumassem em público. Assim, a sala da caldeira que servia de covil para os fumantes, localizada parcialmente no subsolo, era chamada de "local de dobra".

Mesmo ao cigarro tragado assim, sob o céu resplandecente e sem temer o olhar de ninguém, envolviam-se traços do sabor do local de dobra — um delicioso sabor de segredo. Era só ao associar o cigarro inglês com o cheiro de carvão da sala da caldeira, o lume do branco dos olhos que se moviam incessantes e alertas em meio à tênue escuridão, ou a afobação para manter a ponta do cigarro sempre vermelha, a fim de dar ao menos algumas tragadas um pouco mais fartas, que seu sabor logo se amplificava.

De costas voltadas para todos, enquanto acompanhava o rastro da fumaça que começava a tremular no céu do poente, Kiyoaki viu se desfazerem difusas as formas das nuvens em alto-mar, tingindo-se ainda suavemente em sua superfície com os tons de uma rosa amarela. Também ali ele sentiu o vulto de Satoko. O vulto e o aroma de Satoko permeavam todas as coisas, e sequer as alterações mais sutis da natureza deixavam de ter ligação com ela. Ao que o vento cessou de súbito e o ar cálido do crepúsculo de verão roçou sua pele, teve a impressão de que era o corpo nu de Satoko que adejava por ali e tocava diretamente o seu. Inclusive na sombra das árvores-de-seda[108], que pareciam cobertas por uma plumagem verde, pairava um fragmento de Satoko.

Honda era de tal temperamento que não podia sossegar se não tivesse sempre um livro à mão. A obra de publicação proibida que ele tomara emprestada de um dos ajudantes de sua casa, *Teoria sobre a estrutura do Estado e o socialismo puro* — de Terujiro Kita, cuja parca idade de vinte e três anos[109] fazia pensar nele como um Otto Weininger japonês —, possuía um conteúdo radicalista excessivamente interessante que pôs em alerta o intelecto manso de Honda. Ele não odiava pensamentos políticos extremistas. Ocorria apenas que ele próprio desconhecia a raiva. Esses pensamentos, então, mostravam-lhe a raiva alheia como se fosse uma grave doença contagiosa. Achar interesse na leitura da raiva de outra pessoa apenas por isso, porém, não era interessante para a consciência.

Ainda, com o intuito de cevar ao menos um pouco a lavoura de seu intelecto após o debate que havia trocado com os príncipes sobre ressurreição, na manhã em que fora levar Satoko de volta a Tóquio ele havia aproveitado para passar em sua casa e tomar emprestado das estantes do pai os *Elementos de estudos budistas*, de Yuishin Saito; contudo, os atrativos da teoria da origem dependente do *karma*[110] que encabeçava a obra fizeram-no recordar o *Código de Manu*, com o qual estivera obcecado em demasia no início do inverno anterior, portanto evitou continuar a partir dali por receio de se entregar demais à leitura e comprometer os estudos para as provas.

Enfileiravam-se dessa forma livros diversos ao lado do braço de sua cadeira de junco, os quais ele apenas vinha folheando a esmo, até que

---

108. O nome desta árvore (*nemu*) pode evocar certa associação de ideias em japonês, pois os ideogramas usados para escrevê-lo também podem ser lidos como *gokan*, significando "divertir-se juntos" ou "compartir do mesmo leito".

109. Refere-se à idade de Kita em 1906, quando o livro aqui referido, sua obra de estreia com cerca de mil páginas, foi publicado por um curto período de cinco dias antes de ser retirado de circulação pelo Ministério dos Assuntos Interiores. Ao contrário de Weininger, que cometeu suicídio aos vinte e três anos, Kita viveu até os cinquenta e quatro, quando foi executado por suspeita de haver instigado um golpe de Estado.

110. Em japonês, *gokan-engi*, teoria budista que afirma que todos os fenômenos do universo estão conectados entre si. É uma versão mais restrita da "origem dependente" mencionada mais adiante, pois a teoria aqui descrita remete à interpretação feita pela escola Sarvastivada, que define todos os fenômenos como sendo gerados particularmente pelo *karma* dos seres vivos.

enfim afastou a visão até mesmo do volume que mantinha aberto sobre os joelhos e apertou os olhos um tanto míopes para contemplar a direção do penhasco que cercava o jardim a oeste.

A abóbada celeste ainda estava clara, mas o paredão, já coberto pelas sombras, erguia-se negro para bloquear a vista. Ainda assim, por entre os vãos da mata cerrada de árvores que cobria sua cumeeira, costurava-se meticulosa a luz branca do céu ocidental. E assim, o firmamento de papel de mica[111] que transparecia lá atrás se mostrou a ele como uma extensa lacuna por preencher ao fim de uma obra pintada sobre um rolo de pergaminho com as vibrantes cores de um dia de verão.

... O fumo que continha o arrependimento agradável dos jovens. O enxame de mosquitos levantando-se a um canto do jardim que anoitecia. A languidez dourada após se divertirem na água. O corpo bronzeado a contento...

Honda não pronunciou nenhuma palavra a respeito, todavia cogitou que eles poderiam contar o dia de hoje como um inconfundível exemplar dos dias de felicidade de sua juventude.

Certamente os príncipes poderiam dizer o mesmo.

Era evidente que os príncipes estavam fingindo não perceber as azáfamas do romance de Kiyoaki, porém Kiyoaki e Honda também fingiam não saber dos gracejos entre os dois e as filhas dos pescadores à beira da praia, a cujos pais Kiyoaki vinha oferecendo, em troca, um apropriado dinheiro de consolação. Desse modo, o verão foi avançando belo e sossegado, com os príncipes protegidos pelo Grande Buda a quem rezavam todas as manhãs do alto da montanha.

Um criado havia surgido no terraço fazendo reluzir uma bandeja de prata encimada por uma carta (ao contrário da mansão, ali eram poucas as oportunidades de utilizar uma bandeja de prata, algo lamentado por esse homem que sempre despendia seu dia de folga garantindo que ela estivesse bem lustrada), e foi Kridsada o primeiro a perceber que ele agora vinha caminhando na direção do gramado.

---

111. Em japonês, *kiraragami*, papel revestido com mica para facilitar a escrita com pincel, por torná-lo mais deslizante. O termo também pode ser usado para se referir a papéis decorados com padrões criados com mica.

Kridsada saltou correndo para agarrar a carta e, ao descobrir ser um recado pessoal da rainha-mãe para Chao Pi, aceitou-a com uma reverência cômica e a ergueu sobre a cabeça para oferecê-la ao primo, que ainda estava sentado na cadeira.

É claro que Kiyoaki e Honda também se aperceberam da atmosfera que ali pairava. Não obstante, refrearam a curiosidade e mantiveram a intenção de aguardar até serem afrontados ou pela alegria sobejante do príncipe, ou por sua emoção saudosa da terra natal. Ainda se fazia audível aos seus ouvidos o som do espesso e alvo papel do envelope sendo aberto, assim como ainda restavam vívidas em seus olhos as folhas de papel de carta — semelhantes às penas brancas de uma flecha flutuando na luz do ocaso —, quando Kiyoaki e Honda se levantaram afobados, por constatar que a figura do príncipe desabava ao chão lançando um grito penetrante. Chao Pi havia desmaiado.

Kridsada observou em pé, alheado, o primo ser socorrido pelos dois amigos japoneses; contudo, quando chegou a apanhar a carta derrubada na relva, começou a chorar copiosamente e prostrou o corpo sobre o gramado. Foi difícil interpretar o significado dos gritos de Kridsada, pois eram um jorro interminável de palavras em siamês, e Honda tampouco compreendeu o texto na mensagem privada ao fitá-la, que estava escrita no mesmo idioma. Tudo o que ele pôde distinguir no papel de carta foi o brilho dourado do carimbo com o brasão da família real na parte superior, um desenho complexo em que se viam distribuídos, ao redor, um elefante branco de três cabeças, um pagode, feras míticas, rosas, uma espada e o cetro real.[112]

Apesar de Chao Pi ter sido levado às pressas pelas mãos dos rapazes até a cama, enquanto estava sendo carregado já havia aberto os olhos distantes. Kridsada os acompanhou logo atrás, ainda em prantos.

Kiyoaki e Honda, mesmo sem compreender a situação, puderam inferir que havia chegado uma notícia bastante infausta. Chao Pi apenas manteve a cabeça recostada no travesseiro, dando continuidade à sua mudez enquanto

---

112. Provavelmente um anacronismo, visto que o brasão aqui descrito, utilizado somente durante o reinado de Rama V, fora substituído em 1911 por um emblema contendo apenas Garuda, ave mítica do hinduísmo, com a ascensão de Rama VI ao trono. Ainda, no brasão não existiam rosas, tampouco um pagode.

voltava para o teto as pupilas anuviadas, semelhantes a um par de pérolas nas faces morenas às quais se emaranhava cada vez mais a escuridão do anoitecer. Quem encontrou primeiro a tranquilidade para falar em inglês foi Kridsada.

— Ying Chan faleceu. A namorada de Chao Pi, e também a minha irmã mais nova: essa mesma Ying Chan… Se houvessem notificado apenas a mim, eu poderia ter encontrado a melhor ocasião para contar a Chao Pi sem ter causado um choque como esse, mas a rainha-mãe parece ter receado chocar antes a mim, e por isso preferiu comunicar a Chao Pi. Ela cometeu um erro de cálculo nesse quesito. Ou, possivelmente, por sua profunda amabilidade, planejou antes conferir a Chao Pi a coragem para encarar de frente uma tristeza sem falsidades.

Essas foram palavras de profunda consideração, que não condiziam nem mesmo com o Kridsada dos últimos tempos, mas não impediram Kiyoaki e Honda de ter o coração comovido pelo modo como os príncipes se lamuriavam, violento como um aguaceiro tropical. Mas então imaginaram que, após essa chuva que acompanhava relâmpagos e trovões, a selva de tristeza reluzente provavelmente cresceria e vicejaria a passo acelerado.

O jantar desse dia foi levado até o quarto dos príncipes, mas nenhum dos dois levou a mão aos pauzinhos. No entanto, passado algum tempo, Kridsada despertou para suas obrigações e bons costumes na qualidade de hóspede e chamou Kiyoaki e Honda para lhes traduzir para o inglês o conteúdo da longa carta privada.

Na verdade, Ying Chan havia se adoentado desde a primavera e, estando ela própria incapacitada de usar o pincel devido aos seus sintomas, pediu às demais pessoas que de modo algum informassem o irmão mais velho ou seu primo a respeito da enfermidade.

As mãos belas e alvas de Ying Chan foram cada vez mais se paralisando até perderem o movimento. Assim como o feixe frio e solitário de luar que entra pela janela.

O médico da família, um britânico, despendeu todas as suas forças no tratamento, porém não foi capaz de impedir que a paralisia se alastrasse por todo o corpo até que, no final, a impedisse inclusive de usar a boca livremente. Mesmo assim, talvez por desejar manter no coração de Chao Pi a imagem saudável que o rapaz possuía dela quando se separaram, ela continuou a repetir com sua fala prejudicada que não avisassem aos dois de modo algum sobre a doença, trazendo lágrimas aos olhos de todos.

A rainha-mãe em diversas ocasiões visitou seu leito, mas era impossível olhar para o rosto da princesa sem começar a chorar. Quando ouviu sobre sua morte, a rainha-mãe logo conteve a todos, anunciando:

— A Pattanadid, eu mesma vou informar.

"Esta é uma notícia muito triste. Por favor, prepare-se antes de lê-la." Foi com essa frase que começou a mensagem. "Ying Chan, a princesa que você tanto amava, acabou de falecer. Mais adiante vou escrever em detalhes o quanto a princesa continuou a pensar em você mesmo estando acamada. Antes disso, e aqui falo como sua mãe, rezo para que você possa se resignar aos acontecimentos como sendo Providência de Buda, que preserve seu orgulho como príncipe e que receba esta triste mensagem com valentia. Posso imaginar seu sentimento ao ouvir esta notícia em um país estranho, e para esta sua mãe é também uma lástima não poder estar ao seu lado para o consolar; mesmo assim, peço que, por favor, seja como um irmão mais velho para Kridsada e tenha profunda compaixão ao lhe informar sobre a morte da irmã. Se estou lhe dedicando esta mensagem privada assim, de súbito, é porque tenho fé em sua firmeza moral para não se deixar abater pela tristeza. E espero que ao menos lhe possa servir de consolo saber que a princesa pensou em você até o final. Imagino que você se arrependa por não ter podido encontrar-se com ela no momento de morte, mas você precisa imaginar e se condoer do sentimento da princesa, que queria a todo custo manter em seu coração a lembrança de tempos saudáveis…"

Chao Pi, que escutou imóvel até que fosse terminada a tradução da carta, enfim ergueu o corpo da cama e voltou-se para Kiyoaki:

— Sinto vergonha ao pensar que, agindo de forma tão descomedida, acabei negligenciando as advertências de minha mãe. Mas procure pensar, por favor. O mistério que eu estava tentando desvendar desde há pouco não era o da morte de Ying Chan. Era o mistério de como eu consegui viver tranquilamente neste mundo falso, sem que me deixassem saber uma única verdade (ainda que, é claro, carregando uma insegurança incessante), durante o período entre Ying Chan adoecer e falecer, ou melhor, durante estes vinte dias desde que ela já havia abandonado este mundo.

Por que será que meus olhos viam com tanta nitidez o brilho do mar e da areia da praia, mas não foram capazes de atentar para as alterações sutis que estavam em andamento nas profundezas do mundo? O mundo continuava a se alterar sorrateiramente, assim como o vinho dentro da garrafa, e ainda assim os meus olhos estavam dominados apenas pela cor vermelho-púrpura que reluzia através dessa mesma garrafa. Por que será que não tentei, ao menos uma vez ao dia, examinar a suave transição do seu sabor? Eu não lancei nenhum olhar perene ou agucei os ouvidos para a brisa da manhã, para o balanço das árvores, nem mesmo para o voo ou para o canto dos pássaros, por exemplo, mas apenas os aceitei como a totalidade da grande alegria da vida, sem me dar conta de que algo similar ao sedimento da beleza do universo, desde o fundo, ia provocando a cada dia uma alteração em tudo isso. Se em alguma manhã o meu paladar tivesse descoberto a diferença sutil no gosto do mundo... Ai, se assim tivesse sido, não existe dúvida de que eu teria adivinhado na mesma hora, mesmo pelo olfato, que este mundo havia mudado para "um mundo sem Ying Chan".

Chao Pi foi tossindo repetidas vezes enquanto prosseguiu falando até aqui, com as palavras embargadas pelas lágrimas.

Kiyoaki e Honda confiaram Chao Pi aos cuidados de Kridsada e voltaram para o próprio quarto. Não obstante, nenhum dos dois conseguiu dormir.

— Imagino que os príncipes devam querer voltar ao seu país o quanto antes. Não importa quem diga o quê, pois eles não vão estar dispostos a continuar o intercâmbio deste jeito — disse Honda, assim que os dois ficaram a sós.

— Eu também acho — disse Kiyoaki, com tom grave. Era evidente que, influenciado pela tristeza dos príncipes, ele também estava se afundando em pensamentos desafortunados indescritíveis.

— Caso os príncipes vão embora, não seria natural continuarmos aqui só nós dois. Ou pode ser que venha meu velho ou minha velha para passar o verão junto com a gente. Qualquer que seja o caso, o nosso verão de felicidade terminou — disse Kiyoaki, como que para si mesmo.

Honda reconheceu diante dos olhos a forma como o coração de um homem apaixonado não tem espaço para nada além do amor, perdendo inclusive o condoimento pela tristeza alheia, porém não podia deixar de reconhecer também que o coração de vidro frio e rígido de Kiyoaki servira desde sempre como o receptáculo ideal para a paixão pura.

Os príncipes iniciaram a jornada de regresso ao seu país uma semana mais tarde, em um navio britânico, e Kiyoaki e Honda foram até Yokohama para lhes dar adeus. Nenhum outro colega de escola foi se despedir, também porque as férias de verão ainda estavam na metade. Apenas o príncipe de Toin, que possuía laços com o Sião, enviou seu secretário para acompanhar a partida, porém Kiyoaki trocou não mais do que duas ou três palavras com ele, mantendo-se indiferente.

Ao que o gigantesco navio de passageiros se afastou do cais e as fitas[113] de imediato se despedaçaram, carregadas pelo vento, as silhuetas dos príncipes apareceram na popa e agitaram incessantemente seus lenços brancos, ao lado da bandeira do Reino Unido.

Kiyoaki permaneceu pregado ao cais que refletia com força o sol poente de verão até o navio se afastar para longe da costa, até cada uma das pessoas que vieram se despedir dos seus partirem, e até Honda por fim já não conseguir conter a vontade de apressá-lo. Ele não estava se despedindo dos príncipes do Sião. Sentiu que, naquele exato momento, o melhor período de sua juventude ia desaparecendo rumo ao alto-mar.

---

113. Refere-se ao costume de lançar fitas coloridas de papel para se despedir de navios. Como os eventos aqui se passam no verão de 1913, trata-se de um anacronismo, pois o costume fora supostamente criado em 1915 por Shokichi Morino, comerciante japonês que possuía loja em São Francisco, nos Estados Unidos, como estratégia de marketing para vender uma grande quantidade de fitas de papel.

XXXVI

Chegou o outono e, ao começarem as aulas, os encontros secretos entre Kiyoaki e Satoko afinal se viram limitados, sendo necessário que Tadeshina andasse junto com eles para confirmar quem vinha atrás ou à frente até mesmo durante um passeio envolto pela noite, ocultado do olhar alheio.

Receavam inclusive os encarregados de acender os lampiões a gás. Uma vez encerrado o intenso ritual de cada noite, em que os homens com o uniforme de colarinho alto da companhia de gás davam voltas por ali a fim de acender, com a ponta das longas varas que carregavam consigo, o bico coberto por camisa incandescente dos lampiões que ainda restavam em uma parte da ladeira Torii, e cessado também o ir e vir de pessoas pela vizinhança, os dois então saíram a caminhar por uma tortuosa rua secundária. Já era constante o canto dos insetos, e as luzes das casas não eram tão evidentes. Notaram desaparecer o som das botas do dono de alguma casa sem portão que acabara de retornar, e puderam ouvir a porta sendo fechada.

— Em um ou dois meses vai chegar ao fim. A família do príncipe não pode continuar a adiar para sempre a celebração do noivado — Satoko falou sossegada, como se fosse até algo sem relação com ela própria. — Todos os dias quando eu me deito, pensando que "amanhã decerto vai terminar", "amanhã decerto vai acontecer algo que não pode ser desfeito", por estranho que pareça, consigo dormir tranquilamente, sabia? Se bem que eu mesma estou fazendo algo que não pode ser desfeito.

— E se, mesmo depois da celebração do noivado…?

— Primo Kiyo, o que você está dizendo? Se o pecado se tornar pesado demais, vai acabar esmagando meu coração delicado. Enquanto isso não acontece, é melhor ir contando as vezes que ainda podemos nos ver.

— Você está resolvida a mais tarde esquecer tudo isto, não é?

— Sim. Ainda que eu não saiba de que forma. O caminho que nós estamos trilhando não é de fato um caminho, mas uma ponte no cais; não há o que fazer se em algum ponto ela termina para dar lugar ao oceano.

Caso parassem para pensar, perceberiam que essa era a primeira vez que os dois conversavam a respeito da conclusão.

E o fato de eles se sentirem livres de responsabilidade por essa conclusão, como duas crianças, sem terem o que fazer e desprovidos de qualquer preparo, de qualquer resolução, de qualquer contramedida, parecia servir como uma prova de sua pureza. Entretanto, uma vez havendo mencionado o assunto, a ideia da conclusão se aderiu de imediato ao coração de ambos como uma camada de ferrugem inseparável.

Kiyoaki já não tinha certeza se essa dúvida havia começado antes de pensarem no fim, ou justamente porque pensaram nele. Seria bom se caísse um raio e reduzisse os dois a carvão ali onde estavam; mas, caso não sofressem nenhuma punição eterna, o que ele deveria fazer? Kiyoaki se sentiu inseguro. "Será que, mesmo chegando essa hora, vou conseguir continuar amando Satoko violentamente como agora?"

Uma insegurança desse tipo foi inédita para Kiyoaki. O sentimento fez com que ele agarrasse a mão de Satoko. Ela reagiu entrelaçando os dedos entre os seus, mas esse emaranhar desordenado pareceu aborrecedor a Kiyoaki, que sem demora lhe apertou com força a palma da mão, a ponto de fazê-la crispar. Satoko não extravasou absolutamente nenhuma sensação de dor. No entanto, a força brutal de Kiyoaki não cessava. Quando pôde ver os olhos dela se embaçarem ligeiramente pelas lágrimas ao receber a luz remanescente em uma janela no segundo andar, ebuliu em seu peito uma satisfação sombria.

Ele vinha tomando ciência de que a elegância que estudara antigamente ocultava uma essência sangrenta. Não havia dúvida de que a resolução mais fácil seria a morte dos dois, mas antes disso precisariam acumular ainda mais sofrimento, e assim Kiyoaki, inclusive em todo e cada segundo que deixava para trás em um encontro secreto como aquele, mantinha-se fascinado pelo som de um distante sino dourado que jamais alcançaria, o som do tabu que se aprofundava até o infinito quanto mais o violasse. Ele tinha a sensação de que, quanto mais cometesse o pecado, mais se afastaria dele… No fim, tudo terminaria em um engodo de grandes proporções. Ao pensar nisso, sentiu calafrios.

— Você não parece muito feliz mesmo andando deste jeito comigo, não é? Eu, por outro lado, estou saboreando com muito cuidado cada átomo de felicidade… Será que você já se cansou? — Satoko demonstrou seu rancor tranquila, com a mesma voz clara de sempre.

— É que eu gosto tanto de você que já acabei ultrapassando a felicidade — disse Kiyoaki, solene. Mesmo quando dizia subterfúgios dessa espécie, sabia que não precisava mais se preocupar com o fato de suas palavras manterem ou não algum traço de infantilidade.

O trajeto pelo qual seguiam se aproximou das casas de comerciantes em Roppongi. Inclusive a bandeira que tremulava no beiral da casa do vendedor de gelo, de persianas fechadas e com a tintura aplicada de modo a formar o ideograma correspondente na área não tingida do pano, conferia um ar de insegurança em meio ao som dos insetos que dominavam o caminho. Avançando um pouco mais, uma luz ampla era derramada sobre a via escura. Era a loja de um tal Tanabe, que trabalhava com instrumentos musicais destinados ao regimento militar e que nessa noite fazia serão, por ter algum serviço urgente.

Os dois caminharam evitando aquela luz, mas ainda assim se refletiu no canto de seus olhos o fulgor ofuscante do latão vindo do outro lado da janela de vidro. Havia ali várias cornetas novas penduradas em fila, que fulgiam sob a luz incrivelmente clara, tal como se em um campo de manobras em pleno verão. O homem parecia estar soprando as cornetas para testá-las, pois surgiu lá de dentro um eco que estourou melancólico para de imediato se extinguir. Kiyoaki sentiu naquele eco um prelúdio agourento.

— Vamos dar meia-volta. Dali em diante há muitos olhares inconvenientes. — Sem que percebessem, em algum momento Tadeshina viera até as costas de Kiyoaki para lhe sussurrar isso.

XXXVII

O príncipe de Toin e sua família não interferiam de maneira alguma com a vida de Satoko, e, como o príncipe-filho Harunori estava ocupado com as incumbências do Exército, aqueles ao seu redor tampouco faziam menção de criar oportunidades para que ele e a noiva se encontrassem — além do quê, ele próprio não aparentava desejar que se dessem tal trabalho —; porém, isso não significava de modo algum que estavam agindo de maneira fria, pois antes se poderia dizer que essa era a praxe em uniões como aquela. Para duas pessoas cujo matrimônio já está decidido, encontrar-se com frequência só poderia causar o mal, nunca o bem — era o que pensavam as pessoas ao redor.

Por outro lado, embora uma mulher que está por desposar alguém da aristocracia deva acumular nesse ínterim novos e diversos conhecimentos a fim de cultivar seu refinamento de esposa — caso sua família evidencie certas insuficiências de estirpe —, a ampla competência da tradição pedagógica da residência Ayakura garantia que o conde poderia oferecer a mão da filha no momento que bem preferisse, sem preocupações. A sua era uma educação de requinte tão amadurecido que ele poderia ordenar em qualquer ocasião que Satoko compusesse um poema, que pincelasse uma obra de caligrafia ou produzisse um arranjo floral dignos da alta nobreza. Mesmo que houvesse concedido a mão dela aos doze anos de idade, certamente não teria apresentado nenhum sinal de apreensão quanto a questões assim.

Não obstante, o conde e a condessa acharam por bem infundir sem tardança na filha apenas três saberes que não fizeram parte de sua criação. Eram esses a naga-uta e o majongue, apreciados pela princesa, bem como os discos de música ocidental, apreciados pelo próprio Harunori. O marquês Matsugae, ao ouvir do conde essa conversa, contratou imediatamente uma professora de naga-uta de primeira categoria para ministrar aulas domiciliares, e enviou-lhes também uma vitrola Telefunken com todos os discos que foi capaz de encontrar; teve problemas apenas para achar uma instrutora de majongue. Embora o marquês, à maneira britânica, fosse obcecado desde sempre pelo bilhar, por outro lado a família do príncipe era avessa a diversões vulgares como essa.

Ao final, começaram a ser enviadas com certa frequência à residência Ayakura uma gueixa de mais idade e a dona e gerente de uma casa de encontros[114] em Yanagibashi, habilidosas no majongue, as quais sentavam ao redor da mesa junto com Tadeshina para ensinarem os fundamentos do jogo a Satoko; era óbvio, no entanto, que a velha gueixa recebia abonos para prestar serviços fora da zona do meretrício, pagos pelo bolso do marquês.

A reunião dessas quatro mulheres, entre as quais se incluíam duas profissionais, deveria criar uma animação inusitada e interessante na residência Ayakura, de costume tão solitária; entretanto, Tadeshina odiou intensamente tais encontros. Ela fingia que a razão para o ódio seria a ofensa à sua dignidade, quando na verdade o que ela mais temia era que o olhar perspicaz das mulheres profissionais recaísse sobre o segredo de Satoko.

Mesmo que não fosse esse o caso, para a residência Ayakura, realizar os encontros de majongue era análogo a estarem acolhendo espiãs do marquês Matsugae. O comportamento bastante ufano e exclusivista de Tadeshina feriu de imediato o orgulho da gerente e da velha gueixa, não tardando mais que três dias para que sua antipatia chegasse aos ouvidos do marquês. Este esperou a melhor ocasião para dizer ao conde as seguintes palavras, com extrema delicadeza:

— Compreendo que a sua antiga criada queira defender os bons costumes da família Ayakura, mas neste caso, para começo de conversa, estamos fazendo isto para adequar Satoko aos interesses da família do príncipe, portanto ela precisa se mostrar transigente. Afinal, as próprias mulheres de Yanagibashi consideram este um serviço enobrecedor, motivo pelo qual estão utilizando seu precioso tempo em meio às ocupações do trabalho para visitar sua casa.

Como o conde transmitiu então esse protesto a Tadeshina, ela se viu em uma situação assaz difícil.

Não era a primeira vez que a gerente ou a gueixa encontravam Satoko. À época da já referida festa ao ar livre para apreciação das flores, a gerente atuou por trás das cortinas dirigindo as demais mulheres, enquanto a gueixa

---

114. Em japonês, *machiai* (contração de *machiaijaya*), estabelecimentos que alugavam cômodos privados para uso em confraternizações e que também ofereciam a companhia de gueixas tanto para entretenimento durante refeições quanto para serviços sexuais (embora não oficialmente).

de mais idade era aquela fantasiada de mestre de haicai. Na ocasião do primeiro encontro de majongue, a gerente expressou suas felicitações pelo noivado ao conde e à condessa, entregou-lhes um presente descomedido e fez uma saudação extraordinária:

— Que princesa mais linda vocês têm. Além disso, não posso imaginar o quão satisfeito deve estar o noivo pela união com uma moça que tem dignidade nata para se tornar esposa da alta nobreza. Ter a honra de privar da sua presença já será uma lembrança inesquecível para o resto da minha vida, a qual eu quero poder um dia contar para todos meus netos e bisnetos, ainda que confidencialmente, é claro.

Todavia, ao sentarem sozinhas as quatro ao redor da mesa de majongue em um cômodo separado, ela já não aguentou manter estática a fisionomia de fachada e vez ou outra deixava desaparecer o orvalho dos olhos que vinham fitando Satoko com grande reverência, dando lugar ao surgimento do leito seco de um rio censurador. Tadeshina repudiou esse mesmo olhar ao senti-lo pousar também sobre o antiquado broche de prata que enfeitava a cinta de seu quimono.

— Como será que anda o senhorzinho da família Matsugae? Ai, eu não conheço nenhum rapaz tão bem-apessoado quanto aquele.

Em particular quando a gueixa começou a dizer isso enquanto movia as peças de majongue, Tadeshina teve os nervos despedaçados ao sentir como a gerente mudou de assunto com uma casualidade bastante habilidosa. Era verdade que poderia ter sido apenas uma admoestação pela impropriedade do assunto, mas talvez…

Instruída por Tadeshina, Satoko se esforçou para abrir a boca o menos possível diante das duas. A moça tomou um cuidado excessivo para não abrir o coração perante essas mulheres, cujos olhos eram mais sagazes que os de qualquer outra para ver o lado escuro e o lado claro do corpo feminino — o que fez nascer então outro receio. Afinal, caso ela demonstrasse um humor melancólico em demasia, daria origem ao mexerico de que parecia insatisfeita com o matrimônio. Ela corria o risco de ter o coração exposto caso dissimulasse com o corpo, e de ter o corpo exposto caso dissimulasse com o coração.

Em vista disso, Tadeshina colocou a sua sagacidade característica para trabalhar e obteve sucesso em cancelar os encontros de majongue. Ela disse o seguinte ao conde:

— Eu penso que dar ouvidos às calúnias daquelas mulheres sem questionar nada não é do feitio do senhor marquês. Sem dúvida, elas atribuíram a mim o desprazer que a senhorinha sente por elas (acima de tudo, eu diria que o fato de não agradarem à senhorinha já serve para acusá-las), e por isso me tacharam de ufana. Por mais que o marquês tenha boas intenções, não é de bom-tom que mulheres profissionais transitem por esta casa; além disso, a senhorinha também já aprendeu o abecê do majongue e pode participar apenas como uma companheira de jogo amadora após o casamento, afinal é até mais meigo que perca sempre. Eu gostaria que se pusesse fim ao majongue, mas, se o marquês não mudar de ideia, então me verei obrigada a pedir demissão.

O conde, era evidente, não podia deixar de aceitar uma sugestão como essa, que comportava em si uma ameaça.

É preciso lembrar que Tadeshina havia sido colocada em uma encruzilhada quando ouvira da boca de Yamada, mordomo da residência Matsugae, sobre a mentira de Kiyoaki quanto à carta, precisando decidir se trataria o rapaz como um inimigo, ou se agiria de acordo com o desejo dele e de Satoko, conformando-se com tudo. No final, ela escolhera a última opção.

Embora fosse possível dizer que a escolha se baseara no amor verdadeiro que ela sentia por Satoko, ao mesmo tempo Tadeshina temia que tentar separar os dois jovens enamorados a essa altura irreversível dos acontecimentos, assim como quem arranca uma árvore ainda vicejante do solo, poderia provocar o suicídio de Satoko. Para evitar isso, ela cogitou que seria uma estratégia mais proveitosa guardar o segredo e deixar tudo a encargo do coração dos dois, esperando que desistissem naturalmente quando chegasse a hora para tanto, pois desse modo bastaria que ela dedicasse todas as forças apenas a manter sigilo.

Tadeshina não apenas sentia orgulho de conhecer a fundo as leis da paixão, como também cultivava a filosofia de que, se algo nunca vem à tona, é o mesmo que nunca haver existido. Em suma, ela não estaria traindo o conde, o príncipe ou quem quer que fosse. Bastaria tratar esse romance como quem faz um experimento químico, ajudando com as próprias mãos a preservar sua existência enquanto, por outro lado, o mantinha em segredo e apagava seus rastros para negar essa mesma existência. Obviamente, era muito perigosa a ponte que Tadeshina vinha cruzando, mas ela acreditava que havia nascido neste mundo com a missão de sempre remendar as descosturas ao final. Até chegar esse momento, ela precisava apenas ir prestando seus serviços incansavelmente e, quando tudo terminasse, poderia fazer as pessoas agirem de acordo com sua vontade.

Mediando encontros secretos com a maior frequência possível enquanto aguardava pelo arrefecer da paixão, Tadeshina não percebeu que esse seu comportamento se tornara uma paixão para ela própria. E, embora sua única retaliação contra a atitude desprovida de compaixão de Kiyoaki fosse poder exibir aos olhos do rapaz o desmoronamento de sua própria paixão — quando este viesse lhe pedir que "fizesse Satoko desistir amigavelmente, pois já queria se separar dela" —, mesmo Tadeshina, em parte, já não acreditava nesse sonho. Desse modo, em primeiro lugar, a situação de Satoko não seria de dar pena?

Se essa velha mulher de temperamento plácido mantinha como princípio próprio de autodefesa a filosofia de que não existia nada seguro neste mundo, qual poderia ter sido a causa que a levou, contudo, a desconsiderar a segurança de sua própria pessoa, acabando por utilizar tal filosofia como pretexto para uma aventura? Em algum momento, havia se tornado prisioneira de um prazer difícil de explicar. Fazer com que dois belos jovens se encontrassem por sua própria orientação e então observar o arder cada vez mais intenso de seu amor sem esperanças, para Tadeshina, havia furtivamente se tornado um prazer intenso do qual ela não abriria mão independentemente dos riscos.

Em meio a esse prazer, ela sentia que a fusão das carnes belas e jovens era adequada a uma justiça com um quê de sagrada, um quê de extraordinário.

O brilho nos olhos dos dois ao se encontrarem, ou o palpitar do peito ao se aproximarem, era um fogareiro que servia para aquecer o coração completamente enregelado de Tadeshina, portanto foi em prol de si mesma que ela passou a evitar que esse carvão se exaurisse. As faces, abatidas pela melancolia até o segundo antes de se avistarem, assim que identificavam um a figura do outro tornavam-se mais reluzentes do que espigas de trigo no início do verão... Esses instantes estavam repletos de um milagre capaz de pôr em pé os aleijados e devolver a visão aos cegos.

Embora a função de Tadeshina na verdade fosse proteger Satoko do mal, por acaso não estava sugerido, dentro da distante elegância transmitida por gerações na família Ayakura, o preceito de que não é malévolo aquilo que arde, não é malévolo aquilo que pode ser transformado em poesia?

De qualquer modo, Tadeshina se mantinha imóvel, a aguardar alguma coisa. Seria possível dizer que aguardava a oportunidade de agarrar um passarinho criado solto e colocá-lo de volta na gaiola, mas em tal expectativa existia algo de desditoso e de sangrento. A exemplo de todas as manhãs, Tadeshina aplicava agora com devoção uma espessa camada de maquiagem requintada, escondia com pó de arroz as rugas que formavam ondas embaixo dos olhos e, já as rugas dos lábios, escondia-as com o lustre do batom iridescente de Kyoto. Enquanto fazia isso, evitou fitar o próprio rosto no espelho e lançou um olhar sinistro como se buscasse algo no meio do ar. A luz do distante céu de outono deitou gotas límpidas sobre seus olhos. E então o futuro, ali do fundo, permitia espiar nesse seu rosto o anseio por alguma coisa… A fim de averiguar a maquiagem que havia terminado de aplicar, Tadeshina buscou os óculos para leitura que normalmente não usava e colocou sua fina armação dourada ao redor das orelhas. Com isso, os velhos lóbulos completamente brancos, ao serem alfinetados pela ponta da armação, enrubesceram de imediato…

Entrando outubro, chegou-lhes o Diário Oficial afirmando que a celebração do noivado seria realizada em dezembro. Também lhes foi indicado em caráter particular o rol de prendas que se esperava:

- Tecidos ocidentais: 5 rolos
- Saquê: 2 barris
- Dourada-do-japão: 1 espécime fresco[115]

---

115. Existe o costume de utilizar duas douradas-do-japão ainda frescas como decoração nas celebrações de noivado ou matrimônio, uma de cada sexo para simbolizar os noivos (atualmente, é permitido enviar uma quantia em dinheiro em vez dos peixes em si). O pedido por apenas um peixe aqui sugere que a família do noivo providenciará o segundo. A dourada é um peixe considerado de bom agouro por ser da família dos esparídeos, chamada *tai* em japonês, e possuindo portanto a mesma terminação que *medetai* (auspicioso, oportuno). Além disso, no xintoísmo a cor avermelhada do peixe é considerada capaz de espantar maus espíritos.

Não teriam problemas para aviar as duas últimas; os tecidos ocidentais, contudo, ficaram a cargo do marquês Matsugae, que enviou um longo telegrama ao gerente da filial de Londres da Produtos Itsui mandando que enviassem às pressas uma encomenda especial de tecidos britânicos extrafinos.

Certa manhã, quando Tadeshina foi acordar Satoko, a jovem abriu os olhos com o rosto destituído de cor, levantou-se de supetão, rechaçou a mão da criada, saiu às pressas pelo corredor e vomitou quando estava prestes a chegar ao lavabo — embora o conteúdo regurgitado mal houvesse sido suficiente para molhar a manga de seu pijama.

Tadeshina acompanhou Satoko de volta até o quarto e verificou se não haveria ninguém por trás do fusuma completamente cerrado.

Na residência Ayakura criava-se mais de uma dezena de galinhas no jardim dos fundos. O cocoricó que marcava as horas sempre coloria as manhãs daquela casa, perfurando o shoji quando este começava a clarear. Mesmo após o sol haver subido às alturas, não paravam de cantar. Envolvida pelo canto das galinhas, Satoko derrubou mais uma vez o rosto branco sobre o travesseiro e fechou os olhos.

Tadeshina levou a boca ao pé de seu ouvido e lhe disse assim:

— Escute bem, senhorinha, você não pode contar isso para ninguém. A sua roupa suja, pode deixar que eu dou um jeito em segredo, portanto não a confie às outras criadas de maneira alguma. Quanto à sua comida, de agora em diante eu também vou tomar cuidado e arrumar para que só lhe deem coisas que lhe caiam bem no estômago, sem que ninguém perceba. Digo tudo isso pelo seu bem, então a melhor coisa daqui para a frente é que a senhorinha aja exatamente do modo que eu disser.

Satoko assentiu com a cabeça de forma quase imperceptível, enquanto em seu rosto corria um único filete de lágrima.

O coração de Tadeshina transbordava de alegria. Em primeiro lugar, porque esse primeiro sinal havia se manifestado longe dos olhos de qualquer outra pessoa que não fosse ela. Em segundo, porque ela se convenceu naturalmente, mal havia terminado de ocorrer o fato, que era essa a situação pela qual ela estivera aguardando com ansiedade. Com isso, Satoko agora pertencia a ela!

Pensando bem, Tadeshina era mais hábil com esse tipo de mundo do que com o simples mundo das emoções. Assim como no passado, quando Satoko teve suas primeiras menstruações e fora ela quem mais rápido percebeu, correndo para orientar a menina, Tadeshina era, por assim dizer, uma especialista de confiável presteza quanto a assuntos de sangue. Foi somente através da velha que a condessa — a qual possuía não mais que um interesse bastante escasso por todas as coisas do mundo — veio a saber das primeiras menstruações da filha, dois anos mais tarde.

Sem jamais negligenciar dirigir sua atenção ao corpo de Satoko, depois daquele enjoo matinal, Tadeshina vinha reparando inclusive no modo como o pó de arroz se aderia à pele dele, nas sobrancelhas que se franziam por pressentir algo desagradável se aproximando de algum ponto distante, nas mudanças em suas preferências alimentares, na melancolia de cor violeta que se podia entrever em suas atividades diárias… Ao identificar em cada uma dessas coisas as provas definitivas que buscava, lançou-se sem titubear rumo a uma única resolução.

— Estar sempre encerrada em casa faz mal para o corpo. Venha, acompanhe-me em uma caminhada.

Visto que essas palavras, em geral, eram uma senha para lhe dizer que poderia se encontrar com Kiyoaki, Satoko achou suspeito ouvi-las naquele horário radiante do início de tarde, e ergueu olhos inquisidores.

Ao contrário de sempre, no rosto de Tadeshina agora afluía algo que impediria qualquer pessoa de se aproximar dela. Ela sabia que segurava na palma da mão uma questão de honra relacionada a assuntos de Estado.

Passando ao longo do jardim dos fundos a fim de sair pela porta de trás, encontraram ali a condessa com as mangas cruzadas como duas asas sobre o peito, enquanto observava uma das criadas dar ração às galinhas. A luz de sol do outono mostrava luzidia a plumagem das aves que caminhavam em bando, e iluminava com um ar honrado o branco das roupas que flamulavam no varal.

Confiando a Tadeshina a tarefa de afugentar as galinhas a seus pés enquanto caminhava, Satoko lançou à mãe um ligeiro olhar de saudação. Suas pernas pareciam rígidas a cada passo que dava entre a proeminência de plumas no chão. Satoko teve a impressão de que essa era a primeira vez que experimentava a animosidade vinda de seres vivos — certa animosidade fundamentada na estreita correlação entre ela e esses seres —, e detestou tal sentimento. Algumas plumas que haviam caído das galinhas flutuavam brancas rente ao solo. Tadeshina fez uma saudação e disse assim:

— Vou acompanhá-la um pouco para uma caminhada.

— Caminhada? Não vá se cansar muito — disse a condessa. Desde que enfim começara a se aproximar o dia auspicioso para a filha, mesmo a condessa não pôde deixar de exibir um ar inquieto; por outro lado, todavia, fez-se ainda mais cortês e cerimoniosa para com ela, tratando-a como se fosse uma estranha. Essa era uma prudência à maneira da nobreza; à filha que fora introduzida no seio da família imperial, já não se dirigia uma queixa sequer.

As duas caminharam até um pequeno santuário dentro da área de Ryudo-cho, entraram no acanhado terreno — onde já se haviam encerrado os festivais de outono e em cuja cerca de granito estava escrito tratar-se de um santuário dedicado a Amaterasu[116] — e baixaram a cabeça em sinal de respeito ao passarem pelo saguão de orações com cortinas roxas, até que Tadeshina enfim se dirigiu para a parte de trás do pequeno palco destinado a danças rituais, seguida por Satoko.

— Kiyoaki vai vir para cá? — Satoko perguntou temerosa, sentindo-se um tanto oprimida por Tadeshina nesse dia.

— Não, ele não vem. Hoje tenho um pedido para fazer à senhorinha, por isso a trouxe até aqui. Enquanto estivermos aqui, não precisamos nos preocupar em ser ouvidas por ninguém.

Havia duas ou três pedras deitadas ali, para servirem de assento aos espectadores que quisessem assistir às danças rituais da lateral do palco; Tadeshina dobrou o haori[117] e o estendeu sobre a superfície com traços de musgo de uma delas.

— É para evitar a friagem nos quadris — convidou Satoko a se sentar.
— Muito bem, senhorinha — Tadeshina começou a falar servilmente —, imagino que não seja necessário mencionar isto a esta altura, mas você sabe

---

116. *Tenso Jinja* (Santuário de Ancestrais Imperiais), santuários comumente dedicados ao culto de Amaterasu, a deusa-sol da mitologia japonesa, considerada também a ancestral primeva da família imperial.

117. Espécie de casaco curto utilizado sobre o quimono e atado com um cordão à altura do peito.

que o imperador é mais importante que tudo, não é mesmo? Imagino que alguém da minha laia dizer algo assim para a senhorinha é o mesmo que um monge ensinar os sutras a Buda, visto que, se a família Ayakura pôde chegar até esta 27ª geração, foi graças à mercê dos imperadores ao longo das eras; mas lembre-se: não existe mais o que fazer quanto a uma união para a qual já foi conferida a sanção imperial, e dar as costas ao matrimônio seria equivalente a dar as costas à benevolência do imperador. Não existe no mundo um pecado tão assustador quanto esse...

Em seguida Tadeshina explicou em minúcias e com grande loquacidade que, mesmo dizendo tais coisas, de modo algum tinha a intenção de repreender os atos de Satoko até então; que ela estava ciente de ter servido de cúmplice, mas acreditava que aquilo que não se torna público não deve ser visto como pecado e constituir motivo para lamentação; que para isso existia um limite, no entanto, e agora que ela carregava um rebento consigo, havia enfim chegado a hora de dar um fim àquela história; que, embora até então ela viesse observando calada, havendo as coisas chegado a tal ponto, não poderia permitir que continuassem para sempre aquele romance sorrateiro; e que agora Satoko precisava se mostrar resoluta e comunicar a separação a Kiyoaki, conduzindo tudo de acordo com suas instruções... Tadeshina esforçou-se para expor essas ideias de forma ordenada, sem misturar a elas seus sentimentos.

Ela cogitou que, havendo falado até aí, Satoko iria lhe dar completa razão e passaria a dançar conforme sua música; portanto, ao enfim interromper o fluxo de palavras, relaxou, levando o lenço ainda dobrado à testa que havia começado a transpirar.

Tadeshina então percebeu que, apesar de ter estampado uma fisionomia tristonha e compadecida para embrulhar seu discurso racional, e de ter até mesmo embargado a voz, na verdade não foi com tristeza verdadeira que abordou essa garota a quem amava mais do que a uma filha de sangue. Existia um açude entre seu amor e sua tristeza e, quanto mais sentia afeto por Satoko, mais Tadeshina desejava que ela partilhasse da mesma alegria assombrosa e indefinível que se emboscava na decisão igualmente assombrosa que havia tomado. Era a decisão de resgatá-la de um pecado insolente através de outro pecado. De fazer com que os dois pecados aniquilassem um ao outro, fazendo parecer, em conclusão, como se nunca houvessem existido.

De triturar uma outra escuridão que ela havia preparado e mesclá-la a esta já existente, gerando assim uma assustadora aurora com a cor rosada das peônias. E tudo subtraído às vistas do mundo!

Como Satoko continuasse calada por tempo demais, Tadeshina ficou insegura e insistiu com uma pergunta:

— Você vai fazer qualquer coisa conforme as minhas recomendações, não é? O que acha?

O rosto de Satoko era uma lacuna, não demonstrando nenhum tipo de espanto. Acontece que ela não entendeu o significado dessa maneira empolada de Tadeshina falar.

— Afinal, o que você quer que eu faça? Tem que dizer com clareza.

Tadeshina olhou ao redor, certificando-se inclusive de que o ligeiro soar do gongo em frente ao santuário fora obra do vento e não de alguma pessoa. Debaixo do piso do palco, os grilos cantavam intermitentemente.

— Ora, você precisa dar um jeito nesse rebento, o quanto antes.

Satoko prendeu a respiração.

— Como assim? Eu acabaria sendo presa![118]

— O que está dizendo, senhorinha? É só confiar na velha Tadeshina. E, mesmo que por acaso o segredo acabe escapando de alguma boca, em primeiro lugar, a polícia não poderá fazer nada contra mim nem contra você. Ora, a sua união já está decidida, viu? Depois de concluída a celebração do noivado em dezembro, será ainda mais seguro. Afinal, a polícia tampouco é boba. Mas, minha filha, pare um pouco para pensar. Se você continuar hesitando agora e deixar a barriga crescer sem fazer nada, a sociedade não vai perdoá-la, muito menos o imperador. O matrimônio vai ser cancelado incondicionalmente, seu pai terá que se esconder dos olhos do mundo e, além disso, como o senhorzinho Kiyoaki também poderia acabar em muitos maus lençóis, ou, falando com sinceridade, como a família inteira do marquês Matsugae poderia ter o seu futuro lançado em grande desordem, eles não teriam alternativa a não ser fingir ignorância. Quando essa hora chegar, você vai perder tudo que tem, viu? Está bem assim? Agora, seja como for, só existe um caminho a seguir.

---

118. O aborto é ilegal no Japão desde 1869, embora a proibição não tenha sido imposta com grande rigidez até o fim da Segunda Guerra Mundial. Atualmente, a pena pode chegar a até três anos de prisão.

— Mesmo que a polícia mantenha a boca fechada caso o segredo escape de alguém, algum dia isso certamente vai chegar aos ouvidos do príncipe. Com que descaramento você quer que eu me case, e com que descaramento vou servir ao meu marido no futuro?

— Não tem por que se afligir apenas por causa de boatos. Quer a família do príncipe acredite, quer não, tudo vai depender só da senhorinha. Basta você seguir levando a vida como uma esposa imperial casta e formosa. É certo que os boatos vão desaparecer sem demora.

— Então você me garante que não vou ser encarcerada de jeito nenhum, que jamais vou acabar na prisão, é isso?

— Bem, deixe-me falar de uma maneira mais fácil de aceitar. Em primeiro lugar, não existe uma chance em um milhão de a polícia tornar essa história pública, por deferência à família do príncipe. Se ainda assim você continua preocupada, também existe a alternativa de transformar o marquês Matsugae em nosso aliado. Tratando-se da lábia de Sua Excelência, será possível abafar qualquer situação; e, para começo de conversa, seria mesmo o seu dever remediar os transtornos causado pelo filho.

— Não, isso não podemos fazer! — gritou Satoko. — Essa é a única coisa que não vou permitir. Você não pode jamais pedir a ajuda do marquês ou de Kiyoaki. Se fizesse isso, eu acabaria parecendo uma mulher vil.

— Bem, eu mencionei isso apenas como uma hipótese. Em segundo lugar, estou firmemente decidida a proteger a senhorinha perante a lei. Ficará tudo bem se declararmos que você caiu em uma artimanha minha sem saber de nada, que eu fiz você inalar algum narcótico sem perceber e acabou sendo forçada a fazer *aquilo*. Nesse caso, por mais que a história se torne pública, se eu assumir sozinha toda a culpa, tudo se resolve.

— Se é assim, você está dizendo que não vou para a prisão, não importa o que aconteça, é verdade?

— Quanto a isso, você pode ficar sossegada.

Ao ouvir essas palavras, não foi alívio o que aflorou na fisionomia de Satoko. Ela então disse algo inusitado:

— Pois eu quero ir presa.

Tadeshina sentiu a tensão relaxar e soltou uma risada.

— Agora você está falando como uma criança! E por que desejaria isso?

— Que roupa será que as prisioneiras usam? Quero saber se mesmo assim o primo Kiyo continuaria me amando.

Quando Satoko proferiu aquela irracionalidade, não havia sinal de lágrimas em seus olhos, muito pelo contrário: Tadeshina estremeceu ao ver cruzar por eles uma alegria arrebatadora.

Essas duas mulheres, não obstante a diferença de classe, sem dúvida desejavam intensamente em seus corações uma coragem da mesma força, da mesma espécie. Nunca em outro momento se buscou coragens tão análogas e tão equipotentes como agora, quer fosse em prol do engodo, quer fosse em prol da verdade.

Tadeshina sentiu que ela e Satoko, a cada instante do presente, estavam intimamente ligadas de forma quase irritante, tal como um barco que tenta subir o rio e por certo tempo se mantém estático em um só lugar, porque seu antagonismo e a força da correnteza se anulam. Ainda, as duas entendiam mutuamente a mesma alegria. Era um ruflar de alegria, talvez similar até ao bater de asas de um bando de aves que vem passando sobre a cabeça, fugindo da tempestade que se aproxima... Era uma emoção revolta, ao mesmo tempo semelhante e distinta da tristeza, do espanto, da insegurança — enfim, não havia como lhe dar outro nome que não alegria.

— Muito bem, de qualquer modo, aja conforme eu lhe disser, certo? — Tadeshina falou olhando para as faces de Satoko, como que coradas pelos raios de sol outonais.

— Você não pode falar absolutamente nada disso para Kiyoaki. E é óbvio, tampouco nada a respeito do meu estado. Quer as coisas corram ou não da forma que você diz, pode ficar tranquila, pois vou consultar apenas você, sem envolver mais ninguém, e escolher o caminho que eu julgar ser o melhor.

Nas palavras de Satoko já havia a dignidade de uma esposa imperial.

XXXVIII

A cerimônia de celebração do noivado enfim aconteceria em dezembro — foi a história que Kiyoaki ouviu dos pais durante a hora do jantar, no início de outubro.

O casal disputava entre si a distinção do título de maior conhecedor dos costumes antigos da corte, demonstrando um enorme interesse pelo evento.

— Ayakura vai precisar prover uma câmara oficial para receber o secretário em sua casa, mas qual será o aposento que vai escolher para esse fim?

— Como a cerimônia será feita com todos sentados em cadeiras, se ele possuísse um cômodo ocidental exuberante, não existiria nada melhor; naquela casa, entretanto, a única alternativa vai ser cobrir com panos a sala japonesa dos fundos, estendendo essa cobertura até o vestíbulo para recebê-lo. O secretário do príncipe vai entrar com a carruagem na propriedade trazendo consigo dois subordinados, então Ayakura também precisa seguir o protocolo e escrever o recibo em uma folha grande de papel de luxo, envelopá-lo com o mesmo material e atar dois cordões de papel trançado para fechá-lo. Visto ainda que o secretário estará trajando uniforme imperial, o conde tampouco pode deixar de se indumentar com as roupas do seu título de nobreza. Quanto a essas trivialidades, Ayakura é mais conhecedor que nós, portanto não há por que nos intrometermos com nenhum comentário. Basta que nos preocupemos com o dinheiro.

Naquela noite, o peito de Kiyoaki se alvoroçou, fazendo-o escutar a corrente de ferro que finalmente viera enrodilhar-se em seu amor, com o eco de seu metal sombrio a se aproximar enquanto ela se arrastava pelo piso. Contudo, ele já havia perdido aquela força radiante, a mesma que fora capaz de instigá-lo à época em que concederam a sanção. A ideia da "impossibilidade plena", semelhante a uma porcelana branca e esmaltada, que antes tanto servira para entusiasmá-lo, tinha sua superfície coberta por uma fina ferrugem. Assim, no lugar daquele júbilo ardente germinado por sua resolução, havia agora a tristeza de alguém que contempla o fim de uma estação.

"Está pensando em desistir?", perguntou a si mesmo. Não, não era isso. Não obstante a sanção haver operado como uma força para conectar os dois de forma tão enlouquecida, o anúncio da celebração do noivado no Diário Oficial — uma mera extensão dos acontecimentos — foi sentido vividamente por ele como uma força externa tentando rasgar os laços que os atavam. Além disso, se perante a força de antes lhe bastava proceder conforme o seu coração ditasse, frente à de agora ele não sabia como proceder.

No dia seguinte, Kiyoaki telefonou para o dono da pensão para militares, sua pessoa de contato, e pediu-lhe que avisasse Tadeshina de que ele a queria ver logo. Por estar decidido que ele receberia a resposta até o fim da tarde, mesmo tendo ido à escola, as lições não lhe entraram pelos ouvidos. Ao ser liberado das aulas, experimentou ligar de um telefone do lado de fora da escola, e lhe foi comunicada então a seguinte réplica de Tadeshina: devido às circunstâncias das quais ele também estava ciente, não seria possível se encontrarem por cerca de dez dias; que aguardasse, por favor, pois entrariam em contato assim que a ocasião fosse propícia.

Ele passou esses dez dias envolto pelo sofrimento da espera ansiosa. Sentiu nitidamente que lhe havia chegado a retribuição por seus atos passados, na época em que tratava Satoko com frieza.

O outono ganhou força e, mesmo sendo ainda cedo para que os bordos se colorissem, somente as cerejeiras já espalhavam pelo solo suas folhas de um vermelho opaco. Foi particularmente custoso o domingo em que esteve sozinho, por lhe faltar a vontade de chamar um amigo. Observava a sombra das nuvens que passavam pelo lago. Ou fitava absorto a distante cachoeira de nove níveis e pensava no mistério daquela suave cadeia líquida, achando suspeito o fato de a água nunca se extinguir apesar de se manter sempre caindo daquele jeito. Teve a impressão de que essa era a forma de suas emoções.

Ao que a sensação vazia de contrariedade se depositou dentro dele, o corpo por um lado se fazia quente, por outro se fazia frio, e apenas o ato de movê-lo já trazia junto langor e inquietação, como se estivesse doente. Ele caminhou a esmo pelo interior da vasta mansão e adentrou o passeio do bosque de ciprestes aos fundos da casa principal. Ali se deparou, por exemplo, com o velho jardineiro que colhia os inhames com ramos de folhas amareladas.

Do céu azul que se espiava pelas pontas dos galhos dos ciprestes veio caindo uma gota da chuva do dia anterior, que se aderiu à fronte de Kiyoaki. Teve a impressão de que inclusive isso pudesse ser um recado puro e violento — capaz de cavoucar um furo em seu cenho —, que viera resgatá-lo da insegurança por haver sido esquecido e abandonado. Apenas à espera, sem que nada acontecesse, seu coração estava azafamado com a ida e vinda de dúvidas e inseguranças, semelhante aos sons de passos ocos da multidão de pessoas que transitam e se atravessam no cruzamento. E então ele havia esquecido até mesmo a beleza dele próprio!

Dez dias se passaram. Tadeshina cumpriu sua palavra. No entanto, a mesquinhez do encontro rasgou-lhe o coração.

Satoko iria à Mitsukoshi a fim de encomendar a confecção do quimono para a ocasião vindoura. Seus pais também planejavam ir junto, mas estavam acamados com suspeita de resfriado, portanto só Tadeshina a acompanharia. Poderiam encontrar-se com Kiyoaki lá, mas não seria conveniente que ele permanecesse na seção de roupas, pois seu rosto seria visto pelo gerente. Prefeririam que ele aguardasse, às três horas da tarde, na entrada onde havia uma escultura de leão. Quando ele visse então a figura de Satoko saindo da loja de departamentos, gostaria que ele primeiro a ignorasse e depois fosse no encalço seu e de Tadeshina. Logo mais as duas entrariam na banca de um vendedor de shiruko[119], aonde não chegavam os olhares alheios; contanto que ele as seguisse ali para dentro, poderiam conversar por determinado tempo. Para o riquixá que o estivesse esperando, deveria fingir ter permanecido dentro da loja de departamentos.

Kiyoaki deixou as aulas mais cedo, envolveu o uniforme em uma capa de chuva, escondendo o brasão escolar do colarinho, meteu o chapéu dentro da pasta e foi estacar-se em meio à turba na entrada da Mitsukoshi. Satoko saiu, disparou-lhe uma olhadela como que inflamada e foi para a rua. Fazendo tal como fora instruído, Kiyoaki conseguiu sentar de frente para ela em um canto da pacata banca de shiruko.

De alguma forma, parecia haver uma reserva entre Satoko e Tadeshina. Ele também compreendeu claramente que Satoko se esforçava para se mostrar saudável, pois a maquiagem se destacava mais do que nunca em seu rosto. Ela terminava as frases sem força, e até o cabelo parecia pesar-lhe. Kiyoaki viu uma pintura que outrora era vívida de cores revelar-se de

---

119. Sobremesa tradicional japonesa que consiste em uma pasta de feijão-azuki cozida com açúcar, servida com *mochi* (bolinho de arroz glutinoso).

súbito extremamente desbotada diante de seus olhos. Existia uma diferença sutil entre ela e a mulher que por dez dias ele desejara ver com tanto ardor.

— Não podemos nos encontrar hoje à noite? — indagou Kiyoaki, com o coração afobado, enquanto pressentia que a resposta não poderia ser satisfatória.

— Não peça algo impossível.

— Impossível por quê? — As palavras de Kiyoaki se intensificaram, enquanto seu coração estava oco.

Assim que notou Satoko baixar a cabeça, ela já estava vertendo lágrimas. Receosa dos fregueses próximos, Tadeshina sacou um lenço branco e empurrou o ombro de Satoko. O modo de empurrá-la foi um tanto cruel, pelo que Kiyoaki fitou a velha com olhos perfurantes.

— Que maneira de olhar é essa? — Tadeshina carregou a fala com uma petulância que chegou a transbordar de cada palavra. — O senhorzinho não entende que estou me matando de tanto empenho por você e por ela? Não, não é só você; a senhorinha, também, pelo jeito nem isso compreende. Seria melhor que eu desaparecesse deste mundo.

Os três pedidos de shiruko foram carregados até a mesa, entretanto não houve quem os tocasse. A pasta quente e violácea de feijão-azuki açucarado, que despontava como lama de primavera para fora da borda da pequena tampa laqueada, aos poucos foi secando.

O encontro foi breve, e os dois se separaram sob a promessa incerta de que voltariam a se ver em dez dias, mais ou menos.

Naquela noite, a aflição de Kiyoaki não teve limites: ao ponderar até quando Satoko recusaria os compromissos noturnos, ele teve a sensação de que estava sendo recusado pelo mundo inteiro e, no centro desse desespero, já haviam desaparecido as dúvidas sobre o fato de que estava apaixonado por ela.

As lágrimas de Satoko naquele dia deixaram claro que o coração dela lhe pertencia, porém, ao mesmo tempo, evidenciaram que a mera comunhão entre seus corações não servia para mais nada.

Ele agora estava abraçado a uma emoção verdadeira. Mesmo comparada a todas as emoções amorosas que ele imaginara no passado, esta era uma emoção mais grosseira, insípida, devastada por completo, negra como breu, em geral distante da sofisticação. De modo algum aparentava poder ser convertida em poesia. Era a primeira vez que ele fazia sua uma matéria-prima de tamanha feiura.

Quando ele apareceu na escola com o rosto pálido depois de uma noite sem dormir, Honda logo achou suspeito e o indagou sobre isso. Devido à forma afetuosa da pergunta, com traços de hesitação, Kiyoaki esteve prestes a chorar.

— Escute só. Ela já não vai mais dormir comigo.

No rosto de Honda surgiu uma perplexidade virginal.

— Por que isso?

— Deve ser porque a celebração do noivado enfim foi confirmada para dezembro.

— Então agora ela quer ser mais prudente?

— É a única maneira de pensar.

Honda não tinha nenhuma palavra com a qual pudesse consolar o amigo. Ainda, pensou como era triste não ser capaz de fazê-lo com base na experiência pessoal, vendo-se obrigado a citar as costumeiras teorias gerais. Ele necessitava subir nos galhos de uma árvore no lugar do amigo, de qualquer jeito, para ter uma visão panorâmica da terra e realizar assim uma análise psicológica.

— Na época em que ainda estavam se encontrando em Kamakura, uma vez você disse que tinha dúvidas se não teria se cansado dela, não foi?

— Mas isso foi só por um instante.

— Será que Satoko não começou a agir assim para que você voltasse a sentir um amor ainda mais profundo e mais intenso?

Honda se equivocou, todavia, ao calcular que o fantasma do amor-próprio de Kiyoaki serviria de consolo nessa ocasião. O rapaz já não oferecia um único relance de olhos para a própria beleza. Tampouco para o coração de Satoko.

Tudo o que lhe importava era uma hora e um local onde os dois pudessem se encontrar livremente, sem apreensões e sem temer os olhares de ninguém. Ponderou se essas já não seriam coisas que só existiam fora deste mundo. Ou, de outro modo, existiriam somente no momento em que o mundo fosse destruído.

O indispensável não era o coração, mas as circunstâncias. Os olhos cansados, ameaçadores, injetados de sangue de Kiyoaki viam em sonho a destruição da ordem deste universo, feita pelo bem dos dois.

— Seria bom se ocorresse um terremoto forte. Desse jeito eu iria lá para socorrê-la. Ou seria melhor uma grande guerra. Desse jeito… Sim, é isso mesmo, o melhor de tudo seria algum acontecimento que abalasse as fundações do país.

— Você fala em acontecimento, mas isso dependeria da ação de alguém. — Honda observou o jovem elegante com olhos um tanto compadecidos. Afinal, compreendera que nessa situação o amigo seria encorajado mesmo pelo sarcasmo ou pelo escárnio. — Por que você mesmo não age?

Kiyoaki evidenciou no rosto uma atrapalhação sincera. Um jovem ocupado com o amor não tinha tempo para isso.

Honda, no entanto, foi seduzido pela luz de destruição que suas palavras voltaram a acender momentaneamente no olhar do amigo. Era como se uma alcateia de lobos corresse em meio à escuridão da límpida terra santa de seus olhos. A sombra da ligeireza fugaz de seu espírito ensandecido, que não chegava ao exercício da força, que sequer o próprio Kiyoaki havia percebido, que principiava e terminava apenas no interior de suas pupilas…

— Que tipo de força poderia superar este impasse? A força da autoridade? Do dinheiro?

Kiyoaki falou como que consigo mesmo, mas, achando um tanto engraçado que isso fosse dito pelo filho do marquês Matsugae, Honda redarguiu com uma pergunta fria:

— E se dependesse da autoridade, o que você faria?

— Vou fazer qualquer coisa para obter mais autoridade. Mas isso demoraria algum tempo.

— Desde o princípio estava decidido que nem a autoridade nem o dinheiro serviriam para coisa alguma. Você não pode se esquecer. Você se opôs a uma impossibilidade contra a qual autoridade ou dinheiro não têm chance. Foi justamente por ser uma impossibilidade que você se sentiu seduzido. Não foi? Caso isso se convertesse em algo possível, não seria o mesmo que uma bagatela?

— Mas já se tornou claramente possível, uma vez.

— Você viu uma ilusão de possibilidade. Viu um arco-íris. O que busca além disso?

— Além disso… — Kiyoaki se interrompeu.

Honda estremeceu perante os indícios de que um grande e vasto niilismo, o qual ele não pudera prever, vinha se espraiando do outro lado dessas palavras suspensas. Ele ponderou: "As palavras que nós estamos trocando são apenas um monte de pedras abandonadas em desarranjo, em um canteiro de obras no meio da noite. Uma vez percebendo o silêncio do vasto céu estrelado que se estende sobre a obra, as pedras decerto não têm alternativa senão se interromperem desse jeito."

Os dois vinham travando essa conversa após o término da aula de lógica do primeiro período, enquanto caminhavam pela pequena trilha no bosque que circundava o Tanque de Lavar Sangue; contudo, visto que se aproximava a hora de começar o segundo período, voltaram pelo caminho de onde vieram. No trajeto por baixo daquela mata outonal estavam precipitadas diversas coisas que saltavam à vista. As incontáveis folhas caídas que se sobrepunham úmidas, com suas distintas nervuras marrons; bolotas; castanhas podres que estouraram ainda verdes; guimbas de cigarro... Entre eles, Honda avistou uma massa de pelos brancos retorcidos e esbranquiçados, tão esbranquiçados que pareciam doentios, e quedou-se imóvel, com as pupilas atentas. Quando compreendeu que era o cadáver de um filhote de toupeira, Kiyoaki também se agachou e, sob a luz matinal que incidia conforme guiada pelos galhos sobre sua cabeça, analisou minuciosamente a carcaça.

Se ela se mostrara branca, era porque os olhos de Honda se concentraram apenas na alvura dos pelos na região do peito do animal, que morrera com o abdome para o alto. Em sua totalidade, o corpo possuía o negror de um veludo encharcado, enquanto as pequenas rugas brancas em suas pequenas palmas, acusando certa presunção rabugenta, viam-se cheias de lama. Era possível entender que a lama se incrustara nas rugas porque o animal se debatera. Como se podia ver a parte inferior do focinho que estava voltado para cima, afunilado como um bico de pássaro, a cavidade bucal de uma suave cor rosácea se expandia por trás dos dois primorosos incisivos.

Os dois recordaram em sincronia o cadáver do cachorro preto que no passado encontraram pendendo da crista da cachoeira na residência Matsugae. Aquele cachorro morto recebera um inesperado e atencioso funeral.

Kiyoaki agarrou a cauda de pelos escassos e deitou a carcaça do filhote de toupeira ligeiramente sobre a palma da mão. Ressequido por completo, já não dava uma sensação de sujidade. Apenas abominou a sina de trabalhos cegos que se encerrava no corpo daquele animalzinho vulgar, e achou repudiante a constituição detalhada de suas pequenas palmas abertas.

Ele agarrou a cauda mais uma vez, levantou-se e, quando a trilha se aproximou do tanque, jogou a carcaça lá dentro com um ar indiferente.

— O que está fazendo? — Honda franziu o cenho frente à casualidade do amigo. Pelo comportamento bruto, à primeira vista condizente com um estudante, ele pôde deduzir a desolação sem precedentes no peito de Kiyoaki.

XXXIX

Mesmo após sete, oito dias, a comunicação com Tadeshina permaneceu cortada. No décimo dia, ao experimentar ligar para o dono da pensão para militares, ouviu em resposta que Tadeshina aparentemente estava acamada por alguma doença. Passaram-se mais alguns dias. Informaram-lhe que Tadeshina ainda não havia se recuperado por completo, o que fez germinar a suspeita de que isso era apenas um pretexto.

Acossado por uma ideia fixa, à noite ele foi até Asabu perambular pelos arredores da residência Ayakura. Quando passou por baixo dos postes de iluminação a gás na vizinhança da ladeira Torii, seu coração se desalentou ao notar como estava pálido o dorso da mão que estendeu para baixo da luz. Lembrou-se da crença popular de que enfermos à beira da morte com frequência contemplam a própria mão.

O nagayamon da residência Ayakura estava firmemente cerrado, e as chamas débeis que o iluminavam tornavam difícil ler até mesmo a placa da entrada, deteriorada pelas intempéries, na qual só os caracteres traçados a tinta sumi sobressaíam em relevo. A iluminação dessa casa fora pobre desde sempre. Ele sabia que a luz do quarto de Satoko não podia ser vista a partir do outro lado do muro.

Kiyoaki pôde imaginar que ainda se acumulava a mesma poeira de antigamente nos sarrafos que gradeavam as janelas das casas desabitadas ao lado do portão, os quais uma vez ele e Satoko agarraram nos tempos de infância, saudosos da luz externa, depois de se infiltrar sorrateiros naqueles quartos e se assustar com a tênue escuridão e o cheiro de mofo que os saturava. Pelo modo como o verde da casa em frente lhes parecera encolerizar-se ofuscante, teria sido um dia de maio. E, se grades dispostas tão densamente como essas não foram capazes de fragmentar o verde daquelas árvores, teriam sido muito pequenos os rostos infantis dos dois. Passou um vendedor de mudas de plantas. Os dois imitaram seu chamado, que alongava o fim das palavras ao gritar o nome de berinjelas e cordas-de-viola, e caíram na risada.

Foram muitas as coisas que ele aprendera na mansão. A fragrância da tinta sumi sempre se emaranhava solitária dentro de suas memórias, ao passo que em seu peito as memórias da solidão se atrelavam à elegância de modo quase inseparável. O conde lhe havia mostrado a textura azul-violácea e o ouro das cópias manuscritas de sutras, o biombo[120] com a vegetação de outono, ao estilo palaciano... Embora no passado a claridade carnal das tentações mundanas incidisse inclusive sobre tais elementos, na residência Ayakura tudo estava soterrado pelo cheiro do mofo e da tinta sumi da papelaria Kobaien. E então agora, quando a elegância estava voltando a reavivar esse brilho sensual depois de tanto tempo, no interior dos muros que rechaçavam Kiyoaki, ele não podia encostar-lhes nem ao menos um dedo.

Apagou-se a luz do segundo andar que a custo se podia ver de fora dos muros, decerto porque o conde e a condessa foram se deitar. Desde antigamente o conde ia cedo para a cama. Será que Satoko estaria com dificuldade para dormir? Entretanto não se podia ver sua luz. Kiyoaki seguiu rente ao muro e deu a volta até o portão dos fundos, onde conteve o dedo que, impulsivo, fez menção de se estender até o botão da campainha, amarelado e rachado pela falta de umidade.

Assim, ferido pela própria falta de coragem, voltou para casa.

Passaram-se alguns apavorantes dias sem grandes acontecimentos. E passaram-se outros dias mais. Ele ia à escola somente para matar o tempo, renegando os estudos depois de chegar em casa.

Via-se distintamente quem eram aqueles que, como Honda, dedicavam esforços aos estudos com vistas ao vestibular do verão seguinte, enquanto aqueles que almejavam universidades sem provas de ingresso se aplicavam aos esportes. Kiyoaki, que não podia acompanhar o passo de nenhum dos grupos, tornou-se mais e mais solitário. Passaram a ser muitas as vezes em que ele não respondia quando alguém tentava puxar assunto, o que o levou a ser ligeiramente marginalizado por todos.

Certo dia, ao voltar da escola, encontrou o mordomo Yamada a aguardá-lo no vestíbulo para anunciar:

---

120. É provável que Mishima tenha cometido um equívoco, pois a divisória ilustrada com a vegetação de outono mencionada previamente era um *tsuitate*, de tamanho portátil, conforme nota 27.

— Hoje o marquês Matsugae retornou mais cedo e disse que gostaria de jogar bilhar com o senhorzinho, portanto o aguarda na sala de jogos.

Essa era uma ordem bastante irregular, motivo pelo qual o peito de Kiyoaki se agitou.

As raríssimas vezes em que o marquês era acometido por algum capricho e convidava o filho para jogar se limitavam aos momentos de inebriação residual depois de jantar em casa. Para demonstrar esse capricho em plena luz do dia, o pai devia estar de humor excessivamente bom — ou excessivamente ruim.

O próprio Kiyoaki quase nunca visitara aquele aposento enquanto ainda havia sol. Depois de empurrar a pesada porta para entrar, quando Kiyoaki viu as tábuas de carvalho das quatro paredes reluzirem com os raios vindos do oeste através do vidro ondulado das janelas, nenhuma das quais havia sido aberta, ele imaginou estar entrando em uma sala desconhecida.

O marquês se preparava para uma tacada com o corpo debruçado, mirando uma das bolas brancas. Os dedos da mão esquerda que levou ao taco se viam angulosos como o cavalete de marfim de um koto.

A figura de Kiyoaki, trajada com o uniforme escolar, manteve-se imóvel junto à porta ainda entreaberta.

— Feche a porta — disse o marquês, enquanto abrigava no rosto voltado para baixo um leve reflexo do verde da superfície da mesa, impedindo que Kiyoaki lesse sua fisionomia.

— Leia aquilo. É uma carta de Tadeshina. — O marquês por fim ergueu o corpo e indicou com a ponta do taco um único envelope colocado sobre a pequena mesa ao lado da janela.

— Tadeshina faleceu? — inquiriu Kiyoaki, enquanto sentia tremer a mão que agarrou o envelope.

— Morrer, não morreu. Salvaram-lhe a vida. E é por não ter morrido… que é algo ainda mais deplorável — disse o marquês.

Ele demonstrou agir como se estivesse contendo a si mesmo para não se aproximar do filho mais que aquilo.

Kiyoaki hesitava.

— Que tal lê-la de uma vez?! — o marquês pela primeira vez emitiu uma voz incisiva.

Ainda parado em pé, Kiyoaki começou a ler o testamento escrito em um longo rolo de papel…

CARTA PÓSTUMA

Quando esta missiva chegar aos olhos de Vossa Excelência, poderá considerar que eu já tenha partido deste mundo. Assento-a às pressas como reparação por um ato verdadeiramente pecaminoso, a fim de confessar a gravidade do crime de uma pessoa vil como eu, antes que se rompa o cordão de minha existência, e a fim de lhe fazer ainda um pedido, por cuja consideração eu daria a própria vida.

A senhorinha Satoko, de nossa família Ayakura, por descuido meu demonstrou recentemente indícios de gravidez e, embora eu tivesse sugerido a ela que lidasse com o fato o quanto antes, pois não pude resistir ao assombro, ela não quis me dar ouvidos de modo algum, motivo pelo qual, uma vez que o caso ganhará proporções se permitirmos que passe o tempo, por juízo próprio tomei a liberdade de revelar o sucedido em sua íntegra ao conde Ayakura, que apenas continuou a repetir "que sufoco, que sufoco", sem tomar nenhuma decisão concreta, e assim, embora lidar com o fato se tornará cada dia mais difícil quando em breve se acumularem os meses, e cuidando que isto poderá se tornar um grave assunto de Estado, ainda que tudo tenha sido ocasionado por minha deslealdade, penso que agora não existe alternativa senão me fiar em Vossa Excelência.

Não obstante poder inferir que Vossa Excelência por certo se enfurecerá, como considero que a gravidez da senhorinha seja um assunto privado de família, rogo e suplico pela dádiva de sua simpatia e sapiência. Tenha piedade do modo como esta anciã apressa a própria morte, mas, por favor, solicito-lhe humildemente daqui debaixo das raízes da relva: olhe pela senhorinha. Sem mais, despeço-me.

… Despojando-se da sensação de alívio pusilânime que saboreou por um instante porque seu nome não se encontrava escrito ali, Kiyoaki rezou para que os olhos que ergueria na direção do pai não acusassem dissimulação. Ainda assim, sentiu que os lábios estavam secos e que as têmporas palpitavam ardentes.

— Leu? — perguntou o marquês. — Leu o trecho que pede pela minha simpatia e sapiência porque a gravidez da senhorinha é um assunto privado de família? Por mais que sejamos íntimos, não é possível dizer que nós e os Ayakura temos laços de parentesco. Mas Tadeshina fez questão de escrever "família"... Se você tem alguma coisa a dizer em sua defesa, é melhor falar agora. Diga aqui, em frente ao retrato do seu avô... Se a minha suspeita estiver errada, depois eu peço desculpas. Como seu pai, nunca quis suspeitar de uma coisa assim. É algo realmente repugnante. Uma suspeita repugnante.

O otimista e descontraído marquês nunca se mostrou tão imponente e com um ar tão assustador. Trazendo às costas o retrato de seu pai e a imagem da batalha naval na Guerra Russo-Japonesa, estava parado em pé enquanto batia nervosamente o taco contra a palma da mão.

A imagem da Guerra Russo-Japonesa era uma gigantesca pintura a óleo da Virada de Bordo em Frente ao Inimigo na Batalha de Tsushima[121], em que mais da metade da tela estava dominada pelas ondas verde-escuras do Oceano Pacífico. Sempre contempladas à noite, as vagas tornavam-se especialmente indefinidas sob a luz dos lampiões, não passando de uma escuridão com saliências e reentrâncias que continuava como um prolongamento da parede umbrosa; vendo-as à luz do dia, no entanto, era possível admirar com assombro ondas cor de berinjela que se sobrepunham com pesada melancolia à frente da composição e se erguiam às alturas, acumulando-se em cores mais claras mesmo em meio ao verde-escuro na direção do fundo, bem como cristas que borrifavam a cor branca aqui e ali, e o modo como o arrebatador mar do Norte dava licença à expansão da suave esteira traçada pelos navios de guerra que em conjunto realizavam a virada de bordo. As fumaças das grandes embarcações que conectavam a cena verticalmente ao alto-mar fluíam todas para a direita, ao passo que o céu envolvia dentro de seu frio azul a pálida cor de relva jovem típica do maio setentrional.

Em comparação, a personalidade inflexível no retrato do avô trajando uniforme imperial se via permeada por amabilidade, parecendo a Kiyoaki que o antepassado não o estava admoestando, mas instruindo-o com uma tépida imponência. O rapaz teve a impressão de que, voltado para aquela pintura do avô, poderia confessar o que quer que fosse.

---

121. Famosa tática empregada na Batalha de Tsushima, por volta das catorze horas de 27 de maio de 1905, em que os navios japoneses deram uma guinada completa para acompanhar a direção em que navegavam os navios russos e depois interceptá-los pela frente.

Sentiu ainda que sua personalidade vacilante, ainda que somente por um segundo, era remediada com alegria em frente às pálpebras pesadas e inchadas do avô, à verruga em sua bochecha e a seu espesso lábio inferior.

— Não tenho nenhuma justificativa. É como o senhor suspeita… A criança é minha — Kiyoaki conseguiu falar sem sequer baixar os olhos.

Uma vez colocado nessa posição, ao contrário do que acusava sua aparência ameaçadora, o coração do marquês Matsugae sucumbiu ao extremo da desorientação. Ele nunca fora habilidoso para lidar com tais situações. Assim, embora tivesse agora o dever de prosseguir com violentas reprimendas, passou apenas a balbuciar palavras entre dentes, ditas para si mesmo.

— Aquela velha gagá não se contentou com a primeira vez, mas teve que me trazer de novo os seus mexericos. Antes, tudo bem, pois não passou de uma indiscrição do ajudante, mas agora veio se meter com o filho de um marquês… Ainda por cima, sequer faz o favor de morrer. Aquela velha insaciável!

Acostumado a sempre gargalhar alto para se esquivar e pôr um fim nas questões sutis do coração, o marquês não sabia o que fazer quando a ocasião exigia que se zangasse em relação à mesma sutileza. O ponto em que esse homem de rosto franco e feições bastante viris diferia explicitamente do falecido pai era a vaidade que possuía para não querer ser visto como alguém inculto e contumaz sequer pelo próprio filho. Mesmo sentindo que sua tentativa de se zangar de uma maneira não antiquada resultaria na perda da força irracional da fúria, por outro lado — e isso era algo proveitoso em se tratando de raiva —, dentre todas as pessoas do mundo ele era a mais alheia à autorreflexão.

A ligeira irresolução do pai conferiu coragem a Kiyoaki. Tal como água límpida que borbota de uma fissura, saíram da boca do jovem as palavras mais naturais que ele já havia proferido em toda a sua vida.

— Seja como for, Satoko agora é minha.

— "Minha"?! Experimente dizer isso de novo. "Minha"?!

O marquês ficou satisfeito pelo fato de o próprio filho ter feito o favor de puxar o gatilho de sua ira. Com isso, ele já podia se deixar cegar sem preocupações.

— O que ousa dizer a uma altura destas? Eu não perguntei tantas vezes se vossa mercê "fazia alguma objeção" quando Satoko recebeu a proposta de casamento do príncipe? "Agora ainda é possível voltar atrás, então, se existe um mínimo de receio nos seus sentimentos, fale", não foi isso que eu disse?

A raiva do marquês transparecia bem em seu equívoco ao embaralhar o emprego de "vossa mercê" e "você", utilizando aquele de forma depreciadora e este de forma conciliatória. Ele começou a se aproximar circundando a mesa de jogo, com a mão que segurava o taco tremendo de modo bastante perceptível. Finalmente o medo germinou em Kiyoaki.

— O que vossa mercê disse naquela ocasião? Hein? O quê? Disse "não tenho receio nenhum", ouviu bem? Por acaso não foram essas as palavras de um homem? E ainda assim se considera homem? Eu já me arrependia de ter lhe dado uma educação muito frouxa, mas não sabia que chegava a este ponto. Não só foi meter as patas no matrimônio da família de um príncipe, mas ainda por cima a engravidou? Não existe no mundo uma falta de lealdade e de amor filial maior que essa. Se fosse antigamente, eu teria que cortar o próprio ventre para pedir desculpas ao imperador. É uma coisa desprezível, indigna até de um cão ou de um gato, uma conduta como essa sua. Hein, Kiyoaki, o que está pensando? Não vai responder? Pretende continuar amuado? Ei, Kiyoaki...

Assim que sentiu que o resfolegar do pai arrebatava suas palavras, Kiyoaki fez menção de virar o corpo para desviar do taco que fora brandido, mas recebeu um golpe severo nas costas do uniforme. A mão esquerda, levada ao dorso para proteger a retaguarda, entorpeceu-se rapidamente ao ser atingida por outro golpe, enquanto o seguinte, desferido contra a cabeça, desviou e acertou o septo nasal que procurava a porta para sua rota de fuga. Kiyoaki tropeçou na cadeira que havia ali e tombou como que abraçado a ela. De imediato o sangue começou a brotar-lhe das narinas. O taco não o perseguiu além disso.

Era provável que Kiyoaki houvesse dado gritos entrecortados a cada golpe. A porta se abriu e apareceram a mãe e a avó. A marquesa estremecia atrás da sogra.

O marquês ainda empunhava o taco e arfava violentamente, empertigado como uma estaca.

— O que é isto? — perguntou a avó de Kiyoaki.

Com essa única frase o marquês reparou pela primeira vez na figura de sua mãe, mas dava ares de todavia não poder acreditar que ela estava de fato ali. Seu coração muito menos conseguiu chegar à dedução de que fora a esposa, atentando à urgência das circunstâncias, que correra para chamar a sogra. Era deveras anômalo que a mãe se afastasse de seu retiro, mesmo que um único passo.

— Kiyoaki cometeu uma ignomínia. Se a senhora ler a carta póstuma de Tadeshina que está naquela mesa, logo entenderá.

— Tadeshina cometeu suicídio ou algo assim?

— Recebi a carta pelo correio, mas quando telefonei para Ayakura...

— Sim, e então? — Sua mãe sentou na cadeira ao lado da mesinha e retirou vagarosamente os óculos de leitura inseridos na cinta do quimono. Empurrou com prudência a tampa da caixa de veludo negro, como se abrisse uma carteira.

A marquesa enfim pôde depreender a amabilidade da sogra, que não dirigia uma só olhadela para o neto caído no chão. Ela estava demonstrando sua disposição para lidar sozinha com o marquês. Ao tomar ciência disso, a esposa pôde correr sem se preocupar até onde estava Kiyoaki. Ele já havia sacado o lenço e agora pressionava o nariz ensanguentado. Não havia nenhum ferimento muito chamativo.

— Sim, e então? — a mãe do marquês repetiu a pergunta enquanto já desdobrava o rolo de papel.

Dentro do coração do marquês, algo já havia arrefecido.

— Experimentei telefonar para perguntar a respeito e, veja a senhora, o conde me disse que ela por pouco tinha escapado com vida e estava convalescendo, mas me perguntou, com jeito de quem estava intrigado, como eu tinha tomado conhecimento do incidente. Ao que parece, ele não sabia sobre essa carta póstuma que me tinha sido endereçada. Eu acautelei bastante o conde para que ele não deixasse escapar para a sociedade a história de que Tadeshina tinha ingerido Bromisoval. No entanto, como a culpa pertence a Kiyoaki, seja de modo que pensemos no assunto, eu não poderia ficar apenas criticando a outra parte, e por isso acabou se tornando um telefonema bastante evasivo. Deixei dito ao conde que eu gostaria de encontrá-lo na primeira ocasião possível para discutirmos sobre muitas coisas, mas, seja como for, não posso agir enquanto não decidir como vou me portar diante dele.

— Isso é verdade... Isso é mesmo verdade — disse a anciã, desatenta, enquanto corria os olhos pela carta.

A cor do bronzeado dos tempos remotos, que ainda restava na fronte de carnes opulentas e reluzentes e em suas feições de contornos espessos, como que desenhadas de um só fôlego, somadas às mechas grisalhas de corte curto, tingidas de preto com displicência e artificialidade… Tudo nesse seu ar interiorano varonil, ao contrário do imaginado, combinava com a sala de bilhar ao estilo vitoriano como se houvesse sido talhada para o lugar.

— Contudo, não está escrito o nome de Kiyoaki em nenhum lugar nesta carta, não é mesmo?

— Leia a parte que fala de assunto de família ou algo assim. Basta olhar uma vez para saber que é uma insinuação… Além disso, Kiyoaki confessou de sua própria boca que aquela criança é dele. Isso quer dizer que você está prestes a ganhar um bisneto, ouviu, mamãe? E um bisneto marginalizado pela sociedade.

— Ainda assim, pode ser que Kiyoaki tenha feito uma confissão falsa para proteger alguém, viu?

— Já vi que não existe nada que eu possa dizer. Mamãe, então estaria bem que a senhora mesma perguntasse a Kiyoaki, não?

Ela enfim se voltou na direção do neto e encheu as palavras de afeto, como se falasse com uma criança de cinco ou seis anos.

— Kiyoaki, meu anjo. Olhe bem para a sua avó. Você precisa responder olhando bem nos meus olhos, viu? Que assim você não pode dizer mentiras. É verdade mesmo o que seu pai disse agora?

Enquanto resistia à dor remanescente nas costas, Kiyoaki esfregou o sangue que ainda escorria do nariz, agarrou o lenço todo vermelho com força dentro do punho e virou-se para ela. Justamente devido a seu rosto bem afeiçoado, a ponta proeminente do nariz, onde restavam borrifos do sangue esfregado com desmazelo, em conjunto com os olhos orvalhados, parecia pueril como o focinho úmido de um cachorrinho.

— É verdade — Kiyoaki foi curto e apressou-se para pressionar de novo as narinas com o lenço novo que sua mãe lhe estendera.

Não existiriam palavras mais capazes de desbaratar aquilo que parecia perfilar-se ali em perfeita ordem como as que a avó de Kiyoaki disse então, dotadas do eco dos cascos de um cavalo que galopa livremente. O que ela disse foi o seguinte:

— Que feito formidável, engravidar a noiva de um príncipe imperial. Isso é algo impossível para esses homens frouxos de hoje em dia. É mesmo estupendo. Kiyoaki é mesmo neto do seu avô. Se chegou a esse ponto, decerto vai continuar satisfeito mesmo que acabe na prisão. Mas, pena de morte, eu duvido que receba.

A avó estava claramente jubilosa. Além de se afrouxar a linha rígida de seus lábios, libertaram-se as emoções reprimidas ao longo de tantos anos; ela emanava uma sensação de contentamento como se suas palavras houvessem dissipado em um só gesto algo que se estagnara naquela mansão desde que o título nobiliárquico fora transmitido à geração atual. Isso não era culpa somente do marquês de agora, seu filho. A voz da senhora, retaliatória contra a força de algo que cercava a mansão e que vinha envolvendo à distância os anos derradeiros de sua terceira idade em uma multitude de camadas, planejando esmagá-la, ecoava desde aqueles tempos conturbados hoje esquecidos, tempos em que não se temia o encarceramento ou a pena capital, pois o cheiro da prisão e da morte estava sempre próximo da vida cotidiana. A avó e outras de sua época, dir-se-ia ao menos, enquadravam-se na geração das donas de casa que lavavam a louça tranquilamente em rios por onde passavam cadáveres boiando. Isso sim era a vida cotidiana! E sucedia que esse neto à primeira vista frouxo havia, de uma maneira mais que esplêndida, ressuscitado em frente aos seus olhos uma ilusão daquela época. Uma expressão como que inebriada vagou por alguns momentos na fisionomia da avó, ao passo que a marquesa, sem saber com que palavras retorquir devido ao extremo da situação, observava estupefata e imóvel, de longe, o rosto sisudo e rústico daquela anciã, que ela não gostaria de apresentar ao público como matriarca da residência Matsugae.

— O que a senhora está dizendo? — redarguiu debilmente o marquês, quando enfim despertou de seu alheamento. — Desse jeito a família Matsugae também vai ser arruinada. Não seria um desrespeito à memória do papai?

— Isso é verdade — a mãe idosa respondeu logo. — Você precisa pensar agora não no castigo de Kiyoaki, mas em como proteger nossa família. É evidente que a nação é importante, mas a família Matsugae também é. Porque nós não somos dessas famílias como os Ayakura, que por vinte e sete gerações vêm recebendo estipêndios do imperador... Então, como você acha que é melhor agir?

— Existe algo a fazer senão fingir que não aconteceu nada e seguir adiante com tudo, da celebração do noivado até o casamento?

— É bonito que você esteja disposto a fazer isso, mas então é preciso lidar com a criança na barriga de Satoko o quanto antes. Ainda assim, se fizermos isso nas redondezas de Tóquio e formos farejados por alguém da imprensa, teremos grandes problemas. Você não tem alguma boa sugestão?

— Osaka estaria bem — disse o marquês depois de pensar por algum tempo. — Basta pedirmos para o doutor Mori, que trabalha lá, fazer isso sob absoluta confidencialidade. Não vou poupar dinheiro. No entanto, seria necessário um pretexto para enviar Satoko até Osaka naturalmente...

— Ora, os Ayakura têm muitos parentes por lá, e esta não é uma época perfeita para fazer com que ela vá prestar as devidas saudações, agora que a celebração do noivado está confirmada?

— Todavia, fazer com que ela se encontre com vários parentes poderia ser ruim, pelo contrário, pois poderiam perceber o seu estado... Já sei, tenho uma ideia. O melhor de tudo não seria mandá-la para junto da abadessa do Gesshuji, em Nara, a fim de se despedir? Além de aquele templo antigamente ser administrado por abadessas provenientes da família imperial, conta com status suficiente para receber uma saudação desse tipo. De onde quer que se olhe, não existe nada de estranho. Afinal, Satoko também vem sendo mimada pela abadessa desde criança... Portanto, basta que primeiro a enviemos a Osaka, para receber o tratamento do doutor Mori e recuperar-se por um ou dois dias, e que depois vá a Nara. Imagino que para isso a mãe de Satoko também a acompanharia...

— Não pode ser somente ela — a anciã disse, severa. — A esposa de Ayakura é inteiramente aliada da oposição. É preciso que alguém daqui também a acompanhe e observe bem o antes e o depois do tratamento do doutor. Além disso, precisa ser uma mulher... Ah, Tsujiko, vá você, por favor — ela dirigiu-se à mãe de Kiyoaki.

— Sim.

— Você vai junto para supervisionar. Não há necessidade de ir até Nara. Depois de se certificar daquilo que precisa ser feito, volte sozinha para Tóquio o quanto antes e relate o que aconteceu.

— Sim.

— Mamãe tem toda a razão. Faça como ela diz, por favor. Vou consultar o conde para decidirmos a data da partida, pois precisamos garantir que não haja absolutamente nenhum imprevisto…

Kiyoaki teve a sensação de já haver recuado para o pano de fundo, com suas ações e seu amor sendo tratados como coisas mortas enquanto a avó e o pai, logo em frente aos seus olhos, discutiam os pormenores do funeral sem se importar com que cada uma das palavras fosse ouvida pelo finado. Aliás, existia algo que já estava sendo enterrado mesmo antes do funeral. E, se por um lado Kiyoaki era um defunto nos limites do definhamento, por outro era uma criança repreendida e magoada que não sabia o que fazer.

Tudo estava sendo arrumado e decidido de maneira formidável sem qualquer relação com a vontade do responsável pelo ato, e ignorando ainda a vontade das pessoas da família Ayakura. Inclusive a avó, que até havia pouco falava de forma tão desinibida, acabou se dedicando ao incrível e prazeroso trabalho de tratar de uma situação de emergência. Sua personalidade nunca possuíra qualquer relação com a delicadeza de Kiyoaki, mas essa mesma capacidade dela para encontrar uma nobreza selvagem em ações desonradas estava conectada a outra — a uma capacidade para esconder a verdadeira nobreza rapidamente dentro da mão a fim de proteger sua honra, a qual ela pensava dever-se não aos raios de sol nos verões da baía de Kagoshima, pois era antes uma capacidade aprendida com o falecido esposo.

Encarando Kiyoaki de frente pela primeira vez desde que o golpeara com o taco, o marquês disse:

— A partir de hoje você vai ficar de castigo sem sair de casa, voltar às suas responsabilidades como estudante e dar tudo de si para se preparar para as provas do vestibular. Ouviu bem? Não vou dizer mais nada. Esta é a encruzilhada onde você tem que decidir se vai virar homem ou não… Com Satoko, é óbvio, não deve se encontrar nunca mais.

— É como a prisão domiciliar dos tempos antigos. Se se cansar de estudar, pode vir me visitar no meu retiro de vez em quando — disse a avó.

E assim Kiyoaki compreendeu que o marquês, temendo as aparências, fora agora colocado em uma posição que o impedia de deserdar o próprio filho.

XL

O conde Ayakura era uma pessoa assustadiça quanto a assuntos de ferimentos, doenças ou morte.

Depois do alvoroço da manhã em que Tadeshina não parecia sair do quarto, o testamento encontrado à sua cabeceira foi logo entregue às mãos da condessa; porém, quando esta o repassou então para o marido, ele o abriu com a ponta dos dedos como se manuseasse algo infestado de germes. Em seu conteúdo a criada apenas pedia perdão ao casal e a Satoko pela própria negligência, além de agradecer pelo favor recebido por longos anos — um testamento simples que poderia ser revelado a qualquer um que o quisesse ler.

A condessa logo chamou o médico, enquanto o conde, era óbvio, não fez menção de ir ver a paciente, contentando-se em ouvir um relatório detalhado da esposa mais tarde.

— Parece que ela tomou cerca de cento e vinte pílulas de Bromisoval. Ela ainda não recobrou a consciência, no entanto foi isso que o médico disse. Não sei como é possível que uma velhinha assim tenha tanta força, pois ela agitou os braços e as pernas, contorceu o corpo em um arco, fez uma algazarra descomunal, até que enfim conseguiram segurá-la todos juntos; o médico então aplicou uma injeção, fez uma limpeza estomacal (embora a limpeza estomacal eu não tenha visto, porque era deplorável demais) e garantiu que ao menos a vida iria salvar-lhe. Especialistas são mesmo outra história. Antes mesmo de dizermos alguma coisa, ele aspirou o hálito de Tadeshina e logo adivinhou: "Ah, tem cheiro de alho. É Bromisoval."

— Ele mencionou em quanto tempo ela vai melhorar?

— Estava dizendo que é preciso repouso por cerca de dez dias.

— Não podemos deixar que este incidente se torne público. É preciso tapar a boca das criadas da casa, e pedir também ao médico. Como está Satoko?

— Satoko está trancada no quarto. Nem fez menção de ir ver como Tadeshina está. Afinal, se ela presenciasse aquela cena com seu corpo no estado de agora, é possível que sofresse alguma anomalia; sem contar que deve se sentir desconfortável indo prestar uma visita agora, de repente, já que não dirigiu a palavra a Tadeshina uma única vez desde que ela veio nos revelar *aquele assunto*. Penso que é melhor deixar Satoko quieta.

Cinco dias antes, quando Tadeshina revelou desorientada a gravidez de Satoko para o casal, embora houvesse imaginado que, em compensação pela reprimenda terrível que receberia, decerto o conde também ficaria terrivelmente perturbado, ele demonstrou apenas uma reação deveras decepcionante — o que levou Tadeshina a enfim se impacientar e, depois de enviar o recado póstumo endereçado ao marquês Matsugae, ingerir o Bromisoval.

Acontecia que Satoko não aceitava os conselhos de Tadeshina de jeito nenhum, apenas ordenando a ela que não dissesse nada a ninguém, não obstante o perigo crescer a cada dia que passava, e sem acusar sinais de que em algum momento tomaria uma decisão. Ao cabo de muito pensar em vão, Tadeshina traiu Satoko e revelou o caso ao conde e à condessa; porém, talvez porque o casal tivesse se estupeficado demais, fizeram cara de alguém que ouve que uma das galinhas do pátio dos fundos havia sido levada embora por um gato.

Mesmo no dia seguinte àquele em que ouviu a grave história, ou no outro, o conde não dava ares de que tocaria no assunto, sequer quando se encontrava com Tadeshina.

Em seu íntimo, o conde afligia-se sinceramente. Ainda assim, se possível ele queria esquecer tais circunstâncias, pois eram demasiado importantes para que pudesse tratar delas sozinho, e demasiado vexatórias para que pudesse consultar alguém. O casal havia combinado entre si de se manter absolutamente calado em frente a Satoko até decidirem que medidas tomariam, mas a moça, cujos instintos andavam mais aguçados, interrogou Tadeshina e, ao descobrir o que havia se passado, deixou de lhe dirigir a palavra e se manteve trancada no próprio quarto. O interior da casa estava impregnado de um fantástico silêncio. Tadeshina não atendia a nenhum contato externo, informando que estava doente.

O conde não teve uma conversa privada sobre esse assunto sequer com a esposa. Certamente era uma situação assustadora, um tema que exigia urgência, mas só isso já servia de motivo para ele não ver alternativa senão adiar o problema, apesar de não ter nenhuma fé particular na ocorrência de um milagre.

Na letargia desse indivíduo, não obstante, havia uma espécie de refinamento. Embora fosse certo que sua incapacidade de tomar uma decisão a respeito de qualquer coisa continha uma descrença quanto a toda sorte de resoluções, ele nem ao menos era um cético no sentido comum da palavra. Mesmo que o conde Ayakura esmorecesse em pensamentos o dia inteiro, não lhe agradava destinar a uma única solução toda a fartura de emoções que era capaz de suportar. A propensão ao pensamento se assemelhava ao kemari da tradição familiar. Era sabido que nesse jogo, por mais alto que se chutasse a bola, ela imediatamente começaria a cair mais uma vez ao chão. Por exemplo, ainda que fizesse como Munetake Nanba[122], agarrando a bola branca de couro de corça por seu cordão roxo para chutá-la para o alto, ultrapassando o telhado de quase trinta metros de profundidade do Shishinden[123] e conquistando a admiração das pessoas, a bola de imediato cairia no jardim do Kogosho.[124]

Visto que em toda solução existia algum ponto deficiente no quesito requinte, o melhor seria esperar que alguém assumisse esse mau gosto para si. Para tanto, fazia-se necessário o sapato de outra pessoa que viesse receber a bola ao cair. Mas, embora fosse ele mesmo a chutar a bola, no momento em que estivesse pairando no ar seria possível que ela exibisse algum capricho de movimento instável, acabando por ser soprada para uma direção inusitada.

Não veio à mente do conde, nem por um segundo, o fantasma da ruína. Se não era algo de suma importância o fato de a noiva de um príncipe, já agraciada com a sanção imperial, estar abrigando o progênito de outro homem no ventre, então o que mais no mundo poderia importar? Ainda assim, nenhuma bola haveria de continuar para sempre em sua mão. Decerto surgiria outra pessoa para quem ele deveria atribuí-la. O conde era

---

122. Munetake Nanba (1697-1768), membro da nobreza e exímio jogador de *kemari*, renomado pelo feito aqui descrito.

123. Construção localizada dentro do Palácio Imperial de Kyoto e reservada antigamente para cerimônias importantes, inclusive de coroamento.

124. Construção localizada a nordeste do Shishinden, dentro do Palácio Imperial de Kyoto, e utilizada pelo imperador durante o xogunato para oferecer audiências a daimios e outros representantes do governo militar.

uma pessoa que jamais conseguia atormentar a si mesmo; como resultado disso, sempre acabava atormentando mais alguém.

E, então, seria no dia seguinte após ser surpreendido com a tentativa de suicídio de Tadeshina que o conde receberia o telefonema do marquês Matsugae.

Com efeito, o marquês já haver tomado ciência desse assunto privado era um acontecimento inverossímil. Embora a essa altura o conde estivesse decidido e preparado para não se espantar mesmo que alguém de dentro da casa os traísse e espalhasse o segredo, considerando que a própria Tadeshina, maior suspeita de tal traição, estivera inconsciente durante todo o dia anterior, todas as conjecturas que pareceriam plausíveis se tornaram duvidosas.

Foi então que o conde, ouvindo da esposa que os sintomas de Tadeshina haviam melhorado bastante — pois não apenas falava, como também já tinha apetite —, reuniu uma coragem atípica e se dispôs a ir sozinho até o quarto da enferma.

— Você não precisa vir junto. Se eu for vê-la sem ninguém, decerto será mais provável que aquela mulher me diga a verdade.

— Mas, como o quarto está uma imundície, imagino que Tadeshina não estará à vontade com uma visita repentina. Vamos avisá-la de antemão para que ela possa aprontar-se melhor.

— Tudo bem.

Depois disso, o conde Ayakura teve de esperar por duas horas. Disseram-lhe que a paciente tinha começado a se maquiar.

Embora Tadeshina fosse privilegiada com um quarto dentro da casa principal, tratava-se de um aposento de apenas quatro tatames e meio onde sequer batia sol, e cujo interior era todo preenchido pelo futon, quando estendido. O conde não havia visitado aquele quarto uma vez sequer na vida. Aparecendo enfim alguém para buscá-lo, ele se dirigiu até lá e encontrou uma cadeira colocada para si sobre o tatame, com o futon já guardado; Tadeshina estava no chão envolta em um kaimaki, apoiando o cotovelo sobre várias almofadas empilhadas, contra as quais pousou a fronte em sinal de reverência para recepcionar o patrão. Contudo, a fim de proteger a solução líquida de pó de arroz, sedimentada com uma cor profunda até a linha dos cabelos penteados com afinco, ela preservou um ínfimo espaço entre a cabeça e as almofadas apesar de estar tão enfraquecida, algo que capturou o olhar do conde.

— Foi um episódio e tanto. Mas fico de fato feliz que a tenham salvado. Não parece ser nada preocupante — enquanto iniciava a conversa, embora não pensasse ser de maneira alguma estranho que lhe falasse sentado na cadeira, olhando-a do alto, o conde imaginou que sua voz e seu sentimento porventura não alcançariam a paciente.

— Não sou digna de suas palavras. Sinto-me vexada. Como eu poderia pedir perdão…?

Tadeshina, mantendo o rosto ainda mais escondido, pareceu sacar um kaishi e pousá-lo sobre o canto de um dos olhos, mas o conde compreendeu que ela estava novamente protegendo a maquiagem.

— Segundo o médico, parece que poderá se recuperar por completo se convalescer por dez dias. Você pode guardar repouso, sem cerimônias.

— Muito obrigada… Em um estado como este, tendo fracassado em morrer, não consigo sentir nada além de vergonha.

Em algum lugar dessa figura agachada, coberta por um kaimaki cor de feijão-azuki e salpicado de pequenos crisântemos, vagava o ar agourento de alguém que se afastou da humanidade, andou uma vez pelo caminho dos mortos e então deu meia-volta. O conde tinha a impressão de que até mesmo o armário para utensílios de chá e o pequeno gaveteiro do quarto apertado encerravam algo imundo, o que o impedia de manter a calma. Ao pensar assim, parecia indescritivelmente agourento inclusive o modo como a linha da nuca cabisbaixa de Tadeshina fora tingida de branco com demasiado afinco, ou como seu cabelo estava penteado sem deixar um único fio fora do lugar.

— Na verdade hoje recebi um telefonema do marquês Matsugae, e me espantei ao ouvir que ele já estava a par dessa história. Então vim perguntar a você, imaginando que talvez soubesse de alguma coisa…? — O conde abordou o assunto casualmente; entretanto, como se tratava de uma dúvida que se decifrava por conta própria ao ser enunciada, seu espanto ao intuir a resposta de antemão, enquanto começava a se dirigir a ela dessa forma, coincidiu com o levantar do rosto de Tadeshina.

Seu rosto exibia com ainda mais exacerbação que de costume a espessa maquiagem requintada. O rosa-púrpura do batom de Kyoto reluzia desde a parte interior de seus lábios, e o pó de arroz que colocou em uma segunda camada, tentando nivelar aquele já aplicado para tapar as rugas, não se aclimatava à pele recém-danificada pelo veneno ingerido no dia anterior, fazendo com que a maquiagem, a bem dizer, pairasse como algum bolor que crescera em toda a superfície de seu rosto. O conde desviou os olhos ligeiramente e continuou a falar:

— Você enviou com antecedência uma carta póstuma ao marquês, não foi?

— Sim — disse Tadeshina, com uma voz que não vacilou um pouco sequer, com o rosto ainda erguido. — Eu tinha a intenção de morrer de verdade, por isso enviei a carta, esperando pedir que ele cuidasse das coisas no meu lugar.

— Você escreveu todos os detalhes? — perguntou o marquês.

— Não.

— Então existem coisas que você não mencionou?

— Sim. Também existem muitas coisas que não mencionei — disse Tadeshina, animada.

XLI

Enquanto a interrogava assim, o conde, apesar de não ter esboçadas com exatidão na sua mente as coisas que não gostaria que o marquês soubesse, desassossegou-se de repente ao ouvir Tadeshina dizer serem muitas as coisas que ela não mencionara.

— E que coisas são essas que você não mencionou?

— O que o senhor quer dizer? Como me perguntou se escrevi "todos os detalhes", eu só pude responder dessa maneira; e, se agora o senhor me faz essa pergunta, imagino que é porque tem algo em mente?

— Não me venha com insinuações. Eu vim sozinho deste jeito para vê-la porque pensei que poderia conversar sem que você receasse a presença de ninguém. É melhor falar com clareza.

— Existem muitas coisas que eu não escrevi. Aquilo que ouvi de Vossa Graça há oito anos na casa de Kitazaki, por exemplo, eu pretendo manter selado apenas no meu coração e levar comigo para o túmulo.

— Kitazaki...

Esse nome causou calafrios no conde, como se estivesse ouvindo uma palavra aziaga. Com isso ficou evidente também o que Tadeshina queria dizer. Ainda que evidente, sua insegurança se ampliou ainda mais, e ele teve vontade de confirmar mais uma vez:

— O que foi que eu disse na casa de Kitazaki?

— Ora, foi naquela noite durante a estação de chuvas. Não tem como o senhor esquecer. Ainda que a senhorinha já tivesse crescido bastante, contava só treze anos de idade. Foi um dos raros dias em que o marquês Matsugae veio fazer uma visita e, depois que ele foi embora, o senhor ficou com uma aparência aborrecida e foi até a casa de Kitazaki para espairecer. O que o senhor disse mesmo para mim naquela noite?

Ele já havia entendido o que Tadeshina queria dizer. Ela queria condená-lo abusivamente por algumas meras palavras que ele dissera, atribuindo-lhe toda a falta que na verdade era dela própria. O conde de súbito começou a duvidar se Tadeshina havia mesmo ingerido o veneno com a intenção sincera de morrer.

Os olhos que Tadeshina erguia do alto das almofadas empilhadas se assemelhavam a duas seteiras negras escavadas na muralha branca da pesada maquiagem de seu rosto. O breu por trás dessa parede era envolto pelo passado, e desde o fundo da escuridão as flechas miravam contra aquele que expunha o corpo à radiante luz externa.

— Por que mencionar isso agora? Aquilo foi algo que eu disse como piada.
— Será mesmo?

Os olhos de seteira prontamente se estreitaram ainda mais, como que espremendo a escuridão de dentro para fora, sentiu o conde. Tadeshina disse ainda:

— Mas naquela noite, na casa de Kitazaki...

Kitazaki. Kitazaki. O nome enrodilhado em memórias que o conde gostaria de esquecer era invocado sem trégua pelos lábios implacáveis de Tadeshina.

A casa de Kitazaki, na qual ele jamais voltara a pisar pés desde aquela última vez, oito anos antes, emergiu-lhe nitidamente diante dos olhos, até nos detalhes de suas instalações. Uma casa rodeada por uma cerca de tábuas ao pé da ladeira que, apesar de não possuir portão nem vestíbulo, contava com um jardim de considerável dimensão. A entrada úmida e escura, onde seria fácil imaginar a aparição de alguma lesma, estava dominada por quatro ou cinco pares de botas pretas, na parte interna das quais se podia ver de relance as manchas do couro ocre-avermelhado, bolorento devido ao suor e à gordura, e em cujo cordão sujo e listrado que se usa para apertar o cano, que saltava dali para a parte externa, curto, porém largo, via-se escrito o nome do proprietário. Uma cantoria rude e estrondosa vinha ecoando até a frente do vestíbulo. O odor de estábulo e a aparência bastante desafetada, conferidos à casa pelo estável empreendimento de servir de pensão para militares em plena Guerra Russo-Japonesa... Até ser conduzido ao anexo nos fundos, o conde receou inclusive deixar que suas mangas roçassem os pilares que havia ali, como se caminhasse pelo corredor de um hospital de isolamento. Ele detestava do fundo do coração coisas como o suor humano.

Naquela noite da estação de chuvas de oito anos antes, depois de se despedir do marquês Matsugae, que lhe havia prestado uma visita, o conde não soubera como lidar com os sentimentos que não queriam amainar.

Foi então que Tadeshina interpretara com argúcia a tez do patrão e lhe dissera o seguinte:

— Kitazaki me contou que adquiriu algo interessante, e gostaria muito de mostrar para o senhor. Que tal ir até lá esta noite mesmo, para espairecer?

Visto que Tadeshina tinha liberdade para, por exemplo, "ir visitar os parentes" depois que Satoko estivesse dormindo, não lhe era difícil encontrar-se com o conde à noite na rua. Kitazaki recebeu o conde com muita mesura, ofereceu-lhe saquê e trouxe consigo um velho rolo de papel, que colocou reverencioso em cima da mesa.

— Está bem barulhento hoje. É que tenho alguns hóspedes que estão partindo para o *front*, então estão fazendo uma festa de despedida. Sei que está quente, mas talvez fechando a persiana...

Kitazaki falou assim temendo o coro dos hinos militares e as palmas que marcavam o compasso no segundo andar da casa principal. O conde concedeu sua permissão. Ao fazê-lo, teve a sensação de ser então envolvido de perto pelo som da chuva. A coloração do genjibusuma conferia ao aposento uma sensualidade acuada, a qual se diria capaz de sufocar uma pessoa.

Do outro lado da mesa, as mãos de rugas numerosas de Kitazaki, honestas e com um ar bastante cerimonioso, desataram o cordão roxo do rolo e primeiro estenderam perante o conde o trecho onde se via o pretensioso texto que acompanhava a pintura. O texto citava um dos koan budistas de *O portão sem porta*:

Joshu chegou a um eremitério e perguntou ao seu dono:
— Há, ou há?
O asceta içou-lhe o punho.
Joshu disse:
— Se a água do rio é rasa, não é lugar para o barco fundear — e sem demora partiu.[125]

---

125. *Koan* são diálogos ou perguntas paradoxais utilizadas no zen-budismo para estimular a reflexão e meditação dos ascetas. O aqui citado é o décimo primeiro da referida coletânea (em japonês, *Mumonkan*, a partir do chinês *Wumenguan*), compilada pelo mestre Huikai Wumen (1183-1260). A segunda metade do *koan*, omitida no rolo, continua assim: "Joshu chegou a outro eremitério e perguntou ao seu dono: 'Há, ou há?' O asceta também lhe içou o punho. Joshu disse: 'Que liberdade para soltar ou agarrar, para matar ou preservar!'" — e sem demora o

O calor úmido daquela ocasião. Inclusive na brisa da ventarola, com a qual Tadeshina se abanava por trás dele, estava encerrado um alento quente como o ar em ebulição dentro de um cesto vaporizador de comida. O saquê começou a fazer efeito e, enquanto a chuva emitia um som como se estivesse a cair dentro da parte de trás de sua cabeça, no mundo lá fora houve uma vitória ingênua em alguma guerra. A propósito, o que o conde agora observava eram pinturas pornográficas. A mão de Kitazaki nadou rápida pelo ar e deu um tapa em um mosquito. Em seguida pediu perdão ao convidado por fazer ruído e dar-lhe um susto. Este confirmou de relance o sangue e o pequeno ponto negro do inseto esmagado na palma da mão branca e ressecada de Kitazaki, sendo acometido por uma sensação imunda. Por que aquele mosquito não havia picado o conde? Seria possível dizer que ele estava assim tão protegido contra todas as coisas?

O rolo começava com uma cena contendo uma jovem viúva e um abade de robes cor de cáqui, voltados um para o outro e sentados em frente a um biombo. A pintura fora traçada utilizando o fluir sofisticado de pinceladas ao estilo de um haiga[126], com o rosto do abade desenhado comicamente à imagem de um pênis vigoroso.

Na próxima cena, o abade se inclina de repente na direção da viúva a fim de violá-la, e, embora ela resista, a barra de seu quimono logo se desalinha. Em seguida, os dois se abraçam desnudos, mas a fisionomia da viúva já é mansa.

O pênis do abade se enrosca como a raiz de um pinheiro gigante, e em seu rosto vê-se posta para fora uma língua marrom de deleite. Os dedos dos pés da viúva, tingidos de branco com pigmento de conchas, estão todos flexionados profundamente para dentro, conforme dita a tradição de tais pinturas. Pelas alvas pernas entrelaçadas corre um frêmito que é represado junto aos dedos dobrados dos pés, cuja tensão como que se empenha para impedir a fuga do êxtase que tenta emanar infinitamente. A mulher pareceu ao conde bastante louvável em seus esforços.

Já além do biombo, os monges mais jovens sobem em gongos de madeira e mesas destinadas à leitura dos sutras, ou sobre os ombros dos

---

reverenciou". Desse modo, o *koan* convida o praticante do zen-budismo a refletir por que Joshu teria repudiado a resposta do primeiro asceta, mas louvado a do segundo.

126. Arte que acompanha um haicai, incorporando a mesma estética concisa.

outros, diligentes para bisbilhotar o outro lado da divisória, cômicos em sua incapacidade de conter aquilo que já traziam excitado. O biombo acaba tombando. A mulher desnuda tenta fugir escondendo a frente do corpo, mas o abade já não tem forças para a repreender, e assim tem início a cena de um pandemônio extremo.

Os pênis dos jovens monges estão desenhados com o tamanho praticamente igual ao de seus corpos. Acontece que o artista quis expressar o fardo de seus desejos mundanos, para o qual as dimensões normais seriam insuficientes. Quando partem em conjunto para assaltar a mulher, têm todos gravada no rosto uma comicidade dilacerante, enquanto cambaleiam com o pênis levantado e apoiado sobre os ombros.

Devido ao esforço árduo até o limite, a mulher empalidece por inteiro e acaba morrendo. Sua alma sai voando e aparece à sombra de um salgueiro sendo assanhado pelo vento. Ela se tornou um espírito com rosto de vagina.

Nesse ponto, o lado cômico da pintura em rolo desaparece para dar lugar à afluência de um ar macabro, pois não é apenas uma, mas várias almas de vagina, com os cabelos desgrenhados, que abrem suas bocas vermelhas e partem para atacar os homens. Estes, em fuga, não encontram meios de resistir aos espíritos que voam como um vendaval, e todos têm o pênis arrancado pela força das bocas penadas, incluindo o abade.

O cenário final é junto à orla. Na praia se encontram chorando aos prantos os homens nus que perderam a sua hombridade. Rumo ao negro alto-mar parte um único navio, abarrotado com a carga dos pênis que há pouco foram roubados e levando a bordo as inúmeras almas das vaginas que, com seus cabelos esvoaçando ao vento e as mãos pálidas e pendentes ao lado do corpo, parecem debochar dos homens que pranteiam na costa. A proa que visa o alto-mar foi escavada também no formato de uma vagina, em cuja extremidade os pelos pubianos formam tufos, tremulando com a brisa marítima.

Ao terminar de olhar, o conde manifestou um indistinto humor sombrio. Como o saquê vinha fazendo efeito, seus sentimentos cada vez menos conseguiam se aplacar; ainda assim ele ordenou que lhe servissem mais, bebendo calado.

No fundo de seus olhos, não obstante, ainda restava a flexão empenhada dos dedos dos pés da mulher da pintura. Restava a cor do pigmento de conchas, com sua brancura vulgar.

O que aconteceu a partir de então poderia ser descrito somente como fruto desse calor melancólico da estação das chuvas, bem como da aversão do conde.

Catorze anos antes dessa noite chuvosa, quando a condessa trazia Satoko no ventre, a mão de seu marido havia tocado Tadeshina. Visto que nessa época a criada já havia passado dos quarenta anos, embora não se pudesse explicar isso senão como um capricho extraordinário do conde, depois de algum tempo os incidentes cessaram. O próprio conde sequer poderia sonhar que, catorze anos mais tarde, ele se veria em uma situação como essa com Tadeshina, que já andava pelos meados dos cinquenta. Depois dos eventos dessa noite, ele jamais voltaria a cruzar a soleira da casa de Kitazaki.

A visita do marquês Matsugae, o orgulho ferido, a noite da estação chuvosa, o quarto japonês anexo de Kitazaki, o saquê, a pintura pornográfica macabra... O conde não conseguia deixar de imaginar que tudo isso se assomava contra ele para incitar sua aversão, forçando-o a se concentrar em sujar a si mesmo, impulsionando-o ao ato.

O fato de não poder enxergar sequer um fio de cabelo de resistência no comportamento de Tadeshina tornou decisiva a aversão do conde. "Esta mulher pretende esperar por catorze, por vinte, até por cem anos. Basta dirigir-lhe a voz e estará sempre pronta e infalível, a qualquer momento, a qualquer hora..." Pareceu ao conde ter sido por completa casualidade, por certa aversão maníaca, que ele pôde ver na sombra escura e vacilante de uma árvore um espírito como o da pintura, a aguardá-lo inerte.

E assim, o modo patente com que Tadeshina agora se orgulhava por ninguém poder se equiparar a ela no comportamento indefectível, no coquetismo reverente ou na sua cultura sobre o leito compartilhado entre um homem e uma mulher, assim como acontecera catorze anos atrás, provocou no conde um efeito imperioso.

Se porventura os dois houvessem conspirado de antemão, Kitazaki não voltaria a mostrar o rosto. O som da chuva envolveu a escuridão posterior ao ato, dentro da qual os dois permaneceram sem trocar palavras, até ela ser rompida pelo coro das canções militares cujos versos desta vez chegaram distintos aos seus ouvidos:

No front *onde vibra o fogo das armas,*
O destino da pátria defendida o espera.

Vá, meu amigo bravo e leal!
Vá, paladino do império![127]

O conde de repente converteu-se em criança. Acometido pela vontade de extravasar a ira que vinha aflorando, revelou em minúcias a conversa travada entre dois senhores de família, imprópria para se revelar a uma subordinada. Deveu-se isso também ao fato de ele ter sentido que, em sua própria ira, estava contida também a ira das gerações de seus antepassados.

Nesse dia, quando o marquês veio lhe visitar, acariciou a cabeça de corte chanel de Satoko e, talvez por carregar consigo um tanto de embriaguez, de repente disse algo assim em frente à criança:

— Nossa, a senhorinha está mesmo ficando muito bonita. Nem posso imaginar como vai ficar bonita quando estiver grande. Mas não se preocupe, que o titio vai encontrar um bom partido para você. Se deixar tudo comigo, vou lhe arrumar o melhor noivo do mundo. Seu pai não vai precisar se preocupar com nada, que vou preparar para você brocados de ouro e damascos, só tecidos da melhor qualidade, além de uma fileira de presentes de casamento que vai continuar por cem metros. Uma fileira luxuosa, comprida, muita comprida, como nunca se viu antes ao longo de todas as gerações da família Ayakura.

A condessa franziu o cenho ligeiramente, mas o conde estava sorrindo pacato.

Se ele ria diante da humilhação, em contrapartida seus antepassados teriam resistido ao menos um pouco, demonstrando uma elegante autoridade. Agora, entretanto, já havia se extinguido o kemari da tradição familiar, e com ele o chamariz que podiam ostentar ao populacho. A verdadeira nobreza e a verdadeira elegância mostravam um sorriso ambíguo diante da humilhação inconsciente provocada por um impostor repleto de boas intenções, sem a menor intenção de feri-la. E, nesse sorriso que a cultura

---

127. Uma das estrofes da canção "Chishio to kaeshi" (Cambiado em mar de sangue, título que faz referência aos dois primeiros versos: "Foi cambiado em mar de sangue o Extremo Oriente/ Ouça os brados das almas que lá vagam"), composta em 1904 por Reinosuke Suga (1883-1971), empresário e poeta japonês, à época um estudante da antiga Universidade de Comércio de Tóquio (atual Universidade Hitotsubashi). A canção, que atacava com veemência os exércitos eslavos, tornou-se bastante popular durante a Guerra Russo-Japonesa.

fazia emergir ambíguo ante o novo poder da autoridade e do dinheiro, bruxuleava um mistério extremamente débil.

Havendo contado sobre isso a Tadeshina, o conde se manteve calado por algum tempo. Ele estava pensando de que forma a elegância se vinga, quando se vingar é preciso. Será que não existiria uma vingança ao estilo dos mangas-longas[128], como um dos incensos usados para dar fragrância às roupas? A queima morosa de um incenso ocultado por baixo da manga, que em um processo sorrateiro vai se convertendo em cinzas quase sem exibir a cor de sua chama; ao que se acende uma vez a resina enrijecida em sua forma, ele transmitiria às mangas algum veneno aromatizado, que para sempre permaneceria ali...

Foi então, de fato, que o conde disse a Tadeshina que "de agora em diante, contava com ela".

— Em outras palavras, quando Satoko atingir a maioridade é provável que, ao fim de tudo, seu matrimônio seja mesmo decidido conforme ditado por Matsugae. Se for assim, eu prefiro permitir que, antes do casamento, Satoko se deite com alguém de quem ela goste, um homem que saiba guardar segredo. A posição social desse homem não importa. A única condição é que Satoko goste dele. De jeito nenhum vou entregar Satoko ainda donzela ao noivo arranjado por Matsugae. Fazendo isso vou poder, em segredo, levar a melhor sobre ele. No entanto, você precisa fazer o favor de levar esse plano a cabo como se fosse uma falta cometida por sua própria discrição, sem avisar a ninguém e sem tampouco me consultar. A propósito, vendo como você parece ser uma doutora nos assuntos do leito compartilhado entre um homem e uma mulher, acha que consegue ensinar com cuidado a Satoko duas técnicas opostas, digo, ensinar como uma moça pode convencer o homem com quem se deita de que ainda é donzela quando não mais é, e ao mesmo tempo, pelo contrário, como convencê-lo de que não é mais donzela quando ainda é?

Em relação a essa pergunta, Tadeshina respondeu decidida:

— Não é preciso dizer mais nada. Para qualquer dos dois casos, existem métodos que jamais seriam percebidos nem pelos cavalheiros mais dados

---

128. Vide nota 74.

à folia. Pode deixar que vou ensiná-los muito, muito bem à senhorinha. Contudo, para que serviria ensinar essa segunda técnica?

— Ora, para não dar uma confiança extraordinária ao homem que roubar minha filha antes do casamento. Não podemos permitir que ele faça algo estúpido, como tentar assumir alguma responsabilidade ao descobrir que ela era uma donzela. Esse ponto, também, deixo aos seus cuidados.

— Eu me encarregarei de sua incumbência — Tadeshina consentiu com uma saudação pomposa, em vez de dizer apenas um ligeiro "como queira".

O que Tadeshina mencionava agora eram os eventos dessa noite de oito anos atrás.

O conde compreendia de modo pungente isso que ela tentava dizer, entretanto não podia conceber que uma mulher como Tadeshina fosse cega à mudança inimaginável nas circunstâncias do pedido que ela aceitara oito anos antes. O noivo era um príncipe imperial e, embora a mediação houvesse sido feita pelo marquês Matsugae, essa era uma união que haveria de restabelecer o clã Ayakura — uma situação de todo diferente daquela prevista pelo conde em sua ira de outrora. Se Tadeshina fez questão de agir conforme uma velha escritura, ele só poderia presumir que ela o fizera de propósito. Além disso, o segredo já havia chegado aos ouvidos do marquês Matsugae.

Será que Tadeshina, dessa maneira conduzindo tudo a uma catástrofe, teve a intenção de executar imponentemente contra a casa do marquês o revide que o conde pusilânime não fizera questão de completar? Ou por acaso teria sido uma vingança não contra o marquês e sua família, mas contra ninguém menos que o próprio conde? Independentemente de como o conde se comportasse quanto a isso, restava ainda um fardo que o restringia, pois não lhe conviria que a conversa travada no leito oito anos atrás fosse informada ao marquês por intermédio de Tadeshina.

Ele pensou que já não deveria dizer mais nada. Afinal, o passado era passado e, além disso, agora que o assunto já havia chegado à casa do marquês, mesmo que ele precisasse se preparar para ouvir alguns comentários pertinentes e mordazes, em compensação o marquês decerto faria uso de sua grandiosa influência para engendrar algum plano de emergência. Tudo havia entrado na etapa de delegar as tarefas.

A única coisa que ficou clara para o conde foi que Tadeshina, não importasse qualquer palavra que dissesse, não estava no íntimo disposta a pedir desculpas por um ato sequer. A figura dessa velha encolhida no chão, com o kaimaki cor de feijão-azuki por cima, maquiada como um grilo que tombara dentro da caixa de pó de arroz — essa velha que se envenenara mesmo sem ter a menor vontade de pedir perdão —, quanto mais miúda se mostrava, mais se preenchia com uma onerosidade capaz de se alastrar por todo o mundo.

O conde percebeu que esse quarto de agora, ele também, tinha o número de tatames igual àquele do anexo de Kitazaki. De súbito se fez audível no fundo de seus ouvidos o gotejar da chuva sobre os bambus-sasas, e um calor úmido fora de época veio assaltá-lo como que para acelerar sua putrefação. Tadeshina ergueu mais uma vez o rosto coberto de branco e fez menção de falar algo. A luz da lâmpada elétrica incidiu sobre o interior de seus lábios secos e repletos de rugas verticais, fazendo rutilar ainda mais a cor rosa-purpúrea do batom, a qual se tomaria por uma congestão sanguínea no interior de sua boca úmida.

O conde teve a impressão de poder inferir o que Tadeshina pretendia dizer. Se tudo que ela fez remetia àquela conversa de oito anos antes, conforme ela própria afirmou, não teria agido assim só para fazer com que o conde se lembrasse daquela única noite? Ele que, desde aquela época, nunca mais voltou a demonstrar interesse por ela...?

De repente, como uma criança, o conde quis fazer uma pergunta cruel:

— Bem, o que importa é que você foi poupada, mas... você tinha mesmo intenção de morrer desde o princípio?

Tadeshina, que ele pensou fosse se zangar, chorar ou fazer algo mais, riu com formosura.

— Quem sabe...? Se o senhor tivesse me dado ordens para morrer, talvez tivesse me dado vontade de morrer de verdade. Inclusive agora, basta ordenar, que eu refaço o serviço, viu? Se bem que, é claro, ainda que desse a ordem, imagino que depois de oito anos voltaria a se esquecer...

XLII

O marquês Matsugae experimentou encontrar-se com o conde Ayakura e, embora sua agressividade houvesse sido pega de surpresa pelo modo como este aparentava não se deixar abalar em absoluto, recobrou o humor ao ver que aceitava prontamente toda e cada uma de suas solicitações. O conde faria qualquer coisa conforme lhe dissessem. Além de ser reconfortante saber que sua esposa poderia contar com a companhia da marquesa, ele não poderia desejar uma felicidade tão grande quanto essa, de confiar tudo ao doutor Mori em Osaka sob sigilo absoluto. Dali em diante ele seguiria à risca as instruções do marquês, portanto contava com sua presteza — foi como o saudou o conde.

A família Ayakura apresentou uma única e módica condição, com a qual o marquês se viu obrigado a assentir. Tratava-se de um pedido para que, antes de Satoko partir de Tóquio, a deixassem ver Kiyoaki uma última vez. É óbvio que não desejavam que os dois conversassem a sós. Ficariam satisfeitos se permitissem apenas um encontro na presença dos pais de ambos. Se pudesse realizar esse desejo, daí em diante ela prometeria jamais se encontrar com o rapaz de novo… Embora originalmente a ideia houvesse partido de Satoko, os pais também pensavam que gostariam de lhe conceder ao menos esse desejo, acrescentou o conde Ayakura, um tanto hesitante.

A companhia oferecida pela marquesa se mostraria útil para garantir que o encontro não parecesse artificial. Não apenas seria natural que o filho fosse se despedir da mãe antes de esta sair de viagem, como tampouco achariam estranho que, na ocasião, ele ao menos trocasse saudações com Satoko.

Depois que a conversa ficou decidida dessa forma, o marquês seguiu a sugestão da esposa e fez com que o atarefado doutor Mori viesse a Tóquio sob sigilo absoluto. Durante o período de uma semana até a partida de Satoko no dia 14 de novembro, o doutor ficaria hospedado na residência Matsugae a olhar por Satoko em segredo, aguardando ali para que pudesse sair correndo sem demora caso recebesse algum comunicado da casa do conde.

Ou seja, isso significava que o risco do aborto natural espreitava a cada instante. Caso isso acontecesse, o doutor precisaria tratar do caso com as próprias mãos, garantindo que nada escapasse a pessoas de fora. Também estava acordado que ele acompanharia em segredo, sentado em outro vagão, a longa e perigosíssima viagem até Osaka.

A fortuna que o marquês teve de utilizar para tolher a liberdade dessa maneira a um obstetra renomado, dando-lhe ordens a torto e a direito, foi exorbitante. Mas, caso seus planos fossem abençoados com a boa sorte, sem dúvida a viagem de Satoko seria o método mais hábil para ludibriar os olhos da sociedade. Isso porque as pessoas sequer poderiam sonhar com uma mulher gestante que se aventuraria em uma viagem de locomotiva.

O doutor era um incontestável cavalheiro à maneira ocidental, trajado com um terno de confecção britânica, porém de compleição atarracada e com certo ar de comerciante em sua fisionomia. Nas consultas, ele estendia um papel branco de alta qualidade sobre o travesseiro, amassando-o com desdém e descartando-o depois de cada paciente para em seguida estirar uma nova folha — algo responsável por parte de sua reputação. Extremamente servil e cortês, nunca deixava faltar um sorriso em sua fachada. Possuía diversas mulheres da alta sociedade entre a clientela, sendo louvado por sua habilidade divina e por sua boca, tão sigilosa quanto uma ostra firmemente fechada.

Agradava ao doutor falar sobre o tempo e, embora não soubesse falar de nenhum outro assunto relevante, já encantava seus interlocutores suficientemente ao mencionar como hoje fazia um mormaço estúpido, ou como o calor aumentava a cada chuva. Com frequência compunha poesia chinesa, e já havia publicado de bolso próprio uma coletânea chamada *Antologia de poemas londrinos*, reunindo em vinte shichigon-zekku[129] suas experiências em Londres. No dedo trazia um anel com um grande diamante de três quilates, o qual removia com um gesto hiperbólico antes de cada consulta enquanto franzia o rosto para demonstrar dificuldade e, embora o atirasse sempre com agressividade sobre a mesa que tinha ao lado, nunca se ouviram histórias de que ele alguma vez houvesse esquecido o anel ali. Seus bigodes em forma de V invertido sempre apresentavam o lustre escuro de uma samambaia após a chuva.

---

129. Pronúncia japonesa do chinês *qiyan jueju*, a mais comum das formas poéticas clássicas chinesas. Consiste em poemas de estrofe única, com quatro versos de sete ideogramas cada.

Era preciso que o conde e a condessa Ayakura levassem Satoko consigo até a casa do príncipe para informá-los a respeito da viagem. Posto que seria ainda mais arriscado utilizar a carruagem, o marquês enviou seu automóvel e acomodou o doutor Mori no assento ao lado do motorista, para que os acompanhasse fantasiado de mordomo com o terno velho que tomou emprestado de Yamada. Foi uma felicidade que o príncipe-filho não estivesse em casa, pois tinha saído para exercícios militares. Satoko saudou a princesa ainda no vestíbulo e logo se retirou. O temido caminho de regresso também foi percorrido sem incidentes.

O príncipe comunicou que enviaria seu secretário para se despedir na ocasião da partida, em 14 de novembro, mas lhe disseram que não se preocupasse. Desse modo, tudo foi conduzido sem reveses segundo o planejado pelo marquês, e ficou decidido que a família Ayakura se encontraria com a mãe e filho Matsugae na estação de Shinbashi. O doutor já estaria sentado em um canto dos vagões da segunda classe, com cara de quem nada sabia. Como a visita para se despedir da abadessa era um pretexto esplêndido — conforme qualquer pessoa atestaria —, para a esposa e para os Ayakura o marquês reservou assentos no vagão panorâmico.

O trem expresso especial de Shinbashi a Shimonoseki partiria de Shinbashi às nove e meia da manhã e chegaria a Osaka em onze horas e cinquenta e cinco minutos.

Construída em 1872 pelo arquiteto estadunidense Bridgens, a estação Shinbashi[130] já mostrava opaca a cor das pedras de Izu mosqueadas que revestiam sua estrutura de madeira, projetando vividamente a sombra da cornija graças à límpida luz matinal do mês de novembro. A marquesa se enervava de antemão ao pensar na solitária viagem de regresso que faria sem acompanhantes, portanto chegou à estação sem trocar quase nenhuma palavra nem com Yamada, que abraçava sua maleta reverencioso no assento ao lado do motorista, nem com Kiyoaki. Os três subiram a alta escadaria de pedras do acesso para automóveis.

---

130. Não se refere à estação Shinbashi atual, pois esta foi construída em 1909, e era originalmente conhecida como estação Karasumori. As estações trocariam de nome em 1914, um ano após os eventos da obra, quando a antiga estação Shinbashi foi convertida na estação Shiodome, um terminal de trens de carga que funcionou até 1986. A construção posteriormente foi demolida, mas uma réplica erigida em 2003 permanece ainda hoje no local, funcionando como uma exposição permanente da história do local.

A locomotiva ainda não havia entrado na estação. Na ampla plataforma, ladeada por trilhos que se estendiam em um só sentido — visto que ali era o início e o fim da linha —, os raios de luz da manhã entravam dispersos e oblíquos para fazer dançar a fina poeira no interior do local. Em razão da insegurança quanto à viagem, a marquesa suspirou profundamente várias vezes.

— Ainda não os vejo. Será que aconteceu alguma coisa?

Embora ela fizesse tais perguntas, Yamada voltava para baixo a luz branca de seus óculos e não lhe oferecia mais que respostas reprimidas e sem sentido:

— De fato…

Ela estava ciente disso, mas não aguentava permanecer sem dizer nada.

Mesmo sabendo da apreensão da mãe, Kiyoaki se manteve parado em pé, um tanto afastado, sem oferecer a ela nenhum suporte. Com essa postura rígida e aprumada, ele sustentava um pensamento que parecia carregar sua atenção para longe. Sentiu que havia tombado e caído ali na vertical, perpendicular ao solo. Era como se, enquanto ele estava desprovido de forças, sua figura empertigada houvesse sido vazada para dentro de um molde em pleno ar. A plataforma estava um tanto fria, contudo ele mantinha estufado o peito do uniforme com guarnição trançada, tendo a impressão de que o excesso de sofrimento da espera acabara congelando até seus órgãos internos.

Exibindo a balaustrada do vagão panorâmico, o trem começou imponentemente a entrar de ré na plataforma, enquanto costurava o cinturão de luz. Nesse momento, a dama identificou os bigodes em V invertido do doutor Mori entre as pessoas que aguardavam pelo embarque e se tranquilizou um pouco. Entre elas e o doutor se acordara que, salvo no caso de alguma emergência, fingiriam desconhecê-lo em absoluto até chegarem a Osaka, assim como ele às mulheres.

Yamada carregou a maleta da ama para dentro do vagão panorâmico, e, no intervalo em que ela lhe deu esta ou aquela instrução, Kiyoaki se quedou fitando inerte a plataforma através da janela do veículo. Ele avistou o casal Ayakura e Satoko vindo por entre a multidão. Satoko envolvia a gola do quimono com um xale das cores do arco-íris, mas, quando apareceu imersa na luz que incidia da borda do telhado da plataforma, seu rosto sem expressão lhe pareceu branco como leite coalhado.

O peito de Kiyoaki se agitou com tristeza e supremo regozijo. Ao observar Satoko aproximar-se extremamente vagarosa enquanto era escoltada assim pela mãe, por um instante imaginou estar recebendo a noiva que avançava até ele. E no ritmo dessa cerimônia existia a morosidade de uma alegria opressiva ao peito, como que de uma fadiga gotejante que se acumula pingo após pingo.

Subindo no trem, a condessa não deu atenção ao criado a quem confiara a bagagem e pediu perdão por chegar tarde. Ainda que a mãe de Kiyoaki evidentemente a tivesse saudado com educação, em seu cenho restou algum traço de altaneiro mau humor.

Satoko, cobrindo a boca com o xale arco-íris, procurava manter-se o tempo todo escondida à sombra dos ombros da mãe. Embora houvesse trocado saudações corriqueiras com Kiyoaki, foi logo convidada pela marquesa a sentar, e acomodou-se no fundo do assento vermelho-cinábrio.

Só então Kiyoaki compreendeu a razão de Satoko ter chegado atrasada. Não havia dúvida de ela quisera encurtar, por um pouco que fosse, a duração dessa despedida que terminaria sem sequer trocarem palavras, em meio à luz matinal de novembro cristalina e amarga como um medicamento líquido. No intervalo em que as senhoras conversaram entre si, ele temeu que o olhar que lançou sobre Satoko, propensa a se manter cabisbaixa, estivesse por sua vez propenso a se converter em uma ardente contemplação. É claro que seu peito desejava tal contemplação. Entretanto, o que Kiyoaki temia de fato era que a alvura quebradiça de Satoko acabasse se incendiando sob a intensa luz do sol. A força que ali quisesse operar, ou a emoção que ali quisesse ser transmitida, precisava ser extremamente sutil, e o rapaz compreendeu que suas paixões já haviam tomado uma forma grosseira demais para isso. Esse era um sentimento que ele jamais vira brotar dentro de si: foi acometido pelo desejo de pedir perdão a Satoko.

Ele já conhecia cada recanto do corpo de Satoko por baixo do quimono. Sabia qual parte de sua pele enrubescia primeiro pela vergonha, qual parte se contorcia maleável, qual parte deixava transparecer uma vibração voejante, como se aprisionasse dentro de si um cisne. Sabia onde ela acusava alegria, onde ela acusava tristeza. Todas essas coisas que ele entendia por completo emitiam uma vaga luminescência, possibilitando que espiasse o corpo de Satoko mesmo por cima do quimono; porém agora, e talvez fosse impressão sua, apenas na região do ventre que ela velava com as mangas do quimono germinava algo que ele não conhecia bem. Em seus dezenove anos de idade, faltava a Kiyoaki a criatividade para imaginar uma criança. Era algo metafísico, envolvido de perto pela carne e pelo sangue quente e escuro.

De qualquer forma, ele não tinha alternativa senão ficar apenas olhando o modo como, em breve, seria cruelmente interrompida a única coisa comunicada por ele ao interior de Satoko, enrodilhada nessa parte do corpo chamada criança, separando a carne dos dois para toda a eternidade mais uma vez em carnes distintas. A "criança" era, antes, o próprio Kiyoaki. Ele ainda não era dotado de força nenhuma. O desamparo, a humilhação, a máxima solidão da criança deixada para trás, obrigada a cuidar da casa por castigo enquanto todos saem para passear alegres nas montanhas, fizeram o seu corpo estremecer.

Satoko ergueu o rosto e lançou um olhar vazio na direção da janela do lado oposto, junto à plataforma. Kiyoaki sentiu na pele que esses olhos, dominados somente pela sombra que era projetada desde o interior, já não deixavam margem para que sua própria imagem se refletisse neles.

Um apito agudo ecoou do outro lado da janela. Satoko levantou-se. Levantou-se assaz resoluta, com a força do corpo inteiro, sentiu Kiyoaki. A condessa agarrou-lhe o cotovelo afobada.

— O trem já vai partir, viu? Você precisa descer logo — disse Satoko, com uma voz ligeiramente aguda e animada, a qual se diria soar até mesmo contente. Kiyoaki se viu obrigado a começar uma conversa apressada com a marquesa, dessas trocadas entre mães e filhos por toda parte, pedindo um o cuidado na viagem, a outra o cuidado em sua ausência. Ele desconfiou desse eu que era capaz de encenar um papel com tamanho desembaraço.

Enfim ele se afastou da mãe, trocou curtas saudações de despedida com a condessa e, de forma bastante leve e casual, voltou-se para Satoko e disse:

— Bem, cuide-se, então.

Conferindo às palavras uma ligeira animação, que se transferiu também para seus gestos, pareceu até ser possível pousar a mão sobre o ombro de Satoko, caso assim desejasse. No entanto a mão não se moveu, como se houvesse entorpecido. Afinal, nesse momento Kiyoaki encontrou os olhos de Satoko fitando-o certeiros.

Os olhos grandes e formosos sem dúvida estavam umedecidos, ainda que tal umidade estivesse longe de se converter nas lágrimas que Kiyoaki vinha receando até então. As lágrimas haviam sido despedaçadas ainda em vida. Aqueles eram olhos que se arremessavam contra ele para assaltá-lo, como uma pessoa que busca ajuda ao se afogar. Kiyoaki retraiu o corpo por reflexo. Os longos e belos cílios de Satoko pareciam todos saltar para fora como as brácteas abertas por uma planta.

— Primo Kiyo, você também se cuide… Passe bem — disse Satoko, de um só fôlego, com um tom apropriado.

Kiyoaki desceu da locomotiva como se fugisse. Nesse exato momento, o chefe da estação, que trajava um uniforme com cinco botões pretos e trazia uma adaga pendurada à cintura, ergueu o braço em um sinal que fez soar novamente o apito tocado pelo maquinista.

Enquanto se continha por causa de Yamada, que estava parado a seu lado, Kiyoaki continuou a chamar o nome de Satoko dentro do coração. A locomotiva produziu um leve sacolejar e começou a se mover como um fio de carretel que se desenrolava diante de seus olhos. A balaustrada na traseira do trem, na qual por fim não apareceu a figura nem de Satoko, nem das duas senhoras, afastou-se à distância. Para trás ficaram a fumaça e a fuligem do grande ímpeto da partida, a flutuar no sentido contrário da plataforma e a levantar um crepúsculo extemporâneo saturado de um cheiro agreste.

XLIII

Na segunda manhã depois de o grupo ter chegado a Osaka, a marquesa saiu sozinha do hotel e foi até a agência de correios mais próxima para enviar uma mensagem via telégrafo. Afinal, ela recebera instruções rígidas e pormenorizadas do marido para que enviasse o recado por conta própria.

Sendo essa a primeira vez desde seu nascimento que a dama entrou em um local como o correio, cada detalhe a desnorteou; nesse ínterim lhe veio à memória certa baronesa que recentemente havia chegado ao fim da vida sem jamais tocar em dinheiro, por decidir que era algo sujo. De algum modo conseguiu bater no telégrafo a senha combinada entre ela e o marido.

"Saudacao terminou bem"

A marquesa teve a impressão de experimentar fielmente o que sente uma pessoa quando retira um peso dos ombros. Retornou logo ao hotel, fez as malas e, na estação de Osaka, subiu na locomotiva do regresso solitário, acompanhada apenas com o olhar pela condessa. Esta, em prol da despedida, ausentara-se momentaneamente ao lado de Satoko no hospital.

É evidente que Satoko foi internada no hospital do doutor Mori sob um nome falso. Isso porque o médico insistiu no repouso por dois ou três dias. A condessa se manteve ao lado dela durante o tempo inteiro, aflita porque Satoko já não falava uma única palavra, apesar do bom quadro de saúde.

Como a internação era apenas uma medida cordial tomada por precaução, quando o diretor do hospital concedeu a alta médica, o corpo de Satoko já estava em um estado capaz de suportar inclusive exercícios consideráveis. Não obstante haver cessado o enjoo do parto, e tanto seu corpo quanto seu coração estarem então mais leves, Satoko teimava em não abrir a boca.

Conforme planejado previamente, mãe e filha fariam as saudações de despedida no Gesshuji e, depois de passar uma noite lá, voltariam para Tóquio. As duas desceram na estação de Obitoke, da linha Sakurai, no início da tarde do dia 18 de novembro. O coração da condessa se apaziguou mediante o clima verdadeiramente belo e primaveril, mesmo que continuasse receoso pela filha calada.

Ela não avisara a hora de sua chegada a fim de não alvoroçar as monjas idosas, e assim precisou pedir a alguém da estação que chamasse um riquixá — o qual entretanto não parecia vir nunca. No intervalo em que teve de aguardar, achando curioso tudo aquilo que avistava, a condessa deixou Satoko na sala de espera da primeira classe, imersa em seus pensamentos, e foi caminhar a esmo pelos arredores da estação desertos de gente.

O poste com uma placa que logo enxergou era uma apresentação do templo Obitokedera:

"Solo sagrado mais antigo do Japão para orar por parto seguro e fertilidade.

Local de oração dos imperadores Montoku e Seiwa, bem como da consorte imperial Somedono.[131]

Templo Obitoke do Parto Seguro, lar do Jizo[132] do Parto Seguro de Obitoke."

Ela achou ótimo que essas letras não houvessem chegado aos olhos de Satoko. Uma vez que viesse o riquixá, ela precisaria fazer com que o veículo fosse até o fundo do beiral do estacionamento para que Satoko subisse ali mesmo, sem perceber a placa. Para a condessa, os caracteres da inscrição se assemelhavam a uma única gota de sangue que manchava inadvertidamente o centro da paisagem envolvida pela luz do refulgente céu de novembro.

A estação Obitoke, de paredes brancas e telhas de cerâmica, ladeada ainda por um poço, defrontava uma velha casa com muro de barro, que possuía um imponente armazém. Embora se refletissem radiantes o branco da parede do armazém e ainda o branco do muro, estava tudo silencioso como uma ilusão penetrante.

Sair caminhando pelo trajeto que reluzia com uma cor acinzentada depois de a geada haver derretido sobre ele se provou trabalhoso, mas,

---

131. Montoku (827-856) foi o 55º imperador do Japão, cujo reinado durou de 850 a 856. O imperador Seiwa (850-881), seu filho, sucedeu o pai ao trono, reinando até 876. A consorte Somedono, como era conhecida Fujiwara-no-Akirakeiko (829-900), foi consorte do imperador Montoku e mãe do imperador Seiwa.

132. Nome japonês do bodisatva Ksitigarbha, comumente visto como protetor das crianças. O Jizo aqui mencionado é uma estátua classificada como Propriedade Cultural Importante pela Agência de Assuntos Culturais japonesa, sendo de fato reconhecida como o ídolo mais antigo do país a receber orações por parto seguro.

convidada por algo amarelo e muito bonito que se deixava avistar ao pé de uma pequena passarela usada para cruzar a ferrovia, até a qual levavam as árvores secas que se enfileiravam ao longo dos trilhos e se tornavam sequencialmente mais altas conforme se afastavam, ela ergueu a barra do quimono e subiu pela ladeira.

Tratava-se de bonsais com pequenos crisântemos que caíam em cascata para fora dos vasos, colocados junto à passarela. Diversos vasos se dispunham desordenadamente sob o tênue verde de um salgueiro que havia ali no limite da ponte. Esta mal merecia o nome, pois era apenas um pontilhão de madeira estreito como a sela de um cavalo, em cuja balaustrada também feita de madeira estavam postas para secar almofadas axadrezadas. As almofadas absorviam o sol a contento, tão inchadas que pareciam prestes a sair rastejando a qualquer instante.

Na vizinhança da passarela havia casas de pessoas comuns, algumas secando fraldas, outras esticando panos vermelhos em tempereiros.[133] Os caquis secos que se alinhavam ao longo dos beirais ainda mostravam a cor farta do sol poente. E em lugar nenhum havia sombra de gente.

A condessa reparou nas duas capotas pretas que vinham desapressadas da extremidade da estrada e voltou correndo ligeiro rumo à estação para chamar Satoko.

Devido ao resplendor abundante do dia, os dois riquixás removeram as capotas para a corrida. Atravessando por uma rua onde havia duas ou três pensões para viajantes e seguindo então algum tempo por um caminho entre os arrozais, deveriam avançar visando sempre as montanhas mais além, pois era em seu recôndito que ficava o Gesshuji.

Ao lado da estrada havia caquizeiros nos quais restavam apenas duas ou três folhas, porém de ramos vergados com o peso dos frutos; todas as plantações dignas do nome prosperavam com os suportes para secar arroz, armados em filas labirínticas. A condessa, que ia na frente, voltava-se vez ou outra para ver o riquixá da filha. Tranquilizou-se um pouco ao observar o

---

133. Possível alusão a uma técnica tradicional de lavagem japonesa, em que panos e tecidos eram mantidos esticados durante o procedimento com o uso de varas que recebiam o mesmo nome dos tempereiros dos teares.

modo como Satoko, com o xale dobrado sobre os joelhos, girava o pescoço ao ter a atenção tomada pela paisagem dos arredores.

Conforme prosseguiam pelo trajeto nas montanhas, os riquixás passaram a se mover em ritmo mais lento que o de uma simples caminhada. Os dois puxadores eram de idade avançada, demonstrando ter o passo incerto. Uma vez que não tinham nenhum assunto urgente, todavia, a condessa pensou ser até melhor assim, pois poderiam contemplar a gosto a paisagem.

Os pilares do primeiro portão do Gesshuji se fizeram mais próximos, porém não havia nada em seu interior além da ladeira que ascendia suavemente, do céu de tênue azul que se via por entre o tapete de espigas brancas das eulálias e do panorama da baixa cadeia de montanhas.

— Guarde bem na memória a vista daqui até o templo. Eu e seu pai podemos vir aqui sempre que quisermos, mas, para você, viajar livremente tampouco vai ser possível com a sua nova posição social — a condessa chamou a filha enquanto tentava falar por cima da conversa que os puxadores de riquixá travavam entre si, agora que enfim haviam parado os veículos para enxugar o suor. Em vez de responder, Satoko manifestou um sorriso melancólico e consentiu com um leve meneio de cabeça.

Os puxadores começaram a se mover, mas, em razão também da ladeira, sua frouxidão superava inclusive a de antes. Ainda assim, como o arvoredo se tornou subitamente mais denso depois de passarem pelo primeiro portão, os raios de sol já não chegavam a provocar suor.

Nos ouvidos da condessa restavam ainda, como um zumbido interno, resquícios do coro de insetos diurnos típicos dessa estação do ano, o qual ela ouvira havia pouco quando os puxadores pararam; no entanto, não tardou para que seus olhos ficassem fascinados com a vivacidade dos frutos dos caquizeiros, que se tornavam cada vez mais incontáveis ao lado esquerdo do caminho.

Dentre os caquis que brilhavam lustrosos ao sol, havia um par que crescera em uma única rama pequena, de cujo um dos membros acomodava sobre seu vizinho uma sombra como que laqueada. Certa árvore concentrava esses grãos vermelhos em todos os galhos que se podia avistar, mas, diferentemente das flores, eles não permitiam a aproximação da força do vento senão para fazer oscilar de leve suas folhas secas; assim, os caquis que se espargiam incontáveis na direção dos ares incrustavam-se no imutável firmamento azul como se estivessem rebitados ali com firmeza.

— Não se vê as folhagens de outono, não é? Por que será? — o puxador levantou a voz como um picanço para chamar o companheiro de atrás, mas não obteve resposta.

Sobressaía apenas o verde das plantações de rabanete a oeste e dos bambuzais a leste, pois era escassa a coloração de outono inclusive na vegetação rasteira às margens da estrada. As intricadas folhas na aglomeração verde das plantações amontoavam suas sombras para entrecortar o sol. Dentro em pouco teve início a oeste uma única sebe contínua de plantas do chá que separava este lado de um charco — embora se pudesse enxergar a estagnação deste pelo alto daquela, onde se enrodilhavam as trepadeiras kazura com seus frutos vermelhos. Depois de passar por ali, o caminho se embrenhou de imediato nas sombras das velhas criptomérias que se erguiam em fila. Mesmo a luz do sol que antes fulgurava tão abrangente agora não fazia mais que escorrer sobre os bambus-sasas rasteiros, dentre os quais um único exemplar brilhava destacado.

Como o ar gélido de repente lhe permeou o corpo, a condessa dirigiu ao riquixá de trás um gesto de quem colocava o xale aos ombros, já sem esperar resposta. Nos cantos de seus olhos, ao se voltar mais uma vez para trás, refletiu-se o flamular do arco-íris do xale. Ela compreendeu bem o acatamento de Satoko, ainda que não abrisse a boca.

Quando os dois veículos passaram por entre os pilares pintados de preto do primeiro portão, conforme se poderia imaginar, nos arredores do caminho a atmosfera de jardim se adensou, e a condessa ergueu a voz de admiração diante das folhagens de outono que via pela primeira vez desde que havia chegado.

As poucas árvores coloridas que pintavam o interior do portão preto, embora não se pudesse dizer forçosamente serem deslumbrantes, com seu vermelhão enegrecido e condensado até as profundezas da montanha, conferiram à condessa a impressão de um pecado que não fora de todo purificado. Isso fincou-lhe de repente o coração com a verruma da insegurança. Ela estava pensando em Satoko, que vinha atrás.

Os delgados pinheiros e criptomérias que havia atrás das folhagens coloridas não bastavam para cobrir o céu, portanto estas árvores mais próximas, recebendo no dorso a luz celeste que chegava ainda mais extensiva por entre a vegetação de fundo, arrastavam seus galhos estendidos como se fossem nuvens inflamadas pelas cores da aurora. O firmamento que se admirava por baixo dos galhos, em que as delicadas e enegrecidas folhas rubras roçavam as pontas umas das outras, era similar àquele que se admira através de um tecido de renda de vermelho intenso.

Em frente ao hirakaramon[134], de onde já era possível avistar a entrada do templo ao fundo das lajes alinhadas no chão, a condessa e sua filha desceram dos riquixás.

---

134. Espécie de portal coberto por telhado cujos beirais formam uma curva suave nas laterais, porém retos no sentido paralelo à cumeeira.

XLIV

Tanto a condessa quanto Satoko não se encontravam com a abadessa havia precisamente um ano, desde sua ida a Tóquio no outono interior, e enquanto a primeira-monja lhes contava, na sala de dez tatames em que as duas aguardavam, como a própria abadessa estivera ansiosa por recebê-las, esta entrou guiada pela mão da segunda-monja.

Ao que a condessa comunicou o noivado de Satoko, a abadessa disse:

— Parabéns. Então, na próxima vez que vier para cá, vai ficar no shinden, não é mesmo?

O shinden do templo era um quarto reservado para receber membros da família imperial.

Já que tinha vindo para uma visita, era evidente que Satoko não poderia continuar a manter seu silêncio; ela se ateve a apenas reagir às perguntas com palavras escassas, mas, dependendo do ponto de vista, seria possível dizer que se tratava não de melancolia, mas de acanhamento. Seria desnecessário dizer que a abadessa, em sua profunda reverência, sequer esboçou uma expressão de suspeita quanto a isso. Ao ouvir os elogios da condessa sobre os esplêndidos vasos de crisântemos dispostos em fila no jardim central, disse:

— Pois é, são de um floricultor do vilarejo, especializado em crisântemos, que traz flores assim todos os anos; contudo, ele dá uma aula sem fim sobre eles.

Em seguida, fez com que a primeira-monja repetisse as palavras do floricultor assim como ele as dizia, explicando que estes de cá eram os crisântemos vermelhos de pétalas em traço e cultivo individual de um canteiro raiado, e aqueles de lá eram os crisântemos amarelos de pétalas tubulares e cultivo individual também de um canteiro raiado.

Pouco depois, a própria abadessa conduziu as duas até o gabinete de estudos.

— Ora, este ano as folhagens de outono estão tardando. — Enquanto falava, fez com que a primeira-monja abrisse o shoji e apontou para o jardim japonês onde a relva havia principiado a secar, dotado de um belo cômoro artificial. Em quaisquer dos grandes bordos que havia ali, tingiam-se de vermelho somente as copas, pois as cores se diluíam para o damasco, para o amarelo e para o verde pálido conforme se trazia os olhos para os ramos mais baixos; mesmo o vermelho ao topo não era vívido, mas enegrecido como sangue coagulado. As camélias-sasanquas já começavam a desabrochar, e o lustre dos suaves galhos secos que um resedá contorcia a um canto do jardim tinha uma aparência sedutora.

Retornaram mais uma vez à sala de dez tatames, e, enquanto a abadessa e a mãe de Satoko continuaram falando de assuntos diversos, o curto dia chegou ao fim.

Para a janta lhes trouxeram um notável banquete celebratório, acompanhado por um jubiloso arroz vermelho[135], mas, ainda que a primeira e segunda monjas se esforçassem de todos os modos para entreter as hóspedes, o ambiente não se alegrava um pouco sequer.

— Hoje é dia do "Ohitaki" no Palácio Imperial de Kyoto — disse a abadessa, o que fez com que a primeira-monja recordasse a cerimônia da Corte sobre a qual ouvira antigamente, quando trabalhava no palácio, e imitasse para as convidadas as palavras de encantamento que as altas damas entoavam ao redor do braseiro cujas labaredas se erguiam às alturas.

Essa era uma antiga cerimônia realizada a 18 de novembro, na qual faziam queimar alto o fogo de um braseiro em frente ao imperador, a ponto de as chamas alcançarem o telhado, enquanto altas damas da Corte trajadas com a indumentária imperial feminina entoavam o seguinte:

— Queeima, queeima, ó fogueira; ó antepassados, ó fogueira; querem, não querem? As tangerinas, os manju.[136]

Então lançavam-se ao fogo tangerinas e manju que, depois de bem tostados, eram oferecidos ao imperador. A encenação desse ritual secreto poderia ser considerada deveras insolente, porém não foi censurada pela abadessa, talvez por consideração ao intuito da primeira-monja de animar o ambiente.

A noite chegava cedo ao Gesshuji, onde já às cinco fechavam o portão. As monjas regressaram cada qual a seus aposentos um pouco depois de

---

135. Em japonês, *sekihan*, arroz glutinoso cozido junto com feijão-azuki ou feijão-frade, o que lhe confere uma coloração vermelha. A cor vermelha é considerada de bom agouro, motivo pelo qual o prato é utilizado em ocasiões de celebração.

136. Doce japonês que, em sua forma mais tradicional, consiste em uma pasta doce de feijão-azuki envolvida por uma película à base de farinha de arroz.

terminar seu jantar frugal, ao passo que as mulheres da família Ayakura foram conduzidas ao prédio dos hóspedes. Mãe e filha pretendiam lamentar a saudade futura até a tarde do dia seguinte, devendo voltar para Tóquio no trem noturno da próxima noite.

Ao serem deixadas a sós, a condessa pensou em dirigir alguma palavra de advertência à filha, devido à indelicadeza da melancolia muito distinta que notara ao longo do dia inteiro, mas, por inferir como Satoko devia estar se sentindo após os eventos de Osaka, conteve-se e foi deitar sem dizer palavra.

O shoji do prédio de hóspedes do Gesshuji exibia uma alvura solene inclusive em meio à escuridão, fazendo parecer que cada tira de fibras do papel havia sido aglutinada à geada sob o ar frio da noite de novembro, com os detalhes de nuvens e crisântemos de dezesseis pétalas talhados no ornamento de papel do puxador da porta saltando brancos e nítidos aos olhos. Os ornamentos usados para ocultar os pregos dos pilares, nos quais seis crisântemos rodeavam uma campainha-chinesa, rematavam aqui e ali os pontos mais altos da escuridão. Mesmo não sendo possível ouvir o sibilar entre os pinheiros, posto que essa era uma noite sem vento, podia-se pressentir em cores profundas a aura das montanhas e bosques ermos lá fora.

A condessa, fossem as coisas como fossem, ao ligar o coração somente ao pensamento de que haviam terminado todas as tarefas árduas tanto para ela quanto para a filha e que de agora em diante a paz chegaria aos poucos para elas, mesmo sentindo na atmosfera ao lado que Satoko tinha dificuldades para adormecer, caiu no sono sem demora.

Quando despertou, a seu lado não havia sombra da filha. Ela compreendera pelo tato, ainda durante a escuridão anterior à alvorada, que o pijama estava dobrado com esmero sobre o leito. Embora seu coração se houvesse agitado por um momento, pensou que ela porventura teria se levantado para ir ao lavabo e, a princípio, aguardou. Nesse ínterim, o peito voltou a se enregelar de repente como que entorpecido, portanto experimentou ir até o banheiro, mas não a encontrou. Ainda não havia sinais de ninguém se levantando; o céu era de um índigo indistinto.

Nesse momento, como à distância se fez ouvir um som vindo da cozinha, ela foi até lá e encontrou a criada que acordara cedo, a qual se prostrou atarantada de joelhos ao ver a silhueta da condessa.

— Você viu Satoko? — perguntou-lhe. A criada, tremendo de pânico, apenas balançou a cabeça e recusou-se em absoluto a fornecer qualquer orientação.

A condessa andou sem destino pelos corredores do templo e revelou a situação à segunda-monja, que por acaso havia levantado. A monja se assombrou e se prontificou a orientá-la.

Dentro do templo principal, ao fim do corredor que conectava os prédios, refletia-se longínquo o bruxulear das velas. Não havia como alguém já estar trabalhando tão cedo. Estavam acesas duas velas decoradas com desenhos de charretes de flores e, em frente a Buda, sentava-se Satoko. A condessa teve a sensação de jamais ter visto antes aquela figura de costas para ela — a filha estava cortando os próprios cabelos. Ela oferendava o cabelo cortado sobre a mesinha de leitura de sutras e, com um rosário budista na mão, rezava com fervor.

A condessa enfim ficou aliviada porque a filha ainda estava viva. Então se deu conta de que, até um segundo atrás, estivera certa de que ela já não vivia.

— Cortou os cabelos, não foi? — disse a condessa, como se abraçasse com força o corpo da filha.

— Mamãe, não havia outra maneira — Satoko enfim voltou o olhar para a mãe a fim de falar e, em suas pupilas, o lampejo das pequenas chamas das velas fazia com que a luz alva da aurora brilhasse já no branco de seus olhos. A condessa jamais havia visto uma alvorada tão assustadora quanto essa, que lançava seus raios de dentro dos olhos da filha. Cada uma das contas de cristal do rosário que Satoko enrodilhava nos dedos abrigava também a mesma luz branquejante de seu olhar, e uma a uma as contas numerosas e de aparência refrescante, em que o extremo da vontade parecia haver causado o fenecer dessa mesma vontade, exsudavam em conjunto o amanhecer.

A segunda-monja relatou apressada à primeira a íntegra dos acontecimentos e retirou-se ao terminarem suas funções, deixando que a outra acompanhasse mãe e filha Ayakura até a frente do aposento da abadessa para chamá-la do lado de fora do fusuma:

— Reverendíssima, a senhora já despertou?

— Sim.

— Com a sua licença.

Ao abrir o fusuma, encontrou a abadessa sentada com a coluna reta sobre o futon. A condessa falou titubeante:

— É que, na verdade, Satoko, agora mesmo, lá no templo principal, está cortando os cabelos por conta própria…

Olhando através do fusuma, a abadessa parou a vista sobre a silhueta completamente mudada de Satoko, contudo não externou nenhum matiz de espanto ao falar:

— Como eu pensei. Eu achei mesmo que fosse fazer isso. — E, passados alguns instantes, como se houvesse se lembrado de algo, decerto porque havia muitos procedimentos a serem tomados nessas circunstâncias, pediu que deixassem a moça a sós com ela para que pudessem conversar a contento, sendo melhor que a própria condessa também se retirasse; portanto, seguindo suas palavras, a mãe e a primeira-monja se escusaram e restou no cômodo apenas Satoko.

A primeira-monja, enquanto isso, fez companhia à condessa solitária mas, como podia inferir o grau de aflição no peito da hóspede que sequer tocara no café da manhã, não soube que assunto escolher para entretê-la. Transcorreu um tempo considerável até receberem o chamado da abadessa. Foi então que a condessa, tendo a filha em frente, ouviu da religiosa uma conversa impensável. Ouviu que, como era evidente a resolução de Satoko em abandonar o mundo secular, gostaria de recebê-la no Gesshuji como sua discípula e futura sucessora.

Os pensamentos que a condessa vinha tendo sozinha até pouco tempo antes eram, do início ao fim, uma diversidade de planos emergenciais. Não existia dúvida de que Satoko havia tomado uma resolução ponderada; porém, visto que no estado atual demoraria apenas alguns meses — no máximo meio ano — para que o cabelo voltasse ao comprimento anterior, se ao menos pudesse impedi-la de chegar a raspar a cabeça, bastaria fingir por esses alguns meses que surgira alguma doença durante a viagem, pedindo que adiassem também a celebração do noivado; assim, contando também com a força de persuasão do marido e do marquês Matsugae, talvez ainda fosse possível persuadir Satoko a mudar de ideia. Mesmo ao ouvir as palavras da abadessa, a ideia não se arrefeceu: muito pelo contrário, tornou-se ainda mais pujante. Como em geral existia um período de um ano de estudos para poder se tornar uma discípula sucessora, e como a cabeça seria raspada somente como parte do ritual de iniciação religiosa após esse período, de qualquer forma tudo dependeria agora da velocidade com que crescesse o cabelo de Satoko. Caso ela mudasse logo de ideia… Uma bela fantasia estrambótica ferveu no peito da condessa. Se tudo corresse bem, quem sabe poderiam sobreviver à época da celebração do noivado até mesmo com uma peruca muito bem-feita.

Ela decidiu célere em seu coração que agora não haveria nada melhor que deixar Satoko ali e retornar o quanto antes à capital para elaborar um plano de remediação. Sendo assim, fez a seguinte saudação à abadessa:

— Respondendo às suas palavras, como se trata de algo que ocorreu de repente durante a viagem e que afetará também a família do príncipe, eu gostaria de retornar logo a Tóquio e voltar para cá só depois de consultar o meu marido, se a senhora não se importa. Enquanto isso, peço que tome conta de Satoko.

Satoko não moveu sequer uma sobrancelha, inclusive ante esse discurso da mãe. A condessa, por sua vez, já receava até mesmo dirigir a palavra à própria filha.

XLV

O conde Ayakura, ao ouvir da esposa tamanha adversidade quando esta regressou a casa, não pôde deixar de protelar por uma semana o relato ao marquês Matsugae, acarretando assim sua ira.

Na residência Matsugae, acreditavam que Satoko havia voltado para casa fazia muito tempo, e que o príncipe já tinha sido prontamente informado sobre seu retorno à capital. Certamente fora um descuido que não condizia com o marquês, mas, ao descobrir que o plano fora levado a cabo sem nenhum contratempo quando a própria esposa retornou e fez seu relatório, ele se manteve de todo otimista quanto ao êxito dos eventos dali em diante.

O conde Ayakura estava apenas alienado. Porque pensava que acreditar em algo como uma tragédia era um costume um tanto vulgar, não acreditava em nada do tipo. No lugar da tragédia, existia algo chamado cochilo. Mesmo vendo que uma ladeira suave desce infinitamente rumo ao futuro, para a bola de kemari a queda é um estado habitual — portanto, não havia nada com que se espantar. Irritar-se ou entristecer-se, assim como possuir alguma paixão, eram equívocos cometidos por aqueles famintos por refinamento. E o conde de maneira alguma estava faminto, nem por refinamento nem por nada similar.

Bastava-lhe procrastinar. Antes que aceitar a incivilidade que espreita em toda sorte de resolução, melhor seria receber a dádiva do sutil gotejar do mel do tempo. Se deixamos algum incidente de lado, por mais grave que seja, emergem desse abandono tanto vantagens quanto desvantagens, e alguém se prontifica então a tomar nosso partido. Essa era a teoria política do conde.

Ao lado de um marido como esse, a condessa também experimentou a cada dia uma atenuação da insegurança que sentira no Gesshuji. Era bom que Tadeshina não estivesse na casa, pois poderia tomar uma atitude irrefletida. A fim de revigorar o corpo depois do adoecimento, por caridade do conde ela fora enviada para as fontes termais terapêuticas em Yugawara.

Na primeira semana, contudo, o marquês lhes perguntou a respeito, portanto sequer alguém como o conde foi capaz de continuar escondendo a situação. O marquês Matsugae, sendo informado pelo telefone de que Satoko na verdade não havia regressado, interrompeu a fala por um momento. Em seu peito se aglomerou nessa hora toda sorte de pressentimentos infaustos.

O marquês e a esposa foram sem demora fazer uma visita à residência Ayakura. A princípio, o conde ofereceu respostas de extrema ambiguidade. Quando enfim tomou conhecimento da verdade, o marquês se enfureceu e golpeou a mesa com um soco.

No único cômodo ocidental da residência Ayakura, reformado de modo desarmonioso a partir de um quarto japonês de dez tatames, os dois casais expunham agora os rostos autênticos que nunca haviam mostrado uma vez sequer durante os longos anos em que se conheciam.

A bem dizer, ambas as mulheres mantinham o rosto desviado e apenas furtavam olhares de seus respectivos maridos. Já os homens se encaravam de frente; entretanto, ao passo que o conde tinha propensão para se fazer cabisbaixo, e que as mãos que colocava sobre a toalha de mesa pareciam brancas e miúdas como mãos de boneca, o marquês, ainda que se pudesse dizer que lhe faltava um forro de vigor resistente, tinha o rosto inflamado e viril que remetia a uma máscara de oobeshimi[137], em que as veias saltadas pela raiva se encrespavam no cenho. Mesmo aos olhos das mulheres não era possível imaginar existirem chances de vitória para o conde.

Na verdade, embora houvesse sido o marquês a berrar como um louco desde o início, como se poderia imaginar, conforme gritava foi se sentindo desconcertado por se mostrar despótico enquanto se encontrava inteiramente em uma posição mais forte. Não existia um inimigo tão franzino e definhado como o interlocutor que tinha diante dos olhos. Além do péssimo tom de sua tez, suas feições delgadas e de ângulos bem delineados, como que gravadas em um marfim amarelado, mantinham-se caladas a emanar algo que não se saberia definir como tristeza ou confusão. No olhar que tendia a voltar-se para o solo, as profundas pálpebras duplas destacavam

---

137. Máscara usada no teatro nô, caracterizada pelos olhos arregalados, narinas dilatadas e a boca contraída em um longo traço, normalmente para representar criaturas míticas conhecidas como *tengu*.

ainda mais a concavidade e o desamparo de seus olhos, os quais o marquês, depois de tantos anos, julgou pela primeira vez serem olhos de mulher.

Através da postura do conde — langorosa, contrariada, com o corpo sentado diagonalmente na cadeira — podia-se ver nitidamente a forma mais machucada daquela elegância elástica que não se encontraria em nenhum ponto da linhagem do marquês. Era algo similar aos restos mortais de um pássaro de penas brancas muito manchadas. Era possível que seu canto fosse bonito, mas sua carne não era saborosa — pois pertencia afinal a uma ave não comestível.

— É algo lastimável. Uma conjuntura deplorável. Acabou chegando a um estado em que não podemos mais levantar o rosto para o imperador nem para a nação. — O marquês manteve sua raiva viva proferindo palavras grandiosas e impulsivas, embora sentisse que as cordas dessa raiva já corriam risco iminente de rebentar. Contra o conde que jamais participava de discussões, que jamais tomava nenhuma ação, a raiva era fútil. E não apenas isso. O marquês ia descobrindo pouco a pouco que, quanto mais se irritava, mais se fazia inevitável que essa forte emoção salpicasse em si mesmo.

Ele não podia conceber que isso tivesse sido arquitetado pelo conde desde o princípio. No entanto, aparentava ser inegável que o conde vinha defendendo continuamente seu posicionamento de não agir e, por mais temível que fosse a tragédia resultante, acabaria atribuindo toda a culpa ao marquês.

Em primeiro lugar, quem havia solicitado que conferissem a seu filho uma educação requintada fora Matsugae. Embora não houvesse dúvidas de que o causador da atual catástrofe fosse o corpo de Kiyoaki, mesmo afirmando que a mente do rapaz tinha sido envenenada desde a infância pela família Ayakura, a verdadeira razão criadora das circunstâncias desse envenenamento era o próprio marquês. Inclusive agora, quem havia mandado Satoko até a província de Kansai sem ser capaz de prever que no momento derradeiro as coisas chegariam ao que chegaram era o próprio marquês... Olhando dessa maneira, tudo estivera arranjado de forma que a ira do marquês não pudesse deixar de se voltar contra ele próprio.

No fim, acometido pela insegurança e de todo esgotado, o marquês acabou se calando.

O silêncio dos quatro presentes na sala se prolongou, assemelhando-se propriamente a uma meditação. O canto das galinhas em plena luz do dia veio ecoando do jardim dos fundos. Do outro lado da janela, a cada sopro do vento, os pinheiros no início de inverno faziam tremular a luz de suas agulhas nervosas. Como se todos inferissem a atmosfera incomum dessa sala de visitas, na casa inteira não se ouvia um único som que fosse produzido por seres humanos.

Por fim a condessa Ayakura abriu a boca:

— Caro Matsugae, não tenho como lhe pedir perdão pelo rumo que tomaram as coisas devido à minha negligência. Estando nesta situação, eu penso que seria bom fazer Satoko mudar de ideia o mais cedo possível, para prosseguirmos assim mesmo com a celebração do noivado.

— E o que fazer com o cabelo? — o marquês Matsugae logo retorquiu.

— Quanto a esse ponto, encomendamos às pressas uma boa peruca e, enquanto mantemos as aparências aos olhos da sociedade…

— Uma peruca? Nisso eu não tinha pensado — sem deixar que ela dissesse tudo o que tinha para dizer, o marquês manifestou uma voz de alegria ligeiramente aguda.

— Muito bem, de fato; eu não tinha nem pensado nisso — a marquesa não perdeu tempo e logo seguiu o marido.

Em seguida todos se empolgaram com o entusiasmo do marquês, não falando em nada mais que não a tal peruca. Pela primeira vez nesse dia ouviram-se risadas na sala de visitas, ao que os quatro brigaram para se atracar a essa curiosa ideia que lhes fora lançada como um pequeno naco de carne.

Isso não significava, contudo, que todos os quatro acreditavam com a mesma intensidade nessa ideia curiosa. O conde Ayakura, pelo menos, não possuía uma única gota de fé na eficácia de algo assim. Embora o marquês Matsugae possivelmente se equiparasse a ele no quesito incredulidade, foi capaz de dissimular a crença majestosamente. Em face disso, o conde também se apressou para lhe imitar a majestade.

— O noivo certamente não tocará no cabelo de Satoko. Mesmo que o ache um tanto suspeito — disse o marquês enquanto ria, baixando a voz de maneira artificial.

Ainda que temporariamente, os quatro fizeram as pazes ao redor dessa farsa. Só então compreenderam ser uma farsa assim, dotada de forma, aquilo que mais se fazia necessário nessa situação. O coração de Satoko não entrava nos pensamentos de ninguém: era apenas seu cabelo o que dizia respeito a uma questão de Estado.

O quanto teria se desalentado o pai do marquês Matsugae se soubesse que a honra de seu título nobiliárquico, que ele obtivera a custo depois de contribuir para estabelecer o governo Meiji com uma paixão e força física tão assombrosas como aquelas que possuía, estava associada agora a uma única peruca feminina? Esse passe de mágica sutil e traiçoeiro não era uma arte do clã Matsugae. Pertencia antes ao clã Ayakura. Apenas porque antes tiveram o coração roubado pela peculiar característica da falsidade morta da beleza e elegância possuídas pela família Ayakura, os Matsugae agora se viam obrigados a, querendo ou não, servir-lhes de cúmplices.

De qualquer modo, não passava de uma peruca ainda inexistente, uma peruca vista em sonhos e que não tinha qualquer relação com a vontade de Satoko. No entanto, se tudo corresse bem e conseguissem forçar-lhe a tal peruca, o quebra-cabeça que havia por um momento se embaralhado veria sua completude iminente, cristalina, desprovida de qualquer vão entre as peças. Portanto, sendo possível imaginar que tudo dependia dessa única peruca, o marquês se dedicou à ideia.

Todos discutiam absortos a respeito da peruca invisível. Sem dúvida precisariam de uma peruca de penteado imperial para a celebração do noivado, e outra de penteado atado comum para uso diário. Como nunca se sabe onde pode haver alguém observando, Satoko não deveria removê-la nem mesmo na hora do banho.

Cada qual desenhava em seu coração a imagem da peruca que já haviam decidido que Satoko usaria, com seus fios negros como sementes de flor-leopardo, graciosos, fluidos, mais lustrosos do que cabelos de verdade. Era uma autoridade majestática conferida à força. A forma vazia do cabelo preto atado que pairava nos ares e seu brilho formoso. A essência da noite que flutuava no centro da luz do meio-dia… Embora nenhum dos quatro ignorasse como seria laborioso inserir na imagem o rosto que deveria estar ali embaixo — aquele único rosto belo e triste —, esforçavam-se para não pensar nisso.

— Ayakura, eu gostaria muito que da próxima vez você fosse em pessoa, com uma atitude decidida, para persuadi-la. Como desejo que sua esposa também vá outra vez, do mesmo modo vou mandar a minha para acompanhá-la. Na verdade, eu também deveria ir junto, mas... — o marquês falou preocupado com sua reputação — ... se inclusive eu fosse, a sociedade decerto pensaria alguma coisa. Eu não vou. A viagem desta ocasião nós vamos manter em segredo absoluto; vou até despistar as pessoas fingindo que minha mulher está ausente por motivo de doença. Aqui em Tóquio, então, vou fazer o possível para de alguma maneira encontrar um profissional capacitado que possa fazer em segredo uma peruca esmerada. Seria terrível caso fôssemos farejados por algum repórter, mas, quanto a esse ponto, podem confiar em mim.

XLVI

Kiyoaki se espantou ao ver a mãe fazer novamente os preparativos para viagem, partindo sem informar nem o destino nem o motivo, e proibindo-o de dizer qualquer coisa a quem quer que fosse. Ele pressentiu no ar que algo excepcional estava acontecendo às voltas de Satoko, porém vinha sendo vigiado de perto por Yamada e não podia fazer nada segundo a própria vontade.

O conde e a condessa Ayakura, bem como a marquesa Matsugae, foram ao Gesshuji e se depararam com uma situação estarrecedora. Satoko já havia raspado a cabeça.

A tonsura tão repentina deveu-se às seguintes circunstâncias.

Naquela manhã, quando ouvira tudo de Satoko, a abadessa compreendera no ato que a única rota a seguir seria fazer Satoko tornar-se uma asceta. Como superiora de um templo tradicionalmente governado por mulheres da família imperial, a abadessa respeitava o imperador acima de tudo; portanto, embora sua atitude acabasse por contrariá-lo momentaneamente, decidiu consigo mesma que não existia outro método de melhor servir o imperador exceto esse, e forçou Satoko a aceitar ser sua discípula sucessora.

Era impossível para a abadessa tomar conhecimento de um estratagema para ludibriar o imperador e não fazer nada a respeito. Ela não poderia tomar ciência de uma perfídia, enfeitada para parecer algo belo, e fingir que não a via.

Assim a velha abadessa, que de costume era tão reverenciosa e flexível, tomou uma resolução que não poderia ser abalada sequer pelo uso da força ou da autoridade. Ela se resignou a transformar todo o universo atual[138] em seu inimigo, contrariando até mesmo as ordens do imperador, a fim de proteger calada a santidade deste.

---

138. Em japonês, *genze*, termo budista que pode significar tanto o universo presente em sua totalidade quanto a encarnação atual de um ser específico.

Vendo tal resolução nos olhos da abadessa, Satoko também renovou seus votos para enfim abandonar o mundo secular. Embora fosse algo no qual ela própria vinha pensando por longo tempo, Satoko não imaginava que a tia-avó fosse realizar seu desejo com tanta presteza. A solidez de sua determinação fora identificada pela abadessa em um único relance, como aquele de um grou.

Dessa forma, apesar de ser preciso completar um ano de estudos até o ritual de iniciação, tanto Satoko quanto a abadessa compartilharam a mesma ideia de acelerar a tonsura. Ainda que a abadessa, era evidente, não houvesse pensado fazê-lo antes do regresso da condessa Ayakura. Esse ato de simpatia da tia-avó continha o sentimento de querer permitir a Kiyoaki lamentar a separação tendo como objeto os cabelos que ainda restavam.

Satoko tinha pressa. Todos os dias insistia em raspar a cabeça, como uma criança que incomoda pedindo doces. Por fim a abadessa cedeu e lhe disse assim:

— Se você raspar a cabeça, não vai mais poder se encontrar com Kiyoaki; está bem assim mesmo?

— Sim.

— Depois de decidir que já não vai se encontrar com ele neste mundo, posso levar adiante a raspagem dos seus cabelos; mas você não poderá se arrepender.

— Eu não vou me arrepender. Não vou me encontrar mais nenhuma vez com aquela pessoa neste mundo. Também já me despedi como queria. Por isso lhe peço, com a sua graça… — Satoko falou com uma voz pura e sem vacilo.

— Então está decidida, mesmo? Pois bem, amanhã de manhã raspamos a sua cabeça — a abadessa estipulou um intervalo de ainda um dia adicional.

A condessa Ayakura não retornou.

Nesse ínterim, Satoko se dispôs por conta própria a se imergir na vida asceta do templo.

A Hosso sempre foi uma seita educacional, que valoriza os estudos antes da meditação, cujos templos possuem um caráter especialmente forte como locais para orar pelo bem da nação, e que tampouco admitem doações particulares. Assim como a abadessa dizia certas vezes, em tom jocoso, que "no Hosso não existe nada 'gratificante'", exultantes lágrimas de "gratidão" não haveriam existido antes de prosperar a seita da Terra Pura, a qual se fia apenas no voto original de Amida.[139]

Além disso, embora fossem empregados como norma dentro dos templos Hosso apenas os preceitos do Hinayana[140] — visto que originalmente não existia no budismo Mahayana nenhum preceito digno do nome —, já nos monastérios femininos recomendava-se seguir os votos dos fiéis segundo o sutra Brahmajâla, isto é, os quarenta e oito preceitos que começam pelas proibições de matar, de roubar, de praticar atos sexuais impróprios e de não mentir, e terminam com a proibição de destruir a doutrina.[141]

Antes dos preceitos, o que havia de mais rigoroso eram os estudos, tanto que Satoko, nos poucos dias que estivera ali, já havia memorizado os *Trinta versos sobre o Mente-Apenas* e o *Sutra do Coração*, que constituem o código fundamental do budismo Hossho. Ela acordava cedo pela manhã e fazia a faxina do saguão dos ídolos antes que a abadessa começasse seus trabalhos, e então se lançava aos estudos para aprender os sutras. A primeira-monja, descartando o tratamento especial dedicado aos hóspedes e encarregada pela abadessa de instruir Satoko, fez-se tão severa como se houvesse se transformado em outra pessoa.

Na manhã do ritual de iniciação, Satoko purificou o corpo, vestiu os robes religiosos pretos como carvão e se quedou com as mãos em prece

---

139. Terra Pura (Jodo) é a principal seita do budismo Mahayana no Japão, desenvolvida com base nos ensinamentos do monge japonês Honen (1133-1212) e portanto relativamente mais recente que a seita Hosso, trazida da China pelo monge Dosho (629-700) no século VII. A seita da Terra Pura venera o buda Amida (Amitâbha, em sânscrito). Amida teria feito quarenta e oito votos para se tornar um buda, dentre os quais o 18º é conhecido como seu "voto original": criar uma terra (a Terra Pura) em que todos os seres possam atingir a iluminação mais facilmente, e onde seria possível reencarnar na próxima vida apenas seguindo preceitos simples, sem necessidade de ascese.

140. Termo antigamente aplicado ao caminho que deve ser seguido por alguém que deseja se tornar um *arhat* (ser de elevada espiritualidade, mas que não atingiu a budeidade). O termo foi abolido em 1950 por ser considerado de uso pejorativo contra certas seitas budistas. Os preceitos aqui descritos, em sua forma mais simples, referem-se apenas aos cinco preceitos básicos do budismo: não matar, não roubar, não praticar atos sexuais impróprios, não mentir e não consumir álcool ou outras drogas.

141. O sutra Brahmajâla menciona dez preceitos graves e quarenta e oito preceitos leves, dos quais o último, "não destruir a doutrina", refere-se a atos que utilizem poder ou influência em benefício próprio e em detrimento de outros praticantes do budismo.

no saguão dos ídolos, segurando nelas um rosário. A abadessa realizou a primeira passagem com a navalha e, enquanto a primeira-monja continuou a raspagem com a habilidade de suas mãos já versadas, pôs-se a entoar o *Sutra do Coração*, no que foi acompanhada pela segunda-monja.

Kan-ji-zai-bo-satsu.
Gyo-jin-han-nya-ha-ra-mi-ta-ji.
Sho-ken-go-un-kai-ku.
Do-is-sai-ku-yaku...[142]

Conforme Satoko também as foi acompanhando de olhos fechados, teve a sensação de que aos poucos era removido o lastro do navio de sua carne, e que sua âncora se desvencilhava do leito do mar, pois ela começava a flutuar à deriva subindo nas ondas daquelas fartas e pesadas vozes a entoar.

Satoko continuou com os olhos fechados. O frio do saguão dos ídolos pela manhã era similar ao de um frigorífico. Embora ela saísse flutuando pelas ondas, a área ao redor de seu corpo estava completamente encerrada por um gelo límpido. De imediato os picanços do jardim começaram a cantar com estridência e fizeram correr pelo gelo rachaduras como relâmpagos — mas em seguida as falhas voltaram a se ligar, tornando-se intactas.

A navalha se movia com minúcia pela cabeça de Satoko. Às vezes, como mordiscadas dos pequenos e afiados incisivos brancos de algum animalzinho; outras, como o mastigar manso dos molares de algum pacato herbívoro selvagem.

Caíam as mechas de cabelo uma a uma, e a cabeça de Satoko foi sendo permeada por um frescor nítido que ela nunca experimentara uma vez sequer desde o nascimento. À medida que era raspado o cabelo negro, quente e saturado da depressão dos sofrimentos mundanos, que se colocava entre ela e o universo, abria-se ao redor de seu crânio um mundo de pureza vívido e frio no qual ninguém jamais havia tocado um único dedo. Expandia-se

---

142. O sutra é entoado a partir da leitura dos ideogramas da tradução chinesa do original em sânscrito, portanto o texto não possui sentido direto em japonês. Na obra são incluídos apenas os primeiros versos do sutra, que podem ser interpretados assim: "O bodisatva Avalokitevara/ Quando praticava a *prajñâ-pâramitâ* (perfeição da sabedoria)/ Viu em sua iluminação o vazio dos cinco agregados/ Libertando-se de todas as dores e sofrimentos".

a pele raspada, à mesma proporção que se expandiam as partes afligidas por um frio penetrante, como que revestidas com hortelã-pimenta.

O ar gélido na cabeça lhe pareceu similar, por exemplo, à sensação que porventura teria a pele de um astro morto como a lua ao entrar em contato direto com a vastidão do espaço. O cabelo derruía fio após fio como se fosse a própria imagem do universo atual. Derruía e se tornava infinitamente distante.

O corte seria uma colheita feita por alguém. O cabelo preto, contendo em abundância dentro de si a luz sufocante do verão, era ceifado e caía para fora de Satoko. Todavia, essa era uma colheita fútil. Isso porque mesmo um cabelo preto tão reluzente como aquele, no átimo em que se separava do corpo, transformava-se em um feio cadáver capilar. Tudo o que antes pertencia à sua carne, tudo o que possuía uma relação estética com seu interior, sem exceção, estava agora sendo descartado para seu exterior e, como se caíssem os braços e as pernas do corpo de uma pessoa, esfoliava-se o universo atual de Satoko…

Quando se revelou por completo seu pálido couro cabeludo, a abadessa lhe disse assim, em tom compadecido:

— A renúncia ao mundo depois da renúncia ao mundo é muito importante. Fiquei comovida de verdade com a determinação que você demonstrou. Agora, se estudar com o coração puro, com certeza vai se tornar uma luz entre as monjas.

Essas foram as circunstâncias que levaram a uma tonsura tão repentina. Contudo, mesmo espantados com a transformação de Satoko, nem o casal Ayakura nem a marquesa Matsugae haviam por fim desistido. Afinal, fora criado ainda mais espaço para uma peruca.

XLVII

Dentre os três visitantes, seria o conde Ayakura quem extravasaria do início ao fim um rosto afável e, enquanto conversava tranquilamente com Satoko e com a abadessa sobre tópicos banais, não demonstraria uma única vez na fala algum indício de que tentava fazer a filha mudar de ideia.

Todos os dias chegava um telegrama do marquês Matsugae indagando sobre os resultados da visita. Por fim a condessa Ayakura implorou chorando à filha, mas sem sucesso.

No terceiro dia, as esposas do marquês e do conde confiaram a situação a este, que ficaria para trás, e retornaram a Tóquio. Pelo excesso de fadiga mental, a condessa foi se deitar assim que chegou em casa.

A partir de então o conde, sem alternativas, permaneceria sozinho no Gesshuji pelo intervalo de uma semana. Acontece que lhe causava medo ter que voltar para Tóquio.

Posto que ele não dizia uma palavra sequer a Satoko para lhe recomendar o regresso ao mundo secular, depois de algum tempo a abadessa relaxou sua vigilância e concedeu uma ocasião para que pai e filha pudessem ficar a sós. A primeira-monja, todavia, mesmo então os espiou discretamente.

O conde e Satoko sentaram de frente um para o outro na varanda onde se empoçava o sol de inverno, calados indefinidamente. Por entre os vãos da campainha-chinesa pendiam as nuvens e o céu azul vago; aos galhos do resedá chegou um papa-moscas que cantou em estalidos.

Pai e filha se mantiveram emudecidos por longo tempo. Ao cabo do qual o conde esboçou um sorriso um tanto adulador e falou:

— Graças a você, daqui em diante eu tampouco vou poder mostrar o rosto em sociedade.

— Eu sinto muito — Satoko respondeu suave, sem mesclar à voz seus sentimentos.

— Muitos pássaros diferentes vêm a este jardim, não é? — o conde voltou a falar depois de algum tempo.

— Sim. Vêm muitos.

— Esta manhã também eu experimentei dar uma caminhada, e vi que os caquis desse lugar acabam apenas bicados pelos pássaros e caem de maduros. Não tem ninguém para colhê-los.

— Sim. É verdade.

— Imagino que logo vai começar a nevar — disse o conde, mas não houve resposta. Pai e filha voltaram a se calar assim como estavam, enquanto vagavam os olhos pelo jardim.

Na manhã seguinte, ele enfim partiu. O marquês Matsugae, recebendo o conde de volta sem haver colhido nenhum fruto, já não se irritou.

Era o dia 4 de dezembro, portanto faltava só uma semana até a celebração do noivado. O marquês convidou em segredo o superintendente geral da polícia até sua casa. Estava planejando contar com a ajuda dele para resgatar Satoko.

O superintendente geral enviou instruções em sigilo absoluto para a polícia de Nara, entretanto temiam gerar conflito com o Ministério da Casa Imperial caso invadissem um templo administrado historicamente por mulheres da própria família imperial, e tampouco ousariam tocar um único dedo em um templo que recebia fundos diretamente do imperador, ainda que o montante não chegasse a mil ienes por ano. O superintendente geral então viajou ele próprio para o oeste, em caráter extraoficial, e levou consigo um homem de confiança à paisana para visitar o Gesshuji. Mesmo vendo o cartão de visitas que lhe fora passado pelas mãos da primeira-monja, a abadessa não moveu sequer uma sobrancelha.

Serviu-se o chá, e o superintendente geral, depois de ouvir por cerca de uma hora a conversa da abadessa, retirou-se intimidado com sua imponência.

O marquês Matsugae valeu-se de todos os métodos à disposição. No entanto, compreendeu que já não havia nenhum caminho a ser seguido senão pedir ao príncipe que renunciasse ao matrimônio. Enviado com certa assiduidade à residência Ayakura, o secretário do príncipe andava perplexo com o tratamento curioso que lhe vinha sendo dispensado.

O marquês Matsugae chamou o conde Ayakura até sua mansão e, convencendo-o de que não havia outra maneira, apresentou-lhe um plano que consistia em levar até o príncipe um atestado lavrado pelo punho de algum médico de renome declarando que Satoko sofria de "neurastenia aguda", pedir-lhe que essa circunstância fosse mantida em sigilo absoluto apenas entre ele e as famílias Matsugae e Ayakura e, obtendo sua confiança através do segredo compartilhado, amainar a sua ira. Assim, para a sociedade, bastaria espalhar o rumor de que a anulação dos votos de noivado por parte da família do príncipe, repentina e sem motivo claro, fez com que Satoko se desesperasse do mundo e buscasse a reclusão asceta. Invertendo desse modo a causa e a consequência, por um lado a família do príncipe preservaria sua dignidade e autoridade — ainda que de certa maneira fizessem o papel de vilões — e, por outro, a família Ayakura poderia contar com a compaixão da sociedade — ainda que perdesse sua honra.

Contudo, eles não poderiam abusar dessa estratégia. Porque, se o fizessem, a família Ayakura seria alvo de demasiada compaixão, e a família do príncipe, pressionada pela necessidade de se esclarecer perante a antipatia infundada da sociedade, ver-se-ia obrigada a tornar público o atestado médico de Satoko. O essencial seria não relacionar explicitamente perante os repórteres a anulação do noivado por parte do príncipe e a tonsura de Satoko; bastaria apresentar os dois incidentes lado a lado, invertendo-lhes a ordem de precedência. Mesmo assim, imagina-se que os repórteres desejariam saber a verdade. Nesse caso, bastaria insinuar a relação de causa e consequência em um tom bastante constrangido, pedindo que se abstivessem de escrever a respeito desses detalhes.

Uma vez concluída essa conferência, o marquês telefonou sem demora para o doutor Ozu, do hospital psiquiátrico de mesmo nome, e comunicou-lhe que gostaria de que ele fosse à mansão Matsugae com urgência para uma consulta domiciliar sob sigilo absoluto. No Hospital Ozu, os segredos envolvidos em tais pedidos súbitos de pessoas ilustres eram infalivelmente bem protegidos. A chegada do doutor se fazia assaz demorada, tanto que o marquês já não conseguia esconder a irritação diante do conde — o qual fora detido em sua casa nesse meio-tempo —, porém, como no caso em particular não poderia mandar um carro para buscar o médico, não havia o que fazer senão esperar.

O doutor chegou e foi conduzido até a pequena sala de visitas no segundo andar do prédio ocidental. Com o fogo da lareira a queimar vermelho, o marquês apresentou a si mesmo e ao conde e, em seguida, ofereceu-lhe um cigarro.

— Onde está o paciente? — perguntou o doutor Ozu.

O marquês e o conde se entreolharam.

— Na verdade não está aqui — respondeu o marquês.

Quando lhe foi dito que deveria escrever ali mesmo um atestado médico para uma paciente que nunca vira antes, o doutor Ozu ficou vermelho de raiva. Mais que o pedido em si, o que o fez enfurecer foi o brilho que pensou ter visto dentro dos olhos do marquês: o brilho da pressuposição de que ele sem dúvida escreveria o documento.

— Com que propósito você me faz um pedido desrespeitoso como esse? Está achando que sou igual àqueles médicos bajuladores que agem conforme manda o dinheiro? — disse o doutor.

— Eu de maneira alguma penso que o senhor seja uma pessoa assim. — O marquês retirou o cigarro da boca, perambulou por algum tempo pela sala e, fitando à distância o rosto do doutor, cujo tremor das bochechas carnudas era iluminado pela chama da lareira, continuou com uma voz profundamente plácida: — Esse atestado é necessário para tranquilizar o coração de Sua Majestade Imperial.

Já com o atestado em mãos, o marquês Matsugae perguntou sem demora ao príncipe de Toin sobre sua conveniência e, ao anoitecer, fez uma visita ao palácio.

Por felicidade, o príncipe-filho estava ausente, pois saíra para exercícios militares no regimento. Como havia dito que gostaria de se encontrar diretamente com o príncipe Haruhisa, a princesa também se fizera ausente.

O príncipe de Toin ofereceu um Château d'Yquem e, demonstrando bom humor, falou por exemplo sobre como fora divertida a apreciação das flores daquele ano na mansão Matsugae. Como fazia tempos que não podiam se encontrar assim de frente, o marquês também começou falando das antigas histórias de Paris, na ocasião dos Jogos Olímpicos de 1900, e confraternizou com o anfitrião mencionando o já conhecido "estabelecimento com uma fonte de champanhe" e os diversos episódios que lá ocorreram. Seria possível pensar que ele não tinha nenhuma aflição neste mundo.

Todavia, o marquês compreendeu muito bem que o príncipe, apesar da aparência repleta de dignidade, no íntimo aguardava com insegurança e pavor as palavras do amigo. O príncipe não fez menção de falar uma única coisa a respeito da cerimônia da celebração do noivado, cuja data chegaria em alguns dias. Seu esplêndido bigode meio encanecido banhava-se à luz do lampião como um bosque esparso que recebe o sol, e vez ou outra deixava transparecer a sombra da perplexidade que passava por sua boca.

— Na verdade, o motivo de eu ter vindo aqui a esta hora da noite… — O marquês entrou frivolamente no tópico principal, com a mesma leveza de um passarinho que estivera voando até pouco tempo antes e de repente se dirige em linha reta para casa. — Vim fazer um relato desditoso, o qual não sei como poderia expressar. A filha de Ayakura foi acometida por um mal psiquiátrico.

— Como? — o príncipe de Toin abriu os olhos de espanto.

— Sendo a pessoa que é, Ayakura manteve o caso escondido e, sem consultar nem mesmo a mim, chegou inclusive a converter a moça em monja; mas até agora lhe havia faltado a coragem para revelar esses assuntos de família à Vossa Alteza.

— Como pode? A esta altura? — o príncipe mordeu profundamente os lábios, trazendo para baixo o bigode no formato da boca, e quedou-se a fitar inerte a ponta dos sapatos estirados na direção da lareira.

— Eis um atestado do doutor Ozu. Está datado de um mês atrás, inclusive, mas Ayakura manteve até isto escondido de mim. Tudo aconteceu porque eu não fui capaz de perceber as circunstâncias, então não sei como lhe pedir perdão…

— Se é caso de doença, não há o que fazer, mas por que não me avisaram antes? Então a viagem para Kansai também foi devido a isso? Pensando bem, minha esposa estava mesmo preocupada porque a tez de Ayakura não estava com uma coloração muito boa quando veio nos avisar.

— Somente agora eu vim a saber que, devido à enfermidade psiquiátrica, ele vinha agindo de maneira excêntrica desde setembro.

— Sendo assim, não há o que fazer. Amanhã cedo, sem demora, vou à Corte para expressar minhas desculpas. O que dirá o imperador? Na ocasião vou precisar lhe mostrar este atestado médico, então posso tomá-lo emprestado? — disse o príncipe.

A nobreza de seu coração se evidenciava no fato de que ele não mencionara uma única palavra sobre seu filho Harunori. Nesse ínterim, o marquês observou incansável as alterações na fisionomia do príncipe. Nela se erguia oscilante uma onda negra que, mesmo parecendo estar prestes a se aplacar, desabava às profundezas para de pronto voltar a subir. Depois de alguns minutos, o marquês sentiu que agora podia sossegar o coração. O instante que ele mais temia já havia passado.

Nessa noite o marquês, agora também na presença da princesa, manteve-se até altas horas consultando-os a respeito de um plano de remediação, até que enfim deixou o palácio.

Na manhã seguinte, quando o príncipe fazia os preparativos para ir ao palácio imperial, seu filho retornou em má hora dos exercícios militares. Ele o convidou a um quarto e lhe revelou a situação, mas não se notou a menor vibração naquele rosto jovem e varonil: o rapaz disse apenas que confiava tudo aos cuidados do pai, não demonstrando um só traço de raiva, muito menos de rancor.

Em razão do cansaço devido ao treinamento realizado ao longo da noite, ele retirou-se incontinente ao próprio quarto depois que viu o pai partir; no entanto, a princesa, inferindo que ele certamente não conseguiria adormecer, foi até lá para vê-lo.

— Então ontem o marquês Matsugae veio nos dar a tal notícia? — disse o rapaz, erguendo para a mãe os olhos que, mesmo um tanto injetados de sangue pela noite passada em claro, mostravam-se fortes e inabaláveis como sempre.

— Sim, é verdade.

— Por algum motivo eu recordei algo que aconteceu há muito tempo na Corte, quando eu ainda era subtenente. Já falei sobre isso antes, não? Certa vez, quando fui ao palácio imperial, por acaso encontrei o marechal Yamagata no corredor. Nunca me esqueço: foi no corredor para o escritório de trabalho do imperador. Ele veio caminhando por aquele corredor longo e escuro, vestindo como sempre um casaco de gola larga por cima do uniforme militar, com o quepe enterrado até os olhos, as mãos enfiadas com desdém nas algibeiras, arrastando o sabre no chão. No mesmo instante eu abri caminho e saudei o marechal em posição de sentido. Ele então voltou de relance para mim aqueles seus olhos que jamais sorriem, por debaixo da aba do quepe. Não havia como o marechal não saber quem eu era. Apesar disso, ele subitamente desviou o rosto mal-humorado e, sem responder à saudação, saiu pelo corredor daquele mesmo jeito, erguendo os ombros do casaco com um ar de superioridade. Não sei por quê, mas me lembrei dessa cena agora.

Os jornais anunciaram que a anulação do noivado "deveu-se a circunstâncias da família imperial Toin", noticiando que, por conseguinte, fora cancelada a cerimônia de celebração pela qual a sociedade reservava tantas expectativas congratulatórias. Kiyoaki, a quem não fora informado absolutamente nada do que acontecia em sua casa, descobriu o fato por meio do jornal.

XLVIII

Desde que o caso se tornara público, a vigilância do marquês sobre Kiyoaki recrudesceu ainda mais — tanto que o mordomo Yamada passou a ir até mesmo à escola para monitorá-lo. Os colegas de classe que não estavam a par da situação observavam de olhos arregalados uma ida e vinda da escola tão pomposa, como se Kiyoaki fosse ainda um estudante do primário. Não bastando isso, mesmo quando viam o filho, o casal Matsugae não lhe contava absolutamente nada sobre o incidente. Na residência Matsugae todos agiam como se não houvesse ocorrido coisa alguma.

A sociedade estava em polvorosa. Kiyoaki espantou-se em como os filhos de famílias de posses que estudavam na Gakushuin, sem se aproximarem um pouco sequer da verdade, vinham buscar justamente dele opiniões sobre o incidente.

— Parece que a sociedade está demonstrando compaixão pela família Ayakura, mas eu acho que esse incidente fere a dignidade da família imperial. Por acaso não descobriram somente mais tarde que essa tal de Satoko era louca da cabeça? Por que será que não se deram conta com antecedência?

Ao ver que Kiyoaki não sabia como responder, às vezes Honda aparecia ao lado para resgatá-lo da situação.

— Se é uma doença, não é normal que não se descubra nada até que apareçam os sintomas? É melhor você parar com essas fofocas de garotinha.

Ainda assim, esse tipo de "masculinidade" hipotética não funcionava na Gakushuin. Em primeiro lugar, a família de Honda não possuía estirpe o suficiente para que ele pudesse se fazer passar por alguém com informações privilegiadas, capaz de dar a tais conversas uma conclusão apropriada.

Caso não pudesse insinuar ligeiramente, com a expressão fria, uma ponta de confidencialidade que se distinguisse dos boatos do populacho, ao mesmo tempo que se vangloriava por ter alguma relação de sangue com os envolvidos no crime ou escândalo, dizendo que "na verdade aquela é minha prima" ou "aquele é o filho bastardo do meu tio", e ao mesmo tempo que se vangloriava da própria nobre indiferença, que não era ferida de modo algum por isso, ele não teria a qualificação de informante privilegiado.

Nessa escola, mesmo os jovens de quinze ou dezesseis anos, por um nada, diziam coisas como:

— O Guardião do Selo Privado do Japão ficou desnorteado com essa história e até ligou lá para casa ontem à noite para consultar o meu velho.

Ou ainda:

— O ministro dos Assuntos Domésticos diz que está gripado, mas na verdade saiu com pressa da carruagem quando foi até o palácio imperial, pisou em falso no degrau e torceu o pé.

Entretanto era curioso como, no tocante ao incidente atual — e talvez fossem esses os frutos de sua reserva excessiva de longa data —, não havia nenhum amigo de Kiyoaki que soubesse da relação entre ele e Satoko, tampouco havia alguém a par das circunstâncias para saber de que modo o marquês Matsugae estaria conectado ao caso. Havia só um membro da aristocracia que era parente da família Ayakura. Ele afirmou com insistência que uma moça bela e inteligente como Satoko jamais teria algum problema na cabeça; porém, isso foi recebido antes como uma tentativa de proteger a própria linhagem, atraindo o escárnio alheio.

Todos esses eventos, estava claro, feriam incessantemente o coração de Kiyoaki. Não obstante, quando comparado à desonra pública que Satoko tinha de suportar sozinha, a sua mágoa secreta, sem precisar ser desdenhado pelos demais, não passava da aflição de um covarde. Cada vez que um colega de escola trazia à boca o incidente, e com ele Satoko, sentia como se visse a figura distante e altaneira da moça a expor calada sua inocência fulgurante em frente aos olhos do povo, semelhante mesmo à neve das montanhas longínquas no inverno que avançava, a qual, nas manhãs de ar extremamente límpido, se podia contemplar da janela daquela sala de aula no segundo andar.

O branco que brilhava nos cimos distantes se refletia apenas nos olhos de Kiyoaki, e penetrava somente o seu coração. Por aceitar sozinha o pecado, a desonra e a loucura, ela já estava purificada. E quanto a ele?

Em certas ocasiões Kiyoaki tinha vontade de sair por aí confessando em voz alta o próprio pecado. No entanto, fazendo isso, o árduo sacrifício de Satoko acabaria sendo em vão. Era difícil discernir com precisão se seria um ato de coragem verdadeira desfazer-se do fardo de sua consciência, ainda que tornasse vão o sacrifício dela, ou ainda se seria correta a tenacidade de suportar calado a vida de agora, equiparável à de um prisioneiro. Contudo, não importando quanto sofrimento tivesse de acumular no coração, o mais custoso para ele era aguentar essa situação de permanecer inerte sem fazer nada — isto é, de satisfazer os desejos do pai e da família.

A inação e a tristeza, para o Kiyoaki de antigamente, sem dúvida eram os elementos mais aceitáveis do cotidiano. Onde ele teria perdido a capacidade de apreciar tais elementos e manter o corpo submerso neles sem nunca se enfastiar? Ainda por cima de uma maneira casual, como quem esquece o guarda-chuva na casa de alguém?

O que Kiyoaki necessitava agora, mesmo para resistir à inação e à tristeza, era de esperança. Como não havia sinais de nenhuma por perto, ele mesmo a criou.

"O boato de que ela enlouqueceu é uma mentira indiscutível. Não tem como eu acreditar nisso. Se é assim, talvez a reclusão e a raspagem do cabelo também não passem de uma dissimulação momentânea. Quem sabe ela tenha encenado essa peça de teatro ousada só para ganhar tempo, para fugir do casamento com a família imperial; em suma, talvez tenha feito isso *por mim*. Se é assim, até arrefecer o rebuliço da sociedade, basta apenas que nos mantenhamos em lugares diferentes, os dois em conluio, mais quietos que poeira borrifada com água. O fato de ela não ter mandado nem mesmo um cartão-postal até agora, esse seu silêncio, não afirma justamente isso?"

Kiyoaki deveria logo se dar conta de que isso era inverossímil caso acreditasse na personalidade de Satoko, mas, se o espírito indomável dela não era mais que uma ilusão esboçada por sua pusilanimidade passada, então a Satoko posterior seria como neve derretida entre seus braços. Enquanto fitava uma única verdade, Kiyoaki estava propenso a acreditar na constância da mentira que até então vinha a custo construindo essa mesma verdade. Nesses momentos, ele era cúmplice do engodo da esperança.

Portanto, existia nessa esperança uma sombra vulgar. Se ele tentava desenhar Satoko de uma maneira bela em seus pensamentos, era porque não existiam brechas para esperar nada.

Seu duro coração de cristal, sem que ele percebesse, começava a se pintar com o crepúsculo da gentileza e da compaixão. Ele passou a desejar oferecer sua gentileza a alguém. Olhou então ao redor.

Havia um estudante, filho de um marquês de linhagem assaz remota, chamado pelos outros de "assombração". Os boatos diziam que tinha lepra; todavia, como seria impossível que permitissem a um leproso frequentar a escola, sem dúvida se tratava de alguma outra doença não infecciosa. Metade de seus cabelos havia caído; sua tez era preto-acinzentada e sem brilho; suas costas, curvadas; seus olhos, ninguém alguma vez confirmara que se pareciam como tais, pois ele tinha permissão especial para usar o chapéu do uniforme escolar mesmo dentro da sala de aula. Estava sempre fungando o muco com o som de uma panela fervendo ao fogo, não falava com ninguém e, em todos os horários de intervalo, saía abraçado a um livro para ir sentar sobre o gramado nos confins do pátio da escola.

É evidente que Kiyoaki tampouco falara alguma vez com esse estudante, que inclusive frequentava um curso diferente. Enquanto Kiyoaki era o emblema da beleza entre os atuais alunos da escola, esse rapaz, por assim dizer, ainda que fosse ele também filho de um marquês, representava a feiura, a sombra e o horror.

Apesar de a relva seca se fazer tépida no gramado onde a assombração sempre ia sentar, quando abafada pelo acúmulo do sol de inverno, todos evitavam aquele lugar. Ao que Kiyoaki se aproximou e sentou, a assombração fechou o livro, retesou o corpo e suspendeu as nádegas do solo, de modo que pudesse fugir a qualquer momento. Em meio ao silêncio, ouvia-se apenas o som das fungadelas da coriza, como grilhões macios sendo arrastados.

— O que é isso que você está sempre lendo? — perguntou o belo filho de marquês.

— Não... — o feio filho de marquês puxou o livro e o escondeu atrás das costas, mas Kiyoaki atentou os olhos para as letras da lombada, que traziam o nome Leopardi. No momento do veloz ocultamento, a douração da capa costurou um reflexo de ouro tênue e fugaz por entre a relva seca.

Como a assombração não se dispusesse a conversar, Kiyoaki deslocou o corpo para um local um pouco mais afastado e, sem sequer espanar os inumeráveis capins secos que se aderiram ao grosso tecido de lã do uniforme, apoiou um cotovelo no chão e estendeu as pernas. Logo defronte a ele estava a figura da assombração desconfortavelmente encolhida pelo vento, que algumas vezes começou a reabrir o livro apenas para fechá--lo de súbito. Tendo a impressão de que via ali uma caricatura de sua infelicidade, Kiyoaki abarcou dentro do peito uma leve raiva que veio substituir a gentileza. O sol tépido de inverno estava repleto de uma dádiva assertiva. Nesse momento, ocorreu uma mudança na postura do feio filho de marquês, como se ele gradualmente relaxasse. As pernas dobradas foram se estendendo temerárias e ele apoiou-se no cotovelo contrário ao de Kiyoaki — ao passo que o modo de pender a cabeça, de erguer os ombros e inclusive o ângulo do corpo se acomodou em uma forma tal qual a do outro, como se eles fossem de fato um par de komainu.[143] Embora não parecessem particularmente sorridentes os lábios que se viam embaixo da aba do chapéu enterrado até os olhos, seria acertado dizer ao menos que experimentavam comicidade.

Os filhos de marqueses, o belo e o feio, tornaram-se um par. Antagonizando a gentileza e compaixão volúveis de Kiyoaki, embora a assombração não demonstrasse raiva ou agradecimento, em contrapartida, empregou toda a autoconsciência de uma fiel imagem espelhada para ao menos lhe mostrar um esboço de equivalência. Caso não se visse seus rostos, desde a guarnição trançada do casaco do uniforme até a bainha das calças, os dois formavam uma esplêndida simetria sobre a radiante relva seca.

Não poderia existir uma rejeição tão completa e tão cheia de intimidade como essa, feita quanto à tentativa de aproximação de Kiyoaki. Contudo, Kiyoaki tampouco havia entrado alguma vez em contato, ao ser rejeitado, com uma gentileza que viesse flutuando para junto de si em uma ondulação tão suave como essa.

Do local de treino de kyudo[144] que havia por perto ouviu-se o som da corda do arco ao disparar uma flecha com ímpeto, que em muito fazia lembrar o vento congelante do inverno, seguido pelo som da flecha atingindo o alvo — o qual, em comparação, era como um tambor frouxo. Kiyoaki sentiu que o próprio coração acabara perdendo suas brancas e cortantes plumas de flecha.

---

143. Vide nota 4.

144. Arte japonesa do tiro com arco.

XLIX

Ao entrarem nas férias de inverno da escola, embora os mais estudiosos começassem desde cedo a se preparar para as provas finais, Kiyoaki passou a detestar até mesmo tocar nos livros.

Não eram mais que um terço os estudantes que, além de Honda, se graduariam na primavera do ano seguinte e prestariam o exame vestibular para a universidade no verão, pois a maioria usufruiria do direito de ingresso sem provas nas universidades imperiais de Kyoto ou Tohoku — ou, caso quisessem entrar na de Tóquio, nos cursos com grande número de vagas não ocupadas. Kiyoaki também, não importando o que desejasse seu pai, decerto escolheria o rumo do ingresso sem provas. Caso ingressasse na Universidade Imperial de Kyoto, ficaria muito mais próximo do templo onde estava Satoko.

Sendo assim, por ora ele apenas se dedicava à inação justa e honesta. Ainda em dezembro, a neve caíra e se acumulara duas vezes; no entanto, tampouco nas manhãs nevadas ele transbordava de alegria pueril, pois se mantinha sempre no leito, com as cortinas da janela abertas, a contemplar desinteressado a paisagem branca da ilha central. Ainda assim, às vezes acontecia também de se vingar de Yamada — que mantinha os olhos vigilantes mesmo quando ele caminhava pela mansão —, pois o forçava a sair em seu encalço em alguma noite quando o bóreas estava particularmente cortante, com uma lanterna na mão e o queixo enterrado na gola do sobretudo, enquanto ele subia na direção da montanha de bordos com uma passada violenta, quase uma corrida ladeira acima. Davam-lhe prazer o burburinho da floresta à noite, o canto das corujas, a escalada em ritmo chamejante pelo caminho que não permitia ver onde se pisava. Kiyoaki era capaz de pensar que, a cada passo seguinte, pisaria e esmagaria aquela escuridão semelhante a um ser vivo macio. O céu estrelado da noite se expandia como uma balaustrada no topo da montanha de bordos.

Quando o ano se aproximava do fim, alguém foi à residência Matsugae para entregar um jornal contendo um artigo escrito por Iinuma. O marquês se enfureceu com a ingratidão do antigo ajudante.

Tratava-se de um jornal de baixa circulação publicado pela extrema direita que, segundo o marquês, costumava revelar escândalos da alta sociedade através de métodos equivalentes à extorsão. Ainda que a história fosse outra, se Iinuma houvesse ao menos se rebaixado a ponto de vir pedir dinheiro de antemão... mas ao escrever algo do gênero sem qualquer comunicado, estava manifestamente tomando uma atitude ingrata de afronta.

O texto estava bastante carregado de um ar de mártir nacional, e trazia o título "A deslealdade e falta de respeito filial do marquês Matsugae". "Quem serviu de mediador para o matrimônio dessa ocasião, na verdade, foi o marquês Matsugae, mas, se uniões envolvendo a família imperial estão estipulados em suficientes detalhes na Lei de Sucessão Imperial, é por existir a chance infinitesimal de que venham a ter alguma relação com a ordem de sucessão ao trono. Ainda que ele afirme ter tomado ciência do fato somente mais tarde, mesmo depois que tudo foi revelado e arruinado — e inclusive às vésperas da celebração do noivado, já contando com a graça da sanção imperial —, o marquês gostou de saber que seu envolvimento não tinha se tornado público, apesar de ter intercedido por uma moça da aristocracia com problemas mentais, demonstrando assim uma falta de vergonha impassível que não apenas constitui uma grande deslealdade, como também o extremo da falta de respeito pelo seu pai, o benemérito marquês da Revolução Meiji" — essa era a acusação que fazia.

Deixando a fúria do pai de lado, quando Kiyoaki leu o artigo, primeiramente teve múltiplas suspeitas — fosse pelo fato de Iinuma havê-lo publicado sob o próprio nome, por exemplo, ou ainda pelo modo como escrevera fingindo acreditar no distúrbio mental de Satoko, mesmo tendo pleno conhecimento das circunstâncias entre Kiyoaki e ela — e sentiu que Iinuma, cuja morada atual ele desconhecia, porventura escrevera isso especialmente para que Kiyoaki o lesse, a fim de lhe informar em segredo seu endereço atual e cometendo para tanto até mesmo um ato de ingratidão. O rapaz pensou que, no mínimo, esse escrito continha uma lição implícita para que ele não acabasse igual ao marquês, seu pai.

De repente, ele sentiu saudade de Iinuma. Teve a impressão de que entrar novamente em contato com aquele afeto inabilidoso do antigo ajudante, e então zombar dele, seria a maior consolação para seu eu de agora. Mas, caso se encontrasse com Iinuma justamente quando seu pai estava enfurecido, isso serviria apenas para tornar sua própria situação ainda mais fastidiosa — e a saudade não era tanta para querer vê-lo mesmo sob esse risco.

Talvez fosse antes mais fácil encontrar-se com Tadeshina, entretanto Kiyoaki sentia um repúdio indescritível pela velha desde sua tentativa de suicídio. Uma vez que o havia delatado para o pai através de seu testamento, não existia dúvidas de que aquela mulher era dona de uma personalidade que obtinha prazer em trair todas e quaisquer pessoas que ela ajudasse a se encontrar. Kiyoaki aprendeu que existem pessoas que criam flores com devoção somente para lhes arrancar as pétalas depois que desabrocham.

Por outro lado, com isso o marquês praticamente deixou de trocar palavras com o filho. A mãe também fez o mesmo, pois não pensava em quase nada, a não ser deixar o filho quieto.

O enfurecido marquês estava, na verdade, assustado. Além de haver sido contratado mais um policial para a segurança privada no portão da frente, o dos fundos agora também era protegido por dois novos policiais. Não houve nenhuma ameaça ou perseguição contra o marquês Matsugae, contudo, e o ano terminaria sem que as declarações de Iinuma repercutissem entre um público maior.

Na véspera de Natal, era costume sempre chegarem convites dos ocidentais das duas casas de aluguel. Uma vez que aceitar um dos convites demonstraria parcialidade, a atitude que os Matsugae vinham tomando desde sempre era a de não aceitar nenhum mas, em compensação, enviar presentes para as crianças de ambos os lares; nesse ano, todavia, Kiyoaki por algum motivo sentiu que gostaria de apaziguar o coração confraternizando com uma família de ocidentais e experimentou pedir permissão através de sua mãe — mas teve o pedido negado pelo pai.

Como razão para tanto, o pai já não mencionou a parcialidade, mas disse que aceitar o convite de locatários feriria a dignidade do filho de um marquês. Essa explicação indicava implicitamente que ele ainda tinha dúvidas sobre a forma como Kiyoaki preservava a própria dignidade.

Ao findar o ano, a casa do marquês chegava ao limite da azáfama, pois todos os dias se fazia pouco a pouco a faxina geral, que não haveria como terminar em um único dia na véspera do Ano-Novo. Kiyoaki não tinha nada a fazer. Apenas sentia o peito remoído pela ideia pungente de que esse ano chegaria ao fim, adensando-se cada dia mais a intuição de que esse, sim, fora o ano do apogeu de sua vida, um ano que jamais se repetiria.

Deixando para trás as pessoas que trabalhavam atarefadas na mansão, Kiyoaki pensou em ir sozinho até o lago para remar. Yamada o seguiu para dizer que lhe faria companhia, mas Kiyoaki recusou impiedoso.

Ao tentar sair com o barco enquanto empurrava e derrubava os caniços secos e as folhas de lótus partidas, alguns patos selvagens alçaram voo. As pequenas barrigas chatas, que por um instante emergiram nítidas no céu claro do inverno acompanhando o exagerado bater de asas, mostraram o brilho acetinado das plumas macias que não se deixavam molhar pela água nem um pouco sequer. Sobre o matagal de caniços, suas sombras correram distorcidas.

A cor do céu azul e das nuvens refletida na face do lago era fria. Kiyoaki pensou ser curioso o modo como a superfície da água que ele agitava com os remos expandia ondas vagarosas e pesadas. Não existia nada similar àquilo que comunicavam essas águas negras e pesarosas, nem no ar vítreo do inverno, nem nas nuvens.

Ele descansou os remos e voltou os olhos para o grande salão da casa principal. As silhuetas das pessoas que lá trabalhavam em pé se mostravam como gente em um palco distante. Embora ainda não corresse risco de congelar, a cachoeira se fazia ouvir com um som como que afiado em uma ponta perfurante, sem se revelar aos olhos por estar no lado oposto da ilha; no longínquo lado norte da montanha de bordos, a neve suja que não havia derretido se exibia em camadas irregulares através das campainhas-chinesas.

Pouco tempo depois, Kiyoaki amarrou o barco à estaca na pequena baía da ilha central e escalou até o topo, onde os pinheiros perdiam a vividez de sua coloração. Dentre os três grous de ferro, os dois que espichavam os bicos para o firmamento como que muniam seus arcos com setas de afiadas pontas de ferro contra o céu invernal.

Kiyoaki logo descobriu uma tépida área ensolarada na relva seca e ali se deitou, voltado para o alto. Caso se mantivesse assim, conseguiria atingir uma solidão indefectível, sem ser avistado por ninguém. Ao sentir que as pontas dos dedos de ambas as mãos, levadas por ele até a parte de trás da cabeça, ainda abrigavam a dormência fria dos remos que manobrara, de súbito começaram a se apinhar em seu peito todas as profundas e miseráveis emoções que ele não mostrava em frente às pessoas. Ele gritou em seu coração.

"Ah…! O 'meu ano' está indo embora! Indo embora! Junto com a passagem de uma nuvem."

Dentro de seu coração borbotaram, uma após outra, palavras que não temiam hipérboles cruéis, a fim de esporear verbalmente a conjuntura em que ele ora se encontrava. Essas, sim, eram palavras que Kiyoaki jamais se permitiria antigamente. "Tudo me afronta com aspereza. Eu acabei perdendo as ferramentas para o embevecimento. Uma clareza incrível, como se bastasse dar um piparote com as unhas para que todo o firmamento respondesse com uma delicada ressonância vítrea, sim, uma clareza incrível está controlando o mundo agora… Além disso, a solidão é quente. Quente como uma sopa estagnada, que não se pode meter na boca a não ser que se sopre diversas vezes, e que está sempre diante dos meus olhos. Ai, a espessura suja, embotada e semelhante a um futon nesse prato de sopa branco e maciço! Quem teria pedido uma sopa dessas para mim?

"Eu fui abandonado sozinho. A sede do desejo sexual. Um sortilégio contra o destino. O perambular infindável do coração. O desejo do coração sem objetivo… Um pequeno autoembevecimento. Uma pequena autojustificação. Uma pequena autoenganação… O arrependimento que incendeia o corpo como uma chama: pelo tempo perdido, e pela coisa perdida. A transição fútil dos anos. Os patéticos dias de ócio da juventude. Esta exasperação de não obter da vida um único fruto… Um quarto solitário. As noites solitárias… Este isolamento desesperador, tanto do mundo quanto das pessoas… Um grito. Um grito não ouvido… A exuberância superficial… A nobreza vazia…

"… É isso o que eu sou!"

Ele ouviu os incontáveis corvos que se reuniam sobre as campainhas-chinesas na montanha de bordos emitirem um grasnado em uníssono, similar a um bocejo que não se consegue produzir sem fazer ruído, bem como o bater de asas sobre sua cabeça quando passaram voando na direção da suave colina onde se situava o Meritório Santuário.

L

Pouco depois de se renovar o ano, seria realizado na Corte o evento do Utakai Hajime, para o qual Kiyoaki era sempre convidado pelo conde Ayakura, conforme o costume criado desde os quinze anos do rapaz como um vestígio anual da educação sobre refinamento que lhe havia dado antigamente, e, apesar de Kiyoaki cogitar que nesse ano seria impossível receber qualquer comunicado, ele no entanto recebera permissão para assistir ao evento através do Ministério da Casa Imperial. Sem demonstrar nenhuma vergonha, nesse ano também o conde serviria como avaliador de poemas da Agência Imperial de Poesia, portanto estava claro que isso se devia a uma recomendação sua.

O marquês Matsugae, vendo a permissão exibida pelo filho, bem como o nome do conde na lista de quatro avaliadores, franziu o cenho. Uma vez mais ele presenciou nitidamente a tenacidade e o descaramento da elegância.

— Como é um costume de todos os anos, pode ir. Caso você não vá somente este ano, as pessoas podem pensar que existe alguma discórdia entre nós e a família Ayakura e, a princípio, não existe publicamente nenhuma relação entre a nossa família e a deles quanto àquele assunto — disse o marquês.

Acostumado a essa cerimônia de todos os anos, Kiyoaki estava até mesmo empolgado. O conde nunca se cobria com tanta autoridade nem parecia tão talhado para a ocasião quanto nessa cerimônia. Se bem que ver o conde desse modo agora não passaria também de um sofrimento, Kiyoaki sentiu que de alguma forma desejava observar vividamente, até se cansar, a carcaça de poesia que ele uma vez também recebera e abrigara dentro de si. Afinal pensou que, caso fosse até lá, também poderia recordar-se saudoso de Satoko.

Kiyoaki deixou de pensar em si mesmo como um "espinho de elegância" espetado no dedo do robusto clã Matsugae. Ainda assim, isso não significava que ele passara a se achar inegavelmente um desses dedos robustos. A elegância que ele outrora acreditava ter dentro de si havia se definhado ao extremo, sua alma havia se desolado, e não se encontrava em lugar nenhum a tristeza donairosa que poderia se tornar o elemento da poesia; em seu corpo apenas soprava um vento oco. Ele nunca se sentira tão apartado da elegância, e até mesmo da beleza.

Entretanto, talvez fosse algo assim que significava tornar-se belo de verdade. Estar assim tão insensível, sem embevecimentos, não acreditando que sequer o sofrimento que observava evidente em frente aos olhos pudesse ser seu, e não acreditando que sequer sua dor pudesse ser uma dor verídica. Era isso que mais se assemelhava aos sintomas de um leproso, era isso que significava tornar-se belo.

Por ter perdido o costume de se olhar no espelho, Kiyoaki não percebia como a emaciação e a melancolia gravadas em seu rosto formavam o retrato de um "jovem exaurido pelo amor".

Certo dia, sobre a bandeja do jantar que comeria solitário, trouxeram-lhe um pequeno copo de vidro talhado repleto de um líquido carmim um tanto escurecido. Como lhe pareceu maçante perguntar de que se tratava aquilo à criada que o servira, Kiyoaki calculou ser algum vinho e o bebeu de um só gole. Permaneceu em sua língua uma sensação esquisita, enquanto o sabor negro e aveludado ia deixando seu rastro.

— O que era isto?

— Sangue vivo de tartaruga-de-carapaça-mole-chinesa — respondeu a empregada. — Fui instruída a não falar nada, só se me perguntassem. O cozinheiro disse que isso vai fazer com que o senhorzinho se sinta mais animado, por isso foi até o lago para apanhar uma e preparar o copo.

Enquanto esperava que aquela coisa aveludada e desagradável lhe passasse pelo peito, Kiyoaki viu novamente o fantasma das abomináveis tartarugas que erguiam a cabeça no lago negro para espiar em sua direção, uma imagem traçada em seu coração nos tempos de infância ao ser atemorizado diversas vezes pelas criadas. Esse fantasma mantinha o corpo enterrado na tíbia lama ao fundo do lago, mas às vezes emergia pela água translúcida, enquanto abria caminho por entre algas maliciosas e sonhos que faziam apodrecer o tempo; embora viesse mantendo os olhos inertes a fitar o crescimento de Kiyoaki através de longos anos, o feitiço que aprisionava o rapaz se desfez subitamente, pois a tartaruga fora morta e ele, sem saber, bebera-lhe o sangue ainda vivo. Assim, de repente, algo havia terminado. O medo começou passo a passo, dentro do estômago de Kiyoaki, a converter sua forma em uma vitalidade desconhecida, imprevisível.

A apresentação dos poemas no Utakai Hajime, por praxe, começa com as composições selecionadas entre aquelas enviadas pelo público em geral — primeiro pelos autores de classe social mais baixa, subindo gradualmente até os de status mais elevado. Apenas no início é lido o tópico de composição, seguido pelo posto ou classe social e pelo nome do poeta; a partir de então, depois de se ler logo os dados do poeta, prossegue-se diretamente ao texto em si.

O conde Ayakura desempenhou com muita honra o papel de enunciador.

Além do imperador e da imperatriz, estava presente também o príncipe herdeiro, todos os quais deram ouvidos à vocalização elástica, bela e transparente do conde. Em sua voz não havia nenhum eco de pecado, mas era tão resplandecente que beirava à tristeza, e a velocidade sorumbática com que prosseguia a leitura de cada um dos versos fazia lembrar o ritmo com que os sapatos pintados de preto de um sacerdote xintoísta sobem pela escadaria de pedra do santuário, banhada ostensivamente pelo sol do inverno. Nessa voz não havia nenhuma fragrância de sexo. Desse modo, mesmo quando era apenas a voz do conde que dominava o silêncio daquela única sala no palácio imperial, onde não se ouvia uma única tosse, ela jamais se sobrepunha às próprias palavras para se lançar gracejadora sobre as carnes das pessoas. Era apenas uma espécie de elegância despudorada, carregada de um pesar radiante, que saía diretamente da garganta do conde para se arrastar pelo salão como a névoa em uma pintura em rolo.

Embora os poemas dos vassalos sejam todos lidos uma única vez, aquele composto pelo príncipe herdeiro é lido duas vezes, após ser anunciado:

— ... Sobre esse tópico versa o louvável poema de Sua Alteza Imperial.

O poema da imperatriz é recitado três vezes em uníssono: a cada vez o declamador começa entoando o primeiro verso e então, do segundo verso em diante, é acompanhado por todos os membros do coro. Durante o intervalo em que o poema da imperatriz é declamado, não apenas os outros membros da aristocracia e vassalos, obviamente, mas também o príncipe herdeiro se põe de pé para ouvi-lo com reverência.

O poema da imperatriz nesse ano mostrou-se uma composição particularmente bela e de espírito elevado. Aos olhos que espiaram à distância e em segredo enquanto ouviam em pé a declamação, as duas folhas de papel torinoko[145], seguradas pelo conde entre suas mãos brancas e pequenas como as de uma mulher, revelaram ser de uma cor rosa-claro.

Já não surpreendia Kiyoaki que na voz do conde, não obstante a ocorrência daquele incidente que fizera estremecer a sociedade, não se pudesse averiguar a mais ínfima trepidação ou hesitação, muito menos um só traço da tristeza de um pai que vira a filha desaparecer do mundo secular. Não passava de uma voz bela, sem esforço e cristalina que estava ali para servir. Não havia dúvidas de que mesmo em mil anos no futuro o conde continuaria a servir dessa maneira, como um pássaro de belo canto.

O Utakai Hajime enfim chegou ao último estágio. Isto é, seria lida para todos a excelsa composição do imperador.

O enunciador deve caminhar cerimonioso até a majestade imperial e receber o poema disposto sobre a tampa de uma pedra para moer tinta, o qual é recitado cinco vezes em coro.

A voz do conde enunciou a excelsa composição com voz ainda mais transparente, dizendo:

— ... Sobre esse tópico versa o máximo poema de Sua Majestade Imperial.

Nesse ínterim, Kiyoaki contemplou reverente o semblante imperial; porém, com o peito comovido pela lembrança do antigo imperador que na infância lhe acariciara a cabeça, notou como o governante atual, que se mostrava mais frágil do que seu antecessor, não emanava qualquer matiz de orgulho ao ouvir a leitura de sua excelsa composição, mas possuía antes uma quietude gélida, na qual — embora isso fosse algo impossível — o rapaz sentiu ocultar-se alguma ira contra ele próprio, e se acovardou.

"Eu traí o imperador. Eu preciso morrer."

Ao mesmo tempo que tinha seu corpo trespassado por algo que não saberia dizer tratar-se de prazer ou calafrio, com a sensação de quem vai tombando em meio ao perfume de um incenso nobre e difuso que o envolve, esse pensamento passou pela cabeça de Kiyoaki.

---

145. Espécie de papel japonês de alta qualidade, com superfície lisa e lustrosa. Embora existam versões com pigmentos diversos, sua coloração original é levemente amarelada, semelhante à de um ovo, o que deu origem a seu nome (literalmente, "filhote de pássaro"). É empregado para caligrafia e pinturas pois confere vivacidade à tinta *sumi*.

LI

Ao entrar fevereiro, enquanto os colegas de escola se mantinham ocupados devido aos exames finais que espreitavam logo à vista, o solitário Kiyoaki se manteve alheado, já tendo perdido o interesse em todas as coisas. Embora Honda não fosse contrário à ideia de ajudar o amigo em seus estudos, refreou-se por sentir que estava de algum modo sendo rejeitado por ele. Ele sabia que Kiyoaki, mais do que qualquer outro, odiava uma "amizade impertinente".

Nessa época, o pai de Kiyoaki recomendou-lhe subitamente que ingressasse no Merton College, em Oxford — uma universidade de tradição fundada no século XIII —, afirmando ser fácil o ingresso, pois contariam com o auxílio de um professor que era chefe de departamento, embora para tanto fosse preciso ao menos a aprovação nos exames de graduação da Gakushuin. Ocorreu que o marquês, confrontando-se com essa figura que empalidecia e se definhava dia após dia, de um filho que em breve deveria atingir a quinta classe imperial subalterna, havia pensado em um método para salvá-lo. Como essa solução pareceu demasiado inusitada, até chegou a atrair o interesse de Kiyoaki. O rapaz então decidiu em seu peito que fingiria grande contentamento com a proposta.

No passado houve uma época em que ele estivera tão encantando pelo Ocidente quanto as demais pessoas, porém, agora que seu coração se apegava ao ponto mais belo e mais delicado do Japão, ainda que abrisse um mapa do globo inteiro, não seriam somente os vastos países estrangeiros, mas inclusive o seu próprio país, pintado ali de vermelho como um pequeno camarão, que lhe causariam uma sensação obscena. O Japão que ele conhecia era uma nação mais azul, amorfa, em que se alastrava uma tristeza similar a uma névoa.

Seu pai fez colocarem mais uma imagem em uma das paredes da sala de bilhar: um grande mapa-múndi. Pensou em dar assim maiores proporções à atitude mental do filho. No entanto, o mar frio e monótono do mapa não atraiu seu coração, servindo para ressuscitar apenas aquele mar noturno semelhante a uma fera preta e gigantesca — ele próprio dotado de calor humano, dotado de pulsação, dotado de sangue e de clamor —, aquele mar noturno do verão de Kamakura que tonitruava ao limite da apreensão.

Embora não houvesse contado para ninguém, ele ocasionalmente vinha sendo acometido por tonturas, ou sendo presa de leves dores de cabeça. A insônia acentuava-se cada vez mais. No leito noturno, ele imaginava que no dia seguinte, com certeza, chegaria uma carta de Satoko, que eles combinariam data, hora e local de sua fuga e que, em alguma cidade desconhecida do interior, à esquina de uma rua onde se encontrava o prédio de um banco com paredes revestidas de barro, ele deixaria seus braços abraçarem Satoko com força ao recebê-la enquanto vinha correndo — cenas que ele via em pormenores, uma após outra. Contudo, por trás dessas fantasias vinha colado algo frio e quebradiço como papel-alumínio, um avesso que às vezes se permitia ver palidamente de frente. Kiyoaki embebia o travesseiro em lágrimas, chamando em vão o nome de Satoko diversas vezes na madrugada.

Conforme vinha fazendo, em algum momento súbito Satoko passou a manifestar sua forma vividamente, no limiar entre o sonho e a realidade. Os sonhos de Kiyoaki já não teciam histórias objetivas que ele pudesse registrar em seu diário de sonhos. Apenas lhe vinham em alternância o desejo e o desespero, e negavam-se reciprocamente o sonho e a verdade, desenhando uma linha indefinida tal como a orla traçada pelas ondas — embora fosse no espelho de água formado sobre a areia pelas ondas em recuo que de súbito se refletia o rosto de Satoko. Não existia uma lembrança tão bela, tão triste. Esse rosto que cintilava nobre como ela, a Estrela da Tarde, desaparecia de imediato quando Kiyoaki aproximava dele os lábios.

Cada dia mais, o pensamento de que queria fugir desse lugar se tornava uma força difícil de resistir dentro do coração. Se essa dor indefinida continuava a atormentá-lo ainda mais, mesmo quando todas as coisas — o tempo, a manhã, o dia, a noite, bem como o céu, as árvores, as nuvens e o vento norte — anunciavam que só lhe restava desistir, dava-lhe vontade de agarrar entre as mãos alguma coisa qualquer que fosse definitiva, de ouvir uma palavra inconfundível que viesse da boca de Satoko, ainda que monossílaba. Caso uma palavra fosse impossível, inclusive um único vislumbre de seu rosto bastaria. Seu coração estava prestes a enlouquecer.

Por outro lado, os rumores da sociedade arrefeciam a passo acelerado. Gradativamente vinha sendo esquecido o infortúnio sem precedentes da união que, mesmo depois de concedida a sanção imperial, fora arruinada nos últimos momentos antes da já agendada celebração do noivado; afinal a sociedade, por essa época, havia transferido sua indignação para a questão dos subornos na Marinha.

Kiyoaki decidiu sair de casa. Não obstante, como estava sendo vigiado e não lhe davam mais a mesada, não tinha sequer um centavo a seu dispor.

Honda se espantou quando o amigo lhe pediu um empréstimo. Devido à política de criação de seu pai, era-lhe permitido manter certa quantia em poupança, em uma conta na qual ele podia depositar e sacar por vontade própria; portanto, retirou toda a importância para atender a Kiyoaki. Não fez uma única pergunta sobre a finalidade.

Foi na manhã de 21 de fevereiro que Honda levou esse dinheiro à escola e o entregou em mãos a Kiyoaki. Uma manhã de céu limpo e de frio severo. Ao receber o dinheiro, Kiyoaki disse constrangido:

— Ainda faltam vinte minutos para começarem as aulas. Venha comigo para se despedir.

— Aonde? — perguntou Honda espantado, pois sabia que o portão estava sendo salvaguardado por Yamada.

— Até lá — Kiyoaki apontou na direção do bosque e sorriu.

Apesar de Honda haver observado com regozijo a vitalidade renascer no rosto do amigo depois de tanto tempo, em virtude disso seu semblante magro, sem radiar nenhum rubor, pareceu antes pálido pelo nervosismo e mostrou-se tenso como o gelo fino da primavera.

— Você está se sentindo bem?

— É só um pouco de resfriado. Mas não tem problema — respondeu Kiyoaki enquanto tomou a dianteira e saiu andando com vivacidade pelo caminho entre o bosque. Honda, que havia muito não enxergava no amigo um passo tão enérgico, já podia inferir o destino ao qual esses passos o levariam, porém nada mencionou.

O tracejado das faixas de cor desenhadas pelo sol matinal caía profundo para realçar com um brilho tétrico o charco que, exibindo uma complicada camada de gelo — por acompanhar a forma dos pedaços de madeira que flutuavam por toda parte —, foi observado do alto pelos dois enquanto atravessavam o bosque movimentado com o canto dos passarinhos, a fim de sair pela fronteira leste do terreno da escola. Era a partir dali que um suave barranco espraiava seus pés pela zona industrial que havia na direção do nascente. Naquelas redondezas, um emaranhado de arames farpados fazia as vezes de cerca, por cujos buracos as crianças vinham se infiltrar com frequência. Do outro lado do arame farpado, por alguma distância se estendia uma inclinação no terreno coberta por capim selvagem, até chegar à mureta de pedras que margeava a rua, onde havia ainda outra cerca baixa.

Os dois foram até ali e pararam.

Com os trilhos dos trens do governo correndo à direita, a zona industrial que tinham abaixo dos olhos era banhada a contento pelo sol da manhã enquanto fazia brilhar a ardósia de seus telhados em dente de serra, já emitindo explicitamente o som dos rugidos emaranhados das máquinas, semelhantes aos do mar. As chaminés se enristavam patéticas, e a sombra de sua fumaça rastejava pelos telhados para ir encobrir as roupas dos varais no bairro pobre que se mesclava às fábricas. Em algumas casas, o chão enfeitado com incontáveis bonsais se projetava para fora do telhado. Em pontos distintos, alguma luz estava sempre a lampejar sem trégua. Naquele poste elétrico, eram as tesouras à cintura do eletricista; na janela daquela fábrica química, uma chama com feitio de ilusão… E, quando se pensava que o rugido havia cessado em algum lugar, subia paulatinamente, por exemplo, a cadeia de sons ensurdecedores do martelo que batia em uma chapa de ferro.

À distância se via o sol desanuviado. Logo abaixo dos olhos, a estrada branca que ladeava a escola, pela qual Kiyoaki estava prestes a sair correndo, e onde se viam os beirais rebaixados a imprimir nítidas as suas sombras, bem como algumas crianças que brincavam de amarelinha. Passou por ali uma bicicleta, tão enferrujada que sequer reluzia.

— Bem, então até mais — disse Kiyoaki. Essas eram palavras claras de "partida".

Honda guardaria em seu coração o fato de o amigo ter dito essas palavras resplandecentes, tão próprias de um jovem. Abandonando a pasta na sala de aula e levando no corpo apenas o uniforme escolar e um casaco — no qual perfilavam botões de ouro na forma de flores de cerejeira e cuja gola ele abriu com elegância para os lados, de modo a exibir, na área ao redor do jovem pomo de adão que salientava sua pele macia, a delgada linha formada pela colarinho alto no uniforme ao estilo da Marinha e a gola alva da camisa de baixo —, Kiyoaki manteve um sorriso sob a sombra da aba do chapéu enquanto usou uma das mãos cobertas pelas luvas de couro para vergar uma seção partida do arame farpado, fazendo menção de enviesar o corpo para passar ao outro lado...

O desaparecimento de Kiyoaki foi reportado de imediato à sua família, deixando seus pais atônitos. No entanto, mais uma vez foi a opinião da avó que conseguiu mitigar a confusão:
— Não é óbvio? Como ele estava tão contente em ir estudar no estrangeiro, podemos ficar tranquilos. Ele deve ter mesmo a intenção de viajar, então quis apenas dizer adeus a Satoko antes disso. Mas ele estava ciente de que seria impedido caso dissesse aonde ia, portanto partiu calado, e isso é tudo. Não é a única explicação plausível?
— Ainda assim, acho que ele não vai poder se encontrar com ela.
— Se for assim, ele decerto vai desistir e voltar para casa. Os jovens, nós temos que deixar fazer o que querem até que se deem por satisfeitos. É por você tê-lo mantido amarrado demais que isto aconteceu.
— Mamãe, depois do que aconteceu, não é natural que eu agisse assim?
— Sim, e, por isso mesmo, o que aconteceu agora também é natural.
— Seja como for, seria ruim deixar isto escapar para a sociedade, portanto vou pedir sem demora aos policiais contratados que o procurem em segredo.
— Não é uma questão de procurar ou não procurar. Já sabemos o destino.
— Mas se não o agarrarmos o quanto antes para trazê-lo de volta...
— Está errado — a anciã enfureceu o olhar e levantou a voz. — Está errado. Se fizer uma coisa dessas, da próxima vez ele talvez cometa um absurdo irreparável. É claro que, por via das dúvidas, estaria bem mandar a polícia no seu encalço em segredo. Não existiria problema em dizer que informem o seu paradeiro assim que o descobrirem. No entanto, como já sabemos o seu objetivo e o seu destino, é melhor dizer aos guardas que o vigiem à distância, sem serem percebidos. Por ora, basta colocar os olhos naquela criança desde longe, sem restringir as suas ações. Tudo pacificamente, é claro. Não existe outra maneira de garantir que as coisas terminem sem tomarem maior proporção. Se fizer uma tolice agora, as consequências vão ser feias, viu? Ao menos isso eu quero deixar bem claro.

Kiyoaki hospedou-se em um hotel de Osaka na noite do dia 21, saiu cedo na manhã seguinte, tomou a locomotiva da linha Sakurai até a estação de Obitoke e reservou um quarto em uma pensão para caixeiros-viajantes dentro do povoado que dava nome à estação — a Pousada Lar dos Kudzu. Ao garantir o quarto, logo chamou um riquixá e visou resoluto o Gesshuji. Apressou o puxador na ladeira dentro dos domínios do templo, descendo do veículo quando chegou ao hirakaramon.

Ele chamou por alguém do lado de cá do shoji da entrada, cerrado como uma barreira branca. Um empregado do templo saiu para perguntar seu nome e seu assunto; depois de o fazerem esperar por algum tempo, surgiu a primeira-monja. No entanto, sem jamais fazer menção de convidá-lo a entrar, ela o forçou a dar meia-volta com um tratamento escorraçador, pois a abadessa não o receberia — muito menos a aprendiz sucessora, que não podia se encontrar com pessoas de fora. Ele, de certo modo, antecipava um tratamento como esse desde o princípio, portanto não pressionou mais que isso e no mesmo dia retornou à pensão.

Ele ligou suas esperanças ao amanhã. Refletindo profundamente em solidão, concluiu que esse fracasso inicial teve origem na sua frouxidão de espírito, por ter ido até a entrada sentado em um riquixá. Embora a princípio isso houvesse sido resultado de sua afobação para lutar contra o tempo, como seu único desejo era encontrar-se com Satoko, ele deveria ao menos ter dispensado o veículo em frente ao primeiro portão, independentemente de alguém o estar observando. Ele precisava demonstrar sua devoção, por um pouco que fosse.

O quarto da pensão era sujo; a comida, ruim; e as noites, frias — mas, ao contrário do que acontecia em Tóquio, a noção de que Satoko estava viva logo ali nas proximidades trouxe-lhe imenso sossego ao coração. Nessa noite ele dormiu um sono profundo como não tinha desde havia muito.

No dia 23 que se seguiu, por se sentir carregado de vigor, saiu uma vez de manhã e outra de tarde, mas, embora tivesse deixado o riquixá a aguardá-lo no primeiro portão e subido a pé o longo caminho de acesso, em ambas as visitas não houve mudança no frio tratamento do templo. No caminho de retorno teve uma crise de tosse e, como sentiu uma ligeira dor no fundo do peito, chegando à pensão evitou permanecer muito tempo na banheira.

A partir do jantar dessa noite o acolhimento mudou a olhos vistos, pois lhe serviram um banquete excessivo para uma pousada do interior. Também foi transferido à força para o melhor quarto que tinham na casa. Kiyoaki interrogou a criada, mas não obteve resposta. Continuou a insistir com as perguntas, até que enfim se revelou o mistério. Por meio da história contada pela empregada, Kiyoaki descobriu que nesse dia, durante sua ausência, um guarda que morava no posto local viera indagar a seu respeito e, antes de ir embora, revelara-lhes que seu hóspede era o senhorzinho de uma família de classe social extremamente elevada, portanto era preciso tratá-lo com cortesia, além de lhes dizer que deveriam ocultar sua investigação do rapaz a qualquer custo e que, quando ele partisse, notificassem à polícia com urgência. Pensando que precisava se apressar, o coração de Kiyoaki se afligiu.

Na manhã do dia 24 que se seguiu, sentiu-se indisposto desde que levantou, pois a cabeça lhe pesava e o corpo estava langoroso. No entanto, porque imaginou não existir outro método de poder se encontrar com Satoko senão demonstrando ainda mais devoção e ousando sofrimentos ainda maiores, dispensou o riquixá e foi caminhando pela estrada de quase quatro quilômetros da pensão até o templo. Por sorte era um dia de céu claro, mas a caminhada mesmo assim foi árdua e serviu apenas para piorar sua tosse; a dor no tórax, às vezes, dava-lhe a sensação de que haviam jogado ouro em pó no fundo de seu peito. Quando parou em pé à entrada do Gesshuji, voltou a ser acometido por uma tosse violenta, todavia a primeira-monja, que veio atendê-lo, disse a mesma frase de negação sem sequer pestanejar.

No dia 25 que se seguiu, teve febre e calafrios. Pensou em descansar bastante, mas fez ao menos uma visita de riquixá e voltou, ao ser rejeitado da mesma maneira. A esperança de Kiyoaki estava começando a se extinguir. Por mais que ponderasse com sua cabeça febril, não encontrava uma saída. Por fim pediu ao dono da pensão que enviasse um telegrama endereçado a Honda.

"Venha logo pt Por favor pt Estou no Lar dos Kudzu vg Obitoke vg Linha Sakurai pt Nem pense em dizer nada a meus pais pt Kiyoaki Matsugae."

Desse modo, passando uma noite de sono sofrido, recebeu a manhã do dia 26.

LII

Nesse dia, na Planície de Yamato, as flores do vento[146] bailavam pelos campos amarelados de eulálias. Era tênue demais para ser chamada de neve de primavera, com sua queda semelhante ao voo de insetinhos alados; confundia-se com a cor do céu enquanto este vinha coberto por nuvens; porém, foi com o incidir sutil do sol tenro e trôpego que ele enfim entendeu tratar-se do esvoaçar de um polvilho de neve. A sensação de frio era muitas vezes mais severa que nos dias nevados de fato.

Mantendo a cabeça recostada no travesseiro, Kiyoaki pensou na máxima sinceridade que ele possuiria e poderia demonstrar a Satoko. Visto que no dia anterior ele enfim pedira ajuda a Honda, sem dúvida hoje mesmo o amigo viria correndo até ele. Com a amizade de Honda, talvez fosse possível mover o coração da abadessa. Entretanto, havia algo que precisava ser feito antes disso. Algo que ele precisava tentar. Demonstrar sua derradeira sinceridade, sozinho, sem contar com o auxílio de ninguém. Pensando bem, ela não tivera até então uma única oportunidade sequer de demonstrar uma sinceridade como essa a Satoko. Ou talvez ele houvesse se esquivado de tais oportunidades devido à pusilanimidade.

Só existia uma coisa que lhe era possível fazer agora. Quanto mais se agravasse seu estado, mais força e mais sentido haveria em mostrar sua devoção, sobrepujando a doença. Era possível que Satoko se sensibilizasse com tamanha sinceridade, mas também era possível que não. No entanto, mesmo que agora não pudesse ter esperanças quanto à sensibilização de Satoko, ele havia chegado a um ponto em que não estaria em paz consigo mesmo caso não se devotasse até esse limite. Embora a princípio sua alma fosse inteiramente dominada pelo afã de, a qualquer custo, ter um único vislumbre do rosto de Satoko, ele imaginava que em algum momento a própria alma havia começado a se mover, acabando por deixar para trás tanto esse desejo quanto esse objetivo.

---

146. Em japonês, *kazahana*, como é conhecida a neve que cai durante tempo claro, sendo carregada pelo vento.

Porém, o todo de sua carne resistia a essa alma errante. A febre e a dor surda permeavam o corpo inteiro como se o costurassem com pesados fios de ouro, e o faziam sentir que suas carnes estavam entrelaçadas a brocados e bordados. Os músculos de todos os quatro membros estavam desprovidos de qualquer força e ainda assim, caso tentasse erguer uma vez um braço, a pele exposta se eriçava de imediato, enquanto o braço, por vontade própria, fazia-se mais pesado que um balde enchido com água de poço. A tosse, que avançou cada vez mais para o fundo do peito, ribombava incessante como um trovão longínquo, no fundo de um céu sobre o qual se diria ter sido derramada tinta sumi. A força esvaeceu inclusive das pontas de seus dedos, e as carnes langorosas e relutantes eram trespassadas somente por uma febre diligente.

Ele fazia apenas chamar o nome de Satoko em seu âmago. O tempo passava em vão. Foi nesse dia que enfim as pessoas da pousada perceberam sua enfermidade, aqueceram o quarto e lhe dedicaram atenção de maneiras diversas, mas ele resistiu teimoso a que chamassem uma enfermeira ou um médico.

Chegada a tarde, quando Kiyoaki ordenou que chamassem um riquixá, a criada informou titubeante ao seu patrão. O estalajadeiro veio para dissuadi-lo e Kiyoaki, para se mostrar saudável, precisou levantar-se e vestir o uniforme da escola e o casaco sem a ajuda de mãos alheias. O riquixá chegou. Ele enrolou os joelhos no cobertor que alguém da pensão insistiu em lhe dar e partiu. Apesar de ter o corpo tão envolvido em panos, o frio era assombroso.

Por entre os vãos da lona preta, Kiyoaki viu os flocos de neve que esvoaçavam sutis ali para dentro e, deparando-se com aquela recordação inesquecível de quando ele e Satoko passearam a sós no riquixá em meio à neve, teve a impressão de que lhe constringiam o peito. Na verdade, o peito chiava de dor.

Ele começou a odiar esse eu que resistia à dor de cabeça encolhido na rala escuridão oscilante. Melhor seria remover a lona da frente para, cobrindo nariz e boca com o cachecol, acompanhar o trânsito da paisagem lá fora com os olhos umedecidos pela febre. Já lhe era detestável qualquer coisa que o fizesse se lembrar do lado interno, repleto de dor.

O riquixá deixara para trás as vias estreitas do povoado de Obitoke, e então até o Gesshuji — que se embaçava longínquo na encosta da montanha —, fosse nos arrozais ceifados, onde restavam as armações para secar o cereal projetando-se contra o aplainado caminho rural que seguia sempre por entre as lavouras; fosse nos galhos das árvores secas nos amoreirais; fosse ainda nas plantações de hortaliças de inverno que a elas se intercalavam, cujo verde estendido pelo chão se borrava aos olhos; ou fosse enfim nas espigas de taboas e caniços secos que continham em si o vermelho do charco, o polvilho de neve caía sem fazer ruído, porém não era o bastante para se acumular. Quanto à neve que descia sobre o cobertor até os joelhos de Kiyoaki, esta desaparecia sem formar nenhuma gota de água que se pudesse notar com os olhos.

Pensou ter visto o céu esbranquiçar-se como água, mas era o sol rarefeito que viera lançar seus raios. Em meio a essa luz, a neve vagou ainda mais leve, ainda mais tênue.

Até onde alcançava a vista, eulálias secas balançavam à brisa. Recebendo o sol tenro e trôpego, a lanugem das espigas envergadas brilhava débil. Embora as montanhas baixas nos confins do campo estivessem embaçadas, nos longes do céu, pelo contrário, havia uma ponta de azul límpido que mostrava cintilantes os picos mais longínquos.

Enquanto afrontava esse panorama com a cabeça latejante, Kiyoaki imaginou ser de fato a primeira vez em vários meses que via o dito mundo exterior. Era um local deveras silencioso. Era verdade que a vibração do riquixá e as pálpebras pesadas distorciam e agitavam a paisagem, entretanto alguém como ele, que vinha passando dias amorfos de aflição e tristeza, sentia que desde havia muito tempo não se deparava com algo tão claro. Além disso, não havia ali a sombra de uma única pessoa.

Já vinha se aproximando a encosta da montanha onde estavam os bambuzais que envolviam o Gesshuji. Também despontavam as filas de pinheiros em ambos os lados da subida após o primeiro portão. No momento em que avistou aquele portão formado apenas por dois pilares de pedra, à distância, do longo desvio por entre as plantações, Kiyoaki foi acometido por um pensamento pungente:

"Se eu passar pelo portão ainda no riquixá, e continuar dentro do veículo durante os mais de trezentos metros até a entrada, tenho a impressão de que Satoko não vai se encontrar comigo hoje de jeito nenhum. E é possível que dentro do templo, agora, esteja ocorrendo alguma mudança sutil. Talvez a primeira-monja tenha convencido a abadessa, ou a própria abadessa tenha enfim se compadecido, e esteja tudo arranjado para que hoje, se eu enfrentar a neve para ir até lá, me deixem ver Satoko, ainda que por um momento. No entanto, caso eu entre sentado no riquixá, talvez isso se reflita nos sentimentos delas e provoque de novo uma reversão sutil, fazendo com que decidam não me deixar ver Satoko. Perante os limites do meu último esforço, existe algo se cristalizando no coração daquelas mulheres. A realidade agora está se reunindo em diversas folhas invisíveis aos olhos, tentando formar um leque transparente. O mais ínfimo descuido talvez seja o bastante para que se desloque seu eixo e o leque acabe se desmantelando… Retrocedendo o pensamento um passo, caso eu vá até a entrada ainda no riquixá e hoje tampouco consiga ver Satoko, não existe dúvida de que nessa hora eu vou culpar a mim mesmo. 'Minha sinceridade não foi suficiente. Por maior que parecesse o aborrecimento, se eu tivesse descido do riquixá e vindo até aqui caminhando, era possível que essa sinceridade despercebida tivesse comovido aquela pessoa e que me tivessem deixado ver Satoko', eu diria… É isso. Não devo permitir que reste nenhum arrependimento apenas porque minha sinceridade não tenha bastado. A ideia de que não poderei encontrá-la sem arriscar a vida decerto a alçará ao ápice da beleza. Foi justamente por isso que vim até aqui."

Para ele, não havia como discernir se esse era ou um pensamento dotado de lógica ou um delírio emanado pela febre.

Ele desceu do riquixá, disse ao homem que o aguardasse em frente ao primeiro portão e se pôs a subir a ladeira adiante.

O céu se abriu um pouco mais e a neve agora dançava em meio ao sol rarefeito; dentro do matagal que ladeava o caminho fez-se ouvir o canto de uma cotovia. Nas cerejeiras desfolhadas pelo inverno, que se mesclavam à carreira de pinheiros, cresciam musgos verdejantes; uma das ameixeiras que se misturavam ao matagal estava ornada com flores brancas.

Visto que eram já o quinto dia e a sexta vez que ele visitava o local, não deveria haver nada que surpreendesse a vista, mas, apesar disso, ao voltar para os arredores os olhos agredidos pela febre, pisando o solo com as pernas incertas de quem caminha sobre algodão, tudo transparecia estranhamente efêmero, com a paisagem que ele se acostumara a ver todos os dias agora se mostrando, como que pela primeira vez, de uma forma tão fresca que chegava a ser horripilante. Sequer então a friagem lhe dava trégua, atingindo sua espinha como uma pontiaguda flecha de prata.

As samambaias à beira da estrada, os frutos vermelhos das ardísias, as pontas das agulhas dos pinheiros que farfalhavam ao vento, o bosque de bambus cujos caules luziam verdejantes enquanto as folhas se mostravam amareladas, as incontáveis eulálias, bem como o caminho branco com marcas de rodas que se congelava por entre a cena, embrenhavam-se todos na escuridão do bosque de criptomérias. No centro desse mundo casto que havia por trás da quietude absoluta, nítido em toda a sua extensão e que abarcava ainda um pesar inefável, ao fundo, ao fundo, muito ao fundo desse universo a existência inconfundível de Satoko prendia a respiração como uma pequena estátua de ouro maciço. Todavia, um mundo tão transparente como esse, com o qual ele não estava familiarizado, seria mesmo o "mundos dos vivos" que ele costumava habitar?

A respiração se tornou mais sofrida conforme caminhava, então Kiyoaki sentou sobre uma pedra à margem da estrada. Mesmo com várias camadas de roupa a separá-los, ele sentiu que o frio da pedra tocava diretamente a sua pele. Ele tossiu uma tosse profunda e, ao fazê-lo, viu que o catarro expectorado sobre o lenço tinha uma cor de ferrugem.

Quando enfim o acesso abrandou, ele virou a cabeça e contemplou a neve do pico que se erguia às alturas, longínquo além da mata esparsa. Como a tosse lhe provocara lágrimas, a neve parecia umedecida, ainda mais fulgurante. Nesse momento renasceu involuntária a memória de seus treze anos e ele pôde imaginar, de forma manifesta em frente aos olhos, a ofuscante alvura da nuca abaixo dos cabelos negros de ébano da princesa de Kasuga, contemplada quando ele lhe servira de pajem. Aquele, sim, fora na vida o início de sua admiração pela estonteante beleza feminina.

O sol nublou-se mais uma vez e o cair da neve se tornou ligeiramente mais denso. Removendo a luva de couro, ele recebeu os flocos na palma da mão. A neve que caía sobre a palma quente ia desaparecendo diante dos olhos. Sua bela mão não estava suja um pouco sequer, nem mesmo continha uma única bolha. Ao cabo de tudo, ele conseguira mesmo proteger pela vida inteira essas mãos graciosas, jamais antes sujas de terra, sangue ou suor, pensou Kiyoaki. As mãos que ele usava somente para as emoções.

Ele enfim se levantou.

Começou a temer se não seria arriscado continuar trilhando o caminho até o templo desse jeito, em meio à neve.

Depois de ele permanecer sentado por algum tempo sob o bosque de criptomérias, o vento se tornou cada vez mais frio, e seu som já vinha tremular ao pé do ouvido. Sob o céu invernal semelhante à água, que se via pelos vãos entre as árvores, começou a despontar o charco onde corriam frias ondulações; ao passar desse ponto, as velhas criptomérias se adensaram ainda mais, escasseando assim a neve que caía sobre seu corpo.

Kiyoaki não tinha nada nos pensamentos além de levar à frente a perna do próximo passo. Suas lembranças desmoronaram todas, sem exceção, e para ele existia então apenas o desejo de ir descascando um pouco de cada vez a película de futuro que, também aos poucos, se arrastava em sua direção.

Ele atravessara o primeiro portão preto sem se dar conta, pois agora já lhe assomava aos olhos o hirakaramon, dispondo em seu beiral as telhas com desenhos de crisântemos tingidas pela neve.

Como ele tossia violentamente ao desabar em frente ao shoji da entrada, sequer precisou pedir que o viessem atender. A primeira-monja saiu e massageou-lhe as costas. Kiyoaki, delirante, cogitou com uma sensação de felicidade indescritível que Satoko agora lhe acariciava o dorso.

Ao contrário dos dias anteriores, a primeira-monja não disse logo suas palavras de recusa, mas abandonou Kiyoaki ali e foi para dentro. Pareceu quase eterno o tempo que Kiyoaki aguardou. Durante a espera, algo como uma cerração lhe cobriu os olhos, e as sensações de dor e de uma sacra felicidade se fundiram difusamente em uma só.

Ele podia ouvir alguma conversa afobada entre duas mulheres. Ela cessou. Transcorreu mais algum tempo. Quem apareceu foi a primeira-monja, sozinha.

— Pois é, o encontro não vai ser concedido. Não importa quantas vezes você venha, vai ter sempre a mesma resposta. Alguém do templo vai acompanhá-lo, então faça o favor de se retirar.

E assim Kiyoaki, ajudado pelo robusto criado do templo, retornou em meio à neve até o riquixá.

LIII

Honda chegou à pousada Lar dos Kudzu tarde da noite no dia 26 de fevereiro e, constatando o aspecto extraordinário de Kiyoaki, pensou em levá-lo na mesma hora para Tóquio; contudo, o enfermo não aquiesceu. Após o exame feito pelo médico interiorano que haviam chamado ao fim da tarde, ele já ouvira que manifestava os sintomas de uma pneumonia.

Kiyoaki desejava que, no dia seguinte, Honda visitasse a qualquer custo o Gesshuji e se encontrasse em pessoa com a abadessa para lhe rogar que mudasse de ideia. Caso as palavras viessem de um terceiro, talvez a abadessa desse ouvidos. Kiyoaki também pediu que, se por acaso dessem a permissão, o amigo então carregasse seu corpo até o Gesshuji.

Honda foi contrário à ideia, porém terminou aceitando o pedido do paciente e adiou a partida até o dia seguinte, dizendo que se encontraria a qualquer custo com a abadessa e faria o que estivesse a seu alcance para que satisfizessem seu desejo — mas também o fez jurar que voltariam juntos para Tóquio se por algum acaso o desejo não fosse atendido. Passando a noite em claro, Honda se manteve trocando as compressas sobre o peito de Kiyoaki. Sob o lampião escuro da pousada, ele pôde ver que mesmo o peito do amigo, outrora tão branco, tinha toda a sua superfície avermelhada devido às compressas.

Faltavam apenas três dias para as provas finais. Honda pensou que seus pais obviamente se oporiam a uma viagem em tal época, todavia foi inesperado o modo como seu pai disse apenas um "vá" ao lhe ser mostrado o telegrama de Kiyoaki, sem pedir nenhuma explicação detalhada, e como sua mãe também esteve de acordo.

Acontecia que o juiz Honda da Suprema Corte, a quem fora negada a demissão solicitada em compadecimento aos colegas de trabalho que haviam sido forçados de súbito a deixar o cargo devido ao fim da carreira vitalícia, pensou em ensinar ao filho o valor da amizade. Honda continuou se dedicando aos estudos para a prova mesmo no trem de ida e, inclusive durante a noite passada em claro como enfermeiro após sua chegada, manteve aberto ao lado um caderno de lógica.

Em meio ao halo do lampião, similar a um nevoeiro amarelo, as sombras dos dois mundos antípodas abraçados pelos corações dos jovens exibiam as suas extremidades pontiagudas. Um padecia de amor; o outro estudava em nome de uma sólida realidade. Kiyoaki, delirante, nadava em um caótico mar amoroso enquanto tinha as pernas enroscadas pelas algas; Honda sonhava com uma bem estruturada edificação de intelecto, erigida de modo inabalável sobre o solo. Uma jovem cabeça padecente de febre e uma jovem cabeça fria se aninhavam no mesmo aposento dessa velha pensão na noite gélida de início de primavera.[147] E, assim, cada qual se via amarrado à chegada da hora conclusiva de seus respectivos mundos.

Honda nunca havia sentido de modo tão pungente como era absolutamente incapaz de tornar seus os pensamentos que havia na mente de Kiyoaki. O corpo do amigo estava deitado frente a seus olhos, mas sua alma corria desenfreada. O rosto rubro que volta e meia parecia chamar delirante o nome de Satoko, sem parecer emaciado um pouco sequer, mas, pelo contrário, ainda mais vivaz que o habitual, era belo como uma presa de elefante em cujo âmago fora colocada uma chama. Entretanto, Honda sabia que não podia tocar um único dedo em seu interior. Existiam paixões das quais ele não poderia de maneira alguma se tornar uma personificação. Aliás, não seria mais correto dizer que ele não era capaz de personificar nenhum tipo de paixão? Faltavam-lhe os dons que admitiriam a permeação de tais coisas até seu interior. Ele se considerava rico em sentimentos de amizade e conhecedor das lágrimas, e ainda assim lhe faltava alguma coisa para "sentir" de fato. Por que ele se concentraria em preservar uma ordem bem estruturada tanto por fora quanto por dentro de si, sem jamais abrigar no íntimo do corpo aqueles quatro elementos amorfos do fogo, do vento, da água e da terra, como fazia Kiyoaki?

Ele voltou os olhos para o caderno abarrotado de letras miúdas e sem nenhum desalinho.

---

147. De acordo com o calendário lunissolar chinês (utilizado também no Japão, embora de modo bastante restrito após a introdução do calendário gregoriano), a primavera começa quando o sol se encontra na longitude eclíptica de 315º, evento que geralmente ocorre entre 4 e 18 de fevereiro a cada ano, mais de um mês antes do equinócio de primavera no hemisfério norte.

"A lógica formal de Aristóteles dominou o mundo científico europeu até o final da Idade Média. Dividindo-se tal domínio historicamente em dois períodos, deve-se ressaltar que a 'lógica velha', em um primeiro momento, foi difundida através dos textos "Categorias" e "Da interpretação" contidos no *Órganon*, e que a 'lógica nova' teve sua gênese na tradução completa do *Órganon* para o latim em meados do século xii…"

Ele não pôde deixar de sentir que cada uma dessas letras descamava e caía de sua mente tal como fragmentos de pedra erodida.

LIV

Como ouvira que o dia no templo começava cedo, Honda terminou o café depois de despertar do cochilo na hora da alvorada e, ordenando que chamassem um riquixá, fez prontamente os preparativos para sair.

Kiyoaki ergueu os olhos umedecidos de dentro do leito. O fato de ele lançar somente um olhar suplicante, com a cabeça ainda recostada no travesseiro, perfurou o coração de Honda. Até esse momento, Honda vinha predisposto a ir ao templo apenas para conferir a situação, regressando a Tóquio no primeiro instante possível com o amigo gravemente doente; ao ver esses olhos, entretanto, passou a imaginar que precisava, a qualquer custo e por força própria, fazer com que Kiyoaki pudesse se encontrar com Satoko.

Por sorte a manhã estava tépida e primaveril. Uma vez chegando ao Gesshuji, Honda notou como o criado que estava fazendo a faxina entrou correndo no templo assim que o avistou, e compreendeu então que o uniforme escolar da Gakushuin, igual ao de Kiyoaki, pusera o homem em estado de alerta. Mesmo antes de se apresentar, no rosto da monja que saiu para atendê-lo já havia a rigidez de quem não quer ser incomodado por ninguém.

— Meu nome é Honda, sou um amigo de Matsugae que veio de Tóquio para ajudá-lo. Seria possível ter uma audiência com a abadessa?

— Aguarde um momento, por favor.

Durante o longo intervalo que fizeram Honda esperar junto ao degrau de acesso da entrada, ele permaneceu pensando com seus botões que diria isso ou aquilo caso recusassem a audiência, até que a mesma monja enfim reapareceu e o conduziu a uma sala japonesa, causando nele uma sensação inusitada. Embora exígua, havia brotado a esperança.

Nessa sala o fizeram esperar mais um longo tempo. Na direção do jardim que não podia ver, pois o shoji estava fechado, ouvia-se o canto de um rouxinol. Os padrões de crisântemos e nuvens no puxador do shoji, feitos com recortes artísticos no papel, afloravam difusos. Na alcova estavam enfeitadas flores de colza e de pessegueiro; o amarelo daquelas era intenso, com um ar rústico, enquanto os botões destas, que haviam começado a intumescer, sobressaíam dos ramos negros e das folhas levemente verdejantes. Os fusuma eram todos brancos, mas se via armado um biombo que aparentava ter alguma história, portanto Honda se arrastou de joelhos até ali e contemplou em minúcias a pintura daquela divisória com cenas do ano inteiro, à qual fora adicionada uma coloração de yamato-e[148] ao estilo da escola de Kano.

As estações começavam pelo lado direito com o jardim primaveril de ameixeiras brancas e pinheiros onde brincavam alguns cortesãos, com uma parte do palácio dentro da cerca de vime de cipreste despontando por entre o acúmulo de nuvens douradas. Ao avançar para a esquerda, avivaram-se cavalos de pelagens diversas, criados soltos durante a primavera, ao passo que o lago em algum momento havia se tornado um arrozal, no qual se retratava o plantio feito pelas jovens camponesas. Do fundo das nuvens de ouro uma cachoeira jorrou para baixo em dois níveis e, juntamente com o verde da relva às margens do lago, veio anunciar o verão. Os cortesãos se reuniram à beira do lago erguendo as nusa brancas dos rituais de purificação de junho, enquanto os funcionários do palácio com robes vermelho-cinábrio e os servos se atinham aos seus serviços. Um cavalo branco foi puxado até o torii vermelho desde os jardins do santuário onde corças brincavam, porém Honda mal avistou o oficial militar que se apressava para os preparativos do festival, trazendo o arco pendurado ao corpo, e o lago que refletia as folhagens coloridas de pronto se aproximou do definhamento do inverno, com um falcoeiro iniciando sua caçada em meio à neve que salpicava o ouro. O bambuzal assentou em si a neve, deixando brilhar entre os intervalos de seus caules o firmamento sobre a lâmina dourada. Por entre os caniços secos, um cachorro branco latiu contra um faisão que voava para longe pelo céu invernal, com o tênue vermelho das plumas de seu pescoço se assemelhando a uma flecha. O falcão na mão do caçador, com um olhar imponente, observava atento o rumo tomado pelo faisão…

---

148. Estilo clássico de pintura japonesa desenvolvido no período Heian, caracterizado pela pintura de paisagens e cenas de histórias japonesas, frequentemente em uma vista aérea e oblíqua. Também era comum que certos trechos fossem retratados em detalhe enquanto outros eram mantidos cobertos por névoas. O nome era utilizado em contraste ao *kara-e*, estilo que, embora empregasse técnicas semelhantes, abordava temáticas chinesas.

Mesmo depois de Honda terminar a contemplação do biombo com cenas do ano inteiro e retornar ao seu assento, a abadessa não apareceu. A monja de antes trouxe doces e chá, servidos em uma bandeja retangular com bordas altas, anunciou que em breve a abadessa viria e então lhe disse:

— Fique à vontade.

Sobre a mesa estava disposta uma pequena caixa decorada com oshi-e. Era inquestionável tratar-se de um item feito à mão pelas monjas do lugar e que, julgando pelo acabamento um tanto frustrado, talvez fosse obra das mãos inexperientes da própria Satoko. Nos quatro cantos da caixa estava colada uma mescla de papéis de padrões coloridos, enquanto na tampa se viam elevados os oshi-e, cuja coloração, porém, era bastante palaciana — exuberância se sobrepunha a mais exuberância de modo quase opressor. Os desenhos dos oshi-e mostravam uma criança perseguindo uma borboleta: a criança nua, que ia atrás do inseto com uma asa roxa, outra vermelha, tinha as mesmas feições e as mesmas carnes rechonchudas das bonecas gosho[149], com a pele de crepe branco se intumescendo rotunda. Foi no centro dessa sala de visitas levemente escura do Gesshuji, ao qual Honda chegou depois de ter passado pelas solitárias lavouras de início de primavera e subido pela desolada ladeira de árvores desfolhadas pelo inverno, que ele pela primeira vez teve a impressão de haver se deparado com a pesada doçura feminina, semelhante a caramelo engrossado ao fogo.

Fez-se um som de roçar de roupas, e a silhueta da abadessa sendo trazida pela mão da primeira-monja se projetou no shoji. Honda sentou-se retesado, mas foi incapaz de conter a palpitação.

A abadessa certamente tinha uma idade bastante avançada, mas ainda assim o rosto miúdo e reluzente que apareceu por entre os robes roxos era límpido como se esculpido em madeira de buxo, não exibindo em qualquer parte uma só poeira da idade. Ela tomou sorridente seu assento ao chão, enquanto a primeira-monja se ateve aos seus serviços aguardando junto a um canto do cômodo.

---

149. Bonecas de bebês que começaram a ser fabricadas em Kyoto no início do século XVIII. São comumente feitas de madeira e revestidas com várias camadas do pigmento branco *gofun*, com frequência sendo mantidas desnudas. O nome *gosho*, que indica o Palácio Imperial, deve-se ao fato de as bonecas terem sido usadas antigamente por membros da família imperial como presente de agradecimento a daimiôs.

— Ouvi dizer que você veio de Tóquio.

— Sim. — Em frente à abadessa, Honda não soube mais o que dizer.

— Ele disse ser colega de escola de Matsugae — a primeira-monja acrescentou suas palavras.

— A verdade é que o senhorzinho Matsugae me é muito querido, no entanto…

— Matsugae está com uma febre terrível, acamado na pensão. Eu recebi um telegrama e vim às pressas para cá. Portanto, hoje vim aqui lhe rogar em seu lugar — enfim ele pronunciou sem vacilar.

Honda começou a sentir que talvez fosse assim que um jovem advogado se portasse diante do tribunal. Sem considerar os sentimentos do juiz, deveria somente asseverar, somente advogar, somente provar inocência. Iniciou seu argumento explicando a amizade entre Kiyoaki e ele, declarou o estado de enfermidade atual do amigo e o modo como estava disposto a arriscar a vida para se encontrar uma única vez com Satoko, e chegou inclusive a dizer que, caso acontecesse algo ao rapaz, seria o Gesshuji a sofrer com o remorso. Suas palavras se faziam quentes assim como seu corpo, tanto que, mesmo estando nesse aposento ligeiramente frio do templo, Honda sentiu como se os lóbulos de suas orelhas expelissem fogo e como se sua cabeça estivesse em chamas.

Como era de esperar, suas palavras comoveram os corações da abadessa e da primeira-monja, mas as duas conservaram silêncio.

— Eu gostaria que a senhora compreendesse também a minha situação. Recebi o apelo de um amigo e por isso lhe emprestei dinheiro, dinheiro com o qual ele pôde fazer esta viagem. Considerando que eu me sinto responsável perante os pais de Matsugae pelo fato de ele ter caído em estado grave depois de chegar ao seu destino, a senhora deve pensar que agora seria natural eu levar o paciente comigo de volta para Tóquio o quanto antes. Do ponto de vista do sentido comum, eu também penso desse modo. Mesmo assim, apesar desse seu estado e disposto a me tornar alvo de todo o rancor que seus pais venham a guardar por mim mais tarde, ocorre que vim até aqui para garantir que esse pedido de Matsugae seja concedido. Isso se deve a um sentimento de querer tornar realidade aquilo que os olhos dele desejam desesperadamente, e imagino que, se a senhora visse aqueles olhos, com certeza também o seu coração se comoveria. Eu tampouco sou capaz de ignorar que, mais do que tratar sua doença, Matsugae anseia por algo muito maior. É agourento dizer algo assim, mas de algum modo não posso deixar de pressentir que, do jeito que ele está agora, não vai melhorar. Como vim desta maneira para comunicar aquele que poderia ser o seu último desejo, eu ficaria muito agradecido se a senhora, pela misericórdia de Buda, pudesse conceder um único encontro com Satoko, e lhe pergunto se seria de fato impossível obter sua permissão.

A abadessa permaneceu calada como até então.

Receando que dizer algo além disso serviria, pelo contrário, para obstruir a reconsideração da abadessa, Honda selou a boca apesar de o coração ainda ondear violentamente.

A sala gélida estava em silêncio profundo. O shoji branco como a neve deixava passar uma luz semelhante à cerração.

Nesse momento, não tão próximo que se diria estar a apenas um fusuma de distância, porém em um lugar não muito distante — porventura algum cômodo ao fim do corredor ou um aposento além daquele adjacente —, Honda imaginou ter ouvido ligeiramente um riso abafado como uma flor vermelha de ameixeira que se abre. No entanto, ele logo repensou esse som, ponderando que, caso seus ouvidos não estivessem enganados, aquilo que se fez ouvir como o risinho de uma jovem mulher teria sido sem dúvida um choro abafado que viera comunicado pelo ar frio do início de primavera. E tão logo foi transmitido o soluçar contido à força, transmitiu-se de maneira sombria sua reverberação ao ser interrompido, tal como aquela gerada pela corda partida de um instrumento. Foi então que ele começou a imaginar ser tudo uma ilusão momentânea criada por seus ouvidos.

— Eu sei que disse coisas bastante severas — a abadessa finalmente se manifestou. — Assim, talvez você esteja pensando que eu não quero deixar os dois se encontrarem; mas na verdade, veja bem, não existe nada que possa ser impedido pela força das pessoas, não é mesmo? Ocorre que foi a própria Satoko quem fez uma promessa a Buda. Ela prometeu que já não vai se encontrar com o rapaz neste mundo, portanto acho apenas que Buda está conduzindo os acontecimentos de modo que eles não possam se ver. Mas o senhorzinho me é muito querido, de verdade.

— Então a senhora não dará mesmo a sua permissão?

— Não.

Na resposta da abadessa havia uma autoridade indescritível que não deixou meios para lhe contestar com palavra nenhuma. Esse não possuía uma força capaz de rasgar o firmamento com a mesma leveza de quem rasga um pano de seda.

… Em seguida, a abadessa se dirigiu com sua voz formosa ao jovem perdido em pensamentos e o agraciou com diversas palavras preciosas, as quais os ouvidos de Honda escutaram sem dedicar muita atenção; ele agora estava irrequieto e hesitando partir, posto que não queria ver o desconsolo de Kiyoaki.

A abadessa lhe contou a história da rede de Indra. Indra é um deus indiano que, uma vez havendo lançado sua rede, capturou todas as pessoas e todos os demais seres dotados de vida no universo, impedindo-os de fugir. Assim, tudo aquilo que vive são existências presas à rede de Indra.

Chamamos de "origem dependente" o fato de que todas as coisas ocorrem segundo a lei das causas, condições e efeitos, mas essa origem dependente é, em outras palavras, a própria rede de Indra.

Pois bem, embora o código fundamental no Gesshuji da seita Hosso seja os *Trinta versos sobre o Mente-Apenas* de Vasubandhu, fundador de tal conceito, o dogma do Mente-Apenas emprega a teoria de origem dependente da consciência *âlaya*, tendo seu fundamento formado por essa consciência. Em primeiro lugar, o termo *âlaya*, que provém do sânscrito, significa "armazém", por guardar em seu interior as sementes de todos os efeitos de ações existentes.

No recôndito de nossas seis consciências, experimentadas por visão, audição, olfato, paladar, tato e saber, possuímos ainda uma sétima consciência denominada *manana*, ou seja, aquela do autossaber; contudo, é em um âmago ainda mais profundo que reside a consciência *âlaya*, cujo "perene transitar é afim às inundações", conforme escrito nos *Trinta versos sobre o Mente-Apenas*, portanto está em sucessiva queda e ascensão como a água de uma torrente, sem nunca cessar. Essa consciência, sim, é o *katai* do *soho* dos *ujo*.[150]

---

150. Terminologia budista que Honda, como qualquer leitor japonês leigo, não seria capaz de entender. *Katai*: forma assumida pelos efeitos (*phala*) da origem dependente. *Soho*: termo relacionado ao sânscrito *vipâka*, amadurecimento do *karma*, ou seja, a concretização dos

A partir da forma impermanente e sempre mutante da consciência *âlaya*, desenvolveu-se no *Compêndio Mahayana* de Asanga uma peculiar teoria de origem dependente relacionada ao tempo. Trata-se do conceito chamado de causalidade recíproca e simultânea da consciência *âlaya* e da lei de *zenma*.[151] Segundo a teoria do Mente-Apenas, os *shoho*[152] (que, na verdade, são senão a consciência) existem apenas por um átimo no presente e, transcorrido esse átimo, extinguem-se e se tornam não existência. A simultaneidade causal é então definida como a relação entre a consciência *âlaya* e a lei de *zenma* que existem em concomitância no átimo do presente, servindo de causa e efeito mutuamente entre si, e, embora ambas juntas se tornem não existência uma vez que transcorra esse átimo, no átimo seguinte voltam a nascer e reestabelecer sua reciprocidade de causa e efeito. É através da destruição de cada átimo das entidades existentes (consciência *âlaya* e lei de *zenma*) que se constitui o tempo. Poder-se-ia equiparar essa constituição de algo contínuo como o tempo a partir da interrupção e destruição de átimos individuais à relação entre uma reta e seus pontos...

Pouco a pouco Honda sentiu que conseguia deixar-se atrair pela doutrina profunda que a abadessa pregava; contudo, por efeito da atual situação, seu espírito perscrutador não chegou a agir perante a dificuldade da terminologia budista com a qual ele fora saraivado de repente, tampouco ao modo como ela explicou, através do emprego da noção, à primeira vista contraditória, da causalidade recíproca e simultânea, que a causalidade — a qual persiste desde o não começo do universo e naturalmente há de compreender em si a passagem do tempo — seria, pelo contrário, o elemento que dá constituição ao próprio tempo etc... pois lhe faltou sossego no coração para expor suas dúvidas sobre os diversos conceitos difíceis de entender e ser então agraciado com os ensinamentos da senhora. Além disso, por se irritar

---

efeitos causados por ações passadas. *Ujo*: tradução japonesa do sânscrito *sattva*, significando, no budismo, a totalidade dos seres vivos.

151. Tradução japonesa do sânscrito *klista*, indicando os sofrimentos do mundo (semelhante às "inundações" referidas anteriormente).

152. Termo budista para descrever "todos os *dharma*", ou seja, todos os fenômenos que existem no mundo atual, dotados ou não de forma.

com as azucrinantes manifestações de concordância da primeira-monja, que acrescia um "é verdade", "de fato" ou "amém" a toda curta cadeia de palavras proferidas pela abadessa, ele pensou que, por exemplo, bastaria por ora guardar na mente o nome dos textos citados por ela — isto é, os *Trinta versos sobre o Mente-Apenas* e o *Compêndio Mahayana* —, a fim de estudá-los outro dia com calma e então fazer as perguntas necessárias para solucionar suas dúvidas. E assim Honda não percebeu o modo como essa argumentação à primeira vista circunloquial proferida pela abadessa, de maneira idêntica ao lago que espelha a lua no zênite celeste, refletia tão distante, porém com tanta minúcia, o destino de Kiyoaki e deles próprios no momento presente.

Honda fez as saudações de despedida e se escusou prontamente do Gesshuji.

LV

Dentro do trem que retornava a Tóquio, a aparência sofrida de Kiyoaki deixou Honda em um estado inquieto. Apenas afligido pela ideia de que queria chegar à capital o quanto antes, sequer deitou mão aos estudos. Ao permanecer assim, observando Kiyoaki ser carregado de volta à casa estirado no carro-leito, sem haver logrado o encontro que tanto desejava e contraindo ainda uma doença grave, Honda teve o peito triturado por um arrependimento dilacerante. O auxílio que fornecera para sua fuga naquela ocasião passada haveria sido, com efeito, a atitude de um amigo de verdade?

Quando Kiyoaki adormeceu por algum tempo, a cabeça insone de Honda pelo contrário despertou, e ele se entregou ao ir e vir de reminiscências diversas. Em tais lembranças, os sermões que lhe foram dados nas duas ocasiões passadas pela abadessa do Gesshuji surgiram cada qual com impressões completamente distintas. O primeiro sermão, ouvido no outono de dois anos antes, fora sobre a história do beber da água contida em um crânio, a qual Honda mais tarde associou a uma metáfora sobre o amor e pensou como seria incrível se ele fosse capaz de entrelaçar a essência do mundo e a de seu próprio coração de forma tão inabalável, posteriormente sendo levado até mesmo dos estudos de direito ao conceito de *rin'ne* no *Código de Manu*; já quanto ao segundo sermão, ouvido na manhã daquele dia, se por um lado parecia que a única chave para solucionar seu enigma de difícil compreensão lhe havia sido sacolejada ligeiramente diante dos olhos, por outro, devido ao excesso de saltos prolixos, parecia também que o enigma acabara apenas se tornando mais profundo.

A locomotiva deveria chegar a Shinbashi às seis horas da manhã seguinte. A noite já ia avançada, de modo que os intervalos entre os trovejares do veículo eram dominados pelo ressonar dos passageiros. Honda tomou para si o leito inferior que havia no lado oposto, com a intenção de passar a noite em claro enquanto dali mantinha os olhos em Kiyoaki. Ele deixou a cortina do corredor aberta, disposto a reagir sem demora à mais ínfima alteração no estado do amigo e, através do vidro, contemplou os campos noturnos do outro lado da janela.

Visto que a escuridão dos campos era densa, que o céu da noite estava nublado e que sequer a cumeeira das montanhas se mostrava distinta, embora não houvesse dúvidas de que o trem estivesse correndo, era difícil crer na transição da paisagem em meio ao breu. De quando em quando aparecia alguma pequena chama ou alguma pequena luz similar a um rasgo vívido na escuridão, entretanto isso não significava que servissem de baliza para qualquer direção. Ele pôde imaginar que o som estrondoso não era aquele vindo da locomotiva, mas sim o da vasta escuridão que rondava o pequeno veículo deslizando em vão sobre os trilhos.

Quando fizeram as malas e enfim deixaram a pensão, Kiyoaki lhe entregou algo que escrevera às pressas em um papel de recados grosseiro, talvez tomado emprestado do dono do lugar, pedindo que este fosse repassado à marquesa sua mãe — uma mensagem que Honda trazia guardada com cuidado na algibeira interna do uniforme. As letras escritas a lápis eram tremidas, não parecendo a caligrafia costumeira de Kiyoaki. Ele normalmente escrevia uma letra pouco detalhada e dotada de força, ainda que sempre infantil.

"Minha querida mãe,

"Existe algo que eu gostaria que você desse a Honda. É o diário de sonhos que está dentro da minha escrivaninha. Ele gosta de coisas assim. Se fosse lido por outra pessoa, o achariam banal, portanto o dê com certeza a Honda. Kiyoaki."

Via-se nitidamente que ele escrevera isso com dedos já sem força, à guisa de carta póstuma. No entanto, embora a mensagem de um finado devesse incluir também algumas palavras de despedida à mãe, Kiyoaki fez apenas um pedido burocrático.

Ouvindo a voz sofrida do paciente, Honda guardou de imediato o pedaço de papel e em seguida se transferiu ao leito para lhe espiar o rosto.

— O que foi?

— Estou com dor no peito. É como se estivesse sendo perfurado com uma faca — Kiyoaki falou entrecortado, com a respiração acelerada. Sem saber como agir, Honda se quedou massageando levemente a região esquerda abaixo de seu tórax, onde era acusada a dor, mas o rosto de Kiyoaki, que continha apenas o vislumbre de uma ponta de chama tênue, demonstrava um sofrimento superlativo.

Ainda assim, era belo esse rosto contorcido pela dor. A agonia lhe conferira um espírito atípico, conferira a seu semblante inclusive uma angulosidade severa, análoga ao bronze. A maneira como seus belos olhos se umedeciam com as lágrimas e eram atraídos na direção do cenho ingremamente franzido, porque a forma tensionada de suas sobrancelhas as tornava ainda mais másculas, ampliava o brilho negro, patético e pontual de suas pupilas. As narinas bem delineadas agitavam-se como se tentassem capturar algo que havia no ar, e, dos lábios ressecados pela febre, o cintilar de seus incisivos vertia o lustre do interior de uma ostra perlífera.

Depois de instantes, o sofrimento de Kiyoaki abrandou.

— Consegue dormir? É melhor dormir, viu? — disse Honda. Ele suspeitou de que a expressão de agonia constatada momentos antes em Kiyoaki tinha sido a expressão de regozijo de alguém que viu, no limiar deste mundo, algo que não deveria ter visto. A inveja do amigo que conseguiu ter essa visão começou a se confundir a um vexame e a uma autocensura sutis. Honda meneou levemente a cabeça. Sua mente acabou entorpecida pela tristeza, deixando-o inseguro pelo modo como lançava, uma após outra, emoções que ele próprio não compreendia, assim como um bicho-da-seda expele seus fios.

Kiyoaki aparentou ter caído no sono por um instante, mas arregalou os olhos de repente e buscou a mão de Honda. E então, enquanto a apertava com firmeza, falou assim:

— Acabei de ter um sonho. Eu vou vê-la de novo. Com certeza. Debaixo da cachoeira.

Honda cogitou que o sonho de Kiyoaki decerto deambulava pelo jardim da própria casa, não havendo dúvidas de que ele concebia em seus pensamentos a cachoeira de nove níveis em um ponto do vasto parque da residência Matsugae.

Dois dias depois de regressarem à capital, Kiyoaki Matsugae faleceu aos vinte anos de idade.

Epílogo

Mar da fertilidade é uma história sobre sonhos e reencarnação fundamentada no *Conto do conselheiro Hamamatsu*[153]; seu título, a propósito, corresponde à tradução japonesa do nome em latim de um dos mares lunares, *Mare Foecunditatis*.

---

153. Em japonês, *Hamamatsu Chunagon Monogatari*, título pelo qual é mais comumente conhecida a obra *Mitsu no Hamamatsu*, em que "Mitsu" se refere ao nome do antigo porto de Naniwa, atual Osaka. Este romance do século XI, de autoria atribuída à filha de Sugawara-no-Takasue (cujo nome é desconhecido), conta a história do conselheiro de segundo escalão Hamamatsu, que descobre por meio de sonhos que seu pai reencarnou como um príncipe chinês. Depois de viajar até a China, ele acaba se apaixonando pela consorte imperial que dera à luz seu pai reencarnado.

ESTE LIVRO FOI COMPOSTO EM ADOBE GARAMOND CORPO 12 POR 15 E
IMPRESSO SOBRE PAPEL PÓLEN SOFT 80 g/m² NAS OFICINAS DA RETTEC ARTES
GRÁFICAS E EDITORA, SÃO PAULO — SP, EM SETEMBRO DE 2024